BASTEI
LÜBBE

Von Susanna Kubelka sind bereits erschienen:
16136 Madame kommt heute später
16146 Burg vorhanden – Prinz gesucht
16222 Ophelìa lernt schwimmen

Über das Buch: »Du musst immer tun, was wichtig ist. Du kommst in eine neue Stadt. In ein neues Haus. Du lernst neue Leute kennen. Hör mir jetzt gut zu: Das Leben braust oft wie ein Sturm daher. Fünf Dinge passieren zugleich, und man weiß nicht, wie man sich entscheiden soll. Wenn das geschieht, horchst du tief in dich hinein und tust dann das Wichtige. Die anderen Dinge regeln sich von selbst.« Mit diesem guten Ratschlag ihrer Mutter im Ohr macht sich die blutjunge Minka auf den Weg in die Garnisonstadt Enns, um den Sommer bei ihrer Tante zu verbringen – und führt uns mitten hinein in das frohe k.u.k.-Österreich des ausgehenden 19. Jahrhunderts.

Susanna Kubelka hat eine zauberhafte Liebesgeschichte geschrieben und weit mehr als das: Acht Jahre recherchierte die Erfolgsautorin, um uns Leben und Lieben in der faszinierenden österreichisch-ungarischen Belle Epoque zu vermitteln, und dies mit einer solch unerhörten Leichtigkeit, dass man glauben mag, dass es sich eigentlich um einen »historischen« Roman handelt, an dessen Ende ein auf vergnüglichste Weise »gesprengtes Mieder« steht.

Über die Autorin: Susanna Kubelka wurde mit dem Welterfolg *Endlich über vierzig* berühmt. Mit *Madame kommt später* und *Ophelia lernt schwimmen* schrieb sie weitere Bestseller, die Frauen wie Männer begeisterte. Susanna Kubelka, in Linz an der Donau geboren, studierte Anglistik und promovierte 1977, bevor sie bei der Wiener Tageszeitung *Die Presse* arbeitete. Heute lebt die Autorin in Paris und Wien.

SUSANNA KUBELKA

DAS GESPRENGTE MIEDER

Roman

BASTEI LÜBBE

BASTEI LÜBBE TASCHENBUCH
Band 14669

1. Auflage: Februar 2002

Vollständige Taschenbuchausgabe
der bei Gustav H. Lübbe erschienenen Hardcoverausgabe

Bastei Lübbe Taschenbücher und Gustav H. Lübbe sind Imprints
der Verlagsguppe Lübbe

Umschlaggestaltung: Tanja Østlyngen
Titelillustration: Archiv für Kunst & Geschichte, Berlin
Satz: Dörlemann Satz, Lemförde
Druck und Verarbeitung: Ebner Ulm
Printed in Germany
ISBN: 3-404-14669-6

Für meine liebe Tante Trude in Enns

PROLOG

Linz, Silvester 1895.

Meine liebe, kleine Cousine Annerl,

wie du weißt, verlasse ich bald Österreich-Ungarn für eine große Tournee durch Frankreich und einen längeren Aufenthalt in Paris.

Ich hab mich sehr gefreut, dass ich dich gesehn hab vor drei Monaten in Enns, bei meiner Durchreise von Sankt Petersburg nach München, und die paar Stunden, die man uns allein gelassen hat, hab ich dir viel erzählt. Dass ich Klavier gespielt hab vor dem Zaren, auch den Diamantschmuck hab ich dir gezeigt, den er mir hat überbringen lassen zum Dank für ein unvergessliches Konzert.

Du weißt jetzt mehr, als deine Mutter weiß – über mein aufregendes Leben, seit ich erwachsen bin.

Über meine Jugend aber weißt du nur Gerüchte. Und man hat dir nichts erzählt, weil ich der bunte Vogel bin aus dem Paradies, die Femme fatale, die Künstlerin, die nach eigenen Gesetzen lebt. Man spricht nicht von mir in der Familie, weil man nicht will, dass du so wirst wie ich.

In den letzten zehn Jahren haben wir uns kaum gesehn. Doch von allen Verwandten bist du mir am ähnlichsten. Du kannst singen und musizieren, du hast Humor, bist klug, und ich will, dass du einmal glücklich wirst.

Deshalb hab ich mir gesagt: Schluss mit der Geheimnistuerei. Du sollst jetzt erfahren, was mir deine Mutter heute noch zum Vorwurf macht, was sich wirklich getan hat, damals vor zwanzig Jahren in Enns: von meiner ersten Passion bis zu dem berüchtigten Heiratsantrag und wie man mich unbedingt hat verkuppeln wollen mit einem großen und mächtigen Mann.

Ich erzähl's dir, weil du bald heiraten sollst. Einen reichen Herrn, den du kaum kennst, vor dem du sogar Angst hast, wie du schreibst. Und ich erzähl's dir, weil du jetzt fünfzehn bist. Genauso alt, wie ich damals war.

Du bist aufgewachsen in einem anständigen Haus. Und in anständigen Häusern wird man nicht aufgeklärt. Der Storch bringt die Kinder, hat man dir gesagt. Und zweifelst du daran, kannst du mit niemandem darüber reden, denn alles geniert sich halb tot.

Wir leben immer noch in einer prüden Zeit. Alles, was den Leib betrifft, ist streng tabu. Die Jugend gilt nichts. Vor vierzig, heißt es, hat man nichts zu melden auf der Welt, man hält am besten den Mund. Außerdem stellt man keine Fragen. Das ist die Etikett.

Man hat uns auch gesagt: Liebe ist für Stubenmädel. Eine höhere Tochter braucht das nicht, die nimmt den Mann, den der Herr Papa bestimmt. Aber glaub mir, Annerl, das ist nicht der Weg zum Glück.

Ich bin fast sechsunddreißig, und ich sag dir was: Ich kenne die Welt. Ich will dir eine böse Überraschung ersparen in der Hochzeitsnacht, und ich will, dass du die richtige Entscheidung triffst: Heiraten oder nicht? Du hast keine Dynastie zu bewahren vor dem Untergang. Also, lass dir Zeit. Gönn dir eine möglichst lange Jugend, die Pflicht kommt früh genug. Ich erzähl dir, wie ich mich damals aus der Schlinge gezogen hab – reichlich extrem, das geb ich zu –, doch ich erzähl's dir mit Humor, mit eleganter, leichter Hand, damit du's gut verstehst und es später einmal deine Tochter lesen lassen kannst.

Und bist du fertig, bitte ich um *versiegelte Lippen*.

Kein Wort zu irgendwem. Nicht zu deinen Eltern, und du schwörst – schon gar nicht zu Hermine von Frischenbach. Sie darf meine Abenteuer nie erfahren, was alles passiert ist, hinter ihrem Rücken, 1875, in der landesfürstlichen Stadt Enns in Oberösterreich.

Ich erzähl dir auch, was dran ist an dem Gerücht, dass unsere schöne Kaiserin Elisabeth meine Tante ist und ich ihre leibliche Nichte. Und ich sag dir klipp und klar, warum *ich* der Grund dafür bin, dass es dich gibt.

Ich hab die Namen deiner Eltern verändert. Sicher ist sicher. Du wirst aber bald erraten, wer sie sind.

Und jetzt mach dir's bequem, auf der roten Récamier, die ich in Enns gelassen hab für dich, als Geschenk, zusammen mit meinem Schreibtisch und dem Pianoforte, das dir viel Freude machen soll.

Ich hoff, die Zilli hat den Kachelofen geheizt, dass du nicht frieren musst beim Lesen. Und jetzt stürz ich dich hinein in den Trubel von damals, in das prachtvolle Jahrzehnt, wie es jetzt im Rückblick heißt, denn damals war Hans Makart in Wien. Du weißt, ich hab ihn noch gekannt, den genialen Maler. Und das Kaiserreich war heil, der Kronprinz hat gelebt, und Mayerling war nur ein stilles Jagdschloss, keine Skandalgeschichte, die sich wie ein Lauffeuer über die ganze Welt verbreitet hat.

Ich werde dir meine Pariser Adresse zukommen lassen, und auf meinen Reisen werd ich an dich denken. Du darfst mir schreiben und fragen, was immer du willst.

Doch zuallererst ein paar Worte über mein Elternhaus, über das man auch nie spricht – damit das Spekulieren endlich aufhört und du weißt, woran du bist.

Ja, *ma petite*, ich wünsch dir noch ein gutes neues Jahr, viel Freude, Glück, Gesundheit, Kraft, lass dich zu nichts zwingen, halte stand. Und vergiss mich nicht, bis wir uns wiedersehn.

Je t'embrasse bien fort,

deine Minka.
Pour toujours.

KAPITEL I

Was immer man auch erzählt – ich bin kein Waisenkind, kein Findelkind, kein Spross bedürftiger Eltern, nein. Ich kam als Fabrikantentochter zur Welt. An einem verschneiten Morgen im Februar, am 2. 2. 1860, was als glückliches Omen galt.

Es war nämlich Feiertag: Maria Lichtmess. Und wer an diesem Tag geboren wird, tanzt auf der sonnigen Seite des Lebens, heißt es, zieht Liebe an wie ein Magnet, und kein Schatten fällt auf seinen Weg.

Mein Weg aber war voll Rätsel. Und zwar gleich von Anfang an. Rätselhafterweise war ich eine Frühgeburt, sieben Monate alt, aber völlig entwickelt und erfreulich robust. Rätselhafterweise habe ich schwarze Augen und schwarzes Haar. Alle meine Verwandten aber sind strohblond.

Mein Vater heißt Rüdiger Hübsch (der Name trügt). Er sieht aus wie ein Mops, doch er besitzt eine Fes-Fabrik vor den Toren Wiens.

Meine Mutter ist eine blonde Ennserin, die auf Schloss Ennsegg kochen gelernt hat, bei der letzten Fürstin Auersperg, und das ist Rätsel Nummer drei.

Sicher, die Auerspergsche Küche ist in der ganzen Monarchie berühmt. Meine Mutter verdiente auch recht gut in Ungarn auf dem Schloss, wo ihr erster Posten war. Aber nicht genug, um ihre sagenhafte Mitgift zu ersparen, die meinem Vater geschäftlich zum Erfolg verhalf.

Woher kam das Geld?

Meine Mutter ist zwar mit Juliana Tanzer verwandt, die das berühmte Hotel *Zum Schwarzen Adler* besitzt. Sie sind Cousinen zweiten Grades und stammen *côté mère* aus einer guten Ennser Familie. *Côté père* aber ließ uns das Glück im Stich. Der Vater meiner Mama war ein blonder Tscheche, bildschön, liebenswürdig, aber arm, während Julianas Papa zwar einen Klumpfuß, dafür aber mehrere große Mühlen besaß. Meine Mutter war immer »die arme Verwandte«. Trotzdem erhielt sie eine Mitgift IN BAR. IN GOLD! Und derart üppig, dass mein Vater sofort nach der Hochzeit neue Arbeiter einstellen und die kleine Fabrik um das Doppelte vergrößern konnte.

Im Sommer 1861, ein Jahr nach meiner Geburt, lieferte er bereits die schönsten Fese, rot, mit schwarzen Quasten, an die muslimische Gemeinde im Kaiserreich: an die vielen Türken, Griechen, Ägypter, Albanesen, die in den großen Städten lebten, in Wien, in Ofen, in Pest, in Triest, und meist wohlhabende Geschäftsleute waren.

Ja, er stellte auch noch Stickerinnen ein. Kaufte kostbares Material und produzierte als erster Fese für Damen, sündteure kleine Wunderwerke, mit blauen Troddeln, Goldfäden, Silberplättchen und echten Perlen verziert.

Die Fabrik florierte.

Ich hatte meinem Vater Glück gebracht. Aber fühlen ließ er mich das nie. Ich sah ihn kaum. Er hatte keine Zeit. Und meine fröhliche, leichtlebige Mutter führte ein großes Haus, gab Damentees und feine Soireen, trug Seidenkleider und echten Schmuck und überließ mich Hermine von Frischenbach, meiner Gouvernante aus Enns, die mir auch heute noch treu zur Seite steht.

Hermine ist mein Engel mit Schwert. Und wenn mich jemand wirklich liebt, dann ist es sie. Sie ist klein und energisch, mit rundem Gesicht und flinken, dunklen Augen, die alles sehn. Sie ist mutig und klug, über Eitelkeit erhaben, denn sie schnürt sich kaum. Aber eine Schwäche hat sie doch: Sie trägt Schuhe mit hohem Absatz und steckt riesige bunte Seidenmaschen in ihr dunkles Haar, damit sie größer wirkt. Jedenfalls, sie ist auch sehr gebildet, und nun folgt Rätsel Nummer vier.

Meine Mutter kann zwar lesen. Schreiben aber kann sie nicht. Mein Papa kann ausgezeichnet rechnen. Nie aber hat er auch nur einen Brief verfasst. Was keinen stört. Erst 1869, neun Jahre nach meiner Geburt, wurde die allgemeine Schulpflicht eingeführt. Vorher gab es keinen Bildungszwang. Wer zur Schule gehen wollte, ging, wer zu Hause bleiben wollte, blieb zu Hause. Analphabeten gab es überall. Ich aber wurde erzogen wie ein Königskind.

Mit drei sprach ich bereits Französisch. Aß mit Messer und Gabel, lernte Schreiben und Lesen und mit vier die ersten Tonleitern am Klavier. In meiner ganzen Kindheit habe ich nie eine Schule besucht. Ich lernte zu Hause, und Hermine brachte mir bei, was eine höhere Tochter braucht: Notenlesen, Singen, Geschichte, Religion. Spitzenhäkeln, Bilder sticken, Erd-, Tier- und Pflanzenkunde. Zeichnen nach der Natur. Aquarellieren. Und Porträtieren lernte ich auch.

Ständig wurde an meinen Manieren gefeilt: »Minka! Sofort die Ellbogen vom Tisch! Niemals tut man das! *Merci!* Und man spricht nur, wenn man gefragt wird. Und man gähnt nicht in Gesellschaft. Und man kratzt sich NIE!! Außer man ist allein. Du bist ja kein Affe, nicht wahr, *mon bijou*?«

Hermines Wort war mir Befehl. Sie kannte die große Welt. Sie wusste, was gut für mich war und was schlecht. Ich vertraute ihr blind, sie hatte immer Recht. Ja, seit ich denken konnte, hatte sich Hermine von Frischenbach kein einziges Mal geirrt.

Wie gesagt, mein Vater hielt sich von mir fern.

Doch das änderte sich, als mein Bruder Albrecht kam. Endlich ein Sohn. Und von Sekunde an war ich »das feine Fräulein«. Und er nahm mich zur Kenntnis. Aber nur, um Fehler zu sehn. Plötzlich war ich stolz: »Glaubt Sie denn, dass Sie was Besseres ist?!« Plötzlich war ich eitel: »Steht ständig vor dem Spiegel und ist hässlich wie die Nacht.« Ich war im Weg. Überall. Ich war zu viel im Haus. So ging das jahrelang dahin. Ich verstand die Welt nicht mehr. Das alles hatte keinen Sinn. Wozu ließ er mich vornehm erziehen? Nur um mir vorzuwerfen, etwas »Besseres« zu sein?

Außerdem, er war doch Herr im Haus. Er konnte sie beenden, diese Erziehung. Er konnte Hermine entlassen, von einem Tag zum anderen. Warum tat er das nicht? Doch davon konnte keine Rede sein. Und das Seltsamste war: Vor Hermine hatte er Angst. Sie schlief sogar in einem *eigenen Zimmer*! Was für Gouvernanten damals unerhörter Luxus war. Gouvernanten schliefen *immer* bei den Kindern. Nur Hermine nicht! Auch meine Mutter hatte vor der kleinen Frischenbach den größten Respekt. Mit einem Wort: Hermines Stellung in meinem Elternhaus war unantastbar. Felsenfest. Warum nur? Fragte ich mich oft. Warum?

Sicher, Hermine war adelig. Doch das allein genügte nicht. Sie besaß nämlich kein Vermögen, kein Haus, kein Schloss. Den Familienbesitz hatte ihr Bruder Fritz geerbt. Und mein Vater schätzte Geld. Nur reiche Leute imponierten ihm. Hermines Macht hatte andere Gründe. Doch ich konnte mir den Kopf zerbrechen, wie ich wollte, ich erriet sie nicht.

Am Abend meines fünfzehnten Geburtstages aber spitzten sich die Dinge zu. Es hatte stark zu schneien begonnen, und ich lag schon im Bett, als plötzlich mein Vater in mein Zimmer trat, was in meinem ganzen Leben noch niemals vorgekommen war. Er war ein seltsamer Anblick: das strohblonde Haar unter einem Netz (frisch onduliert für den Bürgerball am nächsten Tag), der blonde Schnauzer in einer weißen Bartbinde, hinten im Nacken festgezurrt, und in der Hand ein rotes Nachtlicht, das bizarre Schatten an die Decke warf. Dazu seine feisten, roten Wangen, seine vorquellenden wasserblauen Augen, die gedrungene Gestalt, er sah aus wie ein Mops mit Beißkorb. Da war nichts mehr zu retten. Selbst der elegante braune Hausrock aus Samt machte aus ihm keinen feinen Herrn. Er roch auch stark nach Tabak, und als er näher kam, sah er sich mehrmals um, als suche er etwas. Dann zog er einen Stuhl heran und setzte sich zu mir ans Bett.

»Lesen kann das feine Fräulein«, fing er an in seinem barschen Ton, »jetzt sagst du mir: Was steht über dem Tor der Fächerfabrik in Wien, in der Nelkengasse 4, die meinem Freund Wenzel Kern gehört?«

»Wenzel Kern und Sohn«, sagte ich mit fester Stimme. (Nur keine Angst zeigen. Das hatte mir Hermine beigebracht.)

»Und was steht über dem Gasthaus *Zur Goldenen Wanze*?«

»Ignaz Klotz und Sohn.«

»Und über der Seidenspinnerei am Brillantengrund, die mein Vetter Leopold gekauft hat? Was steht da?«

»Inhaber: Leopold Hübsch und Sohn.«

»Jawohl! Und was fällt dir dabei auf?«

Ich schwieg.

»Du kannst lesen und schreiben und Französisch. Ich kombiniere, dass du auch logisch denken kannst.«

Ich senkte den Blick und seufzte. Ich ahnte schon, was kam.

»Du weißt es nicht?? Also frage ich dich: Hast du irgendwo in Wien, in Prag, in Krain in der Zips, hast du irgendwo in Österreich-Ungarn gesehen, dass da steht, auf einem Schild: Inhaber Müller Fritz und *Tochter*? Hast du das? Ja oder nein?«

»Nein«, sagte ich kurz.

»Und warum nicht? Weiß das feine Fräulein auch, warum nicht?«

Triumphierend blickte er über seine Bartbinde, die freudig zu zucken begann. »Du wirst es wohl erraten mit deinem überklugen Kopf.«

Ich schwieg.

»Nicht? Dumme Gans! Dann lass dir sagen: weil es das nicht *gibt*. Müller Fritz und *Tochter*, da wiehert ja ein Schaf! Auf der ganzen Welt gibt es so was nicht. Müller Fritz und *Sohn* heißt das, so wie es sich gehört.« Er sah mich durchdringend an, dann stand er auf und ging zur Tür.

»Genauso wird es auch bei uns sein«, rief er, Klinke in der Hand, »hier bei mir in meinem Haus. Der Albrecht kriegt die Fabrik. Und über dem Tor wird stehn: Inhaber Rüdiger Hübsch und Sohn! Merk dir das!«

Da kam schon Hermine herbeigeeilt, in ihrem roten Morgenrock, eine brennende Kerze in der Hand. »*Non!! Monsieur!!* Was tun Sie hier, mitten in der Nacht? Meine Minka erschrecken? Ich verbiete mir das!«

Mein Vater senkte das Haupt. Plötzlich wirkte er wie ein Kind, das man beim Stehlen ertappt hatte. »Tut mir Leid, Fräulein von Frischenbach«, murmelte er unterwürfig, und seine Schultern fielen nach vor, »dringende Umstände, ähh … etwas Grundsätzliches geklärt … kommt nicht wieder vor. Küss die Hand. Gute Nacht. Küss die Hand.« Und er verschwand.

Ich blieb, am Boden zerstört, zurück. Es ging mir nicht um die Fabrik. Fese erzeugen war nicht mein Herzenswunsch. Es ging um *mich. Zieht Liebe an wie ein Magnet?* Illusion. Ich war ein Wesen ohne Wert. Eitel, hässlich, lästig und schlecht.

Und das Schlimmste: Ändern konnte ich es nicht. Ich mochte noch so schön singen, Pianoforte spielen, sticken, ich konnte noch so brav lernen, die schönsten Bilder malen, ganze Theaterstücke auswendig deklamieren – NIE würde ich ein Sohn sein, auf einem Schild stehen und einen Vater haben, der stolz auf mich war.

Die ganze Nacht grübelte ich nach.

In letzter Zeit war Vater immer irritiert. Er war auch ständig unterwegs, geschäftlich in der Leopoldsstadt, und er hatte sehr viel Geld verloren, hieß es plötzlich, vor zwei Jahren, 1873, bei der Wiener Weltausstellung. Doch das traf ihn nicht allein. So großartig die Ausstellung war, sosehr sie das Ansehen Österreichs hob – acht Tage nach der Eröffnung gab es einen Börsenkrach. Dann brach die Cholera aus. Dann war entsetzliches Wetter, und viele Gäste blieben fern. Neunzehn Millionen Gulden wurden in die Weltausstellung investiert, nur vier Millionen kamen herein. Doch das war nicht meine Schuld. Ich hatte nichts damit zu tun. Was wollte mein Vater? Was braute sich zusammen über meinem Haupt?

Am nächsten Tag um zwölf war alles klar. Wir aßen ausnahmsweise nicht in meinem Zimmer, Hermine und ich. Wir speisten mit den Eltern am Tisch. Ich brauchte auch nicht zu stehn, wie das für Kinder üblich war. Ich bekam einen Stuhl wie eine Erwachsene. Und das war gut. Sonst wäre ich nämlich gleich beim ersten Gang (Kalbszunge in pikanter Sauce – und vor Zunge hat mir immer schon gegraust) ohnmächtig zu Boden gekippt.

Meine Zukunft wurde demoliert vor meinen entsetzten Ohren, denn obwohl für dieses Jahr alles geregelt war – Aussteuer nähen lassen und im Herbst der erste Ball (Kindertanzstunden nahm ich seit vier Jahren schon) –, hatte mein Vater plötzlich anderes mit mir vor.

»Deine Minka braucht einen Beruf«, verkündete er barsch in Richtung Mama. »Nach reiflicher Überlegung und genauester Berechnung kommt ans Licht: Ich kann ihr keine Mitgift geben. Eine Mitgift ... ähh ... schädigt die Fabrik.«

Ich erinnere mich genau. Mir wurde heiß und kalt. Keine

Mitgift? Hörte ich recht? Ich würde eine Frau ohne Mitgift sein? Lieber an Pocken sterben! So hatte ich mir meine Zukunft nicht gedacht!

Meine Mutter wurde blass, warf einen flehenden Blick auf Hermine und legte Messer und Gabel weg.

»Welchen Beruf?«, fragte sie dann. »Es gibt keine Berufe für Töchter aus unseren Kreisen. Ich begreife das nicht, Rüdiger. Ich bringe dir ein Vermögen mit, und du willst knausern? Ausgerechnet bei *meinem* Kind? So war das nicht geplant, wenn du mich recht verstehst. Das ist Wortbruch. Die Minka ist erzogen für ein großes Haus. Für einen gebildeten Mann. Und jetzt auf einmal gibt es Berechnungen und Überlegungen, und sie soll sich ihr Essen selbst verdienen? Da geniere ich mich zu Tode. Die Schande! Und du müsstest dich erschießen! Als Ehrenmann!«

Hermine schwieg. Mein Vater zupfte an seinem Schnauzbart, wartete, bis die Suppe serviert war, griff nach seinem Löffel und meinte, ohne uns anzusehn: »Seit es die Schulpflicht gibt, braucht man Lehrerinnen. Der Kaiser will ein gebildetes Volk. Wenn sie Lehrerin wird, deine überkluge Tochter, ist das keine Schande. Weder für dich noch für mich, noch für unser Haus. Nicht wahr, Fräulein von Frischenbach? Das ist eine Ehre. Außerdem, das Kind ist hässlich wie die Nacht, oder nicht?! Die kriegt auch mit der größten Mitgift keinen ordentlichen Mann.«

Meine Mutter schlug mit der flachen Hand auf den Tisch. »Lehrerin?«, rief sie voll Zorn. »Warum nicht gleich Nonne? Da irrst du dich, mein Lieber. Das wird sie partout NICHT!! Da darf sie nicht heiraten. Du kennst doch das Gesetz! Keine Kinder, keine Familie, kein eigenes Haus. Ich will nicht, dass die Minka eine alte Jungfrau wird. Basta jetzt! Schluss, aus!«

»Mäßige dich, Amanda«, befahl mein Vater barsch, »da vergeht einem ja der Appetit! Als Lehrerin ist sie ihr Leben lang versorgt. Sie kriegt ein Monatsgehalt. Eine Pension! Und sie liegt ihrem Bruder niemals auf der Tasche.«

»Aber alles, was schön ist, kriegt sie nicht. *Mon Dieu!* Nie einen Mann. Kein einziger Ball. Nie mehr tanzen, und das tut sie doch so gern. Lass sie gleich einsperren in die Zuchtanstalt.«

»*Du* hättest gezüchtigt ...«

»Bin ich schon. *Merci!* Ich darf also keine Feste geben für mein Kind, als Debütantin. Seit Jahren freu ich mich darauf. Du strafst ja mich, mein Lieber. Du bist ein Sadist! Hermine, *bitte!* Sprich ein Machtwort, die arme Minka, ihr ganzes Leben lang hochgeschlossene Kleider ... immer dunkelbraun und grau. Kein Schmuck. Keine hübsche *coiffure*. Und keine Verehrer. Und sie darf sich nie verlieben. Das ist nichts für mein temperamentvolles Kind.«

Mein Vater begann zynisch zu grinsen: »Liebe ist für Stubenmädel. Eine höhere Tochter braucht das nicht. Das Hauspersonal verliebt sich. Die Herrschaft niemals!«

Meine Mutter wurde feuerrot, trank schnell einen Schluck Wein und sagte dann, als hätte sie nichts gehört: »Außerdem muss sie jahrelang ins Pensionat. Als ZAHL-ZÖGLING. Das kostet Geld.«

Pensionat? Ich horchte auf. Plötzlich sah ich Licht am Horizont. Auch Hermine war in einem Pensionat gewesen. Und gefallen hatte es ihr gut.

»Das Pensionat kommt billiger als eine Mitgift«, sagte mein Papa und aß einen zweiten Teller Suppe.

Doch meine Mutter gab nicht auf. »Die Minka ist fünfzehn. Die Ausbildung beginnt mit vierzehn. Liebe Hermine, hab ich Recht? Und man nimmt nur Töchter von höheren Staatsbeamten. Fabrikantenkinder will man nicht.«

Mein Vater verzog den Mund, als hätte er sich verschluckt. Dann meinte er noch zynischer als zuvor: »Wenn mich nicht alles täuscht, Amanda, ist das für dich kein Hindernis. Du hast Beziehungen zur richtigen Stelle. Ich frische nur Erinnerungen auf. Ich bin sicher, man macht eine Ausnahme für dein Wunderkind!«

Jetzt wurde meine Mutter wirklich still. Schweigen senkte sich herab. Ich aber überlegte rasend schnell. Ich hatte nicht die geringste Lust, ein Leben lang dunkle Kleider zu tragen, aber noch viel weniger, abhängig und ungeliebt im Hause meines

Vaters ohne Mitgift zu verkommen. Solche Schicksale kannte ich. Alles war besser als das. Lieber im Herbst ins Pensionat. In ein, zwei Jahren würde man dann weitersehn.

Ich meldete mich zu Wort.

»Was soll denn das?«, rief mein Vater ungeduldig, denn nur Erwachsene sprachen bei Tisch.

»Ich werde gern Lehrerin«, rief ich schnell.

»Wie??!« Meine Mutter starrte mich an. »Du weißt ja gar nicht, was du sagst.«

»Doch, Mama. Erlauben Sie, ich gehe gern ins Pensionat.«

»Du hörst«, rief mein Vater plötzlich sehr vergnügt, »es regelt sich von selbst. Nur keine Sentimentalität. An deiner Stelle würde ich jetzt schleunigst etwas tun.« Er stand auf und warf die Serviette auf den Tisch. »Entschuldigt mich, ich muss in die Leopoldsstadt.«

Am nächsten Tag schrieb Hermine einen langen Brief. Und eine aufregende Zeit begann. Es wurde viel geflüstert, und da ich eifrig an den Türen lauschte, vernahm ich ein paar Worte: »ungarische Verwandtschaft«, »hilfsbereit«, »Kaiserin«, »großes Talent«. Was immer das hieß. Klüger wurde ich dadurch nicht. Wir hatten nämlich keine Verwandten in Ungarn. Und Talent besaß ich auch keins, laut Papa. Doch das war nicht alles: Depeschen kamen ins Haus. Und ein blonder Herr Professor. Der malte ein Porträt von mir, das sofort verschickt wurde – ich sah es nicht ein Mal. Die Hausschneiderin erschien und nähte mir ein wasserblaues Kleid aus feinem Rips. Dazu kaufte man mir einen Muff aus weichem, grauem Maulwurfsfell. Ja, dieser Brief war Rätsel Nummer fünf.

Und dann, an einem nebeligen Wintertag, wurde ich abgeholt. Von einem dunkelroten, glänzenden, brandneuen Reiseschlitten. Zwei Schimmel zogen ihn, vergnügte Tiere, wohl genährt. Rote Bänder waren in ihre Mähnen geflochten, rote Decken lagen auf ihren Rücken, und ihr Atem dampfte in der kalten Luft.

Der Kutscher trug einen grauen Mantel aus Persianerfell, mit einem Kragen so lang und breit, dass er bis über seine Ellbogen hing. Ich erinnere mich genau: Hermine kam mit mir.

Eingehüllt in weiche Reisedecken, fuhren wir nach Süden, in die tief verschneite Hinterbrühl. In ein schönes, gut beheiztes Haus, wo wir zu Mittag aßen und ich singen, Klavier spielen und ein Gedicht vortragen musste. Dafür wurde ich sehr gelobt.

Und dann, als ich noch am Pianoforte saß, kam ein junger Herr auf mich zu, ich traute meinen Augen kaum, und machte mir ein hübsches Kompliment über meine Stimme. Er war einige Jahre älter als ich und schien gar nicht zu bemerken, dass ich hässlich war. Er war nicht zu groß, doch mit breiten Schultern, dunklem, militärisch kurz geschnittenem Haar und erstaunlichen Augen, nämlich blau, kornblumenblau, von schwarzen Wimpern umrahmt. So schöne Augen hatte ich noch nie gesehen. Und ich war hingerissen von seinem fröhlichen, offenen Blick.

»Sie gestatten, gnädiges Fräulein?« Er reichte mir den Arm und führte mich zurück an meinen Platz. Dann brachte er mir ein Stück Torte, weiß, mit Marzipanglasur. Auf der Glasur war eine große kandierte Kirsche, und in der Kirsche ein Pistazienkern. Es war das Beste, was ich je in meinem Leben gegessen hatte. Jeder Bissen ein Genuss.

Und noch etwas geschah.

Die ganze Zeit über hatten zwei elegante ältere Herren in einem Nebenzimmer Schach gespielt. Ich sah sie vom Klavier aus durch die offene Tür – und sie sahen mich. Und dann, wir standen schon im Park unter verschneiten Bäumen und sagten Adieu, trat der ältere der beiden plötzlich auf uns zu. Er hatte volles, eisgraues Haar und unglaublich lebhafte, dunkle Augen. Er war weit über achtzig, wie ich später erfuhr, doch er hielt sich gerade wie ein Offizier. Ein Diener eilte herbei und legte einen Pelz um seine Schultern, der bis zum Boden ging. »Danke, Joska«, sagte er mit tiefer Stimme, die mir gefiel. Dann sah er lange lächelnd auf mich herab.

»Wie geht's der kleinen Demoiselle auf dieser Welt?«, fragte er schließlich auf Französisch.

»Je vais bien, Monsieur, merci.« Ich knickste tief.

»Das freut mich. Sie hat schön gesungen und Klavier gespielt. Und sie hat mir Glück gebracht. Ich habe alles gewonnen. Jede einzelne Partie.«

Er griff in die Tasche und legte etwas Kaltes in meine Hand. »Das ist für Sie. Ihr Anteil an meinem Gewinn.«

Es war ein Goldstück! Ein kostbares Geschenk. Dann reichte er mir die Finger zum Kuss.

»Man braucht sich für sie nicht zu genieren«, sagte er zu Hermine, die aufgeregt daneben stand, »sie hat Charakter und Talent. Sie ist ein kleiner Kobold. Ich würde sie gern wiedersehn. Sorgen Sie dafür.«

Dann blieb er stehen, im Schnee, und winkte. Und wir winkten zurück, aus dem Schlitten, bis er nicht mehr zu sehen war.

Die ganze Fahrt zurück nach Wien drückte mich Hermine fest an sich. Sie war sehr mit mir zufrieden, das sah ich an ihrem Blick. Doch wer war der Herr? Sie verriet es nicht. Erst als ich fünfmal fragte, antwortete sie: »Das ist der Graf Sandor. Und er wird etwas für dich tun!«

»Und wer ist der Graf Sandor? Woher kennen Sie ihn? Warum tut er was für mich? Wann werden wir ihn wiedersehn?« Zu all diesen Fragen lachte sie nur. Ja, Graf Sandor. Er war Rätsel Nummer sechs.

Tatsächlich aber kam zwei Wochen später ein versiegelter Brief aus der Kanzlei der Wiener Hofburg, mit Spezialkurier. Es war die Einladung in die Josephsstadt, zur Aufnahmsprüfung in das berühmte k.u.k. Civilmädchen-Pensionat, wo für die ganze Monarchie die Lehrerinnen ausgebildet wurden.

Der Briefkopf trug das habsburgische Wappen. Das Pensionat nämlich war eine kaiserliche Stiftung. Eine Erzherzogin hatte den Ehrenschutz. Und die Prüfung dauerte eine Woche. Wichtigste Fächer: Deutsch und Musik.

»Warum Musik?«, fragte ich interessiert.

Hermine klärte mich auf: »Eine Lehrerin in Österreich-Ungarn ist etwas Besonderes«, fing sie an, »sie ist die Muse der Nation. Sie hält das kulturelle Erbe hoch. Sie hat andere Pflichten, als nur zu unterrichten«, und dann ging sie ins Detail.

Eine Lehrerin, erfuhr ich, leitet nicht nur den Schülerchor. Sie singt auch selbst, spielt, komponiert und studiert Theaterstücke ein. Sie begleitet auch die Proben der Liedertafel und tritt mit ihr bei den Konzerten auf. Sie gibt Klavier-, Gesangs- und Geigenunterricht. Sie spielt Orgel in der Kirche, bei Trauungen, Taufen, Sonntagsmessen. Überall ist sie dabei, nichts ist ihr zu schwer, und dazu muss sie sehr, sehr musikalisch sein. Nur ein musischer Mensch kann Kinder erziehen, wie man weiß!

»Und warum Deutsch?« Doch ich wusste die Antwort allein. Ein Reich, in dem man Ungarisch, Tschechisch, Serbisch, Italienisch, Slowenisch, Kroatisch, Rumänisch, Ruthenisch, Russisch, Albanisch, Jiddisch und Polnisch spricht, braucht Deutsch zur Verständigung. Wo käme man sonst hin!

»Perfektes Deutsch in Wort und Schrift«, ergänzte Hermine, »möglichst ohne Akzent. Das müssen die Kinder lernen, sonst kann der Kaiser nicht mehr regieren. Sonst hast du die Sprachverwirrung von Babel. Und noch etwas, mein Schatz. Die Lehrerin ist im Ort der erste Sekretär. Für alle, die nicht lesen und schreiben können, erledigt sie die Korrespondenz. Sie verfasst auch Festreden und Hochzeitswünsche, Nachrufe und Gratulationen, Geburtstagsgedichte und amtliche Briefe – in gestochener Schrift, mit Haar- und Schattenstrich, fehlerfrei! Jetzt verstehst du, warum eine Lehrerin nicht heiraten kann. Für einen Mann und Kinder hat sie keine Zeit!«

Das leuchtete mir ein, obwohl es mich nicht betraf.

Mann und Kinder? Nur Geduld. Zuerst kam das Examen, dann würde man weitersehn … Und mit den besten Vorsätzen und klopfendem Herzen fuhr ich mit Hermine nach Wien.

Drei Tage wurde nur Musik geprüft. Und – o Wunder! – ich schnitt als die Beste ab!

Ich habe einen hohen, silbrigen Sopran, merke mir jede Melodie und konnte schon als kleines Kind zu jedem Lied zweite oder dritte Stimme singen. Elf Jahre hatte ich schon Pianoforte gelernt, bei Hermine, die eine exzellente Pianistin ist. Alles, was man mir vorlegte zur Prüfung, spielte ich vom Blatt, und improvisieren konnte ich auch. Ja, man lernt nichts umsonst! Stundenlang Tonleitern, Kadenzen, Czerny, der tägliche Drill hatte sich gelohnt. Es war, als hätte Hermine geahnt, dass ich das irgendwann einmal dringend brauchen würde.

Auch die Deutschprüfung ging gut vorbei.

Zwei Tage lang Aufsätze und Diktat. Auswendig lernen einer langen Ballade. Verfassen verschiedener Briefe, eines Abendgebetes, eines Gedichtes und einer Huldigung an seine Majestät, den Kaiser. Lesen eines Theaterstückes mit verteilten Rollen, ich war in meinem Element. Ich besitze nämlich laut Hermine eine blühende Fantasie, und die setzte ich jetzt ein: Meine Aufsätze waren die längsten, meine Huldigung fast ein Roman. Außerdem war ich ein Jahr älter als die anderen, ein Jahr reifer, alles fiel mir leichter, und nach Französisch, Englisch, Geschichte, Schönschreiben und Religion fuhren wir zufrieden nach Hause zurück. Acht Tage waren wir weg gewesen, hatten im Pensionat geschlafen und gespeist, und zu Pfingsten erfuhr ich: Wien gehörte mir. Ich hatte bestanden. Ein neues Leben begann im Herbst.

Doch bis zum Herbst war es noch weit.

Während der Prüfungswoche hatte mein Vater ein neues Schild malen lassen. Goldene Schrift auf karmesinrotem Grund: FES-FABRIK RÜDIGER HÜBSCH UND SOHN. Groß und strahlend hing es über der Einfahrt, und seither war mir mein Zuhause wirklich fremd.

Ich tröstete mich wie immer am Klavier – bis mein Vater es sich verbat.

Resultat: Ich wurde krank, musste ins Bett, konnte kaum essen und schlief den ganzen Tag.

Da schrieb Hermine einen zweiten Brief. An wen, verschwieg sie. Das war Rätsel Nummer sieben. Doch eine Woche später kam meine blonde Mutter in mein Zimmer, mit roten Wangen, ganz erhitzt.

Sie setzte sich an mein Bett, und ich wusste: Etwas Fantastisches, Niedagewesenes war geschehn.

»Minka«, rief sie atemlos und griff nach meiner Hand. »Ich kann's noch gar nicht glauben, aber dein Papa hat's grad erlaubt: Du machst eine Reise. Du fährst nach Oberösterreich. Nach *Enns*!! Was sagst du jetzt? Ein Wunder ist geschehn.«

»Nach Enns?«, wiederholte ich fassungslos.

»Jawohl. Deine Tante lädt dich für den Sommer ein. In das

Hotel. Stell dir vor, du wohnst im *Schwarzen Adler*, das ist das feinste Haus der Stadt. Mein Gott, Enns … und Oberösterreich … da wird es dir gefallen. Was glaubst du, wie schön es dort ist.«

»Und das Fräulein von Frischenbach?«

»Die fährt mit dir. Die begleitet dich, da bist du nicht allein. Du wirst mir furchtbar fehlen. Wir sehn uns dann erst im Herbst … außer es geschieht ein zweites Wunder. Weiß man's? Vielleicht darf ich euch besuchen.« Sie dachte kurz nach, schüttelte aber dann den Kopf. »Nein, wahrscheinlich nicht. Du kennst deinen Papa. Nach Enns lässt er mich nie!«

Am selben Tag noch ging es mir besser.

Am nächsten Morgen war die Müdigkeit vorbei, ich konnte wieder essen, und am Abend wurde schon gepackt: meine Kleider, meine Bücher, Tinte, Federn, mein Kruzifix. Meine Noten, meine Stimmgabel, mein Metronom. Fibel, Katechismus. Rosenkranz. Die Taufkerze. Die Puppe Elisabeth. Alle Malfarben. Palette, Staffelei. Meine Geige. Mein Tagebuch. Mein Stammbuch. Meine Aufsatzhefte. Mein Stickrahmen. Meine Laute mit den schönen, gestickten Bändern, ja, sogar mein Schreibtisch wurde zerlegt, in graue Decken geschlagen und in eine große, hölzerne Kiste gesteckt.

Nachtwäsche, Leibwäsche, Handschuhe, Schals. Zwirnstrümpfe, Strumpfbänder, Faschingskostüme, Hüte, Sonnenschirme, mein Muff, mein rosa Domino, Nachtkerzen, Kerzenhalter, Zopfspangen, Gebetbuch.

Ich stand dabei und dachte: Das sieht ganz nach Übersiedlung aus. Das ist zu viel für eine Sommerfrische. Doch ich sagte nichts.

Hauptsache, ich kam von meinem Vater weg.

Er verabschiedete sich auch nicht von mir.

Er war geschäftlich unterwegs, wie immer in der Leopoldsstadt, mit unserer Equipage, den zwei hübschen Schecken und unserm neuen Kutscher namens Lutz – mir war es recht, er ging mir nicht ab.

Dafür küsste mich das Personal und wünschte mir viel Glück. Die Köchin, das Stubenmädel, das Mädchen, die Wäscherin, der Konturist, der Sekretär, und meine Mutter drückte mich an sich, als hätt sie Angst, sie würde mich nie wiedersehn.

Sie war sehr schön an meinem Abschiedstag, in einem neuen, weißen Kleid, bestickt mit Glockenblumen an Ärmeln und Saum, eine breite altrosa Schärpe um die eng geschnürte Mitte und frische Rosen aus dem Garten in ihrem strohblonden Haar.

Auf das Kleid hatte sie lange gewartet. Es war gerade noch fertig geworden. Der Schneidersalon Gretl Manoun hatte es in aller Früh expediert, in einem versiegelten Postkarton.

Mir zu Ehren zog die Mama es an: »Damit du mich schön in Erinnerung hast, wenn du an mich denkst.« Sogar ihr glitzerndes Brillantarmband hatte sie umgelegt.

Draußen vor dem Tor gab sie mir hundert gute Ratschläge. »Sei so lieb du kannst zu Tante Juliana«, sagte sie zum Schluss.

»Jawohl, Mama. Ich werd mich recht bemühen.«

»Und zu Onkel Louis, ihrem Mann.«

»Jawohl.«

»Und zu allen, die du kennen lernst.«

»Wie Sie befehlen.«

»In Enns ist man höflich und charmant. Zeig, dass du wohlerzogen bist. Vielleicht wirst du dort einmal Lehrerin. Dann musst du jetzt schon ein Vorbild sein. Mach mir keine Schande, meine Minka. Versprichst du das?«

»Ich versprech's.«

Sie musterte mich kurz. »Deine Tante hat keine Kinder. Sei nicht lästig. Das ist sie nicht gewöhnt.«

»Jawohl, Mama. Ich werd nicht lästig sein.«

»Und schreib mir jede Woche einen Brief. Mit einer Zeichnung. Das kannst du ja so gut. Ich will mir alles vorstellen können. Dein Zimmer im Hotel, die Möbel. Und mach ein großes Bild von meiner lieben Juliana. Sie war einmal die schönste Frau von Enns. Eine echte Wespentaille hat sie gehabt, fünfundvierzig Zentimeter. Dasselbe Maß wie unsere *Kaiserin*. Ein Mann hat sie mit zwei Händen umspannen können … möchte wissen, ob das immer noch so ist. Und vorher malst du mir ein großes Aquarell vom Hauptplatz und dem Stadtturm, und das schickst du mir sofort. Mein Gott! Wie die Zeit vergeht. Seit achtzehn Jahren bin ich fort von zu Hause. Es ist nicht zu fassen …« Sinnend blickte sie auf mich herab.

Dann zog sie ihre goldene Taschenuhr hervor. »Jetzt wird es ernst«, meinte sie, »und bevor ich's vergesse, Minka, liebster Schatz, du musst immer tun, was *wichtig* ist. Du kommst in eine neue Stadt. In ein neues Haus. Du lernst neue Leute kennen. Hör mir jetzt gut zu: Das Leben braust oft wie ein Sturm daher. Fünf Dinge passieren zugleich, und man weiß nicht, wie man sich entscheiden soll. Wenn das geschieht, horchst du tief in dich hinein und tust dann das, was *wichtig* ist. *Nur* das *Wichtige*. Verstehst du das? Die andern Dinge regeln sich von selbst.«

»Jawohl, Mama.« Ich küsste ihre Hand und knickste tief.

»Hast du mich auch wirklich verstanden?« Sie neigte sich zu mir.

»Ganz genau, Mama. Ich werde immer nur tun, was wichtig ist.«

»Dann kann dir im Leben nichts geschehn. Gott schütze dich, mein Kind.« Sie küsste mich zum Abschied und wandte sich Hermine zu.

»Danke für alles«, sagte sie leise, »ich bin tief in deiner Schuld. Und ich weiß nicht, ob wir uns je wiedersehn. Meinen untertänigsten Dank auch … nun … du weißt schon, an wen. Küss ihn bitte tausend Mal. Und sag ihm, dass ich … dass ich glücklich bin. Und dir wünsch ich alles Gute für die Zukunft. Leb wohl, liebste Hermine. Denk ab und zu an mich.«

Wir kletterten in den schwarz-gelben Fiaker, der uns zum Bahnhof brachte. Wir reisten nämlich vornehm, mit der Dampfeisenbahn. Mit der Kaiserin-Elisabeth-Westbahn. Mit dem Zug. Und nicht dritte oder vierte, sondern erste Klasse. In einem Abteil allein.

Die Karten hatten ein kleines Vermögen gekostet. Wer hatte sie bezahlt? Ich wusste es nicht. Wieder ein Rätsel. Nummer acht.

Doch ich zerbrach mir nicht lange den Kopf, denn noch am selben Abend kamen wir nach Enns.

Und ein völlig neues, nie erträumtes Leben begann.

KAPITEL II

Ich freute mich so sehr auf Enns, dass ich es gar nicht sagen kann. Ich hatte märchenhafte Dinge von dieser Stadt gehört, ohne die geringste Hoffnung, sie je mit eigenen Augen zu sehen. Für meinen Vater nämlich war Enns ein rotes Tuch. Der Name wurde nie erwähnt. Nur ein einziges Mal sprach er ihn aus, und zwar vor vielen Jahren im Zimmer meiner Mutter. Es war Nacht. Und es gab Streit.

»Nach Enns willst du zurück? Nach ENNS?!«, zischte mein Papa. »Dort lass ich dich *nie* wieder hin. Du bist nicht mehr zu retten, Amanda … Benimm dich wie ein anständiges Weib, nicht wie die Hure von Babylon …«

Ich wusste nicht, was eine Hure war, geschweige denn in Babylon, doch ich begriff: Enns war tabu. Also schlich ich zurück in mein warmes Bett (ich hatte heimlich an der Tür gelauscht) und beschloss, die Sache zu vergessen.

Doch ich konnte nicht.

Nach der Nacht mit der Hure von Babylon begann ich gezielte Fragen zu stellen. Und Mama antwortete gern, solange Papa nicht in der Nähe war.

Enns, erfuhr ich, war Garnisonsstadt. Und zwar die eleganteste der Monarchie.

»Enns ist das Klein-Paris von Österreich-Ungarn«, sagte meine Mutter stolz. »Bei uns leisten die Erzherzöge ihren Wehrdienst ab. Weißt du, was das heißt? Das sind die Verwandten unserer Majestät. Die ganze vornehme Jugend kommt nach Enns, die Magnatensöhne aus Ungarn, die Prinzen aus den Kronländern, das ist ein Leben, schildern kann ich dir das nicht. Das musst du mit eigenen Augen sehn.«

»Und was tun sie in Enns?«, fragte ich neugierig.

»Sie lernen noch besser reiten. In Enns ist die Kavallerie. Das Dragoner-Regiment Albrecht von Preußen Nummer Sechs. Sie lernen, wie man das Vaterland verteidigt. Wie man exerziert und den Säbel schwingt und wie man eine Reiterattacke führt mit der blanken Waffe in der Faust. Und wie man die Männer dazu bringt, tapfer zu sein vor dem Feind …«

»Ist das schwer?«

»Ja, sehr! Aber du, die tragen eine Uniform, die sitzt ganz eng am Leib. Ohne die geringste Falte. Und wenn sie so reiten, durch die Stadt, zum Exerzierplatz nach Enghagen, voran die Militärmusik … das hat einen Schwung … einen *Schwung*! Da verliebt man sich sofort … Ach, Unsinn!« Sie senkte die Stimme. »Was ich sagen will, Minka, mein Kind: Bei uns in Enns steht die größte Winterreitschule und die mächtigste Kavalleriekaserne von unserm ganzen, riesigen, habsburgischen Reich. Und wie du weißt, sind wir das größte Land Europas, größer als Deutschland, größer als Frankreich, England und Italien. Nur Russland ist größer. Dann kommt gleich Österreich-Ungarn. Und darauf sind wir stolz.«

»Wo wohnen denn die vielen Dragoner?«

»Überall. In der Kaserne. In einem Gasthof. In einem Privatquartier. Die kaiserliche Verwandtschaft auf Schloss Ennsegg. Das hängt davon ab, wie reich einer ist. Wer viel Geld hat, wohnt bei deiner Tante im *Schwarzen Adler*, und manche kommen nach Enns wie regierende Fürsten.« Ein schwärmerischer Ausdruck trat in ihr Gesicht. »Sie bringen ihre Köche und ihre Diener und ihre Musikanten. Und ihre Affen und Papageien. Sie bleiben ja drei Jahre. Das ist lang. Sie haben ihre Pferde mit, ihr Mobiliar. Und sie geben Unsummen aus in der Stadt. Beim Handschuhmacher. Beim Sattler. Beim Uniformschneider. Beim Büchsenmacher. Beim Schuster. In den Cafés und Restaurants. Das Regiment ist ein Segen. Jeder Ennser profitiert davon!«

»Verdienen sie so viel?«, fragte ich erstaunt.

»Sie verdienen nichts. Das bezahlen sie aus ihren Privatschatullen. Und die Offiziere verdienen auch nur einen Hungerlohn, und alle spielen Karten und Hasard, und sie wetten wie die Heiden, und wer gewinnt, gibt dann gleich ein großes Fest für die Freunde, und die Geliebte kriegt ein Brillantarmband. Ich meine, pardon, die Braut. Viele kommen schon verlobt nach Enns. Und eine Braut wird immer reich beschenkt.«

»Und was ist eine Geliebte?«, fragte ich sofort.

Meine Mutter seufzte. »Ja, wie erkläre ich dir das. Das ist eine Braut zur linken Hand. Die freie Liebe. Ohne Ehe. Strengstens verboten. Aber in Enns gibt es viel mehr Männer als Frauen, und da passiert es halt manchmal, dass ein Dragoner sich in eine kleine Ennserin verliebt. Und weißt du, was er dann tut? Als feiner Herr? Er schenkt ihr ein hübsches Kreuz aus Brillanten. An einer Kette. Und sieht man eine Ennserin mit einem Brillantkreuz um den Hals, dann weiß der Eingeweihte, dass sie einen vornehmen Verehrer hat.«

»Und wenn er im Spiel gewinnt, kriegt sie ein Armband dazu?«

»Ja. Nur ... das Armband hat noch eine andere Bedeutung.« Sie zögerte erneut. »Das Armband heißt, die Sache ist fix. Trägt eine ein Brillantarmband mit einer Reihe Steine, die so richtig glitzern, dann heißt das: Hände weg von diesem Weibchen, sonst gibt es ein Duell!«

»So ein Armband ... wie das Ihre?«, fragte ich aufgeregt.

»Wie??«, rief Mama empört. »Mein Armband ist *ganz* anders! Meines hat eine Schließe mit einem Rubin. Dein Vater hat es mir geschenkt, zu deiner Geburt. Die Bracelets, die ich meine, sind ganz weiß. Weiße Brillanten und ein Verschluss aus weißem Gold.«

»Und die Dragoner dürfen sich verlieben? Liebe ist doch nur für Stuben –«

»In der Theorie, mein Schatz. In der Theorie«, unterbrach mich meine Mutter schnell, »in der Theorie sind gebildete Menschen über Verliebtheit erhaben. Nur in der Praxis kommt das immer durcheinander, da geht es drunter und drüber ... aber dazu bist du viel zu jung. Ich begreife nicht, warum ich dir das erzähle. Du fragst zu viel! Du sagst auch kein Wort zum Fräulein von Frischenbach. Versprichst du das? Und natürlich nicht zu Papa!«

Ich versprach's, lief zu Hermine und fragte sie weiter aus. Auch meine Gouvernante war eine begeisterte Ennserin, die mit glühender Verehrung an ihrer Heimat hing. Von ihr erfuhr ich, dass Enns florierte und gedieh. Dass die Häuser voll kostbarer Möbel standen und die Kinder Französisch lernten und Klavier. Dass man fast jeden Tag in diesem Klein-Paris Theater spielte und konzertierte. Dass es keine Armen gab bis auf ein paar stadtbekannte Säufer und deren Nachkommenschaft und die Witwen und Waisen der Soldaten, die in Solferino gefallen waren.

Außerdem erfuhr ich – Hermine sagte es mit Stolz –, dass die Ennser die besten Manieren hatten von Oberösterreich. Nicht einmal an Wahltagen prügelte man sich. Was in anderen Städten durchaus üblich war!

»Enns hat viertausend Einwohner«, teilte mir Hermine mit, »Enns ist klein, aber sehr, sehr fein. In den Cafés gibt es Journale aus Brüssel, London und Paris und Zeitungen aus aller Welt. Und wir Ennserinnen gehen immer mit der Mode, nur tragen wir die Röcke kürzer als in Wien. Manche sagen, das ist ein Skandal. Aber dieser Meinung bin ich nicht. Man sieht zwar die Spitzen der Schuhe, doch man geht mit viel mehr Schwung und zieht die Kleider nicht mehr durch den Straßendreck!«

»Das stimmt«, sagte meine Mutter, als ich ihr das wiederholte, »wir Ennserinnen sind etwas Besonderes. Und weißt du auch, warum? Weil unsere Stadt die älteste ist von Österreich. Wir haben ein Stadtrecht von Kaiser Carcalla aus dem Jahr 212! Und schon 1212 war Enns eine Stadt. Da war Berlin noch ein Markt und Neu-York noch lang nicht existent!«

Und Hermine rundete das Ganze ab: Schon zur Römerzeit, erfuhr ich, war Enns wunderschön. Da hieß es noch Lauriacum, bestand aus Tempeln und Bädern, Schlösschen und Villen und einer uneinnehmbaren Garnison für sechstausend Soldaten.

Und vor den Römern gab es schon eine keltische Stadt, mit Fachwerkhäusern, Tanzhallen, Eisenschmelzen und Schmieden, und davor noch eine viel ältere, denn Enns besaß einen uralten Salzhafen, und die Salzschiffer machten es schon in grauer Vorzeit reich und berühmt.

»Enns ist so alt wie die Welt«, sagte Mama am Schluss, »du kannst graben und graben, und unter jedem Haus ist noch ein älteres und darunter noch eins und noch eins bis zurück zu Adam und Eva, am Anfang der Zeit. Und jetzt verrate ich dir ein Geheimnis, meine Minka. Pass gut auf: In Enns war das Paradies. Es kann nicht anders gewesen sein!«

Dieses verbotene Paradies betrat ich Ende Juni 1875 zum ersten Mal. Es war ein Hochgefühl. Nie vergesse ich die Aufregung in der Dampfeisenbahn, als wir dem Fahrtziel entgegenbrausten. Noch zwei Stationen. Noch eine. Noch zehn Minuten.

»Mach dich fertig, Minka! Wir sind da!«

Und dann standen wir auf dem Bahnhof von Enns!

Wir waren angelangt.

Um die Wahrheit zu sagen, wir waren in schrecklicher Verfassung: Hut und Handschuhe rußgeschwärzt, die Reisekleider zerdrückt, die Wangen bleich, die Augen gerötet vom Funkenflug. Schwindel hatte uns geplagt auf der ganzen Fahrt, denn der Zug war wild gerast: dreißig Stundenkilometer in den Kurven, achtundfünfzig in den Geraden. Zivilisiert war das nicht. Noch dazu war nach Amstetten plötzlich die Petroleumlampe herabgestürzt und hatte den Teppich durchtränkt. Hermine hatte sofort ihr Riechfläschchen ausgepackt, doch es hatte nichts genützt. Wir waren beide bahnkrank gewesen, konnten deshalb auch nichts essen, und mit zittrigen Knien, völlig durchgerüttelt, standen wir auf dem Perron und warteten, dass man uns willkommen hieß.

Es war aber niemand da!

Unser Gepäck wurde ausgeladen, und noch immer standen wir allein herum.

»Was tun wir jetzt?«, fragte ich erschüttert, denn ich hatte eine große Begrüßung erhofft.

»Wir warten!«, meinte Hermine forsch. »Irgendjemand wird schon kommen. Verhungern lassen wird man uns hier nicht!«

Ein Gegenzug aus Linz traf ein, und eine erstaunliche Menge Menschen stieg aus, darunter etliche Offiziere in Ausgehuniform, die sich lachend und vergnügt in kleinen Gruppen hinauf in die Stadt begaben.

»Irgendetwas tut sich hier«, sinnierte Hermine und sah

ihnen nach, »so viele Leute mit dem Abendzug … Vielleicht ein Fest in der Kaserne?« Weiter kam sie nicht, denn ein blonder Herr in Zivil eilte auf uns zu. Er war mittelgroß, eher breit gebaut, mit prächtigem Backenbart, und er trug – o Wunder! – ein Monokel im rechten Auge. Das hatte ich noch nie gesehn.

»Oh! Der Herr Bürgermeister persönlich«, flüsterte mir Hermine zu. »Halt dich gerade!« Und da stand er schon vor uns.

»Willkommen daheim, Fräulein von Frischenbach«, rief er laut, und eine Sekunde dachte ich, er wollte sie umarmen. »Endlich sieht man Sie wieder, Sie Treulose. Wir haben Sie alle schmerzlich vermisst.« Und er küsste ihre beiden Hände voll Inbrunst und strahlte sie an.

Hermine wurde rot, senkte den Blick und stammelte: »Wie geht es Ihnen? Hoffentlich recht gut?«

»Bestens, bestens. Man dankt! Und Ihnen?«

»Wunderbar!« Hermine hatte sich wieder gefasst, räusperte sich und zupfte ihre Handschuhe zurecht. »Sagen Sie, mein Lieber, wer hat Sie denn geschickt? Wir haben die Kutsche erwartet. Vom *Schwarzen Adler*.«

»Oh, im *Schwarzen Adler* geht's drunter und drüber.«

»Um Gottes willen! Kommen wir ungelegen?«

»Ungelegen? *Sie?* Meine liebste Hermine, man zählt die Minuten, bis man Sie in die Arme schließen darf. Die Sache ist so: Ich habe zufällig erfahren, dass Sie heute kommen, und in Erinnerung an schöne alte Zeiten …« Jetzt wurde der Bürgermeister verlegen. »Ja, wie gesagt … Ich wollte der Erste sein, der Sie begrüßt!«

Hermine schwieg. Dann griff sie schnell nach meiner Hand. »Darf ich bekannt machen? Minka Hübsch. Mein Zögling aus Wien.«

»Sehr erfreut«, meinte der Bürgermeister liebenswürdig. »Ich habe viel von Ihnen gehört, mein Fräulein, ich war direkt neugierig auf Sie. Ist es gestattet?« Er reichte Hermine seinen Arm. »Folgen Sie mir, meine Damen? Der Knabe Karl kümmert sich um Ihr Gepäck. Er ist mit einem zweiten Wagen unterwegs. Ich kutschier Sie jetzt direkt in den *Schwarzen Adler*.

Dort gibt es eine große Überraschung. Aber mehr verrat ich nicht.«

Zweispännig fuhren wir in die Stadt. Auf dem Bock ein Kutscher namens Hans, vorne zwei wunderschöne Grauschimmel – wir waren schon schlechter gefahren auf dieser Welt. Ich atmete tief ein. Die Luft schien wie Balsam, süß und klar nach dem Dampf und Gestank der Eisenbahn. Es war ein milder Abend, die Schwalben flogen hoch, und obwohl ich kerzengerade saß, wie Hermine mich gelehrt hatte, und die Augen züchtig niederschlug, schielte ich heimlich nach dem Bürgermeister, der uns gegenübersaß, und nach dem Monokel, denn das faszinierte mich.

»Sie haben sich gar nicht verändert«, meinte unser Kavalier nach einer Weile. Er hatte Hermine keine Sekunde aus den Augen gelassen.

»Und Sie haben große Karriere gemacht.«

»Und noch immer kein Weibchen an meiner Seite.«

»Dann wird es aber höchste Zeit«, meinte Hermine, ohne ihn anzusehn. »Es wird doch eine zu finden sein, in Enns und Umgebung, die Ihnen gefällt. Was macht denn das Fuhrwerksunternehmen?«

»Schleppt sich dahin. Mit dem halben Geschäft. Sie wissen ja, die Bahn hat uns fast ruiniert. Aber seit zwei Jahren fabriziere ich auch Sodawasser. Das reißt man mir aus der Hand. Ich beliefere den *Schwarzen Adler* – ich weiß, Eigenlob stinkt –, aber ich bin immer noch eine gute Partie. Genau wie früher ...«

Hermine seufzte und ließ ihren Blick über die Felder schweifen.

»Wie war denn die Reise?«, fragte der Bürgermeister dann ganz nebenbei. »Nicht zu beschwerlich, hoffe ich.«

»O doch! Und wie!« Hermine wurde wieder gesprächig. »Meiner Meinung nach hat die Bahn keine Zukunft, außer für Güter. Aber für zivilisierte Menschen ist das nichts. Die Preise sind sehr hoch, und öffnet man ein Fenster, hat man eine schwarze stinkende Rußwolke im Gesicht. Wer lässt sich denn so was bieten? *Ich* steig nie mehr in einen Zug. Und meine Minka auch nicht. Das nächste Mal reisen wir mit dem Schiff.«

Der Bürgermeister nickte verständnisvoll. Schweigen breitete sich aus. In Kürze hatten wir alle Fußgänger überholt. In leichtem Trab, um die Rösser nicht zu erhitzen, ging es dann durch eine majestätische Pappelallee. Dahinter reife Felder, Wiesen, Wälder. Und links kam langsam Enns in Sicht. Herrlich gelegen auf einem kleinen Berg.

»Da, meine Minka, *jetzt*!!«, rief Hermine plötzlich übermütig wie ein Kind, »ich seh schon den Stadtturm. Sieh gut hin, der ist unser Wahrzeichen. Na, was sagst du, *ma petite*? Ist der schön? Und die alte Ringmauer. Und der Bäckerturm. Habe ich dir zu viel versprochen? Hast du je so ein malerisches Bild gesehn? Und schau, wie alles blüht!«

Hermine hatte Recht. Je näher wir kamen, desto schöner wurde Enns. Jetzt bogen die Rösser in die steile Wienerstraße ein, legten sich brav ins Zeug, und als es hinaufging in Richtung Hauptplatz, stand plötzlich der Stadtturm vor uns in seiner ganzen majestätischen Pracht. So einen Turm hatte ich noch nie gesehn. Er war aus Stein, und sein geschwungenes Dach aus grünem Kupfer erinnerte mich an einen Soldatenhelm. Darunter prangte eine riesige Uhr. Und auf dem Dach, auf einer Kugel, stand ein Engel in tänzerischer Pose. Er hatte Flügel an Fesseln und Schultern. Wer konnte das sein?

»Schön?«, fragte Hermine noch ein Mal.

»Prachtvoll.« Ich nickte beglückt.

»Das meinen wir auch.« Der Bürgermeister hatte mich genau beobachtet, lächelnd wandte er sich jetzt zu mir.

»Dieser Turm ist einmalig auf der Welt«, sagte er stolz, »und jetzt kommt ein Geheimnis: Eine Riesin hat mitgeholfen beim Bau. Eine Rippe von ihr war lang erhalten, mein Vater hat sie noch gesehn. Oben am Turm, unter dem Dach, an einer schweren Eisenkette …«

»So ein Unsinn«, unterbrach Hermine, »das ist eine Sage! Minka! Dass du mir ja nicht an die Riesin glaubst!«

»Man verzeih mir, aber die Riesin …«

»Hat nie existiert«, unterbrach Hermine im Schulmeisterton. »Ich muss schon sehr bitten, lieber Peregrin, verblöden Sie mir nicht das Kind. Ich versuch sie zu erziehen, ohne Aberglauben, im Sinn der Neuzeit, was schwer genug ist, denn sie hat eine blühende Fantasie. Und Sie kommen mir daher mit Ihrer Riesin. Minka. Hör gut zu: Hier stand einmal eine alte Kirche. Die Protestanten haben sie demoliert in der Reformation. Das waren aber ganz normale Menschen. Keine Riesin weit und breit. Und mit den Steinen von der Kirche haben sie den Turm gebaut und gleich mitten auf den Hauptplatz gepflastert, damit den Katholiken das Lachen vergeht. Und die Glocken haben sie auch gleich oben aufgehängt. Verstehst du, was das heißt?«

»Bitte um Verzeihung, nein!«

»Das heißt, hier steht ein protestantischer Protzbau. Höher als jeder Kirchturm! In einem erzkatholischen Land. Von der Vernunft her hätte er abgerissen gehört. Aber was passiert? Der Turm ist so göttlich schön, alle verlieben sich in ihn. Keiner hat ihm auch nur das Geringste angetan, die ganzen Jahrhunderte, die es ihn gibt. Enns wäre nicht Enns ohne unser heiß geliebtes Monstrum hier. Und was lernst du daraus, mein Kind?«

Sie sah mich prüfend an. »Daraus lernst du, dass die Liebe stärker ist als die Vernunft. Aber: Was gut ist für einen Turm, ist für uns Menschen noch lange nicht …«

»Wie wahr«, der Bürgermeister fixierte sie durch sein Monokel, »einem geliebten Weib verzeiht man auch jede Schweinerei!«

»*Attention!* Das Kind ist erst fünfzehn! Minka, das war nicht für deine Ohren bestimmt. Du vergisst sofort, was du gehört hast.«

»Und einem geliebten Kaiser verzeiht man, wenn er jede Schlacht verliert …«

»Ich möcht schon sehr bitten«, rief Hermine ärgerlich, »keine Kritik an unserm allerhöchsten Herrn!«

»Und einer geliebten Monarchin verzeiht man, wenn sie die Ungarischen mehr liebt als ihr eigenes Volk …«

»Mein lieber Peregrin, gleich trifft mich der Schlag«, rief Hermine entsetzt, »ich erkenn Sie nicht wieder. Was sind das für gottlose Reden? Auch die Ungarn sind ihr Volk. Alle Völker der Monarchie sind ihr Volk, und unsere Kaiserin liebt alle ihre Völker *gleich*!! Alles andere ist Hochverrat!«

Der Bürgermeister begann schallend zu lachen. »Das war doch nur ein Scherz. Hat man Ihnen den Humor geraubt? Draußen in Wien?« Hermines Wangen begannen sich gefährlich zu röten.

»Darf ich bitte etwas fragen?«, rief ich schnell, denn meine Gouvernante verteidigte die Kaiserlichen immer, als wäre sie mit ihnen verwandt.

»Frage, mein Kind!«

»Wo ist denn die Rippe jetzt? Von der Riesin? Ist das bekannt?«

»Aber ja!« Der Bürgermeister richtete sein Monokel. »Die Franzosen haben sie gestohlen. Der Napoleon … Die ganze Welt hat er erobern wollen, bis Wien ist er gekommen, später bis Moskau, aber vorher, 1809, da war die Schlacht bei Ebelsberg. Ganz in der Nähe hier von uns. Die hat ihm der General Massena gewonnen, die Schlacht. Und kaum hat er uns besiegt, der Massena, hat er ganz Enns leergefressen mit seinen Leuten, und dann hat er die Rippe weggeschleppt, als Kriegsbeute, jetzt ist sie in einem Schloss in Frankreich. Dort kann man sie sehn.«

»Auf welchem Schloss?«, rief Hermine streng.

»Weiß ich nicht. Ich weiß nur, Fräulein Hübsch, Napoleon war hier bei uns. Auf Schloss Ennsegg. Drei ganze Tage hat er hier campiert. Der hat sich nicht geniert, kann ich Ihnen sagen. Hunderte von Ennsern hat er zu Krüppeln geschossen mit seiner Artillerie. Sechsundsechzig Jahre ist das her und noch immer nicht vergessen. Und auf dem Russlandfeldzug hat er den Gefangenen ein ›B‹ auf die Hand brennen lassen, mit einem heißen Eisen. ›B‹ für Bonaparte. Gebrandmarkt wie das Vieh …«

»Gnade!«, unterbrach Hermine schnell. »Mein lieber Peregrin, verschrecken Sie doch nicht das Kind an ihrem ersten Tag in Enns. Ich stelle fest, *Sie* haben sich auch überhaupt nicht verändert. Sie erzählen immer noch am liebsten Schauergeschichten. Genau wie früher. Darf ich bitten? Wechseln wir das Thema?«

Doch das erledigte sich von selbst. Zwei Reiter überholten uns. Meine ersten Kavalleristen. Ich senkte züchtig den Kopf, schielte aber scharf nach rechts. Meine Mutter hatte Recht gehabt: Das war Eleganz! Voran ritt ein stolzer Herr mit pechschwarzem Haar und hängendem, schwarzem Oberlippenbart. Er trug eine prachtvolle Uniform, rot, goldverschnürt: ein ungarischer General. Kerzengerade saß er auf einem Furcht erregenden Rappen, und hinter ihm ritt ein junger Mann, der mir bekannt vorkam. Er saß auf einem Rotfuchs und trug die Montur der Wiener Neustädter Militärakademie. Beide Herren salutierten stramm. Hermine und der Bürgermeister grüßten zurück.

Dann bogen unsere Rösser in den Hauptplatz ein, trabten langsam in perfektem Gleichschritt links am Stadtturm vorbei. »Brrrrrr!«, rief der Kutscher sanft. Und wir blieben vor dem Hotel *Zum Schwarzen Adler* stehn.

Vorsichtig hob ich den Blick.

Mein Gott, war Enns schön! Ein Haus hübscher als das andere, und fast in jedem eine Gaststätte oder ein Café mit grünen Schanigärten vor der Tür. Und erst das Hotel! So prächtig hatte ich mir das gar nicht ausgemalt. Beglückt musterte ich das große dreistöckige Gebäude, das Sicherheit verströmte und Behaglichkeit. Gebaut war es im italienischen Stil nach Palladio. Mit schön gegliederter Fassade und sechs steinernen Vasen auf dem First. Es war kaisergelb gestrichen, die Ornamente strahlend weiß, und sechs blühende, zu Kugeln gestutzte Orangenbäumchen standen rechts und links vor dem Tor in großen grünlackierten Behältern aus Holz. Richtig südlich sah das aus.

Der Anblick belebte meine Sinne. Kein Vergleich mit unserer Fes-Fabrik daheim. Ich hob den Kopf und schnupperte ein bisschen in der Luft herum. Nicht der leiseste Hauch von nassem, gebügeltem Filz, wie ich das gewöhnt war von zu Hause. Es roch ganz schwach nach Pferdemist wie in jeder Stadt, darüber ein Duft nach Geranien und Glyzinien. Vor allem aber roch es nach Abenteuer. In Wien hatte es das nie getan.

Ich begutachtete das Schild. Wieder ein Treffer: HOTEL ZUM SCHWARZEN ADLER. Gold auf dunklem Grund.

INHABER JULIANA UND LOUIS TANZER. Kein Sohn! Am liebsten hätte ich zu singen begonnen. Doch Hermine hätte das nicht geschätzt. Also kreuzte ich die Arme vor der Brust und senkte den Kopf. Trotz dieser züchtigen Pose aber sah ich genug. Der Hauptplatz wimmelte von Menschen. Deshalb standen wir auch nicht direkt vor dem Tor. Da nämlich warteten schon jede Menge Kutschen, aus denen festlich gekleidete Damen stiegen mit kunstvollen Hochfrisuren, begleitet von Herren im Frack. Und die Herren boten den Damen den Arm, und erwartungsvoll betraten sie das Hotel.

Vor allem aber wimmelte es von bildschönen Männern in Montur. Noch nie hatte ich so viele Offiziere auf einem Fleck gesehn. Sie standen zusammen, in kleinen Gruppen, zu zweit, zu dritt, die bunten Uniformen eng tailliert, den langen Säbel lässig auf das Pflaster gestützt, sehr vergnügt, mit flinken Augen alles beobachtend, lachend, erwartungsvoll.

»Was ist denn los?«, wunderte sich Hermine. »So ein Wirbel? Um diese Zeit?«

Der Bürgermeister neigte sich vor. »Das ist die Überraschung, Fräulein von Frischenbach. Ein Opernabend im Hotel. Große Wohltätigkeit für die Witwen und Waisen der Kameraden, die in Solferino gefallen sind. Die ganze Prominenz ist da aus Linz und Steyr und Enns. Ich nehme an, Sie werden alle Ihre Bekannten sehn!«

»Was wird denn gegeben?«, fragte Hermine aufgeregt.

»*Die junge Lebensretterin.* Eine Kinderoper. Fräulein Schönbeck hat sie komponiert.«

»Olympia Schönbeck? Die Lehrerin? Eine ganze Oper?«

»Jawohl«, sagte der Bürgermeister stolz, »angeblich ist es ein Meisterwerk.«

»Minka, freust du dich?«, strahlte Hermine. »Kaum erscheinen wir, gibt es schon eine Soiree. Das ist wieder typisch. Mit dir hat man immer Glück!«

»Darf ich die Damen bitten? Warten Sie auf mich? Ich muss kurz ins Hotel … bin gleich wieder da …«

Kaum war der Bürgermeister weg, wandten sich die nächststehenden Offiziere um und musterten uns heimlich, aber interessiert. Ich tat, als bemerkte ich es nicht, als ich plötzlich eine bekannte Stimme vernahm: »Guten Abend, meine Damen! Küss die Hand. Küss die Hand!« Und was sah ich? Ein junger

Herr stand vor uns: breite Schultern, kurzes, dunkles Haar, kornblumenblaue Augen von schwarzen Wimpern umrahmt, offener, fröhlicher Blick … Es war der Reiter von vorhin, mein Kavalier aus der Hinterbrühl, nur war er jetzt in Uniform, und ich hatte ihn nicht erkannt.

Vor Freude wurde ich dunkelrot.

»Erinnern Sie sich an mich, gnädiges Fräulein? Gabor von Borosy. Wir haben uns bei meiner Großtante kennen gelernt, im Winter. Sie haben wundervoll gesungen und Klavier gespielt. Ich war hingerissen von Ihrer schönen Stimme. Bleiben Sie länger in Enns?« Er musterte mich erfreut.

»Den ganzen Sommer«, stammelte ich verwirrt und zog meinen Reisehut tiefer ins Gesicht.

»Und wo wohnen Sie, wenn man fragen darf?«

»Hier. Im Hotel.«

»Ich auch«, rief Gabor vergnügt. »So ein Zufall. Ich wohne hier mit meinem Papa. Er hat mir kein Wort gesagt, dass man Sie erwartet. Wir bleiben bis Ende August. Ich muss Sie unbedingt wieder singen hören. Tun Sie das einmal für mich?«

»Gabor!! Wo bleibst du?!«, dröhnte da eine gewaltige Stimme, und der ungarische General stand plötzlich da. »Spielst du den galanten Herrn? Du wirst gesucht. Von der Prinzessin Valerie. Sie sitzt im Restaurant und langweilt sich. Hin mit dir. Hopp-hopp! Und ab!«

»Jawohl, Papa. Sofort.«

Gabor lächelte uns zu und sagte laut: »Ich empfehle mich, meine Damen!« Dann flüsterte er schnell: »Ich stehe zu Ihren Diensten. Sie hören bald von mir.« Schon wandte er sich um und eilte mit beflügelten Schritten dem Hoteleingang zu.

Selig sank ich zurück in meinen Sitz. Jetzt hatte ich einen Bekannten hier in Enns. Wer hätte das gedacht? Es roch nicht nur nach Abenteuer in der Stadt. Schon hatte ich eins!! *Sie hören bald von mir. Ich stehe zu Ihren Diensten* … So sprach man zu einer Erwachsenen, nicht zu einem Kind.

»Was hat er da gemurmelt?«, rief Hermine streng.

»Ich hab's leider nicht verstanden.«

»Seit wann hörst du so schlecht? Und ich bitte dich, sitz gerade. Man lümmelt nicht in der Öffentlichkeit. Und rück deinen Hut zurück. Immer versteckst du dein Gesicht. Das ist eine Unsitte von dir.«

Ich richtete mich kerzengerade auf und sah Gabor nach, bis er im Hotel verschwunden war. So eine hübsche Uniform. Hellblaue Pantalons. Ein mohrengrauer Rock, eng an den Leib geschneidert, ohne die geringste Falte. Hochrote Aufschläge. Dazu eine Kappe, schwarz und goldverziert. Und wie schneidig er ging. Größer geworden war er auch. Und das Beste: Er hatte sich *wirklich* gefreut, mich zu sehn. Er hatte immer noch nicht bemerkt, wie abgrundtief hässlich ich war. Ich umklammerte meinen Sonnenschirm und senkte den Blick, denn Hermine starrte mich an. Fragt sich nur, *wo* würde er mir zu Diensten sein? Und *wie*? Und *wann*? Ich war nie allein. Durfte auch nie allein aus dem Haus. Junge Mädchen wurden immer strengstens bewacht, wusste er das nicht?

Der General war inzwischen um unsere Kutsche herummarschiert. Die Offiziere hatten ihm ehrerbietigst Platz gemacht. Er öffnete für meine Gouvernante den Wagenschlag. »Küss die Hand, meine Gnädigste«, dröhnte er, »das ist eine Überraschung. Kommen Sie zur Sommerfrische? Warten Sie, lassen Sie sich helfen. Man stürzt hier so leicht. Enns ist ein gefährliches Pflaster für Damen, hat man mir gesagt.«

»Ach nein!« Hermine akzeptierte seine Hand und stieg graziös zu Boden. »Wissen Sie, ich bin immun. Ich kenne die Herren der Schöpfung und alle Fallen und Schlingen … aber *quelle chance*. Was führt Sie hierher, wenn man fragen darf?«

»Man darf nicht«, dröhnte der General. »Strengste Schweigepflicht. Geheime Mission.«

»Hoffentlich der angenehmen Art?«

»Sie haben mein Wort, nur … Ein Kavalier genießt und schweigt.«

Hermine lächelte verstehend und sah sich nach mir um.

»Minka, komm. Aber Vorsicht. Das Trittbrett ist sehr hoch.« Ich zögerte eine Sekunde. Würde Gabors Papa jetzt auch mir … Nein! Er dachte nicht daran. Dafür sprang der Kutscher wie der Blitz vom Bock und hob mich mit starken Armen herab.

»Also, das ist sie, Exzellenz«, rief Hermine, als ich neben ihr stand, »meine Minka, mein Schützling, erzogen von mir. Sag schön: Küss die Hand, *chérie*. Und damit du gleich im Bilde bist: Vor dir steht Zoltan Baron Borosy, General bei den Husaren. Einer der besten Reiter der Welt. Er reitet mit unserer Kaiserin, ist eingeladen nach Gödöllö, begleitet sie auf alle Jagden, wird glühend beneidet ...«

Ich knickste tief. Was den besten Reiter unbeeindruckt ließ. Er sah über mich hinweg. »Mein Cousin ist gestern angereist«, meinte er schroff, »ist *sie* der Grund?«

»Er weiß, dass wir kommen. Ja. Das war so ausgemacht.«

Der General runzelte die Stirn. Er hatte kohlschwarze schräg gestellte Tartarenaugen, und sein Blick wurde drohend und wild: »Das inkommodiert mich«, donnerte er grob, »das ist mir gottverflucht zuwider. Seit Jahren sprechen wir nicht mitsammen. Sein kostspieliges Experiment interessiert mich einen *Dreck*. Er ruiniert mir den schönen Sommer hier in Enns. Ich will keinen Kontakt. Sagen Sie ihm klipp und klar, dass ich *nicht umzustimmen bin*!«

Ich senkte den Kopf. Ich verstand. Die Sache hatte wieder einmal mit mir zu tun. Der General war zornig, dass sein Cousin gekommen war, den er nicht mochte. Und obwohl ich diesen Cousin überhaupt nicht kannte und nichts mit ihm zu tun hatte (und mit seinem kostspieligen Experiment), war es meine Schuld. Wieder ein Rätsel. Genau wie in Wien. Hörte das nie auf?

»Weißt du was?« Hermine griff schnell nach meiner Hand. »Wir begrüßen jetzt deine Tante Juliana. Die freut sich schon so auf dich. Exzellenz, bitte, entschuldigen Sie uns. Man sieht sich oben, im Theatersaal, adieu.«

In dem Moment kam der Bürgermeister zurück. Und neben ihm schritt ein Herr, eine auffallende Erscheinung. Rassig. Dunkle Augen. Buschiger, mit Wichse fein gezwirbelter schwarzer Oberlippenbart. Er war sehr groß, trug Frack und Zylinder, was ihn noch größer wirken ließ, dazu eine sonnengelbe Weste aus glänzender Seide und eine gleichfarbige Rose am Revers.

»Meine liebste Hermine von Frischenbach« – er breitete

beide Arme aus –, »endlich sind Sie wieder da. Enns war direkt leer ohne Sie. Blendend sehn Sie aus. Sie werden immer jünger. Hat Ihnen das unser Bürgermeister schon gesagt?«

»Hat er nicht«, strahlte Hermine, die neben dem großen Mann geradezu rührend wirkte, wie ein Kind. »Sie sind der Erste, lieber Louis. Und das ist unsere Minka. Minka, das ist dein Onkel Louis. Mitbesitzer von diesem Prachthotel. Sag ihm küss die Hand und wie sehr du dich über die Einladung freust.«

Ich knickste wieder, machte ein besonders tiefes Compliment. Das war mein Onkel? Beglückt sah ich zu ihm hoch. Er lächelte mich an. Es war Sympathie auf den ersten Blick.

»Sie ist ja ein hübsch … ein nettes kleines Fräulein«, Onkel Louis fasste mich unters Kinn und musterte mich genau, »aber diese Ähnlichkeit. Dass es so was gibt. Wirklich frappant. Ja … meine Damen, gut, dass Sie schon da sind. Die Oper beginnt in zwanzig Minuten. Es geht sich wunderbar aus.«

Ich wollte etwas sagen, brachte aber keinen Ton heraus. Hätte dieser schöne Mann, der aussah wie der berühmte Komponist Johann Strauß, hätte er mich beinahe … hübsch genannt?

Nein! Das konnte nicht sein. Laut Papa war ich hässlich wie die Nacht, und selbst Hermine, die mich liebte, hatte nie ein gutes Wort über mein Aussehn gesagt. Ich besaß zwar außerordentlich dichtes, glänzendes, langes, dunkles Haar und »schwarze Kirschaugen«, laut Mama, doch der Rest war sicher fürchterlich.

Wahrscheinlich hatte ich eine Knollnase. Und einen Mund wie ein Scheunentor. Und die Ohren waren zu groß. Was mich exakt so hässlich machte, wusste ich nicht, denn ich mied Spiegel wie die Pest. Seit der Geburt meines Bruders, seit fünf Jahren hatte ich in keinen Spiegel mehr geblickt. Warum auch? Um mich zu kränken? Nein, nein. Von meinem Ebenbild hielt ich mich fern. Außerdem – ich sah auch ohne Spiegel, ich war zu dünn. Noch nicht entwickelt. Nichts Rundliches an mir. Meilenweit entfernt von den superben Frauen der Monarchie, die die ganze Welt besang. Und wie jeder weiß, gibt es nichts

Hässlicheres als eine magere Frau. Ach, wie peinlich ist es, Hübsch zu heißen und auszusehn wie ich.

Aber heute waren plötzlich zwei Herren von mir entzückt. Gabor, mein neuer Freund, und dieser reizende neue Verwandte. Und offensichtlich glich ich meiner Tante Juliana. Warum hatte Mama mir das nie gesagt? Nur, Juliana war schön. Und ich – war da nicht ein Widerspruch?

Doch ich grübelte nicht lange nach, denn das Leben war plötzlich rasend amüsant. Gott sei Dank, dass ich nach Enns gekommen war.

Ich drückte fest Hermines Hand und schmiegte mich kurz an sie. Sie lächelte mir aufmunternd zu.

Und ohne die geringste Ahnung von der Mutprobe, die mir bevorstand, betraten wir das vornehme Hotel.

KAPITEL III

Die Große Halle war strahlend hell erleuchtet und mit Blumengirlanden geschmückt. Der Wirbel war noch größer als draußen: Damen im Abendkleid, Herren im Frack. Generäle in Gala. Offiziere. Personal. Und dazwischen die Kinder, die in der Oper sangen, bereits geschminkt, mit Perücken und Kostümen, in den bunten Trachten der Kronländer. Um sie herum die stolzen Eltern, Geschwister, Freunde, Verwandte.

Und obwohl ich immer allen alles vergönne – bei diesem Anblick wurde mir schlecht vor Neid.

Ich hätte liebend gern mitgesungen, bei der *Jungen Lebensretterin*, mit Freuden hätte ich vor Gabor geglänzt. Mutig genug war ich dazu. »Voran wie ein Mann«, hatte Hermine mich gelehrt, »wenn auch immer nur im Stillen. Heldentaten sind das Vorrecht der Herren. Courage ist bei jungen Mädchen nicht erwünscht. Aber wenn es sein muss, packst du zu. Das ist im Sinn der Neuzeit. Den Rest überlässt du dem lieben Gott.«

Ich hatte zugepackt bei der Aufnahmeprüfung in Wien. Und hier, wie gesagt, hätte ich auch nichts dagegen gehabt. Ein schöner Einstieg wäre das gewesen, in Enns.

Aber was war das? Während ich Hermine folgte und Onkel Louis, der uns einen Weg bahnte durch das Gewühl, kam plötzlich heißes Lampenfieber über mich. Brennrot von Kopf bis Fuß. Da wusste ich, irgendetwas würde heute noch geschehn. Etwas Aufregendes. Wichtiges. Dieses rote Gefühl täuscht mich nie. Aber was??

Onkel Louis blieb stehn. Öffnete eine Tür. »*Voilà*, meine Damen. Treten Sie ein. Das ist unser neuer Roter Salon. Liebste Hermine, was? Da staunen Sie. Alles nach Makart möbliert, wie im schönsten Wiener Stadtpalais. Erfrischen Sie sich in Ruhe, essen Sie eine Kleinigkeit, lassen Sie sich Zeit. Meine Juliana holt Sie dann rechtzeitig ab.«

Er lüftete seinen Zylinder und ließ uns allein.

»*Mon Dieu!*«, sagte Hermine und sah sich um. »Nein, die Welt steht nicht mehr lang.«

Wir befanden uns in einem kleinen Entree. Vor uns der Rote Salon. So ein prächtiges Gemach hatte ich noch nie gesehn. Schimmernde rote Seide an den Wänden. Roter Teppich aus dem Orient. Weich. Meine Schuhe versanken fast darin. Eine ägyptische Liege. Pompejanische Vasen auf hohen Ständern. Darin exotische Gräser, Seidenblumen, Straußenfedern. Ein venezianischer Spiegel und links, in Richtung Fenster, ein Ölgemälde in goldenem Rahmen von – großer Gott, sah ich recht? – einer badenden Dame, splitterfaser … *nackt*!! Sofort wandte ich mich ab.

Ein dunkler, geschnitzter Esstisch, lang, oval, stand in der Mitte, zwölf bequeme Stühle rundherum. Und weiter hinten, halb versteckt von einem schweren, roten Samtvorhang, eine über und über verspiegelte Nische, darin ein Diwan, makartrot, mit Plüsch bezogen, ausnehmend breit. Der passte nicht herein, ebenso wenig wie der Waschtisch hinter einem pompösen Paravent aus rotem Samt.

Zaghaft schritten wir weiter hinein in diese Mischung aus Theater, Speisezimmer und Boudoir, und ich täuschte mich nicht: Es duftete nach bulgarischem Rosenöl, und etwas Sündiges, Verlockendes schwebte in der Luft.

»Tatsächlich, ein Separee«, murmelte Hermine und seufzte schwer.

»Ein *was*, bitte schön?«

»Separee«, wiederholte sie unwillig, keine Spur lauter.

»Das Wort hab ich noch nie gehört.«

»Macht nix.«

»Und was ist das, bitte sehr?«

»Das hat's früher nicht gegeben, hier in Enns.«

»Ja, aber was *bedeutet* das? Separee?«

»Frag nicht, jetzt müssen wir uns waschen. Wir sehen aus wie zwei Rauchfangkehrer, und in einer viertel Stunde fängt die Oper an. Und schau nicht auf das ordinäre Weibsbild an der Wand. Das ist eine Sünde, die man beichten muss.«

Ich knickste. Legte das bodenlange braune Cape ab, warf es auf einen Stuhl, nahm den Hut vom Kopf und blickte an mir hinab auf mein tristes, schiefergraues Reisekleid. Wie eine

Nonne sah ich aus, verglichen mit der fröhlichen, aufgeputzten Gesellschaft draußen vor der Tür.

Hermine inspizierte inzwischen den Waschtisch.

»*Voilà, chérie.* Das Wasser im Krug ist gewärmt. Gästehandtücher sind auch da, extra für uns. Und was steht dort drüben? Marmorkuchen, wie mir scheint. Kannst du schon was essen? Minka! Ist dein Magen wieder gut? Weißt du was, jetzt stell ich fest, mir ist vor Hunger direkt schlecht.«

Sofort ging ich zum Tisch, schnitt ein dickes Stück Kuchen ab, legte es auf einen Teller und brachte es meiner kleinen Gouvernante.

»Mhhhhhm, ist das gut. Und du isst nichts?«

»Ein Stück Schokolade? Wenn ich darf?« Neben dem Kuchen nämlich stand eine große Silberschale voll Konfekt.

»Soviel du willst. Schokolade gibt Kraft.« Hermine wusch sich den Ruß von der Stirn. »Wie schmeckt's?«

»Delikat«, rief ich, während ich mich fern vom Spiegel, mit dem Rücken zu dem nackten Frauenzimmer, kämmte und meine dicken, schwarzen Zöpfe fester flocht, »so was Feines hab ich noch nie gegessen. Das ist die beste Schokolade auf der Welt.«

»Das hört man gern«, ertönte eine helle Stimme von der Tür, »alles im Haus gemacht, von meinen braven Leuten. Minka! Hermine! Endlich seid ihr da. Minka, ich bin deine Tante Juliana. Willkommen unter meinem Dach. Fühlt euch hier daheim.«

Ich hob den Kopf.

Eine zierliche, strohblonde Dame stand in der Tür, etwas größer als ich, in einem sonnengelben, gerafften und gerüschten Kleid mit kleiner Krinoline und so kurz, dass man die Schuhspitzen sah. Sie glich derart meiner Mama, dass ich erschrak. Dasselbe sonnige Gesicht. Derselbe geschwungene Mund. Dieselbe lilienweiße Haut. Nur waren ihre Züge feiner und die Augen nicht blau, sondern haselnussbraun, und sie funkelten vor Lebenslust.

Und ihre Mitte – tatsächlich. Eine echte Wespentaille wie die Kaiserin. Hermine wirkte direkt mollig neben ihr. Und als sich die beiden Damen umarmt hatten und ich an der Reihe war, knickste ich besonders tief und küsste andächtig ihre kleine, weiche Hand.

Dabei bemühte ich mich, nicht auf ihre Frisur zu starren. Ihr helles Haar nämlich war sorgsam hochgekämmt, und oben saß ein Vogelnest aus braunem Samt und darin ein ausgestopfter Kolibri mit offenen Schwingen, strahlend blau. Und während dieses hochelegante Geschöpf ihr kostbar geputztes Haupt zu mir neigte und mich küsste, herzhaft, auf die Stirn, stellte ich fest, dass sie nach englischer Pomade duftete und dass ihr Kleid dieselbe Farbe hatte wie Onkel Louis' Weste und die Rose an seinem Revers. Das fand ich rasend elegant.

Ähnlich aber sah ich ihr nicht. Beim besten Willen konnte davon keine Rede sein. Seltsam. Wem sollte ich denn sonst ähnlich sehn? In Enns?

Meine schöne Tante half mir auf und stand einen Moment bewegungslos vor mir. »Ich fall gleich in Ohnmacht«, rief sie dann, »es ist dasselbe Gesicht. Ganz wie …« Sofort war Hermines Zeigefinger an den Lippen, »ganz wie … wie ich sie mir vorgestellt habe«, beendete sie schnell den Satz. »Was ich fragen will, euch zwei, habt ihr alles, was ihr braucht?«

»Man dankt. Im Überfluss. Halt. Moment, Juliana. Leihst du mir eine hübsche Masche für mein Haar? Meine hier ist von der Reise ganz verrußt. Und du hast diese hochelegante Frisur, ich komm mir vor wie die arme Verwandte vom Land.«

»Aber gern … die Josepha soll sich umsehn. Vielleicht findet sie bei meinen Sachen was für dich.«

Tatsächlich brachte kurze Zeit später eine dralle Brünette namens Zilli eine Seidenmasche, groß, mohnrot und fast etwas zu grell für Hermines schlichtes, dunkelblaues Kleid. »Das schickt die gnädige Frau«, sagte sie und knickste, »darf ich der Dame behilflich sein?« Dann ging sie geschickt ans Werk, und Hermine sah ihr dabei im Spiegel zu.

»Gar nicht schlecht«, meinte sie, als Zilli wieder gegangen war. »Weißt du was? Wir fordern sie an als Zofe. Ich sehe tatsächlich viel größer aus, wenn man die Masche weiter nach vorn steckt. Was hältst du davon, mein Kind?«

»Es kleidet Sie rasend gut.«

»Ich fleh dich an, sag nicht immer rasend, ich hasse dieses Modewort.«

»Oh, pardon. Darf ich bitte etwas fragen?«

»Frage.«

»Finden Sie, dass meine Tante meiner Mutter gleicht?«

»Und wie! Sie sehen aus wie Schwestern.«

»Aber wem sehe *ich* dann ähnlich? Ich hab doch sonst keine Verwandten hier in Enns.«

»Du?!«, fragte Hermine, als hätte sie das Wort noch nie gehört. »Wem sollst du denn ähnlich sehen? Wie kommst du darauf?«

»Weil mein Onkel so erschrocken ist, vorhin. ›Die Ähnlichkeit ist frappant‹, hat er gesagt. Aber die Ähnlichkeit mit wem? Und die Tante ...«

»Liebes Kind, das muss ein Irrtum sein.«

»Haben Sie es nicht gehört? Dass sie gleich in Ohnmacht fällt?«

»Nein.«

»Aber ...«

»Kein Aber«, rief Hermine streng, »wohlerzogene Kinder bombardieren Erwachsene nicht mit Fragen. Versteht man etwas nicht, wartet man, bis man informiert wird. *Zur rechten Zeit.*«

»Aber, bitte schön, wann *ist* die rechte Zeit?«

»Jetzt noch nicht. Komm! Nimm eine Spur Parfum. Das verdeckt den Eisenbahngestank. Und bring mir bitte meinen Fächer. Und halt dich gerade. Schon wieder versteckst du dein Gesicht. Kopf hoch, mein Schatz. Schultern zurück. Brust heraus. Bauch hinein. Jawohl! Und jetzt machen wir uns einen gemütlichen Abend. Das haben wir uns verdient.«

Von einem gemütlichen Abend konnte keine Rede sein. Kaum saßen wir oben, im großen Theatersaal, gab es schon die erste Streiterei: Zu viele Gäste und zu wenig Plätze.

Also stellte man die Jugend hinten an die Wand. Mich ließ man ausnahmsweise sitzen, in der dritten Reihe, neben Hermine, denn ich hatte eine anstrengende Reise hinter mir.

Doch der Saal war zum Bersten voll – ein schöner Saal, mit Stuck, großer Bühne, Gobelinvorhang –, und immer noch drängten Leute nach. Die ganze Stadt wollte herein. So einen Wirbel hatte ich noch nie gesehn.

Juliana eilte vorbei, ein festlich gekleidetes Mädchen an jeder Hand. Der Kolibri wippte auf ihrem Kopf. Sie blieb kurz stehn.

»Minka«, rief sie mit ihrer hellen Stimme, »das ist die Galla Pumb. Ihr Vater ist der berühmte Zuckerbäcker in der Wienerstraße. Und das ist die Emsi Kropf, die Tochter vom Fleischhauer auf dem Hauptplatz. Ihr seid alle drei gleich alt.«

Wir lächelten einander zu.

Galla gefiel mir sofort. Sie hatte glänzende braune Zöpfe, braune Augen und ein süßes Gesicht. Emsi war blond mit dicken, roten Wangen und sah viel älter aus als wir. Sie war schon entwickelt, trug ein Mieder und war ein richtiges kleines Weib. Sympathisch war sie mir nicht. Von der, dachte ich, halte ich mich fern.

»Dort hinten stellt's euch hin«, sagte Juliana zu den beiden, »direkt vor den Mittelgang, da sieht man exzellent. Und nach der Oper trifft man sich unten im Restaurant. Da könnt ihr Freundschaft schließen, wenn ihr wollt.«

Dann setzte sie sich neben uns, völlig außer Atem, öffnete ihren Fächer und kühlte ihr erhitztes Gesicht.

Endlich kamen keine Gäste mehr. Man schloss die Türen des Saales.

Wo war Gabor? Vorsichtig wandte ich mich um. Aha. Er stand mit Kameraden im Seitengang. Seine Kappe war verrutscht. Sie saß jetzt schräg auf seinem Kopf. War das Absicht? Es sah total verwegen aus. Jetzt entdeckte er mich und lächelte mir zu. Ich wurde dunkelrot und sah sofort weg.

»Wen suchst du?«, fragte Hermine streng.

»Niemand. Nur … es riecht so gut nach Blumen. Ich wollte wissen, woher das kommt.«

»Nicht von dort hinten … und merk dir ein für alle Mal, man dreht sich nicht um nach jungen Herren.«

»Was sie gerochen hat, ist Duftpetroleum«, verteidigte mich

meine Tante, »das haben wir in die Lampen getan. Freut mich sehr, dass du das bemerkt hast, Herzerl.«

Die Leute begannen zu applaudieren.

Schon trat Fräulein Schönbeck auf, verneigte sich verschämt und setzte sich dann an das festlich verhüllte Pianoforte, das links auf der Bühne vor dem geschlossenen Gobelin stand.

»Bravo! Bravo!«, rief das Publikum. Sie war eine Berühmtheit hier in Enns. Ich betrachtete sie genau. So wie sie könnte auch ich einmal sein. Falls ich wirklich Lehrerin werden musste, würde ich auch komponieren, Konzerte geben und beklatscht werden – der Gedanke gefiel mir nicht schlecht.

Fräulein Schönbeck trug ein taubengraues Kleid, hochgeschlossen bis zum Hals, mit kleiner Krinoline. Sie war kaum geschnürt, und ihr Haar war züchtig nach hinten zu einem Knoten gekämmt. Kein Schmuck, keine Bänder, keine Masche, kein Kamm, doch das Gesicht war hübsch, die Haltung perfekt, eine adrette Erscheinung. Es wurde still im Saal.

Ein blonder Knabe, sichtlich aufgeregt, in einem weißen Matrosenanzug entzündete die Kerzen rechts und links des Notenhalters. Erwartungsvoll lehnte ich mich zurück und freute mich auf den ersten Ton.

Aber, was war das? Ein gellender Schrei schreckte mich auf. Der Bub brüllte plötzlich wie am Spieß, sprang von der Bühne, rannte zu seiner Mama in der zweiten Reihe und bohrte seinen Kopf in ihre Röcke. Was hatte ihn so erschreckt?

Ich reckte den Hals, sah aber nichts.

»Eine Bestie«, schrie jemand in der ersten Reihe. Sofort sprangen sämtliche Offiziere auf.

Ein Ulanenhauptmann wandte sich zu uns: »Keine Angst, meine Damen, ich beschütze Sie.« Er zog seinen langen Säbel und sah gebieterisch um sich.

»Schau!«, rief Hermine, die auf Zehenspitzen stand, »Minka, so was Liebes. Ein Afferl rennt dort vorn herum.«

Schon stand ich ebenfalls. Oh, là, là. Ein lebendiger Affe schwang sich auf die Bühne, braun, mit kohlschwarzem Gesicht, spitzen Ohren und langem Schwanz. Er war vielleicht so groß wie ein Faultier, aber höchst agil. Stieß laute Freudenschreie aus, galoppierte um den Flügel herum und um Olympia Schönbeck, die starr vor Schreck auf der Klavierbank saß.

»Ist der schön!«, rief Hermine aus voller Brust.

»Mistvieh«, sagte meine Tante.

»Was, du *kennst* den? Woher?«

»Von unserm General.« Tante Juliana verzog den Mund. »Das ist sein allerhöchstes Schnuckiputzi Lieblingstier, der tun darf, was er will.«

»Ein Schimpanse ist das aber nicht.«

»Das ist ein Hutaffe. Aus Java.«

»Himmelherrgott«, dröhnte da schon die Stimme von Gabors Papa. »Wunder! Sofort! Her da. Aber schnell!«

Die Offiziere, Säbel in der Faust, wechselten erstaunte Blicke, grinsten dann verstohlen und setzten sich wieder hin.

»Gottverfluchtes Luder«, schrie der General, »kann man sich auf nix mehr verlassen? Ich will mein Wunder ...« Er sprang auf. Hermine neigte sich zu meiner Tante.

»Er glaubt doch nicht im Ernst, ein Wunder geschieht, nur weil ihm sein Tou-tou ausgekommen ist.«

Meine Tante schlug beide Hände vors Gesicht und lachte auf.

»Hast du mich verstanden, Juliana?«

Meine Tante ließ die Hände sinken. »Pardon, das war spaßig.«

»Wieso?«, rief Hermine gekränkt.

»Weil ... Wunder ist der *Name.*« Sie kicherte immer noch.

»Das arme Afferl hat er *Wunder* getauft?«

»Bien sûr.«

»Aber warum denn?«

»Weil es ein Wunder ist, dass er kein Mensch geworden ist, bei seiner Intelligenz, meint die Exzellenz.«

»Jetzt wird er schrullig«, sagte Hermine mit Überzeugung, »ist mir gleich aufgefallen, wie wir angekommen sind.«

Der General in seiner roten Gala-Uniform pflanzte sich drohend vor der Bühne auf.

»Verstockte Bestie!«

Das Wunder hob den Kopf, fletschte alle Zähne, rollte sich dann auf den Rücken, schielte kokett ins Publikum.

»Muss ich mich schon wieder genieren mit dir?«

Das Wunder machte zwei begeisterte Luftsprünge, was große Heiterkeit erregte, dann hockte es sich wieder nieder zu Olympias Füßen und untersuchte gewissenhaft den Saum ihres Kleides. Das Fräulein wurde weiß wie die Wand, und ihre Augen wurden immer größer.

Jetzt hatte der General genug. Er sprang mit einem Satz auf die Bühne, doch das Wunder war schneller, raste nach rechts und kletterte in Windeseile am Rande des Gobelins empor. Schon war es außer Reichweite, und als der General unten ankam, schnatterte es entzückt auf ihn herab, in der Affensprache, die kein Mensch verstand, die aber so drollig klang, dass mehrere Offiziere in Gelächter ausbrachen.

Das beflügelte das Wunder ungemein. Es kletterte höher und höher und schnitt dabei so witzige Grimassen, dass sich die Damen kichernd hinter ihren Fächern versteckten und sich die Herren vor Lachen bogen.

»Ruuuuhe!«, dröhnte der General, und sofort war es totenstill. »Hör zu, du Flegel. Morgen wirst du fasten bis in die Nacht, wenn du nicht tempo-tempo herunten bist.«

Der Affe hörte aufmerksam zu. Mit zwei Füßen und einem Arm hing er an dem Gobelin. Jetzt kratzte er sich mit der freien Hand lustvoll am Kinn, dann untersuchte er mit größtem Interesse seinen langen Schwanz.

Der General, in seinem Stolz getroffen, lief rot an.

»Ernö!«, brüllte er. »Wo ist der Kretin? Wieso rennt das Wunder frei herum? Gabor! Hol es her, tot oder lebendig, mit einer Leiter, samt Briefbeschwerer von meinem Schreibtisch.«

Kurze Zeit später kletterte ein kleiner drahtiger Bursche auf die Bühne. Er hatte abstehende Ohren und erstaunte braune Augen. Hinter ihm kam der Knabe Karl, der eine hohe Leiter trug.

»Ich warte!«, bellte der General, und seine dichten schwarzen Brauen vereinten sich zu einem geraden Strich.

»Bitt ich vielmals, Hochwohlgeboren«, Ernö verneigte sich tief, »där elende Luder hot sich värsteckt. Und wie ich geh aus Zimmer, springt härvor wie geölte Blitz durch gottverfluchte Tür und ist weg, von Ärdboden värschluckt.«

»Verschluckt?«, raste der General. »Dort oben *hängt* es.«

»Ja, jetzt hängt«, nickte Ernö bedächtig, »härunter hängt wie nasse Fetzen ...«

»Steh nicht blöd herum«, tobte Zoltan von Borosy, »Leiter anlegen, Briefbeschwerer in die Hand, im Sturm hinauf, hopphopp!«

»Bin ich schon oben, Hochwohlgeboren, bittäschön.« Ernö kratzte sich sinnend am Hals, setzte sich langsam in Bewegung und stieg umständlich die Sprossen hoch.

»Was will er mit dem Briefbeschwerer?«, flüsterte Hermine, die eine große Tierliebhaberin war. »Hoffentlich tut er ihm nicht weh.«

»Aber wo«, wurde sie beruhigt, »nur, das brave Schatzerl fürchtet sich vor nix. Eine brennende Petroleumlampe nimmt es in die Hand. Das Einzige, der Briefbeschwerer, vor dem rennt es davon.«

»Warum?«

»Der schaut aus wie eine Schlange.«

Atemlos verfolgten wir Ernös Aufstieg in Richtung Plafond. Das Wunder vergaß seinen Schwanz und blickte liebevoll auf den kleinen Mann, der immer näher kam. Plötzlich streckte es den freien Arm aus und zwickte ihn zärtlich schnatternd ins Ohr. Brüllende Heiterkeit im Saal. Da hielt ihm Ernö den Briefbeschwerer hin.

Das Wunder fletschte entsetzt sein Gebiss, schoss senkrecht wie der Blitz den Gobelin hinab, sprang mit hohem Satz auf die Bühne und stieß klagende Laute aus.

»Fangen!«, dröhnte der General. Doch das Wunder war zu schnell. Mit kühnem Schwung hüpfte es auf den Konzertflügel, balancierte wie ein Seiltänzer die Kante des schräg gestellten Deckels entlang auf das entsetzte Fräulein Schönbeck zu, sprang mit einem einzigen eleganten Satz über ihren Kopf hinweg zu Boden und verschwand in wilder Flucht hinter dem Gobelin. Ernö, der Knabe Karl, Gabor und der General hinterdrein. Schon hörte man aus den Kulissen Kinder kreischen, dann einen lauten triumphierenden Schrei – die Exzellenz erschien wieder auf der Bühne – siegesfroh.

»Das Luder ist geschnappt«, dröhnte er über unsere Köpfe hinweg in den Saal, »man bittet inständig um Verzeihung für die Störung …« Aber weiter kam er nicht. Das Glück verließ ihn abermals. Er stieß nämlich ungeschickterweise ans Klavier, eine brennende Kerze löste sich vom Halter, fiel der armen Olympia direkt in den Schoß, und dann ging alles rasend schnell: Das Fräulein verlor die Beherrschung, schrie »Hilfe! Feuer!«, schleuderte die Kerze von sich, sprang auf, warf dabei die Klavierbank um, stolperte und stürzte zu Boden, wo sie leise stöhnend liegen blieb.

»Sie hat sich die Hand verletzt«, rief Hermine, »schau, Juliana, die Arme, sie kann nicht mehr auf.«

»Heilige Maria! Das ist ein Unglückstag.« Meine Tante sprang auf, und schon stob alles von den Sitzen und stürmte nach vorn zur Bühne, um dem hochverehrten Fräulein beizustehn.

Zoltan von Borosy hatte ihr inzwischen unter tausend Entschuldigungen wieder auf die Bank geholfen. Dort saß sie tapfer und hielt wild entschlossen die Tränen zurück. Sie hatte aber sichtlich Schmerzen im rechten Arm, denn sie stützte ihn mit ihrer linken Hand.

»Du bleibst sitzen!«, befahl Hermine und folgte Tante Juliana nach. »Brav warten, bis ich wieder da bin. Rühr dich nicht vom Fleck.«

Doktor Kneifer, der Gemeindearzt, der hinter uns gesessen war, untersuchte bereits Fräulein Schönbecks Arm.

»Nicht gebrochen, Gott sei Dank, aber leider, leider schwer geprellt«, rief er ins Publikum. »Tut mir furchtbar Leid, meine Damen und Herren, mit dem Spielen wird's heute nix.«

Er öffnete seine Ärztetasche und legte einen Verband an, während alles wild durcheinander sprach.

Der General neigte sich zu Olympia und begann aufgeregt zu flüstern. Dann hob er wieder die Stimme: »Man sucht das Fräulein Prechtl«, dröhnte er über den Lärm hinweg. »Ist das Fräulein Prechtl irgendwo im Saal?«

Fräulein Prechtl war nirgends zu sehn.

»Komisch«, meinte Tante Juliana, die sich wieder zu mir gesetzt hatte, »wo kann sie sein? Sie ist die Vertretung. Die zwei haben die Musik gemeinsam einstudiert.«

»Das Fräulein Prechtl bittet vielmals um Vergebung«, rief ein Herr aus einer hinteren Reihe, es war der Oberlehrer Meier, »eine Sommergrippe hat sie erwischt. Sie hat auf einmal hohes Fieber gekriegt, schwindlig war ihr auch, ich hab sie gleich wieder heimgeschickt.«

Da wagte sich Anna Pumb auf die Bühne, Gallas Mutter, eine hübsche, brünette Dame in einem pflaumenblauen Kleid.

»Sie spielt ausgezeichnet Klavier«, sagte meine Tante. »Das ist die Rettung«, und sie seufzte erleichtert auf.

Frau Pumb blätterte lange in den Noten. Dann schüttelte sie mit Bedauern den Kopf. »Tut mir unendlich Leid. Vom Blatt spielen trau ich mich das nicht.«

Rufe der Enttäuschung aus dem Publikum.

Meine arme Tante begann sich wieder zu fächeln, und der Kolibri wippte hin und her. »Unmöglich kann ich die Leute wieder heimschicken«, sagte sie aufgeregt. »Wochenlang hat man geprobt und Kostüme genäht und Kulissen gemalt, die Kinder so begeistert … und erst die Eltern! Und was verdient wird, ist fix eingeplant für die Witwen von Solferino. Und die ganze Prominenz ist da. Schau, gleich vor uns die fürstliche Familie vom Schloss … mit Verwandtschaft … Und daneben sitzt der Regimentskommandant. Und der dicke Herr mit den vielen Orden in der ersten Reihe links ist ein russischer Minister, der wohnt bei uns im Hotel. Und daneben sitzt der preußische Gesandte. Und die große, rothaarige Dame, siehst du? Das ist die Prinzessin Valerie. Links von ihr der Hauptmann Schiller, ihr Gemahl. Aber … wieso …« Sie erhob sich halb von ihrem Sitz. »Was fällt denn unserer Hermine ein?«

Auf der Bühne nämlich war meine kleine Gouvernante aufgetaucht, setzte sich zu Fräulein Schönbeck, begann mit ihr zu flüstern und blätterte eifrig die Noten durch.

»Wunderbar, meine Teuerste! Spielen Sie«, dröhnte der General, »retten Sie den Abend. Nie kann ich mir verzeihn … *Fortes fortuna adiuvat* – dem Tapferen hilft das Glück. Ewig wird man Ihnen dankbar sein …«

Hermine flüsterte etwas, das ich nicht verstand. Zoltan von Borosy schüttelte unwillig den Kopf.

Hermine nickte mehrmals bestimmt, ließ sich von der Bühne helfen, trippelte auf ihren hohen Schuhen zurück zu uns. Onkel Louis beruhigte inzwischen die Gäste: »Wir werden etwas finden, meine hochverehrten Damen und Herren. Nur keine Aufregung. Darf ich bitten? Könnte man die Plätze wieder einnehmen? *Merci.*«

Die Leute gehorchten erwartungsvoll.

»So«, sagte Hermine erfreut, »jetzt zeigen wir es ihnen. Allen voran dem General. Gleich erlebt er ein zweites Wunder. Aber ein echtes. Unsere Minka spielt.«

»Pardon??!« Ich riss die Augen auf. Ich sollte spielen? Ohne Probe? Vor so vielen fremden Menschen? Ich war doch nicht verrückt!

Meine Tante hielt ihren Fächer vor den Mund: »Glaubst du, dass sie das *kann*?«, flüsterte sie.

»Keine Frage. Minka, *chérie*, es ist alles in C-Dur. Dann ab und zu A-moll. Walzertakt. Die Melodien gehen ins Ohr. Schaffst du spielend, *ma petite*.«

Ich saß da wie gelähmt. Nie hätte ich gedacht, dass der liebe Gott mir hier in Enns sofort jeden Wunsch erfüllt. Hätt ich das geahnt, keinen Gedanken hätte ich verschwendet an die Oper. Oder war es die Strafe für meinen Neid?

»Sei nicht feig«, ermahnte mich Hermine, »du rettest jetzt die Ehre von der Exzellenz, dann geniert er sich halb tot, dass er so grauslich war zu dir.«

»Aber wenn sie patzt, blamiert sie sich vor der ganzen *Stadt*«, flüsterte Tante Juliana in Panik.

»Meine Minka patzt nicht. Was glaubst du, was sie alles vom Blatt gespielt hat bei der Aufnahmeprüfung in Wien.«

»So?«, kam es immer noch zweifelnd. »Ja ... wenn sie's *wirklich* kann, in Gottes Namen ... versuchen wir's halt.«

»Der wird dich noch respektieren, der Herr Baron.« Hermine wandte sich zu mir und lachte schadenfroh.

»Aber er mag mich nicht«, sagte ich schwach.

»*Noch* nicht, mein Schatz.«

»Er ist nicht umzustimmen, hat er gesagt.«

»Keine Ausrede. Du beschämst ihn jetzt. Mutig sein, meine Minka. Voran wie ein Mann.«

»Aber … ist es so *wichtig*, was er von mir denkt?«

»Sehr wichtig. Auch wenn du's nicht verstehst.«

»Darf ich bitte zuerst die Noten sehn?«

»Freilich. Ich geh mit dir.« Meine Tante stand auf, nahm mich bei der Hand, und ehe ich wusste, was geschah, half man uns auf die Bühne, und es wurde still im Saal. Alle Augen hefteten sich auf uns.

»Meine lieben verehrten Gäste«, rief meine Tante mit ihrer hellen Stimme, »ich bring Ihnen die Hoffnung für heute Abend. Unser kleiner Gast hier – grad aus Wien eingetroffen –, sie springt vielleicht für Fräulein Olympia ein.«

Sofort brach lauter Jubel los!

»Nur Mut!!«, brüllte Gabor vom Seitengang. Man begann zu applaudieren, und Gabors Freunde warfen ihre Kappen in die Luft.

Ich knickste vor Fräulein Schönbeck, setzte mich zu ihr und vertiefte mich in die Partitur.

»Wird's gehn?«, flüsterte sie aufgeregt.

»Wenn Sie mir die Einsätze geben?«

»Ich bleib bei dir sitzen und blättere dir um. Schau her: Das ist die Ouverture, dann kommt ein Rezitativ. Dann singt der Chor. Da fängt die erste Arie an. Das ist ein Duett. Dann kommt Untermalungsmusik – meinst, dass du dich traust?«

»Jawohl, bitte sehr. Es ist mir eine große Ehre.«

In dem Moment fiel mein Blick auf Gabors Papa. Er saß direkt vor mir, in der ersten Reihe, hatte die Arme verschränkt und die Lippen zusammengepresst. Seine Tartarenaugen musterten mich hasserfüllt. Sofort verließ mich mein Mut.

»Was ist los?«, flüsterte Tante Juliana.

»Es geht nicht.«

»Warum denn auf einmal?«

»Weil … Ich hab kein Bühnenkleid. Unser Gepäck ist noch nicht da.«

Meine Tante seufzte erleichtert: »Kein Hindernis. Komm

mit mir. Fräulein Olympia, wir sind gleich wieder da. Wir haben einen exzellenten Theaterfundus, Minka, wir finden was für dich. Meine lieben Gäste«, rief sie dann laut, »die Aufführung ist gerettet. In einer viertel Stunde fangen wir an.«

Unter lautem Beifall nahm sie mich wieder bei der Hand und führte mich in eine kleine Kammer hinter der Bühne. Unglaubliches Chaos herrschte dort. Kleider stapelten sich auf Stühlen. Bunte Uniformen auf einer Kommode. Hüte, Perücken und Masken hingen an der Wand. Aus einer Lade ragten Pfauenfedern, aus einer anderen Fächer und Schleier. Schilder und Holzschwerter lagen uns im Weg, und eine ausgestopfte Gans stand mitten im Raum.

»Die Kinder haben alles durcheinander gebracht«, klagte Tante Juliana. »Wo soll ich jetzt ... in der Eile ... Halt! So ein Glück!« Sie zog ein fliederfarbenes Kleid aus einem Schrank. »Die gute Fee aus Dornröschen! Die Galla Pumb hat's neulich angehabt ... ihr zwei habt ungefähr die gleiche Figur. Schnell, zieh dich aus ... Wart, ich helf dir ...«

Das Kleid bestand fast nur aus Rüschen. Rüschen am Rock, Rüschen an den Ärmeln, zwei Unterröcke mit Rüschen, eine kleine Krinoline.

»Wie für dich gemacht, hab ich mich nicht geirrt. Und jetzt flechten wir deine Zöpfe auf, und du kriegst ein silbernes Stirnband. Was glaubst du, wie gut das auf der Bühne wirkt.«

»Ich habe eine große Bitte«, sagte ich schwach. »Könnten Sie mir die Haare über die Schläfen ziehen? So weit nach vorn wie's geht.«

»Ja, warum denn? Das versteh ich nicht.«

»Dann sieht man nicht soviel von meinem Gesicht.«

»Warum soll man dein Gesicht nicht sehen?«

»Nur so«, stammelte ich verzweifelt, »nur das eine Mal.«

Tante Juliana schüttelte den Kopf, dass der Kolibri zitterte, doch sie tat, worum ich sie bat. Als sie fertig war, trat sie einen Schritt zurück und sah mich aufmerksam an.

»Scheußlich, liebes Kind. Wie eine kleine Hex'. Nein, so geht das *nicht*. Du weißt überhaupt nicht, was dir steht. Die

Haare gehören nach hinten. Wart nur … haben wir gleich … So, jetzt gefällst du mir.«

Sie führte mich vor einen bodenlangen Spiegel. Blitzschnell wandte ich mich ab. Meine Tante drehte mich energisch wieder um. Und ehe ich die Augen schließen konnte, sah ich mich. Nach fünf langen Jahren zum ersten Mal.

Es war ein Schock. Ein völlig fremdes Kind blickte mich an. Zart. Feines Gesicht. Keine Knollnase. Keine Elefantenohren. Kein Scheunentor. *Das war ich?* Ich war gar nicht hässlich. Konnte das sein?

»Du musst immer helle Farben tragen«, sagte meine Tante froh. »Braun und grau ist nix für dich.«

Doch ich hörte sie kaum. In meinem Kopf summte es laut vor Glück. Ich war nicht hässlich. *Ich war nicht hässlich!* Es gab keinen Grund, mein Gesicht zu verbergen. Ich brauchte mich für mein Aussehn nicht mehr zu genieren. Ich war ein Mensch wie alle anderen – ein *Albtraum* war vorbei. Ich brach in lautes Schluchzen aus und warf mich meiner Tante an den Hals.

»Danke … danke …«, stammelte ich.

»Danke für was?«, rief diese überrascht.

»Dass ich nicht mehr hässlich bin.«

»Du? Wieso? Wer sagt denn, dass du hässlich bist? Ausstaffiert hat man dich falsch. Aber ich hab gleich gesehn, du bist ein süßes, kleines, wart …« – sie zog ein Spitzentuch aus dem Ärmel und tupfte meine Tränen weg –, »nicht mehr weinen. Ist schon wieder gut … So, brav … und jetzt marsch, hinaus. Sonst verlieren unsere Gäste die Geduld.«

Dann ging sie mir voraus, und, halb benommen vor Glück, folgte ich ihr nach. Was heißt folgte. Ich schwebte auf Wolken. Ich würde vor das Publikum treten und nicht mehr hässlich sein. Ohne Hut konnte ich mich zeigen, vor Gabor, vor dem General, vor der ganzen Stadt! Aber kaum waren wir hinter der Bühne, überfiel mich das Lampenfieber mit doppelter Wucht.

»Toi, toi, toi«, flüsterte Tante Juliana und ließ mich allein. Ich spähte durch ein Blickloch in den überfüllten Saal, in ein unübersehbares Meer neugieriger Augen.

Nein! Dachte ich entsetzt, ich *kann* nicht da hinaus. Und im nächsten Moment trat ich vor den Gobelin.

Meine Knie zitterten. Ich war mutterseelenallein. Spontaner Applaus. Ich knickste tief. Wieder fiel mein Blick auf den General. Er lächelte spöttisch. Aber was sah ich jetzt? Wer saß neben ihm? Vorhin war der Platz noch leer gewesen. Jetzt entdeckte ich ein bekanntes Gesicht. Lebhafte dunkle Augen, dichtes, gepflegtes eisgraues Haar. Konnte das sein? Es war der reizende Graf Sandor aus der Hinterbrühl. Mein Gönner! Der mir das Goldstück geschenkt hatte. Wie kam der hierher?

Unter lauten Hochrufen und noch mehr Applaus setzte ich mich ans Klavier. Erwartungsvolles Schweigen senkte sich über den Saal. Mein Herz klopfte zum Zerspringen. Meine Arme waren schwer wie Blei. Aus den Augenwinkeln sah ich den General. Er flüsterte mit dem Grafen. Nein. Nein. Nein. Was sagte er Böses über mich? Jetzt hatte ich genug. Dem zeige ich, was ich kann. Und hässlich bin ich auch nicht mehr.

»Jetzt«, flüsterte Olympia Schönbeck, »fang jetzt an.« Ich spielte den ersten Takt. Der Flügel war mir fremd, der Anschlag streng, das war ich nicht gewöhnt.

»Lauter. *Energischer!*« Olympia war entsetzt. »Das ist keine Operette. Das ist eine Huldigung an Österreich-Ungarn. Denk an unsere allerhöchste Majestät. Tapfer drauflos!«

Da nahm ich alle Kraft zusammen, drückte auf die Tasten, so fest es ging, und kam tatsächlich mit Schwung und zwei kaum hörbaren Fehlern durch die Ouvertüre.

Als sich der Vorhang hob und die ersten Kinder die Bühne betraten, war ich an das Klavier gewöhnt und legte los. Es war eine hübsche Oper, ein patriotisches Stück mit Melodien aus allen Kronländern der Monarchie. Olympia dirigierte mit ihrer linken Hand, die Kinder sangen mit Bravur, und ich konzentrierte mich so sehr auf meine Noten, dass mir die Handlung völlig entging. Ich hatte keine Ahnung, wen ich begleitete und warum, doch was machte das aus? Hauptsache, ich griff nicht daneben und warf nicht um.

»Gut! Gut!«, flüsterte Olympia anerkennend. Ein Lob! Jetzt machte es erst richtig Spaß. Der General war vergessen. Die

Einsätze klappten. Die Stimmung auf der Bühne war fabelhaft. Ich spielte wilde Läufe, und die Begeisterung im Publikum wuchs.

Schon im zweiten Akt kam nach jeder Arie Szenenapplaus. Und der Schluss gefiel so gut, dass der ganze letzte Akt wiederholt werden musste. Endlich fiel der Vorhang – ich war wie in Trance –, und nicht enden wollendes Getöse brach los.

»Bravo!!«, schrien die Leute und sprangen von ihren Sitzen. »Vivat Fräulein Schönbeck. Hurra!!!« Und sie klatschten weiter im Stehen. Es war ein erhebender Moment. Das ganze Haus war auf den Füßen, und die vornehmsten Gäste applaudierten sich die Finger wund.

Die Kinder mussten sich immer wieder verneigen. Olympia wurde im Triumph an die Rampe geführt. Der Bürgermeister überreichte ihr im Namen der Stadtväter eine goldene Uhr mit langer Kette und das Diplom der Ehrenbürgerin. Von Onkel Louis bekam sie eine Vase aus echtem Silber, mit Gravur: *Der hoch begabten Olympia Schönbeck. Zur Erinnerung.* Die junge Lebensretterin. *Enns, am 24. Juni 1875.* Dazu tosende Ovationen. Olympia weinte, als sie von der Bühne ging.

Dann verneigten sich alle Mitwirkenden noch einmal einzeln, einer nach dem andern. Anschließend traten sie langsam ab, doch der Beifall dauerte an. Ja, er wurde stärker und stärker, als wartete man auf jemanden. Doch auf wen?, dachte ich und saß verloren am Klavier. Wann holt mich Hermine endlich ab? Wie komme ich hier herunter? Soll ich aufstehn und gehn?

Plötzlich wurde mir klar, dass alle Blicke auf mich gerichtet waren, ja, der ganze Saal, die vielen hundert Gesichter lachten mich an. Man nickte mir zu, deutete mit den Händen: Auf. Auf. Ich wurde dunkelrot. Sollte ich mich erheben? Was tut man in so einem Fall? Verlegen starrte ich in meinen Schoß.

Da kam Onkel Louis auf mich zu in seinem eleganten Frack, ein stolzes Lächeln um den Mund. Er reichte mir die Hand, als wäre ich eine Erwachsene, und ich musste ihm folgen, an die Rampe, ganz nach vorn.

»Bravo! Bravo!«, tobte das Publikum.

»Vivat *Die junge Lebensretterin!*« Das war Gabors Stimme.

Ich schürzte mein lila Seidenkleid und versank in die vielen Rüschen mit einem tiefen Knicks. Es war ein himmlischer Moment. Tonnenweise Liebe strömte mir zu aus dem Saal. Und dann knickste ich noch einmal, mit erhobenem Kopf, ich war ja nicht mehr hässlich – und lächelte in das Publikum.

Onkel Louis hob die Hand. Sofort wurde es still.

»Meine hochverehrten Gäste, liebe Freunde unseres Hauses«, rief er laut. »Unsere tüchtige kleine Künstlerin ist unsere Nichte. Sie heißt Minka Hübsch und kommt im Herbst in das k.u.k. Civil-Mädchenpensionat in Wien. Sie hat die Aufnahmeprüfung mit Auszeichnung bestanden und beginnt ein Studium zur Lehrerin.«

»Bravo, Fräulein Hübsch!!« Noch mehr Applaus.

»Man dankt auch gleich für die großzügigen Spenden und bittet Sie herzlichst hinunter ins Restaurant. Dort ist offene Tafel für alle hier im Saal. Ich hoffe, es wird ein rauschendes Fest.«

Stürmischer Applaus beendete die Rede, und als mir Onkel Louis von der Bühne half, stürzten schon die ersten Damen auf mich zu, umarmten und küssten mich, bis endlich Hermine kam, um mich zu befreien. Sie kämpfte sich durch die vielen Menschen, die einen Kreis bildeten um mich, und als sie endlich vor mir stand, waren ihre Wangen rot und ihre Augen feucht. So glücklich hatte ich sie noch nie gesehn.

»Meine Minka!« Sie drückte mich ans Herz. »Exzellent hast du gespielt. Ich bin stolz auf dich. Und du hast dein Gesicht nicht versteckt. Zum ersten Mal war deine Haltung *comme il faut*.«

Hinter ihr stand Gabor, verneigte sich vor mir, rief: »Bravo, gnädiges Fräulein. Es war ein Hochgenuss.« Und dann kam Galla Pumb und ihre hübsche Mama und Tante Juliana und der Bürgermeister, und dann geschah das Wunder, auf das Hermine gewartet hatte:

Mein Feind, der General trat auf uns zu. Aber, war das noch derselbe Mann? Sein Kopf war hoch erhoben, seine schrägen Augen strahlten vor Begeisterung, und er sah nur mich.

»Gratuliere! *Félicitation!*«, dröhnte seine Kommandostimme,

»*Gut* hat sie gespielt! *Schwung* hat das gehabt! Das war voll *Paprika*!« Und er riss mich an sich und drückte mich fest an seine rote, goldverschnürte Attila.

»Au!«, schrie ich halb erstickt.

Sofort ließ er mich los, packte jedoch meinen Kopf, küsste mich lautstark auf Augen, Stirn und Haar, tätschelte zärtlich meine Wange – es war eine Liebkosung für ein Pferd – und wandte sich Hermine zu.

»Großartiges Talent«, dröhnte er, während ich schwankend daneben stand, »wie lang spielt das Mäderl schon?«

»Seit ihrem vierten Lebensjahr, Exzellenz.«

»Und wie lang ist das her?«

»Meine Minka ist jetzt fünfzehneinhalb.«

»Was! Fünfzehneinhalb?« Der General trat entsetzt einen Schritt zurück. »Und ich küsse sie ab wie ein neugeborenes Kind? Ich hab sie viel jünger geschätzt, auf elf ...« Er räusperte sich militärisch kurz. »Leistung wird belohnt. Darf ich die Damen in Kürze zu mir bitten? Zu einem echten ungarischen Souper?«

»Wohin?«, fragte Hermine vorsichtig.

»Hier. Ins Hotel. Was halten Sie davon? Ich bin ein einsamer Witwer, ganz ohne charmante Gesellschaft ...«

»Angenommen«, sagte eine bekannte Stimme hinter mir. Ich wandte mich um. Es war Graf Sandor, und er blinzelte mir verschwörerisch zu. »Ich nehme die Einladung an, lieber Zoltan, vorausgesetzt, dass ich auch willkommen bin.«

»Willkommen?«, dröhnte der General. »Du bist mein *Ehrengast*. Sandor-Bácsy. Die Feindschaft ist begraben. *Unrecht* hab ich dir getan. Man bittet um Verzeihung. Man hat sich geirrt.«

Dann umarmten sich die beiden Herren, und dann wandte sich der Graf zu mir, legte seine gepflegten Hände auf meine Schultern. »Sie hat mir keine Schande gemacht«, lobte er. »Sie hat Präsenz auf der Bühne, ausgezeichnet hat sie gespielt, und das Kleid steht ihr reizend. Außerdem – sie hat mir wieder Glück gebracht. Ich hab die Wette gewonnen ...«

»Eine Wette?«, unterbrach Hermine. »Keiner hat mir gesagt, dass man Wetten abgeschlossen hat.«

Der General räusperte sich abermals, peinlich berührt.

»Ja, nun ... *factum est*, liebste Cousine, nicht böse sein ... das tapfere kleine Täuberl ... Ich hab an ihr gezweifelt. Ich hab mit meinem Vetter gewettet, spätestens im zweiten Akt bricht sie weinend nieder. ›Sandor‹, hab ich gesagt, wie sie herausgetänzelt ist auf die Bühne in ihrem Rüschenkleid und nicht links geschaut hat und nicht rechts, ›warte ab. Das wird das größte Fiasko seit dem gottverfluchten Sündenfall. Du wirst dir die Haare raufen, dass du nach Enns gekommen bist, so blamieren wird sie dich.‹«

»Zwanzig Gulden«, sagte Graf Sandor und streckte die Hand aus.

»Kriegst du morgen. Reiterehrenwort. Aber, meine Damen, zurück zur Musik, bei dem Souper werd ich Sie verwöhnen. Ich hab meine Zigeuner mitgebracht, die hab ich einem Esterhazy abspenstig gemacht. Mein Primas, der spielt Geige, so was hat die Welt noch nicht gehört. Schön ist er nicht, wirkt wie ein gemütskranker Mantelpavian, aber der hat Paprika im ... äh ... Blut.« Er griff nach Hermines Hand und küsste sie. »Meine Teure, *félicitation* zu Ihrem Kind. Sandor, komm, wir gehn. Muss mit dir reden. Komplimente ... Handküsse allerseits ...«

»Warum hat er Cousine gesagt?«, fragte ich, kaum dass er weg war.

»Die Ungarn benehmen sich immer, als wären sie mit allen verwandt. Jeder ist ein Onkel, ein Bácsy oder eine Nèni, das heißt Tante. Das hat nix zu bedeuten, vergiss es. Pass auf, ich such jetzt die Prinzessin Valerie und stell dich vor. Bleib da stehn. Bin gleich wieder da.«

Wieder überließ sie mich einer Schar fremder Damen, die mich herzten und küssten, bis meine Wangen brannten und das silberne Stirnband um meinen Hals hing. Endlich kam sie zurück, Arm in Arm mit der Prinzessin, die eine auffallende Erscheinung war.

Direkt schön war sie nicht, dazu war sie zu groß. Sie war auch gar nicht eng geschnürt, trug ein moosgrünes Kleid, altmodisch und zu lang, dafür waren ihre Handschuhe zu kurz. Skandal – sie ließen die *Ellbogen frei*! Doch das Auffallendste an ihr war ihr feuerrotes Haar. Sie trug es hoch getürmt, mit fünf Reiherfedern als Schmuck. Auch die Augen waren nicht zu übersehn: groß, rund, porzellanblau und direkt. Eine schöne, gerade Nase, ein wohl geformter Mund, ein energisches Kinn, hier stand eine Frau mit Charakter. Das sah man gleich.

Die Prinzessin hatte die Spenden eingesammelt, mit einem roten Zylinder. Er war prall gefüllt.

»Meine Lieben«, sagte sie erfreut mit einer tiefen, rauchigen Stimme, »heuer haben wir doppelt soviel gekriegt wie voriges Jahr. Manche haben Goldstücke fallen lassen.« Sie lächelte mir zu. »Das kleine Fräulein hat uns Glück gebracht.«

Ich knickste tief und küsste ihre Hand.

»Steh auf, steh auf«, rief sie ungeduldig. »Du bist ja eine echte Künstlerin. Hab schon viel von dir gehört. Du musst bald zu mir kommen und mit meiner Xenia vierhändig spielen. Aber wart, wie schaust du aus …« Sie stellte den Zylinder zu Boden und richtete mein Stirnband. »So … jetzt kann man sich wieder anschaun lassen mit dir. Meine Herrschaften«, verkündete sie dann in die Runde, »ich entführe Ihnen die junge Lebensretterin. Wir sehen uns unten wieder, im Restaurant.«

Sofort machten uns alle Leute Platz. Gabor durfte den schweren Zylinder tragen. Und hinter der stolzgeschwellten Hermine, gefolgt von einem langen Verehrerschwanz, verließ ich mattgeküsst den Saal.

Das war mein erster Tag in Enns.

Und was folgte, sollte nicht minder aufregend sein.

KAPITEL IV

Ich lebte mich ein in Enns, und das war nicht schwer. Nach dem Erfolg von *Die junge Lebensretterin* war ich der aufgehende Stern der Stadt, und kein Tag verging ohne Einladung in ein schönes Haus, zum Singen, Spielen, einem Theaterabend oder Privatkonzert, und Hermine begleitete mich rot vor Stolz und genoss meinen Triumph!

Ich aß mit den Erwachsenen am Tisch!

Ich durfte mitsingen bei der Liedertafel. Man lud mich ein zum Jungfernbund, wo ich Galla wiedertraf und Emsi Kropf. Fräulein Schönbeck bat mich gleich zum Tee und nahm mich zu den Proben mit vom Kirchenchor. Jedenfalls – der erste Brief nach Wien war gespickt mit Berichten über meinen gesellschaftlichen Erfolg, und hätte ich die Mama nicht so vermisst, ich wäre der glücklichste Mensch gewesen auf der ganzen Welt!

Um nichts zu verschweigen, anfangs weinte ich jede Nacht. Aber dann wurde es besser, denn das Leben in dem großen Hotel war so aufregend, exotisch und neu, dass mir ihre Abwesenheit immer seltener zu Bewusstsein kam.

Der *Schwarze Adler* war wirklich das erste Haus in Enns. Alles, was Rang und Namen hat, stieg bei uns ab: Minister und Gesandte, hohe ausländische Offiziere, Hofbeamte und Mitglieder des Kaiserhauses – begleitet von Dienern in Livrée, imposanten Kleiderkisten, Hutschachteln, Handgepäck und jenem gewissen süßen Hauch der großen Welt, die mir völlig neu und von Anfang an unwiderstehlich schien.

»Wer ist heute angekommen?«, war meine erste Frage beim Frühstück. Und ein interessanter Gast war immer dabei.

Es kamen aber nicht nur Herren.

Jede Woche erschienen ein, zwei feine Damen aus den entferntesten Kronländern der Monarchie und besuchten ihre Söhne, die hier ihren Wehrdienst absolvierten. Zahlten ihre Schulden. Ermahnten sie zur Sparsamkeit, entzückten ganz Enns mit ihren Roben, Hüten und Schmuck, teilten großzügigst Trinkgeld aus und reisten wieder ab.

Manchmal erriet ich ohne Fragen, wer bei uns abgestiegen war. Roch die Halle nach schwerem, süßem Parfum, wusste ich: russische Offiziere.

Klagten die Wäscherinnen über doppelte Arbeit, hieß das: rumänische Militärs. Die Rumänen nämlich waren noch viel eitler als die Russen. Trugen enge Mieder unter der Uniform, und sie schminkten sich sogar: die Wangen rot, die Augenbrauen schwarz. Jede Nacht war das Bettzeug verfärbt, jeden Morgen musste man neu beziehen, und Trinkgeld ließen sie auch nicht immer da.

Hörte man Stimmen, gedämpftes Lachen, Singen und Musik aus dem Roten Salon, hieß das: »Herren in geheimer Mission.« Einmal wohnte sogar eine Truppe Mohren bei uns mit ihrem Impresario Mister White. Sie gaben in der Bierquelle in der Frauengasse eine Tanzvorstellung, von der man noch wochenlang sprach.

Die faszinierendsten Gäste aber waren Gabor und sein Papa. Schade nur, dass man sie so selten sah. Gabors Vater war ein reicher Mann, Großgrundbesitzer und Pferdezüchter, fünfundsechzig Jahre alt und bereits Witwer, zum dritten Mal.

Er war mit seinem Privatzug nach Enns gereist, der aus vier Wagons bestand: einem Salonwagen, einem Personalwagen, einem Küchenwagen und einem Wagen für die Rösser. Letzterer hatte gepolsterte Wände, damit sich die heiß geliebten Tiere nicht verletzen sollten auf der Fahrt.

Der Zug des Generals war Stadtgespräch in Enns. Ebenso sein Reisenachttopf aus Gummi. Und sein Frisör, Tamas, mit dem er nur Lateinisch sprach. Und natürlich das Wunder, das zahm war wie ein Hund und bei Tisch gekonnt vom Teller aß.

Gabor und sein Papa hatten eine Reihe eleganter Zimmer im ersten Stock. Doch am vornehmsten wohnte das Wunder: in einer vergoldeten Pagode mit Plumpsklosett, das er benutzte wie ein Mensch.

Und wie ein Mensch wurde er versorgt.

Ein Mal die Woche fuhr der Koch des Generals nach Linz, in einem Einspänner, begleitet von Ernö oder dem Knaben Karl. Dann wurde das beste Obst gekauft, dazu getrocknete Bananen und Datteln aus dem Orient, alles, was gut und teuer war, denn das Herz des Herrn Baron schlug höher für sein Lieblingstier: »Lebt in Gefangenschaft, der arme Kerl. Darben wenigstens soll er nicht.«

Ich wäre liebend gern mitgefahren nach Linz, denn nicht nur war die Stadt sehr malerisch, mit Theater und Schloss, an der Donau gelegen, mit Blick nach Urfahr und dem Pöstlingberg, in Linz gab es auch die verlockendsten Läden, die man sich denken kann. Alles bekam man dort, was die Schiffe des österreichischen Lloyd aus den fernen Weltmeeren nach Hause brachten. Seit dem Bau der Eisenbahn wurde Linz immer mehr zum Hauptumschlagplatz der großen Seehäfen Hamburg und Triest. Und Triest gehörte seit fünfhundert Jahren zu Österreich und war das Tor der Monarchie zur großen Welt.

Ich durfte niemals mit. Man brachte mir aber immer kostbare Geschenke nach Hause: eine haarige Kokosnuss aus dem holländischen Hinterindien; harte, rosa Stachelkirschen aus dem Land der Mandarine; eine grüne Banane, lang wie ein Schwert, dick wie ein Arm, die man im Feuer briet und wie Gemüse aß; eine sechs Kilo schwere Ananas. Mit den Komplimenten des Herrn General.

Ja, die Exzellenz, Zoltan Baron Borosy, entwickelte sich zu einem zweiten Gönner, immer großzügig, was Hermine und mich betraf. Auch die Einladung zum Souper vergaß er nicht: Am Dienstag, den 13. Juli, abends um neun Uhr würden wir seine Gäste sein. Früher ginge es nicht, ließ er uns sagen. Die Vorbereitungen dauerten so lang, wir sollten uns überraschen lassen. Und bis dahin, wie schon erwähnt, sahen wir ihn kaum.

Er und Gabor waren ständig unterwegs, schwer beschäftigt mit Pferderennen und Springreiten, Einladungen in die umliegenden Schlösser und Garnisonen. Vor allem wurde jeder Sommerball besucht, denn die geheime Mission des Generals war eine Brautschau. Er wollte wieder heiraten. Spätestens im Herbst.

Zu diesem Zweck hatte er sich ein halbes Jahr beurlauben lassen, war nach Wien gereist und nach Graz, nach Kronstadt, Abbazia und Meran, aber immer ohne Braut zurückgekehrt.

Seine letzte Station war Enns. Die Oberösterreicherinnen gelten als besonders begehrenswert. Das war der Grund, warum er zu uns gekommen war.

Natürlich war das streng geheim, doch wie alle Geheimnisse verbreitete sich auch dieses wie eine Seuche durch die ganze Stadt, und inzwischen wusste jeder, von der Schlossherrschaft bis zum letzten Trompeter in der Kaserne: Der General von Borosy sucht zum vierten Mal eine Frau.

Die Folgen waren nicht zu übersehn. Speiste er zu Mittag im Hotel, kam ein Strom von Bekannten an seinen Tisch: Eltern mit heiratsfähigen Mädchen, manche noch reine Kinder, doch geschnürt, geschmückt, geputzt, und eine Schar guter Freunde mit sitzen gebliebenen Schwestern, Nichten, Cousinen aß ebenfalls ganz zufällig bei uns. Man nahm zusammen den schwarzen Kaffee und lachte viel. Jedenfalls war der General heiß umschwärmt, von einsamem Witwer keine Spur.

Blieb er ausnahmsweise einmal abends zu Hause, soupierte er im Roten Salon in lustiger Gesellschaft. Dann klang wilde Zigeunermusik durch die Tür, Gläserklirren, Lachen, man hörte seinen dröhnenden Bass, die ganze Nacht lief der Separee-Kellner hin und her, erst mit der Dämmerung wurde es langsam still.

Gespannt warteten wir auf die Verlobung.

»Jetzt dauert's nicht mehr lang«, sagte meine schöne Tante, die darauf brannte, ein riesiges Fest zu geben. »Stellt euch vor, so eine glänzende Partie: ein ungarischer Magnat, ein Schloss auf dem Land. Ein Stadtpalais in Budapest. Ein eigener *Zug*! Reisen mit der Kaiserin, Hofbälle in Wien, die schönsten Rösser, ein Platz in der ersten Gesellschaft, dem kann doch keine widerstehn. Bevor der Juni um ist, hat er sein Idol, und dann feiern wir, dass sich die Balken biegen.«

Am ersten Juli sah es tatsächlich so aus.

Man lud den General auf die Tillisburg zu einem maurischen Fest, das zu den größten Hoffnungen Anlass gab. Man hatte ihm eine Tischdame organisiert, die er noch nicht kannte: eine hübsche Komtess aus Traun, eine vorzügliche Reiterin, die auch lyrische Gedichte schrieb und einer Heirat in das ländliche Ungarn nicht abgeneigt schien. Darüber hinaus war sie von altem Adel, mit sechzehn hoffähigen Ahnen. Sie war eben mit ihrer Mama von einer Kur in Karlsbad zurückgekehrt.

Gabor ging nicht zu diesem Fest.

Er aß mit uns im Hotel, hinten im Familienzimmer, am Familientisch unter dem ausladenden Sechzehnender, den Onkel Louis geschossen hatte, als er noch zur Jagd gegangen war. Das war vor Solferino gewesen. (Seither war er Pazifist und rührte kein Gewehr mehr an.)

Wir saßen auf der gemütlichen Eckbank, Hermine zwischen Gabor und mir, verspeisten gerade das Dessert (grüne Mandelcreme in einem Herz aus Marzipan), da öffnete sich die Tür, und meine Tante kam herein. Sie trug ein blassrosa Abendkleid, Balsaminen im Haar, echte Perlen an den Ohren und am Hals.

»Lasst euch nicht stören«, rief sie mit ihrer hellen Stimme. »Kurze Frage: Was hält man denn von der Komtess aus Traun?«

»Warum?«, wollte Hermine wissen und legte ihren Löffel weg.

»Draußen wettet man gerade. Der Bürgermeister sagt, morgen hat sie ihn im Netz, er setzt acht Gulden. Und der Hauptmann Schiller meint, sie kriegt ihn nicht, den General, und fordert ihn heraus auf zwölf.«

»Der Hauptmann gewinnt«, sagte Gabor.

»So?« Tante Juliana schloss hinter sich die Tür. »Was wissen Sie denn über die Komtess? Kennen Sie sie schon?«

»Nie das Vergnügen gehabt. Leider … nur die Chancen stehen schlecht. Sie ist meinem alten Herrn ganz sicher viel zu dick und viel zu dünn.«

»Pardon, das ist chinesisch«, widersprach meine Tante. »Zu dick und zu dünn. Man kann zu dick sein *oder* zu dünn. Nicht beides zugleich.«

Gabor lachte. »Bei uns zu Hause schon. Die Verehrteste muss nämlich so üppig sein, dass sie oben und unten aus dem Mieder quillt. Und gleichzeitig so dünn um die Mitte, dass man sie mit zwei Händen umspannen kann. Mein Papa träumt von einem vollschlanken Weib mit Wespentaille. Und außer Ihnen, liebe, gnädige Frau, hab ich in Enns noch keine Wespentaille gesehn.«

»Dann schicken wir ihn nach Paris«, rief meine Tante, »dort gibt's die schönsten Figuren der Welt. Die Französinnen sind viel zierlicher als wir. Neulich hab ich ein Bild gesehn, zweiundvierzig Zentimeter hat die gemessen um die Mitte, nicht mehr.«

»Das versteh ich nicht«, rief Hermine. »Früher war er nur auf rund, rund, rund – seit wann hat er die Passion für die Taille?«

»Seit letzten Herbst. Angefangen hat's in Gödöllö. Sie wissen, jeden September ist er eingeladen, viermal die Woche wird dort gejagt, und einmal stürzt die Kaiserin vom Ross, mein Vater überlegt nicht lang, wirft sich aus dem Sattel, hin zu ihr, packt sie um die Mitte, hebt sie hoch … Das war sein schönstes Erlebnis, sagt er immer wieder, seit dem Tod von meiner armen Mama, diese schlanke Mitte zwischen seinen Fingern, diese winzige Taille von dem exquisiten Weib, und das will er wieder …«

»Gleichzeitig will er, dass sie oben und unten quillt.«

»Wenn's leicht geht, ja.«

»Unsere Kaiserin quillt aber nicht.«

»Die Französinnen auch nicht«, bekräftigte meine Tante, »so eine echte Sanduhrfigur – gar nicht sicher, ob's das wirklich gibt.«

»Wie soll sie denn sonst noch sein, die neue Baronin?«, fragte Hermine. »Vom Wesen her?«

»Ein Prachtweib. Voll Paprika. Die Jagd muss sie lieben und reiten wie die Majestät, über die höchsten Hecken springen und die tiefsten Gräben ohne Angst … Und zu Hause will er ein Seelchen, still und brav und sanft.«

»Das ist ein Widerspruch«, rief Hermine. »Entweder Jägerin oder Seelchen, aber nicht beides zugleich.«

»Muss sie auch gebildet sein?«, fragte meine Tante.

»Sehr. Sie muss alle neuen Bücher lesen, aber ihre Meinung sagen darf sie nie. Mein Papa erlaubt nicht, dass man ihm widerspricht.«

»Ich seh schwarz«, rief Hermine froh.

»Wer wird denn so dumm sein und einem General widersprechen«, ereiferte sich meine Tante, »das sagt doch der Verstand, dass das nichts bringt. Aber regt euch nicht auf, vielleicht ist schon alles perfekt, die Komtess misst fünfundvierzig Zentimeter um die Taille ... der Papa ist frisch verliebt ...«

»Hundert Gulden dagegen«, rief Gabor, »wetten wir?«

»Nicht so stürmisch, junger Mann. Ich weiß ein Geheimnis.« Tante Juliana lächelte mir zu. »Der Herr Baron hat Schmuck gekauft in Linz. Beim Juwelier Wohlfahrt auf dem Kaiser-Franz-Josephs-Platz. Ein Brillantkreuz erster Qualität. Und ein Armband hat er in Auftrag gegeben, das soll etwas ganz Besonderes sein. Und wenn ein Herr Schmuck kauft, in so einem feinen Geschäft, heißt das, er ist entschlossen ...«

»Verzeihung, wenn man unterbricht«, rief Gabor, »das bedeutet nichts. Mein Papa hat eine goldene Hand, er macht gern schöne Geschenke ... Das sind nur Kleinigkeiten. Für seine Braut hat er ganz was anderes mitgebracht. Etwas Standesgemäßes.«

»Was denn?«, rief meine Tante neugierig und öffnete ihren Fächer.

»Das Diadem meiner bayrischen Urgroßmama.«

»Was sind denn da für Steine drin?«

»Nur die kostbarsten, große Rubine, Perlen, Brillanten ...«

»Dann passt's zu einer schwarzhaarigen Braut«, sagte Tante Juliana versonnen. »Weiß einer, wie sie aussieht, die Komtess?«

»Nein«, sagte Gabor, »und es ist auch ganz egal. Mein Papa hat die ganze Monarchie bereist und nichts gefunden. Den Wiener Fasching hat er heuer mitgemacht, das ist der größte Heiratsmarkt der Welt. Resultat: nichts. Seit sechs Jahren geht das so, und es ist mir recht.« Er tauschte mit Hermine einen bedeutungsschweren Blick. »Ich brauch keine Stiefmama. Das ist das Letzte, was mir fehlt.«

»Absolut«, bestätigte meine Gouvernante. »Ich versteh das nicht. Er gibt und gibt nicht auf. Dabei hat er mit den Weibern kein Glück ...«

Die Tür öffnete sich. Onkel Louis erschien.

»Juliana! Man ruft nach dir. Du wirst draußen vermisst.«

Meine Tante klappte ihren Fächer zu. »Kinder, ich geh.

Muss die Gäste verabschieden. Und ich wett nicht hundert, Gabor, aber ich wett zehn Gulden, die Komtess aus Traun wird die Braut.«

»Meine liebe Juliana«, sagte Hermine sanft, »unser Zoltan sucht lauter Extreme. In einem Weibsbild vereint gibt's das nicht.«

»Ich bin ein Optimist.«

»Zehn Gulden, dass du dich irrst.«

»Angenommen.«

»Hast du zu viel in der Kassa?«, rief Hermine erfreut.

»Nein. Aber zu viel vom Warten. Adieu.«

»Adieu. Nur, ich warne dich: Unser Gabor weiß, wovon er spricht.«

Er wusste es in der Tat. Der General kam zurück vom Ball, weder verliebt noch verlobt. Wir erfuhren es am nächsten Morgen nach dem Frühstück, gegen zehn. Die Komtess war dem Herrn Baron zu jung und zu dumm. Tante Juliana teilte uns das mit und bezahlte die zehn Gulden, die Hermine frohlockend in ihrer Schmuckschatulle verbarg.

Ich aber erfuhr noch mehr: Die Komtess war tatsächlich viel zu dick *und* zu dünn, das erzählte der hohe Herr Onkel Louis, kurz vor Mittag auf dem Gang, ich kam gerade die Treppe herab.

»Eine grässliche Person!«, dröhnte der General. »Völlig blutleer wie ein Fisch. Viel zu groß, keine Ahnung von den Rössern, war noch nie auf einer Jagd. Weiß alles besser. Redet in Versen. Eine Taille wie ein Schlachtross. Aber sonst ganz flach. Wie ein Brett. Vor der Hütte überhaupt kein Holz. An den falschen Stellen zu dick und zu dünn. Eine lange Stange. Verstehn Sie, lieber Louis? Wo das Broscherl ist, ist vorn.«

Dann lachten die beiden Herren wie zwei dumme Buben und entfernten sich den Gang entlang. Ich aber blieb schockiert zurück. Was war das für ein Ton? Noch nie hatte ich wohlerzogene Männer so respektlos über eine Dame reden gehört. In Gesellschaft sprach man nur mit Anbetung vom weiblichen Geschlecht. Immer war man die Verehrteste, die Gnädigste, die Allergütigste, die etwas gewährte oder nicht. Immer hieß es »küss die Hände«, »werfe mich Ihnen zu Füßen«, immer rief man bewundernd »reizendes Kleid«, »bezaubernde Frisur«. Doch die arme Komtess hatte »kein Holz vor der Hütte«, also keine volle Brust, und wurde deshalb ausgelacht. »Wo das Broscherl ist, ist vorn!«

Ich war auch flach wie ein Brett. Ich hatte auch vor der Hütte kein Holz, nicht einmal das kleinste Scheit. Ich war zwar nicht mehr hässlich, doch ich besaß noch keine Taille und keine Hüften. War ich die Nächste, über die man in diesen Tönen sprach? Hoffentlich nicht. Aber ich war schon fünfzehn! Großer Gott! Wann würde ich endlich in die Breite gehn?!

Lange grübelte ich darüber nach. Doch dann vergaß ich es. Das Leben im *Schwarzen Adler* war viel zu schön. Und das Beste: Meine Tante verwöhnte mich, wo es nur ging. Ich war für sie die Tochter, die ihr der Himmel versagt hatte. Jeder Wunsch wurde mir erfüllt.

Nachdem ich eine Woche bei Hermine geschlafen hatte, bekam ich ein eigenes Zimmer. Nicht sehr groß, aber freundlich und hell, im zweiten Stock. Und Luxus über Luxus: einen eigenen wunderbar weichen, dicken moosgrünen Teppich aus der Linzer Wollzeugfabrik. Es gab einen runden Kachelofen, weiß, mit Gold verziert, der bis zur Decke ging, einen großen Spiegel über dem Waschtisch, einen Lesestuhl, eine Petroleumlampe mit grünem Schirm und einen hohen geschnitzten Kleiderschrank.

Mein Schreibtisch wurde zwischen die Fenster gestellt. Mein Globus darauf. Meine Bücher kamen in eine gläserne Vitrine, die Tante Juliana aus ihrem eigenen Reich heraufbringen ließ, und eine goldbestickte weiße Seidendecke wurde auf mein Bett gelegt.

Hermine schlief gleich nebenan. Jeden Morgen um halb acht trafen wir uns in ihrem Zimmer, denn dort wurde uns das Frühstück serviert: heiße Schokolade, Milchzopf mit Rosinen, Butter, Honig, Schwarzbrot, ein weiches Ei. Was das Herz begehrte, wurde freudigst von der Küche heraufgebracht.

Aber ehe wir begannen, stellten wir uns ans Fenster wie zu einem Ritual. Denn Punkt halb acht ritten die Dragoner am Hotel vorbei, quer durch die Stadt, zum Exerzierplatz nach

Enghagen. Die Militärmusik begleitete sie. Es war ein prächtiges Bild. Nie hatte ich so stramme Reiter gesehn, und diese schönen Farben: krapprote Pantalons, perfekt sitzender, dunkelblauer Rock und geschwungene Helme, die in der Sonne blitzten. Diese Uniformen hatten den ersten Preis gewonnen, bei der Weltausstellung 1867 in Paris. Die elegantesten Soldaten des Globus zogen hier an uns vorbei. Meine Mutter hatte Recht: Ein Bursche konnte in natura noch so kläglich sein, in Montur, als Dragoner machte er Staat.

Und erst die Rösser. Das Paukenpferd, ein mächtiger Rappe. Und der Trompeter saß auf einem gescheckten Hengst. Und diese flotten Melodien. So voll Schwung. Nach den Dragonern war man wach. Und gut gelaunt. Und nächstes Jahr würde Gabor unter ihnen sein. Als Offizier der Kavallerie.

Gabor war in Enns ja wie zu Hause. Er war nämlich verwandt mit dem Kommandanten des Regiments – Tante Juliana hatte mir das gesagt, außerdem erfuhr ich nach ein paar gezielten Fragen, dass er auch Hermines Neffe war, das Kind ihrer verstorbenen Halbschwester Irmi. Hermines Großmama war schon eine Borosy gewesen. Der General war ihr Schwager *und* ihr Cousin. Deshalb hatte er liebste Cousine gesagt, nicht weil es eine Redensart in Ungarn war.

Hurra, ein Rätsel war gelöst: Hermine war verwandt mit dem Herrn Baron, detto auch mit dem Grafen Sandor, und das erklärte sein Interesse für mich.

Den Kopf hatte ich mir zerbrochen: Warum protegiert ein Graf ein bürgerliches Kind? Adel bleibt doch immer unter sich. Doch als Schützling seiner Verwandten verstand man das.

Wem ich hier in Enns so ähnlich sah, verriet die Tante leider nicht.

»Wahrscheinlich erfährst du's nie«, sagte sie bedauernd, »ich kann nix dafür, ich hab schwören müssen, einen heiligen Eid, und ich halt den Mund.«

Ja, ehe ich's vergess: Graf Sandor wohnte auf Schloss Ennsegg. Er aß aber oft bei uns, und wir sahen ihn fast jeden Tag.

Sommer. Ferien.

Und ich hatte derart geglänzt in Wien, dass man mir das

Vorbereitungsjahr ersparte. Nur in Englisch war ich noch zu schwach. Das holten wir jetzt nach.

Jeden Morgen nach dem Frühstück wurde eifrig studiert. Punkt halb neun brachte der Knabe Karl eine Londoner Zeitung frisch von der Post. Ein leichter Artikel wurde ausgewählt, die fremden Wörter herausgesucht und auswendig gelernt.

Aussprache wurde geübt, Überschriften und Bildtexte übersetzt. Dann folgten Lektionen aus dem Englischbuch.

Hermine war eine ausgezeichnete Lehrerin.

Rund zwei Stunden blieben wir dabei, es machte direkt Spaß. Dann war ich frei. Und waren wir nicht eingeladen, spielte ich Klavier im sonnigen, leeren Theatersaal, übte Geige, malte die Bilder, die ich Mama versprochen hatte, schrieb Briefe, begleitete Hermine auf Spazierfahrten in der Kutsche, ja, ich war in meinem Element.

Tante Juliana saß mir jeden Tag Modell. Meist am späten Nachmittag, nach ihrem Schläfchen, das sie eisern hielt. Und obwohl sie von delikater Gesundheit war (sie war bereits zweimal seit unserer Ankunft ohnmächtig gestürzt), hatte sie immer für mich Zeit. »Du bist das schönste Geschenk seit langem«, sagte sie mit ihrer lieben Stimme. »Ich lass dich nie mehr fort. Weißt du was? Du bleibst bei uns in Oberösterreich.« Und dann küsste sie mich und strahlte mich an. Und dachte sich Überraschungen aus.

Sie ließ mir Schuhe anmessen. Aus schwarzem Lack. Das war der Inbegriff der Eleganz. Sie ging meine mitgebrachte Garderobe durch und besserte meine Kleider auf: durch Krägen und Manschetten aus echter Spitze. Durch Stickereien an Ärmeln und Saum. Sie ließ sie kürzen, dass sie nicht mehr am Boden schleiften.

»So«, sagte sie zufrieden, »jetzt sind sie gut genug für Enns.«

Von der Hausschneiderin ließ sie mir dann drei Festkleider nähen, als wäre ich eine Debütantin auf dem Heiratsmarkt: ein weißes mit lila Tupfen, ein smaragdgrünes mit kleinen Perlen und Pailletten bestickt und ein altrosa mit cremefarbenen Spitzen, dazu Unterröcke mit Volants. Eine kleine Krinoline bekam ich auch.

»Ich mach noch eine Schönheit aus dir«, prophezeite sie mir gern, »eine echte kleine *beauté*. Alle Frauen unserer Familie sind hübsch. Du sollst nicht das erste Aschenbrödel sein.«

Resultat: Die drei neuen Kleider wurden eng genäht, auf Figur, wie für eine Erwachsene. Daher brauchte ich ein Mieder. Mein erstes Korsett. Ein wichtiger Schritt im Leben einer Frau. Meine Tante kaufte es in Linz. Die große Anprobe fand in meinem Zimmer statt. Das Mieder war aus festem Stoff, mit Fischbeinstäbchen verstärkt. Hinten Ösen, vorn der Blanchet, der dicke Eisenstab, der den Bauch im Zaum hielt, wie ein weißer Panzer sah es aus.

»Bitte, festhalten am Fenstergriff«, befahl meine Tante, während sich Josepha hinter mich stellte. Schnürriemen in der Hand, »und jetzt ausatmen, aus-aus-aus. Bauch hinein! Zieh ihn ein. Und jetzt nicht atmen. Gleich werden wir sehn, was aus dir zu machen ist. Ich hab einen dringenden Verdacht ... also, meine Josepha, los geht's. Fang schon an.«

Ich fühlte Josephas Knie in meinem Kreuz. Sie zog, schnaufte, zog, das Mieder wurde enger und enger, es war, als würde mir ein Riese die Luft abschnüren.

»Fertig«, rief meine Tante, »loslassen. Und ganz flach atmen, liebste Minka, ganz, ganz flach.«

Ich drehte mich um, nach Luft ringend.

»Nur keine Panik«, beschwichtigte sie mich, »ganz ruhig Herzerl, brav. Alles halb so schlimm. Man gewöhnt sich daran.«

Dann nahm sie mich bei der Hand und führte mich vor den großen Spiegel in der Tür meines Kleiderschranks.

Meine Angst vor Spiegeln war längst dahin. Jeder Spiegel war seit der *Jungen Lebensretterin* mein herzallerliebster Freund – und um nichts zu verschweigen: Es ist die größte Wohltat der Welt, den Kopf hochhalten zu können und nicht mehr hässlich zu sein. Nun aber riss ich die Augen auf. Konnte das sein? Ich besaß plötzlich eine winzige Mitte. Und darunter wölbten sich runde Hüften. Ein Wunder war geschehn!

»Maßband, Josepha! Wieviel hat sie?«

»Fünfundvierzig Zentimeter, gnädige Frau.«

»Hab ich's nicht gesagt?«, rief meine Tante glückselig. »Das ist mein untrüglicher Instinkt. Meine liebe Minka, die meisten Weibsen kann man schnüren bis zum Erstickungstod, und sie haben immer noch keine gute Figur. Für eine Wespentaille braucht man von Natur aus eine schlanke, biegsame Mitte, so wie wir sie haben, du und ich. Jetzt kann dich ein Mann mit seinen Händen umspannen. Stolz kannst du sein.«

Ich nickte froh und bewunderte mich von allen Seiten. Zum ersten Mal in meinem Leben sah ich aus wie eine kleine Frau. Keine Bohnenstange mehr. Noch ein bisschen Rundung auf der Brust, dachte ich, und ich habe eine atemberaubende Figur.

»Moment«, rief meine Tante, »Herzerl, bitte, dreh dich noch einmal herum. Jetzt hebst du den rechten Arm langsam über den Kopf, wie eine Tänzerin. Also, Josepha, meine Beste: Ist das eine Ähnlichkeit? Halslinie, Schulteransatz. Und die zierlichen Hände ...«

»Nicht zu übersehn, gnädige Frau«, pflichtete die energische blonde Zofe bei, »ist mir gleich aufgefallen, wie gnädiges Fräulein das Kleid abgelegt haben. Ähnlichkeit wie Mutter und Kind.«

»Auch die Haltung stimmt genau. Und ich sag dir, meine Liebe, daraus schlagen wir Kapital ... So eine Chance! Nur ein Idiot greift da nicht zu. Minka, reiß die Augen nicht so auf. Ich darf dir nix sagen. Du musst uns vertraun. Und jetzt sprich, mein Kind. Wie fühlst du dich?«

»Danke, gut ...«, hauchte ich. »Nur ich ... kann nicht ... sprechen.« Sogar Luftholen war ein Problem.

»Ach, das legt sich«, wurde ich beruhigt. »Du setzt dich jetzt brav auf dein Bett und rührst dich zwei Stunden nicht. Und morgen schnüren wir dich wieder zwei Stunden, und übermorgen drei, wirst sehn, in Kürze tut dir nichts mehr weh. Ein bisserl atemlos ist man immer. Doch man gewöhnt sich daran.«

Nun, das war falsch. Zu meinem großen Glück gewöhnte ich mich daran *nie* – was in meinem späteren Leben unglaubliche Folgen haben sollte. Doch ich greife vor.

Um nichts zu verschweigen, ein Leben *mit* Mieder ist mit einem Leben *ohne* nicht zu vergleichen. Vorher war ich frei.

Herr meines Leibes. Jetzt war ich verschnürt wie ein Paket, mit meiner Selbstständigkeit war es vorbei. Fast kam ich mir verkrüppelt vor. Ich konnte mich nicht mehr bücken. Etwas aufzuheben verursachte mir größte Pein. Ich konnte mich nicht mehr allein an- und ausziehen. Jetzt brauchte auch ich eine Kammerzofe – wie jede erwachsene Frau. Auf Hermines Wunsch wurde uns die dicke Zilli zugeteilt. Sie kleidete mich an und aus und massierte abends geduldig die roten Striemen auf meinem Rücken weg.

Ich verlor schnell das Gleichgewicht. Wurde leicht schwindelig. Treppen konnte ich nur noch langsam steigen. Und oben angekommen, rang ich nach Luft. Mein Herz dröhnte laut in den Ohren, wenn ich etwas schneller ging, und laufen konnte ich überhaupt nicht mehr. Was meine liebe Tante ganz in Ordnung fand.

»Ein feines Fräulein schnürt ihre Schuhe nicht selbst«, teilte sie mir mit, »und sie bückt sich *nie*! Zum Aufheben sind die Herren da. Und man bewegt sich langsam und grazil. Merk dir fürs Leben, meine Minka: *Schönheit kennt keine Hast!* Lass dir Zeit, Herzerl. Alles andere ist vulgär.«

Dann ließ sie mir – bis auf die weißen Studierkleider – die gesamte Garderobe enger nähen, sodass es kaum mehr einen Nachmittag und Abend ohne Mieder gab.

Anfangs schreckte mich das schon. Mein ganzes Leben von jetzt an verschnürt wie ein Paket … keinen Tag mehr richtig atmen – das war eine düstere Vision.

Doch ich ertrug sie tapfer, denn ich hatte nur die Wahl zwischen verspotteter Bohnenstange, *wo die Brosche ist, ist vorn*, und *dem* Schönheitsideal, der heiß begehrten Wespentaille – keine Frage, wofür ich mich entschied. Ich wollte schön sein, so schön es nur ging. Und das hatte seinen Grund.

Ich habe es noch nicht erwähnt, doch aufregender als die neuen Schuhe, die eleganten Kleider, das Mieder und die Tatsache, dass ich nicht mehr hässlich war – ich fasse mich kurz: Ich hatte von Gabor »gehört«.

Am Abend der missglückten Verlobung, am 1. Juli, als das Fest war auf der Tillisburg, hatte mir Gabor hinter Hermines

Rücken geschickt einen Zettel in die Hand gedrückt, den ich sofort im Ärmel meines Kleides verbarg.

In meinem Zimmer las ich ihn dann, vor Aufregung halb krank: ICH DENKE TAG UND NACHT AN SIE. OMNIA VINCIT AMOR.

Und auf der Rückseite stand: »Palmengruppe im Theatersaal«. OMNIA VINCIT AMOR. Die Liebe siegt über alles.

Das las ich sicher hundertmal. Ach, könnte das mein Vater sehn. Hässlich wie die Nacht hatte er mich genannt. Kriegt auch mit der größten Mitgift keinen Mann. Jetzt hatte ich *keine* Mitgift und den reizendsten Verehrer der ganzen Stadt. Wenn er das erfährt, trifft ihn der Schlag.

Aber besser, er erfährt es nicht.

Auch Hermine durfte nichts wissen – obwohl – ich hatte noch nie vor ihr ein Geheimnis gehabt. Das war ein Dilemma. Doch ich löste es schnell. Für Gabor würde ich eine Ausnahme machen, ein erstes und einziges Mal.

Am nächsten Tag hatte ich dann die Palmengruppe gründlich untersucht. Zwischen den spitzen Blättern hing nichts. Auch nicht unten, in dem braunen fasrigen Geflecht, das die grünen Stämme umschloss. Wo also ... Ich neigte mich tiefer und betrachtete die Erde. Sie war schwarz und fein und von weißen Kieselsteinen eingefasst, die am Behälterrand eine Zierleiste bildeten. Wie unter Zwang begann ich die Steine aufzuheben und umzudrehen. Viel Zeit war nicht.

Ich hatte mit Hermine vierhändig gespielt, und sie hatte sich nur kurz zurückgezogen an einen verschwiegenen Ort, würde aber gleich wieder da sein. Halt. Was war das? Hinten im rechten Eck? Ein runder Kork. Er steckte in einer Zigarrenhülse. Vorsichtig zog ich sie heraus und öffnete sie.

Hurra! Wieder ein Brief. Wieder nur ganz kurz: ICH ZÄHLE DIE TAGE BIS ZUM 13. JULI. DENKEN SIE AN MICH. OMNIA VINCIT AMOR.

Hastig steckte ich die Hülse in die Erde zurück. Ich hätte schreien können vor Glück. Und von da an korrespondierten wir. Wann immer die Herren zu Hause waren, fand ich eine Nachricht vor. Und manchmal »schrieb« ich zurück. Das heißt, ich hinterließ eine Zeichnung. Ein Herz. Eine Blume. Doch einen Brief in meiner Handschrift – nein. Das war zu riskant.

Vier Tage vor dem ungarischen Souper waren die neuen Kleider fertig. Zu Mittag führte ich sie Onkel Louis und Hermine vor, eng geschnürt mit offenem Haar. Meine kleine Gouvernante sagte nichts. Nach dem Essen aber eilte sie gereizt zu Tante Julianas Zimmer, klopfte Sturm, obwohl Mittagsruhe war, stürzte hinein, und ich schlich in alter Gewohnheit hinterher und horchte an der Tür.

»Warum tust du mir das an?«, klang es deutlich an mein Ohr. »Warum verdirbst du mir das Kind? Ich erzieh sie zur Bescheidenheit, sie glaubt, sie ist hässlich, und benimmt sich *comme il faut*, und du setzt ihr hundert Flausen in den Kopf. Meine Minka braucht weder eine neue Garderobe noch ein Mieder, noch eine Wespentaille, denn im Herbst kommt sie ins *Pensionat*. Und was glaubst du, was man dort trägt? Eine *dunkle Uniform*. Da meint sie dann, sie muss in Sack und Asche gehn.«

»Eben! Armes Kind. Ich will, dass sie sich vorher amüsiert. Die paar kurzen Wochen hier bei mir.«

»Und ich will, dass sie glücklich wird in Wien.«

»In einem strengen Pensionat? Das glaubst du selber nicht. Aber gut, dass du da bist. Ich will schon lang was besprechen mit dir … also, was meinst du, wäre es dir recht, wenn ich dir die Minka unter die Haube bringe? Diesen Sommer noch?«

»Was!!«, rief Hermine entsetzt. »Ohne Mitgift? Wie denkst du dir denn das? Willst du sie verschleudern? An einen breitbeinigen Tölpel, der sie gnadenhalber nimmt? Du hast kein Herz in der Brust.«

»Aber, liebste Hermine …«

»Sie ist noch nicht entwickelt. Sie hat noch nicht einmal die Monatliche, damit wir uns klar verstehn.«

»Hör mir bitte zu … ich hätt einen tollen Plan …«

»Und sie hasst den Ehestand.«

»So? Sie weiß doch gar nicht, was das ist.«

»Doch. Das hab ich ihr erklärt.«

»Du?«

»Ja, ich.«

Meine Tante sog hörbar die Luft ein. »Willst du unbedingt streiten? Hör doch zu. Unsere Minka hat keine Mitgift, aber sie hat Glück. Denk an ihre Ähnlichkeit mit …«

»Schweig.«

»Warum? Das ist ihr größter Trumpf. Den sollten wir nützen.«

»Wir haben alle geschworen, dass wir die Sache nie mehr erwähnen. Heilige Eide, wenn du dich zu erinnern geruhst.«

»Mein Gott, nimmst du immer alles tierisch ernst. Pass auf, ich sag dir was. Man muss sich auch amüsieren im Leben. Sonst ist man tot und hat nix gehabt. Die Minka gefällt. Das hab ich gleich bemerkt. Und ich hab diesen Plan. Wenn er gelingt, können wir alle zufrieden sein. Gelingt er nicht, kann sie immer noch im Herbst in deine Zuchtanstalt nach Wien.«

Hermine ließ einen Protestschwall los, den ersparte ich mir. Auf Zehenspitzen schlich ich in mein Zimmer zurück. Also, daher wehte der Wind. Meine Tante hatte bemerkt, dass ich Gabor gefiel, und sie wollte die Sache fördern, damit ich bei ihr bleiben konnte, hier in Enns. Ein fröhlicher Sommer stand mir bevor. Noch mehr Einladungen. Endlich wieder tanzen. Deshalb die neuen Kleider. Warum sonst?

Aber ganz so einfach war die Sache nicht.

In einem hatte Hermine Recht. Heiraten war nicht mehr mein Ziel. Meine kleine Gouvernante nämlich hatte vorgesorgt.

Als mein Vater mir die Mitgift strich, hatte sie begonnen, mir die Nachteile des Ehestandes einzubläuen. Und ich glaubte ihr, wie gesagt, ich vertraute ihr blind.

»Ich verrat dir jetzt ein großes Geheimnis«, hatte sie gesagt, »meine liebe Minka, ein Geheimnis, über das man *niemals* spricht. Wie fang ich nur an. Hör zu. In jeder Ehe … hmm … gibt es Dinge, die einer anständigen Frau zutiefst zuwider sind.«

Erschrocken sah ich sie an.

»*Zutiefst* zuwider«, wiederholte sie streng, »und man nennt das eheliche Pflicht.«

»Und was ist die eheliche Pflicht?«

»Die bestialische Seite zwischen Mann und Frau. Eine

schrecklich widerwärtige Sache, doch man kommt nicht darum herum.«

»Ja, warum denn nicht?«

»Weil man schwört, dass man sie erfüllt. Vor Gott und den Menschen. Bei der Trauung. Am Altar.«

Auf die nächsten Fragen antwortete Hermine äußerst lückenhaft. Sie sei eine Jungfrau, meinte sie, ihr bliebe ES Gott sei Dank erspart. Doch aus Berichten ihrer besten Freundinnen ginge klipp und klar hervor, dass ES die abstoßendste Seite des Ehelebens war. Man ließ ES sich gefallen, wenn es gar nicht anders ging. Und hoffte dann auf längere Schonzeit. ES tat immer weh. Zog Migräne und Hysterie nach sich, jedenfalls gab es nichts Schlimmeres im Leben einer Frau als die Erfüllung der ehelichen Pflicht.

Jawohl! Ich glaubte Hermine aufs Wort.

Warum waren so viele verheiratete Damen ständig leidend? Warum rief meine Mutter mitten in der Nacht: »Nein! Rüdiger! Ich bitte dich! Lass mich in Ruh! Ich kann heute nicht!«

Hundertmal hatte ich das gehört. Auch meine schöne Mama schlug sich mit dem ES herum! Darauf hatte ich keine Lust. Mir genügte das Mieder!

Nein. Nein. Nein. Gabor sollte bleiben, was er war: ein Kavalier, der mich verehrte, mir Komplimente machte und mir hübsche Dinge schrieb. Überhaupt sollten sich die Herren nicht verändern, nein, niemals. Mir gefiel, dass sie uns bewunderten, uns die Hände küssten, die Türen öffneten, uns in Kutschen halfen, hochhoben, was uns zu Boden fiel, dass sie Helden waren, zum Duell bereit um unserer Ehre willen, Verteidiger des Vaterlands, die uns beschützten vor jeder Gefahr. Das genügte mir. *Merci*. Die bestialische Seite zwischen Mann und Frau, das mysteriöse ES konnte warten. Es interessierte mich nicht einmal.

Ich gähnte und legte mich zum Mittagsschlaf auf mein Bett. Und dachte an Gabor. Und seine schönen Augen. Und an seinen letzten Brief, der so aufregend war, dass ich sofort wieder Herzklopfen bekam: ICH SCHMIEDE EINEN PLAN, UM SIE ÖFTER ZU SEHEN. OMNIA VINCIT AMOR.

Mein Gott. Mein Gott. Was konnte das nur sein? Es gab nämlich keinen Grund, sich öfter zu sehn. Er führte das Leben eines jungen Barons, draußen in der Welt, ich war immer zu Haus, und beide waren wir ständig bewacht, ich von Hermine, er von seinem Papa. Doch beim ungarischen Souper würden wir eine ganze Nacht zusammen sein.

Vor Freude seufzte ich laut auf. Jetzt war es nicht mehr lang. Nur, was tue ich, wenn man tanzt? Bei den Kindertanzstunden in Wien waren nur Mädchen präsent gewesen. Keine Ahnung, wie das geht – mit einem Herrn.

Vielleicht könnte ich noch schnell Stunden nehmen? Galla Pumb hatte einen Tanzmeister seit Anfang Mai. Vielleicht durfte ich zusehn? Ein-, zwei Mal? Meine Tante würde es erlauben, sicher gehörte es zu ihrem Plan.

Hurra! Ich tanz ja so gern. Polka, Walzer, Quadrille, Cotillion, ich würde endlich tanzen lernen, wie eine Erwachsene … Zufrieden schlief ich ein.

Doch der Mensch denkt, und Gott lenkt.

Ich lernte etwas *ganz* anderes diesen Sommer.

Aber das ist ein Kapitel für sich.

KAPITEL V

Um es gleich zu sagen: Ich durfte keine Tanzstunden nehmen mit Galla Pumb. Hermine hatte dagegen gestimmt. Dafür hatte ich am Tag vor dem ungarischen Souper ein einschneidendes Erlebnis, das neues Licht auf meine Rätsel warf – aber auch neue Schatten. Vor allem kam meine Meinung über meine Geburt gefährlich ins Wanken. Doch ich fange am besten von Anfang an.

Am 12. Juli ließ mich meine Tante in ihr Zimmer bitten, nach dem Englischunterricht. Es war ein kühler, regnerischer Tag. Als ich eintrat, lehnte sie an ihrer geschnitzten Kommode, deren oberste Lade offen stand. Sie hielt zwei Daguerreotypien in der Hand, die sie kurz mit mir verglich, um sie dann freudig nickend mit dem Bild nach unten in die Lade zu legen – die sie gleich verschloss.

»Mein liebes Kind«, meinte sie froh, während sie mir entgegenkam, »kleine Änderung im Programm. Heute wird nicht gemalt, heute machen wir uns einen schönen Nachmittag und nehmen ein Bad.« Sie reichte mir ein kleines Päckchen und sah mich erwartungsvoll an.

»Mhmm. Das duftet. Was ist das, liebe Tante, wenn ich fragen darf?«

»Balsaminenseife. Hausgemacht. Kennst du nicht? Dann lass dich überraschen. Und abends waschen wir dein Haar, und morgen – weißt du, was wir morgen tun? Wir verwandeln dich in eine Komtess. Aber bitte, kein Wort zu Madame la Gouvernante! Es soll eine Überraschung sein.«

»Wie Sie befehlen«, ich markierte einen Knicks, »aber wie verwandeln Sie mich denn? Darf ich raten? Mit einem Kostüm?«

»Mit einer zuckrigen Frisur.«

»Und welches von den neuen Kleidern zieh ich an?«

»Das Komtesschenkleid. Das weiße mit den lila Tupfen. So ein Kleid hat's schon einmal gegeben bei uns in Enns. Aber das ist ein Geheimnis. Und wir machen ein Experiment und schnüren dich auf vierzig Zentimeter, wenn's geht.«

»So eng?«, rief ich alarmiert.

»Wenn's geht.« Sie reichte mir die Hand zum Kuss. »Also, mein Schatz, ich lass dich holen um vier. Und dass du mir pünktlich fertig bist.«

Das war ich. Denn ein Bad ließ ich mir nicht entgehn. Wir hatten sogar schon einmal gebadet, Hermine und ich, gleich nach unserer Ankunft. Aber nicht im *Schwarzen Adler*, sondern im Brauhaus des Herrn Roman Gruber, genauer gesagt, in der Mälzerei.

Die Mälzerei nämlich ist von Mai bis Oktober unbenützt, wird umgewandelt in ein Badehaus, und die hölzernen Bottiche dienen als Wannen. Und sie sind so lang, dass man in ihnen *liegen* kann. In normalen Wannen muss man immer sitzen, auch in unsern im Hotel, die man den Gästen auf Wunsch ins Zimmer bringt – mit großen Kupferkesseln voll heißem Wasser. In den Bottichen aber kann man sich strecken nach Herzenslust. Und das ist ein neues Hochgefühl.

»Daheim baden wir umsonst«, meinte meine Tante, als ich Punkt vier wieder in ihr Zimmer trat, »aber lustiger ist's beim Gruber. Um die paar Kreuzer ist es mir nicht leid. Merk dir gleich: Der Mensch muss sich in regelmäßigen Abständen verwöhnen, da bleibt man munter und gesund.«

Die Mälzerei war fast leer, als wir sie betraten. Nur die letzte der drei Kammern war besetzt. Elsa Hopf, die Badefrau kam uns entgegen, nahm uns die Hüte ab und den Schirm, Umhänge und Handschuhe dazu, und führte uns in die Badestube Nummer zwei. Die kannte ich schon vom letzten Mal.

Die Kammer war geheizt, denn draußen war es kühl. Zwei große hölzerne Behälter standen da, und als wir Platz genommen hatten, auf zwei Stühlen, begann Frau Hopf die Wannen zu füllen, mit hohen blauen Kannen.

Das Wasser war angenehm warm. Für ein paar Kreuzer mehr tat sie Lavendelöl dazu, und sofort verbreitete sich angenehmer Duft. Der erste Bottich war fast voll, als sich meine Tante plötzlich erhob.

»Liebe Elsa, meine Minka, nicht böse sein. Ich geh wieder heim. Unser General nimmt ganze Umbauten vor im Roten

Salon. Eine schöne Lampe hat man mir schon zerschmettert, ich hab keine Ruh. Ich bin lieber dabei. Minka, musst du halt allein baden. Und in zwei Stunden holt dich die Josepha wieder ab.« Dann half sie mir beim Auskleiden, schnürte mir das enge Mieder auf, steckte mir die Haare hoch und zog das mitgebrachte knöchellange Hemd über meinen Kopf. »So«, meinte sie zufrieden, küsste mich dann herzhaft auf den Mund, rief: »Hinein in die Flut! Adieu, mein Schatz«, und ging.

Befreit von meinem Panzer aus Fischbein, ließ ich mich in das warme Wasser gleiten. Welch ein Genuss!

»Hat das gnädige Fräulein alles, was es braucht?«, erkundigte sich Elsa Hopf.

»Ja, danke. Alles wunderbar.«

»Falls etwas gewünscht wird, bitte schön, nur läuten!« Und sie zeigte auf eine Glocke, die auf einem Tischchen neben dem Bottich stand. Auch ein Glas war da und eine geschliffene Karaffe mit Wasser und daneben ein roter Teller, darauf thronte die mitgebrachte Seife.

Ich hatte nämlich vor, mich gründlichst abzuseifen, nicht *über* dem Hemd, wie normal, sondern diesmal auf der bloßen *Haut*. Das war gewagt, denn Nacktheit ist eine grässliche Sünde, aber meine schöne Tante bestand darauf.

»Eine junge Dame muss rundum appetitlich sein«, hatte sie mir zu Hause noch erklärt, »sie muss sauber sein wie eine Katze und duften wie eine Blume. Du musst dich in den persönlichsten Winkeln waschen, liebes Kind, wo man sonst nie hinkommt. Du verstehst?«

Ich verstand. Und dachte an meine kleine Gouvernante, die zu diesem Thema ganz konträrer Meinung war. Sie glaubte nämlich fest und innig, dass der Körper zum Genieren hässlich und außerdem vom Kinn abwärts unkeusch sei. »Wer die Geschlechtsteile berührt, sündigt. Deshalb heißen sie ja so, damit man nie vergisst, wie *schlecht* sie sind.«

Aber, dachte ich und stand auf in meinem Bottich, wenn man sich nicht berühren darf, wie soll man sich dann waschen und duften wie eine Blume? Und ich hob das nasse Hemd und seifte mich eifrigst ein, an sämtlichen verbotenen Stellen.

Zwischen den … man weiß schon. Und am Unaussprechlichen nach dem Motto: wenn schon gesündigt, dann gleich gründlich. Ich werkte herum, bis ich unter und über dem Hemd bedeckt war mit weißem Schaum. Dabei summte ich vergnügt vor mich hin.

In dem Moment hörte ich helles Lachen aus der Kammer nebenan. Ich erstarrte. Die Stimme kannte ich. Das war … Jetzt hörte ich es wieder … perlendes Gelächter, das richtig ansteckend klang. Kein Zweifel. Das war Lizzi. Unsere Patissière. Die Zuckerbäckerin, die hübsche Polin aus dem Hotel. Irrtum ausgeschlossen. Keine lachte so wie sie.

Ich sank zurück ins warme Wasser und strengte meine Ohren an, dass es schmerzte. Doch was gesprochen wurde, konnte ich nicht verstehn.

Lizzi gab Geld aus, um zu baden? Nie hätte ich das gedacht. Obwohl – sie war immer sehr gepflegt und besaß jene zarte, helle Schönheit, die die Frauen aus dem österreichischen Galizien weltberühmt gemacht hatte. Lizzi hatte prachtvolles goldblondes Haar, das ihr gelöst bis zu den Fersen fiel. Sie war genauso groß wie ich, aber äußerst wohl gerundet, mit türkisen Augen und einem Teint wie kostbares weißes Porzellan. Sie gefiel mir von allen Angestellten am besten, denn etwas Frisches, Fröhliches ging von ihr aus, und sie sprach das drolligste Deutsch, das man sich vorstellen kann.

Doch das Auffallendste an ihr war: Sie schnürte sich wie eine Dame. Ihre Mitte war so eng, wie man sie bei Tortenköchinnen sonst niemals sieht. Und war sie mittags in der Küche fertig, nahm sie immer einen Krug mit heißem Wasser hinauf in ihr Zimmer mit. Kam sie nach den freien Stunden wieder herunter, duftete sie dann wunderbar.

Und heute badete sie um teures Geld. Es war nicht zu fassen. Ging sie auch auf ein Fest?

Plötzlich kam mir die Idee. Geräuschlos stieg ich aus dem Bottich, nahm das Glas vom Tisch, hielt es an die Wand und presste mein Ohr darauf. Jetzt hörte ich klar wie durch einen Trichter.

»Hat arme Schatz überhaupt kein Glück«, sagte Lizzi gerade, »geht immer alles schief. Und dann weint und klagt, und muss ich ihn trösten. Dann ist wieder gut.«

Elsa Hopf sagte etwas, das ich nicht verstand.

»Nach große Ball«, antwortete Lizzi, »und nach große Fest. Jedes Mal, wie Amen in die Gebet. Immer ist enttäuscht, und dann schickt nach mir mitten in die Nacht. Will er was erleben. Hat Temperament. Ist bärenstarke Mann. Hat gerne Paprika im Bett!« Und sie lachte hellauf.

Elsa fragte wieder etwas Unverständliches.

»Hat mir schon gesagt. Braucht mich morgen dringendst nach Souper«, antwortete Lizzi laut. »Mach ich ihm die Freude. Ist reiche, feine Herr.«

»Revanchiert er sich?«, fragte die Badefrau.

Lizzi lachte wieder. Ich hörte Geplansche und dann die bewundernde Stimme der Elsa Hopf: »Ist *das* aber schön! Ist das echt?«

»Echt wie mein eigene Herz! Kommt von Linz. Von Herr Wohlfahrt. Große Juwelier auf Kaiser-Franz-Josephs-Platz. Kann jetzt jeder sehn, bin ich nicht angewiesen auf Kutscher oder Kammerdiener oder Kohlenhändler. Habe ich Josepha gezeigt. Verwaltet Schmuck von die gnädige Frau. Kennt sich gut aus. ›Oh, là, là! Lizzi!‹ hat gesagt, ›straf mich Gott. So schöne Steine ich hab noch nie gesehn!‹«

»Sie sind eine kluge Frau«, rief Elsa Hopf.

»Tut man, was man kann«, antwortete Lizzi bescheiden. »Hätt ich zwar lieber kleine charmante Küken, aber geht nicht. Erstens ist nicht bei Kassa. Und zweitens hat Augen anderswo.«

»Wo?«, fragte Elsa Hopf interessiert.

Die Antwort verstand ich wieder nicht, denn Lizzi drehte sich in dem Bottich hin und her. Ich presste mein Ohr an das Glas, dass es ganz heiß wurde, vernahm aber nur Bruchstücke! Zum Wahnsinnigwerden war das! »Zu jung«, verstand ich endlich wieder einmal ein Wort, »vornehm erzogen und ganz naiv! Nein, nein! Keine Chance. Echte Tragödie. Hat die arm Wurm keine Kaution! Sind Verhältnisse in Familie teuflisch kompliziert. Nein! Nein! Nein! Kind weiß von nichts. Hat mir alles die Josepha anvertraut, Zofe von gnädige Frau. Und ist *streng ge-*

heim. Geht um Hochverrat. Bitt ich um versiegelte Lippen, Elsa, ja? Verlass ich mich auf Sie.«

In dem Moment hörte ich hinter mir ein Geräusch. Ich drehte mich um. Tatsächlich, die Tür ging auf. Sofort war ich wieder im Wasser. Nur mehr mein Kopf ragte heraus.

»Ist denn niemand da?!«, fragte eine mürrische Stimme, und die Tür öffnete sich ganz. Frau Metzgermeister Kropf trat ein, mit nassem Umhang und nassem Schirm, offensichtlich verdrossen, dass keiner sie empfing.

»Grüß Gott, Frau Kropf«, sagte ich und glitt noch tiefer in mein warmes Bad.

Lydia Kropf nickte mir zu. Sie war klein und viereckig, mit dicken roten Wangen und mausbraunem Kräuselhaar. Sie stammte aus Dalmatien, dem südlichsten Teil der Monarchie, und lebte so unglücklich mit ihrem Mann, dass es nicht mehr zu verbergen war. Ganz Enns wusste: Herr und Frau Metzgermeister prügelten sich, und obwohl die arme Lydia arbeitete für zwei, hatte sie nichts zu sagen, weder im Haus noch im Geschäft, und die Tochter Emsi, hieß es, geriet ganz dem Vater nach.

»Ah, meine Liebe, da sind Sie ja.« Elsa Hopf kam aus dem Nebenraum geeilt. »Ich hab Sie schon erwartet. Darf ich Sie in Nummer drei bitten«, sagte sie mit einem schiefen Blick auf mich, »diese Wanne da rinnt.« Und sie zeigte auf den leeren Bottich, der neben meinem stand.

Sehr kurios!

Vorhin, als meine Tante baden wollte, war er ganz intakt gewesen. Was war da wieder los? Gab es eine neue Affäre, die man geheim halten wollte vor mir? Elsa Hopf war nämlich immer bestens informiert. Über jeden Tratsch wusste sie als Erste Bescheid, sie war berühmt dafür in Enns. Und was für Tratsch! Nirgends gab es so viele unfolgsame Töchter, heimliche Verlobungen, gebrochene Herzen, wütende Väter, Duelle, Intrigen und Entführungen wie in einer Garnisonsstadt. Hatte mir Tante Juliana beigebracht! Deshalb gab ich nicht auf. Kaum saß Frau Kropf in ihrem Bottich, stieg ich schnell aus meinem und lauschte wieder an der Wand. Die drei Frauen sprachen eifrig durcheinander, verstehen konnte ich nichts. Dann fiel der Name »Reschka«.

Den Skandal kannte ich. Leutnant Reschka wurde vor kurzem strafversetzt. Ans äußerste Ende der Monarchie. Nach Galizien. An die sumpfige russische Grenze. Sein Vergehn: Fraternisierung mit der Bevölkerung. Und das liebte der Kaiser nicht.

Baron Reschka hatte die hübsche Nichte des Herrn Erbpostmeister »vertan«, was immer das hieß. Doch man würde es geschickt »vertuschen«, hatte mir die Tante anvertraut, darin hätte man Übung hier in Enns.

»Sie heiratet nach Steyr«, hörte ich plötzlich laut und deutlich Lydia Kropf, »den Tischlermeister Holzer. Er hat viel Geld kassiert. Jetzt kauft er ein großes Haus und erweitert den Betrieb.«

»Gott sei Dank«, meinte Elsa Hopf, »jetzt wird sie eine anständige Frau. Kann keiner über sie was sagen …«

Lizzi lachte. »Sagen nicht, liebe Elsa. Aber jeder, der zählen kann bis neun, kennt sich aus. Wann kommt das Wunschkind?«

»Nach Neujahr. Hab ich gehört.«

»Sehr geschickt. Zufällig Frühgeburt?«, perlendes Gelächter. »Kleine Siebenmonat-Putzi?«

»Anzunehmen«, sagte Elsa Hopf, »aber ehelich, bitte sehr.«

»Weiß aber jeder Idiot, dass vorn und hinten nicht stimmt. Sind Eltern suspekt. Sieben Monat nach die Hochzeit. Klingt bisserl nach Skandal.«

»Aber nicht in Steyr, wo sie keiner kennt.« Lizzi kicherte. »Leben dort auch nicht hinter die Mond. Tut mir nur Leid das arme kleine Wurm. Vater mag sie nicht, überall Geheimnistuerei, gehört nie richtig dazu, kann nix dafür …« Etwas Dumpfes schlug an die Wand.

»Oh, pardon«, rief die Badefrau, »liebe Lizzi, hab ich Ihnen wehgetan?«

»Nix passiert. Aber, Elsa, können Sie mir bitte Rücken waschen? Und gießen Sie noch bisserl heißes Wasser nach?« In dem anschließenden Sturzbach konnte ich nichts mehr verstehn. Doch das machte nichts. Ich stand ohnehin da wie gelähmt. *Was* hatte ich eben gehört? Bei Siebenmonatskindern sind die Eltern suspekt? Klingt nach Skandal? Ich war auch eine Frühgeburt. War das auch bei uns der Fall? Und die Braut des Tischlermeisters Holzer. Woher wusste man, dass sie ein Wunschkind erwartete? Wo sie noch gar nicht verheiratet war?

Nun gut. Kinderkriegen war ein heißes Thema. Darüber sprach man NIE, in keinem anständigen Haus. Doch Hermine erzog mich im Sinn der Neuzeit und hatte mir verraten, wie das ging.

Zuerst muss man heiraten. Und nach den Flitterwochen deponiert man bei der Hebamme gleich den Wunsch. Und diese bringt nach neun Monaten dann das Kind ins Haus. In einer großen Tasche. Und die ganzen neun Monate ist die Mutter froher Hoffnung und trinkt weder Kaffee noch Wein, und schonen muss sie sich auch. Und dann legt sie sich ins Kindbett und kommt aus lauter Freude sechs Wochen lang nicht mehr heraus. So war das auch bei uns gewesen, als mein Bruder Albrecht kam.

Bei mir aber hatte es nur sieben Monate gedauert. Die Hebamme hatte mich zu früh gebracht. Und wenn Lizzi Recht hatte … waren meine Eltern nicht mehr untadelhaft, und es gab einen Skandal um meine Geburt.

»Halt! *So* geht nicht!«, vernahm ich plötzlich wieder klar und deutlich Lizzis Stimme durch die Wand. »Kann man nicht so schnell Urteil fällen …« Und dann war wieder Chaos, alle sprachen durcheinander. Aha, Themawechsel! Es ging nicht mehr um den Reschka, sondern um einen anderen Mann. Lizzi war überhaupt nicht einverstanden, rief mehrmals aufgeregt dazwischen, Frau Kropf dozierte, und die Badefrau klang ebenfalls erregt.

Ein Streit brach los, von dem mir jedes Wort entging. Über wen, zum Kuckuck wurde derart hitzig debattiert? Endlich verebbte der Lärm.

»Schön?«, verstand ich wieder ein Wort.

»Es gibt schönere«, das war Lydia Kropf, »aber reich. Die Witwe vom Baumeister Holter in St. Florian. Große Liebe und Wonne. Wie zwei Turteltauben. Angeblich reitet er fast jeden Nachmittag hin.«

Sieh an! Also doch ein neues Paar? Interessant! Ich kannte die Frau Holter. Sie war stattlich, blond, humorvoll, sehr umschwärmt und tausendmal schöner als die dicke Frau Kropf. Sonntags aß sie oft mit ihrem Sohn bei uns. Wer aber war ihr neuer Kavalier?

»Glaub ich kein Wort«, rief Lizzi empört. »Hätt ich längst bemerkt. Hab ich Augen wie Luchs. Ist größte Blödsinn überhaupt.«

»Aber wenn ich es Ihnen sage!!« Das war wieder Lydia Kropf. »Die Witti hat ihn gesehn. Sie wohnt genau gegenüber. Sie schwört, es war ER! Und die Frau Baumeister ist ganz konfus. Stellen Sie sich vor, sie hat sich ein Reitpferd gekauft!! Und im Herbst macht sie eine Lustreise. Nach Capri!«

Reitpferd? Capri? Klang aristokratisch. Für Bürgersfrauen war das gänzlich unerhört. Wem hatte die Frau Holter den Kopf verdreht? Einem unserer vornehmen Gäste im Hotel? Oder dem Wirt vom *Goldenen Ochsen*? Der lebte auch wie ein Herr und war als Frauenheld bekannt.

Meine Zähne begannen zu klappern. Mir war schrecklich kalt. Das nasse Hemd klebte mir am Leib, und ich hatte genug gehört. Plötzlich aber vergaß ich alles rundherum, denn zwei Namen klangen an mein Ohr. »Juliana Tanzer und ihr Louis.«

Mon Dieu!

Hatte man die ganze Zeit über meinen Onkel debattiert? Onkel Louis und die schöne Witwe? Er war der Kavalier? Nein, das konnte nicht sein. Doch er besaß ein Reitpferd. Und nachmittags ritt er immer aus. Und die Frau Baumeister wurde immer herzlichst begrüßt und hofiert, wenn sie zu uns essen kam. Immer wurden ihr lang die Hände geküsst, und sie bekam den besten Tisch …

»Wieder falsch«, empörte sich die Frau Kropf. »Die Juliana ist schuld. Ihre Mutter ist im Kindbett gestorben. Jetzt hat sie Angst. Wie? Wie Bruder und Schwester. Josephs-Ehe«, sie begann zu lachen, »wie Maria und Joseph im Heiligen Land.«

»Das wär was für mich«, sagte Elsa Hopf, »*Josephs-Ehe*. Aber bei meinem Willi geht das nicht. Da heißt's antreten jede Nacht.«

»Sind Sie aber auch robuste Dame«, hörte ich wieder Lizzis Stimme. »Gnädige Frau Tanzer hat delikate Konstitution.«

»Delikat?«, empörte sich Frau Metzgermeister Kropf. »Sie ist zäh wie Gummi, nur sie schnürt sich halb tot.«

»Will nur sagen«, fuhr Lizzi fort, »muss sie ganz allein sein in ein Bett, kriegt sonst nicht genug Schlaf. Und gnädige Herr hat mich nie sekkiert. Und Zilli nicht und Josepha nicht ... Untreue Mann versucht immer zuerst bei Personal. Aber unsere Chef sieht nur sein Gemahlin. Ist er nämlich echte Gentleman. Muss ich Ihnen leider widersprechen. Sind Sie auf grundfalsche Spur.«

Dieser Meinung war ich auch. Sinnend stieg ich in meinen Bottich zurück. Das war das lehrreichste Bad meines Lebens. Und als mich die Josepha holen kam, überschlugen sich die Gedanken in meinem Kopf. Tante Juliana führte eine Josephs-Ehe. War das eine Ehe ohne das ES? Kinder hatte sie auch keine bestellt. Sehr intelligent, jetzt wo ich wusste, dass man im Kindbett auch sterben kann. Überhaupt war mir plötzlich klar: Alles Schlechte über Mutterschaft und Ehestand hatte man verhuscht und vertuscht, bis mein Vater mir die Mitgift strich. Dann wendete sich das Blatt. Das ES war aufgetaucht wie ein Blitz aus heiterem Himmel, und im Kindbett lauerte auf einmal Lebensgefahr! Um meine Geburt rankte sich ein Skandal ... Was kommt als Nächstes daher?

Doch das Beste hatte Lizzi gesagt, ehe Frau Kropf gekommen war: *Wer* schickt nach ihr? Mitten in der Nacht? Nach jedem Fest? Ein bärenstarker Mann, der gerne Paprika isst? Im Bett!! Das muss ein Wilder sein! Und was hatte Lizzi Elsa Hopf gezeigt? Ein Schmuckstück? Eine Uhr? Und wofür hatte sie das gekriegt? Und welches Geheimnis hatte ihr Josepha anvertraut? Über teuflisch komplizierte Familienverhältnisse – von wem?? Und welches Küken war nicht bei Kassa? Und wer war viel zu jung und zu naiv? Zu naiv wofür? Und was heißt das: Sie hat keine Kaution? Was bedeutet dieses Wort? Am meisten aber beunruhigte mich der Satz: Das Kind weiß von nichts. Fast hatte ich den Verdacht, *ich* war damit gemeint.

»Ist irgendwas passiert, gnädiges Fräulein?«, fragte Josepha besorgt auf dem Heimweg. Es hatte zu regnen aufgehört, und das Pflaster war kaum noch nass. »So stumm kenn ich Sie gar nicht. Hoffentlich werden Sie uns nicht krank?«

»Ich bin auf einmal so müde und weiß nicht, warum.«

»Ah, das kommt vom heißen Bad. Wenn's sonst nix ist, das ist ganz normal. Sie sollten sich ins Bett legen bis zum Essen. Wenn wir abends dann Kopf waschen, sind Sie wieder ganz frisch.«

Genau so geschah's.

Aber schlafen konnte ich nicht. Kaum lag mein Kopf auf dem spitzenbesetzten Kissen, hörte ich wieder Lizzis Lachen und Sätze aus dem rätselhaften Gespräch. Seltsamerweise ging mir das Wort KAUTION nicht aus dem Sinn. Es klang so bedrohlich. Den ganzen Abend dachte ich daran.

Nach dem Essen wurde dann mein Haar gewaschen. Mit Seife aus Marseille. Mit Salbeitee gespült. Und mit Bergen von Tüchern frottiert. Zum Trocknen über Nacht wurde es dann von Zilli in ein Leintuch gehüllt. Drei Kupferkessel heißes Wasser hatten wir verbraucht. Eine schreckliche Prozedur.

Als Hermine kam, um mir vorzulesen aus dem Französischbuch, fielen mir schon die Augen zu.

»Bitte, darf ich etwas fragen?«, sagte ich, als das Kapitel zu Ende war.

»Frag, mein Kind.« Hermine klappte das Buch zu und zog ihre Uhr aus dem Gürtel. »Aber nur ganz kurz, es ist schon spät.«

»Was ist eine Josephs-Ehe? Ist das eine Ehe ohne das ES?«

»Jawohl«, antwortete Hermine erstaunt. »Wie kommst du darauf?«

»Nur so. Gibt's das oft?«

»Äußerst selten. Die Herren haben das nicht gern.«

»Aber manchmal gibt's das schon.«

»Ja, vereinzelt. Aber äußerst rar.«

»Und was heißt das, wenn ein Herr nach einer Dame schickt? Mitten in der Nacht?«

Hermine erbleichte. »Wer hat das gewagt ... Hat man dich belästigt? Minka! Das ist ernst! Sag sofort –«

»Nicht nach mir. Nach einer Erwachsenen. Was bedeutet das?«

»Dass sie eine unsittliche Person ist und Todsünden begeht. Sie kommt in die Hölle, wenn sie stirbt. Wer ist es denn, Minka. Schnell! Ist es jemand vom Hotel?«

»Nein. Das hab ich nur im Vorbeigehn gehört. Von einem Gast.«

»Gott sei Dank«, seufzte Hermine erleichtert. »Jetzt hast du mich aber erschreckt! Weißt du was? Ab sofort sperr ich deine Tür ab in der Nacht. Sicher ist sicher.« Sie stand auf und sah sinnend auf mich herab. »*Ma chérie*, so komische Fragen hast du noch nie gestellt. Sag, hat dir deine Tante was erzählt ... was Unpassendes ... was du nicht verstehst?«

»Nein, gar nicht, bitte sehr!« Ich schloss die Augen. Das Leintuch drückte auch zu schwer auf meine Stirn.

»Aber falls sie das tut, hörst du, kommst du sofort zu mir. Dann klären wir das. Überhaupt gibt es noch einiges zu besprechen vor dem Souper. Aber du schläfst ja schon. Das machen wir morgen.« Sie blies die Kerze aus. »Gute Nacht, mein Schatz.« Und sie drückte mir einen Kuss auf die Stirn.

Kaum war Hermine gegangen und die Tür fest versperrt, war ich wieder wach, stieg geräuschlos aus dem Bett, presste das Leintuch fest auf den Kopf, schlich barfuß durch das dunkle Zimmer, öffnete vorsichtig ein Fenster (nur einen Spalt) und spähte hinaus in die Sommernacht. Die Wolken waren weg. Sterne glitzerten am Firmament. Morgen würde schönes Wetter sein.

Vom Hotel *Zum Goldenen Ochsen* drang Musik herauf. Unter mir, im Restaurant, wurde noch gespeist und gelacht. Gabor war da unten. Er dinierte mit Freunden am Kavalleristentisch. Sein Papa war heute Gast auf Schloss Ennsegg.

Ich stellte mich auf die Zehenspitzen und sah hinunter auf den Hauptplatz.

Etliche Herren in Uniform verließen eben das Hotel, untertänigst verabschiedet vom Portier.

Gabor war nicht dabei.

Manchmal, wenn er unten aß, spazierte er anschließend

langsam um den Turm herum – um zu sehen, ob ich am Fenster stand. Wir hatten uns schon mehrmals heimlich zugenickt. Aufregend war das.

Halb versteckt hinter dem schweren Samtvorhang, beobachtete ich, was sich draußen tat. Und dachte dabei an die letzte heimliche Nachricht von Gabor, die beste überhaupt.

PLAN GELUNGEN. WIR WERDEN UNS NAHE SEIN. OMNIA VINCIT AMOR.

Was hatte er sich nur ausgedacht? Stundenlang hatte ich gestern nachgegrübelt, mit meiner blühenden Fantasie, doch nichts war mir eingefallen außer einer Entführung oder einer Verlobung.

Eine Entführung reizte mich nicht.

Ohne Abschied von Hermine bei Nacht und Nebel über alle Berge in ein fremdes Land, weg aus Enns, wo ich zum ersten Mal im Leben wirklich glücklich war – nicht mein Fall. Außerdem kann ich nicht reiten, also ging es ohnehin nicht.

Und eine Verlobung?

Ja, vielleicht hatte sich Gabor zusammengetan mit meiner Tante, sie hatten beide denselben Plan, und morgen beim Souper hielt er an um meine Hand.

Mon Dieu. Ging das rasant. Eine Verlobung. Ohne Mitgift. Nach knapp drei Wochen in Enns.

Doch auf die Verlobung folgt die Ehe. Das bestialische ES. Und im Kindbett kann man sterben.

Ohne mich. So gern ich Gabor mag, das nicht.

Wenn schon vermählt, dann nur wie meine liebe Tante: Maria und Joseph im Heiligen Land – und Kinder melde ich auch keine an.

Sofort war mir besser.

Noch ein letzter Blick hinunter auf den Hauptplatz – kein Gabor.

Und obwohl ich vor Aufregung fast erstickte, machte ich ganz ruhig, ohne das leiseste Geräusch, mit fester Hand das Fenster zu.

KAPITEL VI

Der heiß ersehnte Tag brach an.

Und als ich erwachte, etwas früher als sonst, waren die Vorhänge bereits zurückgezogen, das Fenster geöffnet, Sonne, blauer Himmel – und Hermine saß an meinem Bett.

Sie trug ihr loses Nachtkorsett, keine Masche und war noch nicht frisiert. Ihr dunkles Haar fiel in wirren kleinen Locken auf die Schultern ... So hatte ich sie noch nie gesehn. Unfrisiert. Ohne Masche. War sie krank?

Erschrocken setzte ich mich auf.

»*Bonjour, ma petite*«, sagte sie, ohne mich zu küssen, was sie sonst immer tat.

»*Bonjour de même.*« Ich umarmte sie fest und schmiegte meine Wange an ihren weichen Hals.

Hermine streichelte kurz meinen Arm. Dann befreite sie mein Haupt aus dem Leintuch und ließ ihre Finger durch meine Locken gleiten. »Ah ... schon trocken«, meinte sie zerstreut, »recht schön geworden ...«

»Wie spät ist es denn?«

»Nicht ganz sieben.«

»So früh?«

»Ja, so früh. Ich muss was besprechen mit dir.«

»Was denn?«

»Sag's dir gleich.« Sie unterdrückte ein Gähnen, stand auf, schloss das Fenster, blieb stehen vor dem Kleid, das ich heute tragen würde, das duftig, frisch gebügelt und verführerisch auf dem Lesefauteuil ausgebreitet lag, verbiss sich eine Bemerkung und setzte sich wieder zu mir. »Mir bleibt nichts erspart ... hast wenigstens *du* gut geschlafen, *ma chérie*?«

»Danke. Sehr gut. Sie nicht?«

»Nein. Albträume hab ich gehabt.«

»Aber nicht wegen mir.«

»Wegen dir und deiner Tante und dem verrückten Unsinn, den sie mit dir treibt. Manchmal frag ich mich, ob es recht war, dass wir nach Enns gekommen sind.«

»O ja. So lustig war's noch nie.«

Hermine seufzte. »Vielleicht für *dich*, aber *mich* amüsiert das nicht. Das Mieder. Und diese elende Schnürerei. Davon kriegt man eine Schrumpfleber. Sterben kannst du davon. Was glaubst du, warum fällt sie ständig in Ohnmacht, deine Tante? Und die aufreizenden Kleider, und heute kriegst du eine neue Frisur. Sie hat sich in den Kopf gesetzt, sie macht eine *beauté* aus dir. Aber Minka, hundertmal hab ich dir gesagt: Schönheit ist verderblich für eine Frau. Das führt zu Hoffart und Stolz, das sind Todsünden, die musst du beichten. Und stirbst du, bevor du sie beichten kannst, kommst du in die Hölle. Vergiss das nicht.«

Ich schwieg.

»Die halbe Nacht hab ich mir überlegt, ob ich's dir sagen soll«, fuhr Hermine fort. »Deine Tante will nicht, dass du Lehrerin wirst. Du sollst in Enns bleiben und heiraten, und sie hat einen verrückten Plan, jedenfalls, sie hat unserm Gabor gesagt, er soll Freunde einladen, heute zum Souper. Offiziere aus der Kaserne. So ein Unsinn! Weißt du, warum?«

»Warum?«

»Weil dich kein Einziger heiraten kann, auch wenn sich alle unsterblich in dich verlieben.«

»Das versteh ich nicht.«

»Ich erklär's dir gleich.« Hermine ließ das Leintuch zu Boden fallen und seufzte.

»Jetzt kommt was, was du noch nicht weißt. Ein Offizier braucht zum Heiraten eine Kaution.«

KAUTION! Da war es wieder, dieses grässliche Wort.

»Was ist los?«, rief Hermine erschrocken. »Wird dir schlecht?«

»Nein, gar nicht.« Ich zwang mich zur Ruhe, wie ich das gelernt hatte, und lächelte sie an.

»Eine Kaution ist eine hohe Mitgift von mindestens fünfundzwanzigtausend Gulden. Keine Kaution, keine Heiratserlaubnis vom Kaiser. Das ist das Gesetz.«

»Fünfundzwanzig mal tausend Gulden?«, rief ich entsetzt.

Hermine nickte. »Ein Vermögen. Dafür kriegt man ein Zinshaus. Und schwindeln kann man nicht, denn das Geld muss vor der Hochzeit eingezahlt werden, ans Ministerium, dort wird's dann krisensicher angelegt, und von den Zinsen lebt das junge Paar. Und falls ein Krieg kommt, und die Frau wird Witwe, hat sie eine Pension und kann die Kinder standesgemäß erziehn … ja? Was willst du sagen?«

»Wieviel verdient ein Offizier?«

»Eine kleine Gage. Wirklich lächerlich. Du kennst den Herrn Martin Huber? Den Besitzer von der Maschinenfabrik? Der zahlt seinen Arbeitern im Monat vierzig Gulden, und genauso viel verdient ein junger Offizier. Später wird's ein bisserl mehr. Aber von der Gage allein ernährst du keinen Leutnant oder Hauptmann oder Rittmeister. Das sind besondere Herren. Sie tragen den Rock des Kaisers, und dem dürfen sie keine Schande machen.«

Sie neigte sich vor und pferchte ein Kissen hinter mein Kreuz: »Sitz gerade, Minka. Schultern zurück. Man lümmelt nicht herum mit krummem Rücken, nicht einmal im eigenen Bett. Ja, und was ich sagen will, ein Offizier muss immer repräsentieren. Deshalb braucht er die schönsten Uniformen. Ausgeh-Uniform. Gala-Uniform, ein Offizier trägt niemals Zivil. Er braucht Reitpferde und einen Pfeifendeckel, das ist ein Bursche, der ihn bedient, der bringt ihm das Frühstück und wichst seine Stiefel und hält die Montur in Ordnung. Jedenfalls, ein Offizier muss leben wie ein feiner Herr. Und dazu braucht er eine wohlhabende Frau. Er hat einen Luxusberuf. Er muss hohe Trinkgelder geben und im Casino spendabel sein. Er muss seine Spielschulden innerhalb von vierundzwanzig Stunden zahlen und für seine Wetten geradestehn … Ja, mein Kind! Was hast du denn?«

»Nichts … nichts. Ich höre Ihnen zu.«

»Und seine Frau braucht schöne Toiletten und echten Schmuck. Seine Kinder werden vornehm erzogen. Ein Offizier vertritt den allerhöchsten Herrn. Er führt ein großes, gepflegtes, gastfreundliches Haus, und das kostet Geld. Du weißt ja, was die Prinzessin Valerie immer sagt: ›Mein Mann verdient nur ein Taschengeld. Den ganzen Haushalt finanziere ich.‹ Auch seine Spielschulden hat sie übernommen. Aber das bleibt unter uns.«

»Hat die Prinzessin auch eine Kaution bezahlt?«

»Dreißigtausend Gulden! Aus ihrem Privatvermögen!«

Ich schluckte. Also keine Verlobung. Gabor war in weite Ferne gerückt, und schon war er doppelt begehrenswert.

»Du willst etwas sagen?«

»Wenn einer ... ein junger Offizier ... aus einer wohlhabenden Familie kommt ...«

»Wie unser Gabor, nehme ich an.«

»Jawohl.«

Hermine sah mich durchdringend an. Ich erbleichte. Hatte sie unsere geheime Korrespondenz entdeckt? Was immer sie weiß, ich streite alles ab!!

»Wie unser Gabor«, wiederholte Hermine, »und das bringt mich gleich zum Kern der Sache. Ich bin nicht blind, liebes Kind. Ich hab längst bemerkt, der Gabor sieht dich gern. Und du? Gefällt er dir auch?«

Ich senkte den Blick. Mehr brauchte Hermine nicht.

»Genau das hab ich vermutet. Und du schlägst ihn dir sofort aus dem Kopf, verstehn wir uns? Ja? Sieh mich an. *Sofort* hab ich gesagt, ehe es eine größere Katastrophe gibt. Der Gabor ist für dich tabu, aus mehreren Gründen, die kann ich dir beim besten Willen nicht sagen. Nur soviel: Sein Halbbruder Elemer erbt das große Vermögen. Unser Gabor kriegt fast nichts. Also braucht er eine wohlhabende Frau. Wenn der Gabor heiratet, dann nur eine junge Dame aus gutem Haus, die eine Kaution besitzt. Und nur eine, die sein Vater für ihn bestimmt. Ich kann dir auch schon sagen, wen: die Elviri Fogossy aus Ungarn!«

Großer Gott! Das wurde immer schlimmer. Gabor machte mir den Hof, und in Wahrheit war er nicht mehr frei?

Vor Schreck bekam ich wieder Atemnot.

»Sei nicht traurig, meine Minka. Gegen Tatsachen kann man nichts tun.«

»Und wer ist die ... diese ... diese Fogossy?«, fragte ich schließlich und bemühte mich auszusehn, als ginge mich das alles gar nichts an.

»Die Nachbarin der Borosys. Ihr Vater war ein berühmter Magnat, und seine Witwe, die Baronin Piri, ist eine großartige

Reiterin. Sie züchtet Pferde, hat ein kolossales Gut, das verwaltet sie selbst. Jedenfalls, die Verhältnisse passen perfekt zusammen. Eine bessere Grundlage für eine gute Ehe gibt es nicht.«

»Wann ist denn die Hochzeit?«

»Noch nicht gleich. In zwei, drei Jahren vielleicht.«

»Sind sie schon verlobt?«

»So gut wie. Es wird nur noch gewartet, bis der Gabor ausgemustert hat.«

»Seit wann ist denn ausgemacht, dass der Gabor die Elviri …«

»Ewig schon«, sagte Hermine ungeduldig, »du weißt doch, wie das ist in den großen Familien. Wenn der Nachwuchs kommt, sieht man sich um nach einer passenden Partie, wie es sich gehört. Denn die Kinder haben keine Lebenserfahrung, und nur die Eltern wissen, wer sie glücklich machen kann.«

»Aber … er liebt sie nicht.«

Hermine seufzte gequält. »Das ist doch völlig nebensächlich, ob er sie liebt oder nicht. Darauf kommt es doch überhaupt nicht an. Liebe ist für Stubenmädel. Bei einer guten Partie geht es um Wichtigeres. Um Namen. Um Besitz. Um Vermögen. Um einen glänzenden Platz in der großen Welt. Nicht umso etwas Vergängliches wie Gefühle.«

Plötzlich aber nahm sie meine Hand. »Du bist meine einzige, brave, allerliebste Minka. Und jetzt sag ich dir was, und du weißt, ich hab immer Recht. Die Liebe hält nicht ewig. Die ist heut lebendig und morgen tot. Und bei dir wird es nicht anders sein, und der Gabor kommt auch darüber weg. Und jetzt noch ein Wort zu den Eskapaden deiner lieben Tante.«

Sie begann meine Hand zu streicheln. »Also. Ob du's glaubst oder nicht, sie hat an deine Mama geschrieben, ob es nicht doch möglich wäre, dass du eine Mitgift kriegst. Aber, Minka, meiner Meinung nach nützt das nichts. Wenn dein Vater die Mittel hätte, *müsste* er sie dir geben. Das ist so … abgemacht. Er behauptet aber steif und fest, er hat sie nicht. Und sagen wir, er gibt dir eine kleine Mitgift, *niemals* zahlt er dir eine Kaution. Deshalb bist du tabu für jeden Offizier. Keiner kann dich nehmen, außer zur linken Hand.«

»Und was heißt das? Zur linken Hand?«

»Das heißt, er entführt dich und versteckt dich irgendwo in einem Elendsquartier unter einem falschen Namen und spielt deinen Ehemann und lebt ein paar Jahre mit dir in Heimlichkeit – summa summarum: Du hast alle Pflichten einer Ehefrau, aber keine Rechte. Das ist die freie Liebe. Und dazu bist du mir zu gut!«

»*Alle* Pflichten? Auch die … die ehelichen?«

»Gerade die. Und bestellst du Kinder, sind sie unversorgt. Das sind Bastardkinder. Du hast ja keine Ahnung … ja … du lebst in Todsünde, kommst hundertprozentig in die Hölle, und in der Gesellschaft bist du unten durch. Da kannst du noch so schön singen und Klavier spielen, *keiner* lädt dich mehr ein. Alle zerreißen sich die Mäuler über dich. Das ist nichts für meine Minka. Du lebst in Armut. Als gefallene Frau. Und weißt du, was dann passiert? Wenn die Liebe vergeht? Dann verlässt dich dein fescher Kavalier und heiratet eine andere, mit Kaution! Und mit der lebt er dann in Saus und Braus! Jetzt verstehst du, warum ich nicht will, dass deine Tante dich heute Abend als heiratsfähige Schönheit präsentiert. Man kann nicht genug aufpassen in einer kleinen Stadt. Nichts geht schneller kaputt als der gute Ruf.«

»Aber mein Ruf ist intakt. Alle haben mich gern.«

»Weil du ein bescheidenes, wohlerzogenes kleines Fräulein bist. Aber wenn deine Tante eine Schönheit aus dir macht, dann spricht sich das sofort herum. Morgen weiß es jeder in der Kaserne: eine geschnürte, aufgeputzte *beauté* ohne Kaution. Dann bist du nicht mehr sicher …«

»In *Enns*?«

»So sicher wie die unglückliche Ziege in Afrika, die man festbindet an einen Baum bei der Löwenjagd als Köder. Die Herren werden dir schmeicheln, alles werden sie tun, damit sie dich heimlich sehn. Sie werden uns zufällig begegnen beim Spazierenfahren, sie werden herumlungern im Hotel. Du schwörst mir jetzt, meine Minka, in die Hand: Wenn dir einer ein Schmuckstück überbringen lässt, ein Kreuz aus Brillanten oder einen Brief – du sagst entschieden Nein. Du nimmst nichts an. Und falls du irgendwas findest, in deinem Zimmer, das zeigst du mir *sofort*, damit wir es zurückschicken können, bevor es heißt, du akzeptierst Geschenke. Du weißt, eine unverheiratete junge Dame darf man nicht hofieren. Dazu braucht ein Herr die Einwilligung der Eltern. Und die kriegt er nur, wenn er als Schwiegersohn infrage kommt. Und auch dann muss er *warten*, bis der Vater sagt: So! *Jetzt* darfst du dem Kind deine Verehrung zeigen. Merk dir fürs Leben, Minka: Alles Heimliche stinkt. Wenn dir einer heimlich sagt, er liebt dich und will dich heiraten, ohne dass er mich vorher fragt, dann will er nur eins: dein Verderben.«

Mon Dieu! Wollte Gabor mein Verderben? Nein, nein. Er hatte einen Plan. OMNIA VINCIT AMOR.

»Du bist ja ganz weiß«, rief Hermine erschrocken. »Wart, ich hol dir ein Glas Wasser.« Sie stand auf.

»Darf ich bitte etwas fragen?«, sagte ich, nachdem ich einen Schluck getrunken hatte. »Wie groß wäre denn meine Mitgift gewesen?«

»Ah … sehr groß.« Hermine vermied meinen Blick.

»Aber nicht so groß wie eine Kaution.«

»Doch.«

Was, eine Kaution? Um ein Haar hätte ich eine Kaution gehabt! Fünfundzwanzig mal tausend Gulden. Ein Zinshaus!!

Sofort musste ich wieder Wasser trinken. Hermine holte mir noch ein Glas.

»Schau«, meinte sie dann und seufzte tief, »einmal musst du es erfahren: Deine Mutter hat in die Ehe ein Vermögen mitgebracht. Und ausgemacht war, es wird investiert in die Fabrik. Aber nur so lang, bis du zum Heiraten kommst. Dann wird es wieder herausgenommen, und du kriegst es als Mitgift. Dann bist du eine gute Partie, kriegst einen standesgemäßen Mann und bist versorgt auf Lebenszeit. So war das gedacht.«

»Einen Offizier?«

»Mindestens.«

»Warum mindestens?«

»Weil es auch noch Besseres gibt. Herren, die auf ihren Gütern leben, wie mein Bruder Fritz. Der lacht über alle Militärs. Ein elendes Zigeunerleben von Garnison zu Garnison nennt er das. Er residiert auf seinem Schloss, lebt auf dem Land und von seinem Land. Das ist das Höchste, was man auf dieser Welt erreichen kann, das ist *wirklich* elegant.«

»Aber in einer Garnisonsstadt ist es lustiger.«

»Stimmt. Aber mein Bruder hätt mich nie einem Offizier gegeben … Ist auch ganz egal. Heiraten wollt ich ohnehin nie. Ich bin ein Fräulein auf Lebenszeit, und das gefällt mir so.«

»Darf ich noch etwas fragen?«

»Frag.«

»Warum zahlt unser Kaiser seinen Offizieren keine anständige Gage? Sie riskieren doch ihr Leben für ihn.«

»Es fehlen die Mittel. Deshalb.«

»Warum? Österreich-Ungarn ist doch ein reiches Land.«

»Da hast du Recht. Aber weißt du, bei uns müssen nur die Reichen Steuern zahlen. Also, wenn du ein Schloss besitzt oder große Ländereien. Oder ein Bergwerk oder eine Bahnlinie oder eine Bank. Dein Onkel zahlt Steuern auf sein Hotel. Und deine Tante auf die zwei Mühlen, die sie geerbt hat. Und mein Bruder Fritz zahlt auch. Aber wenn du Pech hast und arbeiten musst für dein Brot, dann zahlst du nichts. Man wird doch nicht einem armen Teufel, der kein Privatvermögen hat, wegnehmen, was er *selbst verdient*. Und was bedeutet das, mein Kind?«

»Ich weiß es nicht.«

»Dass die Staatskasse nicht überquillt. Der Kaiser hat sich sogar entschlossen, nächstes Jahr zahlt er auch Steuern. Er und seine ganze Verwandtschaft. Und trotzdem wird's nicht reichen, dass man die Offiziere besser bezahlt. Aber unser Kaiser macht das anders wieder gut. Mit Titeln und Orden und Ehren und Medaillen und Erhebungen in den Adelsstand. Seit Maria Theresia wird jeder Offizier mit dreißig Dienstjahren nobilitiert. Verstehst jetzt, wie das funktioniert? Der Offizier bringt das ›von‹ mit in die Ehe, und die Braut die schöne Wohnung, die Möbel, das Silber, Luxus und Komfort mit ihrer Kaution.«

»Dreißigtausend Gulden. Wer hat denn so viel Geld?«

»Gute Frage. Viele sind es nicht. Deshalb bleiben auch zwei Drittel aller Offiziere ledig. Und deshalb gibt's so viele ruinierte Weibsbilder in jeder Garnisonsstadt.«

»Falls mir mein Vater eine kleine Mitgift schickt – wen könnt ich denn dann heiraten?«

»Einen kleinen Beamten ohne Niveau. Irgendeinen Schreiber in der Kaserne, der kein großes Haus führen muss.«

»Einen Schreiber?«

»Oder einen Kassierer.«

»Aha.«

»Das kommt überhaupt nicht infrage. Du sprichst Englisch und Französisch, er kann wahrscheinlich nicht einmal ordentlich Deutsch. Du bist vornehm erzogen, kannst dich in der besten Gesellschaft benehmen, du würdest den Mann nie respektieren und todunglücklich sein.«

»Glaub ich auch.«

»Und aus den besseren Kreisen … ja … du könntest einen Witwer heiraten, der schon ein, zwei Frauen beerbt hat. Oder einen Pensionisten, der keinen Hausstand mehr gründen muss. Ich glaub kaum, dass dich das reizt …«

»Nicht unbedingt.«

Hermine seufzte. »Schau. Die Sache mit deiner Mitgift ist natürlich eine Tragödie. Aber du hast dein Talent und deine charmante Art, du kommst schon gut durch auf dieser Welt. Außerdem, das Leben als Lehrerin ist nicht schlecht. Schau dir das Fräulein Schönbeck an. Alle bewundern sie. Sie wird geliebt und verehrt, sie ist die große Muse hier in Enns …«

»Ja, das stimmt.«

»Und alleine leben ist recht amüsant … Du bist dein eigener Herr, kannst tun, was du willst, keiner sekkiert dich Tag und Nacht, und weißt du, was ich gestern gelesen hab? In der *Linzer Tagespost*? Verheiratete Frauen sterben am schnellsten. Und die ledigen Fräulein leben am längsten. Von der ganzen Bevölkerung. Tröstet dich das?«

»Und wie«, sagte ich schnell, doch in Wirklichkeit war mir das ganz egal. Ich dachte an meinen Gabor. Und an meine Kaution, die meinem ekelhaften Vater durch die Finger geronnen war – und mit ihr mein Glück. Denn plötzlich gab es nichts Begehrenswerteres auf der ganzen weiten Welt, als die Frau eines Offiziers zu sein.

Ein Offizier nämlich gehört wirklich zur Elite. Das sah ich hier tagaus, tagein. Er wird eingeladen zu den Majestäten, in die Hofburg nach Wien. Zu den elegantesten Bällen. Alle Schlösser stehn ihm offen und die glänzenden Salons der Stadtpalais. Die bunte Uniform ist überall willkommen, als Aufputz bei jedem Fest.

Und als Gemahlin lebt man vergnügt in der Garnison, von Kavalieren umringt, bewundert, verwöhnt, hofiert. Außerdem ist ständig etwas los: Opernsoireen, Konzerte, Redouten und Diners, Sommerfeste, Picknicks, Theaterabende, Preisschießen, Basare, Reunions, im Sommer Pferderennen, im Winter Schlittenpartien – und man ist überall dabei.

»Wen willst du einmal heiraten?«, fragte man die kleinen Mädchen in Enns. »Einen Offizier!« Die Antwort war immer gleich. Keine wollte einen »schäbigen Zivilisten« ohne Uniform. Ich seufzte. Offiziere sind die teuersten Männer der Welt. Doch man reißt sich um sie.

Ach, die Valerie ist zu beneiden!

Sie führt ein großes Haus hier in Enns, sie wohnt schräg vis-a-vis von uns, in einem eleganten Apartment in der Fürstengasse eins. Jeden Dienstag und Mittwoch hält sie ihren jour, da ist der Salon voll mit Gästen und die ganze Hautevolee präsent. Es wird diniert, musiziert, politisiert, ich war schon öfter dort zum Vorsingen ... Ja, so könnte ich auch leben mit meinem Gabor. In einer Josephs-Ehe, die ihresgleichen sucht. Wenn diese blöde Fogossy nicht wäre und das Pech mit meiner Kaution!

Hermine stand auf.

»Wechseln wir das Thema. Heute Mittag ess ich nicht mit euch. Ich bin eingeladen. Auf Schloss Ennsegg. Ich hab es dir noch nicht gesagt, aber man hat mich in das Vorbereitungskomitee gewählt. Für den großen Sommerball. Minka! Hörst du, was ich sage?«

»Jawohl! Gratuliere. Das ist eine Ehre.«

»Finde ich auch. Du weißt ja. Der große Ball am 18. August zum Kaisergeburtstag. Der ist in Enns besonders elegant. Ich organisiere die Tombola. Der Gewinn ist für die Witwen und

Waisen, und das besprechen wir heute im Schloss bei einem englischen Lunch.«

»Ein englischer Lunch? Was ist das, bitte sehr?«

»Eine neumodische Sache. Kommt aus England, wie schon der Name sagt. Ein leichtes Essen um ein Uhr. Nicht mehr sechs Gänge, wie wir das gewöhnt sind, sondern nur noch vier. Soll sehr gesund sein. Stell dir vor: Es gibt einen Salat aus rohen Gurken!«

»Aber … Gurken isst man doch nur gekocht!«

»Ich weiß. Der Mensch verträgt nichts Rohes. Das unterscheidet ihn vom Tier. Aber angeblich stirbt man nicht davon. Die Damen in England essen das jeden Tag und sind berühmt für ihren schönen Teint.«

»Wie kann man nur rohe Gurken essen!« Ich schüttelte mich.

»Andere Länder, andere Sitten.« Hermine küsste mich auf die Stirn. »Du verzeihst, aber du musst auch allein frühstücken. Wir sehen uns dann erst am späten Nachmittag. Vergiss das Englischlernen nicht. Und was das Souper betrifft: Sei heute Abend nicht kokett. Halt dich zurück. Sprich nur, wenn man dich fragt. Und sieht dich einer an, senkst du sofort den Blick. Nur freche Frauenzimmer starren Männern ins Gesicht. Das gilt auch für unseren Gabor. Vergiss nicht: Im Herbst kommst du ins Pensionat. Das imponiert den Leuten. Glaub mir, Minka: Man muss vorsichtig sein. Man muss immer denken, was die Leute sagen. Mach dir deine Zukunft nicht kaputt.«

Plötzlich aber neigte sie sich zu mir und nahm mein Gesicht in ihre kleinen Hände.

»Schau nicht so traurig. Das Leben ist viel leichter ohne die dumme Liebe. Eine wohlerzogene junge Dame steht haushoch darüber. Die braucht das nicht.« Sie küsste mich auf die Stirn. »Das Frühstück kriegst du heute direkt ans Bett serviert. Die Zilli bringt's dir gleich. Mit einer kleinen Überraschung.« Sie richtete sich wieder auf und strich ihre schwarzen Locken zurück. »Also, mein Schatz, ich verlass dich. Irgendwie werden wir auch das Souper überstehn. Adieu! Adieu! Wir sehen uns dann gegen vier.«

Was soll ich sagen? Ich brauchte meine ganze Beherrschung, um nicht in Tränen auszubrechen, was mir zum Glück gelang. Denn kaum war Hermine zehn Minuten weg, klopfte es, und die dicke Zilli kam herein, und Regel Nummer eins: Man weint nicht vor dem Personal.

»Guten Morgen, gnädiges Fräulein«, rief sie atemlos, »heut bring ich Ihnen ganz was Feines. Das schickt Ihre Frau Tante zur Feier des Tages, und sie wünscht guten Appetit.« Dann platzierte sie das schwere Silbertablett auf dem Nachttisch, und wunderbarer Duft stieg davon auf.

»Echter Kaffee?«

»Aus echten Bohnen. Aber Sie müssen sehr viel Milch und Zucker hineintun, soll ich Ihnen ausrichten, sonst bekommt er Ihnen nicht. Echter Kaffee, wie ihn sonst nur die Erwachsenen trinken.«

Ich war gerührt von so viel Liebe, denn Kaffeekochen ist eine lange Prozedur. Guter Kaffee wird tropfenweise aufgegossen. Ewig dauert es, bis ein Kännchen fertig ist. Und vorher muss man die grünen Bohnen rösten, bei beißendem Rauch, und ewig lange mahlen. Und heute hatte man das für mich getan.

Von dem Kaffee aber wurde ich schrecklich aufgeregt, hatte mittags keinen Appetit, verweigerte das Dessert und ging gleich hinunter in den Theatersaal. In der Palmengruppe war kein Brief, also improvisierte ich ein bisschen aus der Fledermaus, dem neuen Meisterwerk von Johann Strauß, das ich im Vorjahr im Theater an der Wien gehört hatte. Hermine hatte sich strikt geweigert, mir den Klavierauszug zu schenken, vom Textbuch ganz zu schweigen, weil sie es unmoralisch fand. Also spielte ich aus dem Gedächtnis, bis man mich um drei holen kam, weil das Frisieren begann.

Ich hatte mich darauf gefreut.

Doch es war eine grässliche Tortur.

Josepha erschien, schwer beladen mit einem kleinen Spiritusofen, Brennschere, Bürste, Kamm, und hinter ihr kam meine Tante, atemlos wie immer, mit Handspiegel, Frisierumhang und einem Korb voll künstlicher Blüten. Darauf lagen, Bild nach unten, die zwei Daguerreotypien, mit denen sie mich verglichen hatte, vor dem aufschlussreichen Bad in der Mälzerei.

Ich war stolz auf mein Haar. Es war noch nie geschnitten worden und besonders dicht und schön. »Haare wie die Kaiserin«, hatte meine Tante gleich bemerkt, und ich trug es immer geflochten, das heißt, bis zu dem Tag, an dem ich nach Enns gekommen war.

In Enns legte es Zilli über Nacht in große Rollen, mit Zuckerwasser und Papier, Resultat: Glänzende Stoppellocken, die ich offen bis zur Taille trug.

Gestern hatten wir den klebrigen Zucker ausgewaschen, und jetzt ging es los: Mit Brennschere und Duftpomade wurde mein Haar gelockt und hoch getürmt, und dann steckte man Blüten hinein, lila und weiß, aus glänzender Seide, in denselben Farben wie mein Kleid.

»Und jetzt das Wichtigste«, rief meine Tante am Schluss, nahm die zwei Bilder zur Hand und studierte sie lange. *»Le point d'or!«* Zwei Locken an den Schläfen wurden zu langen, dünnen Zöpfchen geflochten, wie ein Stirnband um meinen Kopf gelegt und hinten festgemacht. Dann kamen wieder Blüten hinein, eine sorgsam neben der andern. Es sah aus, als trüge ich einen Blumenkranz um die Stirn.

»Jetzt ist es perfekt! Also, meine Josepha, das haben wir gut gemacht!« Meine Tante trat zurück, Triumph im Blick. »Die Frisur stimmt aufs Haar. Und ich sag euch was: Das rückt ein paar Tatsachen ins rechte Licht. Bei gewissen Leuten. Nicht wahr? Das weckt schöne Erinnerungen. Wird auch höchste Zeit!«

Josepha nickte eifrig, zupfte noch geziert an den Locken herum, und als sie fertig war, schwindelte mir der Kopf.

Um die Wahrheit zu sagen: Mir war gar nicht gut. Drei geschlagene Stunden hatte ich kerzengerade auf einem goldenen Stühlchen gesessen, starr wie eine Statue, auf vierzig Zentimeter geschnürt.

Sefi hatte mich mit den Haarnadeln gestochen. Die Spiritusflamme stank. Der Geruch verbrannter Haare auf dem Lockeneisen reizte meinen Magen.

»Bitte um Verzeihung, gleich wird mir schlecht.«
Da hielt mir meine Tante den Handspiegel hin. Sofort war alles gut.
Das war ich? Zarte, weiße Haut, große schwarze Augen, auf dem Haupt eine dunkle Lockenpracht, ein Blütenband auf der Stirn – ein junges Fräulein lächelte mich an. Kein Kind mehr. Unglaublich, dass man sich so verändern kann.
»Jetzt gibt's eine neue *beauté* bei uns in Enns«, rief meine Tante beglückt. »Gefällst du dir? Ja? Hättest du dir das gedacht, vor drei Wochen, wie du angekommen bist?«
»Nein. Niemals ... aber bitte ... um Verzeihung, ich will nicht lästig sein, nur ... ich atme ... so schwer ... und ich kann nicht ... sprechen.« Ich schnappte nach Luft.
»Wunderbar«, sagte Tante Juliana, »dann weißt du gleich, wie du dich nachher beim Souper benimmst: lächeln, schweigen, nie widersprechen, nichts kritisieren, und wenn du in Ohnmacht fällst, nur drauflos. Da fühlen sich die Herren als Beschützer, man hebt dich auf, du bist im Mittelpunkt. Nur, merk dir gleich: *sanft* zu Boden *gleiten*. Nicht umkippen, steif wie ein Brett. Eine *beauté* muss auch in der Ohnmacht reizend sein. Dann sind alle Herren deine Sklaven.« Sie begann wie ein Mädchen zu kichern. »Ich sprech aus Erfahrung. Also, verlass dich drauf.«
Josepha packte den Korb wieder ein. Meine Tante reichte mir ihren Fächer. Er war sonnengelb, mit roten Tupfen und stand in frohem Kontrast zu den lila Blüten in meinem Haar.
»Herzilein, du bleibst jetzt brav da sitzen. Kopf still halten, bis die Sefi zurückkommt. Sie zieht dich nachher an. Um halb neun komm ich dich dann holen und eskortier dich hinunter, und ich wett um das Hotel, heute werden wir noch was erleben. Das gibt ein paar glühende neue Verehrer, wenn mich nicht alles täuscht.«
Dann winkte sie mir von der Tür aus zu, und die Josepha knickste sogar.
Endlich allein.
Hastig klappte ich den Fächer auf. Ah ... frische Luft. Und in dem Moment begriff ich, warum man die eleganten Damen

dieser Welt *niemals* ohne Fächer sah. Nicht aus Koketterie schleppten sie das Ding mit sich herum, nein! Um zu überleben. Nicht aus Eitelkeit, sondern aus purer Not. Fächer und Mieder, das begriff ich jetzt zum ersten Mal, gingen Hand in Hand. Ohne Fächer wäre die verschnürte Damenwelt schon längst erstickt. Und kommt das Mieder einmal aus der Mode, werden die Fächer vom Erdboden verschwinden. So muss es sein.

Plötzlich bekam ich Kopfweh. Es stach in meinen Schläfen. Nie hätte ich gedacht, dass man sich als Erwachsene so quälen lassen muss. Schönheit muss leiden, heißt ein alter Spruch. Wie wahr, wie wahr!

Eine Sekunde lang versank ich in Selbstmitleid. Dann richtete ich mich kerzengerade auf. Keine Frau, die ich kannte, hatte je über diese Sache geklagt. Ich würde nicht die erste sein. Außerdem, der Erfolg war es wert.

Ich warf einen hoch zufriedenen Blick in den großen Spiegel an der Tür meines Kleiderschranks. Ich war eine *beauté*. Nicht in meinen kühnsten Träumen hätt ich mir das je gedacht.

Tante Juliana hatte mir inzwischen heimlich die Zehn Gebote weiblicher Schönheit beigebracht, und sieben erfüllte ich bereits: Ich besaß die vorgeschriebene lilienweiße Haut, denn nie verließ ich ohne Hut, Handschuhe und Sonnenschirm das Haus. Darüber hatte Hermine gewacht, seit ich drei Jahre alt war. Ich hatte eine winzige Mitte. Kleine Hände und Füße. Große Augen, noch dazu schwarz, die begehrteste Farbe in einem Reich, in dem es hauptsächlich Blondinen gab. Ich hatte einen kleinen Mund. Langes dichtes Haar, und ich war nicht zu groß.

Was mir fehlte, war die üppige Brust, ausladende Hüften, wohl gerundete Arme. Und um ganz ehrlich zu sein: Mein Mund war auch nicht allzu klein. Er war eben auch kein vulgäres Scheunentor. Und Gott sei Dank waren meine Lippen zart, denn wulstige Lippen gehörten zu den peinlichsten Schönheitsfehlern überhaupt.

Ich neigte mich vor, um mich besser zu sehn.

Die Frisur. An wen erinnerte sie mich nur?

Die ganze Zeit schon hatte ich darüber nachgedacht. Und plötzlich fiel es mir ein.

In Hermines Schmuckschatulle gab es eine Miniatur. Auf Elfenbein gemalt. Von einer schönen Frau, die unserer Kaiserin ähnlich sah, nur waren ihre Augen und Haare schwarz. Hermine hatte sie mir vor Jahren einmal gezeigt. Und sie trug diese *coiffure*.

Wer sie war, wusste ich nicht. Ich hatte damals nicht danach gefragt. Es interessierte mich noch nicht. Jetzt aber sah die Schose anders aus.

Ich erhob mich schnell und blickte aus dem Fenster. Fünf nach sechs. Zu dumm! Die Sonne strahlte zwar noch immer auf den Stadtturm, doch es war zu spät. Ich verspürte nämlich plötzlich den unwiderstehlichen Drang, in Hermines Zimmer zu schleichen und die Miniatur zu suchen. Hinten auf dem Bild würde sicherlich ein Name stehn.

Halt. Nein. Ein wohlerzogenes Fräulein schnüffelt nicht in fremden Zimmern herum. Das war der Höhepunkt der Indiskretion. Außerdem, wie gesagt, es war keine Zeit. Hermine würde in Kürze zurück sein.

Prompt klopfte es zehn Minuten später heftig an die Tür.

»Wer ist da?«

»Ich bin's.«

»Willkommen. Nur herein.«

Ich ließ den Fächer sinken und setzte mich in Positur: Kopf hoch, Brust heraus ... da stürmte schon Hermine über die Schwelle – und blieb wie angewurzelt stehn. Ihre Augen wurden immer größer, sie schnaufte laut durch die Nase.

»Die Margitta – wie sie leibt und lebt«, brach es dann aus ihr heraus, und sie sank auf mein Bett.

»Pardon, *wer* wie sie leibt ...«

»Die Margitta«, murmelte meine kleine Gouvernante, sichtlich pikiert, dass ihr das entschlüpft war. »Das ist wieder typisch. Deine Tante hat das absichtlich getan. Sie ist stur wie ein Esel. Alles will sie auf die Spitze treiben und glaubt mir nicht, dass das nix nützt ...«

»Bitte schön, wer ist die Margitta, wenn ich fragen darf?« Den Namen hatte ich noch nie gehört.

»Meine ... meine ... ein verrücktes Huhn ... entfernte Bekannte. Was ich sagen will, sie ist schon gestorben. Aber wirklich wahr, du bist vollkommen verändert, wie du ausschaust, gar nicht mehr meine liebe kleine Minka.«

»Gefalle ich Ihnen nicht?« Ich klappte den Fächer zu und drehte den Kopf nach allen Seiten.

»Freilich gefällst du mir.« Hermine hatte sich wieder beruhigt. »Ob du's glaubst oder nicht, im Schloss war eine Dame, die hatte eine ähnliche Frisur.«

»War's schön im Schloss?«

»So schön, dass man nachher nicht mehr heimgehn will.«

»Und wie waren die rohen Gurken?«

»Barbarisch. Beinhart. Man muss ganz vorsichtig kauen, sonst knirschen sie entsetzlich zwischen den Zähnen. Aber an den Geschmack könnt man sich gewöhnen ... mit der Zeit.« Sie stand auf. »Was ich noch sagen will, ich hab mich umsonst gesorgt. Unser Herr Baron ist mir unten über den Weg gelaufen. Es kommt nur ein einziger Freund aus der Kaserne, Attila Nagy, junger Leutnant, kenn ihn gut, und sonst sind wir ganz *en famille*. Ehrlich gesagt, mir fällt ein Stein von der Brust. Aber benimm dich trotzdem *comme il faut*. Schau ihm nicht in die Augen, dem Nagy. Und kein Kokettieren mit dem Gabor. Ich will mich nicht genieren müssen für dich.«

Sie kam näher und musterte mich lange von Kopf bis Fuß, verkniff sich ein Lächeln und sagte dann in versöhnlichem Ton: »So werden Kinder erwachsen. Ja ... und jetzt muss ich mich tummeln. Du bist nicht die Einzige, die schön gemacht wird. Drüben wartet schon die Zilli ... Also dann, adieu, mein Schatz. Man sieht sich unten.« Und sie entschwand.

Aha. Margitta. Jetzt kannte ich zumindest ihren Namen. Sie war ein verrücktes Huhn, was immer das hieß, aber offensichtlich beliebt, denn Tante Juliana hatte von schönen Erinnerungen gesprochen.

Doch die Sache war heikel. So heikel – ich begann mich schnell zu fächeln –, dass meine untadelige Hermine ... log!

Eine flüchtige Bekannte? Krasse Idiotie. Man schleppt keine Miniaturen mit sich herum von fremden Frauenzimmern. Und man erschrickt nicht so, wenn ihnen zufällig jemand ähnlich sieht.

Plötzlich kam mir ein Verdacht, doch der war so absurd, dass ich ihn sofort wieder vergaß. Außerdem – ein vages Geräusch in meinem Rücken schreckte mich auf.

Ich wandte mich um. Die Tür war zu. Ich fühlte mich aber beobachtet. Sah jemand durch das Schlüsselloch? Ich hielt den Atem an, und – was war das? Ein gelbes Blatt Papier wurde durch die Ritze am Boden in mein Zimmer geschoben. Dann vernahm ich leise Schritte, die sich entfernten. Dann war es wieder still.

Mein Herz klopfte bis zum Hals. Ich trippelte zur Tür, konnte mich jedoch nicht bücken. Das Mieder! Was tun? Ich ließ mich auf alle viere auf den grünen Teppich fallen, nahm das Blatt zwischen die Zähne, kroch auf Händen und Knien wieder zurück und richtete mich an meinem Stühlchen wieder auf. Dann las ich, was auf dem Papier geschrieben stand:

IHR ERGEBENSTER VEREHRER BITTET SIE HEUTE UM EIN LIEBESPFAND! VERTRAUEN SIE MIR. OMNIA VINCIT AMOR.

Gabor! Ich presste das Blatt ans Herz.

Sofort war alles gut! Warum nur hatte ich mich heute Morgen so gekränkt? OMNIA VINCIT AMOR!

Ich küsste die einzelnen Worte, dann versteckte ich das Blatt in meinem Bücherschrank.

Gabor liebte mich! Ja, als ich mich noch für hässlich hielt, fand er mich bereits charmant. Hatte mir die Torte gebracht. Meine Stimme gelobt. Mir zugejubelt nach der *Jungen Lebensretterin*. War er im Hotel, fand ich immer einen Brief, und er richtete es so ein, dass wir uns zufällig trafen.

Er wusste, wann ich zum Essen herunterkam. Wann ich Pianoforte spielte im Theatersaal. Wann ich zum Mittagsschlaf hinauf in mein Zimmer ging. Und er sagte mir Guten Tag auf eine Art, dass mir das Blut in die Wangen stieg.

Wir hatten noch kein Wort allein gesprochen. Doch das würde sich ändern, jetzt mit seinem Plan.

Und was diese Fogossy betraf, die Magnatentochter und ihr Geld, ich würde sie überstrahlen heute Nacht. Plötzlich sah ich das Leben in den rosigsten Farben. Vom hässlichen Entlein wurde ich zum weißen Schwan. Vielleicht geschieht ein zweites Wunder, und Tante Juliana zahlt mir die Kaution?

Doch was schenke ich Gabor als Souvenir? Taschentuch? Blüte aus meinem Haar? Eins von beiden. Dann kann er sich immer erinnern, wie schön ich war, bei unserm ersten gemeinsamen Souper.

Aber wie stelle ich das an, ohne dass Hermine es bemerkt? Da muss ich mir etwas einfallen lassen.

Nun, das war nicht leicht. Und als Josepha zurückkam, um mich anzuziehn, hatte ich noch immer keine Idee. Gott! Ich war so aufgeregt. Seit ich denken konnte, hatte ich noch nie so viel Schönes erlebt.

»Bitte stillhalten«, sagte Josepha feierlich.

Dann zog sie mir frische Unterwäsche an: fest gewirkte weiße Zwirnstrümpfe. Wadenlanges, spitzenbesetztes Höschen, in der Taille gebunden, mit Schlitz. Weißer Unterrock mit Fischbein, eine Art Krinoline, wenn auch nicht ganz so ausladend, wie es noch vor fünf Jahren Mode gewesen war. Darüber noch ein zweiter und dritter Rock aus weißem Leinen mit weiten Volants – es war eine lange Prozedur.

Endlich kam das Kleid. Es war fein und zart, und als Josepha es sorgsam über meinen Kopf gezogen hatte, dachte ich, ich sei in weiße Schleier gehüllt. Der Stoff bestand aus mehreren Lagen feinsten Baumwollbatists, und die eingewebten weißen und lila Seidentupfen glänzten verführerisch. Als ich fertig war, mit lila Schärpe, Lackschuhen und einem weißen Seidenfächer in der Hand, knickste die Josepha noch einmal, als wäre ich wirklich schon erwachsen. »Gnädiges Fräulein werden heute alle Herzen erobern im Flug.« Und sie führte mich vor die Spiegeltür. Atemlos starrte ich mich an. Das war das kürzeste Kleid meines Lebens. Es ließ die Schuhspitzen frei!! Und diese Taille. Zum Abbrechen dünn. Überhaupt erkannte ich mich kaum wieder. Diese hoch elegante Gestalt – war das wirklich ich?

»Danke, Josepha. Schön hast du mich gemacht.«

»Keine Kunst, so wie Fräulein gebaut sind.«

»Sag mir noch, woran ist denn die Komtess Margitta gestorben?«, fragte ich dann ganz nebenbei.

»Ein Tiger hat sie verspeist«, sagte Sefi, ohne nachzudenken.

»Was!! Im Zirkus?«

»In Bengalen.« Dann schlug sie sich auf den Mund und wurde rot. »Wer hat denn dem gnädigen Fräulein von der Lady Margitta erzählt?«

»Meine Gouvernante. Jetzt sag einmal ehrlich. Seh ich ihr wirklich so ähnlich? Meinst du das auch?«

Josepha stammelte irgendwas und wurde so verlegen, dass ich beschloss, sie nicht weiter zu quälen. Ein Rätsel mehr oder weniger, was machte das aus? Ich würde es schon noch erfahren hier in Enns, wann es dem Schicksal gefiel.

Jetzt war ich viel zu aufgeregt. Das Ende meiner Kindheit stand bevor: Mein erster Abend in Herrengesellschaft. Mein erstes Souper. Und ein Verehrer, der auf mich wartete. Ergebenst. Bitte sehr!

Und als mich meine Tante um drei viertel neun holen kam, echtes Rosenöl hinter meine Ohren tupfte und es ihr die Rede verschlug, wie hübsch ich war, tat das Mieder plötzlich nicht mehr weh, und die Atemnot war weg. Und leichtfüßig schwebte ich an ihrer Seite die Treppe hinab, neugierig auf alles, was das Leben einer frisch gebackenen *beauté* zu bieten hat.

KAPITEL VII

Es gibt Stunden, die vergisst man nie. Das ungarische Souper gehört dazu. Es gab den Ton an für einen neuen, turbulenten Abschnitt meines Lebens, und hätte mir jemand prophezeit, dass ich in Kürze alles infrage stellen würde – meine Erziehung, Hermine, meine Eltern, meine Weltanschauung, ja, sogar mich selbst –, ich hätte ihn glatt für verrückt erklärt.

Was geschah? Ich verliebte mich. Wie ein Stubenmädel.

Doch ich fange am besten von Anfang an.

Hermine wartete unten auf mich, ihr liebes, rundes Gesicht vor Aufregung ganz blass. Sie war sehr elegant in ihrem Lieblingskleid (schwarz-gelb), eine kaisergelbe Riesenmasche in ihrem aufgetürmten dunklen Haar, und sie trug ihre höchsten Absätze, denn sie war jetzt größer als ich. Schnell küsste ich ihre Hand, dann traten wir in den Lichterglanz des Roten Salons, den man verwandelt hatte in ein Märchenland.

Der persische Teppich war weggerollt. Das Parkett auf Hochglanz poliert. Alles Pompejanische war verschwunden, die ägyptische Liege weg, und die Wände hingen voll bunter Bänder, rot-weiß-grün, die ungarischen Farben. Ein scharfer Blick nach links – das nackte Weibsbild war noch da, der Rahmen sogar mit grünem Eichenlaub bekränzt. Und darunter stand eine Vase voll bunter Nelken, die so stark dufteten, als hätte man Parfum versprüht.

Das Licht war sanft. Keine Petroleumlampen, nein, hundert teure Kerzen aus Wachs in Leuchtern aus rot-weiß-grünem Holz.

Das schönste aber war der Tisch. Er war verkleinert zu einem Kreis und stand in einer Laube aus Weidenzweigen, an denen rote, weiße und grüne Paprika hingen, eine Schote dicht neben der andern. Man saß unter einem Himmel aus buntem Gemüse. Das hatte ich noch nie gesehn.

Die anderen Gäste waren schon da, standen vor der Nische, und kaum traten wir näher, wandten sie sich um und erstarrten, als erschiene ihnen ein Geist.

Gabor hob den Kopf, und seine Augen weiteten sich. Es war totenstill im Salon – man hörte die Kerzen knistern. Endlich breitete der General die Arme aus, rief: »Willkommen!« – und der Bann war gebrochen. Man umringte uns lachend, und es regnete Komplimente von allen Seiten.

»Sie ist nicht mehr wiederzuerkennen«, dröhnte der General mit einem gezielten Blick auf meine winzige Mitte. »Knapp drei Wochen in Enns und schon eine *beauté*. Nein, mein Herzerl, nein, nein, nein. Es wird nicht mehr geknickst. Die Zeiten sind vorbei.« Und er hob mich hoch – und küsste mir die Hand.

Ich wurde dunkelrot. Ein General küsst einer Fünfzehnjährigen die Hand. Nur verheirateten Damen erwies man diese Ehre. Einem jungen Mädchen nie.

»Ja, ja, das Kind gefällt«, rief die Prinzessin Valerie mit ihrer rauchigen Stimme, sie trug eine königsblaue Robe, die am Boden schleifte, die viel zu lang war für Enns, und ich musste mich nach allen Seiten drehen. »Zuckrig, ganz ganz zuckrig«, sagte sie zu ihrem Mann. »Was meinen Sie, Edi? Finden Sie nicht auch?«

Hauptmann Schiller sagte nichts, was keinen erstaunte. Er war bekannt als großer Schweiger. Die Prinzessin sprach, er hörte zu.

»Ah, meine Minka«, rief Graf Sandor. »Sie sieht aus wie die … wie die … wie unsere … wie, ja, ein echtes kleines Weib. Nein, wie die Zeit vergeht …«

Und dann trat Gabor auf mich zu, unverhohlene Bewunderung im Blick. Sofort hob Hermine warnend den Finger, und ich senkte den Kopf.

»Gnädiges Fräulein sehen aus wie eine Märchenfee«, hörte ich Gabor sagen, »und das ist kein leeres Kompliment. Aber jetzt … Darf ich bekannt machen? Mein Freund Attila Nagy.«

Ich hob den Blick – und ein Fremder stand vor mir. Er war etwas älter als Gabor, auch größer und schlanker, mit auffallend südländischem Gesicht. Er hatte kohlschwarzes, glattes Haar, schwarze Augen, eine gerade Nase, ein römisches Profil. Er trug auch einen schmalen, rassigen Oberlippenbart, und er verneigte sich so schneidig vor mir, dass ich die Augen zu senken vergaß. Ich starrte ihn an wie gebannt, er richtete sich wieder auf, lachte, großer Gott. Was war das? Er hatte starke, weiße, unregelmäßige Zähne und wirkte plötzlich wie ein Wolf. Hungrig auf … worauf? Doch es fiel mir nicht ein, denn der General in seiner prachtvollen, roten, goldverschnürten Gala-Uniform drängte sich zwischen uns durch.

»Pranken weg, Nagy. Das Täuberl gehört mir.« Und er bot mir seinen Arm und führte mich höchstpersönlich an meinen Platz. Und was für einen Platz! Diesmal saß ich nicht am schlechten Ende der Tafel, wie es sich für die Jugend geziemt. Ich thronte zur Rechten seiner Exzellenz, genau gegenüber von Gabor und zur Linken von Graf Sandor, der jede meiner Bewegungen gebannt verfolgte, als sähe er mich zum ersten Mal. Und die ganze Zeit lag ein verzücktes Lächeln um seinen Mund.

»Willkommen in meiner Csárda«, dröhnte Zoltan von Borosy und nickte mir zu. »Heute wird gefeiert wie im schönen Ungarland. Es wird gespeist und getrunken und gesungen und getanzt, *lustig* soll es sein. *Schön* ist das Leben. *Hic et nunc!*« Und er zeigte in die verspiegelte Nische, die nicht wiederzuerkennen war.

Man hatte sie verwandelt in einen Musikpavillon. Das breite Sofa aus Plüsch war weg, und unter einem Himmel aus rot-weiß-grünem Stoff warteten fünf Zigeuner in blitzblauer, goldbestickter Uniform: Mor, der Primas; Janos, der zweite Geiger; Karoly, der Bassist; Pista, der Tarogattobläser, und der berühmte Cimbalspieler Mathias – und auf einen Wink des Generals legten sie los.

»*Eljen*, Minka!! Das ist Csárdás! Das hat Paprika …«, rief seine Exzellenz begeistert, und ich musste mich eisern beherrschen, um nicht den Takt mitzuklopfen, mit dem Fuß. Nie im Leben hatte ich derart feurige Musik gehört. Ich bemerkte kaum, dass die Speisen aufgetragen wurden, so verhexten mich die Melodien. Manche begannen mit süßer Wehmut, wurden schneller und schneller, fröhlicher und wilder, und alle endeten mit einem Schrei der Lebenslust.

Mor, der Primas, kam auf uns zu, verneigte sich vor uns,

stellte sich zur Prinzessin Valerie und spielte ihr die höchsten, feinsten, singendsten Töne direkt ins Ohr. Triller, wie aus einer Vogelkehle, glückseliges Jauchzen. Dann ging er zu Hermine, und dann wurde ich wieder rot, denn er kam zu mir, und schon stand ich wieder im Mittelpunkt. Diese süße Musik. Dazu die glühenden Verehrerblicke von Gabor und Attila. Es war eine völlig neue Situation. Aber eine, an die man sich gewöhnen könnte.

Der General mit seinem tiefen, dröhnenden Bass sang die Anfänge der Lieder mit: »Akazienweg« und »Roten Wein hab ich am Abend getrunken«. Die Vorspeise war serviert. Erstaunt blickte ich auf den Teller. Grobe Salami. Ein Stück fette Pastete. Drei halbe Salzgurken, durchsichtig, fast weiß … Ich schluckte. Das war das Werk des ungarischen Kochs. Ausgeschlossen, essen konnte ich das nicht. *Unser* Küchenchef nämlich war Franzose. Ich war nur feine leichte Kost gewöhnt. Und seit ich das Mieder trug, hatte ich einen delikaten Magen, genau wie Tante Juliana, der wurde auch bei jedem zweiten Bissen schlecht. Aber auch ohne Mieder hätte ich nichts hinuntergebracht, denn Gabors Nähe schnürte mir die Kehle zu. Er verschlang mich mit Blicken, wenn er meinte, dass es keiner sah, und auch ich ließ ihn nicht aus den Augen. Unter züchtig gesenkten Wimpern entging mir keine Bewegung, es war so sündig-schön, vor Aufregung allein war ich schon satt. Dabei fing das Mahl erst an. In froher Folge brachte man uns Bohnensuppe mit Speck, Krautsuppe mit scharfen, roten Würsten aus Debrezen, Grammelpogadschen, ölige Pfefferoni, so scharf, dass sie bis in den Magen hinunter brannten. Dazu geröstetes, buttertriefendes Knoblauchbrot.

Hilfe suchend sah ich zu Hermine, die ebenfalls kaum aß. Sofort hob sie den Kopf. »Das ist barbarisch«, sagte ihr Blick, »das isst kein zivilisierter Mensch.« Gabor war auch nicht recht bei der Sache und ließ das meiste auf dem Teller zurück.

Doch die andern waren in ihrem Element. Unglaubliche Mengen verzehrten sie, lachten, tranken, sagen und fanden alles wunderbar. Immer mehr wurde aufgetischt: Szegediner Guljasch, Kalbspörkelt, Paprikahuhn, Schweinebauch, noch mehr Pfefferoni, Kraut, Rahm, Speck – mein Magen rebellierte vom Anblick allein. Riesige Portionen wurden mir vorgesetzt. Ich stocherte eifrig in den Speisen herum, führte die Gabel aber äußerst selten zum Mund. Was meinem Tischherrn leider nicht entging.

»Essen, essen, kleines Vogerl. Essen, dass was wird aus ihr. Da, von den Rouladen. Nur wir Ungarn wissen, wie man so was macht. Wir lieben das Feine …« Er sah nicht weg, bis ich einen Bissen geschluckt hatte. »Bravo! Hat's geschmeckt?« Er hob sein Glas. »Und jetzt trinken wir auf meine schöne Heimat. Auf die Donau. Auf die Szave. Auf die Drau. Auf die Theiß. Auf die starke, glorreiche, tapfere ungarische Nation!!«

Und dann folgte sein Lieblingsspruch: *»Extra hungariam non est vita!«* Das war Latein. Und eigentlich ein Affront, denn es hieß: »Nur in Ungarn lässt's sich leben!« Das war zu national und eine Schande, hatte ich gelernt.

Ich schielte zu Hermine. Sie biss sich auf die Lippen. Hob aber trotzdem tapfer das Glas und lächelte unserm Gastgeber zu. Ja, sie trank sogar zu seinen Ehren, und außer mir wusste keiner, wie sie litt. Der Abend nämlich war nicht nach ihrem Geschmack – ganz abgesehn von meiner Verwandlung –, das hatte ich bemerkt, sowie ich mit ihr über die Schwelle getreten war.

Hermine glaubte an das Haus Habsburg. Das sah man schon an ihrem Kleid. Schwarz-gelb! Dem Kaiser, dem übernationalen Österreich galt ihre Liebe und Sympathie. Sie hasste den Nationalismus, der immer stärker in Mode kam. Wie hatte sie gestern erst gesagt? Die Monarchie ist ein reiches, friedlich vereintes Mitteleuropa. Doch die Völker müssen einander achten, damit das so bleibt. Aber die Tschechen und Serben und Rumänen kriegen jetzt den Größenwahn. Und die anderen Völker auch. Und die Ungarn halten sich überhaupt für die Krone der Schöpfung. Seit dem Ausgleich können sie alles besser als der Kaiser in Wien. Und unsere Feinde im Ausland wissen das. Und sie schüren und schüren, und wenn das so weitergeht, schlägt man sich in ganz Europa bald den Schädel ein. Wart nur ab! Du erlebst es noch!

»Woran denken Sie, liebste Cousine?«, dröhnte der General und prostete Hermine zu. »Mor! Mathias! ›Schön ist meine Liebste‹!« Und er sang Hermine ein ungarisches Liebeslied, das sie tapfer lächelnd zur Kenntnis nahm. Dann wurde schallend applaudiert, Zitroneneis gereicht, das mühsame Mahl war vorbei.

Berge von Tellern und Schüsseln wurden abserviert. Rosenblätter auf das Tischtuch gestreut. Parfum versprüht. Schnaps wurde angeboten und für die Damen Schokolade und Kirschlikör. Die Torten, erfuhren wir, würden später präsentiert.

Der General hob die Hand.

»Liebste Prinzessin, meine Hermine, Sandor-Bácsy, mein lieber Edi, Attila, Gabor, heute feiern wir unsere reizende Margitta …«

»Nicht Margitta! Minka!!«, rief Hermine schnell, doch sie wurde nicht gehört.

»Unsere reizende Margitta, die mich gerettet hat vor einem grässlichen Fauxpas. Mir zuliebe hat sie eine Großtat vollbracht.« Er lächelte gerührt. »Sie hat sich produziert vor lauter fremden Menschen. Auf einer Bühne. Ohne Angst. Sie hat eine ganze Oper tapfer vom Blatt gespielt, wie eine echte Virtuosin. Sie hat uns keine Schande gemacht, im Gegenteil! Sie war die Heldin von Enns. Deshalb habe ich mich revanchiert und ein kleines Souvenir anfertigen lassen«, er lächelte gönnerhaft, »eine bescheidene Erinnerung an heute Abend. Mein Fräulein, ich hoffe, es gefällt!«

Er reichte mir ein Etui aus feinem, weißem Leder. Drinnen lag – auf granatrotem Samt – ein goldenes Armband. Aus Noten. Viertelnoten, halbe Noten, ganze Noten, Taktstriche, Notenzeilen, kunstvoll aneinander geschmiedet und ein Muster formend, das wie aus Spitze schien. Ein Violinschlüssel als Verschluss. Und in jeder ganzen Note – und davon gab es genug – steckte ein funkelnder Brillant!

Ein schneller Blick zu Hermine – durfte ich es akzeptieren? Sie nickte mir zu. Heiße Freude stieg in mir auf. Ich besaß noch keinen Schmuck. Das war mein erstes wirklich wertvolles Stück.

»Das sind die schönsten Takte aus der jungen Lebensretterin«, erklärte seine Exzellenz, »in Gold geschmiedet, damit sie nie vergehn! Genauso ewig ist meine Dankbarkeit.« Dann griff er nach meinem Stuhl, zog ihn schwungvoll näher zu sich, fasste meine Hand und küsste sie! Der zweite Handkuss von Gabors Papa! Dann legte er mir feierlich das Armband um, und wie auf Kommando hoben alle ihre Gläser, riefen »Vivat! Minka! Bravo!!!« Die Zigeuner begannen ein fröhliches Lied: »Das Ross hat einen großen Kopf. Lass es traurig sein statt mir ...« Die Nelken dufteten, es war ein Moment absoluter Seligkeit!

Dann war das Lied zu Ende. Der General schickte die Musiker hinaus, Rauchpause und Essen. Und kaum waren wir allein, hob er noch einmal die Hand.

»Fast hätte ich das Wichtigste vergessen. Unsere talentierte brave Margitta hier ...«

Valerie und Hermine wechselten einen alarmierten Blick.

»Pardon, Exzellenz, *Minka*!«, unterbrach die Prinzessin mit ihrer tiefen Stimme, und diesmal wurde es vernommen.

»Verzeihung! Minka ... jedenfalls, dieses herzige kleine Putzi ... das Leben wird ihr Gelegenheit geben ...«, er nahm einen großen Schluck Schnaps und schien plötzlich sehr gerührt, »dieses hübsche Engerl ... mir fehlen die Worte.« Er wandte sich an seinen Sohn. »Gabor, das erzählst am besten du!« Schwungvoll leerte er sein Glas.

»Wie Sie befehlen, Papa.« Gabor neigte sich vor, lächelte in die Runde, und ich fixierte verbissen mein Armband, vor Neugier halb krank.

»Mein Onkel, der Regimentskommandant«, begann Gabor sanft, »sieht nicht ein, dass ich besser reite als alle seine Männer hier in Enns. Nächstes Jahr im Herbst hab ich die Militärakademie absolviert. Dann bin ich fertiger Leutnant. Und was, höre ich, passiert? Bei Dienstantritt? Man kriegt die Unteroffiziere vorgeführt und muss sich ihnen fügen. Diese Herren geben seit zwanzig Jahren Reitunterricht, heißt es, Sie reden jetzt einen Monat lang kein Wort und hören nur zu. Sagt man seine Meinung, sitzt man im Arrest.«

Hauptmann Schiller öffnete ausnahmsweise den Mund. »Zuhören schadet nie«, meinte er knapp.

»Mein berühmter Papa hat mir Reiten beigebracht«, sagte Gabor stolz, »ich höre nur auf ihn.«

»Wunderbar!« Hermine nahm einen Schluck Kirschlikör. »Aber kannst du uns bitte erklären, worum es geht?«

»Jawohl, liebste Tante. Ich hab mit meinem Onkel gewettet, dass ich einem vollkommenen Laien beibringe, wie man trabt, galoppiert und elegant über Hürden springt. Und zwar schneller, als einer seiner Reitlehrer das kann.«

»Bis wann?«

»Bis zum Kaisergeburtstag am 18. August.«

»Das sind nur noch knapp fünf Wochen«, rief die Valerie.

»Fünf oder drei«, meinte Hermine erleichtert, »mir rollt ein Fels von der Brust. Ich hab schon befürchtet, deine Wette hat mit uns zu tun.«

»Hat sie auch«, meinte Gabor sanft.

Hermine klappte ihren Fächer zu.

»Heute Nachmittag haben wir die Konditionen ausgefeilt. Mein Onkel geht auf Nummer sicher. Er besteht auf einer Dame, die noch nie auf einem Ross gesessen hat.«

»Aber keine von uns«, rief Hermine entsetzt.

»Doch, wenn Sie erlauben.« Gabor lächelte charmant. »Mein Papa hat sich mit uns beraten. Er ist auch ganz überzeugt ... das gnädige Fräulein hier wäre die geeignete Person.«

Also das war der Plan. Ich wurde dunkelrot. Keine Verlobung. Reitstunden. *Mon Dieu!*

Hermine schnappte nach Luft. »Schlag dir das aus dem Kopf«, rief sie empört. »Meine Minka ist eine hoch gebildete junge Dame, sie kommt im Herbst ins Pensionat! Ich dulde nicht, dass sie in eure wahnsinnigen Wetten hineingezogen wird!«

»Aber Hermi – Nèni ...«, rief der General frohgemut.

»Nein!! Niemals!! Glaubt ihr, ich bring sie nach Enns und werf sie euch vor? Zum Fraß?!«

»Ganz recht«, bekräftigte die Valerie mit ihrem tiefen Bass, »vergesst das Kind. Das geht auf keinen Fall!«

»Das können wir leider nicht«, riefen gleichzeitig Gabor und der General.

»Und warum nicht, wenn man bitten darf?«

»Weil ...« – die beiden Herren tauschten einen Verschwörerblick – »wir verlieren sonst ein Vermögen!«

»Mein Onkel zahlt uns fünf mal hundert und fünfzig Gulden, wenn ich dem gnädigen Fräulein hier bis zum Kaisergeburtstag Reiten beibringe«, erklärte Gabor. »Kann ich das nicht, aus welchem Grund auch immer, muss ich ihm diese Summe zahlen. So steht die Sache. Es tut mir Leid.«

»Fünfhundertundfünfzig *Gulden*?«, wiederholte die Valerie entsetzt, »soviel verdient mein Edi in einem ganzen Jahr.«

»Du hast auf meine Minka gesetzt, ohne mich zu fragen?«, empörte sich Hermine. »Wie kommen wir dazu?«

»Es war pure Notwendigkeit, wie man so sagt.«

»Das ist eine Frechheit!«

»Mein lieber Gabor«, die Stimme der Prinzessin wurde noch eine Oktave tiefer, »hast du je ein gelehrtes Fräulein auf einem Ross gesehn?«

»Nein, noch nie.«

»Wirst du auch kaum«, sagte Hermine mit Nachdruck. »Die Zöglinge des k.u.k. Civil-Mädchenpensionats sind keine Dragoner.«

»Selbstredend. Ja. Aber vielleicht macht man eine Ausnahme für uns?«

»Nie im Traum«, rief Hermine, und ihr liebes rundes Gesicht lief rot an. »Sagst du mir bitte, warum sich ein Weib auf ein Ross setzen soll, wenn sie nicht unbedingt muss? Damit sie ihre Hände ruiniert und Schwielen kriegt wie ein Kutscher? Damit sie durchgeschüttelt wird innen und außen, damit in ihrem Kopf alles durcheinander kommt, damit sie sich ein Bein bricht und ein Leben lang hinkt? Ich setze mich nie auf ein Ross. Und meine Minka wird das auch nicht tun.«

»Ich war sicher, liebste Tante, Sie unterstützen uns.«

»Wie kommst du auf diese widerwärtige Idee?«, rief Hermine, rot vor Zorn. »Ich will nichts mehr davon hören! Keinen Ton!« Sie sprang auf, die Lippen zusammengepresst, packte ihren Stuhl, drehte ihn um und setzte sich mit dem Rücken zum Tisch. Leider aber saß sie jetzt genau vor der Badenden ohne Gewand, also senkte sie brüsk den Kopf und fixierte das Parkett.

»Gabor! Du entschuldigst dich sofort!«, dröhnte der General. »Saublöd, wie du das erzählst. Wo bleibt dein Verstand? *Finis* die skandalöse Bescheidenheit. Komm sofort zur Sache, gottverflucht, sonst ergreife ich das Wort.« Und er griff nach seinem Glas Schnaps und leerte es in einem Zug.

Gabor stand auf, ging zu Hermine und sank theatralisch vor ihr auf die Knie. »Heiß geliebte, einzige Tante«, er nahm ihre Hand und küsste sie, »ich schmachte zu Ihren Füßen, verlangen Sie meinen Kopf, aber hören Sie mir noch zwei Minuten zu.«

»Warum sollte ich?«

»Weil Sie mir keine Bitte abschlagen können.«

»So? Das ist die Höhe. Steh auf, du Lümmel. Eingebildeter Aff!« Hermine hatte Mühe, nicht zu lachen.

Gabor sprang auf und sah ehrerbietig auf meine Gouvernante herab.

»Sprich schon, *schnell.* Was gibt's?«

»Wenn ich die Wette gewinne, darf ich mitreden beim Reitunterricht – und nur darauf kommt's mir an. Die fünf mal hundert und fünfzig Gulden will ich nicht. Die sind für Sie gedacht, für Ihre Armen. Für die Tombola beim Sommerball. Das wollte ich noch sagen, liebste Tante. *Merci.*«

»Hört, hört!«, rief die Valerie erfreut.

»Jawohl!«, dröhnte der General. »Das ist der Plan.« Gabor bekam Applaus, Hermine setzte sich wieder an den Tisch, man lachte und sprach durcheinander, nur ich war entsetzt. Ausgerechnet Reiten. Viel lieber hätte ich Fechten gelernt. Oder Tanzen auf dem Hochseil. Oder Feuerschlucken …

»Ich hab das Geld schon eingeteilt«, rief die Prinzessin. »Hermine, hör mich an. Wir lassen Winterschuhe machen für alle Kinder, und wir errichten einen Hilfsfonds. Damit schicken wir den Säufernachwuchs in die Schule, dann haben wir keine Analphabeten mehr in Enns. Wir zahlen Schulgeld, Schiefertafeln, Griffel, und wenn ein Kind Talent hat und studieren will, zahlen wir die Universität.«

»Sehr recht.« Hermine nickte. »Und wenn ein Mädchen begabt ist, wird es ausgebildet von den besten Meistern.«

»Oder man macht etwas ganz Verrücktes«, meldete sich Attila Nagy zu Wort, »und verteilen alles sofort … dann haben die armen Teufel einmal in ihrem Leben einen Haufen Geld.«

»An die Säufer kann man nichts verteilen«, sagte die Valerie, »da ist sofort alles weg. Jeder Kreuzer marschiert ins Wirtshaus, und für die Kinder ist nichts mehr da.«

»Die Idee mit dem Hilfsfonds ist grandios.« Graf Sandor blickte in die Runde. »Also, Gabor, falls er wirklich so ein guter Reitlehrer ist, wie er behauptet, und falls unsere tüchtige Margitta sich noch einmal produzieren will, für die Armen … meinen Segen hat man dazu.«

»Bravo, Sandor!«, rief der General, und schon starrten mich wieder alle an.

»Komm, komm, komm«, rief die Valerie mir zu.

»*Ma chérie*, was hältst du davon?« Hermines Stimme klang ganz aufgeregt, was sie durch heftiges Fächeln zu vertuschen suchte. »Man zwingt dich zu nichts. Überleg's dir gut, und vor allem, lass dir Zeit.«

Ich aber war in einem Dilemma. *Factum est*: Ich hatte panische Angst vor Pferden. Ich liebte zwar die anderen Tiere: Hunde, Vögel, Affen, Katzen, Kröten, Frösche; mir graust vor nichts, ich rette jedes Insekt in Not. Aber die Rösser waren mir zu groß! Kaum kam man in ihre Nähe, fletschten sie ihre gelben Zähne und rollten die Augen und bäumten sich auf, als wollten sie einen unter ihren Hufen zermalmen.

»Hör mir jetzt gut zu«, fuhr Hermine fort, »tanzen ist für Zöglinge des Pensionats nicht erwünscht. Aber nirgends steht geschrieben, dass man keine Reitstunden nehmen darf. Ich glaube kaum, dass du deshalb Schwierigkeiten kriegst.«

»Kein Mensch wird es erfahren«, half ihr die Prinzessin Valerie, »und, meine liebe Minka, ich hab auch reiten gelernt. Das gehört zur Erziehung einer Prinzessin, weißt du. Mühsam war's. Aber … ich hab mir nur zwei Mal die Hand gebrochen und nur ein Mal fast den Hals, das war kurz vor meiner Hochzeit, ja, aber wirklich geschadet hat es mir nicht.«

»Meine liebe Prinzessin«, rief der General, »*müssen* Sie das sagen? Ausgerechnet jetzt? Der Halsbruch ist passiert bei einem *Nachtritt*, oder nicht? Wir reiten bei Tag.«

Attila Nagy lachte kurz auf, und schon wirkte er wieder wie ein hungriger Wolf. »Gnädiges Fräulein werden die Heldin sein von Enns.« Er warf mir einen glühenden Blick zu. »Gabor, schade nur, dass du die Stunden gibst. Oder überlässt du mir die Wette? Was verlangst du dafür?«

Wie?? Stunden von diesem Fremden? Sofort fand ich meine Stimme wieder und wandte mich an den General: »Die Rösser sind so groß, Exzellenz. Und sie mögen mich nicht.«

Mein Tischherr tätschelte beruhigend meine Hand. »Mustergültiger Schwachsinn! Natürlich mögen sie Sie. Ich habe drei Prachtexemplare mit. Morgen sucht Sie sich eines aus. Mit einem wird Sie schon sympathisieren. Und umgekehrt. Sie ist ja kein Scheusal, soweit man das erkennen kann.«

»Aber ich fürchte mich …«

»Fürchten? Aber nicht vor meiner kleinen Adda. Die wird Sie lieben wie eine Schwester. Sie ist auf Damensattel trainiert. Ein Bild von einem Ross. Kastanienbraun. Eher klein.«

»Und das gutmütigste Pferd der Welt«, rief Gabor schnell. »Sie hat noch nie gebissen oder getreten. Die Kinder klettern auf ihr herum und die Hunde. Sie lässt sich alles gefallen. Und stellen Sie sich bitte vor: Gestern hat eine Katze zwischen ihren Hufen Junge gekriegt. So viel Vertrauen strömt sie aus.«

»Ja, meine süße, kleine Adda«, sinnierte der General. »Ich hab sie mitgebracht für meine zukünftige Braut. Aber die Welt ist wüst und leer, gefunden hab ich noch keine. Also wird sie unserm Schnucki-Putzi hier zum Sieg verhelfen. Der kleine Teufelsbraten, die Adda. Die hat Paprika im Blut. Beste Abstammung, das Mäderl. *Parva sed apta.*«

Das war wieder Latein und hieß: klein, aber fein. Der General, wie schon erwähnt, sprach fließend Latein, wie alle gebildeten Leute in seinem Land. Latein war die Amtssprache gewesen in Ungarn, vor dem Nationalismus, und in höheren Kreisen immer noch in Gebrauch. Es war aber auch ein Zeichen, dass der Beste aller Reiter nicht mehr nüchtern war. Das wussten wir von Gabor. »*Carpe diem!*«, wandte er sich wieder an mich. »Nütze den Tag! Hat Sie sich entschieden? Langsam wird's Zeit.«

Ich blickte in die Runde.

Sieben Augenpaare fixierten mich gespannt.

»Herzerl, Sie ist umzingelt. Sie ist das Opfer einer Verschwörung. Ergebe Sie sich.«

»Ich hab keine Reitstiefel«, sagte ich matt.

»Perfekt«, der General lächelte gönnerhaft, »morgen rotten wir uns zusammen. Und ab zum Eibelsberger, Stiefel anmessen. Und dann hopp zur Frau Ziermiller.«

»Reitkleid?«, fragte Hermine aufgeregt, denn Lilli Ziermiller besaß einen Damensalon in Enns.

»Das schönste, das es gibt, von hier bis Kronstadt. Wir wollen die besten Stoffe, den feinsten Putz, wir lassen uns nicht lumpen. Sandor-Bácsy was? Wenn wir Husaren etwas tun, dann ordentlich. Mit *Paprika*.«

»Und was machen wir, bis die Sachen fertig sind?«, fragte Hermine besorgt, »die Zeit läuft uns davon.«

Gabor nickte eifrig. »Wir sollten morgen schon trainieren. Abends, in der Reithalle. Könnten die Damen vielleicht etwas auftreiben bis dahin! Als Ersatz?«

»Weißt du was, Minka, du kriegst die Stiefel von meiner Nichte Eugénie«, rief die Prinzessin. »Ihr habt die gleiche Größe, nehm ich an. Und im Theaterfundus ist ein Reitkleid, das dürfte gehn. Es ist zwar nicht ganz deine Farbe, kaffeebraun mit lachsrosa Putz, aber morgen sehn wir gleich nach, ob es passt.«

»Damensattel liegt parat.« Gabor sah mich bittend an, und seine Stimme schwankte leicht. »Vertrauen Sie mir, gnädiges Fräulein. Ich hüte Sie wie meinen Augapfel. Falls Ihnen das Geringste passiert, Ehrenwort … ich erschieße mich.«

Alles lachte laut über seinen Eifer, ich aber war bis ins Mark gerührt. Dieser Blick, dieser Ton … Er schien wirklich verzweifelt. Er tat mir so Leid. Angespannt saß er mir gegenüber, seine schönen blauen Augen unverwandt auf mich gerichtet. Und neben ihm saß Attila und himmelte mich an.

»Also?«, fragte Graf Sandor. »Schon einen Entschluss gefasst?«

»Wenn das Fräulein von Frischenbach meint, dass ich es kann«, sagte ich so leichthin als möglich, »werde ich mein Bestes tun.«

»Hab ich es nicht geahnt?«, dröhnte der General. »Das Herzi hat Paprika im Blut.« Und ehe ich wusste, was geschah, legte er seinen Arm um meine Schulter, riss mich an sich, hob meinen Kopf – und küsste mich auf den Mund.

Er ließ mich zwar gleich wieder los, doch ich wurde feuerrot, wandte mich ab und versteckte mich hinter meinem Fächer. Trotzdem sah ich, wie Hermine erstarrte. Die Valerie riss die Augen auf, Attila Nagy hob die Brauen, und Gabor wurde kreideweiß. Dann griff er hastig nach seinem Glas, prostete mir zu, rief: »Das Fräulein soll leben!«, leerte es in einem Zug und schmetterte es an die Wand.

Attila tat es ihm sofort nach. Und Hauptmann Schiller und Graf Sandor und der General. Das Klirren der Scherben ertrank in Musik, denn die Zigeuner waren zurückgekehrt und hatten zu spielen begonnen, diese unwiderstehlichen Lieder, süß und wild zugleich.

Der General sprang auf. »Hermi-Nèni. Du erlaubst?«

»Aber nur ganz kurz«, rief Hermine streng.

Der General verneigte sich vor mir. »Darf ich bitten? Jetzt lernen wir ordentlich Csárdás. Ein Reiter muss das können.« Und er führte mich aufs Parkett.

»Also. Finger auf meine Schultern legen. Halte Sie sich nur ordentlich fest.« Er legte die Hände um meine Mitte. »Jetzt zwei kleine Schritte nach rechts. Und zwei kleine Schritte nach links. *Kleine* Schritte. Das ist elegant.«

Die Zigeuner begannen ein schwungvolles Lied: »Liebste, öffne mir die Tür.« Wir fingen an zu tanzen.

Lustig war das. Ich fühlte Gabors Augen in meinem Rücken und bemühte mich, besonders graziös zu sein. Zwei kleine Schritte nach rechts, zwei kleine nach links, das war nicht schwer.

»*Gerade* stehn«, rief der General. »Merke Sie sich: Besen verschluckt. Brust heraus. Und ganz wichtig: nicht *wackeln*.

Das ist kein türkischer Bauchtanz. Den *ganzen* Körper *drehn*. Jawohl. Kopf hoch. Stolzer Blick. Mit Feuer, aber ohne Gier.« Wir tanzten bis vor die Nische, meine Röcke schwangen hin und her, mir war heiß, und ich hatte nicht viel Luft, doch ich tanzte zum ersten Mal mit einem Mann, wie eine Erwachsene, und die Tatsache, dass mich Gabor und Attila mit Blicken verschlangen, machte die Sache erst richtig pikant.

»Sie sieht«, sagte der General zärtlich, »ich führe, aber wir sind eins. Genau wie beim Reiten. Da ist es auch egal, wer der Herr ist und wer das Pferd. Man muss eins sein, beim Reiten und beim Tanzen, sonst fehlt der Paprika, und es kriegt keinen Schwung.«

Wir tanzten, bis das Lied zu Ende war. Und plötzlich erhob sich die Prinzessin Valerie und stellte sich zu uns. »Zoltan. Das tun Sie jetzt auch mit mir. Ich kann nicht mehr still sitzen! Die Musik macht mich ganz wild.«

»Mit dem größten Vergnügen«, rief der General. »Ich führe nur das Fräulein zurück ...« Doch da sprang schon Gabor auf.

»Papa, Sie gestatten. Dürfen wir noch ein bisschen üben?« Der General nickte großmütig. Die Zigeuner spielten »Ich mag keine Blondinen«.

»Ich auch nicht«, rief Gabor glückselig, »ich liebe die rassigen Schwarzen.« Und er legte die Hände um meinen Leib.

In dem Moment veränderte sich die Welt.

In mir begann plötzlich irgendwas zu summen und summte lauter, bis hinauf in meine Ohren. Ich konnte kaum hören, was die Zigeuner spielten. Und als ich meine Hände auf Gabors breite Schultern legte und seine starken Arme fühlte, summte es noch stärker ... aber diesmal in meinem Bauch.

Dann begannen wir zu tanzen. Zwei kleine Schritte nach rechts, zwei kleine Schritte nach links, während ich innerlich vibrierte, als wären von meinem Kopf bis zu den Zehen dicke, summende Saiten gespannt, als wäre ich ein Musikinstrument, seltsame Vision. Und als mich Gabor ein bisschen fester drückte, summte es nicht nur in meinem Magen, meinem Hirn, meiner Brust, ich schien mich plötzlich vom Boden zu lösen und über dem Parkett zu *schweben*.

Großer Gott. Was war das?? Beginnende Schwindsucht? Mindestens!

»Sie tanzen leicht wie eine Feder«, sagte Gabor, Anbetung im Blick, »Sie tanzen wie eine echte Ungarin. Als hätten Sie das immer schon gekonnt. *Je vous aime, ma chérie. Je vous aime.*«

Plötzlich fiel es mir wie Schuppen von den Augen.

Es war nicht Schwindsucht! Es war Liebe!

Das ist das Gefühl, wenn man *liebt*!

Ist *das* eine Kraft! So ähnlich wie das Lampenfieber bei der jungen Lebensretterin – guter Vergleich.

Halb bewusstlos ließ ich mich von Gabor führen, wir schwebten um den runden Tisch herum, jetzt waren wir vor der Nische neben dem General.

»*Húzd rá czigány*«, rief Gabor den Zigeunern zu.

»*Húzd rá czigány*«, dröhnte der General.

Das nächste Lied war noch schneller. Wunderbar. Ich hatte jetzt die Musik im Ohr, reagierte auf Gabor, als hätten wir seit Jahren mitsammen getanzt. Wir waren eins, wie der General vorhin gesagt hatte, die Welt um uns versank, es war so schön, so schön … Ich hätte schreien können vor Glück.

Plötzlich aber stand der General wieder vor mir, sah auf mich herab mit seinem Tartarenblick: »Gabor, du tanzt mit der Prinzessin.«

Und ehe ich wusste, was geschah, riss er mich an sich.

Sofort verebbte das Summen, und ich schwebte nicht mehr. Ich stand auf dem Parkett, aber nicht lang. Zoltan von Borosy presste mich an seine Brust und wirbelte mich im Kreis herum, schneller und schneller, bis mir schwindlig wurde und ich den Halt unter den Schuhen verlor.

Da lachte er. Schrie laut: »*Eljen*, Minka!« Und stemmte mich hoch, die Hände um meine Mitte.

»Das … ist … ei-ne … Wes-pen … tail-le … zum … Verlieben … schaut … sie … an.« Und er stemmte mich höher und höher bis über seinen Kopf. Dabei wiegte er sich im Tanz und stampfte mit seinen Stiefeln laut den Rhythmus mit.

War das noch Csárdás? Sicher nicht. Doch ich kam nicht zum Denken. Die Zigeuner hatten einen Kreis um uns gebildet, feuerten uns an durch laute Schreie und spielten, als wollten sie die Hölle zum Sieden bringen. Die Cimbaltöne vibrierten in meinem Ohr, die vielen Kerzen erhitzten die Luft, alles um mich herum schwankte.

Der General hatte mich wieder zu Boden gestellt und meine Hände auf seine Schultern gelegt. Ich klammerte mich an ihn, sonst wäre ich gestürzt. Wieder lachte er, packte mich fest um die Mitte und drehte sich wie ein Kreisel. Dann stieß er einen gellenden Pfiff aus und warf mich in die Luft. Vor Entsetzen schrie ich auf, da hatte er mich schon wieder gefangen.

»Minka! Minka! Schöne Minka!«, sang er mit dröhnendem Bass.

»Aufhören!!!« Das war Hermines Stimme. »Sofort aufhören, Ihr bringt sie mir noch um!«

Meine kleine Gouvernante hatte sich durch die Zigeuner gedrängt und stand jetzt direkt vor uns. Ihr rundes Kinn zitterte vor Empörung. Auch Gabor und die Valerie hatten zu tanzen aufgehört. Ich hing halb tot im Arm des Generals, die Zigeuner spielten weiter.

»Hört denn keiner auf mich?«, schrie Hermine, die jetzt rot war vor Zorn. »Wenn sie reiten lernen soll, lässt man sie in Ruh! Entweder man gehorcht mir sofort, oder wir *reisen morgen ab*!«

Das wirkte. Der General verneigte sich lächelnd vor ihr und ließ mich los. Hermine umfasste mich und führte mich zurück an den Tisch. Erschöpft sank ich auf meinen Stuhl, total erhitzt, nach Atem ringend.

Das verfluchte Mieder. Ich brauchte meine ganze Kraft, um nicht wie ein Blasebalg zu schnaufen. Schnaufen aber ist nicht damenhaft. Hastig öffnete ich meinen Fächer und atmete durch den Mund, flach und kurz, wie Tante Juliana mir das gezeigt hatte. Luft! Luft! Luft! dachte ich. Ich ersticke. Hoffentlich merkt es Gabor nicht. Womöglich liebt er mich dann nicht mehr. Er sah nämlich *sehr* besorgt herüber zu mir. Aber das Schicksal kam mir zu Hilfe.

Die Tür des Roten Salons ging auf – und Lizzi erschien, hinter einem blumengeschmückten Servierwagen, darauf drei herrliche Torten auf Silberständern.

Sofort zog sie alle Blicke auf sich. Sie trug nämlich ein Kleid, das wir noch nie an ihr gesehen hatten: türkis wie ihre Augen, seitlich gerafft, mit kleinen weißen Tupfen und so eng um die Mitte, dass sie sich halb bewusstlos geschnürt haben musste. Ihre Taille maß höchstens siebenundfünfzig Zentimeter, und das war eine Leistung, denn wenn Lizzi nicht direkt oben und unten aus dem Mieder quoll, so war sie doch erstaunlich gut gepolstert und von blühender Statur.

Das Kleid ließ aber auch den Hals frei. Und was glitzerte so froh an diesem molligen, schneeweißen Hals? Ein superbes Kreuz aus Brillanten. Vor Schreck fiel mir der Fächer aus der Hand. Lizzi hatte einen vornehmen Verehrer. Das zeigte sie uns jetzt. Sie trug auch keine Schürze und keine weiße Haube. Ihr prachtvolles, goldblondes Haar war kunstvoll hochgesteckt und umstrahlte ihr Gesicht wie eine Krone. Sie war so reizend, dass mir der Mund offen stehen blieb. Ohne Dienstkleidung wirkte sie wie eine feine Dame. Doch es gehörte sich nicht, so vor uns zu erscheinen. War sie verrückt geworden? Das war ein Kündigungsgrund.

»Hast du dich aber schön gemacht«, sagte die Prinzessin Valerie mit ihrer tiefen Stimme. Lizzi knickste, ein selbstsicheres Lächeln um den roten Mund.

»Ah, da ist sie! Unsere Tortenfee«, dröhnte der General. »Komm sofort an meine Seite, hübsche Kreatur. Also, was hast du mitgebracht für meine lieben Gäste – zum Pläsier?«

»Wenn gestatten: Esterhazy-Torte, Sacher-Torte, Dobos-Torte« – Lizzi strahlte ihn an und knickste tief –, »Cremeschnitten, Spitzbuben, Stanitzel mit Schlag. Alles ganz frisch und deliziös. Ging es mir heute ausgezeichnet von die Hand.«

»Das sieht man.« Die Exzellenz fasste sie unters Kinn. »Schöne Leute backen schöne Sachen. Weißt du was, Lizzi ...«

Mehr hörte ich nicht, denn ich machte eine furchtbare Entdeckung: Mein linkes Strumpfband! Ich hatte es verloren. Nachdem der General mit mir Ball gespielt hatte, war es nicht mehr fest gesessen, und vorhin hatte ich nachgefühlt, heimlich, unter dem Tisch – es war weg!

Großer Gott! Lag es etwa frei auf dem Parkett?

Unmerklich erhob ich mich von meinem Stuhl. Fehlalarm! Nichts zu sehn. Also musste es noch an meinem Körper sein. Aber wo?

Vorsichtig fuhr ich mit dem rechten Schuh unter den vielen Röcken den linken Fuß entlang. Da war es. Es hing um meinen Knöchel wie ein Ring. Wie lange schon? Unmöglich konnte ich so den Raum verlassen. Bei diesen kurzen Ennser Kleidern würde es jeder sehen. Attila! Graf Sandor. Und Gabor würde mich lächerlich finden. Das durfte nicht sein.

Ohne lang zu überlegen, streifte ich es ab. So. Jetzt lag es unter dem Tisch. Aber ... wie bekam ich es zurück? Bücken konnte ich mich nicht, das hatte ich nicht bedacht. Es war ein ganz besonderes Strumpfband, nicht aus Leder mit Schnalle, nein – aus kostbarem brasilianischem Gummi, mit rosa Seidenblättchen verziert. Und ich hatte meinen Namen in kleinen weißen Glasperlen draufgestickt.

Ich sah hinüber zu Gabor und begegnete Attilas Blick. Er hatte Lizzi von Kopf bis Fuß gemustert und sah wieder aus wie ein hungriger Wolf. Also Süßes liebt er.

»Was beunruhigt unser Täuberl?« Der General wandte sich zu mir. »Essen! Essen! Da vergisst man die Sorgen.« Schon stand ein prallgefüllter Spitzbub auf meinem Teller. »Hier« – er reichte mir ein Glas voll Schnaps –, »bitte auszutrinken. Das reinigt den Magen. Danach verschlingt Sie fünf Stück Torte wie nichts.«

Es war der erste Schnaps meines Lebens, und er brannte wie Feuer. Doch er machte mich nicht hungrig, nur beschwipst. Was zur Folge hatte, dass ich das Strumpfband vergaß, ständig über den Rand meines Fächers hinweg mit Gabor kokettierte und mir der Rest des Abends kaum im Gedächtnis blieb. Plötzlich war Lizzi weg. Obst in Kristallschalen wurde gereicht. Und dann, ich weiß nicht mehr, wie spät es war, stand plötzlich Ernö da. Er trug ein kurzes, graues Nachthemd, hatte keine Schuhe an und musterte uns mit erstaunten braunen Augen. Seine abstehenden Ohren waren rot. »Bitte vielmals, will ich nicht stören Ihre Su-pä. Aber die Wunder, bittärschön, tobt.«

»Tobt?«, wiederholte der General gefährlich ruhig. »Warum?«

»Will nicht schlafen. Will lästig sein.«

Mein Tischherr, der eben noch zufrieden mit sich und der Welt neben mir gesessen hatte, runzelte die Stirn. Die schwarzen Brauen bildeten einen geraden Strich. »Lästig?«, wiederholte er drohend. »Wieso?«

»Weil«, sagte Ernö charmant, »Herz hat wie die Emmental. Voll mit dä Loch. Und in jede Loch steckt lästige Teuferl und grinst. Bett hat zerrissen, schöne neue Decke ist kaputt. Auf ganze Teppich liegen teure Fetzen hin und her.«

»Decke zerrissen?«, donnerte der General. »Das tut er nur, wenn man ihn *anhängt*. Himmelherrgott. Hast es wieder an die Leine gelegt, das arme Afferl, und bist desertiert? Warst flanieren, was? Unten beim Puka, wie? Größeres Besäufnis im Rossstall?«

»Kleineres«, korrigierte Ernö liebenswürdig.

»Kleineres was?«

»Kleine Sauferei. Hab ich gehabt nur *kleine* Brand …«

»Und ein Hirn wie ein Sieb!«, tobte der General. »Du hast bei dem Wunder zu sitzen, wenn ich nicht da bin in der Nacht. Hundertmal hab ich dir das gesagt. Und jetzt verschwinde. Hol ihn her.«

Ernö fixierte besonnen seine nackten Zehen. »Mag mich heute nicht, dä Luder«, sagte er sanft. »Beißt, wenn mich erwischt.«

Gabor sprang auf: »Wenn Sie gestatten, Papa. Ich erledige das.« Der General nickte gnädig. Dann folgte eine kurze Geste, und Ernö war entlassen. Freundlich lächelnd und sich tief verbeugend, entfernte er sich, aber nicht, ehe Hermine heimlich ihren vollen Tortenteller in seine Hand gedrückt hatte. Ernö grinste beglückt, der General tat, als bemerke er nichts, und ein paar Minuten später kam Gabor zurück, mit dem Wunder, das gar nicht wild, sondern nur verschlafen schien. Er trug ihn wie ein Kind auf dem Arm, kam zu uns, setzte ihn seinem Vater auf den Schoß und streifte dabei ganz leicht meinen linken Arm. Ein Blitz hätte mich nicht tiefer treffen können.

Wieder begann es in mir zu summen, und meine ganze Kraft, schien es, schoss hin zu Gabor, und ich blieb blutleer zurück.

»Ja, mein Specki, armer Wurm«, rief der General gerührt, »hat man ihn wieder geschändet, nur weil er ein Tier ist und kein Mensch? An die Kette gefesselt, mein Schnucki-Putzi? Aber er hat sich tapfer gewehrt. Bett zerrissen und den Ernö verjagt. Der tut das nie wieder. Nein, nein, nein. Sage Sie«, er wandte sich zu mir, »hat Sie je so ein herziges, braves, wohlerzogenes Afferl gesehn?«

»Nirgends, Exzellenz«, erwiderte ich matt.

»Was ist los? Sie ist ja ganz blass?«

»Müde ist sie«, rief die Valerie, die mich die ganze Zeit schon scharf beobachtet hatte. »Das Kind gehört ins Bett.« In dem Moment legte das Wunder seine langen Arme um den Hals des Generals, eine rührende Geste, die allen gefiel. Dann stellte es sich auf die Hinterbeine und sah listig umher.

»Vorsicht!«, rief Gabor.

Doch es war schon zu spät. Das Wunder machte einen einzigen eleganten Satz hinauf in das Paprikadach und turnte bellend vor Vergnügen über unseren Köpfen herum. Es regnete rote, weiße und grüne Schoten, dann sprang es wieder zu Boden, galoppierte laut schnatternd die Wand entlang, warf in Windeseile die Vase unter der Nackten um und bohrte, kreischend vor Glück, seinen Kopf in den Haufen nasser Nelken.

»Bist du verrückt?«, tobte der General.

Sofort sprangen Gabor und Attila auf, und die Verfolgung begann. Das Wunder quietschte vor Übermut, hüpfte auf und ab, mühelos federnd wie ein Ball. Da verstellte ihm Hauptmann Schiller den Weg, und der Affe verschwand in wilder Flucht unter dem Tisch – wo mein rosa Strumpfband lag! Gabor und Attila fielen auf die Knie und krochen eiligst hinterher.

Sehen konnte ich nichts, denn das Tischtuch reichte bis zum Parkett. Doch sofort war ich nüchtern. Die Zigeuner hörten zu spielen auf, plötzlich war es ziemlich still, ein bisschen Geschnatter – und was war das? Jemand berührte … meinen rechten *Fuß*!! Eine Hand umklammerte meine *Fessel*, glitt höher, unter den Röcken, die *Wade* hinauf fast bis zum *Knie*!! Ich saß da wie gelähmt. Es war ein unverzeihlicher Affront.

Das Tischtuch geriet in Bewegung. Attila tauchte auf und

verschlang mich mit Blicken. Hatte dieser fremde Mann gewagt …? Hinter ihm kam Gabor, den Affen auf dem Arm. War es Gabor?

»Gib her, die Bestie.« Der General nahm seinen Liebling in Empfang, der ihm sofort wieder entkam, in die verspiegelte Nische sprang und dem Primas den Bogen entriss. Der General begann dröhnend zu fluchen, auf Latein, alle sprangen auf, und in dem folgenden Chaos begegnete ich Gabors Blick. Er sah mich an – eine kurze Sekunde lang, voll Sehnsucht, Liebe und Glück. Dann wandte er sich ab.

Doch was entdeckte ich, als er zu den anderen lief? Aus seinem rechten Ärmel sah ein rosa Seidenblatt hervor.

Gabor hatte mein Strumpfband!

Ich saß da wie vom Schlag gerührt. Jetzt hatte er sein Liebespfand. Sicher dachte er, dass ich es absichtlich hatte fallen lassen. *Mon Dieu!* Wofür hielt er mich?

Ich wurde dunkelrot und versteckte mich hinter meinem Fächer.

So endete mein erster Tag als frisch verliebte *beauté*. Und was folgte, sollte nicht minder stürmisch sein.

KAPITEL VIII

Die kurze Nacht nach dem ungarischen Souper tat ich vor Aufregung kein Auge zu. Ich lag auf dem Rücken in meinem schönen Bett, und als die erste Amsel mit ihrer süßen Stimme den Tag einsang, war ich immer noch wach.

Ich hatte über die Liebe nachgedacht. Über Gabor, die Reitstunden, das Strumpfband und die fremde Hand auf meinem Knie. Auch Valeries Nachtritt ließ mir keine Ruh. Doch am meisten staunte ich über mich selbst. Jetzt war ich tatsächlich verliebt. Wie ein Stubenmädel. Und es war mir recht.

Nie hatte ich mich so schön gefühlt wie unter Gabors anbetendem Blick. Und dieses Summen und Schweben, diese Aufregung, dieses Glück – Josepha durfte sich das leisten und die dicke Zilli und die Lizzi und jede Wäscherin, Salaterin, Köchin, jede, die mit Rang und Namen nichts am Hut hat, die ihr eigenes Brot verdient, darf sich verlieben. Und ist frei. Kann heiraten aus Liebe, nicht aus Pflicht. Mein Gott, haben es die Frauenzimmer gut!

Jetzt verstand ich auch die Valerie.

Ich hab es noch nicht erwähnt, doch ein Geheimnis schwebt über ihrem Haupt, und zum Glück liebt meine Tante pikante Geschichten und hat es mir brühwarm erzählt, natürlich unter dem Siegel heiligster Verschwiegenheit. Die Sache ist so:

Edi Schiller, ihr Mann, war der Fechtmeister gewesen von Valeries Brüdern: blond, schneidig, beliebt und elegant, aber bürgerlich und arm und in keiner Weise ebenbürtig, denn die Valerie ist eine bayrische Prinzessin und mit unserer Kaiserin Elisabeth verwandt. Nur ein Prinz kam für sie infrage, möglichst aus regierendem Haus, und so dachte sie selbst, ehe sie auf Weltreise ging. Zwei Jahre bereiste sie Indien und Afrika mit einer Anstandsdame, Zofe und Gardepersonal, und völlig verändert kam sie zurück. Plötzlich war sie für die Republik, gegen Kaiser und Könige, für die Liebe, gegen die Religion. *Sie glaubte nicht mehr an die Hölle!*

Und sie wollte Weiber sehn auf der *Universität*!

Wie jeder weiß, eine Prinzessin hat kein Recht auf persönliches Glück. Sie darf nur heiraten, um ihrer Heimat Vorteile zu verschaffen. Staatsräson heißt das. Die Valerie aber lehnte prompt fünf Fürsten ab, zwei Preußen, zwei Österreicher, einen Sachsen, machte ihre Schwestern verrückt mit Forderungen nach Liebe, Glück und freier Gattenwahl, und dann verliebte sie sich prompt in den Fechtmeister, ja, man überraschte sie in seinen starken Armen im Gewürzgarten hinter dem Schloss, an einem taufrischen Morgen im Mai.

Fertig der Skandal! Schiller wurde sofort entlassen, die Valerie unter Eid gesetzt, ihn nie wiederzusehn. Man traute ihr aber nicht. Bewachte sie wie den Staatsschatz, nur, es nützte nichts. Die Valerie ließ sich entführen, es war ein Meisterstück, aus dem Münchner Stadtpalais ihres Onkels, bei einem Souper.

Nach den Vorspeisen zog sie sich zurück – wo der Kaiser selbst nur zu Fuß hingeht, kletterte aus dem Fenster in ihrem blauweißen Abendkleid, und unten wartete Edi Schiller, hoch zu Ross mit einem zweiten gesattelten Pferd, und sie sprengten davon, hinein in die Nacht. Und ehe man die Flucht entdeckte, war sie längst über alle Berge, außer Landes, in einem Elendsquartier und in Sicherheit.

Doch aus dem Elendsquartier wurde bald eine schöne Wohnung, denn die Valerie besaß eine Kaution. Es gab eine stille Hochzeit in Enns, die Wogen glätteten sich, man vergaß den Skandal.

Edi Schiller ist jetzt Hauptmann bei den Dragonern, die Valerie ist seine bürgerliche Frau, wird aber trotzdem noch von allen mit »Prinzessin« tituliert. Und die älteste Tochter Xenia – wenn gestattet ist zu bemerken – ist ein Siebenmonatskind, genau wie ich.

Jedenfalls, die *Entführung* war der berühmte Nachtritt, bei dem sie sich fast den Hals gebrochen hätte.

Und das bringt mich zu den Reitstunden zurück, über die ich nachgegrübelt hatte, die halbe Nacht. Hatte auch Gabor eine Entführung im Sinn?

Musste ich lernen, wie man galoppiert, über Hürden und

Gräben springt, damit er der reichen Elviri entkommt? Damit er mich entführen kann, falls nötig, in ein Elendsquartier?

Weil er mich für unmoralisch hält, weil ich seine Briefe beantworte und Strumpfbänder verschleudere als Liebespfand?

Nein. Für das Reiten gab es einen ganz genialen Grund. Wie oft trifft sich denn die Jugend schon? Ein-, zwei Mal die Woche bei Konzert- und Theaterproben, sonn- und feiertags in der Kirche, öfter nicht. Wir aber würden uns jeden Abend sehn. *Jeden Tag* bis zum 18. August. *Sechsunddreißigmal!* Das war der Plan. Außerdem – Gabor war nicht blind. Er hatte bemerkt, dass sein Vater mich recht herzig fand. Vielleicht muss ich reiten lernen, damit er mich richtig lieb gewinnt? Mich als Schwiegertochter akzeptiert? Und wer weiß – eine Kaution spendiert?

Ein klarer, scharfer Trompetenton schreckte mich auf. Fünf Uhr. Das Signal aus der Kaserne. Tagwache bei der Kavallerie. Es war auch längst schon hell.

Ich tastete mit den Händen meinen Leib entlang. Es gab noch einen weiteren Grund für die schlaflose Nacht: schiere Pein. Nach der bestialischen Schnürerei auf vierzig Zentimeter hatte sich meine Taille verwandelt in eine schmerzende, blaurote, stechende und brennende Schnürfurche. Es sah gräulich aus. Und als ich zu Bett gegangen war, pulsierte dort das Blut so stark, als hätte ich in der Mitte ein zweites Herz. Der Gedanke, in zwei Stunden das Mieder wieder anlegen zu müssen, machte mich rebellisch … aber nicht lang. Für Gabor hätte ich mich noch einmal so eng geschnürt, doch das brauchte ich heute nicht.

Gewünscht war mein gelbes Wiener Sommerkleid, mit fünfzig Zentimetern um die Mitte, denn ich sollte immerhin imstande sein, bis zum Modeatelier zu gehn.

Außerdem war ich hübsch genug. Die Frisur war noch intakt. Ich hatte, wie erwähnt, auf dem Rücken gelegen, mit französischer Nackenrolle und Schutznetz – rasend unbequem, aber jedes Haar war an seinem Platz. Auch ohne Seidenblumen wirkte ich noch wie eine junge Dame, nicht mehr wie ein Kind, und darauf kam es mir an.

Sauber gewaschen und mit Zillis Hilfe fertig gemacht, fand ich mich pünktlich bei Hermine ein. Das Frühstück war bereits serviert – übrigens ein unvergessliches, denn es warf ein neues Licht auf meine Kaution.

Kaum hatten wir uns an den runden Korbtisch gesetzt, der weiß gedeckt war, mit Damast, klopfte es energisch an die Tür, und meine Tante kam herein, ganz erhitzt von den zwei Stockwerken, die sie in höchster Eile zu uns heraufgeklettert war.

Sie trug ein blassblaues Vormittagskleid mit blassblauem Turban, denn sie war noch nicht frisiert, und sie sank auf die Korbbank uns gegenüber und fächelte sich wie wild. »Ist das wahr?«, rief sie aufgeregt. »Unsere Minka lernt reiten?«

»Jawohl«, sagte Hermine, »fragt sich nur, woher du es weißt. Wir haben keiner Seele was gesagt, und die Herren, die es wissen, schlafen noch.«

»Das ganze *Haus* ist informiert«, rief meine Tante hitzig, »in der Küche schnattern sie von nix anderem, und die Lizzi hat es *mir* erzählt, im Detail, in aller Herrgottsfrüh, bevor man mir den Kaffee gebracht hat. Ich hab geglaubt, sie fantasiert.«

»Die Lizzi? Woher weiß die Details?«, wunderte sich Hermine. »Moment. Ja. Sie hat uns die Torten serviert. Aber da ist kein Wort gefallen von der Reiterei.«

»Also stimmt's?«

»Es stimmt. Und es geht gleich los. Nach dem Frühstück trifft man sich im Atelier Ziermiller. Da suchen wir das Reitkleid aus.«

»Na so was«, sagte meine Tante atemlos. »Und was für ein Reitkleid?«

»Ganz was Besonderes. Die Valerie hat neulich eins entdeckt, in einem ausländischen Modeheft, das bringt sie mit als Überraschung, hat sie gesagt.«

»Die Prinzessin?«, rief meine Tante alarmiert. »Bei allem Respekt, sie ist ja sehr gebildet und gescheit, nur: Eleganz ist ihre Stärke nicht.«

»Wer sagt denn das? Ist mir noch gar nicht aufgefallen.«

»Aber liebste Hermine, ich bitte dich. Schau, wie sie sich kleidet. Diese langen Roben, und neulich verkündet sie glatt vor den Herren im Restaurant, es ist nicht wichtig, was eine Dame *trägt*, sondern nur, was sie zu *sagen* hat. Hast du je so einen Schmarrn gehört?«

»Nein, nie«, sagte Hermine abwesend.

»Find ich auch.«

»Aber Juliana, jetzt was anderes.« Sie zögerte kurz. »Man spricht nicht über Geld, ich weiß … nur, wie viel verdient denn die Lizzi bei euch?«

»Sie verdient recht gut«, meinte meine Tante geschmeichelt. »Wir zahlen nämlich den Weibern fast so viel wie den Mannsbildern, dafür sind wir bekannt.«

»Und wenn du ihr noch so viel zahlst: Gestern hat deine Lizzi ein Brillantkreuz getragen, das *kann* sie sich nicht abgespart haben von ihrem Gehalt.«

»Ach das. Das hat sie mir schon gezeigt. Ihre Mutter hat ihr das geschickt. Aus Polen. Sie hat geerbt, weißt du, die Mama, und ab und zu schenkt sie ihr was Schönes. Die Lizzi hat auch eine goldene Uhr, die hätt ich selber gern …«

»Aber du weißt doch, was das heißt!«

»Was?«

»Ein Brillantkreuz in Enns.«

»Ja, in Enns. Aber nicht in *Polen*. Dort heißt es nur, dass man ein frommes Leben führt.«

»Das glaubst du doch selber nicht.«

»Hat sie aber gesagt. Außerdem, über meine Leut lass ich nichts kommen. Die Lizzi ist eine Patissière, so eine gute krieg ich nie wieder. Stellt euch nur vor, sie kann lesen *und* schreiben …«

»Geht sie abends öfter weg?«

»Nie.«

»Bist du sicher?«

»Keine Frage. Die Lizzi ist immer daheim. Kein Geschäker mit den Kellnern oder dem Kutscher oder dem Portier. So eine Anständige wie die Lizzi kannst du lang suchen. Sie liest sogar *Bücher*!! Weißt was Schlechtes über sie?«

»Nein …«

»Also, dann. Aber jetzt was andres. Nehmt ihr mich mit?

Zum Aussuchen von dem Kleid? Ich trau ihr nicht, der Valerie. Die macht noch eine Witzfigur aus unserer lieben Minka ...«

Laute, schmetternde Musik schreckte uns auf. Die Dragoner! Wie auf Kommando erhoben wir uns, eilten zum nächsten Fenster und spähten hinaus. Da waren sie, unsere Reiter, von der Morgensonne hell bestrahlt, auf dem Weg zum Exerzierplatz in Enghagen.

»Da ist der Nagy«, rief Hermine, »also der hat eine Haltung! Da kann man nur sagen: Respekt!«

Attila Nagy saß auf einem stolzen Braunen mit glänzendem Fell und führte seine Männer an, als wäre er ein regierender Fürst. Sein schöner Kopf war hoch erhoben, sein Rücken so gerade, als hätte er eine Lanze verschluckt, und sein römisches Profil wirkte noch edler als gestern Nacht.

Hermine und Tante Juliana begannen zu winken. Attila hob den Blick, sah uns, seine Augen leuchteten auf, und schon war er an unserm Fenster vorbei.

»Ja, meine Minka«, sagte meine Tante plötzlich gut gelaunt, »vielleicht sitzt du in ein paar Wochen auch so stolz auf einem Ross.«

»Hoffentlich, liebe Tante. Vielleicht liege ich aber auch mit gebrochenem Hals im Grab.«

»Im Grab? Willst du, dass mich der Herzschlag trifft?«

»Hör nicht hin. Das ist ihre blühende Fantasie.« Hermine winkte, bis die letzte Uniform außer Sichtweite war und die Musik und das Klappern der Hufe verebbten. »So, das war schön. Das hat mir gefehlt in Wien.«

»Ist der Nagy verheiratet?«, fragte Tante Juliana, als wir in das Zimmer zurücktraten.

»Nein«, sagte Hermine, »nicht einmal verlobt.«

»Warum speist er dann nicht bei uns? Ich hab ihn noch nie gesehn am Kavalleristentisch.«

»Weil er von seiner Gage leben muss. Er kriegt nichts von daheim. Der Vater ist Wappenmaler, es sind noch acht Geschwister da. Der Attila gibt Reitstunden, damit er über die Runden kommt.«

»Aber er kann doch ruhig anschreiben lassen. Alle Offiziere

machen das. Irgendwann hat er sicher Glück im Spiel oder gewinnt eine große Wette … dann zahlt er seine Schulden, was ist denn dabei? Der Gabor soll ihm das ausrichten. So ein schöner Mann, den hätt ich gern in meinem großen Speisesaal. Und die Minka gefällt ihm. Hast du das bemerkt?«

»Unsere Minka hat keine Kaution …«

»Aber um ein Haar hätt sie eine gehabt«, rief meine Tante scharf. »Außerdem, ich bin mir nicht sicher, ob nicht falsch gespielt wird, in Wien, bei dem Herrn Fes-Fabrikant. Du hast doch gesagt, er war ständig geschäftlich in der Leopoldsstadt. Erinnerst du dich? Und was les ich heute in der *Neuen Freien Presse*? Nirgends wird so viel gebaut wie dort. Es ist das beste Investment, die Gründe sind billig, der Kaiser verspricht jedem Bauherrn Steuerfreiheit, *zehn Jahre lang*, weil es nicht genug Wohnungen gibt. Und dann steht da, schwarz auf weiß, dass viele Fabrikanten dort Zinshäuser bauen! Apartments mit Gaslicht. Und gläsernen Türen. Und Sternparkett. Vielleicht heißt einer von ihnen Hübsch? Vielleicht verbaut er gerade die Mitgift von unserer Minka dort?«

»Juliana, ich bitte dich«, Hermine setzte sich, »das glaubst du doch selber nicht. Wir haben sein Ehrenwort. Er müsste sich erschießen, wenn das auffliegt. Minka, halt dir die Ohren zu. Du vergisst sofort, was du gehört hast! Wir frühstücken jetzt.«

Hermine breitete sorgsam eine Serviette über meinen Schoß. Dann reichte sie mir ein Stück Milchzopf mit Butter und Honig: »Iss, *chérie*, heute brauchst du Kraft. Und mach mir bitte keine Flecken – auf dem gelben Stoff sieht man das sofort.«

Ich zwang mich zu einem Bissen, doch meine Gedanken waren in der Leopoldsstadt. Gott segne meine Tante. Und dass sie lesen konnte – und schreiben! Ein Zinshaus von meinem Geld. Das würde meinem Vater ähnlich sehn. Und wie ich meine brave Tante kannte, würde sie keine Ruhe geben, bis die Sache geklärt war. Hurra! Eine weitere Hoffnung auf eine Kaution!

Tante Juliana setzte sich auf den freien Stuhl rechts von mir. »Hat die neue Frisur gewirkt?«, fragte sie nach einer Weile.

»Man hat sie Margitta genannt. Aber deshalb wird nichts umgestürzt, nur weil sie einer Lieblings …« – blitzschnell hielt mir meine Tante die Ohren zu – »… ähnlich sieht«, vernahm ich den Schluss. »Oh, pardon, bitte entschuldigt, jetzt wär mir bald was herausgerutscht, so *verrückt* machst du mich, Juliana, mit deiner ewigen Sekkiererei!«

»Das ist erst der Anfang«, warnte meine Tante, »wenn du nichts unternimmst, geht's erst richtig los. Und sekkieren kann ich, wie du weißt.«

»Eine Dame streitet nicht um Geld.«

»Nein, nein. Sie lässt sich lächelnd betrügen, weil das vornehmer ist.«

»In meiner Familie überlässt man das Geschäftliche kommerziellen Experten.«

»Meine liebe Hermine, jetzt muss ich wirklich mit dir schimpfen …«

»Könnten wir nicht das Thema wechseln? Nimmst du mit uns noch einen Kaffee?«

»Danke, nein. Von zu viel Kaffee krieg ich Herzklopfen. Nur noch eine Frage. Gestattest du? Was hast du bis jetzt unternommen in der Schose Hübsch?«

Hermine rührte Zucker in ihre Tasse, nahm einen großen Schluck und seufzte gequält.

»Ich hab an den Schlossverwalter geschrieben, in Ungarn.«

»Was??«, schrie meine Tante auf. »Das ist doch der *Onkel* von dem Hübsch.«

»Das ist ein ehrlicher Mann.«

»Glaubst du, der unternimmt was gegen seinen *Neffen*?«

»Warum denn nicht?«

»Verwandte halten immer zusammen. Einen *Rechtsgelehrten* braucht ihr, einen gefinkelten, der nichts zu tun hat, privat, mit eurer Angelegenheit.«

»Wunderbar. Ein Fremder? Damit er unsere intimsten Geheimnisse weiß? Kommt überhaupt nicht infrage.«

Hermine zog ihre silberne Taschenuhr hervor. »Meine liebe Juliana. Es ist drei viertel neun. Wenn du wirklich mitgehn willst …«

»Ich will!«

»Kannst du in einer viertel Stunde fertig sein?«

»Ohne Frage.« Meine Tante stand auf. »Kommen die Herren auch?«

»Sowie sie ausgeschlafen sind.«

»Also, meine Minka, mit dir erlebt man was. Jetzt lernst du reiten wie eine Prinzessin.«

»In einer viertel Stunde gehn wir«, warnte Hermine, »keine Sekunde später.«

»Hab schon gehört. Bin nicht taub.«

»Du bist noch nicht frisiert.«

»Weiß ich.« Meine Tante ging schwungvoll zur Tür und wandte sich noch einmal um. »Glaubst du, das lass ich mir entgehn? In meinem ganzen Leben hab ich noch nie ein Reitkleid ausgesucht. Ich warte unten beim Portier auf euch. Punkt neun bin ich ausgehbereit.«

Und zu unserm größten Erstaunen war sie das auch.

KAPITEL IX

Nichts ahnend von der Aufregung, die uns bevorstand, verließen wir Punkt neun den *Schwarzen Adler* und traten hinaus auf den Hauptplatz.

Die Sonne schien, der Markt war in vollem Schwung, überall sah man hölzerne Stände vollbeladen mit Obst, Gemüse, Blumen, Kräutern, Kartoffeln, Eiern, dicken Brotlaiben, fetten Krapfen, und nach allen Seiten freundlich grüßend, machten wir uns auf den Weg nach dem Motto: SCHÖNHEIT KENNT KEINE HAST.

Meine Tante war nämlich auf fünfundvierzig Zentimeter geschnürt, bekam nach zehn Schritten bereits Atemnot und schwieg wie ein Trappist. Sie konnte gehen oder sprechen, aber nicht beides zugleich. Was ihrer reizenden Erscheinung keinen Abbruch tat.

In der kurzen viertel Stunde hatte sie Wunder gewirkt, ein kirschrotes Besuchskleid angelegt, das strohblonde Haar unter einem roten Hut versteckt, und schon sah sie aus, als hätte sie den ganzen Morgen vor dem Spiegel verbracht.

Wie gesagt, sie ging langsam wie eine Schnecke.

Was sie nicht hinderte, mich kurze Zeit später leidenschaftlich zu verteidigen. Trotz ihrer zierlichen Erscheinung war sie eine wirklich starke Frau (mit Dickschädel, hatte mir Hermine anvertraut), und sie bewahrte mich vor einem grässlichen Kleid. Doch das wusste ich in dem Moment noch nicht.

Der Weg war Gott sei Dank nicht weit.

Der Salon befand sich schräg gegenüber vom Hotel. Es war ein großes Etablissement im Parterre eines schönen, alten Hauses, und als wir es betraten, brannten alle Lampen, obwohl, wie schon erwähnt, draußen die Sonne schien.

Ich war noch nie in einem Modeatelier gewesen. Umso mehr faszinierte mich, was ich sah: ein riesiger Zuschneidetisch; große Standspiegel; Bilder von Ziermiller-Modellen an den Wänden. Ein Duft nach Stoffen, Petroleum, Lavendel und Appretur. Am meisten aber beeindruckten mich die Kleiderpuppen berühmter Kundinnen, jede mit Namensschild, manche nur mit einem Tuch verhüllt, andere mit halb fertigen Roben, ein fast vollendetes, prächtiges Brautkleid. Ich seufzte tief: So ein Luxus. Eine eigene Puppe im Schneidersalon. Dann war man jemand auf der Welt.

Die Herren waren noch nicht da.

Dafür aber die Prinzessin Valerie und ihre Zofe Stani, eine große, blonde Triestinerin. Beide standen mit dem Rücken zu uns am Zuschneidetisch, umgeben von den Gesellinnen, Näherinnen und Lehrmädchen, alle samt und sonders rot im Gesicht und atemlos.

Die Valerie, mit lila Hut und rosa Rüschenkleid, das in unseligem Kontrast zu ihren roten Haaren stand, sprach mit ihrer tiefen Stimme auf Lilli Ziermiller ein – die sich sofort entschuldigte und zu uns kam, als sie uns sah.

»Grüß Gott die Damen«, rief sie laut. Sie war groß, blond, dezent-elegant in einem perlgrauen Kleid mit blauem Besatz, ein gelbes Maßband um den Hals. »Wir haben schon sehnsüchtig auf Sie gewartet. Ist das die kleine Reiterin?« Sie lächelte mich an, voll Mitleid, als hätte sie eben erfahren, dass ich an den Blattern litt.

»Jawohl, das ist sie«, rief die Valerie, »und wie ich grad gesagt hab, wir wünschen, dass sie Eindruck macht.«

Dann nahm sie ihrer Zofe eine französische Illustrierte ab, die sie, wie wir später erfuhren, vom Café Eibelhuber geliehen hatte, legte sie schwungvoll auf den Tisch und rief: »Bitte, seht auch das an.«

Hermine riskierte einen Blick auf das farbige Titelbild und zog scharf die Luft ein. Tante Juliana schlug die Hände vor den Mund. Ich aber wurde weiß wie die Wand. War das ein Scherz? Oder was?

Auf dem Titelblatt nämlich war ein Weibsbild ohne Hut mit Buckel. Und dieser Buckel war ihr unter das Kreuz gerutscht, direkt auf den Unaussprechlichen, und der verdickte Unaussprechliche war von vielen Metern Stoff verhüllt, von Rüschen, Maschen und Bändern, er wirkte wie eine pralle Geschwulst in Rot, Weiß, Blau … eine Gans im Ballkleid hätte eleganter ausgesehn.

Meine Tante räusperte sich kurz. »Was hat denn dieses Unglücksweib … entschuldigt bitte, am S–T–E–I–S–S?«, buchstabierte sie todernst in die angespannte Stille hinein.

»Einen Bausch«, sagte Frau Ziermiller schnell, »das ist eine hoch geschoppte Schleppe. In Frankreich heißt das die Tournure.«

»Genau«, rief die Valerie erfreut, »das ersetzt die Krinoline. Seht ihr, wie genial? Vorn fällt das Kleid glatt herab, man spart das ganze Fischbein im Unterrock, nur das Sitzfleisch wölbt sich noch. Das ist eindeutig ein Fortschritt. Den unterstütze ich.«

»Nur weil man Fischbein spart?«, rief meine Tante entsetzt.

»Ist das überhaupt ein Reitkleid?«, fragte Hermine misstrauisch. »Kann man elegant im Sattel sitzen mit der hoch geschoppten Bagage im Kreuz?«

»Es ist *noch* kein Reitkleid. Aber wir werden eines daraus machen.«

»Nicht für meine Minka. Willst du, dass sie daherkommt wie eine Watschelgans?«

»Watschel … was?«

»Gans.«

»Wieso Gans? Was hat eine Gans mit einem Bausch zu tun?«

Hermine wandte sich ausnahmsweise an mich: »*Ma chérie*, gefällt dir das Kleid?«

»Nicht unbedingt«, flüsterte ich.

»Das Kleid ist eine Katastrophe«, rief meine Tante mit ihrer hellen Stimme, alle Höflichkeit vergessend, »vorn glatt wie ein Steilhang und hinten ein Balkon …«

»Das ist aber der letzte Schrei …«

»Nur in Paris«, hauchte Lilli Ziermiller und schickte ihre Frauen an ihre Plätze zurück. »Glaube nicht, dass das Furore macht in Enns.«

»Warum denn nicht?«, brummte die Valerie gekränkt.

»Es ist zu obszön«, sagte Hermine laut.

»Es ist doch zu bis zum Hals.«

»Aber so ordinär … schau das an. Der Allerwerteste … wie

ein Pfingstochs' dekoriert. Wozu gibt's denn eine Krinoline? Damit man das Hinterteil versteckt.«

»Der Unaussprechliche …«

»… ist zum *Sitzen* da. Man ist froh, wenn ihn keiner sieht.«

»Aber nur bei uns«, sagte die Valerie von oben herab. »Meine Liebe, du vergisst, ich kenne die Kontinente. Bei den Kaffern in Afrika, bei den Hottentotten und Watussis ist ein praller, netter, fetter … hinterwärts … *das* Schönheitsideal.«

»Wir sind aber nicht in Afrika«, rief Hermine pikiert. »Wir leben Gott sei Dank im Kaiserreich im neunzehnten Jahrhundert. Kein zivilisiertes Weib lenkt freiwillig alle Blicke auf ihren … *bon*! Das Wort will mir nicht mehr über die Lippen. Meine Minka jedenfalls hat keinen. Dass du's weißt.«

»Sooo?« Die Valerie riss ihre porzellanblauen Augen auf.

»Zumindest nicht *offiziell*! Und schon gar nicht am 18. August. Spiel kein Theater, Valerie. Bei uns hat man nichts unter den Röcken außer Luft.«

»Das wird sich ändern«, prophezeite die Prinzessin mit ihrer rauchigen Stimme und setzte sich auf einen Besucherstuhl.

Meine Tante zog ihr Riechfläschchen hervor. »Ich fall gleich in Ohnmacht. Da hat man endlich einmal ein Mäderl mit einer herzigen Figur, und die soll man grundlos kleiden wie bei den wilden Heiden, nur weil ein französischer Schneider sich über uns lustig macht? Mir *graust* vor dem Bausch. Der hat nichts verloren hier bei uns, am allerwenigsten bei meiner Minka hintendrauf …« Hilfeflehend blickte sie zu Hermine.

»Recht hast du«, rief diese voll Temperament, »*wehren* muss man sich. Was kommt denn als Nächstes daher? Dass man zugibt, dass man *Beine* hat? Oh! Pardon.« Ihr rundes Gesicht färbte sich knallrot. »Minka, du vergisst *sofort*, was ich gesagt hab. Das ist mir nur so herausgerutscht.«

»Aber Hermine«, tadelte meine Tante und sank auf den freien Stuhl neben der Prinzessin Valerie, »redet man so ordinär in Wien?«

»Entschuldigen die Damen«, unterbrach Frau Ziermiller höflich, als hätte sie kein Wort gehört, »darf ich fragen, hat man sich entschieden für den Bausch?«

»Nur über meine Leiche«, rief Tante Juliana sofort.

»Das ist ein Fehler«, sagte die Valerie, »das wird nämlich in Kürze große Mode auf der ganzen Welt. *Sie* werden einen Bausch tragen, meine liebe Lilli, und du auch, Hermine, und eure Minka wird darum *betteln*, und jetzt könnte sie die Erste sein.«

»Die Erste bei einer Mode, die keine wird«, rief meine Tante kämpferisch. »Meine liebe Prinzessin, bei allem Respekt, wir sind berühmt für unsern guten Geschmack in Oberösterreich, das *kann* sich nicht durchsetzen bei uns.«

»Alles, was aus Frankreich kommt, setzt sich durch«, verteidigte sich die Valerie, »das hat die Geschichte gelehrt. Man erinnere sich bitte an Napoleon I. und an sein Empire. Ganz Europa ist im Nachthemd marschiert. Kein Korsett, keine Krinoline, und der Gürtel direkt unter der Brust. So was Verrücktes hat die Welt noch nie gesehn. Aber Mode war's in Paris, und *alle* haben's imitiert.«

»Das Empire ist dahin«, sagte Hermine hitzig. »Frankreich ist jetzt eine schäbige Republik und hat nichts mehr zu melden auf der Welt. Wenn *das* dort jetzt *Mode* ist – freche Weiber mit offiziellem ... Dingsda und darüber einen Bausch – dann danke schön, *merci*. Frankreich *war* einmal die führende Kulturnation, aber seit fünf Jahren, seit dem verlorenen Krieg gegen die Preußen, ist alles aus. Der Tuilerien-Palast ist zerstört, der Kaiser vertrieben, das Rathaus kaputt. Es gibt kein Fischbein, wie du selber sagst, wie soll sich denn da eine tragbare Mode entwickeln? Für eine anständige Frau?«

»Das erklär ich dir gleich ...«

»Gib's doch zu. Seit fünf Jahren ist der Sitz der Eleganz in Wien. Die Wiener Mode regiert die Welt. Die Wiener Börse ist die wichtigste auf dem ganzen Kontinent. Seit 1870 ist Österreich-Ungarn das Herz der Welt. Zigtausend Franzosen sind zu uns geflüchtet, die Crème de la crème. Wer will denn in einem Land leben, das keinen Kaiser mehr hat?«

»Ich«, brummte die Valerie, »da tät's mir schon gefallen, in Paris.«

»Unter den Ruinen?«, rief Hermine zweifelnd.

»Ruinen? Das ist längst vorbei. Der Tuilerien-Palast wird zwar nicht mehr aufgebaut – ein Garten kommt dorthin –, aber sonst erinnert nichts mehr an den Krieg. Sogar die große Oper ist fertig. Im Jänner hat man sie eröffnet, das Palais Garnier, du, das ist eine Pracht …«

»Gut, dass du das sagst«, meinte Hermine froh, »und den Herrn Garnier, den Architekten, hat man nicht eingeladen zur Premiere. Der hat sich seinen Sitzplatz *kaufen* müssen. In seiner *eigenen Oper*, seinem *Lebenswerk*. Das sind die Sitten in einer Republik.«

»Gut, dass *du* das sagst.« Die Valerie lachte. »Die Erbauer unserer großen Oper in Wien, wo sind denn *die*? Unter der *Erde* sind die, so sekkiert hat man sich in deiner geliebten Monarchie. Den Siccardsburg hat der Schlag getroffen aus Wut, und der van der Nüll hat sich aufgehängt aus Gram …«

Ich unterdrückte ein Gähnen. Jetzt ging das schon wieder los. Immer diese Politisiererei. Und immer dasselbe. Die Valerie pro Republik, Hermine stur dagegen. Aber die Zeit wird knapp. Gabor wird gleich kommen!

Hilfe suchend sah ich zu meiner Tante, sie verstand mich sofort.

»Meine Lieben«, unterbrach sie das Gespräch, »es wird immer später, haben wir uns jetzt entschieden gegen das Kleid?«

»Nein«, sagte die Valerie, »noch lange nicht.«

»Dann sprech ich ein Machtwort als Tante. Minka, wir gehn heim. Ich erlaube nicht, dass du reiten lernst.«

»Oh!«, rief die Prinzessin überrascht.

Meine Tante stand auf. »Komm, Schatzerl, tut mir Leid …«

Die Valerie erhob sich ebenfalls. »Wenn das Pariser Kleid nicht gefällt«, sagte sie schnell, »ich hab noch einen andern Vorschlag: Warum kriegt die Minka keinen Reiterfrack?«

»Reiterfrack?«, wiederholte Hermine ungläubig, »das tragen doch nur die Herren. Nein, nein, damit kommst du mir nicht. Mein Kind als Witzfigur, ausstaffiert wie ein Mann, damit sich alles schieflacht am Kaisergeburtstag über sie …«

»Ich meine einen Reiterfrack, wie meine Cousine ihn trägt. In Wien.«

Sofort senkte sich Ehrfurcht herab. Die Cousine in Wien war unsere Kaiserin. Wann immer die Valerie mehr Respekt verlangte, erwähnte sie ihre hohe Verwandte. Es wirkte prompt.

»Wie sieht der aus, dieser Frack?«, fragte Hermine versöhnlich.

»Wenn sich die Damen in die Probierloge bemühen möchten«, sagte Lilli Ziermiller, »kann ich's Ihnen zeigen.«

Neugierig folgten wir ihr in einen kleinen Raum mit drei verspiegelten Wänden. An der vierten Wand, neben dem Fenster, hing ein großes Bild unserer Kaiserin, hoch zu Ross, vor ihrem ungarischen Jagdschloss Gödöllö. Neben ihr, ebenfalls zu Pferd, ein fremder Herr mit verwegenem Schnurrbart und daneben der Kaiser.

»Nun, was meint ihr?«, rief die Valerie hoffnungsfroh.

Fabelhaft, dachte ich, doch ich wusste sofort, *das* erlaubt man mir *nie*. Prompt runzelte Hermine ihre glatte Stirn. Stand sinnend vor dem Bild. Klappte ihren Fächer auf und zu.

»Außergewöhnlich«, sagte sie zu guter Letzt, »aber für meine Minka ist das nichts.«

»Warum?«

»Zu gewagt.«

»Zu gewagt? Das ist doch hochgeschlossen.«

»Das ist ein Männergewand.«

»Aber es hat einen Rock.«

»Aber das *Oberteil* ist reine Herrenfasson. Das erinnert mich …« Hermine schwieg.

Ich wusste, woran sie das erinnerte. An das skandalöse Bild des berühmten Linzer Malers Johann Baptist Reiter, das *Die Emanzipierte* hieß und ein Weib zeigte mit *abgeschnittenem Haar*, *ohne Mieder*, gekleidet wie ein Mann mit *Pantalons* und einer *Zigarette* in der Hand! Eine absurde Vision, die sich nie erfüllen wird, denn kein Weib verzichtet freiwillig auf die einzige Waffe, die sie hat in dieser Welt: ihre Schönheit und Eleganz.

»Das kann dich an nichts erinnern«, behauptete die Valerie. »Die Fasson gibt's nämlich noch nicht lang, meine Cousine hat sie selbst entworfen, ganz allein, weißt du, weil's bequemer ist als jedes normale Reitkleid.«

»Vielleicht«, sagte Hermine streng, »aber der Rock ist viel zu eng. So was Enges kann sich eine Kaiserin leisten, aber kein fünfzehnjähriges Kind.«

Der Rock war tatsächlich eng. Er saß wie angegossen, ohne die kleinste Falte, wie eine zweite Haut. Der Reiterfrack saß so perfekt, man sah den wunderschönen Leib unserer Kaiserin. Die Wespentaille. Die Hüften. Den Schoß. Jede Kontur wurde betont, nichts schien verhüllt – hätte diesen schwarzen Frack eine andere getragen, Hermine hätte sie glatt für unkeusch erklärt.

»Schneiderisch gesehen ist das ein Meisterwerk«, sagte Lilli Ziermiller voll Respekt.

»Nicht wahr?«, bekräftigte die Valerie. »Meine Cousine lässt in Ungarn arbeiten. Und – das wird Sie interessieren – nicht auf einer Puppe, sondern direkt auf der Haut. Die Anproben sind sehr mühsam. Aber der Sitz ist allerhöchste Perfektion.«

»Apropos Sitz«, sagte Hermine, »die Cousine schwebt ja auf dem Ross. Man sieht überhaupt keinen Sattel. Der muss winzig sein.«

»Auch eine Spezialanfertigung. Praktisch nur eine Gabel.«

»Wie hält sie denn das Gleichgewicht?«

»Bestes Training von Kindheit an«, erklärte die Valerie. »Wir Bayern haben eine Passion für die Rösser, das liegt uns im Blut. Unsere Sisi war mit zehn schon eine Kunstreiterin. Die besten Lehrer hat sie gehabt, ihr Vater hat dafür gesorgt, weltberühmte Artisten vom Zirkus Renz. Sie reitet hohe Schule. Und sie ist wirklich talentiert. Wisst ihr, wohin sie diesen Sommer reist? Nach Sassetot-le-Mauconduit.«

»Wo ist denn das?«, fragte meine Tante.

»In Frankreich, in der Normandie. Sie hat ein wunderschönes Schloss gemietet und will dort bis Ende September trainieren, vor allem Springen, und wisst ihr, warum?« Sie machte eine wirkungsvolle Pause. »Weil sie nach *England* will. Zu den *Fuchsjagden*.«

»Was?«, rief Hermine entsetzt. »Die sind lebensgefährlich. Hört man überall.«

»Halsbrecherisch!« Die Valerie stopfte eine rote Locke unter ihren lila Hut. »Aber wenn's drauf ankommt, stürzen wir uns ins Abenteuer, wir Bayern, und haben keine Angst. Wir sind alle mutige Reiter. Was wir uns in den Kopf setzen, setzen wir durch.«

»Was du uns immer wieder beweist«, meinte Hermine sarkastisch. »Pardon, Juliana, du wolltest etwas sagen? Ich hab dich nicht zu Wort kommen lassen.«

»Ich wollt nur fragen, liebe Prinzessin, diese Wespentaille. Hochelegant sieht das aus auf dem Ross … aber … man hört so allerhand … wie viel misst denn unsere Kaiserin *wirklich* um die Mitte?«

»Sechsundvierzig Zentimeter.«

»Oh!«, rief meine schöne Tante, hoch zufrieden, dass sie einen Zentimeter weniger maß.

»Aber manchmal«, sagte die Prinzessin geheimnisvoll, »und das bleibt jetzt bitte unter uns, schnürt sie sich *nicht*. Und kleidet sich wie ein Herr und steigt wie eine Amazone in den Sattel, und dann sprengt sie durch die Puszta, ungebunden wie ein Mann …«

»Ohne Mieder?«, rief meine Tante entsetzt.

»Sie ist ihrer Zeit viel weiter voraus, als man glaubt …« In dem Moment klang schallendes Gelächter an unser Ohr. Die Stimme kannte ich. Der General! Und wo der General war, war Gabor nicht weit.

»Ach, unser Zoltan«, rief Hermine froh. »Klingt ganz, als hätt er das Pariser Modeheft entdeckt, kommt, schnell, das wird jetzt lustig …« Und sie stürmte durch die Tür.

Hermine hatte Recht. Der General stand am Zuschneidetisch, hielt die Illustrierte in der Hand und lachte sich halb tot. Sein schwarzer Schnurrbart zitterte, seine schrägen Augen waren nur noch enge Schlitze, Tränen rollten über seine Wangen, und neben ihm stand Gabor und lachte ebenfalls. Dann sah er mich, und seine Augen leuchteten auf. Aha. Ich gefiel ihm auch noch in dem einfachen, gelben Sommerkleid mit dem kindlichen Strohhut auf dem Kopf.

»Meine Damen, kommen Sie her.« Der General winkte

uns zu sich. »Ergötzen Sie sich mit mir … Hier sehen Sie das neueste Modell für den Pariser Ganserlball …«

»Geben Sie her«, rief die Valerie und nahm ihm das Heft aus der Hand. »Das ist das neueste Sportkleid aus Frankreich.«

»*Sportkleid?*«, dröhnte der General. »Seit wann braucht die Weiblichkeit ein Sportkleid? Hat man das zur Abschreckung hergelegt?«

»Nein, zur *Anregung*. Ich hab's mitgebracht, weil …«

»*Das* ist das weltbewegende neue Modell?«, lachte der General. »Meine liebe Prinzessin, *davon* haben Sie mir die Ohren vollgesungen, gestern beim Souper? Also, das kommt nicht infrage. Damit blamieren wir uns von hier bis Kronstadt. Da fehlt der Paprika …«

»Wollen Sie keinen Fortschritt?«, empörte sich die Valerie.

»Ich hasse den Fortschritt. Ich will Eleganz, Frau Ziermiller. Wiener Eleganz. Schwingendes Röckchen. Winzige Mitte. Haben Sie keine Modejournale, wo man etwas richtig Appetitliches sieht?«

»Aber jede Menge«, rief Lilli Ziermiller erleichtert, »hundert Stück. Möchten Exzellenz sich hierher bemühen, bitte schön, zu diesem Tisch? Das sind die letzten Wiener Modekupfer und die schönsten auf der Welt.«

»Mir nach!«, dröhnte der General, und wir folgten ihm zum Fenster in ein Leseeck, während Lilli Ziermiller ein Lehrmädchen zum Zuckerbäcker Pumb schickte, um Met für uns zu holen. Und Biskotten. Und Selterwasser aus dem Böhmerwald.

Der General blätterte schnell ein paar Hefte durch. Wir saßen stumm um ihn herum. Ab und zu schielte ich verstohlen hinüber zu Gabor, der neben seinem Vater saß. Ein flammender Blick kam zurück. Vor Aufregung begann ich schneller zu atmen.

»Schnauf nicht so«, flüsterte Hermine, »so bös wird's nicht werden. Er hat einen exzellenten Geschmack.«

Hermine hatte Recht.

»Also, das ist zuckrig«, rief die Exzellenz plötzlich sehr vergnügt. »Gabor, zeig das den Damen.«

Gabor sprang auf und brachte uns das Journal. Dabei streifte er leicht meinen Hut, und ein Blitz durchzuckte mich von Kopf bis Fuß. Ich bemühte mich krampfhaft, ruhig zu bleiben, schob meine Hand unter Hermines Arm, neigte mich vor und betrachtete den hübschen farbigen Kupferstich.

Es war ein sehr schönes Kleid. Hochgeschlossen, mit Stehkragen, eng anliegend bis zur Mitte, mit langem, weichfließendem Rock, ohne Fischbein, aber mit zwei Schößchen rechts und links, um die Hüften zu verbreitern und die Taille umso winziger erscheinen zu lassen. Es war das perfekte Kleid für meine Figur.

Das Heft machte die Runde. Sogar die Valerie fand das Modell recht nett.

»Frau Ziermiller«, rief der General und winkte, »her mit Ihnen. Was schlagen Sie vor? Wir brauchen eine Farbe, die zu einer Fuchsstute passt und das schöne schwarze Haar von unserm Mädl hier zur Geltung bringt.«

»Moosgrün«, sagte Lilli Ziermiller, »bester moosgrüner Samt.«

»Und zum Aufputz?«

»Karminrot«, kam es ohne Zögern. »Es gibt eine feste Seide aus Shanghai, die könnt ich in Triest bestellen; damit füttern und paspelieren wir das Kleid. Und ich würde sagen: grüner Reiterhut in Zylinderform, ohne Schleier, etwas nach vorn über die Stirn gesetzt und das Haar zu einem Knoten im Nacken, mit Betonung auf edel. Kein Firlefanz. Was hält man davon?«

»Hervorragend!«, dröhnte der General. »Hier spricht die Expertin … Samt und Seide … nehmen Sie das Beste vom Besten, wir Ungarn lassen uns nicht lumpen. Wenn wir Husaren etwas tun, dann nur mit *Paprika*.«

»Also telegrafier ich heut noch um die Stoffe?«

»Aber gern, von mir aus sofort.«

»Und dürft ich vorschlagen … Wir sollten vielleicht eine Puppe ausstopfen lassen, nach den Maßen von dem Fräulein. Sie muss jeden Tag trainieren, hab ich gehört. Das spart ihr viel Zeit.«

Eine Puppe? Hörte ich recht? Eine Minka-Puppe im Schneidersalon. Jetzt stieg ich auf in der Welt.

»Puppe ist bewilligt«, dröhnte der General, »und wann wird das Kunstwerk fertig? Gemeint ist das Kleid.«

»Um den zehnten August herum. Vorher kann ich nichts versprechen. Wir haben drei große Abendroben für den Kaiserball, und dann arbeiten wir Tag und Nacht am Brautkleid vom Fräulein Justine, das wird jetzt grad bestickt.« Sie zeigte auf die weiße Hochzeitsrobe, vor der zwei Näherinnen knieten, die winzige Perlen um den Saum applizierten.

»Nichte vom Herrn Erbpostmeister?«

»Jawohl, Exzellenz. Sie macht eine gute Partie. Einen Tischlermeister in Steyr mit einem großen Betrieb …«

»Sehr hübsch, die kleine Justine«, sagte der General ahnungslos, »Eltern auch reizende Leute. Sehr beliebt, das schöne Kind. Warum sie einen schäbigen Zivilisten nimmt, begreift man nicht. Ich hätt gedacht, sie nimmt einen Offizier und wird eine von uns.«

Lilli Ziermiller griff hastig nach ihrem gelben Maßband. Meine Tante und Hermine wechselten alarmierte Blicke.

»Mein Gott, warum?«, rief die Prinzessin Valerie. »Es ist immer dieselbe alte Geschichte …« Aber weiter kam sie nicht.

»Bitte um Verzeihung, nur, wenn's recht ist, könnt ich gleich mit dem Maßnehmen beginnen.« Lilli Ziermiller winkte mir, und ich stand auf. »Wie eng soll denn die Mitte von dem Reitkleid sein?«

»Dass ich sie mit den Händen umspannen kann«, rief der General, »am besten so wie gestern Nacht.«

»Das ist viel zu eng«, protestierte Hermine. »Meine Minka soll auch noch atmen können auf dem Ross.«

»Fünfundfünfzig Zentimeter?«, fragte Frau Ziermiller.

»Jawohl!«

»Liebe Lilli«, rief meine Tante, »nähen Sie die Mitte auf fünfundvierzig.«

»So eng? Das ist doch Ihr eigenes Maß, gnädige Frau. Das hat sonst niemand in Enns.«

»Außer meiner kleinen Nichte«, kam die stolze Antwort, »sie hat dieselbe Figur wie ich, und Sie werden es nicht glauben, aber gestern haben wir sie auf vierzig geschnürt. Das ist ein europäischer Rekord.«

»Und sie hat Csárdás getanzt«, rief die Exzellenz, »aber so

streng braucht man beim Reiten nicht zu sein. Ich stimme Ihnen zu, gnädige Frau«, er wandte sich an Tante Juliana, »fünfundvierzig Zentimeter, aber keinen Zentimeter mehr.«

»*Muss* es so eng sein?«, rief Hermine gequält.

»Es muss!«, donnerte der General. »Es gibt nichts Schöneres auf der ganzen weiten Welt als ein Weib mit Wespentaille auf einem Ross.«

»Also gut.« Hermine gab auf. »Ich bin schon froh, wenn's kein republikanisches Bauschkleid wird.«

»*Was* hört man da?«, rief der General genüsslich. »Haben Sie *republikanisch* gesagt? Haben die Damen wieder politisiert, ja? Dann kann ich Sie beruhigen, liebste Hermine. Österreich wird nie eine Republik.«

»Wer sagt denn das?«, rief die Valerie, wie ich befürchtet hatte. »Können Sie in die Zukunft sehn?«

Und schon ging es wieder los, diese ewige Streiterei. Der General gab nämlich auch nie nach: »Zu Ihrer Information, es gibt nur drei Republiken auf der Welt: die winzige bockige Schweiz, die Halbwilden drüben in Amerika und die fuchtigen Franzosen, und glauben Sie mir – die halten sich alle nicht lang.«

»Warum denn nicht?«, empörte sich die Valerie.

»Das sind nur *Experimente*! Die schwächste aller Staatsformen ist die Republik. Ein Volk ohne Kaiser ist wie ein Rumpf ohne Kopf. Das hat keinen Schwung. Keine Kraft. Da fehlen die großen Ideen ...«

»Aber nicht in Frankreich. Dort will man noch dieses Jahrhundert ... das erraten Sie nie ... Was glauben Sie, was man dort plant? Den höchsten Turm der Welt will man bauen – in Paris.«

»Höher als unser Stadtturm?«, fragte Frau Ziermiller. »Der ist fünfundsechzig Meter hoch.«

»Fünfmal so hoch. Über dreimal hundert Meter.«

»Fünfmal der Stadtturm? Liebe Valerie, bist du sicher? Das klingt nach Größenwahn.« Hermine schüttelte den Kopf.

»Die haben einen genialen Ingenieur«, fuhr die Valerie unbeirrt fort, »Eiffel heißt der. Der baut nicht aus Stein, sondern aus Eisen.«

»Pfui! Ein eiserner Turm in Paris. Das ruiniert die ganze Stadt.«

»Der baut die unglaublichsten Sachen, der Eiffel. Brücken, Viadukte – von einer Eleganz, das hat die Welt noch nicht gesehn.«

»Hören Sie, meine Liebe«, sagte der General gönnerhaft, »Ihr Genie, dieser Eiffel, wie will denn der seinen Turm verankern, damit er nicht umfällt? Dreimal hundert Meter hoch? Da müsste er dreihundert Meter in die Erde bohren für das Fundament. Wer zahlt denn das? Ich prophezeih ... das wird ein ganz monströser Palawatsch. Der zweite Turmbau zu Babel, falls das überhaupt was wird ... Das ist das Ende Ihrer heiß geliebten Republik. Das heißt, der Turm ist gar nicht nötig. Alle Republiken sind zum Untergang verdammt. Ich sag Ihnen auch, warum.«

»Warum?«

Zoltan von Borosy lächelte süffisant. »Weil eine Republik keinen Krieg gewinnen kann.«

»Soooooo?«, rief die Valerie. »Das hab ich noch nie gehört.«

»Glauben Sie einem Feldherrn, Sie Rebellin! In einer Republik geht die ganze Kraft nach innen, wo sich die Parteien zerfleischen. Und für außen, für einen Krieg ist keine Kraft mehr da. In fünfzig Jahren gibt's keine einzige Republik mehr. Das kleine Fräulein hier erlebt es noch. Frankreich und die Schweiz werden wieder Königreiche sein. Amerika kehrt in den Schoß von England zurück. Und jetzt auf zu frischen Taten! Politik ist nichts für die Weiblichkeit. Das goldene Vogerl hier« – er sah lächelnd zu mir auf –, »dem ist schon fad. Frau Ziermiller, nehmen Sie Maß. Und dann, presto presto. Gabor, du begleitest die Damen zum Handschuhmacher. Und zum Stiefelanmessen. Wir brauchen die feinsten, gestrickten Gloves, dreißig Paar, schneeweiß ...«

»Kein Leder?«, rief Hermine überrascht.

»Leder ist zu glatt. Da rutschen die Zügel. Gestrickt ist besser. Da hat man mehr Gefühl.«

»Aber sie ruiniert sich ihre Hände!«, rief Tante Juliana besorgt.

»Nicht, wenn sie drei Paar übereinanderzieht wie unsere schöne Kaiserin. Gabor, neun Paar müssen übermorgen fertig sein. Und wenn die Damen nicht zu müde sind, begleitest du sie hinunter in die Kaserne zum Reitstall und stellst ihnen unsere kleine Adda vor. Unser Mädl hier wird sehn«, seine schwarzen Tartarenaugen waren plötzlich voll Gefühl, »die Rösser sind keine Ungeheuer, sondern die liebsten, vierbeinigen Kameraden, die es gibt. Und jetzt verlass ich Sie mit dem größten Bedauern ...« Ächzend erhob er sich.

Ächzend deshalb, weil er nicht ausgeschlafen war. Der General hatte nämlich noch weitergefeiert, gestern Nacht, nachdem wir längst gegangen waren. Ich hatte seinen dröhnenden Bass noch ziemlich lang bis hinauf in mein Zimmer gehört.

Die andern erhoben sich ebenfalls.

»Bedank dich«, flüsterte Hermine.

»Ich bedanke mich für Ihre Güte«, sagte ich, ließ Lilli Ziermillers Hand los und knickste tief.

»Nicht mehr knicksen«, rief die Exzellenz. »Das ist vorbei. Jetzt kommen bessere Zeiten. Jetzt wird sie eine von uns. Es war mir ein Vergnügen, meine Damen. Küss die Hände allerseits. Prinzessin, meine Verehrung. Frau Ziermiller: *citius. Altius. Fortius.* Das heißt: schneller, höher, weiter. Nähen Sie uns ein Jahrhundertkleid, damit wir stolz sein können auf Sie.«

»Das werde ich, Exzellenz.«

»Gabor, ich speise im *Schwarzen Adler* um halb zwei. Du erstattest mir Bericht, wie's gegangen ist mit den Pferderln und unserm Putzi hier ...«

Er neigte kurz das Haupt, lächelte mir zu, und mit schweren Schritten, aber tadelloser Haltung entfernte er sich.

KAPITEL X

Es gibt Tage, die beginnen verheißungsvoll – und das Ende ist dann katastrophal. Dieser Mittwoch, der 14. Juli 1875 war einer davon. Ich ging weinend zu Bett. Doch ich erzähle am besten von Anfang an.

Als wir den Modesalon verließen, die Sonnenschirme öffneten und uns verabschiedeten von Stani, meiner Tante und der Valerie, war die Welt noch heil. Und Gabor, der keine zwei Worte gesprochen hatte in Gegenwart seines Herrn Papa, wurde plötzlich ein anderer Mensch. Er überhäufte mich mit Komplimenten beim Handschuhmacher, nie hätte er so zierliche, weiße Händchen gesehn. Und nach dem Stiefelanmessen (bei dem er draußen warten musste) schlug er tatsächlich vor, den ganzen Weg zur Kaserne zu Fuß zu gehn. Das war gewagt!

Damen nämlich gingen niemals zu Fuß, außer kurze Wege in der Stadt. Man fuhr überallhin mit der Kutsche. Doch zu meiner größten Verblüffung sagte meine Gouvernante: »Ja.« Obwohl sie zu viel gegessen hatte, gestern beim Souper. Und in diesem Fall Bewegung *absolut zu meiden* ist. Der Körper braucht Ruhe zum Verdauen. In der Wiege hatte ich das schon gelernt.

Es war der erste Spaziergang meines Lebens. Und die Füße taten mir sehr bald schon schrecklich weh. Die Schuhe drückten an den Fersen, das Mieder stach, aber ab und zu begegnete ich Gabors Blick … diese schönen, blauen Augen … und schon schien ich mich vom Boden zu lösen und über der staubigen Straße zu schweben. Nein, diese Liebe! *Das* war eine Kraft!

Gabor, wie gesagt, sprühte vor guter Laune, und er amüsierte uns halb tot mit Geschichten aus der Militärakademie. Am Schluss erzählte er noch von einem gewissen Leutnant Kossanik, der neu war in Enns und mit seinen Männern nicht zurande kam. Er war nämlich grob, ordinär, ritt wie ein Schwein und war beim ersten »Marsch-Marsch-Hurraaa …« vom Ross gestürzt und hatte sich die Stiefel mit dem Säbel durchbohrt.

»Marsch-Marsch-Hurra« ist das Zeichen zum Angriff, erfuhren wir. So beginnt eine Reiterattacke gegen den Feind, mit der blanken Waffe in der Faust.

»Und seither kursiert der Witz in der Schwadron«, sagte Gabor, »im nächsten Krieg wird der Kossanik als Geheimwaffe eingesetzt.«

»Wieso denn das?«, rief Hermine erstaunt.

»Weil … denken Sie sich nur, man bläst das Signal. Unsere Kavallerie prescht nach vor, und allen voran schießt der Kossanik durch die Luft, Kopf voran, wie aus einer Haubitze … Krieg gewonnen. Weil der Feind vor Lachen niederbricht.«

Ich lachte laut auf – aber nur, weil mich gerade keiner sah. Eine Dame lacht nämlich nicht laut in der Öffentlichkeit, das ist ordinär. Man lächelt nur mit geschlossenem Mund, was ich tat, sowie uns jemand entgegenkam. Doch der Weg war ein reines Vergnügen. Hinaus aus der Stadt, dann nach rechts, dann unter hohen, schattigen Bäumen zur Kaserne (alle Straßen Österreich-Ungarns waren prachtvolle Alleen), und als wir ankamen am Ziel, stellte ich fest: Die Liebe hatte noch etwas bewirkt. Meine Panik vor Pferden war weg – jetzt hatte ich nur noch Angst.

Hinein in den Reitstall!

Und nun kam die Überraschung: Der Reitstall war eine Pracht. Hoch, weit, luftig, sonnig, blitzsauber, ein echter Pferdepalast. Schwalben flogen durch die Fenster aus und ein und hatten Junge im Nest.

So hatte ich mir das nicht vorgestellt.

Das sah ja direkt gemütlich aus.

Und sooo groß waren die Rösser auch wieder nicht.

Gabor war in seinem Element.

Noch nie hatte ich ihn so glücklich gesehn. Er ging von Ross zu Ross, kannte jedes beim Namen, und jedes bekam ein Geschenk: ein Stück vom Zuckerhut.

»Jetzt zeig ich Ihnen etwas Besonderes«, sagte er dann geheimnisvoll, nachdem er mindestens zwanzig Pferde wie alte Freunde begrüßt, geküsst und abgeklopft hatte, »den berühmten Hades. Haben Sie schon von ihm gehört?«

»Ich schon«, sagte Hermine, »aber meine Minka nicht. Also, erzähl.«

Gabor blieb vor einem königlichen Rappen stehn, der sofort vor Freude zu wiehern begann.

»Er gehört meinem Onkel, dem Regimentskommandanten. Seit ich ein Kind bin, kenne ich ihn schon. Wissen Sie, wie alt er ist? Raten Sie.«

»Fünfzehn Jahre«, sagte ich.

»Nein.«

»Älter oder jünger?«

»Älter.«

»Zwanzig? Nein? Fünfundzwanzig? Auch nicht?« Langsam kam ich mir dumm vor. Aber Gabor strahlte mich an. »Nur weiter. Sie erraten's gleich.«

»Dreißig? Wieder falsch? Fünfunddreißig?«

»Fünfunddreißig! Stimmt! Und sehen Sie her. Er ist völlig frei. Er ist nämlich hier herinnen *die* Respektsperson. Wenn zwei Rösser streiten, wenn sie keinen Frieden geben in der Nacht, wissen Sie, was er dann tut?«

»Ich weiß es nicht.«

»Er benimmt sich wie ein Offizier im Dienst. Er bäumt sich auf, marschiert hin, sagt seine Meinung, und Ruhe ist im Stall! Es ist nicht zu fassen. Aber alle gehorchen ihm. Amüsant nicht? Auch die Tiere haben einen Chef.«

»Hoffentlich kommt er nicht heraus«, sagte ich und wich zurück. Dieser Hades war unsagbar groß.

»Keine Angst.« Gabor stellte sich schützend vor mich hin, während das Riesenpferd mit sichtlichem Genuss und erstaunlichem Krach sein Zuckerstück zermalmte. »Er tut Ihnen nichts. Aber eines sag ich Ihnen gleich: Stellen Sie sich niemals, *niemals* hinter ein Ross. Pferde sind ängstlich. Schreckt sie etwas, schlagen sie aus. Das kann tödlich sein. Also, niemals hinter ein Ross stellen. Auch hinter die Adda nicht. Das ist die goldene Regel Nummer eins. Davon hängt Ihr Leben ab.«

»Das merkt sie sich schon«, versicherte Hermine. »Genauso wie sie nicht vergisst, dass sie leise reden muss in einem Stall.«

»Alles, nur kein Geschrei«, bestätigte Gabor. »Die Rösser

mögen souveräne Menschen. Unser Bursche, der Puka, strömt eine Ruhe aus, sagenhaft ist das. Er sitzt auf dem Zeus, Pfeife im Mund, rechts führt er die Adda, links den Apoll durch das größte Gewühl in der Stadt, und die Tiere gehn mit, seelenruhig und fürchten sich nicht. Also immer ganz freundlich sein und sanft. Keine Hektik, keine Hast, reden mit den Rössern wie mit einem kleinen Kind, mit liebevoller Bestimmtheit. Das ist die goldene Regel Nummer zwei.«

In der Tat herrschte angenehme Stille im Stall, ab und zu von leisem Schnauben unterbrochen. Wir waren auch auf Zehenspitzen hereingehuscht, durch zwei doppelt gepolsterte Türen, die den Lärm abschirmten von der Außenwelt. Auch *vor* dem Reitstall musste immer Ruhe sein. Das war eisernes Gesetz bei der Kavallerie.

»Wir sind alle Pferdenarren, hier in Enns«, meinte Gabor und wandte sich lächelnd nach mir um. »Vielleicht gewinnen wir in Ihnen ein neues Mitglied, gnädiges Fräulein? Was meinen Sie?«

Ich wurde rot.

Ich meinte das nämlich keinesfalls – obwohl mir die Adda sofort gefiel. Sie war ein bildschönes Tier, nicht zu hoch, perfekt proportioniert, eine echte *beauté* der Pferdewelt, mit glänzendem, kastanienbraunem Fell, schwarzer Mähne und schwarzem Schweif. Sie hatte auch fröhliche, intelligente Augen, und als sie uns sah, fletschte sie weder die Zähne noch bäumte sie sich auf. Nein, sie begrüßte Gabor und Hermine mit freundlichem Schnauben und beschnupperte mich dann interessiert.

Was soll ich sagen? Angenehm war es nicht. Der riesige Pferdekopf direkt vor meinem Gesicht, ich war sehr verlockt, in eine reizende Ohnmacht zu sinken, auf den sicheren Boden. Tat es aber nicht. Denn ich hatte kürzlich erst gesehn, wie man einer ohnmächtigen Frau die Miederbänder durchschnitt, um sie vor dem Ersticken zu retten, und plötzlich … war das Weibsbild doppelt so *dick*! Nein, kommt nicht infrage. Stehn bleiben und tapfer sein. Aber die Augen machte ich zu.

Gabor lachte: »Keine Angst! Die Adda tut Ihnen nichts.

Sagen Sie ihr doch was Liebes. Machen Sie ein Kompliment. Nicht wahr, Adda? Komplimente hast du gern. Was sagst du zu dem schönen Fräulein, das ich dir da bringe? Ja, die gefällt dir. Wem gefällt sie nicht … halt!!! Loslassen. Kleines Luder! Das geht zu weit!«

Ich riss die Augen auf und sah, wie Gabor die Krempe meines weißen Strohhutes aus Addas Zähnen befreite. Doch was nützte das? Jetzt interessierte sie sich für mein Schultertuch. Gleich beißt sie mich in den Hals, dachte ich. Schon waren meine Augen wieder zu. Ich fühlte Addas samtige Nüstern auf meiner Haut. Dann ihren warmen Atem, stoßweise, wie aus einem Blasbalg … ein ungewohntes Gefühl … direkt angenehm …

»Streicheln«, befahl Gabor, »hinter den Ohren. Das hat sie gern. Und bitte, sagen Sie ihr endlich etwas Liebes, sonst glaubt sie nämlich, Sie sind stumm.«

»Brave Adda, schöne Adda«, flüsterte ich blinzelnd, mit versagender Stimme. Streicheln war zu viel verlangt.

»Und jetzt geben Sie ihr ein Stück Zucker.«

Sofort hob das Ross den Kopf.

»Sie offerieren es auf der ausgestreckten Hand! Nicht die Finger krümmen. So ist es perfekt. Sehn Sie, wie sie das nimmt? Ganz vorsichtig. Und wenn sie Ihre Finger zwischen die Zähne kriegt, die Adda beißt Sie nicht. Ja, meine Adda. Meine Prinzessin, mein Herz, mein Goldschatz …« Aus den Augenwinkeln sah er her zu mir, »meine kleine Geliebte. Mein Augenstern.«

Ich wurde dunkelrot. Das war eindeutig an mich gerichtet – nicht an das Pferd.

»Jetzt müssen Sie sie aber berühren«, sagte Gabor dann ganz sanft, »mir zuliebe. Versuchen Sie es. Sie müssen uns vertrauen, der Adda und mir. Jedes Tier braucht Zärtlichkeit, genau wie jeder Mensch. Und jetzt sag ich Ihnen die goldene Regel Nummer drei, die wichtigste: *Niemals* gibt ein Ross sein Bestes aus Angst, aber es tut alles für Sie – aus *Liebe*!«

Da legte ich die Hand auf den glänzenden, warmen Pferdehals. Gabors Hand lag direkt daneben. Und obwohl wir beide

Handschuhe trugen, war mir, als hätte ich Feuer berührt. Ich wurde wieder rot, was Hermine nicht entging. Gott sei Dank schrieb sie es meiner Angst vor Pferden zu.

»Aber Minka«, sagte sie liebevoll und fasste mich um die Mitte, »ist es wirklich so schlimm? Stell dir vor, die Adda ist ein großer Hund. Hunde magst du doch so gern. Der Atlas, der Lieblingshengst von meinem Bruder Fritz, ist ihm überallhin nachgelaufen, wie ein Dackel, so zahm war der. Hätt man ihm die Tür aufgemacht, er wär glatt hineinspaziert in den Salon.«

»Ganz richtig«, sagte Gabor, »außerdem sind Tiere treuer als der treueste Mensch ... das heißt, manche Menschen können das auch, treu sein bis in den Tod ...« Wieder folgte ein verstohlener Blick aus seinen schönen Augen, dass mir ganz schwach wurde in den Knien. »Und ich stelle fest: Die Adda hat Sie gern. Wir gewinnen die Wette. *Viribus unitis* – mit vereinten Kräften schaffen wir das.«

Und wie, dachte ich in Euphorie. Wenn der Kaiser mit *viribus unitis* (das war nämlich sein Wahlspruch) sein gewaltiges Reich regieren kann, vom Riesengebirge bis zur Adria, von Bessarabien bis zum Bodensee, dann kann ich auch mit Gabors Hilfe Reiten lernen im schönen Enns.

Doch am selben Abend noch sah alles anders aus.

Jetzt kommt der Grund, warum ich weinend schlafen ging, und ich fasse mich kurz – er hieß Reiterjargon. Es war nicht Gabors Schuld, sondern die des Generals, und man wird gleich hören, wie es dazu kam.

Die Winterreitschule in der neuen, oberen Kaserne der Kavallerie ist die größte und schönste in der ganzen Monarchie. Ehrfurcht senkt sich herab, sowie man sie betritt. Nur, das vergisst man sofort, wenn man ein Pferd besteigen muss, zum ersten Mal im Leben, ein Ross, das man kaum kennt, und wenn man sich auf diesem Vieh behaupten soll, mutterseelenallein – unter dem strengen Tartarenblick eines berühmten Reiters und Husarengenerals.

Das heißt, anfangs waren wir nicht allein. Im Gegenteil! Alles war herbeigeeilt, um meine ersten Versuche zu bestaunen: Attila Nagy, der wieder aussah wie ein hungriger Wolf, Graf

Sandor mit Hausgästen aus Schloss Ennsegg, völlig Fremden! Natürlich auch die Prinzessin Valerie mit Hauptmann Schiller, von Tante Juliana und Hermine ganz abgesehn. Und Gabor war wieder kühl und sachlich wie immer in Gegenwart seines Herrn Papa.

Doch die größte Enttäuschung war: Gabor half mir nicht auf die Adda. Der General machte das. Er streckte die Hand aus, ich musste meinen Fuß hineinstellen, und dann hob er mich hoch, als hätt ich überhaupt kein Gewicht. Das Aufsitzen ging recht gut. Doch ich hatte mich so auf Gabor gefreut, auf seine Berührung. Seine Nähe. Aber Gabor hielt nur die Longe.

Unglücklich saß ich oben, in einer seltsam nach links verdrehten Stellung, und hielt Balance. Leicht war es nicht. Stoß folgte auf Stoß, ich wurde geschüttelt, dass mir alles verging. Und dieser Damensattel. So hart!

Außerdem fühlte ich mich abgrundtief hässlich in dem alten, kaffeebraunen Reitkleid aus der Theatergarderobe, einen schwarzen Fächer am Handgelenk und einem flachen, braunen Hut auf dem Kopf, Marke Flade, der meine schöne Frisur verbarg. Ich war auf fünfzig Zentimeter geschnürt. Und obwohl ich mich nicht allzu schlecht fühlte auf Addas Rücken, hatte ich doch Angst so hoch über dem sicheren Grund, während die andern lachten und scherzten und sich ihre ersten Reitstunden erzählten, als wäre ich gar nicht da.

Der General ließ den Blick nicht von mir. »Sie sitzt nicht schlecht«, sagte er dann, »aber sie ist zu verkrampft. Sie fürchtet sich ohne Grund. Gabor, kläre das Herzi auf.«

»Jawohl, Papa. Fräulein Hübsch, hören Sie bitte zu. Bei einem Herrensattel rutscht man sehr leicht ab. Aber Sie haben die gepolsterte Gabel zwischen den … zwi … will sagen, *vor* sich. Und an dieser Gabel halten Sie sich *fest*.«

Ich senkte den Kopf. Einen entsetzlichen Moment lang hatte ich befürchtet, Gabor würde zwischen den … man weiß schon, sagen. Das hätt ich nicht überlebt. Eine Dame *hat* keine … ja, aber offensichtlich wusste man das in Ungarn auch.

»Jawohl!«, dröhnte der General. »Festhalten an der *Gabel*.

Und lächeln. Glücklicher Gesichtsausdruck, und wenn man Sie in Stücke haut.« Dann wandte er sich an die Zuseher.

»Meine Herrschaften, so geht das *nicht*. Jedes Wort stört. Ich brauche absolute Ruhe. Ich muss Sie bitten, verlassen Sie uns. Hermi-Nèni, das gilt auch für Sie.«

»Ich will aber nicht!«, rief Hermine empört.

»Sie sind beurlaubt. In fünfzig Minuten kommen Sie zurück und holen ihr Mäderl ab. Keine Sekunde früher. Das ist ein Befehl.«

Dieser Ton duldete keinen Widerspruch. Man verabschiedete sich mit frohen Sprüchen und Glückwünschen, und Attila warf mir sogar eine Kusshand zu. Trotzdem sank mein Mut. So gern ich mit Gabor ganz allein gewesen wäre, er *und* sein Papa *ohne* Hermine, das gefiel mir nicht. Ich wusste plötzlich ganz genau – etwas Schreckliches würde geschehn.

Tatsächlich!

Kaum verschwand Hermine aus meiner Sicht, verlor ich das Gleichgewicht und kippte seitlich nach rechts zurück, sodass ich plötzlich wie ein Postsack quer über Addas Mitte lag. Mein Kopf hing nach unten. Ich verlor meinen Hut. Meine schöne Frisur löste sich auf, meine langen, schwarzen Locken streiften den Sand. Nur mit letzter Kraft hielt ich mich am Sattel fest.

»Hilfe!!!«, rief ich halb erstickt, »Hilfe … bitte … Hilfe …«

»Sie sieht aus wie eine geraubte Sabinerin«, meinte der General genüsslich. »Ehrlich gesagt, ein reizendes Bild.« Dann gab er Gabor ein Zeichen, die Adda blieb stehn, und er richtete mich höchstpersönlich wieder auf.

»Bitte um Vergebung«, sagte ich atemlos, »aber ich glaub, mir fehlt die Kraft zum Reiten. Ich krieg jetzt schon keine Luft. Wie … soll … das weitergehn?«

»Wenn ich einen Vorschlag machen darf« – Gabor hob meinen Hut auf und reinigte ihn vom Sand –, »Papa, Sie gestatten? Fräulein Hübsch, ich schlage vor, Sie verzichten während des Trainings auf ihr Folterinstrument, ich meine, Verzeihung – das Korsett. Ich könnte auch nicht reiten lernen, in dieser kurzen Zeit, mit einer Fischbeinzange um den Leib.«

Ich erbleichte. Kein Mieder? Meine eng geschnürte Taille

war das einzig Schöne an diesem hässlichen, braunen Kleid. Darauf verzichten? Damit er sah, wie flach ich eigentlich noch war? Nur über meine Leiche. Niemals würde ich mich vor dem General und Gabor ohne Mieder zeigen, das stand fest.

Zoltan von Borosy sah zweifelnd auf seinen Sohn. Richtete zärtlich die Falten von meinem Rock und strich mit einer seltsam rührenden Bewegung meine langen Locken zurück, die jetzt frei über meine Schultern fielen, bis weit über meine Mitte. »Lass sie in Ruh«, brummte er dabei, »merkst du nicht, dass sie nicht will?«

»Aber, Papa, gnädiges Fräulein, es wäre viel gesünder …«

»Gesünder? Darauf kommt es doch nicht an. Das interessiert kein Weib. Die Weiblichkeit will schön sein, und wenn es sie *umbringt*. Wenn es Mode wird, hämmern sie sich Nägel in die Knie. Ohne Korsett! Wie kannst du so einen unsäglich dummen Vorschlag machen. *Nota bene*, Gabor, du hast keine Ahnung vom schönen Geschlecht, also halt den Mund.«

Gabor schwieg, und ich sah krampfhaft zu Boden.

Ich war durchschaut!! Aber besser, als das Mieder ablegen zu müssen! Die Adda setzte sich wieder in Bewegung. Ich hielt mich stumm an der Gabel fest und schwor, dass mir das nie wieder passieren würde! Auf – ab! Auf – ab! Gott hat den Rücken der Pferde nicht zum Sitzen gemacht. Diese ewigen Stöße. Unterwärts war ich sicherlich schon blau. Außerdem wetzte der Sattel zwischen … man weiß schon, wo.

Der General beobachtete mich gespannt. Dann stolzierte er zu seinem Sohn, sagte etwas auf Ungarisch, das ich nicht verstand, und kam wieder zurück zu mir.

»Was ist denn das für ein leidendes Gesicht?«, rief er plötzlich in völlig verändertem Ton – es klang direkt feindlich. »Wenn einer Grund hat zum Beleidigtsein, dann ist es mein Pferderl hier. Ein Damensattel ist schwer, das Gewicht ist nicht gleichmäßig verteilt, eine Belastung ist das für das Tier. Und trotzdem geht sie so brav, meine Adda, und bockt nicht, Teufelsmäderl. Gabor. Schläfst du? Presto. Presto. Schneller! Schneller. Tempo. Da fehlt der Paprika.«

Adda beschleunigte ihren Schritt, und ich hielt verzweifelt

Balance. Auf – ab! Auf – ab! Was ist, wenn ich falle? Heiße Angst stieg in mir hoch.

»Nicht verkrampfen!«, dröhnte Zoltan von Borosy im Kasernenton. »Immer locker. Nicht kreuzhohl. Ruhig und gelassen. *Hineinwachsen* in das Ross!«

Wie wächst man hinein? In ein Ross? In die Verlegenheit war ich noch nie gekommen.

»Hört Sie nicht?«, schrie der General, dass es durch die ganze Halle dröhnte. »Sie soll hineinwachsen in die Adda. Gottverflucht! Hinein in das Pferd! Ross und Reiter sind ein Fleisch, ein Blut! Und zum hundertsten Mal, nicht verkrampfen das Potscherl! *Offen* das Gesäß!«

Ich wurde kreidebleich. Eine anständige Frau hat kein … kein … war das unbekannt? In den luftigen Höhn der Generalität?

»Nicht zusammenzwicken das *Hinterteil*!!«, tobte Zoltan von Borosy. »*Of*–fen! *Lok*–ker! *Rhyth*–mo! *Schwe*–ben! Ist Sie taub? Was hat Sie denn? Die Mimose? Schockiert Sie mein Jargon? Das gewöhne Sie sich ab. Aber sofort! Wir Ungarn nennen die Dinge beim Namen. Sie sitzt auf Ihrem *Hintern*, und geritten wird mit offenem *Arsch*!«

Vor Entsetzen vergaß ich zu atmen. Jetzt war es geschehn! Noch nie in meiner ganzen Existenz hatte ein männliches Wesen in meiner Gegenwart solche Worte gebraucht. Ich war aufgewachsen in einer Welt, die aus Scham Tischbeine verhüllt und Klavierfüße unter schweren Decken versteckt. Und jetzt das??! Vor meinem Gabor? Meine Augen brannten plötzlich wie Feuer. Die Reithalle verschwamm.

»Was zum Teufel …«, dröhnte die Exzellenz. »Wie? Tränen? Also, das geht nicht! Wer reiten will, weint nicht. Haltung, mein Fräulein! Gerade sitzen. Besen verschluckt. Schultern zurück. Mund zu. Was ist denn jetzt wieder los? Nicht die Ellbogen spreizen. Ist Sie ein Windrad? Die Ellbogen gehören eng an den Leib. Morgen bringt Sie zwei Bücher mit. Wozu, wird später erklärt. Halt!! Warum schaukelt Sie so? Ruhiger Oberkörper! Grässlich, diese Schaukelei! Ist Sie ein Hampelmann? Und jetzt hört Sie mir gut zu: Schluss mit dem gekränkten Mopsgesicht. Da vergeht einem ja die Lust. Schneller, Gabor. *Mehr Paprika*. Tempo. Tempo … Zum Einschlafen ist das.«

Blutübergossen saß ich im Sattel. Dann ein verstohlener Blick zu Gabor: Er schüttelte kaum merklich den Kopf. Seine schönen Augen waren voll Mitgefühl. Er litt mit mir.

Sofort kam meine Kraft zurück. Ich richtete mich kerzengerade auf – Besen verschluckt –, verbiss die Tränen und wartete auf den glückseligen Moment, wo er sich zurückziehn würde, der General. Immerhin, Gabor war mein Lehrer. Es war seine Wette. Doch ich wartete umsonst.

Zoltan von Borosy stand felsenfest neben seinem Sohn, und da blieb er, mit grimmiger Miene. Keine Sekunde ließ er uns allein. Beißende Kritik prasselte auf mich herab, bis ich nicht mehr wusste, worauf ich mich konzentrieren sollte. Inzwischen tat mir alles weh: Der Rücken, die Schultern, der Magen, der Kopf, und die unaussprechlichen Körperteile schmerzten am meisten. Wer hätte gedacht, dass Reiten so furchtbar war? Noch nie in meinem ganzen Leben hatte ich mich so elend gefühlt. Ich wollte nur noch eins: herunter von der Adda, heraus aus dem Mieder, hinein in mein weiches Bett – doch davon konnte keine Rede sein. Noch eine Runde. Und noch eine!

Und gerade als ich dachte: ich *kann* nicht mehr, ich lasse mich einfach fallen, dann muss man aufhören mit der Tortur, rief der General: »Genug!«, gab Gabor ein Zeichen, und die Adda blieb gehorsam stehn.

»Teures Fräulein, nun kommt der große Moment! Zum ersten Mal in Ihrem Leben kriegt Sie jetzt die Zügel in die Hand«, und er lachte wie über einen verbotenen Scherz, »also, aufgepasst!« Er erklärte kurz, wie die Adda zu führen sei, und setzte dann hinzu: »Besonders wichtig ist die *leichte Hand*. Daran erkennt man, ob ein Reiter Talent hat oder nicht. Die Zügel hat man locker im Griff. Händchen aufstellen. So. Gerade. Wie zwei Glas Wasser. Nicht schief!! Wie zwei Glas *Wasser*! Hört Sie schlecht? *Aufstellen* die Patscherl! Und jetzt hopp und ab!«

Die erste Runde glückte. Doch dann ließ ich die Hände sinken, nur den Bruchteil einer Sekunde, und schon brachen wieder die Furien los.

»Wollen Sie mein Pferd erwürgen? Wie? Nicht auf den Hals der Adda *drücken*! Merken Sie sich das fürs Leben: niemals Gewalt! Leicht, die Hand. Die Hand muss schweben. Nur anlehnen die Hand auf das Fell, wie auf einen heißen Kachelofen. Kapiert? Das ist die berühmte Kachelofen-Theorie. Wie?? Kennen Sie nicht?? Die *Kachelofen-Theorie*?! Noch nie davon gehört? Unbegreiflich. In Österreich lebt man tatsächlich hinter dem Mond. In Ungarn kennt das jedes Kind im Schlaf.«

So ging es dahin – eine Ewigkeit, wie mir schien. Nichts war gut genug für den General. Und wagte ich zu fragen, hieß es »*Silentium!* Hier spricht nur einer. Und der bin ich!« Dass ich die Stunde überlebte, verdankte ich nur Gabors Gegenwart. Endlich, endlich war die Qual vorbei.

»Das genügt! Absitzen!«, rief der Herr Baron und half mir von Addas Rücken. Mit zitternden Knien stand ich im Sand. Ich wagte nicht, Gabor anzusehn. Er war sicher entsetzt von meinem Untalent. Das war meine erste und letzte Reitstunde. Ich hatte versagt.

In dem Moment kam Hermine zurück, sehr besorgt, ob ich mir nicht schon alle Knochen gebrochen hätte. Es war auch höchste Zeit. Noch nie war ich so froh gewesen, sie zu sehn.

»Ja, aber … was ist denn passiert mit deiner Frisur?« Erschrocken musterte sie mich von Kopf bis Fuß. »Um Gottes willen, Kind. Bist du gestürzt?«

»Nein, nur fast. Aber mir tut alles weh.«

»*Pauvre petite.*« Hermine tätschelte meine Wange, legte ihren Arm um mich und wandte sich an die Herren: »Wie ist es gegangen? Nicht zu schlecht?«

»Die Adda hat's überlebt«, war die knappe Antwort des Generals, »aber das Kind, ich meine, Ihr Herzerl hier, verträgt kein ernstes Wort. Die haben Sie zu sehr verzärtelt, meine Liebe, in Wien, bei diesem Fes-Fabrikant!«

»Der Fes-Fabrikant ist kein Husarengeneral«, rief Hermine hitzig und ließ mich los. »Der schreit nicht herum wie auf dem

Exerzierplatz. Ich hab zugehört, vorhin, wie ich hereingekommen bin. Sie brüllen und toben, meine Minka ist schließlich kein Rekrut!«

»Leider«, konterte die Exzellenz und klopfte zärtlich auf Addas Hals, »wenn sie einer wäre, könnte man ordentlich brüllen. So beißt man sich ständig auf die Zunge, damit man das zarte Gemüt nicht verletzt.«

Ich legte den Kopf auf Hermines Schulter. Wenn sie wüsste, welche Worte man mir ins Gesicht geschleudert hatte! Leise begann ich zu schluchzen. Hermine streichelte beruhigend mein Haar.

»Ein Reiter weint nicht«, kommentierte der General und fütterte Adda mit Zucker. »Ein Mann mit Reitergeist kennt keinen Schmerz.«

»Sie ist aber kein Mann«, sagte Hermine gereizt, »sie gibt ihr Bestes, begreift ihr das nicht? Ich schlage vor, wir beenden das Experiment.« Sie ging zu Gabor, nahm ihm meinen Hut ab, den er die ganze Stunde hindurch in der linken Hand gehalten hatte, zog eine lange Nadel aus ihrem seidenen Pompadour und steckte ihn auf meinen Locken fest. »Reiten ist nichts für mein Kind!«

»O doch«, meinte der General mit satanischem Grinsen, »*gutta cavat lapidem!* Steter Tropfen höhlt den Stein. Ich kriege Ihr Putzilein schon hin.«

»Aber nicht auf diese martialische Art! Vielleicht könnte man etwas galanter sein? Der Ton macht die Musik.«

Der General verbiss sich ein Lächeln: »Das hat alles seinen Grund, meine Beste. Echauffieren Sie sich nicht!«

»Welchen Grund, wenn ich bitten darf?«

»Wird Ihnen mitgeteilt, liebste Cousine, sowie das Projekt weiter gediehen ist, nicht wahr, Gabor? Geheimnis muss sein!« Hermine überlegte kurz. »Aber morgen wird einen Tag Pause gemacht. Das Kind braucht Erholung!«

»Da irren Sie sich aber gewaltig.« Der General nickte mir zu. »Morgen fangen wir erst richtig an. Nicht vergessen, zwei Bücher mitbringen.«

»Zwei Bücher?«, rief Hermine. »Wozu?«

»Zwei Bücher! Und pünktlich hier sein, wenn ich bitten darf. Zur selben Zeit.«

Er verneigte sich vor ihr, und seine schrägen schwarzen Augen blickten amüsiert auf sie hinab. »War mir ein Vergnügen. Ich küsse die zarten Händchen. Gabor, komm. Man empfiehlt sich. Adieu.«

»Adieu, meine Damen.« Gabor fasste die Adda am Zügel. Dann legte er blitzschnell Mittel- und Zeigefinger seiner freien Hand an die Lippen und atmete tief ein, als würde er rauchen.

Ich verstand. Eine Nachricht. In der Zigarrenhülse. Unter den Palmen. Ich nickte verstohlen und sah auf Hermine. Sie hatte nichts bemerkt.

Dann lächelte mir Gabor zum Abschied zu. Es war dasselbe vertraute, anbetende Lächeln wie immer. Also verachtete er mich doch nicht ganz? Nun, das war ein Wunder.

Und mit schmerzenden Gliedern, aber halbwegs beruhigt, schritt ich so gut es ging an Hermines Arm dem Tor der Halle zu.

KAPITEL XI

MAN STELLT SIE AUF DIE PROBE. DURCHHALTEN. TAPFER SEIN. OMNIA VINCIT AMOR.

Das waren die Worte, die ich am nächsten Tag unter den Palmen fand. Also war es nur ein Spiel.

Der General war nicht *wirklich* böse, er tat nur so. Er wollte mich nicht *wirklich* kränken, er wollte nur wissen, wie weit er gehen konnte, ehe ich wimmernd niederbrach. Aber warum diese neue Prüfung? Es war doch schon hart genug, meine Panik vor Pferden zu bezähmen und Reiten zu lernen. Verstehe einer die Erwachsenen.

Jedenfalls, ich war vorgewarnt, und die nächste Stunde verlief schon besser. Kaum saß ich im Sattel – Gabor half mir diesmal hoch, und seine Nähe machte mich ganz quirlig, kaum hatte er sorgsam die Falten gerichtet von meinem Reitkleid, das altmodisch lang war und fast am Boden schleifte, klemmte mir die Exzellenz die mitgebrachten Bücher unter die Achseln, eines links, eines rechts, gab mir die Zügel in die Hand und trat erwartungsvoll zurück.

»Bitte vielmals, ich will nicht lästig sein, aber so kann ich nicht reiten«, protestierte ich schwach.

»Stupider Unsinn«, dröhnte der General, »so *muss* Sie reiten. Versteht Sie denn nicht? Die Bücher verhindern, dass Sie die Ellbogen spreizt und sich lächerlich macht vor der ganzen Stadt. Sie ist ja kein Affe im Zirkus. Die Ellbogen gehören eng an den Leib, und es ist besser, Sie gewöhnt sich sofort daran.«

Nun, ich bemühte mich. Aber ab und zu entglitt mir ein Band und fiel in den Sand. Gabor hob ihn auf, reichte ihn seinem Herrn Papa, und dieser schob ihn ausgiebig fluchend unter meine Achseln zurück.

»Schweinehund«, dröhnte er beim dritten Mal, »beiß in den Hurenarsch. Sie kann's noch immer nicht.«

Dann fixierte er mich mit seinen schrägen Augen und lauerte auf meine Reaktion – die nicht kam.

Tränen? Das war vorbei. Die Flüche wurden immer wüster, der Ton immer lauter – ich nahm es mit edler Gelassenheit hin. In der Nacht nämlich hatte ich mir geschworen: Solange ich lebe, wird mich Zoltan von Borosy *nie mehr* weinen sehn.

Gabor nickte mir heimlich zu. Der General grinste. Doch der Ton blieb rau, den nächsten Tag, den übernächsten, die ganze erste Woche wurde ordinär gebrüllt. Und zur geistigen Qual kam die körperliche: *Mir tat alles weh!*

Jede Bewegung war eine Tortur. Jeder Muskel in meinem Körper stach und zog. Nadeln schienen in meinen Armen zu stecken, Messer in meinem Rücken, nie hatte ich mich so schwach gefühlt.

Ich konnte weder sitzen noch liegen, noch gehn, noch gerade stehn – wenn ich mich erhob, stand ich eine Weile bucklig da, den Rücken zu strecken vermochte ich nicht gleich. Dazu kam das Mieder – ich war ein Bündel Elend.

Doch ich war verliebt.

Und hätte Gabor es verlangt, auf einem wilden Tiger hätt ich reiten gelernt.

Deshalb war ich auch pünktlich zur Stelle, Tag für Tag in der Halle, und tat meine Pflicht. Es ging auch bald erstaunlich gut. Ich saß aufrecht im Sattel, Kopf hoch, hielt die Hände wie zwei Glas Wasser und hatte vor dem Fallen weniger Angst. Die Ellbogen lagen automatisch eng am Leib. Der Oberkörper blieb ruhig. Die Schultern waren gerade, und die Kachelofen-Theorie kannte ich im Schlaf. Ich hatte die Adda führen gelernt, rechts mit der Gerte, links mit dem Fuß.

»Nur antupfen, ganz, ganz sacht«, warnte der General, »leicht die Gerte, Margitta, merken Sie sich das! Mein Pferdchen ist kein Verbrecher, der gezüchtigt werden muss. Und fuchteln Sie nicht herum! *Unauffälligst!* Bei einem guten Reiter sieht man nie, wann er die Hilfen gibt. Kommandos müssen unsichtbar sein, als ob das Ross von selber geht.«

Die Adda war meine Rettung. Gott segne sie in alle Ewigkeit. Hundertmal hätte sie mir zeigen können, dass nicht *ich* der Herr war, sondern *sie*! Auch Tiere besitzen Sinn für Humor, und ein flinker Wurf aus dem Sattel – nichts amüsanter als das.

Ein Pferd merkt sofort, wie es um den Reiter steht. Doch die Adda hielt sich zurück. Sie spielte mir keinen Streich, bis ich mich sicher fühlte auf ihrem Rücken. Sie liebte mich aus irgendeinem Grund, und meine Angst vor ihr verschwand.

Ich lernte galoppieren. Es war nicht leicht.

»Nein!!«, stöhnte Gabors Vater tagelang gequält. »Da fehlt der Paprika!«

Doch am Freitag, dem 23. Juli, war es ihm recht, ganz plötzlich, und ein neuer Abschnitt begann.

Wir ritten zum ersten Mal aus, durch die berühmt schöne Au an der Enns entlang, dem glasklaren, grünen, reißenden Gebirgsfluss, der der Stadt den Namen gab. Die Sonne schien, das Wasser roch frisch, und Gabor hatte mir aufs Pferd geholfen und mir tief in die Augen geblickt. Die Adda ging wie von allein, und zum ersten Mal hatte ich das Gefühl, das Schlimmste ist vorbei. Ich werde akzeptiert von den zwei temperamentvollen Herren, ich gehöre dazu.

Und dann kam die Feuerprobe. Wir begegneten nämlich plötzlich Onkel Louis, hoch zu Ross auf seinem Rappen Rio Grande.

Ich hab es schon erwähnt, mein Onkel ritt täglich aus, meist gegen fünf, ehe der Wirbel losging, abends im Hotel. Es war sein einziges Vergnügen, betonte er oft, und er hatte mich noch nie auf einem Pferd gesehn.

Umso erstaunter war er jetzt. Seine Augen leuchteten auf.

»Ja, Minka«, rief er, »das ist nicht zu fassen! Sitzt sie doch tatsächlich im Sattel, stramm wie ein Dragoner, und lächelt und tut, als hätt sie das immer schon gekonnt!«

»Sie kann noch mehr«, rief der General, »mein lieber Louis, die Kleine hat Paprika im Blut. Galoppiert wie ein echtes Puszta-Kind. Wollen Sie es sehn?« Und ohne eine Antwort abzuwarten, verzog er das Gesicht zu einer Furcht erregenden Grimasse, brüllte »Marsch! Marsch! *Hurraaaaaa!*« und stob davon.

Nur keine Schande machen, schoss mir durch den Kopf. Ich gab der Adda das Zeichen, und wir flogen hinterdrein. Wie die wilde Jagd verließen wir die stille Au und bogen in einen breiten Reitweg ein. Wir donnerten dahin, die Bäume rechts und links flitzten vorbei, die Hufe dröhnten auf dem harten Grund. Ich wurde durchgeschüttelt, dass mir alles verging, doch ich hatte uns im Griff. Ich saß im Sattel, und zwar fest. Und als der General nach einer Ewigkeit die Hand hob, gelang es mir problemlos, die Adda zum Stehen zu bringen. Onkel Louis, der uns nachgeritten war, war des Lobes voll. Gabor strahlte vor Stolz, und Zoltan von Borosy musterte mich kurz. »Gut gemacht! *Magna cum laude*«, sagte er dann. »Bravo, Margitta! Weiter so!«

Doch am nächsten Tag hatte er auch beim Ausritt hundert Dinge zu bemängeln, und dann ging es wieder in die Halle, und ich machte nichts mehr richtig, sondern alles falsch!

Dieser Samstag nach dem ersten Lob war der Tiefpunkt meiner ganzen Reiterei. Es war mein elfter Unterrichtstag.

Der General war in schwarzer Laune. Unausgeschlafen, die Augen rot, die Wangen teigig blass, er hatte nämlich wieder einmal durchgefeiert im Separee, die halbe Nacht. Und das Wetter war gewittrig, zum Ersticken schwül, die Luft elektrisch geladen, die Adda zerstreut, ich gab gleich zwei falsche Hilfen, mehr brauchte ich nicht!

»Halt!!!!«, brüllte Zoltan von Borosy, dass die Wände zitterten. »Ist Sie wahnsinnig geworden?« Und er stürmte auf mich zu und riss mir die Zügel aus der Hand. »Um ein Haar hätte Sie meiner Adda die Sporen gegeben. Sie *Bestie*. Was *erlauben* Sie sich?« Er musterte mich mit glühenden Tartarenaugen, hob den Arm, und ich dachte: So, jetzt schlägt er mich. Doch ich wich nicht zurück, und die brave Adda scheute nicht, was ein Wunder war bei der Stimmgewalt.

Und in dem Moment brach das Gewitter los, auf das wir schon die ganze Zeit gewartet hatten. Es wurde finster wie die Nacht. Eine Sturmböe schlug die Fenster zu. Es begann zu blitzen und zu donnern, und schon prasselte Regen auf das Dach, dass ich dachte, die zweite Sintflut bricht los.

Zoltan von Borosy ließ die Zügel los und wandte mir brüsk den Rücken zu. Und als das Gewitter verebbte, drehte er sich wieder um und setzte seine Strafpredigt fort, als wäre nichts geschehn.

»Man muss sich vorstellen«, dröhnte er wie zu einer Taubstummen, »das Pferd hat jemand auf dem Rücken, der gibt Zeichen. Wie sich das Tier konzentrieren muss, bis es endlich weiß, was will der Mensch? Es muss überlegen: Gehe ich rechts oder links? Ein Ross ist kein Professor. Immer versucht es sein Bestes! Und da quälen es die Menschen und bohren ihm die Sporen zwischen die Rippen, dabei geht es anders ganz von selbst. Das will ich *nie wieder sehn*! Ich hasse Gewalt!«

Er sah mich durchdringend an. Ich erwiderte stumm seinen Blick.

»Wir hören auf für heute. Sitzen Sie ab.« Er half mir nicht von der Adda. Gabor stürzte herbei, hob mich herab und drückte mir heimlich fest die Hand.

»Sie bleibt jetzt stehn und hört mir noch gut zu: Nur dem Pferd verdankt die Menschheit die Kultur. Wir sind ja viel zu arrogant, lächerliche Zwerge ohne Kraft. Wer hat die schweren Lasten geschleppt? Ziegel für die Häuser? Pfeiler für die Brücken? Steine für die Kathedralen? Kohlen aus dem Bergwerk? Wer hat sich halb tot geschunden? Blut im Maul? Einmal darf Sie raten. Ohne die Pferde, ihr liebes Wesen, ihre Kraft und Geduld hätten wir kein Enns. Und keinen Stadtturm. Und keine gepflasterten Straßen. Und keinen neuen Ring-Boulevard in Wien, keine Oper, keine Hofburg. Keinen Stephansdom. Kein Schönbrunn. Ohne Pferde gäbe es keine Zivilisation. Kapiert? Die Menschheit verdankt *alles* dem Pferd. Daran sollte man denken, ehe man ein armes Ross malträtiert!«

Ich hatte längst meinen Arm um den Hals der Adda gelegt.

»Ich bitte um Pardon.« Ich küsste sie auf ihre samtige Schnauze, fütterte sie mit Zucker und umarmte sie fest. »Es kommt nie wieder vor! Nie, nie mehr. Du bist die schönste, bravste, beste ...« Und ich kratzte sie am Ohr und klopfte sie ab, bis der General dazwischenfuhr.

»Das genügt. Schluss mit den Honeurs. Alles mit Maß und Ziel.«

»Schon wieder eine Rüge?«, fragte Hermine, die mich abholen kam. »Was ist denn jetzt wieder falsch?«

»Immer dasselbe«, sagte Zoltan von Borosy verdrossen, »die Weiber verscheißerln die Pferde.«

»Die Weiber ... *was*??!«, rief Hermine entsetzt.

»Sind an allem schuld. Und dann werden sie übermütig und beißen und treten, wenn man ihnen beim Satteln den Gurt anziehen will.«

»*Wer* beißt und tritt?«

»Die *Frauenzimmer*«, bellte der General, »sind Sie taub?« Er starrte sie an aus seinen Tartarenaugen. »Wo treiben Sie sich herum? Sie sehen aus ... hat man Sie grad aus der Enns gefischt?«

»Das Gewitter hat mich erwischt.«

»Welches Gewitter?«, donnerte der General.

»Vorhin. Der Wolkenbruch.«

»Wolkenbruch? Was für ein Wolkenbruch? Hören Sie. Ich bin enttäuscht bis ins *Mark* ... diesem Fräulein fehlt der Reitergeist.«

»Mein Gott ...«

»Nicht Gott. *Geist!*«, brüllte der General.

»Geist? Was für ein Geist?«

»Reitergeist! Der ihr fehlt!«

»Ich versteh. Kein Reitergeist«, beschwichtigte Hermine, »aber was heißt ...«

»Treiben Sie mich nicht zur Raserei!«, tobte Zoltan von Borosy. »Aufgewachsen in einer Garnisonsstadt, und sie kennt keinen Reitergeist.«

»Natürlich kenn ich ...«

»*Silentium!*«

»Aber ich kenne doch ...«

»Gabor. Her da! Gib den Damen Theorieunterricht.« Er verschränkte die Hände auf dem Rücken und marschierte wütend auf und ab.

Gabor stellte sich zu uns und lächelte entschuldigend. »Also, hören Sie bitte zu: Nur ein Mann, der bei treuem Gemüt ein tapferes Herz besitzt, der auf sich und auf sein Pferd vertraut, für das er *fürsorglich sorgt, hat Reitergeist.*«

»Hört, hört«, dröhnte der General und blieb neben der Adda stehn, »*fürsorglich sorgt.*«

»Ein solcher Mann kennt keine Schwierigkeiten«, fuhr Gabor fort, sah mich bedeutungsschwer an, »und selbst im Weichen sieht er nur das Mittel, um unter günstigeren Verhältnissen erneut zum Angriff überzugehn.«

»Jawohl! Sofort ein neuer Angriff!«, dröhnte der General. »Der ganze Schwung der Reiterei spricht daraus. Niemals aufgeben! Das ist die Theorie, meine Damen. Aber wissen Sie, was Reitergeist *wirklich* heißt? Dass man sein Pferd mehr liebt als sich selbst. Das heißt es. Und die Sporen sticht man sich lieber selbst in den Arsch als seinem liebsten, vierbeinigen Kameraden. Das ist alles für heut. Leben Sie wohl.« Er verneigte sich kurz vor Hermine.

»Morgen, Sonntag, pünktlich hier zur selben Zeit. Handküsse. Komplimente. Ich empfehle mich. Adieu.«

Dann winkte er Gabor zu sich und, gefolgt von seinem Sohn und seiner braven Stute, stürmte er zum Tor hinaus.

Totenstille senkte sich über uns.

Ich schielte zu Hermine. Sie war feuerrot, und ihre Brust hob und senkte sich, als wäre sie am Ersticken.

»Du hast der Adda die Sporen gegeben?«, fragte sie endlich.

»Bitte, nein. Aber ich hab daran gedacht.«

»Nur gedacht? Und da brüllt er wie am Spieß?«

»Er kann Gedanken lesen, wenn's ums Reiten geht.«

Meine kleine Gouvernante seufzte tief. »Also *das* ist der Ton, wenn ich nicht dabei bin«, stellte sie fest. »Liebes Kind, ich bitte um Verzeihung. Wie du die Sache geschildert hast, nach der ersten Stunde … ehrlich, ich hab gedacht, du übertreibst, deine blühende Fantasie geht mit dir durch. Aber Tatsache ist, es regnet Obszönitäten! Nur, aufhören … jetzt … das ist zu spät. Du musst dich zwingen«, und sie zeigte auf mein Ohr, »da hinein – und auf der anderen Seite sofort wieder heraus! Vergessen, was du gehört hast … das versprichst du mir jetzt in die Hand.«

»Ich versprech's«, sagte ich, und nun erst fiel mir auf, wie nass meine arme Gouvernante war. Ihre große rote Seidenmasche hing wie eine welke Mohnblume über die Hutkrempe herab. Die schwarzen Locken im Nacken hatten sich gelöst, und ihr blau-weiß gestreiftes Sommerkleid war so feucht, dass man die Stäbe ihrer kleinen Krinoline sah.

»Sind Sie zu Fuß hergekommen?«, rief ich alarmiert.

»Aber wo. Der Bürgermeister hat mich hergeführt. Treue Seele. Aber der Einspänner war offen, wir waren gleich unter Wasser. Jetzt ist er wieder zurück, hinauf in die Stadt und holt uns gleich mit einem trockenen Wagen. Aber sag: Wie steht denn die Sache? Gewinnt ihr am 18. August?«

»Ich weiß es nicht.«

»Noch immer nicht?«, rief Hermine enttäuscht.

»Er hat noch keine Andeutung gemacht. Was sagt er denn zu Ihnen, wenn ich nicht dabei bin?«

»Kein Wort. Und wenn ihn jemand fragt, im Hotel …« Hermine nieste mehrmals kurz hintereinander. »O pardon, langsam wird mir kalt … Wenn ihn jemand fragt, grinst er nur satanisch, und keiner kennt sich aus.«

Das hatte ich befürchtet.

Schweigsam ging ich mit der fröstelnden Hermine hinaus vor das Tor, um auf den Bürgermeister zu warten. Und auf dem Heimweg sprach ich ebenfalls kein Wort. Stumm saß ich in der bequemen kleinen Kutsche mit geschlossenem Dach gegen den Regen geschützt, hielt Hermines Hand, um sie zu wärmen, und schämte mich.

Ein einziges Lob in elf Tagen, das bedeutete nur eins: Man hatte sich in mir geirrt. Das Ganze war nur noch Theater. Deshalb der grobe Ton, die schlechte Laune. Die Wette war verloren. Der General wusste es. Und Gabor wusste es auch.

Mein Gott, so viel Aufwand um nichts.

Ich habe es noch nicht erwähnt, doch mein ganzes Leben war umgekrempelt und bestimmt von unserm General. Alles hatte sich verändert, seit einer Woche, man hielt mich unter Verschluss wie die unglückliche heidnische Jungfer vor dem großen Opferfest.

Alles war verboten. Außer zum Englischlernen kam ich zu nichts: nicht zum Malen; nicht zum Musizieren; nicht zum Briefeschreiben; zu keiner Spazierfahrt; zu keinem Besuch. Ich durfte keine Rolle annehmen in dem hübschen neuen Stück *In achtzig Tagen um die Welt* nach Jules Verne. Ich durfte nicht mehr zu den Proben vom Kirchenchor und nicht teilnehmen am Liedertafelkonzert. Ich durfte meine Locken nicht mehr offen tragen, sie wurden jeden Tag geflochten zu einem dicken Zopf nach dem Motto: Ordnung muss sein, auch in der Frisur. Ich durfte nicht mit nach Steyr. Einladung des Herrn Bürgermeisters, um seinen nagelneuen Stellwagen einzuweihen, der gepolsterte Ledersitze hatte. Der Jungfernbund fuhr mit. Und Gabor und der General. Ich war ausgesperrt von der Welt und durfte nur noch eins:

Geschichten über Pferde lesen, die man mir aufs Zimmer schicken ließ, fressen wie ein Drescher – jeden Tag ein zweites Frühstück, ein ungarisches, damit ich zu Kräften kam, ausgiebigst ruhen und mich täglich auf Addas Rücken behaupten und dabei lächeln, als wär es ein Riesenspaß.

Nun, ich hatte mich brav gefügt, um Gabor nahe zu sein. Und weil ich siegen wollte für ihn. Doch mit jedem weiteren Tag ohne Lob regte sich ein neues Gefühl in mir: Widerstand.

Und am Dienstag, den 27. Juli, hatte ich endgültig genug. Vierzehn Tage hatte ich sklavisch gehorcht, jetzt würde ich einmal tun, was mir gefiel.

Schon am Morgen wusste ich: Das wird ein großer Tag. Erstens schien wieder die Sonne, nach achtundvierzig Stunden Regen. Die Luft war mild und warm, und ich hatte keine Schmerzen. Ein Wunder war geschehen. Arme, Hände, Füße, Rücken und die Unaussprechlichen dazwischen taten nicht mehr weh. Ich konnte sitzen, gehn, liegen, stehn, nichts stach, nichts zog. Zum ersten Mal seit Beginn der Reitstunden fühlte ich mich wieder als Mensch, und rebellische Gedanken stiegen in mir hoch.

Ich erinnere mich genau. Ich saß an meinem Schreibtisch, mein geheimes Tagebuch vor mir, in dem ich alles aufschrieb, obwohl sich mir die Feder sträubte bei dem, was der General von sich gab, diese Schweinereien. Und dachte plötzlich: warum? Warum muss ich nur noch tun, was Zoltan von Borosy von mir will?

Sicher, in diesem Sinn war ich erzogen.

Die Jugend ist jung, dumm und gefräßig, sie schuldet Respekt. Ohne die Großen würde ich verhungern und hilflos auf der Straße stehn. Aber sooo heilig sind die Erwachsenen auch wieder nicht. Mein grässlicher Vater hatte meine Mitgift durchgebracht. Der General übertraf jeden Kutscher an wüsten Flüchen. Bestie hatte er mich genannt. Alle hatten Geheimnisse vor mir, meine Tante, Onkel Louis, sogar Hermine log, was ihre Verwandten betraf. Nun, raue Sitten färben ab.

Die Borosys, Vater und Sohn, waren heute Mittag Gast auf Schloss Ennsegg. Ebenso Hermine und die Prinzessin Valerie. Es gab ein großes Dejeuner, von dem ich ausgeschlossen war. Aber eines wusste ich: Vor drei würde man nicht zurück sein. Hatte meine Tante mir gesagt.

Zum ersten Mal seit langem war ich ganz allein im Hotel, und als Tante Juliana sich zurückzog zu ihrem Schläfchen, das sie am frühen Nachmittag immer hielt, als der Lärm unten verebbte, in Küche und Restaurant, das Klirren von Gläsern, das Geräusch von Silberbesteck auf Porzellan, und sich angenehme Ruhe senkte über das große Haus, beschloss ich, einmal wirklich frech zu sein. Widerspenstig! Ungehorsam! Schlecht! Und die Miniatur der Lady Margitta zu suchen. Ich würde das Unverzeihliche tun: im Zimmer eines anderen Menschen herumschnüffeln. Und schon stand ich auf, horchte kurz hinaus auf den Gang, huschte auf Zehenspitzen nach nebenan und verriegelte hinter mir die Tür.

Es war drei viertel drei. Ich hatte fünfzehn Minuten Zeit. Wo war die Schmuckschatulle? Ich kannte sie gut. Sie war ein kleines Kunstwerk aus weißem Ziegenleder, goldgestanzt, ausgelegt mit veilchenblauem Samt. Öffnete man sie, duftete es geheimnisvoll nach süßem, marokkanischem Harz, und man sah viele kleine Fächer, alle mit Deckel, und die Griffe der Deckel waren glänzend, rund und rot: geschliffene böhmische Granaten. Entzückend sah das aus.

Doch wo war sie? Nicht an ihrem Platz. Hatte Hermine sie versteckt? Das ließ tief blicken.

Ich öffnete den Kleiderschrank. Nichts. Ich suchte in der Kommode. In der Glasvitrine hinter den Büchern. In der messingbeschlagenen Standuhr. Im weißen Kachelofen. In der Aschenlade. Im Bett unter den Rosshaarmatratzen. Hinter dem hölzernen Waschtisch. Und endlich fand ich sie – *unter* dem Sekretär, ganz hinten auf dem Parkett an der Wand.

Atemlos setzte ich mich auf.

Öffnete den Deckel. Da war sie. Die Miniatur. Ganz obenauf, als hätte sie erst kürzlich jemand in der Hand gehabt. Und nun war ich es, die erschrak. Auf dem Bild nämlich erblickte ich … mich selbst. Lady Margitta sah zwar der Kaiserin ähnlich, aber in erster Linie glich sie *mir*. Sie hatte *mein Gesicht*. Meine Augen, meine Nase, meinen Mund, meine hohen Wangenknochen, meine Stirn, mein Kinn. Nur die Brauen stimmten nicht. Aber würde ich sie zupfen, wäre ich ihr Ebenbild.

Einen Moment lang dachte ich, ich träume. Doch dann hörte ich die Standuhr ticken, eine Fliege gegen das Fenster brummen … nein. Ich war hellwach. Aber was für eine Entdeckung! Jetzt verstand ich die andern. Warum man mich angestarrt hatte wie einen Geist, beim ungarischen Souper. Warum mich die Herren Margitta nannten.

Lange musterte ich die feinen Züge. Den Blütenkranz auf der Stirn – lila und weiß. Sie trug die Frisur, die mir Tante Juliana hatte machen lassen, ja, die Überraschung war ihr geglückt. Aber wer war sie? Die Lieblings … *was*? Des Generals? Seine Lieblingsfreundin? Lieblingsnachbarin? Jugendgespielin? Jagdgefährtin? Jedenfalls in hohen Ehren, denn meine Ähnlichkeit mit ihr sollte mir den Weg öffnen zu seinem Herzen und zu seinem Portmonee.

Doch warum kannte sie jeder in Enns? Und wie kam sie nach Bengalen? Und wie war das mit dem Tiger? Vom Tiger verspeist? So wirkte sie nicht. So lächelt kein Opferlamm … Vielleicht war das auch nur eine Geschichte, die man mir erzählte, so undurchsichtig wie die Rätsel … vielleicht lebt sie noch und amüsiert sich irgendwo halb tot …

Froh hielt ich das kleine ovale Bild in den Händen. Es war schlicht gerahmt, in rotem Gold, und so perfekt gemalt, es schien zu atmen. Schnell drehte ich es um. Kein Name. Dann wandte ich es nach allen Seiten. Auch keine Signatur. Doch das

Werk eines begabten Künstlers. Oder besser einer Künstlerin, denn die schönsten Miniaturen, hatte Hermine mich gelehrt, werden von Damen gemalt. Und Damen signieren nicht. Stolz den Namen hinauszuposaunen in die große Welt, schickt sich nicht für eine Frau. Das ist das Vorrecht der Herren.

Mein Gott, wie die Zeit vergeht. Fast drei Uhr. Rasch legte ich das Bild zurück auf den veilchenblauen Samt. Dann versteckte ich die Schatulle dort, wo ich sie gefunden hatte, und schlich lautlos in mein Zimmer zurück.

Der Verdacht, der mir vor dem ungarischen Souper gekommen war, erhärtete sich zur Gewissheit. Jetzt wusste ich, woran ich war. Heute war wirklich ein großer Tag.

Außerdem – im Theatersaal wartete eine Überraschung auf mich. Gabor hatte es mir zugeflüstert, gestern nach dem Reiten. Es war auch höchste Zeit. Seit einer Woche wartete ich sehnsüchtig auf Nachricht von ihm, seit ich nicht mehr musizieren durfte und keinen Grund mehr hatte, hinunter zum Pianoforte zu gehn.

Das heißt, ganz verlassen war ich nicht. Zweimal hatte ich in der Früh einen Brief gefunden, durchgeschoben unter meiner Zimmertür. Einen reinen Liebesbrief. Und einen anderen, in dem er schrieb, dass wir uns in Kürze allein sprechen würden. Ganz allein. Ohne Hermine, ohne seinen Papa. Nur er und ich. Aber wo? Und wie? Und vor allem … wann?

Die Zeit verging. Sechsunddreißig weniger vierzehn … bleibt noch zweiundzwanzig. Nur noch zweiundzwanzigmal. Und dann? Dann reisten Gabor und der General nach Frankreich. Nach Sassetot-le-Mauconduit zu unserer Kaiserin. Und ich würde Gabor nie wiedersehn.

Grässlicher Gedanke.

Aber Gabor hatte einen Plan, wir würden uns sprechen. Allein. *Mon Dieu.* Das würde wieder aufregend sein. Ich warf die Decken auf meinem Bett durcheinander, jetzt sah es aus, als hätt ich brav meinen Mittagsschlaf gehalten, zog den rosa Domino aus und das weiße Studierkleid über den Kopf – den ganzen Tag hatte ich miederlos verbracht, welch ein Genuss, und kontrollierte im Spiegel mein Bild. Aha! Die Augen glänzten. Das war die Vorfreude auf den Brief. Und das weiße Kleid passte mir gut. Und der lange schwarze Zopf bis zum ... ja, nicht schlecht. Ich sah zwar nicht mehr aus wie eine *beauté*, ich sah aus wie ... wie ... wie wer? Es fiel mir nicht ein. Aber immerhin, ein hübscher Anblick.

Plötzlich aber erschrak ich zutiefst.

Was war das? Auf einmal war mir furchtbar heiß, es summte in meinen Ohren, und da war es wieder, dieses rote Gefühl, das vor der jungen Lebensretterin über mich gekommen war. Und plötzlich wusste ich, etwas Wichtiges würde geschehn. Etwas Großes. Neues. Heute noch. Morgen um diese Zeit würde ich nicht mehr dieselbe sein.

Da griff ich nach der dicken blauen Notenmappe. Und mit klopfendem Herzen lief ich zur Tür.

KAPITEL XII

Der Brief, den ich gefunden hatte, unter der Palmengruppe, im sonnigen, leeren Theatersaal, war kurz und bündig:

HEUTE NOCH WERDEN WIR UNS UNTER VIER AUGEN SEHEN. OMNIA VINCIT AMOR.

Und er regte mich so auf, dieser Brief, dass ich hinsank auf die Klavierbank und dann wie wild Tonleitern übte, auf und ab in tollen Läufen, und als ich mich ausgetobt hatte, versuchte ich Sanfteres: Die *Fata Morgana* von Johann Strauß. War das schön. Aber doch nicht ganz meine Stimmung.

Ich begann das Champagnerlied aus der *Fledermaus*, das ich immer im Ohr hatte, so perfekt war die Komposition: »Im Feuerstrom der Reben blüht ein himmlisch' Leben ...« und sofort danach die temperamentvolle ungarische Polka *Eljen á Magjar*. Das hatte Schwung.

Doch ehe ich sie zu Ende gespielt hatte, hörte ich ein Geräusch und sah, dass die große weiße Saaltür offen stand. Hermine war hereingekommen, ich hatte es nicht bemerkt, und sie trippelte so geziert nach vorn in die erste Reihe, dass ich erstaunt mitten im Takt unterbrach.

Hermine wirkte völlig anders als heute Früh. Ihre runden Wangen waren vor Aufregung rot. Ihre dunklen Augen blitzten. Sie trug ihr teefarbenes Besuchskleid mit rosa Bändern an Ärmeln und Saum, ein rehbraunes Bibi auf dem dunklen Haar, darauf eine Riesenmasche, Seide, zyklamrot, und sie war so eng geschnürt wie zu Weihnachten, ihrem elegantesten Tag. Auch ihren schönsten Ring hatte sie angesteckt, einen großen runden Rubin mit Brillanten eingefasst, ein Namenstagspräsent von ihrem Bruder Fritz. Er prangte an ihrem rechten Mittelfinger, über dem weißen Spitzenhandschuh, und glitzerte in der Sonne.

Hermine lächelte mir zu. Platzierte ihren Parasol auf einem leeren Sitz und kam so dicht an die Rampe heran, wie ihr Reifrock es erlaubte.

»Bitte um Verzeihung«, sagte ich sofort, »ich hab so lang nicht mehr Klavier gespielt …«

Hermine winkte ab. »Hab mir schon gedacht, dass ich dich hier finde, brauchst dich nicht zu entschuldigen. Also, meine Minka. Sitzt du gut?« Ich hörte an ihrer Stimme, dass etwas Ungeheures vorgefallen war.

»Ausgezeichnet«, antwortete ich und legte die Hände in den Schoß.

»Das brauchst du auch. Sonst fällst du nämlich gleich herunter von der Bank. Weißt du, was unser General gesagt hat? Im Schloss? Nach dem Dejeuner? Beim schwarzen Kaffee? Rate!«

Ich seufzte.

»Rate.«

»Dass ich nicht reiten kann.«

»Falsch.«

»Dass er seine Zeit verschwendet mit mir.«

»Falsch. Er hat gesagt *vor allen Leuten*, er hat noch nie eine Frau gesehn, die so elegant zu Pferd sitzt wie du – von unserer Kaiserin abgesehn.«

»Nein.«

»Doch!!«

»Das hat er gesagt?«

»Wort für Wort.«

»Hat er Latein gesprochen?«

»Aber wo. Er war ganz nüchtern, falls du das meinst.«

»Das versteh ich nicht.«

»Ja, wo fang ich an.« Hermine klappte ihren Fächer auf. »Der General ist wie umgewandelt. Er hat eine Passion entdeckt für dich. Du reitest wie eine echte Ungarin. Du hast Rossverstand, bist mutig wie ein Dragoner, hast Paprika im Blut und sonst noch allerhand, das wiederhol ich nicht, weil's dir sonst den Kopf verdreht, es war reine Schmeichelei … aber jetzt wird's Ernst. Pass auf«, sie klappte ihren Fächer wieder zu, »er hat das ganze Schloss verrückt gemacht mit seinen Lobeshymnen, er hat uns alle in einen derartigen Wirbel hineingeredet, ich sag dir, um ein Haar hätt ich meinen ganzen Schmuck auf dich gesetzt.«

»Hoffentlich haben Sie das nicht getan.«

»Ich nicht. Aber die andern.«

»Welche andern?«

»Die andern Gäste. Man hat Schmuck auf dich gesetzt und Gold. Es gibt ungeheure Wetten. Ein Verwandter von unserm Schlossherrn hat seine Güter bei Ragusa ...«

»Was??«

»Zwei Weinberge und ein Haus am Hafen.«

»Aber der Herr hat mich noch nie gesehn. Er kennt mich nicht.«

»Dich nicht, aber deine Abstamm ... deine *Lehrer.*«

»Das heißt, wir gewinnen am 18. August.«

»Sieht so aus.«

»Aber wenn ich verliere, verliert der Herr seine Güter, und ich bin schuld.«

»Nein. Dann hat er Pech gehabt. Und bei der nächsten Wette gewinnt er sie zurück. Sorg dich nicht, das sind die Sitten in einer Garnisonsstadt. Jedenfalls, die Favoritin bist du ...«

»Bitte um Verzeihung, was heißt Favoritin?«

»Die meisten Wetten laufen auf dich.«

»Und die andern?«

»Auf deine Gegnerin.«

»Welche Gegnerin? Ich hab noch nie ein Wort von einer Gegnerin gehört.«

»Nein?« Hermine starrte mich an. »Du reitest gegen die Frau Baumeisterwitwe Holter. Hat die Exzellenz dir das nicht mitgeteilt?«

»Kein Wort.«

»Das ist wieder typisch«, rief Hermine empört, »in der Stadt kursieren die wildesten Gerüchte, in der Kaserne ist das Thema Nummer eins, und die Hauptperson ist nicht eingeweiht.«

»Außerdem ist es nicht fair. Die Frau Baumeisterwitwe reitet schon seit Pfingsten, und ich erst seit zwei Wochen. Warum tut man mir das an?«

»Das ist die Frage.« Hermine trommelte mit den Fingern auf die Rampe. »Kann mir nicht denken, was er sich davon verspricht, unser wilder Husar.«

»Es bringt mehr Paprika in die Sache, meint mein alter Herr.« Das war Gabors Stimme. Sofort fühlte ich einen Stich im Magen, und mein Herz begann schneller zu schlagen. Ich wandte mich um. Gabor stand in voller Größe hinter mir. Er musste durch die Kulissentür auf die Bühne gekommen sein. Und ich saß da in diesem Kinderkleid, ungeschnürt …

»Bitte den Überfall zu entschuldigen, liebste Tante. Kompliment. Guten Tag, gnädiges Fräulein.« Er lächelte mich an, wie immer voll Bewunderung. »Mein Papa will Tempo! Tempo! Eine Jahrhundertwette. Bei zwei Reiterinnen gibt's mehr Interessenten. Er schwört, dass das die Summen in die Höhe treibt.«

»Da hat er richtig kombiniert. Die Summen *sind* schon unanständig hoch.« Hermine trat von der Rampe zurück und setzte sich neben ihren weißen Sonnenschirm.

Gabor kam ein paar Schritte nach vorn und stand jetzt direkt neben der Klavierbank, auf der ich saß.

»Die Summen sind ihm aber noch nicht hoch genug.«

»Aber warum?«

»Spieltrieb.« Gabor lachte, ging an mir vorbei, streifte dabei leicht mein weißes Kleid und sprang von der Bühne. »Die ganze Stadt ist angesteckt. In der Tabakstrafik am Hauptplatz richtet man jetzt grad ein Wettbüro ein. Und mein Papa hat meinen Onkel so aufgereizt … seine Kandidatin reitet sechs Wochen länger als unsere … er hat die Wette auf zehntausend Gulden erhöht.« Gabor sah mich bedeutungsschwer an. »Das ist der Vorteil, wenn man *zwei* Reiterinnen hat.«

»Was?«, rief Hermine fassungslos. »Zehn mal *tausend* Gulden? Das ist ein Vermögen.«

Ich hielt den Atem an. Das war ein Drittel einer Kaution.

»Der Attila Nagy hat auch auf uns gesetzt.«

»Der ist doch nie bei Kassa.«

»Er hat um seine Gage gewettet … bis 1885.«

»*Mon Dieu.* Zehn Jahre Gehalt. Und wenn er verliert?«

Gabor lachte. »Würde mich wundern. Der Mann hat eine Glückssträhne, gewinnt ununterbrochen, haben Sie es nicht bemerkt? Seit Tagen isst er schon hier im Hotel am Kavalleristentisch *und zahlt bar*!«

Hermine schüttelte den Kopf, zog ihr Spitzentaschentuch aus dem Ärmel und tupfte ein paar Schweißtröpfchen von der Stirn.

»Wenn du mich fragst, der Attila ist verrückt.«

»Dann muss ich Ihnen die ganze Geschichte beichten. Sie gestatten, dass ich mich setze?« Gabor nahm neben Hermine Platz. »Interessiert Sie das Theater *hinter* den Kulissen?«

»Und wie!«

»Bleibt natürlich unter uns.«

»Selbstverständlich.«

»Also, hören Sie bitte her. Eigentlich geht's um einen gewissen Kossanik. Neureicher Trottel, der die Luft verpestet hier in Enns …«

»Kossanik?«, rief Hermine. »Der pünktlich vom Pferd fällt bei jedem Marsch-Marsch-Hurra?«

»Ebender.«

»Den kennen wir. Was kann er noch?«

»Sticht die Rösser blutig mit den Sporen, und sie gehorchen ihm immer noch nicht. Hat schon zwei Pferde zu Schanden geritten. Ist brutal mit seinen braven Männern, man müsste ihn ganz offiziell ertränken … geht leider nicht.«

»Schwerlich«, stimmte Hermine zu.

»Jedenfalls haben wir uns beraten, der Attila und ich und ein paar Kameraden, wie man ihn loswird, den Pferde- und Leuteschinder, und der Attila war ja der Reitlehrer der Frau Baumeisterwitwe Holter.«

»Jawohl.«

»Jetzt hat man ihm geschmeichelt, dem Kossanik, dass er einsteigt in die Wette und statt dem Attila die Stunden gibt, und das tut er prompt. Und stolziert herum wie der Hahn auf dem Mist. Und ist der große Zampano. Und alles hofft mit Inbrunst, dass ihn die Holter so blamiert am 18. August, dass er aus dem Fenster springt oder sich erschießt, jeder Exit ist uns recht. Hauptsache, er verschwindet aus der Kavallerie.«

»Verstehe«, kicherte Hermine und klappte ihren Fächer auf und zu, »eine Verschwörung.«

»Erraten.«

»Wie kommt denn so ein Untalent zu den Dragonern?«

»Protektion.«

»Reiche Verwandte?«

»Steinreicher Papa. Riesenwurstfabriken, in die er wunderbar hineinpassen tät. Enns steht ihm weniger gut.«

»Ich hab aber gehört, die Frau Holter reitet schon recht flott«, sagte Hermine nach kurzem Nachdenken.

»Das war einmal. Solang der Attila sie instruiert hat. Aber gestern war ich unten, in Enghagen, am Exerzierplatz, wo er mit ihr wütet, der Kossanik, und *alles*, was er gesagt hat, war kolossal *falsch*. Bis er fertig ist mit ihr, hat die blonde Venus – oh, pardon! – die Frau Baumeister den Scharm von einem Trampeltier. Und wenn sie am Kaisergeburtstag fehlerlos über eine Hürde springt … Ich war nur eine halbe Stunde dort, und sie ist viermal gestürzt!«

»Die Arme!«, rief Hermine voll Mitgefühl. »Ich versteh euch ja, was den Kossanik betrifft. Aber dass die Frau Holter dafür geopfert werden soll … sie kann sich schwer verletzen, wenn sie so oft …«

»Sie stürzt aber nicht sehr tief, liebste Tante«, rief Gabor sofort, »jede Menge Verehrer laufen da unten herum und neben ihr her und fangen sie auf mit starken Armen …«

»Sooo?«

»Jawohl. Sie ist sehr umschwärmt. Sogar unsern Quartierherrn hab ich gestern gesehn …«

»Nein!« Hermine schlug mit dem zugeklappten Fächer in ihre linke Hand. »Unsern lieben Louis? Wie kommt denn der dorthin?«

»Hoch zu Ross. Täglicher Ausritt. Hat auch gleich ganz treffende Sachen gesagt. Er reitet ziemlich gut. Für einen Zivilisten eigentlich ganz exzellent. Aber der Kossanik hat sofort wie ein Hammel gebockt. *Er* unterrichtet hier. *Keiner* sonst spricht ein Wort. Er ist von entwaffnender Blödheit. Hab ich das schon erwähnt? Kurz und gut: Er hat alles widerlegt, die ganzen guten Ratschläge … bitte, gnädigstes Fräulein? Was möchten Sie sagen?«

»Ich möcht nur fragen: Was hat denn die Frau Baumeister für ein Pferd?«

»Schön! Stolz! Prächtiger brauner Wallach. Hochgezüchtetes Halbblut aus Babolna. Das ist ein berühmtes ungarisches Gestüt. Sehr hoch das Tier. Aber eine Seele von einem Ross. Große Springabstammung. Wer ihr den ausgesucht hat, ist ein Kenner.«

»Wie vergleicht er sich mit unserer Adda?«

Gabor lächelte stolz. »*Kein* Ross vergleicht sich mit unserer Adda. Die ist nämlich intelligent. Aber was ich die ganze Zeit sagen will: Der Grund, warum ich mir erlaubt hab, Sie zu stören ... mein alter Herr ist morgen den ganzen Tag in Wels. Steeple-Chase bei den Vierer Dragonern. Man hat ihn eingeladen, als Preisrichter. Er reist heute schon ab und übernachtet auf Schloss Lichtenegg. Wann er zurückkommt, weiß er noch nicht ... Man müsste sich also die nächsten Tage mit mir begnügen. Ist das den Damen recht?«

»Dumme Frage. Es ist ja *deine* Wette.«

»Wenn ich gleich einen Vorschlag machen darf, liebes Fräulein, dann arbeiten wir heute doppelt so viel. Ausritt zuerst, und dann fangen wir mit dem Springen an. Mein Vater soll staunen, was Sie alles können, wenn er zurückkommt aus Wels.«

»Springen? Nach einem Ausritt?«, rief Hermine. »Das ist zu viel. Außerdem, ich hab ganz vergessen, Minka, du hast heute Anprobe. Im Atelier Ziermiller um vier.«

»Dann reiten wir um fünf«, sagte Gabor schnell.

»Was heißt, *wir reiten*«, rief Hermine ärgerlich, »ihr zwei allein reitet nirgends hin.«

»Vielleicht frag ich den Nagy.«

Hermine schnappte nach Luft. »Der Nagy? Und du? Und meine Minka ganz allein? Und ihr guter Ruf?«

»Das war ein Scherz«, rief Gabor, griff nach Hermines kleiner Hand und küsste sie. »Liebste Tante, Sie kennen mich. Das war der reinste Übermut. Ich bitte die Prinzessin Valerie. Ist Ihnen das recht?«

»Ja. Aber wenn sie nicht kann, wird dageblieben, und die Minka kriegt Englischunterricht. Und solang der Papa weg ist, bin *ich* bei den Reitstunden in der Halle präsent.«

»Mit dem größten Vergnügen. Sie sind herzlichst willkommen.«

Hermine nickte gnädig, stand auf und streckte die Hand aus. »Hilf mir auf die Bühne … dank dir. Minka, wir spielen noch ein paar Minuten vierhändig. Gabor, du verschwindest jetzt. Und sag uns gleich wegen dem Ausritt Bescheid.«

Gabor warf mir einen fragenden Blick zu. Der hieß: Nachricht erhalten?

Ich nickte unmerklich. Sein Gesicht hellte sich auf.

»Jetzt geh schon«, rief Hermine ungeduldig und nahm neben mir auf der Klavierbank Platz. »Also, was spielen wir? Du bestimmst. Offenbach? Smetana? Suppé?«

»Offenbach?«

»Wunderbar. Mach die Noten auf, Offenbach soll es sein.« Dann wandte sie sich um, sah, dass Gabor weg war und die Kulissentür fest zu, und legte ihren Zeigefinger an den Mund.

»Ich hab es dir noch nicht gesagt«, meinte sie leise, »wir kriegen Besuch. Der General will dich vorzeigen, vor der Welt. Er hat Verwandte eingeladen und seine Nachbarn aus Ungarn.«

»Aber nicht die … Pferdezüchterin?«

»Doch. Die Baronin Piri. Piri Fogossy. Von der hab ich dir schon erzählt.«

»Ja«, sagte ich matt.

»Sie kommt mit ihrer Tochter, der Elviri.«

»Wann?«

»In ein paar Tagen.« Hermine sah mich an, ich senkte den Blick. »Sag, spukt dir der Gabor vielleicht *immer* noch im Kopf herum? Du musst die Liebe *bekämpfen*. Das heißt, man darf sie gar nicht *aufkeimen* lassen. Das ist der Trick.«

»Das hab ich nicht gewusst.«

»Meine Schuld, ich hätt's dir früher sagen müssen. Aber Minka. Für die Zukunft hör gut zu. Die Liebe ist eine *gefährliche Sucht*. Die dringt dir ins Hirn, und du weißt nicht mehr, was du tust. *Die Liebe zieht ein, und der Verstand zieht aus!* Hundertmal hab ich das gesehn. Denk an die Josepha. Die ist einem Heiratsschwindler aufgesessen. Ihre ganzen Ersparnisse sind futsch …«

»Wann war denn das?«

»Gar nicht so lang her. Dabei ist sie eine g'scheite Person. Aber wenn man sich verliebt, kann der Mann mit dir tun, was er will. Nicht einmal einem Stubenmädel bekommt das, wie man sieht. Und jetzt reiß dich zusammen. Haltung, Minka. Tapfer sein. Der Gabor ist praktisch verlobt ...« Sie stand kurz auf, setzte sich wieder, glättete ihre Röcke, zog den Rubinring ab und die Spitzenhandschuhe aus. »Du darfst oben spielen. Die Melodie. Ich bin heute nur Begleitung. Also: eins-zwei-drei-vier. Eins. Zwei. Drei ... *Einsetzen!* Was ist denn los? Freut's dich nicht?«

»Doch, sehr.«

»Noch einmal von vorn. *Jetzt* kommst du dran.«

Wir begannen zu spielen. Gleich im zweiten Takt vergriff ich mich.

»*Falsch!*«, rief Hermine enttäuscht. »Konzentrier dich, mein Kind. Wir haben nicht viel Zeit. Du musst dich umziehn, deine Haare sind nicht gemacht, du bist nicht fest geschnürt ...« Schon vergriff ich mich wieder. Zwei falsche Töne. Nein, drei.

»Pfui!«, rief Hermine. »Das klingt schauerlich. Am besten, wir hören auf.« Sie klappte die Noten zu, steckte den Rubinring wieder an, griff nach ihren Handschuhen und stand auf. Ich erhob mich ebenfalls. Gabors Verlobte kam. Das war die Höhe. Aber warum war Gabor so vergnügt dabei? Wortlos stand ich da und hielt den Kopf gesenkt.

Hermine musterte mich scharf. »Ehrlich gesagt ... ich weiß nicht. Der Ausritt heute ... ohne den General ... keine glorreiche Idee.«

Sofort wurde ich wieder munter. »Man muss jeden Tag trainieren, sonst fällt die Leistung ab.«

»So? Gut. Wir gehn ... außerdem, falls sie kommt, die Valerie, die rückt euch schon den Kopf zurecht. Das heißt dem Gabor, *falls* er übermütig wird. Hat sich zwar allerhand geleistet, die Valerie, in ihrer Jugend, das erzähl ich dir vielleicht, wenn du erwachsen bist ... Und das Reitkleid mit dem Bausch, das war auch ein Fauxpas ... aber sie ist eine Prinzessin, sie hat die Etikette im Blut. Als Anstandsdame kann man ihr vertrauen. Was meinst du?«

»Sie haben Recht wie immer.« Ich nahm Hermine die Noten ab und legte sie zurück in die blaue Mappe.

Zwei Stunden später bekam ich von Gabor meinen ersten richtigen Kuss.

Aber das erzähl ich besser im Detail.

KAPITEL XIII

Ich bekam meinen ersten richtigen Kuss auf einem flachen, sonnengewärmten Stein, genau gegenüber der Tillisburg. Und er war so anders als der kurze harte Kuss des Generals, dass ich nicht verstand, wie man für zwei so grundverschiedene Dinge ein und dasselbe Wort verwenden konnte.

Gabors Kuss war zärtlich. Voll Hingabe. Mit geschlossenem Mund. Doch dieser Mund war voll und weich. Und hatte mich der Kuss des Generals erschreckt, so hätte dieser noch viel länger dauern können.

Außerdem, so unschuldig und kindlich er war, dieser Kuss, seine Wirkung war stärker als der wildeste, leidenschaftlichste Rausch, denn in meiner ganzen Kindheit hatte mich nie ein Mann berührt.

Mein Vater hatte mich kein einziges Mal an sich gedrückt, hatte mir nie die Hand gereicht, über mein Haar gestrichen, wie das andere Väter tun. Auch mein Bruder wurde fern gehalten von mir, selbst als Kleinkind saß er nie auf meinem Schoß, als ich Wien verließ, hatte ich ihn noch kein einziges Mal berührt. Und dann kamen die Ungarn: Legten die Hände um meine Mitte, lehrten mich Csárdás, warfen mich in die Luft und fingen mich wieder auf, hoben mich aufs Pferd, halfen mir wieder herab, küssten mir die Hand, verschlangen mich mit Blicken, schmeichelten mir, machten mir Geschenke, und nach dem ersten, überraschenden Kuss auf den Mund kam nun ein zweiter, ein echtes *baiser d'amour*, gefolgt von … doch ich greife vor.

Wie man errät, der Ausritt fand statt.

Die Prinzessin hatte eine Bridge-Partie abgesagt, war dahergesprengt auf ihrem schwarzen Hengst Mazur, auffallend gekleidet in Zinnoberrot, mit schwefelgelbem Hut. Sie wirkte wie eine Flamme. Und als sie vorschlug: »Zur Tillisburg?«, hatte Gabor begeistert Ja gesagt. Also mussten wir durch den Eichberg. Das war der kürzeste Weg, und das Abenteuer begann.

Der Eichberg ist ein dichter, romantischer Wald mit prachtvollen Bäumen und leicht angeknackstem Ruf.

Dort lieben sich die Zigeuner, heißt es, keine anständige Frau geht allein dorthin. Wir aber ritten mittendurch. Um nichts zu verschweigen – als die Bäume dichter standen, als es um uns dunkel wurde und kühl, dachte ich noch an keinen Kuss, sondern an das verdammte Strumpfband, das ich wiederhaben wollte, ehe diese grässliche Elviri kam.

Ich hab es noch nicht erwähnt, doch Hermine ließ nicht locker. Fast jeden Tag fragte sie danach, und gestern vor dem Mittagessen verlor sie richtig die Geduld.

»Minka. Du weißt, dass ein junges Mädchen keine Geheimnisse haben darf. Geheimnisse sind Sünden, genau wie Lügen. Schau mir in die Augen. Du hast wirklich keine Ahnung, wo dein Strumpfband ist?«

»Leider nicht.«

»Du schwörst?«

»Wenn Sie es verlangen. Aber ist das nicht Gotteslästerung wegen so einer Kleinigkeit?«

»Kleinigkeit? Das Strumpfband eines unverheirateten Fräuleins *ist* keine Kleinigkeit. Wenn das auftaucht in den falschen Händen, ist es ein *Sargnagel* für deinen guten Ruf.«

Ich schwieg.

»Ich sag's dir zum hundertsten Mal: Da stimmt was nicht. Noch nie ist etwas weggekommen im Hotel, und im Ofen kann's nicht sein, die Leute kontrollieren den Kehricht vor dem Verbrennen … Ich möchte wissen, was da wieder läuft …«

Gleich nach dem ungarischen Souper hatte Hermine alle Stubenmädel befragt. Man hatte überall gesucht, der Rote Salon wurde mehrmals umgedreht, und im Eichberg fasste ich den Entschluss: Gabor musste es mir wiedergeben, damit endlich Ruhe war.

Den Rössern war der Wald nicht geheuer. Doch als wir ihn verließen, war die Freude groß, die Tiere wieherten vor Erleichterung, in flottem Galopp ging's hinunter in die Ebene. Die Sonne schien, rechts und links des Reitwegs blühten die Linden, die Luft war erfüllt von ihrem süßen Duft. Und dann sahen wir die Tillisburg mit ihren starken Mauern und Türmen – ein Bild aus einem Märchenbuch.

Atemlos saßen wir ab, am Ufer eines kleinen Baches, ließen die Rösser grasen, und gerade als ich dachte, wie um Himmels willen sollen wir je allein sprechen, ging alles rasend schnell.

Die Prinzessin wandte sich an uns: »Ihr zwei habt euch viel zu sagen. Ich geh jetzt fünf Minuten spazieren. Benehmt euch ordentlich. Ich verlass mich auf euch.«

Und dann setzten wir uns auf die flachen Steine vor den alten Weiden, Gabor half mir galant, dann legte er die Reitgerte ins Gras und griff nach meiner rechten Hand.

»Ich komme gleich zum Kern der Sache«, begann er, und seine Stimme klang ganz sanft. »Bitte nicht erschrecken. Aber ich nehme an … Sie haben sicher gehört … dass ich Besuch erwarte. Hat man Ihnen das gesagt?«

»Ja, das hat man.« Ich starrte auf den weißen Stein.

»Bitte, sehen Sie mich an. Hat man Ihnen gesagt, dass es sich um meine Verlobte handelt?«

»Jawohl. Das auch.«

»Grundfalsch«, rief Gabor vehement. »Glauben Sie bitte kein Wort. Lassen Sie mich erklären. Die Fogossy ist meine Nachbarin. Unsere Eltern mögen sich. Wir haben uns als Kinder oft gesehn. Man ladet sich gegenseitig ein, man trifft sich im Frühjahr und im Herbst. Aber erstens: Wir sind noch nicht verlobt. Und zweitens – jetzt kommt das Beste: *Ich* will die Elviri nicht, und die Elviri will *mich* nicht. *Niemals* nehme ich sie zur Frau. Und sie will mich nicht zum Mann.« Gabor drückte meine Hand. »Was sagen Sie dazu?«

Ich sagte nichts. Doch ich war plötzlich sehr vergnügt, und sieh an: Meine Befangenheit verschwand.

»Sie *müssen* mir glauben«, rief Gabor eindringlich, »oder denken Sie, ich lüge?«

»Natürlich nicht. Wie ist sie denn?«

»Wer?«

»Die Fogossy.«

»Ach so, die Fogossy. Ja, wie ist sie … Hab noch gar nicht drüber nachgedacht, sie ist … ganz normal.«

»Ist sie schön?«

»Ob sie schön ist? Mein alter Herr würde sagen, sie ist zu dick *und* zu dünn, aber das sagt er bei jeder. Wissen Sie, wir kennen uns von Kindheit an, die Elviri war einfach immer da, ich hab sie gesehn und nicht gesehn, im Unterschied zu Ihnen. Ich mach die Augen zu und hab Ihr Bild im Kopf. Ganz deutlich. Ich könnt Sie jedem Maler beschreiben, und der malt von Ihnen ein exaktes Porträt. Ich weiß noch, wie Sie ausgesehn haben, beim ersten Mal, ein reizendes wasserblaues Kleid haben Sie getragen ... heuer im Februar ... aber da waren Sie noch ein Kind ...«

»Aha.«

»Jetzt nicht mehr«, rief Gabor schnell. »Sie sind erwachsen.«

»Das macht der Drill in der Reithalle.«

»Mein Gott, ja«, kam es schuldbewusst. »Wir Ungarn haben eine deftige Sprache, und der Reiterjargon ist auch keine Poesie, und mein Papa glaubt an eine harte Schule ...«

»Amüsant war's nicht.«

»Auch nicht für mich. Ich hab gelitten mit Ihnen. Ich hab Blut geschwitzt. Aber Sie waren großartig. Stolz bin ich auf Sie. Und es war nicht umsonst. Wissen Sie, was mein Vater gesagt hat? Als ihm die Idee gekommen ist, mit dem Kasernenton? Er hat gesagt: ›Jetzt stellen wir sie auf die Probe. Und wenn sie es durchhält, die Kleine, dann wird sie eine von uns.‹«

»Was heißt das?«

»Das kann nur heißen ... das ist ein Versprechen. Dass er uns seinen Segen gibt ... falls wir ... Sie und ich ... falls wir ... einen Bund schließen wollen. Wissen Sie, ich hab gehört – das heißt, Ihre Tante hat mir das gesagt –, es war da eine peinliche Sache, Sie haben keine Kaution. Und ich bin auch nicht vermögend, leider, das ist das Dilemma. Aber dann«, er strahlte mich an mit seinen schönen blauen Augen, »hab ich die Idee mit der zweiten Reiterin gehabt.«

»*Sie* waren das?«

»Jawohl. Ich hab mir gedacht, es *muss* was geschehn. Und ich hab mich beraten mit dem Attila. Und der erzählt mir von dem Kossanik, eine Schauergeschichte nach der andern, und jetzt haben wir zwei Fliegen auf einen Schlag, und mein Papa war gleich begeistert, und er treibt die Wetten in die Höhe, das hat nur einen Grund …«, er führte meine Hand an seine Lippen und küsste andächtig meine Fingerspitzen, eine nach der andern, und ließ dabei die Augen nicht von mir, »das hat … nur … einen … Sinn: die *Kaution.*«

»Aber wie …«

»Wenn es so weitergeht, kommt ordentlich was zusammen.«

»Und was passiert dann?«

»Wann?«

»Falls wir gewinnen, und Ihr Papa gewinnt die Kaution.«

»Was dann passiert? Meine liebe Minka«, Gabor lachte glücklich auf, »dann kriegen wir den väterlichen Segen, suchen an um die Erlaubnis vom Kaiser und verloben uns offiziell. Sie sagen das Pensionat ab und bleiben in Enns und warten auf mich. Das heißt …« Er zögerte. »Ich will Sie schon seit langem fragen … Mögen Sie mich?«

»Sehr.«

Gabor schüttelte den Kopf. »Dumme Frage. Natürlich *mögen* Sie mich. Aber sagen Sie, ganz ehrlich: Bin ich etwas *Besonderes* für Sie?«

»Ja«, sagte ich sofort.

»Ich hab es gleich geahnt«, rief Gabor glückselig. »Ihr großzügiges Geschenk beim ungarischen Souper, das gibt man nicht jedem. Und Sie haben es nicht verschleudert. Es ist mein Talismann. Es liegt jede Nacht unter meinem Kopfpolster.«

»Und wenn es jemand findet bei Tag?«, rief ich entsetzt.

»Nicht gut möglich«, rief Gabor vergnügt.

»Warum nicht?«

»Raten Sie.«

»Ich weiß es nicht.«

Er neigte sich zu mir. »Am Tag trage ich es am Leib.«

»Wo?«, fragte ich atemlos.

»Wo es hingehört. Über meinem Herzen … da ist es auch jetzt.«

»Oh.«

»Ich werde wahnsinnig darum beneidet.«

»Um Gottes willen. Sie haben es doch nicht herumgezeigt?«

»Keine Angst. Hab ich nicht.«

»Wer beneidet Sie dann?«

»Ihr zweiter glühender Verehrer. Der Attila Nagy. Er hält aber den Mund.«

»Es tut mir entsetzlich Leid«, sagte ich verschämt, »aber Tatsache ist, ich hab's nicht *absichtlich* fallen lassen. Auf die Idee wär ich nie gekommen.«

»Nie?«, rief Gabor enttäuscht.

»Natürlich nicht. Wofür halten Sie mich? Ich bin keine … keine … und ich wollte Sie die längste Zeit schon ganz lieb bitten … geben Sie es mir zurück?«

»Nein«, sagte Gabor und lachte.

»Pardon?«

»Meine liebe Minka, ich *gebe* es Ihnen nicht zurück. Aber wenn Sie unbedingt darauf bestehen, bitte sehr. Sie dürfen es sich *nehmen*.« Und er legte meine rechte Hand auf sein Herz.

Wie? Am helllichten Tag? Ich, ein wohlerzogenes Fräulein, sollte die Uniform eines jungen Herrn aufknöpfen? Wenn das jemand sieht? Das war ein Witz. Ich musste laut lachen. Gabor lachte mit.

»Sie wissen genau, dass das nicht geht.«

»Warum denn nicht?«

»Sadist.«

»Das Angebot steht noch zehn Sekunden. Eins … zwei … drei … wenn Sie bis zehn nicht zugreifen, kombiniere ich, dass kein Interesse besteht … nein, im Ernst, liebe Minka. Ich besitze nichts von Ihnen, nicht einmal einen Brief. Haben Sie kein Mitleid? Hartherziges Geschöpf.«

»Erpresser.«

»Ich mache Ihnen einen Vorschlag. Ich behalte Ihr unfreiwilliges Geschenk, und Sie akzeptieren ein freiwilliges von mir.«

»Ich darf keine Geschenke annehmen.«

»Abwarten, bis Sie es gesehen haben.«

»Nein! Ich will mein … jetzt sofort.«

Gabor lachte. »Also gut … nur noch schnell, was ich Ihnen geschenkt hätte – und dann werf ich es in den Bach.«

Er legte seinen rechten Handschuh ab und zog einen Ring von seinem kleinen Finger. Er hielt ihn mir hin. »Ein kurzer Blick ist gestattet, meine Dame, ehe ich ihn an die Fische verschleudere ... eigentlich schade. Ich hab ihn Tag und Nacht getragen, die letzte Zeit.«

»Auch in der Reithalle?«

»Immer ... Und ich hab mir vorgestellt, wie hübsch er aussehn wird an Ihrer kleinen Hand. Moment. Probieren Sie ihn schnell. Geben Sie mir Ihr Pfötchen ...« Gabor streifte meinen rechten Handschuh ab, das heißt, die Handschuhe, denn ich trug drei Paar übereinander, wie unsere schöne Kaiserin, und steckte mir den Ring an den Mittelfinger. »Passt!!«, rief er dann, küsste schnell meinen Daumen und sagte: »So, ja, wirklich recht nett. Und jetzt geben Sie ihn wieder her, und weg damit.«

»Nicht so hastig. Ich hab ihn noch gar nicht richtig goutiert.«

»Nicht nötig.«

»Doch.« Ich wandte mich ab und bewunderte den Ring. War *der* schön! Hundert Strumpfbänder war der wert. Drei Trauben auf einem Goldreif. Eine rote aus kleinen Rubinen. Eine weiße aus winzigen schimmernden Perlen und eine grüne aus rundgeschliffenen Smaragden. Dazwischen, fein ziseliert, Weinblätter und Ranken.

»Innen ist eine Gravur«, sagte Gabor leichthin, »nur drei Worte. Aber in Großbuchstaben: OMNIA VINCIT AMOR. Das interessiert Sie aber auch nicht, nehm ich an.«

»Nicht im Geringsten.« Ich hielt die Hand in die Sonne.

»Wahrscheinlich besitzen Sie schon tausend solche Ringe von unglücklichen Verehrern, wissen nicht, wohin damit ...«

»Millionen!«

»Was sag ich! Verwüstungen richten Sie an in der Männerwelt ...«

»Absolut! Mit heidnischer Lust, ich hab nichts anderes zu tun.« Und ich lächelte ihn von der Seite an.

»Das genügt«, sagte Gabor plötzlich ernst und zog auch seinen linken Handschuh aus.

»Was genügt?«

»Meine liebe Minka, sehn Sie mich nicht so an mit Ihren unwiderstehlichen Kirschaugen.«

»Sonst?«

»Sonst!«, sagte Gabor, neigte sich zu mir, nahm mein Gesicht in seine Hände und küsste mich.

Er küsste mich auf den Mund, mit geschlossenen Lippen, lang und zart. Und er stöhnte leicht dabei. Und plötzlich lagen wir uns in den Armen und wiegten uns hin und her.

Und wieder geschah etwas Seltsames.

»Sie sind meine große Liebe«, flüsterte Gabor, und kaum hörte ich diese Worte, drangen sie von meinen Ohren hinauf in den Kopf und lösten sich auf in einen Schauer weißer Funken, die hinunterrieselten über meine Schultern und Arme bis zu meiner Taille, und im Magen explodierten sie, und eine süße Schwere durchdrang plötzlich alle meine Glieder und füllte mich aus, und ich lag in Gabors Armen, unfähig, mich zu rühren.

Was war das? Lähmung?

Unsinn! Das ist die Liebe.

Gabor und ich. Ich fühlte den glatten Stoff seiner Uniform an meiner Wange. Hörte sein Herz klopfen, schnell und wild. Sein Atem ging stoßweise, lange, lange hielten wir uns fest.

»Minka!«, schon begann er mich wieder zu küssen, mit seinem weichen Mund, auf die Stirn, auf die Schläfe. »Das hab ich mir *ewig* schon gewünscht. Wissen Sie was? Wir tun was ganz Gewagtes ... wir ... wenn wir allein sind, sagen wir uns DU.« Jetzt küsste er mein Ohr. »Wir sagen uns DU. Das ist so *intim*. Magst du?«

»Ja«, flüsterte ich halb bewusstlos.

»Ich sag dir ein Geheimnis. Die Prinzessin Valerie und ihr Mann – wenn sie allein sind und es keiner hört, dann sagen sie sich DU. Und ihre Cousine in Wien, die Majestäten, wenn sie unter sich sind, tun sie das auch. Und ab jetzt schreib ich dir per Du. Ist es dir recht?«

Ich nickte.

»Meine Minka. Sag mir was.«

»Was soll ich Ihnen ...« Ich brach ab. Es war zu gewagt. Zu

keinem einzigen Familienmitglied sagte ich du, und jetzt auf einmal musste ich …

»Was soll ich *dir*«, verbesserte Gabor, »wiederhol es. Mir zuliebe! Bitte! Tu's!«

Ich riss mich zusammen. »Was … soll ich dir sagen?«

Gabor lachte. »Siehst du? Geht ganz leicht. Das ist jetzt unser Geheimnis. Das verrat ich keinem. Auch nicht dem Attila. Das wissen nur wir zwei. Und was du mir sagen sollst … du sollst mir versprechen, dass du meinen Ring tragen wirst.«

»Ich werde deinen Ring tragen. Ich geb ihn nicht mehr her.«

»Meinst du es ernst?«

»Ganz ernst.«

»Dann sind wir jetzt heimlich verlobt«, sagte Gabor feierlich. »Ich weiß, das ist verboten. Aber ich will nichts riskieren. Wenn einer daherkommt und fragt, ob du seine Frau werden willst, wirfst du ihn hinaus. Jeden andern Heiratsantrag lehnst du ab.«

»Wer soll mich denn fragen?«

»Weiß man nie. Wimmelt hier von schlauen Wölfen. Beim letzten Hauskonzert, beim Prinzen Hohenlohe, erinnerst du dich? Verschlungen hat man dich mit Blicken.«

»Hab ich gar nicht bemerkt.«

»Und bei der jungen Lebensretterin, wie du auf die Bühne geschwebt bist, mit deinen offenen Haaren, in dem lila Rüschenkleid, du hättest die Kommentare hören sollen …«

»Ich war nicht absichtlich kokett«, verteidigte ich mich.

Gabor lachte stolz. »Das weiß ich. Aber du hast was Besonderes. Du ziehst Liebe an wie ein Magnet. Hat mein alter Herr gesagt. Dabei fehlt ihm sonst jede Poesie.«

Er drückte mich fest an sich. Schloss die Augen. Doch sie waren nicht ganz zu. Unter seinen dichten schwarzen Wimpern sah ich einen feinen Streifen Weiß. Und dieser schmale Streifen rührte mich so ungemein – ich hätte ihn küssen können dafür. Was ich auch sofort tat.

Das hatte er nicht erwartet.

»Minka! Du liebst mich!« Stürmisch presste er mich an sein Herz, begann schwer zu atmen, sein Mund glitt auf meinen Hals …

»Was tust du?« Ich erschrak.

»Ich küsse meine Verlobte.«

Ich befreite mich aus seinen Armen. »*Heimlich* Verlobte«, sagte ich.

»Heimlich, aber nicht mehr lang.« Gabor nahm meine beiden Hände in seine. »Sowie ich in der Lage bin, am 18. August abends beim Kaiserball, halt ich an um deine Hand.«

»Das musst du nicht.«

»Pardon?«, rief Gabor überrascht. »Das muss ich schon, wenn du meine Frau werden willst.«

»Aber zuerst bleiben wir lange verlobt.«

»Warum?«, rief Gabor verständnislos.

»Weil das schön ist.«

Gabor führte meine Hände an seinen Mund. »Wir bleiben nur so lang verlobt, wie wir unbedingt *müssen*«, sagte er bestimmt. »Keine Sekunde länger. Wir müssen heiraten. Sonst können wir nicht allein zusammen sein.«

Ich schwieg.

»Was hast du denn? Hab ich dich erschreckt? Sag's mir, Minka. Was ist denn los?«

Ich seufzte. Die längste Zeit überlegte ich nämlich schon, wie Gabor auf das Wort Josephs-Ehe reagieren würde. Nur, das Wort wollte mir nicht über die Lippen. Nein. Es war der falsche Moment. Besser, ich schob es noch hinaus.

Gabor hob meine rechte Hand, bewunderte seinen Ring an meinem Mittelfinger, seufzte dann. »Ich muss dir noch was sagen.«

»Was denn?«

»Falls alle Stricke reißen … sagen wir, mein Vater besteht auf der Fogossy und deine Leute lehnen mich ab, was ganz unwahrscheinlich ist, aber gesetzt den Fall … dann schlag ich vor, wir bleiben beide ledig und sind uns ein Leben lang treu.«

»Ja, das tun wir.«

»Weißt du«, Gabor sah mich ernsthaft an, »ich bin nicht wie die andern. Ich werde gerne Offizier, aber ich mag das nicht. Herzen brechen aus Eitelkeit. Damit man gut dasteht vor den Kameraden. Verstehst du? Weibchen ins Unglück stürzen. Alles versprechen, am Handgelenk das Flechtarmband aus ihrem Haar, damit es jeder sieht. Und in der Tasche schon die Miniatur von einer andern ... Ich will eine große Liebe. Die immer hält. Nämlich dich. Ich hab dich gesehn, in der Hinterbrühl, und gewusst: Das ist sie. Das ist die Einzige auf der ganzen Welt ...«

Er brach ab und nahm mich wieder in die Arme. Was soll ich sagen, es war himmlisch. Sein starker Körper, in dem ich wie zu Hause war, sein Gesicht so nah ... Ich hab es noch nicht erwähnt, doch Gabor trug einen Schnurrbart, wie alle Herren. Nur Dienstleute waren weich rasiert. Und dieser Schnurrbart war dunkel, fein und glatt und so gestutzt, dass er den Mund frei ließ. Und dieser Mund schien mir plötzlich überirdisch schön, und ich weiß nicht, woher ich ihn nahm, den Mut, plötzlich fuhr ich mit meiner Zunge die Konturen dieser vollen, roten Lippen entlang.

Ein Ruck ging durch Gabor.

Er stöhnte auf, nahm dann meinen Kopf in beide Hände ... und tat es mir nach, langsam, zärtlich, und plötzlich, ich weiß nicht wie, begegneten sich unsere Zungenspitzen – nur den Bruchteil einer Sekunde –, doch es war wie ein Feuerstoß!

Vor Schreck bekam ich Atemnot, mein Herz klopfte zum Zerspringen, auch Gabor rang nach Luft – dann sanken wir uns ermattet in die Arme und hielten uns fest.

Was war *das* wieder? Ein Feuerstoß von meinem Mund direkt in meinen Leib. Noch nie hatte ich ein Gefühl von solcher Stärke verspürt.

Eng umschlungen saßen wir auf dem flachen Stein, im Schatten der alten Weiden. Die Bienen summten, die Wiese duftete, zwei Zitronenfalter schraubten sich höher und höher im Hochzeitsflug, taumelnd vor Glück. Dass Falter so hoch fliegen können ... ich sah ihnen nach, bis sie nur noch zwei helle Punkte waren am Firmament.

Plötzlich aber bekam ich Angst. »Wenn uns die Prinzessin sieht.«

»Sie ist eingeweiht«, sagte Gabor sanft, »wir haben noch Zeit.« Tatsächlich ließ sie uns eine halbe Stunde allein. Und als sie zurückkam, hustete sie laut, als Warnung, sodass Gabor aufspringen und sie stehend empfangen konnte.

»Ich hab dem gnädigen Fräulein ins Ohr geflüstert, was man heut auf Schloss Ennsegg über sie gesagt hat«, meinte er unschuldig und zog seine Handschuhe wieder an. »Sie haben es auch gehört, nicht wahr? Dass mein Papa überzeugt davon ist, wir gewinnen am 18. August.«

»Hab ich, hab ich!«, rief die Valerie mit ihrer tiefen Stimme. »Morgen setz ich fünfzig Gulden auf euch zwei.«

»Sie sollten tausend setzen«, rief Gabor überschwänglich. Die Valerie lachte. »Habt Ihr euch alles gesagt? Hoffentlich habt Ihr euch nicht heimlich verlobt. Wart ihr vernünftig?«

»Jawohl, liebste Prinzessin«, Gabor half mir auf, »kein Grund zur Sorge. Wir haben nur ein bisschen konversiert.«

In dem Moment fiel mein flacher brauner Hut ins Gras. Er musste sich gelöst haben, durch die Küsse, ohne dass ich es bemerkt hatte. Gabor bückte sich blitzschnell und hob ihn auf. Dann hielt er ihn verlegen in der Hand.

»Sehr stürmische Konversation.« Die Valerie verbiss ein Lächeln. »Meine liebe Minka, hast du eine zweite Hutnadel? Nein? *Keine?* Ein kluges Fräulein hat *immer* eine bei sich. Merk dir das für die Zukunft ... pass auf. Du kriegst eine von mir. So, gib her die braune Flade ... *voilà*!« Sie steckte mir geschickt den Hut fest. »Jetzt ist sie wieder präsentabel, die Mamsell.«

Gabor hatte inzwischen seine Reitgerte und meine Handschuhe aus dem Gras aufgelesen. Nun stellte er sich zu uns.

»Wenn es gestattet ist – ausnahmsweise –, ich hätte noch eine große Bitte.«

»Gestattet.«

»Ich hab dem gnädigen Fräulein einen Ring geschenkt. Aber damit sie ihn tragen kann, würden Sie die Güte haben ... ich meine ... will nur fragen«, er begann zu stottern. »Könnten Sie erklären, dass der Ring von Ihnen kommt?«

»Hast du Schulden gemacht bei einem Juwelier? Dass du so unvernünftig bist. Das ist mir *nicht recht*.«

»Es handelt sich um einen Borosy-Ring.«

»Das ist was anderes«, sagte die Valerie versöhnt. »Herzeigen!«

Ich streckte meine rechte Hand aus, sie warf einen wohlwollenden Blick darauf.

»Reizend. Ein Familienring. Genau wie meiner. Ich hab haargenau denselben. Bildschöne Arbeit. Hab ich immer gesagt.«

Gabor wandte sich zu mir: »Mein Großvater hat diese Ringe anfertigen lassen als Gastgeschenk für liebe Freunde und Verwandte. Das ist Sitte in Ungarn. Man offeriert sie zur Erinnerung.«

»Noble Herren, unsere Madjaren«, bekräftigte die Valerie. »Minka, jetzt zeig ich dir was«, sie entblößte ihre linke Hand, »das ist ein Hunyadi-Ring. Den hat man mir geschenkt bei meinem letzten Besuch. In der Mitte ist ein Rubin, und daneben, rechts und links, das ist der Kopf von einem Raben mit einem Ring im Schnabel. Das ist ihr Wappentier. Aber euer Wappen, Gabor, mit den Trauben ist auch recht hübsch. Minka, kannst du Ungarisch?«

»Leider nein.«

»Das solltest du lernen. Meine Cousine in Wien spricht Ungarisch so gut wie Deutsch. Sie spricht es sogar lieber. Weißt du, was Wein heißt? Auf ungarisch?«

»Leider auch nicht, nein.«

»Bor.«

»Bor … heißt Wein?«

»Jawohl, mein Kind. Und der Herr Borosy ist der Herr von Wein. Gabor, deinem Wunsch wird stattgegeben: Liebe Minka, du behältst den Ring. Er ist von mir, als Talismann, damit du durchhältst bis zum Sieg. Er bringe dir viel Glück. Und jetzt reiten wir heim, ich hab euch schon genug Zeit geopfert. Zu Haus wartet man auf mich.«

Den ganzen Weg zurück zur Kaserne hätte ich schreien können vor Glück. Keine Fogossy. Die Gefahr war gebannt. Gabor wollte die Elviri nicht und umgekehrt. *Ich* trug seinen Ring am Finger. *Mich* wollte er als Frau. »Du« sagten wir uns, und ganz Enns brachte er durcheinander, damit eine Kaution zusammenkam. Er redete nicht nur, er handelte wie ein Mann … und er hatte mich berührt mit *nackten Fingern*! Ich hatte die Wärme seiner Haut gefühlt, sicher Unkeuschheit in höchstem Grad. Und erst die Küsse. Und dann der gewisse … mit der Zungenspitze … kalte Schauer liefen über meinen Rücken.

Noch nie hatte ich so etwas Aufregendes erlebt. Es war schöner als Kaffeetrinken. Schöner als der Applaus nach der jungen Lebensretterin auf der Bühne. Die Liebe war das Schönste auf der ganzen Welt. Doch Hermine hatte Recht: *Harmlos* war die Schose *nicht*!

Ich war so versponnen in meine Gedanken, dass ich die Adda zu führen vergaß. Prompt blieb sie stehn, mitten im Wald, schnupperte herum, nieste ausgiebig, kostete ein Eichenblatt, und erst ein Warnruf der Prinzessin brachte mich wieder in die Wirklichkeit zurück.

Doch dann ging alles wie von selbst. Ich führte die brave Stute mit leichter Hand, und in schönster Harmonie erreichten wir die Reithalle, wo Hermine bereits ungeduldig im Schatten einer großen Kastanie auf uns wartete.

Seltsamerweise akzeptierte sie die Sache mit dem Ring. Doch als sich die Prinzessin verabschiedet hatte, musterte sie mich streng von Kopf bis Fuß. »Ja … was ist denn *das*?«, rief sie plötzlich voll Argwohn. »Eine Hutnadel von der Prinzessin Valerie? Wie kommt denn die daher? Und wo sind deine schönen Nadeln mit den roten Glasperlen? Was ist passiert?«

»Ein Ast hat meinen Hut aufgespießt«, log ich schnell, »im Wald. Um ein Haar hätt ich mir ein Auge ausgestochen …«

»*Was? Mon Dieu!* Du reitest mir *nie* mehr durch den Eichberg. Gabor. Hörst du? Dass mir das *nie wieder vorkommt*. Und mit dem Springen wird's auch nichts. Die Minka hat Post gekriegt. Sie muss sofort antworten und sich bedanken. Du darfst uns zum Hotel begleiten, wenn du einen Spaziergang machen willst. Mehr nicht. Wir essen heute *tête-à-tête*, die Minka und ich.«

Gabor ging freudig mit uns nach Haus. Und vor dem *Schwarzen Adler* küsste er Hermine und mir die Hand. Als er nach meiner griff, prickelte es plötzlich von meinen Zehen bis zum Kopf. So was Schönes, ein Handkuss … süchtig werden könnt man danach.

Während des Essens war ich stumm. Hunger hatte ich keinen, ich war viel zu aufgeregt. Ja, ich war so geistesabwesend, dass mir Hermine eine Strafpredigt hielt. Erst als sie mir die Post zeigte, die für mich gekommen war, kam ich wieder halbwegs zu mir. Es war ein Brief aus Wien.

Aus dem k.u.k. Civil-Mädchenpensionat in der Josephsstadt. Ein Rundschreiben an alle neuen Zöglinge, von der Pensionatsmama verfasst (so nannte man die Directrice), begleitet von einem Buch, *Bettgeschichten für Engel*, das sie uns wärmstens empfahl. Hermine las mir auch gleich ein paar Seiten daraus vor.

Es war eine Geschichte über die sündige Welt. Über schlechte Männer und falsche Freundinnen, die junge Mädchen ins Verderben stürzten. Über Kupplerinnen und ruinierte Frauenzimmer, die alle nach vielen Umwegen in Höhlen des Lasters landeten, in Kaschemmen voll Sinnlichkeit – alles Worte, die ich nicht verstand.

»Was tut man in einer Kaschemme?«, wagte ich zu fragen.

»Man frönt der Sinnlichkeit.« Die Antwort war knapp.

»Und bitte, was ist das? Sinnlichkeit?«

»Das Gegenteil von Anstand und Sittlichkeit.«

»Ja, aber was *ist* das?«

»Eine Todsünde.« Hermine klappte das Buch zu.

»Aber wie frönt man der … der … äh … wie *geht* das? Bitte, das versteh ich nicht.«

»Das brauchst du auch nicht, meine liebe Minka, dazu bist du viel zu jung. Merk dir nur eins: Ein *anständiges* Mädchen weiß von *nichts*. Nur verlotterte Existenzen, ich meine, Weibsbilder ohne Scham sind aufgeklärt. Du hörst dir die Geschichten einfach an. Das genügt.«

»Ich würde aber trotzdem gerne wissen …«

»Und mir wär's angenehm, wenn du nicht mehr solche Fragen stellst«, rief Hermine gereizt. »Du brauchst dir nur zu merken: Wer sündigt gegen das sechste Gebot, dem kommt's *tonnenschwer* zurück. Bei jedem Verstoß gegen die Keuschheit folgt die Strafe auf dem Fuß. Und jetzt überleg dir, was du schreibst, zum Dank. Wir brauchen einen netten Brief …«

Den Rest hörte ich nicht mehr.

Es überlief mich nämlich siedend heiß.

Der ganze heutige Nachmittag war ein einziger Verstoß gewesen gegen das sechste Gebot. Du sollst nicht Unkeuschheit treiben. Und starb man, ehe man die Unkeuschheit beichtete, kam man unweigerlich in die Hölle. Und das war jetzt der Fall.

Ich fühlte nämlich plötzlich einen scharfen Stich im Bauch, und etwas Unbekanntes, das ich vorher nie gespürt hatte, krampfte sich in mir zusammen. Ich schnappte nach Luft – da beruhigte es sich. Doch sofort verkrampfte es sich wieder. Und wieder. Und wieder. Und auf einmal fühlte ich Feuchtigkeit. Und Todesangst stieg in mir hoch.

Ich stand auf. »Bitte um Verzeihung. Ich muss mich kurz zurückziehn.«

Hermine nickte gnädig, und ich eilte den langen Gang entlang hin zur Toilette, besser gesagt, dem Plumpsklo (auf jeder Etage gab es zwei), und kaum hatte ich die Tür verriegelt, sank ich erschöpft auf die Holzbank neben dem runden Deckel. Doch den ließ ich zu, denn meist stieg ganz scheußlicher Gestank daraus hervor.

Ich fuhr mit der Hand unter meine Röcke. Nass!!! Und als ich meine Finger dann betrachtete, wäre ich um ein Haar in Ohnmacht gekippt. Meine Finger waren dunkelbraun – braunrot. BLUT!! HILFE!! Ich verblute. Das ist die Strafe. Die Hölle streckt ihre Fangarme nach mir aus!

Vor Entsetzen war ich wie gelähmt. Es stieß mich auf vom Magen. Ich lehnte den Kopf an die kühle Wand. Mein Herz dröhnte mir in den Ohren. Jetzt war alles aus. Das blüht dem Sünder. Aber dass ich so jung sterben muss – *nie* hätt ich das gedacht.

Mit letzter Kraft stand ich auf, schleppte mich zu Hermine zurück, ich fühlte, ich war weiß wie die Wand.

»Minka!!« Meine kleine Gouvernante starrte mich an wie einen Geist. »Wie schaust denn *du* aus??«

»Ich muss sterben«, flüsterte ich heiser und sank neben ihr auf einen Stuhl.

»Nicht, solang ich *lebe*«, rief Hermine vehement und schloss mich fest in die Arme. »Was hat dich denn so erschreckt?«

»Ich verblute«, würgte ich hervor, »ich muss eine innere Verletzung haben, vom Reiten …«

»Hast du Bauchweh?«

»Sehr. Und von Herzen bereu ich, wenn ich Sie je gekränkt hab, und bitte um Verzeihung.«

»Krämpfe hast du auch?«

»Ja.«

Hermine ließ mich los und küsste mich auf die Stirn. »Du stirbst nicht«, sagte sie dann resolut. »Das ist ganz normal. Das ist die Monatliche. Wenn man erwachsen wird, kriegt man das.«

»Wirklich?«

»Kein Grund zur Besorgnis, mein Schatz.«

Erleichtert atmete ich auf. Nach dem ersten Kuss kriegt man die Monatliche. Interessant. Dann fiel mir Gabor ein. Der Arme. Hatte er eben dasselbe durchgemacht?

»Kriegen die Herren das auch?«, fragte ich voll Mitleid.

»Nicht die Herren, Dummerl.«

»Warum denn nicht?«

»Weil sie immer stark sein müssen. Kämpfen. Uns verteidigen. Das können sie sich nicht leisten … und wir zwei gehn jetzt hinauf. Und ich sag gleich der Zilli Bescheid. Brauchst dich nicht fürchten. Ich hab sowieso schon gewartet, dass das kommt …«

»Warum kriegt man die Monatliche?«

»Nur so«, sagte Hermine vage und sah an mir vorbei.

»Und wie lange dauert's?«

»Drei, vier Tage.«

»Vier *Tage*?? Jeden *Monat*?«, rief ich entsetzt.

Hermine lachte auf. »Das ist keine Affär'. Man gewöhnt sich daran.«

Oben in meinem Zimmer schnürte mir Hermine sofort das Mieder auf. Und dann erschien Zilli, die Wangen vor Eifer rot, und gratulierte mir, dass ich jetzt erwachsen war. Sie hielt einen breiten, weißen Stoffgürtel mit Knöpfchen in der Hand, den sie mir um die Mitte band. Und an diesem Gürtel befestigte sie ein dickes, weiches Ding, das aussah wie ein Strudel, nur bestand es aus vielen Lagen weißen, fast durchsichtigen Stoffs. Dieses Ding kam zwischen meine – pardon – Beine. Und darüber – »damit nix durchgeht« – ein gestricktes rotes Tuch aus Wolle. Das wurde ebenfalls an den Gürtel geknöpft. Dann verpasste man mir eine Hose aus schwarzem Cloth, streifte mir ein Nachthemd über den Kopf und legte mich ins Bett. Hermine las die Geschichte fertig, über die Lügen-, Laster- und Sinnlichkeitswelt, die ich sofort wieder vergaß, küsste mich besonders zärtlich und sagte: »Meine große Minka, gute Nacht, und wenn du was brauchst, genier dich nicht. Klopf an die Wand, und ich bin bei dir.«

Sie sperrte meine Tür ab, und ich hörte, wie sie in ihr Zimmer ging. Endlich allein! Ich kostete den Schlummertrunk, den mir Zilli gebracht hatte – ein Glas Rotwein mit Zucker und Zimt –, aber schlafen konnte ich nicht. Ich hatte Bauchweh, wälzte mich im Bett herum – und ärgerte mich.

Das ging wirklich Schlag auf Schlag. Nach dem unbequemen Mieder, dem Skandal um meine Geburt, dem bestialischen ES, dem Tod im Kindbett jetzt auch noch vier Tage bluten *jeden Monat*! Nie hätt ich das Erwachsenwerden so herbeigesehnt, hätt ich das gewusst! Und immer hieß es nur: Man gewöhnt sich daran. Und wenn man sich nicht daran gewöhnt? Und was kommt als Nächstes daher??

Aber dafür hatte ich heute meinen ersten Kuss gekriegt. Und ich trug Gabors Ring. Zärtlich fuhr ich mit der Zungenspitze über die drei Trauben, die sich kühl anfühlten und glatt – und ich musste nicht sterben. Das war das allerschönste. Aber das war heute ein Tag. Mein Verlobungstag, Dienstag, der 27. Juli 1875. Den vergess ich nie.

Und wie wird's weitergehn? Was wird Hermine sagen, wenn sie es erfährt? Und meine Tante? Die wird springen vor Glück, das stand fest. Doch ich musste gewinnen am 18. August. Und morgen, das Training mit der Monatlichen, wie sollte das gehn? Ich durfte keinen Tag verlieren … ach was! Gabor hatte mich geküsst. Und in der Früh würden wir weitersehn.

KAPITEL XIV

Die Sache war schlimmer als gedacht. Vier Tage lag ich ungeschnürt im Bett und durfte nicht reiten. Eine Katastrophe. Vier Tage ohne Gabor. Doch am Sonntag, den 1. August, war der Spuk vorbei, und das Training begann erneut.

Ich hatte Glück im Unglück: Der General war am Sonntag noch immer nicht zurück. Wieder ritten wir mit der Prinzessin Valerie, aber diesmal hinüber nach St. Florian, zu dem prachtvollen Augustiner-Chorherren-Stift, das sich messen kann mit jedem Schloss. Wieder war die Prinzessin gütig und ließ uns kurz allein, und diesmal verlor ich meine Hutnadeln nicht. Wir küssten uns aber auch nur ein einziges Mal, und nachdem ich mich entschuldigt hatte für die vier verlorenen Tage (einen Grund gab ich nicht an) und Gabor meinte, dass wir alles spielend wieder aufholen würden, ging es zurück nach Enns, ohne Zwischenfall – und ein neuer Abschnitt begann.

Der letzte meines Trainings. Springreiten. Wie aufregend das klang. Das heißt, zuerst gab es Springtheorie, und die Kunst des Fallens wurde geübt.

Es war das erste Mal, dass Hermine zusehen durfte beim Unterricht, und obwohl sie eine Stickerei mitgebracht hatte, rührte sie sie nicht an, sondern verfolgte jede meiner Bewegungen, jeden Blick mit Argusaugen, und sosehr ich mich auch bemühte, Gabor gegenüber gleichgültig zu wirken, ich war nicht sicher, ob es mir gelang.

Gabor gab ebenfalls sein Bestes.

»Gnädiges Fräulein«, sagte er in kühl-offiziellem Ton, »beim Springen kommt man leichter aus dem Sattel. Doch damit Ihnen nichts geschieht – falls es je zu einem Sturz kommt, was *gänzlich unwahrscheinlich* ist, sehn Sie bitte her, ich zeige Ihnen, wie man fällt, ohne dass man sich verletzt. Also …« Er ließ sich in den Sand fallen und sprang ohne Anstrengung wieder hoch. »Haben Sie bemerkt? Man geht langsam in die Knie, lässt sich dann sanft zur Seite fallen und rollt sich dabei ab. Nicht wie ein Stock steif zur Seite *kippen*, sondern immer schön rund. So verliert man die Angst vor dem Boden. Versuchen Sie es jetzt mit mir?«

Gemeinsam sanken wir in den Sand.

»Exzellent!«, rief Gabor, kniete sich vor mich hin, legte die Hände um meine Mitte und half mir hoch, »könnt nicht besser sein. Und jetzt noch einmal allein, wenn ich bitten darf. Und nicht fürchten, ganz gelöst sein, dann kann nichts passiern.«

Wie gelöst kann man sein – mit einem engen Mieder um den Leib? Natürlich stach es mich bestialisch in den Hüften, sowie ich den Boden berührte, aber Gabor lobte mich in den höchsten Tönen, schon machte die Sache Spaß.

Ein paar scharfe Stiche gegen feurige Blicke, blaue Augen, die leuchteten vor Stolz – das war ein guter Tausch. Aber leider beim simplen Fallen blieb es nicht.

»Und jetzt stellen Sie sich auf diese Stufe«, befahl Gabor nach einer Weile, »und tun genau dasselbe noch ein Mal. In die Knie gehn so tief als möglich – keine Angst … ich fang Sie auf. Und später dann steigen Sie auf diese Kiste und machen das Ganze noch einmal. Nicht vergessen, seitlich fallen lassen und abrollen dabei.«

Die Zeit verging. Ein Mann mit Reitergeist kennt keinen Schmerz. Ich zog mir eine frische Sammlung blauer Flecken zu, das Mieder begann höllisch zu stechen, doch kein Ton drang aus meinem zärtlich geküssten Mund. Hoffnungsfroh ließ ich mich zu Boden gleiten, denn Gabor richtete mich freudigst wieder auf und sah mir dabei tief in die Augen. Ich wäre auch vom Dach gesprungen, hätte er das von mir verlangt.

Nach dem dritten Fall von der Kiste hielt er mich besonders lange fest, seine Hände um meine Taille, wollte heimlich etwas sagen, aber kaum öffnete er den Mund, stand Hermine auf und kam im Eilschritt auf uns zu.

»Das genügt!«, rief sie alarmiert. »Gabor, alles mit Maß und Ziel. Keine Übertreibung. Es ist schon sieben vorbei.«

»Was, so spät?«, rief Gabor überrascht.

»Ich bin halb verhungert, und meine Minka ist kein Zirkusakrobat. Kannst nicht ein bisserl Rücksicht nehmen? Schau sie an. Staubig wie ein Vagabund. Höchste Zeit, dass sie nach Haus kommt. Minka, direkt fiebrig siehst du aus … hoffentlich wird's dir nicht zu viel. Nein! So geht das nicht …« Und sie klopfte meine Röcke ab, bürstete den Sand von meinen Ärmeln, richtete den neuerdings verrutschten Hut.

»Bitte um Verzeihung«, sagte Gabor schuldbewusst. »Manchmal geht mein Ehrgeiz mit mir durch.«

Hermine öffnete ihren roten Pompadour und zog etwas silbrig Glitzerndes hervor.

»Minka, das hab ich dir mitgebracht.«

»Was ist das, bitte sehr?«

»Windbäckerei. Aus feinem, weißen Zucker. Geht sofort ins Blut. Es gibt nix Besseres gegen Erschöpfung. Gabor. Möchtest du auch?« Sie öffnete das Stanniolpapier und hielt es uns hin.

»Gern. Besten Dank.«

»Schmeckt's?«

»Danke, wunderbar«, sagte ich. Und dann ging alles schief.

»Jetzt was andres«, sagte Hermine zu Gabor. »Isst du heute mit uns?«

Seltsame Frage, dachte ich, natürlich tut er das. Aber Gabor sah plötzlich schuldbewusst zu Boden.

»Wenn ich könnte, mit dem größten Vergnügen«, meinte er dann und vermied meinen Blick. »Die Sache ist nur … Boris von Russland ist in Enns – und gibt einen Herrenabend im Casino … Ich hab vorgestern schon zugesagt.«

»So. Einen Herrenabend?« Hermine klang nicht begeistert. »Mit einem Russen! Wo jeder weiß, die Russen trinken jeden Ungarn unter den Tisch. Hoffentlich wird das kein fürchterliches Besäufnis. Mach uns keine Schande. Hörst du? Denk an deinen Papa, und benimm dich *comme il faut*.«

»Selbstverständlich, liebste Tante.« Gabor küsste Hermines kleine Hand. »Darf ich Sie nach Haus begleiten?«

»Nein. Der Bürgermeister holt uns ab.«

»Gestatten, dass ich mit Ihnen warte, bis er kommt?«

»Gestattet.«

Gabor begleitete uns hinaus, richtete mehrmals das Wort an mich, draußen, vor dem Tor, aber ich blieb stumm. Alles in mir war in Aufruhr. Ich war verletzt, betrübt, empört und im

Endeffekt voll Wut. Vier Tage hatte mich Gabor nicht gesehn – und er zog mir einen saufenden Russen vor! Außerdem, es war der letzte Abend ohne den General, und den hatte ich mir anders vorgestellt: In Gabors Gegenwart, und wie hätten wir uns amüsiert.

Er hätte uns einladen können zum *Goldenen Ochsen*. Dort war heute Lampionfest, und viele Bekannte waren dort.

Er hätte uns mitnehmen können in den Schlosspark. Dort hielten die Herrenreiter Reunion, und die Prinzessin und der Hauptmann Schiller kamen später hin.

Er hätte uns auch ins Gasthaus *Zur Sonne* begleiten können, in die Stiegengasse. Dort tagte der Poetenverein, und das Gedicht wurde heute ausgewählt, das man vortragen würde, am Kaisergeburtstag, das hätte mich fasziniert.

Er hätte uns zumindest ein Glas Met spendieren können. Und eine Mandeltorte, bei Gallas Vater, in der Wienerstraße, in der hübschen Konditorei, beim Zuckerbäcker Pumb.

Und was würde sein?

Ein Essen allein, ohne Gabor im Hotel. Ich ging ihm nicht ab, er sehnte sich nicht nach mir, er zog mir fremde Herren vor, *Summa summarum*: Lieben konnte er mich nicht. Er sprach nur schöne Worte, doch es folgte keine Tat, alles war Illusion …

In der Kutsche war ich schweigsam wie das Grab. Und als wir endlich anlangten im Hotel und Hermine sagte: »Also, mein Schatz, Punkt acht zum Essen am Familientisch – und nimm dein Englischbuch mit«, knickste ich wortlos und wandte mich ab.

»Nur keine Enttäuschung zeigen. Minka! Haltung! Besen verschluckt«, rief mir Hermine nach, als könnte sie Gedanken lesen, »kein krummer Rücken. Voran wie ein Mann!«

Mann! Das war ein Witz.

Ich war tapfer wie ein Mann, fleißig wie ein Mann, aber nur solang es den Großen gefiel. Kaum war die Arbeit mit der Adda vorbei, gehörte ich wieder zum schwächeren Geschlecht, musste brav nach Haus, während Gabor hinein ins Vergnügen ritt. Wo war er nicht überall gewesen in letzter Zeit, während sein Papa ebenso fröhlich auf Brautschau ging. Bei rauschenden

Festen in den umliegenden Schlössern. Bei Preisschießen im Schützenhaus, Koreandolifesten in Steyr. Einem ungarischen Mulatság. Einem Geburtstagsball in Wels. Herrenabenden in Linz, Urfahr und St. Valentin. Oder nur bei einer »Männersache«. Fragen Sie mich nicht, meine Damen, für zarte weibliche Ohren ist das nichts. Kurz und gut: Abend für Abend taten sich die aufregendsten Dinge in Gabors Welt, von der ich ausgeschlossen war. Ich hätte schreien können vor Zorn.

Wütend schleppte ich mich die Treppe hinauf. Wozu lernte ich reiten? Um zu Haus zu sitzen und zu leiden? Ein Jahr meines Lebens würde ich geben, um ein Mal mitzudürfen in die verlockende, glitzernde Männerwelt.

Doch das Schlimmste war: In sechs Tagen hatte Gabor Geburtstag. Zwanzig Jahre wurde er alt, am Samstag, den 7. August. Und mit keinem Wort hatte er bisher erwähnt, dass er uns als Gäste wünschte, Hermine und mich. Er gab ein großes Fest, hieß es, für eine fesche Bande wilder Ungarn. Aber wilde Ungarn hin oder her: Er war mein Verlobter! Wo er war, dort wollte ich sein. Ich trug seinen Ring am Finger. Und wenn er morgen nichts sagt, beschloss ich, werde ich krank. *Richtig* krank. Keine Frauensache. Dann adieu die Güter auf Ragusa, die zehntausend Gulden, adieu die Kaution, werft sie mir nach!

Kriege ich morgen keine Einladung, LERNE ICH NICHT SPRINGEN! Soll er sich blamieren vor der ganzen Stadt.

Auf schmerzenden Gliedern quälte ich mich die Stufen hoch. In dem Moment eilte Lizzi die Treppe hinab, appetitlich und frisch wie immer, mit strahlend weißer Schürze – und zu meinem größten Erstaunen blieb sie vor mir stehn und sprach mich an. Wir sahen einander zwar jeden Tag, grüßten freundlich, doch noch nie hatten wir ein Gespräch geführt. Ich war ein gnädiges Fräulein. Lizzi gehörte zum Personal. Privat gab es keinen Kontakt.

»Gnädige Fräulein«, sagte Lizzi, »muss ich schnell was fragen. Hab ich auf Sie gewettet an Kaisergeburtstag, mit meine ganze Ersparnisse. Hoffe ich herzlich, lassen Sie mich nicht in Stich?« Und sie sah mich an mit ihren türkisen Augen, als hinge ihr ganzes Leben von mir ab.

»Nein, nein. Keine Angst«, beruhigte ich sie sofort. »Ich tu mein Bestes und jetzt ... werd ich mich noch mehr bemühn ...« Doch in dem Moment begann das Mieder so bös zu stechen, dass ich auf die nächste Stufe sank und nach Luft rang.

Sofort war Lizzi an meiner Seite, griff mir fest unter den rechten Arm und half mir hoch.

»Geht besser?«, rief sie besorgt. »Warten Sie. Bring ich Sie jetzt gleich hinauf in Ihre Zimmer. Darf man kein Unfall riskieren, jetzt knapp vor große Tag.«

»Danke, Lizzi.« Ich hielt mich am Geländer fest. »Lass dich nicht aufhalten ... geht schon ...«

»Nein, nein. Hab ich genug Zeit.« Dann sah sie sich um, ob auch keiner in der Nähe war, und flüsterte: »Gnädige Fräulein. Eine Frage. Glauben Sie, kann ich auch reiten lernen? Glauben Sie, würde junge Exzellenz von Borosy mir auch Stunden geben? Wenn ich bitte? Sehr lieb?« Sie sagte es ganz eindringlich, als wäre es unendlich wichtig für sie.

Ich starrte sie an. Ein seltsames Ansinnen. Von einer Tortenköchin. Meinte sie das ernst?

»Haben mich verstanden?«, flüsterte Lizzi. »Oder hab ich gesagt größte Blödsinn? Dann tut mir Leid.«

»Nein, nein, interessante Frage. Man kann alles lernen. Aber Reiten ist ein Martyrium. Empfehlen kann ich dir das nicht. Mir tut alles weh. Ich bin am ganzen Körper blau.«

»Blau?«, wiederholte Lizzi in einem Ton, als hätte sie nie nach einer Reitstunde gefragt. »Dann bitte, kommen mit mir in mein Zimmer. Hab ich gute Pomade für Sie.«

»Du lädst mich ein in dein *Zimmer*?«, rief ich erstaunt. »*Wirklich?* Ja, dann ... komm ich gern.«

Lizzi ließ nämlich niemanden in ihr Zimmer. Keiner hatte es je betreten, nicht einmal meine Tante. Lizzi hielt als Einzige im Hotel ihre Tür versperrt. Kein Stubenmädel durfte hinein, sauber machte sie selbst, und Onkel Louis akzeptierte das.

»Das ist die persönliche Freiheit«, kommentierte er. »In seinem Zimmer kann jeder tun, was er will.«

»Möchten sich bisserl anhalten? Damit nicht wieder stürzen?« Lizzi bot mir hilfreich ihren Arm. Das war aber nicht mehr nötig. Die Aussicht, dieses sagenumwobene Zimmer endlich zu Gesicht zu kriegen, erfüllte mich mit Elan! Eifrigst folgte ich ihr hinauf unters Dach, wo ich noch nie gewesen war, einen langen holzgetäfelten Gang entlang, der zur Hofseite führte. Hier war ein Teil der Mädchenzimmer untergebracht. Vor einer soliden Eichentür blieben wir stehn.

»Darf ich bitten?«, sagte Lizzi freundlich, sie hatte aufgeschlossen, ohne das geringste Geräusch – und sie ließ mir den Vortritt in ihr Heiligtum. Sie sperrte auch gleich wieder ab, steckte den Schlüssel in ihre Schürzentasche und ging zum Fenster, um es zu schließen. Ich sah mich inzwischen um. Wer hätte das gedacht.

So wohnt keine Angestellte. Aber auch keine Dame. So wohnt ja, wer? Mir fehlte der Begriff. Doch was ich sah, faszinierte mich zutiefst.

Lizzi besaß auch einen Teppich. Genau wie ich. Nur war ihrer nicht grün, sondern schokoladenbraun. Mit rosa Rand. Und darauf lag ein Wiener Fußkissen, kostbar bestickt, mit Petit point, wie man es sonst nur in vornehmen Schlafzimmern sieht.

Der Raum war nicht groß. Dafür aber freundlich und hell, mit einem breiten Fenster nach hinten hinaus. Und das Seltsamste war: Er war elegant und vulgär zugleich. Das hatte ich noch nie gesehn.

Auf dem Schrank standen bunte Heiligenbilder in Reih und Glied neben billigen Andenken aus Kur- und Ausflugsorten. Das war domestikenhaft. Sie wurden aber überstrahlt von einem prachtvollen Fächer aus Straußenfedern in Makart-Rot, der hinter dem Krimskrams an der Wand befestigt war. Ich kam aus dem Staunen nicht heraus. Solche Fächer sieht man sonst nur in den großen Salons. Nicht einmal meine schöne Tante besaß einen Fächer von Makart. Dafür aber die Prinzessin Valerie, die ihren in größten Ehren hielt.

Hans Makart, wie jeder weiß, war der berühmteste Maler der Monarchie. Vor sechs Jahren war er nach Wien gekommen, und alles, was er berührte, porträtierte, sammelte, entwarf – seine satten Farben, seine Art, einen Raum zu schmücken, eine Decke zu verzieren, Vorhänge zu drapieren, alles,

alles wurde blitzartig Mode und verbreitete sich wie ein Lauffeuer durch das ganze Kaiserreich – siehe Roter Salon bei uns im Hotel. Wie aber kam dieses Prunkstück von Fächer in Lizzis Besitz?!

Die Möbel in dem Zimmer waren solide. Dunkel und geschnitzt. Sie gehörten zum Haus. Auf dem großen Tisch in der Mitte aber stand ein prunkvoller russischer Samowar aus Silber neben einer sonnengelben Vase aus Keramik. Und in dieser Vase stand ein Makart-Strauß aus exotischen Gräsern, bunten Federn, Seidenblumen, märchenhaft schillernden Kugeln aus mundgeblasenem Glas. Das war wieder Lizzis Eigentum.

Ebenso die bildschöne Ikone über ihrem Bett: die schwarze Madonna von Tschenstochau. Lizzi folgte meinem Blick: »Schön, nicht wahr?«, meinte sie stolz. »Ist das Königin von Polen. Muttergottes regiert mein Heimatland. Ist sie große Nummer eins. Dann erst kommt Kaiser. Hinten nach. Haben Sie nicht gewusst, Fräulein Minka? Nein? Dann sag ich Ihnen was: Weil Madonna ist unsere Königin, haben polnische Herren große Respekt vor jede Frau. Werden wir viel besser behandelt als Damen hier in Österreich von die Ehegemahl. Was sich Damen hier gefallen lassen – Polin kann nur drüber lachen … Kommen jetzt mit mir? Gebe ich Ihnen was.«

Ich folgte Lizzi an die Fensterwand. Dort stand ein großer Spiegeltisch, darauf eine Unzahl von Töpfchen, Flaschen, Gläsern, Phiolen, Schalen, Kännchen und ein Mörser aus Porzellan.

Darüber, auf Schnüren, dicke Bündel getrocknete Pflanzen, von glänzenden Bändern in verschiedenen Farben zusammengehalten. Und von all diesen Dingen ging ein verwirrend süßer Duft aus nach Blüten und tropischen Hölzern und schwebte wie eine feine Wolke über dem ganzen Raum – ich hatte es sofort gerochen, als ich zur Tür hereingekommen war.

Es lag aber auch eine silberne Toilettengarnitur auf dem Spiegeltisch: zwei Bürsten, zwei Kämme, ein Handspiegel mit Griff, kostbar ziseliert, wie man es sonst nur in reichen Häusern sieht. Und daneben, auf einem roten Deckchen aus Brokat – was war denn das? Ein weißes Etui. Und obwohl ich mich bemühte, nicht neugierig zu starren, entdeckte ich die Worte WOHLFAHRT und LINZ in Goldbuchstaben auf den Deckel gepresst.

Da drinnen musste das Kreuz aus Brillanten sein.

Schnell wandte ich den Kopf ab. Und mein Blick fiel auf ein Buch. Ein Buch! Im Zimmer einer Köchin. Das hat die Welt noch nicht gesehn. Meine Tante hatte Recht gehabt. Lizzi konnte wirklich lesen und wahrscheinlich auch schreiben!

Doch was war das für ein Buch? Ein Lehrbuch! Französisch für Anfänger.

Jetzt konnte ich mich nicht mehr halten.

»Lizzi! Du lernst Französisch?«

»Ja«, sagte Lizzi verlegen und strich über ihre blütenweiße Schürze, »lern ich. Aber kann ich noch nicht viel.«

»Das werden wir gleich sehn. Löböff, der Ochs«, begann ich ein Sprüchlein, mit dem man Kinder die ersten Worte lehrt.

»Lavasch, die Kuh«, antwortete Lizzi prompt.

»Ferme la porte!«

»Die Tür mach zu.«

»Aber, Lizzi, das geht doch wie geschmiert!«

Wir brachen beide in Gelächter aus.

»Parlez-vous Franzä?«, rief Lizzi übermütig, »g'schnittene Nudeln in Kaffä!«

Dann hielt sie sich die Nase zu. »Nä … nä … No … Nous … leider hat mich noch mit Aussprache. Kann ich nicht die Nasenlaute …«

»Nasallaute«, verbesserte ich.

»Nasallaute«, wiederholte Lizzi, »krieg ich noch nicht hin, wie sich gehört.«

»Wird schon werden. Nur geduldig sein. Aber warum tust du dir das an? Warum lernst du Französisch? Du musst es aber nicht sagen, wenn es ein Geheimnis ist.«

Lizzi wurde rot. »Ist kein Geheimnis«, sagte sie dann, »aber weiß man nie, wozu man braucht. Weiß ich nur eins, gnädige Fräulein, lernt man nix in Leben umsonst. Und jetzt schauen bitte her, kennen Sie das?«

Sie nahm einen Topf aus Steingut vom Spiegeltisch, entfernte vorsichtig das darübergebundene Tuch und hielt ihn mir hin. »Bitte, riechen. Ist das gut?«

»Mhhhhm. Das duftet. Was ist das?« Ich betrachtete die gelbe Pomade.

»Ringelblume. Salbe.«

»Wo hast du die her?«

»Selbst gemacht.« Lizzi lachte. »Kann ich alles, gnädiges Fräulein, nicht nur Torten backen. Ist meine Mutter Badefrau bei Gräfin in Polen. Hab ich viele Rezepte von ihr gelernt. Kann ich Duftwasser machen und Schönheitscreme. Und wenn Sonne hat gegerbt Gesicht, hab ich feine Salbe, macht Haut wieder weiß und zart. Mach ich alle Schönheitsmittel für Ihre Frau Tante, gnädige Frau Tanzer. Kann ich Öle machen für Bad und Salbe, die macht Lippen rot. Und andere Salbe, die macht raue Hände weiß und weich. Sehen bitte her«, sie hielt mir ihre hübschen, kleinen Händchen hin, »bin ich Patissière. Arbeit ich viel mit meine Hand. Aber erraten kann man nicht!«

Tatsächlich! Lizzis Hände waren weich und gepflegt, wie die einer vornehmen Dame. Auch die Nägel waren nicht abgebrochen. Sie waren rund gefeilt, auf Glanz poliert, rosa und fein.

Lizzi drehte mir ihre Handflächen hin: »Hab ich noch bisserl Schwielen«, meinte sie bedauernd, »muss ich nämlich sehr viel rühren. Hab ich nicht immer Hilfe, und für gute Torte rührt man drei viertel Stunde oder doppelt so lang, braucht man viel Kraft. Aber, gnädige Fräulein, schlaf ich jetzt immer mit Handschuh'. Jede Nacht. Geb ich meine Pomade drauf, und Haut ist in die Früh ganz weich. Nach zwei freie Tage hab ich Hand wie Prinzessin. Sieht man überhaupt kein Unterschied.«

»Was du alles weißt …«

»Tut man, was man kann«, meinte Lizzi bescheiden, »und jetzt, Fräulein Minka, das ist Geschenk.« Sie drückte mir den Steinguttopf in die Hand, er war kühl und schwer. »Heilt das alles. Reiben sich bitte ein, überall wo tut weh, werden heute Nacht nicht leiden.«

»*Merci*, Lizzi. Ich revanchiere mich.«

»Brauchen nur Reiten gewinnen. Sonst nix. Haben Sie heut' so traurig ausgesehn, ganze liebe Gesicht voll Melancholie. Deshalb war ich mutig und hab angesprochen. Auf der Treppe, vorhin.«

»Heut' hab ich mich auch gekränkt«, sagte ich bitter, »stundenlang plag ich mich in der Reithalle. Im Sand hab ich mich wälzen müssen, weißt du, von einer hohen Kiste hab ich mich fallen lassen müssen, ich hab gedacht, ich sterbe. Und was macht der Herr von Borosy? Wie wir fertig sind? Obwohl sein Vater in Wels ist und er tun kann, was er will?«

»Was?«, fragte Lizzi, und ihre türkisen Augen waren voll Mitgefühl.

»Tröstet er mich? Nein. Ladet er uns ein? Zum Pumb auf eine Torte oder sonst wohin? Isst er wenigstens mit uns heute Abend? Keine Frage! Er hat eine Herrensoiree im Offizierscasino. Mit einem russischen Prinzen und einer Bande fescher Ungarn, und ich kann zum Kuckuck … nein! Zum Teufel gehn!«

Lizzi bekreuzigte sich.

»Oh, pardon! Bitte um Verzeihung. Das ist mir so herausgerutscht …«

»Polnische Herr wär bei Ihnen geblieben«, sagte Lizzi bestimmt.

»Er ist aber kein Pole.«

»Tscheche hätt Sie auch nicht sitzen lassen.«

Ich seufzte und setzte mich auf die gepolsterte Bank vor dem Spiegeltisch. Lizzi zögerte eine Sekunde, dann nahm sie neben mir Platz.

»Ja, der Ungarn«, meinte sie dann und rümpfte ihre zarte, kleine Nase, »sehr, *sehr* charmant. Aber denken immer nur an eins: ihre Amusement.«

»Kannst du mir bitte sagen … weißt du, was sie *tun*, wenn sie unter sich sind, die Herren? Nacht für Nacht für Nacht? Sie sind ja nie zu Haus.«

»Kann ich mir schon denken«, meinte Lizzi sanft.

»Und weißt du, was mich am meisten kränkt? Am Samstag hat er seinen zwanzigsten Geburtstag und gibt einen Mulatság. Und bis jetzt hat er mich nicht eingeladen. Und meine Gouvernante auch nicht.«

»Und Sie würden gern gehn? Am Samstag? Zu die Mulatság?«

»Unbedingt!«

»Ist aber gar kein gute Idee«, Lizzi schüttelte missbilligend den Kopf, »Mulatság ist nur für ungarische Herren. Ist für Fräulein von Frischenbach viel zu wild. Aber, wenn Sie wollen, arrangier ich für Sie feine Plan. Mulatság wird sein in *Goldene Ochsen*, nehm ich an. Schließen wir Geheimbund, wir zwei, schleichen wir ganz heimlich fort, in schwarze Nacht, wenn Gouvernante schläft, gratulieren wir zu Geburtstag, trinken Glas Tokajer mit Herrn von Borosy und seine Gäste und schleichen wieder heim.«

»Lizzi«, sagte ich entgeistert, »ausgeschlossen! Nein! Eine Dame geht nicht alleine aus.«

»Ich schon!«

»Was?!«

»Ich schon! Aber bitte, sagen nix weiter. Weiß keiner was davon.«

»Du gehst aus? *Allein?*«

»Geh ich aus. Und wenn möchten, nehm ich Sie mit.«

»Lizzi, wir zwei, ganz allein, ohne Einladung, auf einem Fest, das nur für Herren ist – wenn man das entdeckt, hab ich einen schlechten Ruf, und meine Zukunft ist ruiniert.«

»Wer soll denn entdecken?«, fragte Lizzi, Hochmut in der Stimme.

»Alle. Jeder, der uns sieht.«

»Entdeckt keiner gar nix! Hören mir gut zu: Männer sind so dumm … *Droschkengaul* ist dagegen eine Philosoph! Nicht einmal Herr von Borosy entdeckt uns. Verkleiden wir uns, gnädige Fräulein, machen perfekte Maskerade und lachen uns heimlich kaputt!«

Schockiert sah ich sie an. Was war das für eine gottlose Rede?

»Haben Angst wegen gute Ruf? Ja? Dann sag ich Ihnen was: Vorhin haben Sie gefragt: Was tun feine Herren? Nacht für Nacht für Nacht? Haben Sie eine Ahnung, was heimlich alles treiben. Weiber in Österreich sind ganz naiv. *Alles* lassen sich verbieten. Allerkleinste Koketterie ist größte Sünde. Kleines Rendezvous in Eichberg, harmlose Spaziergang mit Kavalier in Au, und Ruf ist ruiniert. Aber der Herren? Ruinieren Weiber rechts und links und lassen dann in Stich ohne Gewissensbiss. Und saufen. Und spielen. Und riskieren ganze Vermögen bei blöder Wette. Und stechen sich gegenseitig ab wegen winzige Beleidigung und schießen wild herum in gefährliche Duell, und keiner regt sich auf. Ist nix ruiniert die gute Ruf. Ist alles erlaubt in Männerwelt. Größte Filou bleibt ein Gentleman, solang Kaiser nix erfährt und er sein Spielschulden zahlt!«

»Wirklich?«, fragte ich atemlos.

»Wirklich wahr!«

»Aber nicht der junge Herr von Borosy.«

Lizzi hob die Achseln.

Mein Gott!

Was taten sich da wieder für Abgründe auf! Ich wusste nicht, was ich erwidern sollte, also nickte ich vage, hielt mich an meinem Pomadentopf fest, und da Lizzi nichts mehr sagte, stand ich langsam auf und wandte mich zum Gehn.

Dabei fiel mir eine blaue Truhe auf. Ich hatte sie vorhin nicht bemerkt. Sie stand in einer Nische, neben der Tür, war auf Bauernart bemalt, mit Rosen, Blättern, einer Krone und einem Herz, hatte einen flachen Deckel, und auf diesem Deckel lag – ein Spiel magischer Karten.

Lizzi legte Karten!

Wollüstige Schauer jagten über meinen Rücken. Jetzt wusste ich, warum sie ihre Tür verschloss. Nicht nur wegen ihrer Schätze. Kartenlegen galt als heidnischer Aberglaube. In manchen Häusern war es sogar ein Kündigungsgrund. Onkel Louis war zwar nicht so streng, doch Lizzi erblasste und sagte schnell: »Verraten Sie mich nicht? Liebe, gnädige Fräulein?«

»Natürlich nicht. Aber wo hast du sie denn her, die Karten?«

»Alte Pini hat mir geschenkt, für kleine Gefälligkeit. Haben sicher schon gesehn, kleine grauhaarige Frau, bisserl schief gewachsen. Hat Ihre Onkel Leben gerettet in italienische Krieg …«

»Weiß schon. Sie war einmal Marketenderin.«

»Ja, die. Und nach Gemetzel von Solferino hat gnädige Herr heimgeführt in ihre Wagen und verwundete Bürgermeister auch, und so haben überlebt. Kommt manchmal essen, in Hotel. Wird immer behandelt wie Königin. Karten kommen aus Marseille. Sind sehr kostbar. Bitt ich Sie sehr, sagen Sie niemandem auch nur kleinste Wort.«

»Keine Angst, Lizzi. Du bist erwachsen. Du kannst tun, was du willst. Das geht mich nichts an.«

Lizzi seufzte erleichtert.

»Und?«, fragte ich dann neugierig. »Stimmen deine Karten?«

Lizzi senkte die Stimme. »Immer«, sagte sie geheimnisvoll. »Hab ich gelegt keltische Kreuz. Und richtige Antwort gekriegt.«

»Ist das schwer? Kartenlegen?«

»Nein. Ganz leicht. Aber darf man nicht zu oft fragen. Nur wenn Sache wichtig ist. Sonst werden ganz böse und antworten überhaupt nix mehr.«

»Kannst du sie für mich auch fragen? Die Karten?«

»Wenn wichtig ist, ja.«

»Dann frag sie bitte schön, ob ich gewinne am 18. August. Wenn ich nämlich verliere, auf der Stelle hör ich auf. Jetzt. Sofort. Das meine ich ernst.«

Lizzi lachte. »Hab ich längst gemacht.«

»Und? Was haben sie geantwortet?«

»Nix Schlechtes«, sagte Lizzi vage.

»Aber auch nichts Gutes?«

»Gibt kleinere Missgeschick …«

»Was für ein Missgeschick?«, rief ich verstört.

»Ganz kleine, winzig klein, so groß wie Floh«, rief Lizzi schnell, »werden Sie überwinden, leicht …«

»Sonst haben die Karten nichts verraten?«, rief ich enttäuscht.

»Doch. Aber sag ich Ihnen morgen oder übermorgen. Muss ich jetzt noch Torten glasieren. Und Schlagobers schlagen. Und müssen wir noch füllen die Brandteig-Krapfen, muss ich mich schon recht tummeln jetzt. Aber kriegen Sie von mir heute Lieblingsdessert: grüne Mandelcreme in Herz aus Marzipan …«

»Danke, Lizzi! *Merci!* Aber du musst mir noch was sagen von den Karten. Sonst kann ich nicht schlafen, heute Nacht.«

Lizzi strich ihre weiße Schürze glatt und lächelte eigenartig.

»Soll ich noch was sagen, ja?«

»Bitte, Lizzi.«

»Wird man wichtige Frage an Sie stellen am 18. August.«

»Welche Frage?«

»Wichtige Frage, die ganze Leben ändern kann.«

»Wer wird mich fragen? Haben die Karten das gesagt?«

»Nein. Aber kann ich mir schon denken, wer.«

»Wer? Wer? Lizzi! Das ist gemein!«

Lizzi lachte ihr berühmtes perlendes Lachen, das richtig ansteckend klang, und ich konnte nicht anders, ich lachte mit.

»Sag ich Ihnen, wenn ich hab nicht so eilig. Und wegen Mulatság an Samstag, lassen wir uns einfallen lustige Überraschung! Ist jetzt Sonntag, haben noch sechs ganze Tage Zeit. Weiß ich schon, wie wir könnten mitfeiern, wir zwei, ohne dass lebende Seele davon erfährt …«

»Vor allem nicht meine Gouvernante … Lizzi, wirklich. Das wäre katastrophal!«

»Hab ich schon begriffen. Mach ich Ihnen gute Vorschlag: Machen wir morgen wieder Rendezvous hier in mein Zimmer. Warte ich vor Schlafengehn auf Sie. Machen wir Schlachtplan mit perfekte Strategie, amüsieren wir uns, wie sich amüsieren feine Herren …«

»Lizzi, willst du wirklich?«

»Ja!«

»Und du hast keine Angst?«

»Bisserl schon.«

»Warum tust du es dann?«

»Mutprobe!«, sagte Lizzi stolz. »Außerdem soll keiner denken, wir sind Weibsen, wir sind blöd. Muss man auch lachen in Leben. Nicht nur fleißig sein. So, und jetzt wir gehn«, sie schloss auf, ließ mir den Vortritt auf den Gang und drehte lautlos hinter uns den Schlüssel um, »nicht vergessen, Zilli sagen, soll sie ordentlich ausklopfen Ihre Reitkleid. Seh ich überall Sand und Staub. Frische Schweißblätter soll sie nähen unter die

Achseln und gut bürsten Ihre Hut … und, gnädige Fräulein, nicht mehr traurig sein. Machen wir nicht wie andere Frauenzimmer, immer brav und immer warten und warten und warten, bis ganze Leben vergeht! Nehmen wir Sache selbst in die Hand wie Mann. Schicksal braucht ab und zu kleine Fußtritt. Hab ich schon als Kind kapiert. Dann ist brav und bringt was Schönes. Kleine Fußtritt – schon rennt wie geschmiert!«

Und sie lächelte strahlend, nickte mir zu und eilte davon.

KAPITEL XV

Lizzi hatte Recht.

Ich schlief ohne Schmerzen in der Nacht. Und Gabor würde ich es schon noch zeigen. Ja, die Aussicht auf ein echtes Abenteuer ließ mich frohlocken. Und natürlich nahm ich Lizzis Angebot an und besuchte sie wieder heimlich in ihrem Zimmer.

Man fragt sich vielleicht: Wo blieb meine gute Erziehung? Verbotene Küsse, das Du-Wort, eine heimliche Verlobung und zur Krönung auch noch eine Verschwörung mit einer Köchin? Was blieb von fünfzehn Jahren Drill?

Nun, das fragte ich mich auch – wobei ich es bewenden ließ. Tatsache nämlich war: Ich konnte Lizzi nicht widerstehn.

Noch nie hatte ich jemanden wie sie gekannt. Immer vergnügt, nicht im Geringsten unterwürfig, und was mich am meisten faszinierte: Lizzi war geheimnisvoll. Oft hatte ich das Gefühl, dass sie eine Prinzessin war, die sich zum Spaß verwandelt hatte in eine Zuckerbäckerin, und dass sie sich irgendwann einmal wieder zurückzaubern würde zu dem, was sie wirklich war.

Außerdem, was mir Hermine fünfzehn Jahre lang verschwiegen hatte, bekam ich in einer Woche aus Lizzi heraus. Das Wichtigste am Mittwoch, den 4. August 1875. An dem Tag nämlich kam es zu meinem ersten Sturz.

Ja, Springen war nicht leicht. »Pferde springen nicht gern«, hatte Gabor mir erklärt, »nur der Mensch zwingt sie dazu. Die Natur hat das nicht gewollt. Ein Ross geht immer um ein Hindernis herum, wenn man es lässt. Daher muss man immer gefasst sein, dass eine Hürde verweigert wird. Wir haben Glück mit unserer Adda, der macht das Springen nichts aus. Aber Sie müssen ihr sagen, *wann* sie springen soll. Wenn Sie ihr zu früh das Kommando geben oder zu spät, kann sie sich verletzen und stürzen. Dann verliert sie das Vertrauen in Sie. Was NIE geschehen darf. Merken Sie sich das.«

Springen erinnerte mich an Feldvermessung. Alles musste ganz exakt sein, man musste mitzählen, ganz konzentriert. Anfangs ging es nur über Stangen, die am Boden lagen, entweder einen, zwei oder drei Galoppsprünge voneinander entfernt. Aber dann wurden die Stangen auf vierzig Zentimeter gesetzt. Und dann auf sechzig. Und auf siebzig.

Nun, die Adda war das bravste Pferd.

Sie wollte mir Freude machen, sprang aber nur, wenn sie merkte, dass ich *absolut* dazu entschlossen war. Zögerte ich nur den Bruchteil einer Sekunde, verweigerte sie prompt und blieb vor der Hürde stehn.

Das geschah, wie gesagt, am Mittwoch. Es war sehr heiß, die Luft in der Reithalle schwül, die Stange wurde auf siebzig Zentimeter erhöht, und plötzlich erschien mir das haushoch. Ich bekam Angst. Überlegte zu lang. Resultat: Die Adda bockte. Ich flog aus dem Sattel und landete im Sand.

Es war ein Schock!

Jetzt verstand ich, warum viele Menschen nach einem einzigen Sturz die Finger lassen von der Reiterei. Gott sei Dank hatte ich fallen geübt. Trotzdem tat es höllisch weh. Und als ich die Augen wieder öffnete – nach einer Ewigkeit, wie mir schien –, sah ich zuerst Addas samtene Nüstern, die mich sanft beschnupperten, und dann Gabors Stiefel und die des Generals, die sich im Eilschritt näherten.

Ich hob den Kopf. Beide Herren waren kreidebleich. So hatte ich sie noch nie gesehn. Vorsichtig halfen sie mir hoch und hielten mich fest. Gabor sah aus wie der Tod. Der General stöhnte verhalten, in seinen schrägen Augen lag nackte Angst: »Um Gottes willen, Minka! Dass Sie das nie wieder tut. Uns so erschrecken, was fällt Ihr ein …«

»Bist du … Sind Sie verletzt?«, rief Gabor, Panik in der Stimme. »Riechfläschchen. Schnell.«

Ich schüttelte stumm den Kopf, sprechen konnte ich nicht. Mehr tot als lebendig stand ich da, von den Herren gestützt. Meine Knie zitterten.

»Kann Sie atmen?«, rief Zoltan von Borosy.

»*Merci* … ja … geht schon …«, flüsterte ich kaum hörbar.

»Sticht es irgendwo?«, fragte er nach einer Weile.

»Nein, gar nicht«, sagte ich tapfer, obwohl mich das Mieder

noch nie so gequält hatte und ich sicher war, nur knapp dem Tod entronnen zu sein.

»Wenn Ihr übel wird, vom Magen her, ist das ein schlechtes Zeichen«, sagte der General, »wenn Ihr schlecht wird zum Erbrechen, ist irgendwas gebrochen ... wie fühlt Sie sich?«

»Ich weiß nicht ...«

Der General löste den schwarzen Fächer von meinem Handgelenk, öffnete ihn, und mit einer rührenden Geste fächelte er mir frische Luft zu. »Wird's besser?«, fragte er dann. »Kann Sie gehn?« Vorsichtig tat er einen Schritt. Ich folgte ihm, an seinen und Gabors Arm geklammert. Stumm marschierten wir eine Weile auf und ab.

»Gefahr vorbei«, sagte ich, als meine Knie nicht mehr zitterten. »Mir ist auch nicht schlecht, es war nur der Schreck.«

Der General gab mir den Fächer zurück. »Geben wir auf?«, fragte er erstaunlich milde.

»Ein Mann mit Reitergeist gibt nicht auf«, sagte ich sofort.

»Sie wollen den Sprung wiederholen?«, rief Gabor ungläubig.

»*Superb!* Bravo!!! Natürlich will sie, Gabor. Bist du taub? Meine Taktik hat gewirkt, das Herzerl merkt sich, was man sagt. Sie wird noch werden wie die Kaiserin. Die segelt auch über alle Hürden wie ein Schmetterling. Also, Minka«, er kniete vor mir nieder, nahm meinen Fuß in die Hand und hob mich mühelos aufs Pferd, »noch ein Mal von vorn. Siebzig Zentimeter sind nicht hoch. Alle Kräfte sammeln. Der Adda zeigen, *Sie* ist der Herr. Tapfer über das Hindernis. Und drüben gleich Zucker geben. Und schön tun der Braven, sie hat's nicht bös gemeint. *Nihil fit sine cause.* Nichts geschieht ohne Grund.«

Diesmal klappte der Sprung ganz wunderbar.

»*Magna cum laude!*«, dröhnte der General und warf mir eine Kusshand zu.

Und Gabor, der neben mir hergelaufen war, fasste die Adda am Zügel und liebkoste sie, als hielte er mich im Arm.

»Wenn Sie gestatten, Papa«, rief er dann laut, »wenn ich denke, wie die Frau Baumeisterwitwe beim Kaiserfest aus dem Stand über fünfzig Zentimeter hüpft, und dann kommt unser Fräulein und schwingt sich im Galopp über ein Meter zwanzig … das ist das Ende von dem Kossanik. Da wird er bersten vor Wut.«

Ich erschrak. Ein Meter zwanzig? So hoch? Davon hatte man mir nie ein Wort gesagt. Außerdem – eine kleine Verletzung und adieu die Kaution, die Güter bei Ragusa, Attilas Gage bis 1885 …

»Kriegt Sie wieder Angst?«, dröhnte der General, als könnte er Gedanken lesen. »Das ist nicht erlaubt. Das Beste nach einem Sturz sind ein paar gute Sprünge. Schlage vor, wir versuchen achtzig Zentimeter. Mutig sein. Es gilt?«

Es galt.

Zweimal segelte die brave Adda mit mir über die höher gesetzte Stange, präzise wie ein Uhrwerk, und zum ersten Mal hatte ich das Gefühl, jetzt sind wir eins. Ross und Reiter, ein Fleisch ein Blut. Der General war außer sich vor Glück.

»Mein Fräulein, Gratulation! Das war echter, ungarischer Reitergeist! Das Ärgste ist überstanden! Ich bin stolz auf Sie!« Das sagte er auch Hermine, als sie mich holen kam, und dann befahl er strikte Bettruhe und ganz leichte Kost im Liegen auf meinem Zimmer, damit ich mich von dem Sturz gründlichst erholen sollte.

Bettruhe? Wunderbar!

Kaum war ich liebevoll versorgt mit Gemüsepastetchen und Käsesoufflee, kaum war ich eingehüllt in eine leichte Tagesdecke und Hermine hatte den Schlüssel umgedreht im Schloss, stand ich lautlos wieder auf, schlüpfte in meinen rosa Domino, setzte die Kapuze auf, öffnete die Tür mit dem Nachschlüssel, den mir Lizzi besorgt hatte, eilte die Hintertreppe hinauf unters Dach und den stillen Gang entlang zu der gewissen Tür. Dort klopfte ich viermal kurz – unser geheimes Zeichen –, schon wurde mir aufgetan.

Lizzi hatte bereits auf mich gewartet. Es war ihr freier Abend, und sie trug kein Häubchen, keine Schürze, nein, in einem plissierten safrangelben Tageskleid empfing sie mich, das prachtvolle Haar geflochten und zu einer Krone aufgesteckt. Sie strahlte wie eine Sonne und war so schön, dass ich auf der Schwelle stehen blieb.

»Lizzi, gehst du aus?«

»Nein«, sagte Lizzi und bat mich ins Zimmer, »aber hab ich heut noch kleine Rendezvous.«

»Was?? Wo? Und mit wem??«

Lizzi lächelte stolz. »Kann ich nix sagen. Ist große Geheimnis. Aber ist jemand, ist total in mich vernarrt.« Und sie stemmte ihre Hände in die eng geschnürte Taille und schwenkte ihre Röcke hin und her.

Ich begann zu kichern, Lizzi fing an zu lachen, und lachend wie zwei ungezogene kleine Mädchen setzten wir uns an den großen Tisch mit dem exquisiten Makart-Strauß. Lizzi hatte Tee für mich gemacht und einen Silberteller bereitgestellt mit feinen kleinen Herzen aus Marzipan: zwei grünen, zwei roten, zwei himmelblauen, und auf den blauen waren Zuckerveilchen als essbarer Schmuck. Ich kostete ein blaues – mmmh, war das gut! Lizzi griff mit spitzen Fingern nach einem roten und kaute mit ihren kleinen, weißen Zähnen genüsslich daran herum. Ich beobachtete sie fasziniert.

»Dein Rendezvous ist ein verbotenes, nicht wahr?«

»Bisserl schon«, sagte Lizzi träumerisch.

»Ist es eine Sünde? Ich meine, ist es eine Art Rendezvous, das man beichten muss?«

»Kann schon sein.« Lizzi hatte das Herz verspeist und nahm geziert ein Schlückchen Tee. »Aber reden wir nicht von mir, gnädige Fräulein, reden jetzt von Ihnen. Ist gut gegangen heute? Reiterei? War wieder gemein die General? Hat wieder grässlich ordinär geflucht?« Erwartungsvoll lehnte sie sich zurück.

»Nein, heute nicht. Aber stell dir vor, um ein Haar hätt ich mir den Hals gebrochen. Weißt du, was passiert ist?«

»Nein«, sagte Lizzi atemlos.

»Ich bin vom Pferd gestürzt!«

»Große Gott! Und wo tut weh?«

»Überall. Die rechte Schulter und der ganze rechte Arm. Schau her.« Ich schlug den rosa Domino zurück. Lizzi neigte sich zu mir und schüttelte das Haupt.

»Ja«, meinte sie dann, »wird größere Bluterguss, fürchte ich.

Aber nur keine Angst. Kenne ich mich aus. Verkleinern wir Übel so gut wie geht.«

»Und der linke Fuß am Ballen«, ich zog meinen weißen Hausschuh aus, »und die ganze große Zehe. Schau her. Sie ist ganz rot. Mit dem Fuß geb ich der Adda die Zeichen, weißt du? Und die Reitstiefel sind mir zu eng.«

Lizzi stand auf, nickte mir beruhigend zu, ging zum Spiegeltisch, goss Öl in ein kleines Glas, gab von drei verschiedenen Fläschchen je zwei Tropfen dazu und kam wieder zu mir zurück.

»Werden wir gleich haben, gnädige Fräulein«, sagte sie in aufmunterndem Ton. »Sind Sie wirklich tapfer. Wird gleich besser sein.« Sorgsam strich sie die Mischung auf Schulter und Arm. Es duftete köstlich, und der Schmerz ließ tatsächlich nach.

»Lizzi, das ist eine Wohltat. Und sag: Wieso riecht das so gut?«

Ich war gewöhnt, dass Arzneien scheußlich rochen, tranig, bitter oder scharf, vor allem die, die man schlucken musste. »Wenn's nicht grauslich ist, hilft's nichts!« In der Wiege hatte ich das schon gehört. Aber offensichtlich war das falsch.

»Riecht gut, weil ist echte kostbar ätherische Öle von Lavendel und Rosmarin und Fichte. Geb ich Ihnen Rest in kleine Flascherl, tun Sie nochmals drauf vor Schlafengehn. Und für arme Fußerl hab ich auch was.« Sie berührte sanft meinen großen Zeh. »Ist ganz heiß. Hab ich mir gedacht.«

»Ich fürchte, ich kann morgen nicht reiten. Ich komm in keinen Stiefel hinein.«

»Aber nein. Bis morgen Abend ist wieder gut.« Lizzi ging wieder zu ihrem Spiegeltisch und kam mit einer kleinen grünen Flasche zurück. Dann schürzte sie ihre Röcke, setzte sich auf das Kissen mit der Petit-point-Stickerei, goss zehn Tropfen in ihre Handfläche und rieb vorsichtig meinen linken Fuß ein – nie hatte mir je etwas so wohl getan! Es roch köstlich nach Minze, und sofort wurde die heiße Haut so kühl, als hätte ich den Fuß in ein Gefäß mit Eiswasser gestellt.

»Was ist denn das wieder, Lizzi? Mein Gott, riecht das gut.«

»*Mentha piperata*«, sagte Lizzi stolz. »Darf man aber nicht zu viel nehmen und nie hineintun in Wasser von Bad, sonst kann sterben. Kühlt ganze Körper ab, verwandelt man sich in Eisberg. Aber ist ideal für heiße Füße. Und für große Ball. Vorher einreiben mit die Minze, dann tanzt man ganze Nacht leicht wie Feder, ohne Brennen auf die Haut, und Füße schwitzen nicht, und kommt Kavalier und will trinken Champagner aus Tanzschuh von gnädige Fräulein, wunderbar! Braucht sich nicht genieren, ganze Schuh duftet …«

»*Was* hast du gesagt? Champagner aus einem *Schuh*?«

Lizzi lachte. »Ja! Tut man in Ungarn und Tschechien und bei uns in Polen. Wenn feine Herr hat Herz verloren. Trinkt auch Badewasser von geliebte Kreatur …«

Jetzt musste ich auch lachen. »Lizzi, du fantasierst.«

»Nein! Fantasier ich nicht.«

»Er trinkt *Badewasser*?«

»Badewasser«, sagte Lizzi mit Nachdruck.

»Wie soll er denn zu dem Badewasser kommen?«

»Besticht Stubenmädel mit kleine Geschenk, füllt sie ihm Flascherl ab, ehe wegschüttet die Bad. Ist nix dabei.«

»Lizzi, das glaub ich nicht.«

»Ist aber wahr. Elsa Hopf macht jede Sommer exzellente Nebengeschäft in Mälzerei. Hat man von mir auch schon Wasser gekauft. Bin ich keine gnädige Fräulein, aber hab auch Verehrer …«

»Aber Badewasser schmeckt nach Seife. Pfui.«

»Wenn verliebt ist, schmeckt süß wie Likör.« Lizzi begann zu kichern.

»Hat dein Rendezvous, ich meine, der Herr mit dem du das Rendezvous … Trinkt der das auch?«

»Nein, der nicht.«

»Der nicht?«, rief ich überrascht. »Wer ist denn sonst noch in dich verliebt?«

»Ach, ganze Schwarm«, meinte Lizzi abfällig. »Wimmelt hier in Enns von einsame Dragoner …«

»Lizzi, warst du schon einmal verliebt?«

Lizzi schüttelte vehement den Kopf.

»Warum nicht? Du darfst das doch.«

»Bin ich nicht blöd«, rief Lizzi hitzig. »Verliebt man sich immer in die Falschen ... Puh, ist heute wirklich heiße Tag.« Sie strich sich über die Stirn, zog mir dann den Hausschuh wieder an und stand auf. »Müssen wir jetzt arbeiten an unsere Geheimnis. Verkleidung für die Mulatság.« Sie nahm einen Stuhl und rückte ihn neben meinen. »Wissen schon. Muss alles sein pikfein! Müssen wir heute noch einmal Haare aufstecken. Gestern war noch nicht perfekt. Müssen Sie dann heimlich noch viel üben vor Spiegel, damit Perücke richtig sitzt. Sitzt Perücke falsch, wirkt man gleich wie elende Schmierkomödiant. Allerdümmste Mann sieht gleich, da stimmt was nicht. Und Sie haben wundervolle Haar, genau wie Kaiserin ...«

Dann drückte sie mir ihren ziselierten Silberspiegel in die Hand und flocht mir den dicken Zopf auf. »Jetzt gut zusehn«, meinte sie und steckte sorgsam Strähne für Strähne mit schwarzen Haarnadeln fest, »am besten, jede Bewegung merken. *Voilà*, genauso muss sein. Blödeste Dragoner sieht jetzt kein Unterschied.« Ich betrachtete mich von allen Seiten. »Danke, Lizzi. Das ist wirklich perfekt. Aber sag, ich muss dich was fragen. Bist du eine von denen ... von den neumodischen Männerfeindinnen oder wie das heißt?«

»Ich?« Lizzi riss ihre türkisen Augen auf. »Liebe ich die Männer heiß. Hab ich sie so gern wie Schokolade. Warum fragen Sie?«

»Weil du immer sagst, sie sind dumm.«

»Sind sie auch«, meinte Lizzi knapp und steckte noch ein paar Haarnadeln hinter mein rechtes Ohr. »Ganze Menschheit ist saublöd, bitt ich um Verzeihung, und Herren sind kein Ausnahme.«

»Aber die Schiffe. Und die Eisenbahn. Und die Häuser. Alles haben die Männer gemacht.«

»Stimmt! Weil für Schiffe und Häuser und Eisenbahn muss man studieren, gnädige Fräulein. Und kein Frauenzimmer darf hinein in Universität.«

»Aber Lizzi! Wir können nicht auf die Universität. Dazu braucht man Latein. Und du weißt doch, dass es heißt: Latein schädigt das weibliche Gehirn!«

Lizzi sah mich seltsam an. »Und Französisch schädigt nicht?«

»Nein.«

»Und Englisch auch nicht?«

»Nicht dass ich wüsste.«

»Das ist typisch dumme Unfug!« Lizzi nahm mir den Spiegel weg. »Und wer glaubt, ist selber dumm!«

»Aber mein Vater schwört …«

»Also!« Lizzi zeigte auf den Tisch mit den vielen Flaschen. »Kenn ich Namen von alle meine Blütenöle und Pflanzen und sind alle auf Latein. Ist das *Citrus limonum*. Und *Santalum Album*. Und *Verbena officinalis*. Und *Unona odorantissima!* Ja? Finden Sie geschädigt meine Hirn?«

»Nein, gar nicht«, beschwichtigte ich sie.

»Stimmt! Ist meine Hirn superb in Schwung.«

»Daran hab ich nie gezweifelt …«

»Und gute Gesellschaft in Ungarn. Sprechen alle Latein. Herren und Damen und Töchter und sind nix kaputt im Kopf. Sind alle blitzgescheit. Und große Kaiserin Maria Theresia. Hat sie geführt Korrespondenz mit ihre Kronländer auf Latein und war gescheiter als ihre Ehemann und ihre Söhne alle miteinand. Find ich das beleidigte Frechheit, Fräulein Minka. Find ich das … find ich … so stattliche Blödsinn ich hab noch nie gehört!«

Fasziniert hörte ich zu.

In Enns war wirklich die verkehrte Welt!

Seit ich denken konnte, hatte mir mein Papa die Überlegenheit der Herren der Schöpfung eingebläut. Herren haben Verstand, Damen nur Instinkt. Männer denken im Großen, Frauen im Kleinen. Was zählt, ist der männliche Geist. Und das stärkste Argument von allen: Männer haben einen größeren Kopf, also sind sie intelligenter als jedes Weib!

»Männer haben einen größeren Kopf«, sagte ich laut.

»Hornochse hat noch viel größere Schädel«, rief Lizzi empört, »und ist trotzdem dümmer als dümmste Mensch. Sag ich Ihnen was. Denken nur ganz blöde Idioten so in hinterste Provinz …«

»Nein! Auf der ganzen Welt denkt man das. Eine Frau, die studieren will, ist so lächerlich wie ein Hund, der auf zwei Beinen steht!«

»Was??!«

»Jawohl!«

»Wo, bitteschön haben *das* gehört?«

»Das steht in meinem Englischbuch!«

Lizzi brach in herzhaftes Gelächter aus und lehnte sich zurück. »Und was steht noch in diese blitzgescheite Buch?«

»Noch was über Männer und Frauen?«

»Bitte sehr!«

»Also gestern haben wir Folgendes übersetzt: Die Natur hat dem Weib so viele Vorteile gegeben, dass das Gesetz es benachteiligen *muss*!«

»Das steht drin?«, rief Lizzi fassungslos.

»Schwarz auf weiß.«

»Rasend interessant.« Lizzi wippte mit den Fußspitzen.

»Lizzi, sag nicht rasend, das ist ein dummes Modewort ...«

»Und wer, bitte sehr, hat diese Oberschwachsinn ausgedacht?«

»Ein Engländer.«

»Wer sonst. Franzose hätt so was nie gesagt. Wie heißt?«

»Dr. Samuel Johnson. Hast du schon von ihm gehört?«

Lizzi hob abwehrend ihre rechte Hand. »Gott soll abhüten. Versteh ich wirklich nicht. Sagt das in England. Wo lebt große Königin Victoria. Hat englische Macht ausgebreitet über halbe Erdball. Ganze Welt kniet nieder vor Respekt. Und diese Samuel sagt freche Sachen über Frauenzimmer ...«

»Moment, Lizzi. Wie er gelebt hat, war die Königin Victoria noch nicht Königin ...«

»Wann hat denn gelebt?«

»Hundert Jahre früher.«

»Aha! Hundert Jahre früher. Aber wenn ist wirklich gebildet, muss er wissen, dass vorher schon war große Queen Elizabeth, Tochter von die blutrünstige König Heinrich Nummer acht. War sie intelligenteste Mensch, der England hat regiert. Hat Seemacht ausgebaut. Sind nach Indien gefahren ihre Schiffe ...«

Vor Erstaunen blieb mir der Mund offen stehn.

»Lizzi! Woher weißt du denn so viel über England?«

»Lese ich Bücher«, sagte Lizzi stolz. »Will ich alles lernen wie feine Dame auch. Sag ich Ihnen jetzt Geheimnis.« Sie senkte ihre Stimme. »Schwören Sie, niemand sagen kleinste Wort? Bitt ich um versiegelte Lippen.«

Ich hob die rechte Hand, Zeige- und Mittelfinger ausgestreckt: »Ich schwöre!«

Lizzi neigte sich zu mir. »Bleib ich nicht mein ganze Leben Köchin! Hab ich große Plan. Und Madonna von Polen hilft mir dabei.«

»Welchen Plan?«, flüsterte ich aufgeregt.

»Kann ich nicht verraten. Möchten mir helfen dabei?«

»Sofort. Aber wie?«

»Könnten mich bisserl korrigieren, vielleicht? Wenn ich Fehler mach in Französisch?«

»Sonst noch was, Lizzi? Ich helf dir, wo ich kann.«

»Danke! Haben auch Karten von Marseille gesagt. Kann man sich verlassen auf gnädige Fräulein. Ist mutig! Lasst Freunde nicht in Stich!«

»Und deshalb lernst du so viel Geschichte?«, flüsterte ich. »Für deinen großen Plan?«

»Ja, auch. Aber jetzt können wieder lauter sprechen … Über England hat mir alles erzählt Lady Margitta.«

»Oh!«

»War sie verheiratet mit englische Lord. Hat gelebt in ganze weite Welt, und wie war Witwe, ist zu uns gekommen nach Enns. War reizende Dame. Hoch gebildet. Und schön. Hat immer Stirnband getragen. Haben wir sie sehr geliebt.«

»Und sie ist gestorben?«, fragte ich atemlos.

»Ja. Haben wir alle viel geweint.«

»Ist sie in Enns gestorben?«

»Nein. Hat sie noch ein Mal Weltreise gemacht mit Prinzessin Valerie. War sie ihre Chaperon. Ist sie nicht zurückgekommen …«

»Hat man ihren Sarg nach Haus gebracht?«

»Nein. Hat kein Mensch ein Sarg gesehn. Oder Leiche«,

Lizzi sah mich prüfend an. »Heißt, in Bengalen hat sie Tiger erwischt. In Dschungel. Heißt aber auch, ist bei Maharadscha geblieben. Sehr schöne Mann! Ist dort …« – sie hielt die Hand an den Mund und flüsterte mir ins Ohr – » … seine Mätresse!«

»Seine was?!«, flüsterte ich zurück.

»Mätresse«, wiederholte Lizzi leise, »wissen, was das heißt? Ist sie Frau zur linken Hand.«

»*Mon Dieu!*«, rief ich entsetzt. »Zur linken Hand? Im Elendsquartier?«

»*Elendsquartier?*«, wiederholte Lizzi perplex. »Wie kommen denn *darauf*?«

»Weil … eine Frau zur linken Hand wohnt doch im Elend, oder nicht?«

»Nicht Lady Margitta. Lebt in luxuriöseste Marmorpalast. Trägt Samt und Seide, liegt ganzen Tag auf goldene Diwan, bisserl Nugat naschen, Tee trinken, hat auf jede Finger kostbare Ring, und stellen Sie sich vor, auch auf jede *Zeh*!!«

»Auf jeder *Zehe* einen *Ring*? Wie kann sie denn da gehn?«

»Braucht nicht gehn. Hat hundert Dienerinnen rundherum. Hebt sie Hand, wird gesalbt mit duftende Öl. Hebt sie Fuß, wird getragen in Orchideengarten in goldene Sänfte.«

»Als Frau zur linken Hand???«

Ich fasste es nicht. Es war das genaue Gegenteil von dem, was Hermine mich gelehrt hatte. »Lizzi! Woher weißt du das?«

»Stani hat mir gesagt. Zofe von Prinzessin Valerie. Hat zufällig Konversation gehört von Prinzessin und ihre hochwohlgeborene Mama, wie letzte Mal war auf Besuch.«

»Und?«

»Hat Prinzessin Brief gekriegt. Aus Indien. Stand alles drin. Hat laut vorgelesen, Stani hat zufällig durch die Tür gehört jedes Wort, von Ring auf Zeh. Aber schreibt auch, dass ihr ist schon richtig fad und dass Schule gründen will für Mädchen in ein kleine Hof von Palast. Und Brief ist nicht gekommen mit die Post. Indische Gesandte hat persönlich überbracht. Und in Brief war für Prinzessin kostbare Geschenk. Haarspange aus Gold mit große Smaragd und schöne Brillant …«

»Und wer hat den Brief geschrieben?«

»Lady Margitta. War ihr Schrift!«

»Dann lebt sie noch.«

»Wie Sie und ich. Ist viel zu intelligent, dass sich fressen lässt von wilde Bestie! Hab ich mich ganz fürchterlich gefreut. Aber darf man offiziell nix wissen. Offiziell ist gestorben, wegen Anstand und gute Ruf.«

»So ein Unsinn!«

»Nein! Ist sie verwandt mit die Bayern.«

»Wer?«

»Lady Margitta.«

»Welche Bayern.«

»Bayrische Königshaus. Ist sie verwandt über zwei Ecken mit Prinzessin Valerie.«

Ich richtete mich kerzengerade auf. »Lady Margitta und die Prinzessin sind verwandt?«

Lizzi nickte, neigte sich vor, griff nach dem Silberteller und offerierte mir noch ein Marzipanherz. Diesmal wählte ich ein rotes.

»Und weil sind liebe Verwandte und haben sich immer gern gehabt«, fuhr Lizzi fort und biss in ein grünes Herz, »und weil war frei und nicht gebunden und immer hat Abenteuer geliebt, ist sie mit auf große Reise von Prinzessin Valerie. Haben wir sie alle fürchterlich vermisst. War sie wirklich lustige Frau. Viele Verehrer hat gehabt in Enns, viele Heiratsantrag abgelehnt. ›Lizzi‹, hat gesagt, ›war ich Gattin viel zu lang. Gibt schöneres auf diese Welt. Hab ich eigene Vermögen, brauch mich nicht mehr sperren lassen in ein Käfig. Will mich amüsieren, jetzt. Will ich nur mehr das tun, was mich freut.‹«

Lizzi stellte den Silberteller zurück auf den Tisch neben den bunt schillernden Makart-Strauß.

»Wieso hast du sie so gut gekannt, dass sie dir das erzählt hat?«, fragte ich neugierig.

»Hab ich ihr oft Creme gemacht. Und Öl für Bad. Und hab ich sie immer aufgeputzt für große Ball oder Theaterstück. Hab ich sie bildschön gemacht. Hat weiße Haut wie Alabaster. Keine Falte, hat mich immer geholt, vor jede Soiree. Und dann hat gern erzählt von große Frauen in Geschichte und was haben alles geleistet Frauenzimmer in alte Zeit. War rasend interessant!«

»War sie sehr gebildet?«

»Sehr.«

»Was hat sie denn noch erzählt?«

»Viel.«

»Und du hast dir alles aufgeschrieben?«

»Nein. Hab ich mir gemerkt. Hätt sie sich kaputt gelacht über Blödsinn in Ihre Englischbuch. Hat sie gesagt: ›Lizzi, nur kein falsche Bescheidenheit. Alles, was ist Technik, haben der Männer gemacht. Aber wer, bitte schön, hat gemacht der Männer? *Frauen* haben gemacht der Männer. *Frauen* haben alle auf Welt gebracht! Deshalb dürfen ruhig Häuser bauen und Straßen und schöne Möbel und gemütlich machen auf Erdenball für Mütter und Großmütter und Frauenzimmer aus Dank für ihre Leben. Ist ihre Pflicht und Schuldigkeit. Sollen sich nur bisserl plagen. Muss Gerechtigkeit sein …‹« Sie hielt inne, denn sie sah meinen Gesichtsausdruck. Ich saß da wie erstarrt.

»Lizzi«, sagte ich, »wieso haben Frauen die Männer gemacht?«

Lizzi schlug sich auf den Mund. »Oh, pardon! Hab ich wieder zu viel geschnattert. Tut mir Leid, gnädige Fräulein, wollt ich nicht beunruhigen. Bitte, *gleich* vergessen. Und *nicht* mehr denken dran.«

Aber damit kam sie mir nicht.

»Ich *will* es aber nicht vergessen. Und wenn ich dir helfen soll bei deinem großen Plan, dann sagst du mir jetzt klipp und klar wie zu einer Erwachsenen, wieso die Frauen die Männer gemacht haben.«

Lizzi richtete ihre safrangelben Röcke und seufzte.

»Wieso? Wieso? Und seit wann?«, insistierte ich.

»Immer schon.«

»Aber wie? Lizzi? Wie??!«

Lizzi legte kurz ihren Zeigefinger auf meinen Mund: »Wenn ich Ihnen anvertraue … bleibt ganz unter uns?«

»Jedes Wort. Bei Gott!«

»Ja, dann … muss ich Ihnen wichtige Sache sagen: Ist nicht Storch, der bringt Kinder.«

»Aber das weiß ich doch längst.«

»So? Stimmt aber auch nicht, dass Buben wachsen in Kohlkopf und Mädchen in Rose, in Garten, wie wahrscheinlich steht in Ihre herrliche Englischbuch.«

»Lizzi! Das Fräulein von Frischenbach hat mich erzogen im Sinn der Neuzeit. Sie hat mir gesagt, das sind alles nur Märchen. Die Hebamme bringt die Kinder. In ihrer großen Tasche.«

»O nein«, sagte Lizzi mit Grabesstimme, »Hebamme bringt sie nicht.«

»Nicht? Aber … wer bringt sie dann?«

»Niemand bringt. Kindchen wächst in Bauch von seine Mama.«

Vor Schreck fiel mir das Marzipanherz aus der Hand. Lizzi hob es auf, blies darauf und gab es mir zurück.

»Sag das bitte noch ein Mal.«

»Kindchen wächst in Mutterleib.«

»Und wie kommt das Kind in den Leib hinein?«

»Kommt nicht hinein. Fangt einfach an wachsen.«

»Nur so?«, rief ich ungläubig.

»Nicht nur so. Muss man schon was tun, damit wachst.«

»Was, Lizzi? *Was?*«

Lizzi schüttelte energisch den Kopf. »Kann ich nicht sagen. Sind Sie noch zu jung.«

Plötzlich kam mir ein schrecklicher Verdacht. »Wenn man sich küssen lässt … wächst es dann?«

»Aber nein. Muss man schon was anderes tun.«

»Lizzi, ich bitte dich!«

Lizzi seufzte. »Kleine Putzi wächst nach eheliche Pflicht.«

Aha! Das ES. Wären wir wieder angelangt bei dem verdammten ES.

»Und was *ist* das ES? Pardon, die eheliche Pflicht?«

Lizzi zuckte die Achseln.

»Ich bitte dich! Sag es mir!«

»Nein!«, rief Lizzi vehement. »Schweig ich wie Grab. Will

ich nicht erschlagen werden von Ihre Gouvernante. Sag ich nur: Kind wächst in Bauch von Mama und wächst und wächst. Und wenn groß genug ist, so nach drei viertel Jahr, kommt heraus.«

»Wo!«

»Kommt heraus«, wiederholte Lizzi betreten.

»Aber wo, Lizzi? Aus dem Nabel?«

»Weiter unten.«

»Weiter unten wo??«

Lizzi wich meinen Augen aus. »Durch kleine, geheime Tür, Fräulein Minka. Ist noch zugewachsen bei Ihnen. Sind Sie noch zu jung.«

»Und die Tür wird groß genug, dass ein *ganzer Säugling* durchkann? Erzähl mir keine Märchen. Das hast du erfunden, damit du mich schreckst.«

»Hab ich nicht erfunden.«

»Doch!«

»Beweise!«

»Beweis ist«, sagte Lizzi laut und deutlich, »dass viele Frauen sterben bei Geburt.«

Das saß! Ich zog meinen rosa Domino enger um mich. Also starb man nicht aus Freude über das Kind, wie ich vermutet hatte, sondern weil diese verdammte Tür nicht funktionierte, wo immer sie sich auch befand!

»Ist größte Geheimnis überhaupt«, sagte Lizzi eindringlich. »Kann man verbluten bei Geburt. Oder Kind bleibt stecken. Manchmal dauert tagelang, grauslichste Sache kann passieren, manchmal holt heraus mit große Zange und tut furchtbar weh die ganze Zeit. Deshalb darf man nix sagen vor Hochzeit in Ihre Kreise, darf man nix verraten, kein Wort an junge Fräulein, weil sonst heiratet keine mehr.«

»Und die Erwachsenen wissen das?«

Lizzi nickte. »Die schon.«

»Und das Personal?«

»Personal weiß auch.«

»Und meine Tante Juliana?«

»Gnädige Frau Tanzer? Und *wie* sie weiß!«

Ich schwieg. Und der Respekt vor meiner Tante stieg.

»Hat die Lady Margitta Kinder?«, fragte ich dann.

»Nein, hat sie nicht«, sagte Lizzi schnell.

»Hat sie eine Josephs-Ehe geführt mit dem englischen Lord?«

Lizzi sah mich seltsam an. »Woher kennen denn das Wort?«

»Das kenn ich schon lang.«

»Nein. War ganz normale Ehe. Aber wollte nie große Familie, und die Lord hat gefehlt die Temperament. War bisserl dekadent ...«

»Und der Maharadscha?«

»Ja! Maharadscha lässt sie sicher nicht in Ruh. Aber stand nix drin in Brief von indische Kind. Hat wahrscheinlich Glück gehabt.«

Aha, dachte ich, Glück haben kann man auch. Nicht jedes Mal fängt sofort ein Säugling zu wachsen an.

Und jetzt endlich begriff ich, warum manche Frauen – oft noch dazu die ärmsten – zehn, zwölf, ja sogar sechzehn Kinder hatten. Den Kopf zermarterte ich mir, warum melden sie soviel Nachwuchs an? Weil sie es *nicht selbst bestimmen können*. Endlich sah ich klar.

Aber das war hoffentlich die letzte böse Überraschung auf dem steilen Weg vom Kind zur Frau. Denn was kann schlimmer sein, als sich einen lebensgroßen *Säugling* aus dem Leib reißen zu lassen, mit einer großen *Zange*? Nur das ES. Ja. Das ES musste über alle Maßen fürchterlich sein, sonst hätte es mir Lizzi gesagt.

Nur eine Hoffnung gab es noch, dass alles Lug war und Trug.

»Lizzi, wenn das Kind wirklich im Leib der Mutter wächst ... das müsste man doch sehn.«

»Sieht man auch, gnädige Fräulein.«

»Stimmt nicht«, rief ich voll Triumph, »wie mein Bruder gekommen ist ...«

»Pardon, muss ich unterbrechen, stimmt schon!«

»Nein! Du warst ja gar nicht dabei!«

»Nicht bei Ihre Mama. Aber hab ich hundert Mal gesehn. Wenn Bauch wird dicker, weil kleine Putzi größer wird, schiebt man Reifrock höher und höher, damit man nix bemerkt. Und jetzt denken bitte nach ganz scharf, wie Ihre Mama hat ausgesehn, kurz ehe Brüderlein gekommen ist?«

Ich senkte den Blick.

Lizzi hatte Recht. Kurz bevor mein Bruder kam, war die Taille meiner schönen Mutter praktisch unter ihre Brust gerutscht. Es war mir aufgefallen, doch ich hatte mir nichts dabei gedacht. Umso mehr, als keiner darüber ein Wort verloren hatte.

»Glauben mir jetzt, dass ich Wahrheit sag? Hab ich nicht gelogen, nein?«

»Nein. Bitte um pardon, Lizzi. Es tut mir Leid.«

»Schon wieder gut.« Lizzi zeigte auf das Marzipanherz, das ich die ganze Zeit in der Hand gehalten hatte. »Möchten nicht essen? Rote Herzerl? Schmeckt recht gut.«

»Glaub ich gern«, sagte ich, obwohl mir der Appetit vergangen war. »Nur noch eine Frage, bitte. Dann lass ich dich in Ruh.«

Lizzi leerte ihre Tasse Tee und lehnte sich zurück.

»Wenn man monatelang ein Kind im Leib herumschleppt und vielleicht stirbt bei der Geburt – ist das ein Vorteil?«

»Nein. Warum?«

»Weil ... in meinem Englischbuch, der Doktor Johnson, erinnerst du dich: Die Natur hat dem Weib so viele Vorteile gegeben, dass es das Gesetz benachteiligen muss ... Verstehst du, was er meint?«

»Versteh ich perfekt«, sagte Lizzi amüsiert und sah sehr weise drein. »Weiber haben Paradies unter ihre Rock. Das meint.«

»Was??!«

»Unter die Rock. Paradies.«

»Aber Lizzi«, rief ich entsetzt, »eine Dame hat *nichts* unter ihren Röcken. Höchstens Luft.«

»O doch«, rief Lizzi froh, »sagt man nur nicht laut. Müssten hören, was Mannsbilder plauschen, wenn sind unter sich, in Speisezimmer von Personal: Muss man freundlich sein zu jede Frauenzimmer, weil sie hat Gelobte Land zwischen ihre – werd ich jetzt ganz rasend ordinär – ihre Beine …« Lizzi schlug die Hände vor den Mund und wiegte sich kichernd hin und her.

Ich aber wurde dunkelrot. Da unten? Das Gelobte Land? Da war doch das Geschlechtsteil, das so hieß, damit man nie vergaß, wie schlecht es war. Und für die Mannsbilder war das das gelobte Land?

»Ich versteh kein Wort«, sagte ich laut.

»Brauchen nicht verstehn«, sagte Lizzi, die sich wieder gefangen hatte. »Haben Sie noch nix davon.«

»Denken alle so? Oder nur die Mannsbilder vom Personal?«

»Feine Herr in sein Schloss, Rossknecht in sein Stall, alle haben wilde Trieb …«

»Wilde was?«

»Trieb.«

»Was heißt Trieb, Lizzi. Wo treibt's sie denn hin?«

»Zu die Weiber«, kicherte Lizzi, »warten noch bis Samstag. Nach die Mulatság werden Sie verstehn. Tut Schulter noch weh?«

»Nein, ist schon viel besser. Danke.«

»Fußerl auch?«

»Auch«, sagte ich geistesabwesend.

»Sollen wir noch einmal Haare aufstecken? Nein?« Lizzi stand auf. »Dann bitte nicht schimpfen mit mir, wenn ich Ihnen sage schnell Adieu.«

Sofort erhob ich mich.

»Muss ich noch bisserl Vorbereitung machen für mein Rendezvous.« Spielerisch setzte sie mir die Kapuze meines rosa Domino auf. Sie war plötzlich bester Laune, im Gegensatz zu mir.

»Nicht so finster dreinschaun, gnädige Fräulein, und nicht Stirn runzeln. Kriegt man Falten sonst. Warten nur, wie lustig wird, über-übermorgen in *Goldene Ochs'*.«

»Und wenn mich meine Gouvernante sucht? In der Nacht?«

»Warum sollte suchen?«

»Keine Ahnung. Vielleicht brennt's irgendwo …«

»Brennt? Hat noch nie gebrannt bei uns. Warum ausgerechnet jetzt?« Lizzi lächelte mir Mut zu. »Brauchen sich nicht sorgen um Gouvernante. Wird sie sein kein Hindernis.«

»Wer sagt denn das? Du kennst sie nicht so gut wie ich.«

»Haben Karten aus Marseille gesagt. Gouvernante ist kein Hindernis, geschieht nämlich noch kleinere Wunder, vielleicht morgen schon. Und wenn Karten was versprechen, Fräulein Minka, dann können Gift drauf nehmen, halten sie es auch.« Mit diesen Worten hängte sie sich bei mir ein, wie das sonst nur gute Freundinnen tun, und geleitete mich zur Tür.

Und an der Tür stellte ich die wichtigste aller Fragen, die mir seit meiner Ankunft in Enns schon am Herzen lag. Mit Kinderkriegen hatte es nichts zu tun, aber mit mir und meinen Rätseln.

Lizzi sah mich lange an.

Und dann antwortete sie mir.

KAPITEL XVI

Zweieinhalb Tage grübelte ich über Lizzis Angebot nach, und je ausgiebiger ich grübelte, desto aufgeregter wurde ich, und am Samstag, den 7. August, hatte dieser Zustand seinen Siedepunkt erreicht, denn wenn mich nicht alles täuschte, war mein Vater nicht mein Vater, meine Mutter nicht meine Mutter, und ich war mit der Cousine in Wien verwandt. *Valeries* Cousine. Bitte sehr. Selbst Gabor und sein Geburtstag rückten dadurch kurz in den Hintergrund.

Die Frage, die ich Lizzi gestellt hatte, war simpel: »Kennst du eigentlich die genauen Familienverhältnisse der Lady Margitta?«

»Kenn ich«, hatte Lizzi gesagt und mich bedeutungsschwer angeblickt, »hab ich auch schon längste Zeit gewartet auf die Frage. Also, ist sie Lieblingscousine von die General, pardon, *war* sie jedenfalls, bevor ist verschwunden. Und ist sie Halbschwester von Graf Sandor, aber vierunddreißig Jahre jünger. Ist er ... Moment, neunundachtzig. Also muss sie sein jetzt fünfundfünfzig. Sind sie alle miteinander verwandt, die Margitta und die Bayern und Gouvernante und Prinzessin Valerie und Borosys und Kommandant von Regiment, halten eisern zusammen ... haben Sie nicht gewusst?«

»Nein. Und woher weißt du es?«

Lizzi hatte zu kichern begonnen. »Weiß ich immer alles, gnädige Fräulein. Kann man nix verstecken vor die Personal. Hört man zufällig durch geschlossene Tür oder offene Fenster. Kellner hört zufällig, was Herrschaft spricht bei Tisch. Kammerdiener findet zufällig geheime Briefe und liest, und jeder erzählt gleich weiter, braucht man uns nix sagen. Sind wir immer wunderbar in Bild.«

Im Bild war ich auch.

Lady Margitta war die Halbschwester des Grafen Sandor? Und ich sah ihr ähnlich wie aus dem Gesicht geschnitten? Dafür gab es nur einen Grund: Ich musste mit ihr verwandt sein. Hatte ich es nicht geahnt? Von Anfang an? Ich gehörte nicht nach Wien in die Fes-Fabrik. Ich gehörte zu Hermine und den

Borosys. Den Wienern seh ich nicht einmal ähnlich, jeder von den Ungarn gleicht mir mehr.

Also, verwandt. Fragt sich nur, wie?

Anfangs hatte ich gedacht, dass der General mein Vater war. Er hatte meine Mutter in Ungarn kennen gelernt et cetera, et cetera. Doch dann hätte er mich nicht gehasst, ehe er mich in Enns das erste Mal zu Gesicht bekam. Nein, nein, nein …

War Lady Margitta meine Mama? Auch nicht möglich, sie ist kinderlos … aber plötzlich schien es sonnenklar, dass Hermine meine Mutter war.

Immer nannte sie mich nur »mein Kind«. Seit ich denken kann, hat sie mich liebevoll umsorgt, gehegt, gepflegt, mich verteidigt wie eine Löwin, mich erzogen, fein gebildet, alles für mich getan. Und sie hat schwarzes Haar und dunkle Augen, genau wie ich. Und man hatte mich Hermine getauft, genau wie sie. Nur nannte man mich Minka, nach ihrer heiß geliebten tschechischen Taufpatin. Mein ganzes Leben hatte sie hinter mir gestanden wie ein Fels in der Brandung.

Hermine – meine Mama.

Leicht war es nicht, sich an den Gedanken zu gewöhnen, denn dann wäre das stolze Fräulein von Frischenbach, das untadelige, eine gefallene Frau … hätte sich verliebt wie ein Stubenmädel, Ja gesagt zu dem bestialischen ES … Welcher Mann hätte das geschafft?? Er müsste die Verführung sein in Menschengestalt.

Monsieur Hübsch in Wien war es nicht. Eher stellte ich mir einen Mann vor, rassig, groß, elegant wie Onkel Louis … Onkel Louis! *Mon Dieu.*

Aber … warum eigentlich nicht?

Onkel Louis hatte schwarzes Haar und dunkle Augen genau wie ich. Und sofort hatte er mich nach Enns geholt, als es in Wien nicht mehr ging. Für eine Fremde hätte er das nie getan. Und mein »Vater« in der Fes-Fabrik … immer hatte ich ihn abgelehnt. Und er mich. Aber Onkel Louis und ich – Sympathie auf den ersten Blick.

Onkel Louis mein Papa. Ja, das konnte sein. Und Tante Juliana wusste das, und es machte ihr nichts aus. Sie bestand auf einer Josephs-Ehe. Verweigerte ihm das ES, also suchte er sich eine andere, und die Arme hatte Pech gehabt, und ich hatte zu wachsen begonnen in ihrem Leib, und dann hatte man sich arrangiert.

Irgendwer hatte meiner blonden Mama eine riesige Mitgift gezahlt, in Gold, damit sie mich aufzieht als eheliches Kind, damit Hermine und ich zusammenbleiben konnten ohne Verdacht! Aber wer?

Die Frischenbachs? Onkel Louis? Oder beide zusammen? Hatte man sich die Kosten geteilt?

Halt! Falsch! Das Vermögen kam vom Grafen Sandor. Und warum? Weil ich seiner Schwester ähnlich sah. Nun, *jetzt* sah ich ihr ähnlich. Aber als neugeborenes Kind? Nein. Weil Hermine seine liebste Verwandte war, und liebt er sie, liebt er auch ihre Tochter. Er war mein Großonkel … oder was? Jedenfalls, *ich* war das kostspielige Experiment. Er wusste ja nicht, wie ich gedeihen würde, bei fremden Leuten in einer Fes-Fabrik. *Ich* war der Grund, warum über Hermines Vergangenheit nie gesprochen wurde. Ihr Vorleben war das größte Geheimnis. Nie durfte ich sie danach fragen.

Jetzt wusste ich, warum. Ja, ja, die Rätsel lösten sich, eines nach dem andern. Das erklärte auch Hermines Macht in meinem Elternhaus. Jahrelang hatte ich darüber nachgegrübelt – jetzt war klar, warum mein blonder Vater ihr gegenüber so unterwürfig war. Ihr verdankte er den Goldregen, mit dem er die Fabrik zum Florieren gebracht hatte. Sie war die graue Eminenz im Haus.

Deshalb nannte er mich »das feine Fräulein«: »*Glaubt Sie denn, dass Sie was Besseres ist?!*« Damals hätte es mir schon dämmern müssen! Ich *allein* nämlich wurde vornehm erzogen. Mein Bruder Albrecht nicht. Er hatte eine Amme, ein Kinderfräulein, später ging er zur Schule, Hauslehrer wurde keiner für ihn bezahlt.

Doch bei mir wurde nicht gespart. Die feinsten Malfarben. Das kostbarste Papier. Ein eigener Flügel! Und ich kann zurückdenken, solang ich will, ich kann mich an keine Amme erinnern und an kein Kinderfräulein. Hermine musste also immer schon bei mir gewesen sein.

Vom ersten Tag an. Von Geburt. Jetzt wusste ich, was das war. Sie hatte mich nicht bestellt. Unter Schmerzen hatte sie mich zur Welt gebracht. Ihr Leben hatte sie riskiert für mich, meine brave, tapfere Hermine.

Eines aber begriff ich nicht.

Dass sie so perfekt log. Wie froh sie war, eine Jungfrau zu sein. Ein Fräulein auf Lebenszeit. Dass ihr das ES erspart blieb. Wieder kamen mir Zweifel … nur, dass sie so gut Englisch konnte, sprach wieder gegen sie.

Ich wusste nämlich inzwischen, wie man diese Dinge handhabt *dans la société*! Lizzi hatte mir das gesagt. Man schickt die arme Tochter nach England, ehe sie ihre Röcke höher rücken muss. Und hat sie überlebt, segelt sie zurück, über den Kanal, und man brüstet sich mit ihren Kenntnissen *en anglais*. Offiziell hat man sie zum Sprachstudium über das Meer expediert. Und Hermine sprach Oxford English ohne Akzent. Wo, bitte sehr, hatte sie das gelernt?

Aber auch Lady Margitta war in England gewesen. Sonst hätte sie ihren Lord nicht kennen gelernt. Nein, so einfach war die Sache nicht.

Außerdem … wenn Hermine meine Mutter ist, dann wären Gabor und ich Geschwisterkinder … und das ist nicht gern gesehn. Kommt aber vor. In den besten Kreisen. Denn unser Kaiser und seine Sisi sind auch Cousin und Cousine. Ersten Grades, ja, die Mütter richtige Schwestern … außerdem, so *richtig* ähnlich sehe ich Hermine nicht. Ihr Gesicht ist rund. Meines herzförmig wie das meiner blonden Mutter. Und ich habe deren Hände, Sonnenhände mit zierlichen Fingern, und ihre kleinen Füße. Und ihre hübschen Ohren. Und ihre Singstimme, denselben hohen, silbrigen Sopran. Und ich habe Tante Julianas Wespentaille. Weder Hermine noch die Prinzessin Valerie hatten das. Außerdem liebe ich meine blonde Mama. Sie ist mir ganz vertraut. Sie *kann* keine Fremde sein.

Trotzdem bin ich verwandt mit den Borosys, wie, wird sich weisen. Und gehöre ich zu den Borosys, gehöre ich auch zu unserer schönen Kaiserin. Jawohl! Auch wenn es keiner weiß, auch wenn es streng geheim ist: Über viele dunkle Ecken bin ich mit ihr verwandt. Und darauf trinke ich jetzt.

Ich habe es noch nicht erwähnt, doch ich saß an diesem Vormittag – Samstag, den 7. August, Gabors Geburtstag – unten im Familienzimmer auf der Eckbank am großen Tisch, und vor mir stand das zweite Frühstück, das ungarische, damit ich zu Kräften kam. Minza, der Koch des Generals, hatte es mir selbst serviert: drei brutzelnde Eier mit Speck und Rosenpaprika. In Butter geröstetes Weißbrot. Salami, Salzgurken und dazu ein Glas Wein, goldgelb und süß, aus Tokay. Es war kurz nach elf, und ich aß mit gutem Appetit, das heißt, ich hatte gegessen. Die Teller waren leer, nur das Weinglas war noch voll, und dieses hob ich jetzt zum Licht, trank einen großen Schluck auf unsere Majestät und dann noch einen auf die tapfere Frau, die mich zur Welt gebracht hatte. Wer immer sie ist, ich will sie lieben und ehren, und hoch soll sie leben …

In dem Moment geschah das Wunder, das die Karten von Marseille prophezeit hatten.

Die Tür ging auf, und Hermine raschelte herein, angetan mit ihrem dunkelblauen Reisekleid, Reisehut, aufgebundenem dicken Schleier (gegen Straßenstaub), Reiseschuhen … Wohin wollte sie? So ausstaffiert? Um diese Zeit?

»Mein liebes Kind«, rief sie erstaunt, »wem prostest du denn zu?«

»Unserer Kaiserin.«

»Warum denn das?«, rief Hermine alarmiert.

»Nur so.«

»Das hast du bisher noch nie getan.«

»Nein.«

»Nein ist keine Antwort.« Hermine setzte sich neben mich auf die Eckbank. »Ein wohlerzogener Mensch spricht in ganzen Sätzen. Ich versteh dich nicht, drei Tage warst du jetzt so reizend zu mir, direkt unheimlich ist mir geworden, und jetzt schnappt's um ins Gegenteil, und du wirst keck.«

Sofort griff ich nach ihrer Hand und küsste sie. »Nein, niemals. Sie sind mir der liebste Mensch auf der ganzen Welt.«

»Danke. Pass auf. Große Neuigkeit. Ich verlass dich auf ein paar Tage und reise zu meinem Bruder Fritz.«

Dann nahm sie meine beiden Hände und sagte feierlich: »Ich reise in *deiner Angelegenheit*. Und jetzt sprech ich mit dir wie zu einer Erwachsenen. Erinnerst du dich? Deine Tante hat einen Brief geschrieben an deinen Vater, ob er dir nicht wenigstens eine kleine Mitgift gibt. Gestern kam die Antwort vom Kontoristen, dass du keinen Kreuzer kriegst, absolut nix! Und je mehr ich überlege ... die Sache mit dem Zinshaus in der Leopoldsstadt, ich glaub, deine Tante hat Recht. Also hab ich mich entschlossen, etwas muss geschehn. Auch was das andere betrifft ... Deine vielen Fragen wegen der Margitta und die Geheimnistuerei, du kennst dich nicht aus, und keiner sagt dir was, jahrelang geht das so dahin, das war nicht leicht ...«

»Ein bisserl was hab ich erraten, glaub ich.«

»Umso besser. Behalt's noch für dich. Wenn ich zurück bin, hab ich dir vielleicht was ganz Wichtiges zu erzählen – so Gott will.« Sie ließ meine Hände los und kramte in ihrem schwarzen Reisepompadour.

»Gestern hab ich an meinen Bruder telegrafiert, und heute Früh war schon die Antwort da. Ich lese vor: DEINE ANWESENHEIT DRINGEND ERWÜNSCHT! ERWARTE DICH NOCH HEUTE NACHT. ÜBERNEHME ALLE KOSTEN! MIT HANDKÜSSEN! Et cetera. Et cetera. Was meinst du, meine Minka? Kommst du ohne mich zurecht?«

»Selbstverständlich. Aber wir waren noch nie getrennt.«

»Nein, das waren wir noch nicht. Wird komisch sein!«

Sie griff nach meinem Weinglas. »Du erlaubst? Oh! Der ist direkt gut. Gar nicht sauer! Den trink ich aus.« Was sie tat. Dann faltete sie sorgfältig das Telegramm und steckte es wieder ein.

»Du versprichst, du machst alles wie bisher. Ausruhn, Englisch lernen, und vergiss nicht: Hände, Füße, Ellbogen, Knie! Ordentlich eincremen, jede Nacht. *Und* in der Früh! Nicht dass ich heimkomme, und deine Haut ist rau wie Sandpapier! Eine Dame hat glatte Ellbogen und glatte Knie. Und das

Allerwichtigste, Minka, das kommt jetzt: Vergiss die hohen Wetten! Geh kein Risiko ein. Wenn du müde wirst, hörst du auf. Alle Güter in Ragusa zusammen sind nicht so kostbar wie dein Leben. Nichts übertreiben, beim Training. Versprichst du das?«

»Jawohl!«

»Braves Kind. Und jetzt stell dir vor, meine Reise wird feudal. Unser Bürgermeister hat mir seinen besten Kutscher abkommandiert, den Polt. Und ich krieg den französischen Zweisitzer, der ist funkelnagelneu und, denk dir nur, blitzblau! Und dazu seine zwei schönen Rappen! Die sind Geschwister. Angeblich gehn sie wie zwei Glöckerl. Sagt der Polt! Der Fritz wird Augen machen, wenn er mich so elegant daherkommen sieht … aber jetzt, mein Schatz, höchste Zeit! Kommst du mit hinaus? Sagst du mir Adieu?«

»Ich danke Ihnen von ganzem Herzen, dass Sie sich so viel Mühe machen wegen mir.«

»Das ist meine Pflicht«, sagte Hermine und küsste mich auf die Stirn. Dann standen wir auf und gingen Hand in Hand vor das Tor. Und mit klopfendem Herzen winkte ich Adieu und sah ihr nach, wie sie davonbrauste in der blauen Kutsche – mit zwei Koffern, Kleider- und Hutkartons – auf das Schloss ihres Bruders in Niederösterreich!

Tante Juliana wurde meine Anstandsdame. Und sie drängte sich nicht auf. »Siehst du, wie das funktioniert?«, meinte sie froh. »Ich hab sie sekkiert … sekkiert *bis aufs Blut*, jetzt hat sie genug und unternimmt endlich was.«

Dann lehnte sie den Vorschlag der Prinzessin ab, nachts gemeinsam zu schlafen. »Ich fürchte, mir blüht eine Sommergrippe«, entschuldigte sie sich bei ihr am Mittagstisch, »das ist mir zu riskant. Dann wird die Minka krank, kann nicht trainieren und verliert am 18. August. Außerdem, was soll denn schon sein? Ich sperr heute Nacht ihr Zimmer ab, wie gehabt, und untertags pass ich auf, dass nix passiert.«

Dann fuhr sie mit mir in die Reithalle, sah mir aufmerksam beim Springen zu, war des Lobes voll, und dann fuhren wir wieder heim. »Eins versteh ich nicht«, sagte sie, als wir das

Hotel betraten. »Du hast dem Gabor überhaupt nicht ins Gesicht geschaut. Seid ihr zerstritten?«

»Ein bisschen.«

»Warum? Ihr vertragt euch doch so gut … na ja, musst es nicht sagen, wenn du nicht willst … also, zieh dich um, mein Schatz. Wir sehn uns später …«

Meine Tante hatte Recht. Ich war beleidigt.

Bis zum letzten Moment nämlich hatte ich gehofft, Gabor kommt zu mir und sagt, dass alles ein großes Missverständnis war. Dass er längst seine Ungarn wieder ausgeladen hätte und den Geburtstag mit mir feiern würde.

Doch er sagte es nicht.

Konnte er auch schwer in Gegenwart des Generals. Er hatte es aber auch nicht geschrieben. Seit der Verlobung warteten wieder Briefe auf mich unter den Palmen – von dem Geburtstag kein Wort! Und zum ersten Mal im Leben litt ich aus Liebe.

Jetzt lernte ich sie kennen. Die Kehrseite dieser Sucht. Es ist nämlich so: Geht alles gut, schwebt man Tag und Nacht in Euphorie. Geht auch nur das Geringste schief, ist man ohne Kraft, starrt vor sich hin wie hypnotisiert, führt im Geist ununterbrochen wütende Zwiegespräche, ein grässlicher Zustand – fast als wäre man irr.

Doch ich war auch stolz. Ewig leiden würde *ich* nicht. Ich war mit einer Kaiserin verwandt.

Außerdem, zeigt Gabor heute einen wilden Trieb beim Mulatság, aus, vorbei! Dann kriegt er seinen Ring zurück, und ich bin wieder frei. Aber frei für wen? Das Pensionat? So lustig ist das auch wieder nicht.

Den Kopf voll widersprüchlicher Gedanken, ging ich in die Küche, bat um ein Glas Limonade, und als ich es getrunken hatte, lief mir hinten in der Halle der Knabe Karl über den Weg. Er hatte die Arme voll grüner Zweige, sodass ich sein Gesicht kaum sah.

»Guten Tag, gnädiges Fräulein«, schrie er laut und trabte flott in Richtung Extrazimmer Nummer drei.

»Grüß dich, Karl«, sagte ich neugierig, »was schleppst du denn mit dir herum?«

»Eichenlaub, bitte schön, das brauchen wir zum Schmücken für den Mulatság heut nacht.«

»Was für einen Mulatság?«, rief ich erstaunt.

Karl blieb stehn und ließ die Zweige sinken. »Von dem jungen Herrn von Borosy. Der wird heute zwanzig Jahre alt.«

»Weiß ich ... wir haben ihm schon gratuliert in der Reithalle. Aber ... ist der Mulatság nicht im *Goldenen Ochsen*?«

»Ist er nicht, bitte sehr«, der Knabe Karl grinste breit, »der Chef dort hat verweigert. Man hat ihm zu viel kaputtgeschlagen, das letzte Mal. Jetzt ist er bei uns, hinten im letzten Juchheee ... apropos, gnädiges Fräulein? Kennen Sie schon den letzten Mulatság-Witz?«

»Nein! Schieß los!«

»Zum Brüllen ist der! Ein Graf gibt einen Mulatság für die Husaren auf seinem Schloss. Am nächsten Tag beschwert er sich bei seinem Freund: ›Dass sie mir geplündert haben Weinkeller, macht nix, war Mulatság. Dass sie geschossen haben in die Spiegel und Fenster, macht nix, war Mulatság. Aber dass sie haben Hals umgedreht von mein Kanari und Zettel hingelegt: Das war der Katz! Das ist eine Schweinerei!‹«

Der Knabe Karl wieherte vor Lachen. Ich aber fand den Witz entsetzlich, kam aber nicht zum Antworten, denn wir wurden unterbrochen vom Hausherrn selbst.

Onkel Louis kam eben vom Eiskeller herauf.

»Knabe Karl«, befahl er, »dass ich nicht vergesse, du hast heute die ganze Nacht lang Dienst. Abgemacht ist Folgendes mit dem jungen Herrn von Borosy: keine zerschmetterten Gläser, keine zertrümmerten Möbel, keine Schüsse durch die Fenster oder in den Plafond, keine Rauferei – und vor allem: *kein Damenbesuch*! Wer zuwiderhandelt, wird expediert. Knabe Karl, heute Nacht bist du eine Respektsperson. Du ziehst das Gewand da aus, du kriegst eine Portieruniform. Du rasierst dich noch einmal gründlich. Der Alois bedient im Extrazimmer, falls einer eine Pistole zieht, gehst du ihm sofort zur Hand! Weißt du, wie man sich benimmt, feinen Herren gegenüber, die man hinauskommandieren will?«

»Jawohl, bitte schön!«, schrie Karl beglückt.

»Höflich, aber bestimmt! Merkst du dir das?«

»Jawohl, gnädiger Herr. Merk ich mir.«

»Ich will es hören. Wie benimmt man sich?«

»Höflich, aber bestimmt!«, kam es gebrüllt zurück.

»Gut! Jeder Streithansl wird von dir und dem Alois abserviert, aber nur mit *sanfter* Gewalt! Kapiert? Außerdem, unser Eis wird knapp. Morgen gehst du nachkaufen, in die Brauerei!«

»Jawohl, gnädiger Herr!« Karls Gesicht verschwand wieder hinter dem Eichenlaub. »Adieu, gnädiges Fräulein.« Und er trabte stolz davon.

Ich stand da, wie vom Blitz gestreift.

Aus der Traum.

Kein Mulatság. Kein Abenteuer. Kein Blick in die geheimnisvolle Männerwelt.

Aber dass sie so wild war, diese Welt – nie hätte ich das gedacht. Dass das Gabor gefiel? Jedenfalls, es scheint – die Herren haben zwei Seiten. Die eine, feine zeigen sie den Damen. Die andere, wilde kommt nur, wenn sie unter sich sind, ans Licht. Und diese Seite würde ich nun nie ergründen.

Wo war Lizzi? Um diese Zeit stand sie meist noch in der Tortenküche. Dort fand ich sie aber nicht. Mein Gott, so ein Pech. Hermine fährt weg und jetzt das …

Nach kurzem Suchen fand ich Lizzi in der Gewürzkammer, einem kleinen, verlockenden Raum, der von oben bis unten voll war mit Regalen, darauf Kästchen, Kistchen, Gläser, Dosen und Behälter aus Porzellan. Es duftete wunderbar nach Vanille, Zimt, Nelken, Orangenessenz, Mandelöl, und da stand Lizzi, mit langer weißer Schürze, das blonde Haar unter einer weißen Haube versteckt und kramte herum in einer roten Dose. Sie stand mit dem Rücken zur Tür und hörte mich nicht.

»Lizzi!«

Sie zuckte zusammen und wandte sich um.

»Haben Sie mich erschreckt!« Sie hielt einen Finger an ihre Lippen. »Was sagen zu meine Karten? Haben prophezeit Wunder, und eins, zwei, drei, Gouvernante ist entfernt.«

»Lizzi. Alles aus.«

»Psst. Nicht so laut. Was ist aus?«

»Der Mulatság ist im Hotel.«

Lizzi nickte stumm.

»Sag was. Hier können wir nicht verkleidet herumrennen, wo uns jeder kennt.«

»Stimmt.«

»Außerdem ist Damenbesuch strikt verboten. Der Knabe Karl steht die ganze Nacht als Wache herum. Sogar wenn er uns nicht kennt, wir kommen nicht hinein!«

»Und deshalb lassen Kopf hängen wie Balsamine?«

»Balsamine?«

»Rührmichnichtan. Ist schöne Blum, gut für exzellente Wundbalsam. Aber, Sache mit Damenverbot weiß ich längst. Sag ich Ihnen auch was Neues. Weil Damenbesuch ist untersagt, dauert Mulatság nur bis halb zwölf. Und dann unsere Dragoner schwärmen aus. Weiß ich auch wohin. Schwärmen gar nicht weit. Und wenn Sie haben Courage, schleichen wir auch dorthin und sehen mit eigene Augen, was feine Herren treiben, wenn sind unter sich.«

»Wohin schwärmen sie denn?«, fragte ich voll Argwohn.

Lizzi zupfte an dem weißen Häubchen, das ihr goldenes Haar verbarg.

»Schwärmen in Basteigasse«, sagte sie dann bedeutungsschwer und sah mich aufmerksam an. »Braucht man dazu viel Courage. Aber sind Sie sicher tapfer wie Mann und haben keine Angst.«

Ich seufzte tief und lehnte mich an ein Regal.

Basteigasse! Das Wort allein schon setzte mich außer Gefecht. Gabor und seine Kumpane gingen in die Basteigasse. NIE hätte ich das von ihm gedacht.

In der Basteigasse befand sie sich nämlich. Die sündige Welt, vor der die Pensionatsmama in ihren »Bettgeschichten für Engel« so eindringlich warnte.

Dort gab es ein Accommodationshaus. Randvoll mit Damen von dehnbarer Tugend. Eine Höhle des Lasters. Eine Kaschemme voll Sinnlichkeit. Kurz und schlicht: In der Basteigasse stand ein Bordell.

Was man genau dort tat, wusste ich nicht. Ich wusste nur, es war der gerade Weg zur Hölle. Der Schandfleck von Enns. Und mein Gabor wollte dorthin!

Lizzi lehnte sich an den Türrahmen und war ganz still.

»Muss man sich gut überlegen«, meinte sie schließlich, »überlass ich Ihnen, ob wir gehn.«

Ich hob den Kopf. »Lizzi, falls wir gingen ... das wär eine Todsünde.«

»Aber nein«, rief Lizzi entrüstet, »wäre nicht! Kennen Sie Zehn Gebote? Steht nix drin gegen Bordell.«

»Es steht aber auch nicht geschrieben, dass man in ein ... ein ... du weißt schon, gehen darf!«

»Klein Moment, gnädige Fräulein. Muss man Bibel anders lesen, wenn man ist intelligent. Alles, was nicht ausdrücklich ist verboten, ist erlaubt!«

Schweigen senkte sich herab. »Lizzi, die Basteigasse ist nur für Soldaten, oder nicht?«

»Stimmt. Erwischt man Offizier, wird abgeführt in Arrest.«

»Aber Gabor ... ich meine, seine Freunde sind alle Offiziere. Bist du sicher, sie wollen dorthin?«

»Ganz sicher!«

»Wieso?«

»Weil ich weiß.«

»Aber wieso weißt du das so genau?«

»Weil«, sagte Lizzi betont langsam, »waren sie schon dort!«

Mon Dieu! Mein Gabor war schon im Bordell! Nein! Ich hatte mich verhört.

»Sag das noch einmal!«

»Waren schon in Bordell«, wiederholte Lizzi geduldig.

»*Wann?*«

»Muss ich nachrechnen, gnädige Fräulein ... jedenfalls, hat ihnen gut gefallen, war kein Kontrolle, niemand hat erwischt ... weiß schon, wann das war. War letzte Sonntag, bevor Papa zurückgekommen ist aus Wels. Von die Steeple Chase. Ich meine natürlich gnädige Herr. Hochwohlgeborene General. Zoltan Baron Borosy.«

Ich biss mir auf die Lippen.

»Waren erste Mal in mein Zimmer an die Tag.«

Stimmt. Und es war der erste Tag nach der Monatlichen, als ihn der russische Prinz ins Casino verschleppt hatte zu einem Herrenabend mit einer Bande fescher Madjaren.

Und plötzlich fiel mir wieder ein, wie Gabor ausgesehn hatte, am Tag danach, am Montag, in der Reithalle. Er wirkte, als wäre er eben von einem Feldzug heimgekehrt. Durch und durch mitgenommen. Seine Stimme war so rau, als hätte er die ganze Nacht Kommandos gebrüllt. Seine schönen Augen waren klein und gerötet.

Doch das Seltsamste war ein länglicher roter Fleck an seinem Hals, über seinem steifen Uniformkragen, unter dem linken Ohr.

Ich hatte versucht, nicht neugierig zu starren. Doch auf den ersten Blick hatte ich festgestellt: Das sah wie eine Bisswunde aus. Das hatte mich erschreckt – *Bisswunde*?? Seit wann beißt man sich? Unter Offizieren? Bei einem Herrenabend? Im Casino?

»Glauben wieder einmal, dass ich lüge?«, fragte Lizzi sanft.

»Nein. Du hast schon Recht.«

»Darf man nicht so kritisch sein«, beruhigte mich Lizzi, »sind das alles feine Herren, gut erzogen und immer in feine Kreise, wo ist meistens schrecklich fad. Wollen sich bisserl amüsieren. Geht nicht unter die Welt deshalb.«

So? Meine Welt schon. Am Nachmittag küsst er mich in St. Florian, und anschließend rauscht er ab ins Bordell und lässt sich beißen von einem Weibsbild, deren Tugend dehnbar war. Und heute hatte er das wieder vor!

Das musste ich verhindern.

»Lizzi«, rief ich, »wir gehn.«

»Meinen ehrlich?«

»Ehrlich.«

»Und warum auf einmal?«

»Wenn der Herr von Borosy ins Bordell gehen kann, können wir es auch.«

»Bravo. Frisst mich die Neugier, was herzige Gabor treibt, wenn ist allein mit wilde Rotte von Kumpanen …«

»Mich auch.«

»Werden sehr viel lernen heute Nacht. Ausflug in andere

Welt. Und ist beste Gelegenheit jetzt, wo Tugendengel von Gouvernante ist abgereist. Kriegen wir vielleicht nie wieder solche Schantz.«

»Was?«

»Schantz.«

»Chance, Lizzi. Chance.«

»Schans.«

»Die Frage ist nur …«, ich zögerte kurz, »wie kommen wir in das Bor … Bordell hinein?«

»Kenn ich Besitzerin«, sagte Lizzi froh, »ist nette Polin. Lebt schon zwanzig Jahre hier, spricht Deutsch ohne kleinste Akzent …«

»Und du bist sicher, dass uns keiner kennt, auch auf der Straße nicht?«

»Aber nein. Haben wir nämlich wieder Riesenglück. Ist heute Kostümfest in Gasthaus *Bierquelle*. Gehen wir erst in Richtung von die Gasthaus und dann schnell, zweimal nach rechts in finstere Basteigasse. Falls jemand sieht, wir sind maskiert, denkt, wir gehn zu Maskenball.«

»Dein Wort in Gottes Ohr.«

»Wird schon hören. Und jetzt sag ich gleich Adieu. Muss ich schnell zurück zu meine Torten. Bin ich recht spät dran.«

»Sagst du mir noch immer nicht, welche Maske du hast?«

»Nein, soll Überraschung sein. Und wett ich meine Leben, erkennen Sie mich nicht. Geh ich jetzt vor, Fräulein Minka, braucht uns niemand zusammen sehn. Warten paar Minuten und kommen nach. Und heute bei Diner nix anmerken lassen. Normal speisen, dass Onkel und Tante nix merkt und Punkt halb elf in mein Zimmer, damit nicht zu spät kommen in Freudenhaus. Will ich gute versteckte Platz, bevor Herren erscheinen und es geht los.«

Beim Abendessen war ich so aufgeregt, dass es mich im Magen stach. Ich brachte kaum einen Bissen hinunter, was keiner merkte, denn ich war allein. Tante Juliana setzte sich zwar kurz zu mir, aber nur, um mir zu sagen, dass die Sommergrippe auszubrechen schien. Onkel Louis war schwer beschäftigt wie immer, jedenfalls war ich um neun Uhr abends schon allein auf meinem Zimmer.

Josepha hatte mich hinaufbegleitet. Und auf der Treppe merkte ich, dass der Mulatság bereits begonnen hatte.

Ich hörte die fantastische Zigeunermusik, Tellerklappern, Männerstimmen, Poltern, Lachen, aber weder das Klirren zerbrochener Gläser noch einen einzigen Schuss. Der Knabe Karl, elegant in dunkler Portieruniform, stand mit grimmiger Miene, Arme verschränkt, vor dem Extrazimmer und wünschte laut eine Gute Nacht.

Und dann ging alles nach Plan. Kurz vor halb elf, eingehüllt in meinen rosa Domino, die Haare aufgesteckt, huschte ich zu Lizzi hoch, klopfte vier Mal kurz – und trat erwartungsvoll zurück.

Ein paar Sekunden war Stille. Dann wurde mir geöffnet von lautloser Hand. Auf Zehenspitzen trat ich ein, schloss schnell hinter mir ab – aber was war das? Ich hatte mir alles Mögliche vorgestellt. Darauf war ich nicht gefasst. Das Zimmer war nur schwach erhellt, von einer Petroleumlampe und fünf Kerzen auf dem Spiegeltisch. Das Fenster war zu, die grünen Vorhänge fest geschlossen. Und vor mir stand eine schwarzhaarige Fremde, eine Spanierin, eng geschnürt, in einem leuchtend roten Rüschenkleid mit großer Krinoline und schwarzem Besatz.

Kopf und Schultern waren von einer prächtigen, schwarzen Spitzenmantilla bedeckt. Die Dame war viel größer als Lizzi, schlanker, und sie war verschleiert, sodass ich ihr Gesicht nicht sah. Ein superbes Brillantkreuz funkelte an ihrem Hals, in der Hand hielt sie den roten Makart-Fächer, sie wirkte reich und fein. War das Lizzi? Oder nicht?

Sekundenlang stand ich sprachlos da und starrte sie an. Dann vernahm ich das vertraute Kichern – die Fremde schlug den Schleier zurück, und ich blickte in ein unbekanntes Gesicht!

»Hab ich gesagt? Erkennen Sie mich nicht?« Das war Lizzis frohlockende Stimme. »Kann ich mich verzaubern wie echte Schauspielerin in Hofburgtheater in Wien«, und sie drehte sich vor mir wie eine Tänzerin und lachte leise dabei.

»Aber, Lizzi, wieso bist du auf einmal so groß?«

Die Fremde hob den Saum ihres roten Kleides, und ich sah ein Paar schwarze Schnürstiefel. »Hab ich Spezialstiefel, wie werden gemacht für Opernsänger, wenn ist zu klein. Macht man doppelte Sohle, dann wirkt auf Bühne recht schön groß. Hab ich mir machen lassen Dreifachsohle. Sehen Sie? Und trotzdem ist Stiefel federleicht. Kann ich sogar tanzen damit.«

»Tanzen? Das sieht aus wie … du stehst auf einem Plateau!«

»Geht trotzdem! Und mein Haar. Hab ich hochgesteckt zu Krone und darüber lange, schwarze Perücke. Und Mantilla steckt auf hohe Kamm. Steck ich hohe Kamm in hohe Perücke, bin ich oben größer. Und Stiefel machen mich unten höher. Bin ich ganze Kopf größer als kleine Lizzi, die jeder kennt. Bin ich jetzt größer wie Sie.«

»Du bist ein Genie.«

»Tut man, was man kann«, meinte Lizzi bescheiden, »und sag ich Ihnen jetzt, geh ich durch Enns an helllichte Tag über Stadtplatz, dreht sich alles um, aber keiner weiß, wer ich bin. Auch gnädige Frau Tanzer nicht. Hab ich nämlich schon probiert, aus Spaß«, und sie öffnete ihren prächtigen Fächer weit, stützte die linke Hand in die Mitte und schritt im Zimmer auf und ab, mit völlig anderen Bewegungen, als ich das gewöhnt war von ihr – sie wirkte tatsächlich durch und durch spanisch – so eine perfekte Verwandlung hatte ich noch nie gesehn!

Lizzi lachte. »Nicht schlecht, ah?«

»Bitte schön … *wo* hast du das gelernt?«

»Ahh, lernt man allerhand in kurze Leben, wenn man ist intelligent.«

»Wer hat dir beim Schnüren geholfen?«

»Niemand. Kann ich allein.«

»Aber wie denn?«

»Ist Geheimnis. Aber hab ich mir Mieder genäht, wo Schnüre sind *vorn*. War meine Idee. Bin ich stolz darauf.«

»Nähen kannst du auch?«

»Muss ich können, Fräulein Minka. Hab ich kein Geld für teure Schneidersalon.«

»Und warum siehst du im Gesicht so anders aus?«

Lizzi lächelte geschmeichelt. »Hab ich Theaterschminke, wie echte Komödiant. Hab ich bisserl Schatten gegeben rechts und links von Nase und vergrößert meine Mund mit rote Stift. Hab ich blonde Augenbrauen schwarz gemacht und Schönheitspflaster auf Wange gepickt. Und schwarze Haare von Perücke über Ohren gezogen, ist jetzt mein Gesicht viel länger, sehen Sie? Und hab ich jetzt ganz andere Farben. Bin ich echte spanische Grande – olé.« Und sie hob ihre Hände über den Kopf und schnippte mit den Fingern wie eine Flamenco-Tänzerin beim Ballett. Sie war völlig verwandelt, als wäre sie in eine andere Haut geschlüpft.

»So«, meinte sie dann und zog ihre schwarzen Spitzenhandschuhe aus, »jetzt kommen bitte mit. Hab ich alles hergerichtet. Liegt auf mein Bett Ihre Gewand. Machen wir jetzt aus gnädige Fräulein fesche Soldat, schneidige Gefreite, alle Frauenzimmer in Basteigasse werden fliegen auf Sie. Werden Konkurrenz machen die feine Herren von die Mulatság. Wird geben größere Wirbel! Ahh, freu ich mich auf heut Nacht …«

Geschickt half sie mir beim Umziehen. Und zum ersten Mal in meinem Leben war ich froh, dass ich noch nicht entwickelt war. Ohne Mieder besaß ich eine gerade, schlanke Figur, gleich die erste Uniform, die ich probiert hatte, im Theaterfundus, heimlich in der Nacht, hatte gepasst, nur die Stiefel waren mir zu groß. Aber Lizzi hatte sie mit Socken ausgestopft, jetzt konnte ich damit gehn. Es war die Uniform eines Ulanen. In den Schultern war sie etwas weit, doch das war nicht schlimm. Nur mein Haar war zu dicht, und obwohl ich es aufgesteckt hatte, nach Lizzis Befehl, wirkte mein Kopf unter der blonden Herrenperücke ziemlich groß. Lizzi schritt sinnend um mich herum. »Jaaaa …«, meinte sie dann, »sind Sie kleine Gefreite mit Wasserkopf. Macht nix. Rücken wir Mütze bisserl schief und nehmen wir kleinere Schnurrbart … jetzt ist besser. So! Kann man sich fast schon sehn lassen mit junge Herr!«

Ich setzte mich vor Lizzis Spiegeltisch und betrachtete mich aufmerksam im Kerzenlicht. Mit der Uniform, der Perücke und dem blonden Schnurrbart wirkte ich tatsächlich wie ein junger Mann. Mit dem Akzent auf jung. Ich wirkte nämlich zu jung. Blutjung. Ich wirkte als Mann noch viel jünger als als Mädchen. Würde das gehn?

Lizzi schüttelte missbilligend das Haupt. »Zu viel Säugling«, meinte sie dann. »Müssen wir was unternehmen, gleich.«

Sie griff nach dem Kohlestift, malte schwarze Ringe unter meine Augen, verwischte sie dann sanft mit dem Daumen, sodass nur ein dunkler Schatten blieb. Ähnliche Schatten kamen auf meine Wangen. Tatsächlich! Jetzt wirkte ich etwas gereift.

»Besser geht nicht«, meinte Lizzi nach einem kritischen Blick, »könnt ich noch Narbe malen auf Kinn oder Stirn, oder Schmiss, neben Mund, aber passt nicht zu Ihre Typ. Sind Sie herzige Bub. Echte Schmalzl, sind Sie kleine Amour von stolze Spanierin. Sind wir interessantes Paar.«

Dann blies sie die Kerzen aus, und ehe sie die Petroleumlampe herunterdrehte, griff sie plötzlich nach meiner Hand und küsste sie.

»Hab ich gedacht bis zu *Letzte* Moment, gnädige Fräulein wird nicht kommen heut' nacht. Wird sie verlassen die Courage. Aber sind Sie mutig wie Mann. Werden noch weit bringen in Leben. Haben auch Karten von Marseille gesagt.« Dann berührte sie mit ihrem roten Fächer leicht meine Wange. »Kommen Sie, meine hübsche Kavalier. Gehen wir, Señor.«

Lautlos schlichen wir die finstere Hintertreppe hinab, huschten ungesehn durch den Hof, vorbei an den Pferdeställen, und verließen durch die Hinterpforte das Hotel. Und die ganze Zeit konnte ich kaum atmen, aber nicht aus Angst, sondern aus schlechtem Gewissen. Ich war nicht mehr zu retten. Kaum lässt mich Hermine allein, verreist, um meine Zukunft zu sichern, marschier ich mit einer Köchin ins Bordell, einem heimlichen Verlobten hinterher!

»Heilige Madonna von Polen, beschütze uns«, flüsterte Lizzi draußen auf der Straße und schlug über sich und mich ein Kreuz.

Dann nahm ich Haltung an, wie ich es vor dem Spiegel geübt hatte. Kopf hoch. Schultern gerade. Brust heraus, Bauch hinein. Ach, war das herrlich, sich strecken zu können und nicht geschnürt zu sein.

Mit einer kleinen Verneigung bot ich Lizzi meinen Arm. Sie akzeptierte mit einem Knicks.

Dann lächelten wir uns gegenseitig Mut zu und taten den ersten Schritt hinaus in eine warme, unvergessliche Sommernacht.

KAPITEL XVII

Trotz der späten Stunde war die Stadt noch sehr belebt. Es gab nicht nur den Kostümball in der *Bierquelle*. Im *Goldenen Ochsen* war eine Sommersoiree. Eine große Bauernhochzeit tanzte im *Grünen Baum*, und im Gasthaus *Zur Goldenen Sonne* tagte der Junggesellenverein.

Uns gegenüber, im *Schiff*, brannte ebenfalls noch Licht, und die Schanigärten der *Stadt Linz* und *Zu den drei Mohren* waren voll besetzt. Aus Anton Jenner's Gasthof neben dem *Schwarzen Adler* drang fröhliche Musik heraus.

Die Nachtschwärmer waren unterwegs, spazierten von Lokal zu Lokal, Kutschen brachten späte Gäste, und ohne von irgendjemandem erkannt zu werden, gelangten wir in die Basteigasse und standen plötzlich vor einem dunkelrot lackierten Tor. Über dem Tor war ein Stock, an dem viele bunte Seidenbänder hingen. Sonst aber wirkte das Haus wie jedes andere auch.

»Ab jetzt große Schweigen«, flüsterte Lizzi, »nix sagen. Und wenn unbedingt reden müssen, bitte, Stimme verstellen. Tiefer plauschen. Nix vergessen, sind Sie junge Herr!« Sie schlug ihren Schleier zurück, zog an einem eisernen Griff, der aus der Wand ragte, und im Inneren hörten wir eine Glocke bimmeln. Bald darauf erklangen Schritte. Ein Spion ging auf, ein Augenpaar musterte uns lang, dann öffnete sich die Tür einen Spalt, und lautlos schlüpften wir durch.

Eine üppige schwarzhaarige Frau in einem dunkelroten Ballkleid mit großer Krinoline stand vor uns. Sie hatte flinke, dunkle Raubtieraugen und schwarzen Flaum über dem Mund. Ihr Dekolletee war gewagt, zeigte eine volle weiße Brust. Sie roch nach Moschus. Ich hatte diese Frau in Enns noch nie gesehn.

»Ahh, Besuch aus Spanien«, rief sie erfreut und hielt eine Laterne, in der eine Kerze brannte, näher zu uns. »Lang nicht mehr die Ehre gehabt.« Ihre Augen senkten sich auf Lizzis Brillantkreuz, das ordentlich funkelte. »Hab schon gehört, Sie haben einen großen Fang gemacht. Hohe Herren reißen sich um Sie. Gratuliere, Manuela, *félicitation*.«

»Tut man, was man kann«, sagte Lizzi bescheiden.

»Mir geht's auch nicht schlecht.« Die Frau verriegelte hinter uns die Tür. »Unsere Gäste werden immer feiner. Ja, meine Liebe, das wissen Sie noch nicht. Wir machen jetzt Programm wie in einem echten Kabarett. Gut, dass Sie da sind. Heute haben wir extra lange offen. Wir kriegen nämlich noch fesche Gesellschaft, nach halb zwölf. *Ganz* vornehme Leute. Genau Ihr Kreis.«

Lizzi legte ihre Hand auf meinen Arm. »Tut mir Leid, aber heute bin ich hier privat. Mit mein liebe Freund Moritz. Möchte er kennen lernen Ihre berühmte Etablissement. Aber hätt ich gern versteckte Tisch, bitte sehr, ganz hinten in Nische, bitte schön, wenn geht.«

Jetzt hielt die Frau die Laterne auch zu mir. Sie erschrak.

»Herrgott, Manuela. Wie alt ist denn der?«

»Einundzwanzig«, sagte Lizzi schnell.

»Halt mich nicht für blöd. Der ist höchstens vierzehn. Geht noch in die Kadettenschule, würd ich sagen. Ausgeborgte Uniform. Kommt nicht infrage. Sie können bleiben, Manuela, aber das Jünglein geht.«

»Sieht ihn aber keiner, hier im Finstern.«

»Weiß man nie. Ich will keinen Ärger mit der Autorität ... und ausgerechnet heute Zeit verplempern mit dem Kind ...«

»Kleine Moment«, Lizzi griff in ihren roten Spitzenpompadour und zog eine Münze hervor, »nehmen Sie bitte. Bin ich heute zahlende Gast.« Dann folgte ein Redeschwall auf Polnisch, und als Lizzi fertig war, zwickte mich die Frau ins Kinn, rief: »Eine Haut wie ein Mäderl. Pass gut auf dich auf, kleiner Moritz.« Und zu Lizzi gewandt: »Rechte Nische Nummer zwei. Vorhang zuziehn. Falls eine Kontrolle kommt, kümmere ich mich um euch.«

Dann machte sie kehrt, und wir folgten ihr durch eine zweite Tür und dann durch einen dunklen Gang, und plötzlich hörten wir Männerstimmen, Frauenlachen, spitze Schreie, Singen – aha, dachte ich, ein Freudenhaus ist ein Haus, wo man sich freut –, und schon standen wir in einem dunklen, ziemlich überfüllten Raum mit Kreuzgewölbe, der ganz mit rotem Tuch ausgeschlagen war. Auch die Decke war rot. Und die Tischtücher. Und die Schank. Die Petroleumlampen hatten gelbe Schirme, um Kerzenlicht vorzutäuschen, und die Luft war zum Schneiden. Fast hätte man sagen können, dass es stank. Es roch nach Moschus, Kernseife, Lavendel, Schweiß, gut vermischt mit Bier und darüber ein Schuss Pfeifenrauch.

Rauch!! Ich fasste es nicht. In einem Raum, wo es Damen gab. *Niemals* raucht man vor dem weiblichen Geschlecht. Hermine hatte mir sogar erzählt, dass die Königin Victoria in England in all ihren Schlössern Rauchen bei Strafe verboten hatte. Wo blieb hier der gute Ton?

Außerdem, ich hatte eine lustige Gesellschaft erwartet. Und was sah ich, als sich meine Augen an die Dunkelheit gewöhnten? Eine Menge Soldaten in bunter Montur … und die Hälfte davon todkrank. Manche lümmelten auf ihren Stühlen. Andere lagen halb über dem Tisch, lehnten verkrümmt an der Wand – es war ein fürchterlicher Anblick, denn noch nie in meinem ganzen Leben hatte ich Soldaten gesehn, in Uniform, die nicht aufrecht standen, saßen und gingen, als hätten sie einen Stock verschluckt.

»Lizzi«, flüsterte ich, »was ist los? Ist eine Seuche ausgebrochen?« Lizzi hatte ihren Schleier wieder herabgelassen und murmelte etwas, das ich nicht verstand.

»Sind die alle gelähmt?«

»Schwer gelähmt«, sagte Lizzi etwas lauter, »in Hirn.«

»Das sind Invaliden?«

»Schnapsleichen, gnädige Fräulein.«

»Was!! Die sind schon tot??!«

Lizzi kicherte. »Konserviert in Spiritus. Stockbesoffen alle miteinand'.«

Ich schluckte. So also sah man aus, wenn man nicht mehr nüchtern war. Interessant. Das waren meine ersten betrunkenen Männer. Jetzt verstand ich, warum der Ennser Mäßigkeitsverein Bier, Wein und Schnaps rigoros mit Gift verglich.

Seltsam nur: Der General hatte neun Gläser Schnaps geleert, beim ungarischen Souper, das heißt, ehe ich aufgehört hatte zu zählen. Und trotzdem saß die Uniform picobello, er hielt sich tadellos, sein Blick war scharf, er sprach nur etwas langsam und ziemlich viel Latein, sonst merkte man keinen Unterschied.

Und die Alkoholprobe, die jeder neue Offizier bestehen muss, an seinem ersten Tag in Enns. Da macht er Antrittsbesuche bei seinen Kameraden. Und jeder offeriert ihm ein Glas Schnaps. Und obwohl ziemlich viele Gläser zusammenkommen an so einem Vormittag, ist anschließend noch jeder, ohne zu torkeln, kerzengerade ins Casino marschiert oder in den *Schwarzen Adler*. Kann er das nicht, ist er kein Mann.

Wie viel, um Gottes willen, hatten diese Mannsbilder konsumiert?

»Nicht stehen bleiben. Weitergehn!« Lizzi fasste mich am Arm. »Schön geradeaus, dann nach rechts. Oder warten, bitte sehr, ist besser, wenn *ich* geh vor.«

Geradeaus befand sich eine lange Schank. Und davor, aufgereiht wie eine Gänseschar und ebenso fröhlich schnatternd, lehnten die dummen Luder von der Basteigasse, wie Lizzi sie nannte, die Damen von dehnbarer Tugend, und als wir näher kamen, hörten sie zu reden auf, ließen ihre Fächer sinken und starrten uns an.

Ich starrte zurück.

Noch nie in meinem Leben hatte ich derart aufgeputzte Weibsbilder gesehn. Sie waren bunt wie Papageien aus dem tropischen Amerika. Ihre Wangen, Lippen, Augen waren stark geschminkt, die Haare aufgetürmt zu üppigen Gebilden, in denen Federn steckten, frische Blumen, Perlenschnüre, Schmucknadeln, Samtbänder, Schmetterlinge, glitzernde Herzen aus Pailletten und gläserne Kämme, verziert mit Strass.

Alle waren zum Ersticken eng geschnürt. Ihre Ballkleider hatten große Krinolinen, wie das längst nicht mehr Mode war, und die Farben waren schreiend: rot-gelb-gestreift, blau-grünkariert.

Handschuhe trugen sie keine. Ellbogen und Oberarme waren nackt. Auch ihre Schultern waren bloß, kein Tuch verhüllte sie, und hätten Blicke töten können, Lizzi wäre sofort leblos zu Boden gestürzt.

Aber Lizzi kümmerte das nicht.

Sie öffnete ihren roten Makart-Fächer, flüsterte: »Tummeln wir uns jetzt«, und mit hoheitsvollen Schritten rauschte sie in Richtung Damenschar, die sofort zur Seite wich, das heißt, bis auf eine kugelrunde Blonde, der ich zu gefallen schien.

»Holla! Bubi!«, rief sie schrill und packte mich am Arm. »Ich bin die schöne Zora. So einen wie dich hab ich mir schon lang gewünscht! Bleib stehn! Ich zeig dir was!«

Sie trug ein marineblaues Ballkleid, grellgelb getupft, und ihr Fächer war grün. Rote Federn steckten in ihrem Haar. Auch ihr Mund war knallrot und groß wie ein Scheunentor. Hatte dieser Mund mit den wulstigen Lippen meinen Gabor gebissen?

»Loslassen meine Bub«, sagte Lizzi mit verstellter Stimme und zog ihren rechten Handschuh aus, »ist zu früh. Bubi hat noch keine Lust.«

»Aber ich.« Zora zog an meinem Ärmel und drängte mich in Richtung Schank, »jetzt trinken wir was.«

Lizzi war anderer Meinung.

Blitzschnell holte sie aus und versetzte ihr mit der nackten Hand eine Ohrfeige, dass es knallte. Zora schrie auf, ließ mich los, hob ihre Röcke und gab Lizzi einen Fußtritt, der jedoch daneben ging, denn Lizzi sprang wie eine Gazelle zur Seite. Zora kippte hintenüber, einer Kollegin in die Arme.

Lizzi lachte schadenfroh.

»So behandelt man dumme Luder«, belehrte sie mich, »gibt uns sonst kein Ruh. Kenn ich diese ordinäre Typ.«

Arm in Arm marschierten wir zu unserer Nische, konnten aber nicht hinein, denn eine Riesin stand davor. Das heißt, keine wirkliche Riesin, aber ein Weib, so groß wie Onkel Louis, mit dunklem Teint, was als entsetzlich hässlich galt. Sie hatte ihren mächtigen Leib in cin laubfroschgrünes Kleid gezwängt, trug weiße Rosen auf dem Kopf, und – ich traute meinen Augen kaum – eine Tabakspfeife hing aus ihrem Mund.

Ein Weibsbild mit Pfeife!! Das hat die Welt noch nie gesehn.

»Pardon, bitte schön«, sagte Lizzi, »möchten nicht zur Seite stehn? Müssen wir da hinein.«

Die Riesin blinzelte mir gutmütig zu und grinste: »Schönes

Bubi. Kompliment.« Und behäbig wie ein Pferd ging sie davon. Lizzi hielt mir den Vorhang auf. Ich trat ein und sah mich um.

Die Nische war dunkel und nicht viel länger als ein Bett. Zwei weiche Samtbänke füllten sie fast gänzlich aus, und dazwischen stand ein schmaler Tisch. Der Samt war rot, ebenso wie der Vorhang, der bis zum Boden ging. Und die Decke war ein einziger großer Spiegel. Ein kostbarer Spiegel am Plafond? Wo ihn keiner sah?

»Bitte, nehmen Platz«, Lizzi setzte sich mir gegenüber auf die Bank, »muss ich wirklich sagen, ist hier jetzt sehr primitive Milieu. Freudenmädchen raucht Pfeife, wie alte Zigeunerin. Stellen Sie sich vor. Sind Sie Soldat. Zahlen teure Geld. Wollen bisserl Weibchen schnuppern. Nehmen Frau auf Schoß und stinkt wie Stallknecht. *Non, merci*«, sie schlug ihren Schleier zurück, »kriegt das Luder nie ein nette Kavalier.«

Plötzlich öffnete sich der Vorhang. Ein Servierbursche lachte uns an, stellte eine kleine Laterne auf den Tisch, deren Licht sich im Deckenspiegel brach.

»Möcht ich nur fragen, was befehlen die Herrschaften zu trinken?«

»Selterwasser aus Böhmerwald«, sagte Lizzi mit ihrer verstellten Stimme, »in Krug von Steingut. Muss gut gekühlt sein und noch versiegelt, bitte sehr. Wenn ist schon offen, wollen wir nicht.«

Ein paar Minuten später reichte ein weißer Männerarm das Gewünschte zu uns herein. Dann fiel der Vorhang wieder zu. Lizzi befühlte den Krug. Er war eiskalt. Sie erbrach das Siegel, füllte die beiden Becher aus Zinn und prostete mir zu.

»Muss ich Sie jetzt recht stark loben«, sagte sie gerührt, »sind Sie gute Schauspielerin. Niemand hat bemerkt, dass Sie sind kein Mann. Trinken wir auf unser Gabor-Schatz. Wird gleich kommen. Lassen wir Vorhang offen kleine Spalt, bleiben wir versteckt. Aber haben Blick über ganze Lokal, wie von goldene Kaiserloge über Hofburgtheater in Wien. Warten wir jetzt auf Programm.«

Ich hab es noch nicht erwähnt, doch an der Wand, neben der Tür, durch die wir gekommen waren, befand sich eine kleine Bühne. Und auf diese Bühne stieg jetzt die Frau, die uns hereingelassen hatte, die nette Polin mit dem schwarzen Flaum über dem Mund.

Sie drehte die Petroleumlampen höher und richtete die großen Spiegel an den Seiten der Lampen so, dass ihr Schein nach unten fiel.

Die halb toten Soldaten wurden plötzlich wieder lebendig. Setzten sich auf, richteten ihre Uniform, riefen nach Bier und Schnaps, und während die Kellner zur Schank eilten, kletterte ein braungelocktes, scheu lächelndes Weibsbild in den Lampenschein, das eine silberne Ziehharmonika trug. Sofort brach lauter Jubel los. Aha. Sie war hier bekannt.

Oder war es nur Applaus für ihren Mut? Die Frau nämlich, großer Gott, war praktisch nackt. Das heißt, man hatte sie in der Unterwäsche hergeschickt.

Wo war ihr Kleid? Ich sah mich um, nach einer Zofe, die ihr nachstürzte, um sie zu bedecken, sah aber keine weit und breit. Was war da passiert? Lampenfieber. Das musste es sein. Die Zofe war krank, und die Frau hatte aus lauter Lampenfieber vergessen, ihr Kleid anzuziehn, stand jetzt halb nackt auf der Bühne und merkte es nicht einmal!

»Lizzi! Siehst du, was ich sehe?«, flüsterte ich verstört.

Lizzi nickte. »Hab schon Schönere gesehn.«

»Wir nehmen den Vorhang herunter und decken sie zu. Schnell! Bring ihn ihr hin.«

»Warum?«, fragte Lizzi verblüfft.

»Sie hat vergessen, dass sie sich *anzieht*!!«

Lizzi lachte kurz auf. »Vergessen? Nix hat vergessen. Das ist ihre Bühnenkostüm.«

Bühnenkostüm?? Die Frau trug nur ein Mieder und einen Fischbeinunterrock, der so kurz war, dass er knapp bis zu den Knien ging. Und zum ersten Mal in meinem Leben sah ich nun die ... nun ja ... Beine einer fremden Frau. Bis jetzt hatte ich nur meine eigenen gekannt!

Und was für Beine!

Dick und weiß und kugelrund wie die Schinken eines Mastschweins. War die fett! Fast quadratisch sah sie aus. Speck quoll oben und unten aus dem Mieder heraus, und das schwarze Kropfband aus Samt wurde fast gänzlich von einem Dreifachkinn verdeckt. Und erst die Frisur.

Das Haar war zu engen, drahtigen Korkenzieherlocken gedreht, die vom obersten Punkt des Kopfes aus über Ohren, Wangen, Stirn und den fleischigen Nacken fielen. So eine Frisur war in meiner Kindheit kurz Mode gewesen. Sie erinnerte mich an einen Mopp. Aber seltsam. Unsympathisch war das Frauenzimmer nicht. Etwas listig-naiv Verwegenes ging von ihr aus, das gute Stimmung erzeugte. Sie lächelte ins Publikum, setzte sich auf eine halbhohe klassische Säule, die verloren auf der Bühne stand, öffnete ihre silberne Harmonika, und mit Schwung spielte sie eine Reihe Akkorde, die das Publikum mit gellenden Pfiffen zur Kenntnis nahm.

»Beim Arsch is' finster«, begann sie dann zu singen, mit einer ungeschulten, aber lauten Naturstimme. Und die Soldaten, die das Lied kannten, brüllten im Chor den Refrain: »Ja, *wa*-rum soll's denn … beim Arsch net *fin*-ster sein??!«

»Blöde Gesang«, kicherte Lizzi, und wir ließen mindestens fünfzehn Strophen über uns ergehn, deren Vokabular mir zum Teil unverständlich war. Und kaum war das Lied aus, was sahen wir? Große Aufregung an der Tür – Herrengesellschaft traf ein!

Elegante, rassige Gestalten, die überhaupt nicht hier hereinpassten, in perfekt geschneiderter, hautenger Montur. Lange Säbel, weiße Handschuhe, selbstsichere Blicke. Es war Gabor samt Gesellschaft, zwölf Mann hoch, alle blendend gelaunt, und die Besitzerin persönlich führte sie zu den Tischen vor der Bühne, die sie für sie freigehalten hatte.

Die weniger betrunkenen Soldaten knöpften hastig ihre Uniformjacken zu. Doch eine freundliche Handbewegung von Seiten der Offiziere hieß: keine Angst. Man sieht nichts, man hört nichts. Man ist nicht präsent.

Großes Unbehagen stieg in mir auf, denn ein Ruck ging durch die grell geschminkten Frauenzimmer an der Schank. Welche von diesen Hyänen würde sich auf meinen Gabor stürzen? Zora zeigte schon auf ihn, tuschelte mit der pfeifenrauchenden Riesin und brach dann in kullerndes Gelächter aus.

Und was tue ich, falls er sich wieder beißen lässt? Stumm sitzen bleiben und zusehn? Das werd ich *nicht*. Ich konnte aber auch nicht aufstehn und Ohrfeigen verteilen, wie Lizzi das tat ... oder doch? Jedenfalls, wenn sich Gabor nicht zumindest *kräftig* wehrt, *nie wieder* sprech ich ein Wort mit ihm! *Nie wieder* betrete ich die Reithalle. Gestorben ist er dann für mich!

Vor Aufregung bekam ich Magenweh. Es war ein Fehler, dass ich hergekommen war! Doch die Reue kam zu spät.

Die Herren setzten sich. Bestellten zu trinken. Zündeten Zigarren an!! Gaben aber kein Zeichen in Richtung Schank, dass sie bereits Gesellschaft wünschten. Man blieb noch unter sich. Lizzi spähte kurz hinaus und wandte sich hastig zu mir.

»Sehe ich kleine Erzherzog Leo«, flüsterte sie, »sitzt an Mitteltisch. Hat Spitzname Pipsi, weil spricht wie Mädchen mit ganz hohe Stimme. Furchtbar süße Kerl. Sitzt neben Attila Nagy. Kleine, zarte Burschi, sehen Sie? Hat ganz glatte Gesicht. Bart abrasiert wie Dienstbote. Wangen wie Dame. Hat grad sein Säbel abgelegt.«

Ein Erzherzog! Ich verrenkte mir fast den Hals, um den Erzherzog besser zu sehn. Tatsächlich. Da saß er. Ein enger Verwandter unserer Majestät – und vielleicht auch von mir? In dieser Kaschemme.

»Ist sehr feine Herr«, fuhr Lizzi fort, »noch keine von die dummen Luder ist gelungen und hat verführt. Sagt immer Nein. Aber gibt viel Trinkgeld. Ist fesche Kavalier.«

»Der Erzherzog war auch schon öfter hier?«, fragte ich ungläubig.

»Hab ich gehört, ja.« Sie stand auf und stellte sich auf die Zehenspitzen. »Gnädige Fräulein. Interessant. Russische Prinz ist auch da. Lebt nicht in Enns. Ist nicht wirklich beliebt. Heißt, ist sehr stolz und arrogant. Ist große Dünne mit braune Haar, an die Tisch links von die Pipsi. Zieht grad sein Handschuhe aus.«

»Der mit der weißen Uniform?«

Lizzi nickte.

»Der ist aber sehr elegant.«

»Ja, aber heißt, ist große Tunichtgut. Verführt Weibsbilder

rechts und links und Schwestern von seine Freunde. Kann sich nicht mehr sehn lassen daheim. Deshalb hat auf große Reise geschickt, damit nix mehr anstellen kann zu Haus.«

»Lizzi. Ein Prinz.«

»Ja. Ist Prinz. Aber schwarze Schaf gibt überall.«

Ich weiß nicht, warum, plötzlich war mein schlechtes Gewissen weg. Diese Kaschemme war gut genug für Erzherzöge und Prinzen? Diese Muster an Anstand und Sittlichkeit? Die großen Vorbilder im Land? Ich musste kichern. Sagte Hermine nicht immer, man muss sich orientieren an den höchsten Kreisen? Nun, das hatte ich getan. War die Kaschemme gut genug für sie, dann war sie es auch für mich.

Außerdem amüsierte mich, dass man ungeratene Prinzen auf Weltreisen schickt, wie man schlimme Kinder in den Keller sperrt. Ungeratene *Prinzen*! Dass es so was gab. Doch das hieß: Hermine hatte sich geirrt! Sie hatte *nicht* immer Recht. Sie war *nicht* unfehlbar ... Doch was tat sich vorne im Rampenlicht?

Die fette Sängerin war weg.

Ein schnauzbärtiger Pianist im roten Konzertfrack setzte sich an einen alten, braunen Flügel, der links von der Bühne stand. Aber was für ein Flügel! Der erste meines Lebens, über dem keine Decke lag, die bis zum Boden ging. Resultat: Man sah, worauf er *stand*!!! Ich schluckte. So einen ordinären Flügel hatte ich noch nie gesehn. Aber bitte sehr, passt bestens zum Programm. Denn was nun kam, übertraf das Vorige haushoch.

»Meine Herrrrrrrn ...« Die nette Polin mit den Raubtieraugen breitete ihre Arme aus und verneigte sich tief vor Gabors Gesellschaft. »Heut hab ich für Sie eine Jahrhundertüberraschung. Es ist mir gelungen, ich hab eine Künstlerin engagiert, eine berühmte Sängerin. Eine große Schönheit. Vergöttert in Bayern. Heiß geliebt in Preußen. Wer sie einmal sieht, vergisst sie nie. Meine Herren, da ist sie schon: die einmalige, großartige, unvergessliche Lori Nackedei. Die Münchner Lorelei.«

Der Pianist, der aussah wie ein Zirkusdirektor, spielte einen ohrenbetäubenden Tusch – und ein seltsames Wesen hüpfte ins Bühnenlicht. Das war eine Sängerin? Nie hätt ich das gedacht.

»Das ist kein große Schönheit«, stellte Lizzi fest, »das ist hässliche Entlein, die versäumt hat ihre Schwan.«

»Dass sie sich *anzieht*, hat sie versäumt«, flüsterte ich und bemerkte, dass ich unter meiner Perücke zu schwitzen begann.

»Kann sich nicht anziehn, wenn heißt Nackedei«, murmelte Lizzi mit glasklarer Logik. »Außerdem, gar so nackert ist sie nicht.«

Wie??! War Lizzi blind?

Gut. Die Sängerin hielt einen Kochlöffel in der Hand. Sonst aber trug sie nur eine weiße Schürze mit Latz, die hinten zugebunden war und darunter war sie bloß, wie Gott sie schuf!

Sie trug keine Schuhe, keine Strümpfe, keine Krinoline, kein Kleid. Sie trug auch kein Mieder. In der Öffentlichkeit! Eine erwachsene, *ungeschnürte* Frau. Ich saß starr vor Schreck. Und … sie trug keine Hose!! Nein, die Welt steht nicht mehr lang. Wie jeder weiß, Nacktheit ist die grässlichste Sünde. Niemals geht man nackt, nicht einmal allein zu Haus, man wäscht sich im Hemd, badet im Hemd, und dieses Weibsbild hier … frohlockend zeigte sie ihre Waden. Ihre Ellbogen! Ihre Knie! Die Arme, die Schultern, den Hals und die Zehn. Sie hatte sehr viel Holz vor der Hütte, was sie auch nicht verbarg.

O nein! Sie lachte gurrend, verneigte sich bis zum Boden, nur damit mein Gabor Einblick in ihre üppigen Brüste bekam. Und er sah tatsächlich hin! Wandte den Kopf *nicht ab*!!

»Lizzi. Hat das Luder keine Angst vor der Hölle?«

»Warum?«

»Eine Todsünde ist das. Auf der Bühne. *Nackt*!«

»Hier nicht. Hier ist lustig.«

Lustig fanden es die Herren in der Tat. Sie nickten einander wohlwollend zu. Die Soldaten aber begannen zu toben. Sie brüllten, klatschten und pfiffen, trampelten mit ihren schweren Stiefeln auf den Boden, dass die Gläser klirrten. Was die Lorelei siegessicher zur Kenntnis nahm. Sie schwenkte ihren Kochlöffel wie ein Dirigent seinen Stab und begann hüpfend zu singen, mit einer hohen, krähenden Kinderstimme. Der Pianist, von Ohr zu Ohr grinsend, begleitete sie mit federnden Akkorden im Zweiertakt:

»Liebe Leutl, schaut's mich an,
ob ich euch gefallen kann?
Bin ich nicht ein g'steiftes Madl?
So schön rund, wie ein Radl?
Kurze Haxen, fette Wadl?
Füß' als wie ein Schweinsbradl?«

Und sie tanzte mit drolligen Schritten rund um die ganze Bühne, hob ihre dicken Arme über den Kopf, und was sah ich? Blonde Haare unter ihrer Achsel. *Haare*! Unter der *Achsel*! Bei mir war da nur nackte Haut. Das Weib war eine Missgeburt und wusste es nicht einmal! Muss die blöd sein! Jetzt drehte sie sich wie ein Kreisel und jetzt – *mon Dieu!* Die Schürze, hinten, öffnete sich – und der dicke, weiße, nackte Unaussprechliche sah heraus!

Unfähig, mich zu rühren, starrte ich auf den runden, fleischigen, mit zwei Grübchen versehenen, zweigeteilten ... den Ersten, den ich in meinem ganzen Leben zu Gesicht bekam. Nicht einmal meinen eigenen hatte ich bis jetzt gesehn.

Also, *das* ist der Mensch von hinten. So ordinär.

Und *ich* sah auch so aus. *Quelle catastrophe!* Jedes Ross ist schöner, weil der Spalt versteckt wird vom langen Schwanz.

Die Lorelei blieb stehn. Die Schürze fiel wieder zu.

Was tut sie jetzt? Nun, sie griff sich an den Kopf, löste geschickt eine Spange – schon rieselte ein Sturzbach rotgoldener Locken über ihren nackten Rücken herab, es war spektakulär. Sie wirkte nun tatsächlich wie die legendäre Rheinjungfrau – nur der Kochlöffel passte nicht dazu.

Der Kochlöffel störte aber keinen.

Die Soldaten sprangen von ihren Sitzen, steckten Zeige- und Mittelfinger in den Mund und pfiffen ohrenbetäubend. Lizzi schüttelte verächtlich das Haupt und rief mir etwas zu, was ich nicht verstand, der Lärm war überwältigend.

»Lauter, Lizzi. Ich hör dich nicht.«

Lizzi neigte sich vor: »Alles falsch«, schrie sie mir ins Ohr, »rotgold ist gefärbt ... trägt eine Peppi ... falsche Haarteil ... hat kein Talent ... Stimme wie Schreihals ... sehn jetzt, wie blöd der Männer sind? Gefällt ihnen das.«

Fünf lange Strophen hindurch quälte mich das Weibsbild auf der Bühne. Zweimal zeigte sie mit dem Kochlöffel auf meinen Gabor, dreimal warf sie ihm Kusshände zu. Mehrere Offiziere, die ich nicht kannte, waren aufgesprungen und klatschten im Takt.

Die Soldaten, die nichts mehr sahen, da die Herren ihnen die Sicht verstellten, kletterten auf ihre Stühle, schwenkten ihre Mützen, ihre Gläser. Flaschen krachten zu Boden, Tische schwankten, und als das unkeusche Luder endlich, *endlich* fertig war, brach ein schrilles, nicht enden wollendes Pfeifkonzert los. Das Getöse war nach jeder Strophe lauter geworden. Aber jetzt war es *infernal.*

Was tat mein Gabor? Gott sei gelobt. Er war nicht aufgesprungen wie die andern. Er saß kerzengerade auf seinem Stuhl neben Attila und dem Erzherzog, die ebenfalls sitzen geblieben waren. Er klatschte nicht einmal.

Der Pianist kletterte hinauf zur Lorelei, und beide verneigten sich nach allen Seiten. Dann warf das Weibsbild ihren Kochlöffel weit nach hinten ins Publikum, wie die Braut ihren Brautstrauß. Er landete neben der Schank, und sofort begann dort eine wilde Rauferei.

»Ein Busserl, wer ihn mir wiederbringt«, krähte sie in den Saal, stellte sich auf die Zehenspitzen und beobachtete erfreut die Schlägerei, die sie angestiftet hatte.

Der russische Prinz stand auf und zog seinen weißen Uniformrock glatt. »Bravo, Fräulein«, rief er der Sängerin zu. »Haben Sie Durst? Darf man Sie einladen? An unsern Tisch?«

»Vielen Dank.« Die Lorelei verneigte sich geschmeichelt, kletterte von der Bühne, knickste vor dem Prinzen – und hüpfte dann auf … *Attilas* Schoß. Sie schlang ihre nackten Arme um seinen Hals und saugte sich fest an seinem Mund wie ein Blutegel, während Boris von Russland brüskiert daneben stand.

Atemlos hatte ich alles verfolgt. Und stellte fest: Ich kochte vor Eifersucht. Attila war *mein* Verehrer! Laut Gabor sogar ein glühender! Und er gibt ihr keinen Fußtritt? Und lässt sich küssen und umarmen und hält das Miststück auch noch fest? Lizzi schüttelte amüsiert den Kopf.

»Hab ich gleich gesehn«, meinte sie vergnügt, »ist Lorelei saublöd, hat Hirn wie Floh. Sitzt links echte Erzherzog. Steht rechts echte Prinz und ladet sie noch ein. Und wen nimmt? Arme Leutnant nimmt, der nix hat, nie ist bei Kassa, außer wenn gewinnt in Spiel ...« Sie schwieg, denn ein grinsender Soldat mit roten Ohren war aufgetaucht und hielt der Sängerin ihren Kochlöffel hin. Sie nahm ihn in Empfang, gab dem Burschen einen schmatzenden Kuss und wandte sich wieder Attila zu.

»Jetzt küsst auch noch gescherte *Gefreite*«, rief Lizzi fassungslos, »ist noch viel blöder, als ich hab gedacht. Wird nicht weit bringen, in Leben, arme Luder mit falsche Peppi. Kenn ich ihre Typ.«

Boris von Russland hatte sich wieder gesetzt. Verzog seinen schmalen Mund, hob die rechte Hand und schnippte mit den Fingern in Richtung Schank. Schon stürzten vier geschminkte Weibsbilder herbei, knicksten tief, gackerten wie Hühner, allen voran die kugelrunde Zora, schon war sein Tisch umringt, und ich konnte ihn nicht mehr sehn.

Die Soldaten waren inzwischen von den Stühlen gesprungen. Der Pianist, der aussah wie ein Zirkusdirektor, setzte sich wieder an seinen Flügel. Ein Kellner brachte ihm ein Glas Wein, zwei andere kehrten unter den Tischen die Scherben auf.

Ein neuer Programmpunkt begann. Ich seufzte gequält. Was würde mir jetzt wieder blühn?

Der Pianist spielte ein paar wilde Läufe und brach plötzlich in einen wüsten Rhythmus aus. Er hämmerte in die Tasten, sah nicht rechts, nicht links. Vier Zigeunerinnen sprangen auf die Bühne, hässlicher dunkler Teint, dafür die Augen glühend und kohlschwarz. Sie waren sehr hübsch ausstaffiert, mit roten Kleidern, darauf weiße Rüschen, und züchtigen Ärmeln bis zum Handgelenk. Sie waren eng geschnürt, trugen Strümpfe und Schuhe und – was mich am meisten erfreute –, lange, weiße Untertaillen, wie man sie eben trägt als anständige Frau.

Diese Hosen hatten es mir angetan, denn ihre weißen Spitzen sahen unter den roten Röcken hervor.

Zufrieden lehnte ich mich zurück. Kein Zentimeter nackte Haut.

Dafür wirkte Lizzi plötzlich ganz verstört.

»Oh, là, là!«, rief sie. »Hoffentlich kommt keine Kontrolle.«

»Wieso?« Das verstand ich nicht. »Die sind doch anständig gekleidet, verglichen mit der Lorelei …«

»Abwarten«, rief Lizzi und schenkte uns zwei frische Becher Wasser ein.

Die Stimmung schlug um. Heidnische Ausgelassenheit lag plötzlich in der Luft. Der Pianist spielte wie in Trance. Kurze, abgehackte Takte, gefolgt von kurzen, abgehackten Läufen, aufpeitschende Musik, die ich kannte. Das war doch Offenbach, Offenbach im Bordell?

Die Soldaten wurden immer aufgeregter, klatschten im Takt, und plötzlich geschah, worauf alle gewartet hatten: Blitzschnell hoben die Tänzerinnen ihre Röcke, und schon ging's hoch den Fuß, hoch den Fuß, schneller und schneller, und trotz der züchtigen, weißen Unterpantalons … Wenn man tanzt wie die da oben, öffnet sich in der Mitte der Schlitz, und man sieht, wie Lizzi sagt, ins Gelobte Land. Und genau das geschah vor aller Augen, die meines Gabor inbegriffen: Die scheinheiligen Luder stachen mit ihren Schuhen in die Luft, ihre Untertaille öffnete sich – und das Gelobte Land tat sich auf.

Vor Entsetzen rutschte ich unter die Bank. Viel hatte ich zwar nicht gesehn, nur ein paar Büschel dunkler Haare. *Haare??* Ich hatte da unten glatte Haut. So also sah man aus, wenn man erwachsen war? Behaart wie ein Affe? Auf Lebenszeit? Ich rappelte mich wieder hoch. Gott im Himmel. Und Hermine sah so aus. Und meine blonde Mutter. Und Tante Juliana und Lizzi. Und ich würde auch einmal so aussehn. Nein! Ich *nicht*! Diese Haare schneide ich mir *ab*. Falls sie mich tatsächlich befallen sollten, was zu bezweifeln war. Andererseits – die Monatliche hatte mich auch erwischt. Mein Gott! Eine böse Überraschung jagt die andere, es hört und hört nicht auf. Das Mieder, das ES, der Tod im Kindbett, die grässliche Geburt, vier Tage Bauchweh jeden Monat und zur Krönung unter den Armen und zwischen den – man weiß schon – einen grauslichen Filz!

Hermine hatte Recht. Der nackte Mensch war zum Genieren! Pfui! Jetzt begriff ich, warum man sich nie nackt im Spiegel besah. Warum man sich schämte, sowie man erwachsen war, warum man seinen Leib verhüllte und verschnürte, um ein bisschen edler auszusehn, um zu retten, was zu retten war, weil man richtig tierisch wurde mit der Zeit.

Und die Männer liebten diese Scheußlichkeit!

Sie waren wirklich blöd. Die nackte Lorelei. Ihr weißer Unaussprechlicher – die Mannsbilder hatten vor Wonne getobt. Und jetzt waren sie wieder außer Rand und Band. Sie brüllten vor Begeisterung, hämmerten mit den Fäusten auf den Tisch, verdrehten die Augen, juchzten, stampften mit den Stiefeln auf den Boden, wanden sich in Ekstase, heulten vor Glück, unter den Weiberröcken lag ihr Paradies … aber warum?? Die Zigeunerinnen drehten sich nun zur Seite. Neigten sich nach vorn. Eine fasste die andere um die enge Mitte, und sie hüpften im Gänsemarsch um die Bühne, wobei sie den Unaussprechlichen frech in die Höhe reckten, was ein neues Pfeifkonzert hervorrief.

Dann kamen sie leider wieder nach vorn an die Rampe und wiederholten ihren verdammten Tanzschritt bis zum Gehtnichtmehr, ich hätte die Mistviecher erschlagen können. Und gerade als ich dachte, ich ertrage es keine Sekunde länger, nie wieder kann ich meinem Gabor in die Augen sehn, ertönte ein schriller Pfiff.

Sofort ließen die Zigeunerinnen ihre roten Röcke fallen und begannen paarweise Walzer zu tanzen. Der Pianist hatte blitzschnell den Takt geändert, schon erklang froh und beschwingt: »Wein, Weib und Gesang«.

Lizzi ließ ihren Schleier herab: »Oh, là, là! Große Pech. Kontrolle kommt.«

Die Offiziere sprangen auf, packten ihre Säbel, und in Windeseile verschwanden sie hinter der Schank. Gabor und Attila stürmten in die Nische Nummer eins, und vor uns tauchte plötzlich der blonde Erzherzog auf.

»Bitte vielmals um Verzeihung«, flüsterte er mir zu, »ein Verfolgter bittet um Unterschlupf.«

»Schnell«, Lizzi warf sich über den Tisch, »kraxeln nur herein, Hoheit …«

Und sie zog blitzartig den Vorhang wieder zu, während der Erzherzog mit affenartiger Geschwindigkeit hinter Lizzi vorbeiturnte und sich am letzten Ende der Bank an die Wand drückte. Lizzi blies die Laterne aus.

Aber was war das?

Parfum erfüllte plötzlich die Luft. Es roch süß nach Jasmin. Jasmin? Ein seltsamer Duft für einen Herrn. Doch ich vergaß es sofort.

»Lizzi«, flüsterte ich in Panik, »und was tu *ich*? Kriech ich unter den Tisch?«

Doch es war schon zu spät.

Zwei Uniformierte, gefolgt von einem Gendarmen, traten durch die Tür und sahen suchend um sich.

»Neue Gäste«, schrien die aufgeputzten Luder an der Schank, begannen entzückt zu lachen und stürzten auf sie zu. Der Pianist hörte auf zu spielen. Zora hängte sich dem Gendarmen an den Arm. Die Riesin nahm ihre Pfeife aus dem Mund: »Bleibt man heut ein bisserl länger bei uns?«, fragte sie unschuldig. »Immer rennt man gleich wieder weg.« Die andern bildeten einen Schutzkreis um die zwei und versperrten den Herren die Sicht ins Lokal.

Gebannt verfolgte ich das Geschehen durch den Vorhangschlitz. Hut ab. Das war gekonnt!

Lizzi begann zu kichern. »Ah, kenn ich die zwei. Sind sie nett. Wird nix passieren, nehm ich an.«

Und sie hatte Recht. Die Kontrolle bestand aus ein paar Blicken auf die Uniformen der Soldaten und der Frage: »Keine Offiziere im Haus?« Zu uns drangen sie gar nicht vor. Man besah sich kurz die Tänzerinnen, die unterwürfig wartend auf der Bühne standen, kommentierte: »Hübsche Kostüme« und verabschiedete sich anstandslos.

Der Pianist begann einen flotten Marsch, den »Kaiser-Franz-Joseph-Rettungs-Jubel-Marsch«.

Schon kam die Besitzerin, die nette Polin, zurück: »Bahn frei, meine Herren«, rief sie laut und klatschte in die Hände.

Wiehernd vor Vergnügen, sprangen die Offiziere aus ihren Verstecken hervor.

»Man dankt für die Rettung«, rief der Erzherzog – und als sich der Vorhang teilte und Licht auf mein Gesicht fiel: »Es hat mich *sehr* gefreut. Man sieht sich später noch.« Ich versank in einen Knicks, was nicht ging, die Bank war im Weg … aber halt! Ich war ja gar kein Weib. Ich war ein *Soldat*. Nur, Gott sei Dank, die Hoheit hatte nichts bemerkt, sie war schon davongestürmt.

Jetzt wurde es gemütlich.

Lizzi schlug ihren Schleier zurück. »Ahh …«, sie streckte sich voll Lust, »Pianist gebührt große Flasche Wein. Hat prompt reagiert, gescheite Kerl.«

»Was hat er denn getan?«

»Gleich Walzer gespielt. Bei Cancan wär jetzt hier herinnen saftige Radau. Aber sag ich Ihnen was, ist nicht einfach die Cancan … muss man sehr gelenkig sein. Körper haben wie Gummi. Hab ich schon probiert. Ist mir zu schwer.«

»Wieso wär jetzt ein Radau?«

»Weil verboten ist Cancan.«

»Der Cancan ist verboten und das Freudenhaus erlaubt?«

»Cancan untergräbt Moral. Aber Bordell in Garnisonsstadt ist Notwendigkeit.«

Warum das alles hier eine Notwendigkeit sein sollte, überstieg meinen Horizont. Doch ich fragte nicht mehr.

Die Offiziere waren an ihre Tische zurückgekehrt, bestellten Schnaps und Wein, die Soldaten aber wurden von froher Wanderlust erfasst. Haufenweise trieb es sie zur Schank, wo sie parlierten mit einem Weibsbild, dann hängten sie sich bei ihr ein, marschierten Arm in Arm an Tischen und Nischen vorbei und verschwanden schließlich hinter einem roten Vorhang, der die ganze Rückwand des Lokals verdeckte.

Offensichtlich befand sich dahinter eine geheime Tür. Das Seltsamste aber war: Manche wurden durch die Tür *gedrängt*. Zwei energische dumme Luder hatten sich rechts und links an den Gefreiten gehängt, der den Kochlöffel erobert hatte. Und obwohl er protestierte, eins, zwei, drei – schon fiel der Vorhang hinter ihnen zu. Die pfeifenrauchende Riesin hatte ihren Arm um einen schwer betrunkenen Ulanen gelegt und hielt ihn wie in einem Schraubstock. Er grinste belämmert – schon war er außer Sicht.

»Lizzi. Wo gehn die alle hin?«

»Gehn aufs Zimm… aufs Klo. Pardon, will sagen, ziehn sich zurück.«

»Die ziehn sich aber oft zurück.«

»Saufen auch genug.«

»Genieren die sich nicht?«

»Wieso?«, fragte Lizzi, die den Erzherzog nicht aus den Augen ließ.

»Zurückziehn! *In Begleitung!*«

Es war der Gipfel des schlechten Tons. Nichts auf der Welt ist peinlicher, als sich zurückzuziehn. Nie gibt man zu, dass man hie und da … muss. Und immer huscht man schnell davon und hofft, dass es keiner merkt. Und hier tat man das zu zweit? Wie?? Und wieso wissen die dummen Luder, wann sich ein Mannsbild zurückziehn muss?

In dem Moment kam Attila mit der Lorelei vorbei und verschwand … Attila!! Hatte er ihr mitgeteilt, dass er … NIE wieder sprech ich ein Wort mit ihm. Jetzt begann ich am ganzen Leib zu transpirieren. Die dicke Uniform war auch viel zu heiß, also, falls jetzt eine meinen Gabor überfällt – ich pack den Krug aus Steingut und schlag ihn ihr auf den Kopf. Doch die Offiziere waren beschäftigt.

Die Zigeunerinnen waren verschwunden, der Pianist spielte Walzer, Polka, Galopp, die Gäste tanzten jetzt selbst. Alle – bis auf Gabor, der neben dem Erzherzog saß – amüsierten sich auf der Bühne, ein aufgedonnertes Weib im Arm, schwenkten es hin und her, lachten, wirbelten herum, also ehrlich, tanzen konnten sie. Kerzengerade Haltung … doch ich freute mich zu früh. Großalarm an Gabors Tisch!

Dort war ein stark geschminktes, rothaariges Luder aufgetaucht und versank vor den beiden Herren in einen tiefen Knicks. Sie trug ein veilchenblaues Ballkleid und das vulgärste Dekolletee im ganzen Haus, und jetzt machte sie ein noch tieferes Compliment und bat den Erzherzog um einen Tanz! Die geniert sich aber auch vor nichts! Nur, sie hatte kein Glück. Der hohe Herr sah durch sie hindurch, als wäre sie aus Glas. Und als sie wieder knickste, wurde es ihm zu blöd. Er stand auf, marschierte zu dem Servierburschen, der uns das Wasser gebracht hatte, nahm ihm das Tablett aus der Hand – und begann mit ihm zu tanzen. Walzer noch dazu! Ehrlich! Tanzt der glatt mit einem Mann. Was hat das für einen Sinn?

Nun, wahrscheinlich hat er die besten Tanzmeister gehabt – als Verwandter der Majestät. Es hat ihn längst in den Füßen gejuckt, und damit er nicht in Versuchung kommt mit einem dummen Luder, weil er sich keine Blöße geben darf … aber versucht war er doch. Er schmiegte sich nämlich ganz eng an den Burschen an – entgeistert sah ich zu … aber zumindest hielt ihn kein Weibsbild in den Krallen, das ihn durch den roten Vorhang schleppt und ihn zwingt, sich zurückzuziehn, obwohl er vielleicht gar nicht muss …

»Versteh ich jetzt«, sagte Lizzi zu mir, »hätt ich früher erraten können.«

»Was, Lizzi? Was?«

»Mag er keine Frauenzimmer.«

»Warum denn nicht?« Das hatte ich noch nie gehört.

»Mag er lieber Männer.«

»Wozu?«

»Zum … Tanzen. Aber darf man nix sagen. Sonst gibt riesengroße Krach. Sie haben nix gesehen, dass tanzt mit die Mann, und ich auch nicht. Geht kein Mensch was an. Ah, da kommt Chefin. Schmeißt jetzt alle hinaus, nehm ich an.«

Tatsächlich stellte sich die Frau in dem roten Ballkleid ins Rampenlicht. »Sperrstunde, meine Herren!«, schmetterte sie in den Saal. Dann wandte sie sich um, bedeutete den Offizieren, dass sie bleiben konnten. Und als kurze Zeit später der letzte Soldat verschwunden war, ging das Feiern erst richtig los. Man war jetzt unter sich und taute auf. Eine Tanzpause wurde eingelegt. Schnaps bestellt. Man trank auf Gabor, das Geburtstagskind, und pfefferte die Gläser an die Wand. Und die Rothaarige mit dem veilchenblauen Kleid kniete sich hin vor ihn und gratulierte ebenfalls: Sie griff in ihr Dekolletee, holte ihre nackten Brüste hervor und lachte ihn an.

Ich erstickte fast an meinem Wasser. War das Weib verrückt? Zweifellos. So benimmt sich nur eine Wahnsinnige. Aber warum ist sie nicht im Asyl? Warum rennt sie frei herum, und ich muss mich genieren für sie?

Und Gabor redete mit ihr! Er schickte sie *nicht weg*!

Erst als der Nagy zurückkam, ohne die Lorelei, und sagte: »Mäderl, bei dem hast du keine Chance, der ist verliebt«, gab das Luder auf, erhob sich und verschwand.

Erleichtert lehnte ich mich zurück. Trank ein Glas Wasser. Aber kaum hatte ich mich von dem Schreck erholt, kam schon ein neuer. Ich war plötzlich in aller Munde. *Ich*, jawohl! *Mein Name*. Im *Bordell*!

Es gab nur noch Gabor und seine Herren, dazu die angestammten Damen, zwanzig insgesamt. Sie saßen um die Offiziere herum, zerrupft, die Kleider befleckt, die Schminke verwischt, die Blumen im Haar verwelkt, aber sehr vergnügt, und sie kicherten und kokettierten, und jede dachte dasselbe: Ich angle mir einen vornehmen Herrn. Ein Blinder konnte es sehn.

Der Pianist, wie erwähnt, pausierte an der Schank. Die Luft war zum Schneiden. Rauchschwaden trübten den Blick. Dafür verstand man jedes Wort. Und von wem war die Rede? Von Gabor und mir.

»Du bist verliebt?« Boris von Russland wandte sich an Gabor. »In wen?«

»In seine Reitelevin«, antwortete Attila, »die Minka Hübsch.« Kaum fiel mein Name, horchten alle Offiziere auf. Man winkte den schnatternden Gänsen, still zu sein.

»Exzellente Reiterin«, sagte Attila zu Boris.

»So, so.« Der Prinz sah ihn nicht an. Er hatte Attila ignoriert seit der Sache mit der Lorelei. Sorgsam blies er ein Häufchen Asche von seinem weißen Ärmel. Er saß nämlich neben der Riesin, sie hatte ihm eine Zigarre abgebettelt und rauchte wie ein Schlot. »Das hört man überall, nur man *sieht* es nicht.«

»Recht hast du, Boris«, rief ein kleiner stämmiger Offizier mit rotem Gesicht, der fast täglich in den *Schwarzen Adler* speisen kam. »Ihr verrammelt euch mit der Hübsch wie in einer

Festung. Kein Schwein weiß, was ihr fabriziert. Die blonde Venus kann jeder sehn. Gestern ist sie über ein Meter zehn gehüpft. Fehlerlos.«

»Glaub ich nicht, Tibor«, sagte Gabor verächtlich. »Man hört immer nur, dass sie stürzt.«

»Ist sie auch. Kaum über der Hürde, ist sie vornüber gestürzt … dem Kossanik in die Arme …«

Brüllendes Gelächter.

»Aber der Sprung war perfekt.«

»Herziges Täuberl, die Hübsch«, meinte ein gewisser Geza. Er saß oft bei uns am Kavalleristentisch und hatte mir immer schöne Augen gemacht. »Aber ganz ausgebacken ist sie noch nicht. Bisserl unreif, wenn du mich fragst.«

»Reif genug für mich, mein Lieber.« Gabor prostete ihm zu. Geza stieß mit ihm an, man leerte die Gläser und schmetterte sie an die Wand. Wie viel hatte Gabor getrunken? Ebenso viel wie die andern. Musste er, als Geburtstagskind. Doch man sah es ihm nicht an. Genauso wenig wie seinen Freunden. Sie wurden nur immer steifer. Kerzengerade saßen sie auf ihren Stühlen – Besen verschluckt –, doch sie sprachen klar und deutlich, nur etwas langsamer vielleicht.

»Sie ist ein bisserl zart«, sagte Attila, »aber eine Taille wie die Kaiserin.«

»Großstadtmäderl«, meinte Geza, zu Boris gewandt, »kennt man schon. Der kleinste Lufthauch haut sie um. Mein Rat: Hände weg. Ausdauer fehlt ihr auch. Sie war vier Tage außer Gefecht. Beginnende Schwindsucht, hat man gehört.«

»Lizzi! Der Verräter«, flüsterte ich, »im Hotel tut er mir schön, und jetzt …«

»Pssssst«, zischte Lizzi, »spielt die Geza nur. Ist ganz auf unsere Seite. Aber gibt nicht genug Gegenwetten …«

»Genug was?«

»Gegenwetten. Wetten *gegen* Sie. Wetten *für* Konkurrentin. Muss er ankurbeln für blonde Venus Begeisterung.«

»Vier Tage? *Bedenklich!*«, meldete sich Tibor wieder zu Wort. »Außerdem, Gabor, man hat dich hereingelegt …«

»Der gehört auch zu uns«, flüsterte Lizzi.

» … du verlierst nicht, wenn das holde Kinderl über die Hürden plumpst, du bist schon im Arsch, wenn sie nicht *antritt.* Die Wette ist patent formuliert. Man muss sie nur außer Gefecht setzen, die Kleine, dann gehört alles uns.«

»Ich kauf mir ein neues Reitpferd«, sagte Geza, »von meinem Gewinn. Die blonde Venus ist in Hochform, sag ich euch.«

Gabor bestellte eine neue Runde Schnaps. »Wer mein Freund ist, setzt auf mich.« Man leerte die Gläser und schmiss sie an die Wand. »Mit wem kann ich rechnen?«

»Mit mir«, rief Attila sofort.

»Wieder Karten gespielt?«, witzelte der russische Prinz.

»Erbschaft in Aussicht. Unvorhergesehn.«

»Von wem?« Boris lachte süffisant. »Reiche Witwe, die man getröstet hat?«

»Meine Witwen leben alle noch«, bemerkte Attila knapp.

»Ah … Liebeslohn! Kein Wunder, bei dem klassischen Profil. Keine kann dem widerstehn, keine Sängerin, keine Prin …«

»Attila, woher kommt das Gold?«, rief Gabor schnell.

»Onkel in Meran. Liegt im Sterbebett.«

»Wieviel?«

»Nicht der Rede wert, dreimal tausend Gulden. Morgen nach der Frühmesse geh ich ins Wettbüro, platzier's auf dich …«

»Spar dir das Wettbüro«, rief der russische Prinz und sah Attila zum ersten Mal wieder ins Gesicht, »das regeln wir unter uns. *Ich* wette gegen dich. Drei mal tausend Gulden auf die blonde Venus und den Kossanik.«

»Warum?«

»Bin immer knapp bei Kassa auf Reisen. Könnt es dringend wieder auffüllen, mein Budget.«

»Wie du willst. Es gilt!«

»Es gilt?«

»Sind alle hier Zeugen? Dreimal tausend gegen dreimal tausend. Zahlbar in …? Boris, wie zahlst du? Gulden? Zahlbar in Gulden. Nach dem Wettritt. Am 18. August, Kaisergeburtstag. Innerhalb von vierundzwanzig Stunden. Noch eine Runde Schnaps. Auf meine Rechnung, meine Herren.« Attila sah vergnügt um sich.

»Wozu brauchst du so viel extra?«, wandte sich Tibor an den Prinzen. »Neue Flamme?«

Die Antwort verstand ich leider nicht, denn wieder klirrten die Scherben, außerdem hatte mir Lizzi etwas zu sagen.

»Sehen jetzt, wie funktioniert?«, meinte sie froh. »Die Boris hat sich deklariert für die Holter, und weil das hat getan, machen andere morgen nach, aus Prestige. Kann man jetzt noch mehr Geld setzen auf Sie, gnädige Fräulein. Läuft jetzt picobello. Sind wir glänzend in Geschäft.«

»So schnell geht das?«

»Ja. Ahh, die Pipsi kommt zurück. Gibt gleich große Spaß.«

Mein hoher Verwandter war tatsächlich wieder aufgetaucht – aber ohne seinen Rock. Er trug nur blaue Pantalons, sein restlicher Leib war bloß. Nein, die Welt steht nicht mehr lang. Ein halb nackter Erzherzog im Bordell. Und wie zart er gebaut war. Und die helle Haut.

Er setzte sich neben Gabor, verweigerte einen Schnaps und rief nach der Besitzerin.

Diese eilte aufgeregt herbei, schürzte ihr rotes Ballkleid mit beiden Händen und versank in einen Hofknicks, so perfekt, als hätte sie ihn wochenlang geübt.

»Weiß ich, was kommt«, sagte Lizzi, »hab davon gehört.«

»Was? Lizzi? Was?«

»Werden gleich sehn.«

»Kaiserliche Hoheit?«, rief die nette Polin. »Was kann man für Sie tun?«

»Bitt schön, eine Geige«, sagte der Erzherzog mit Kinderstimme.

Die Polin richtete sich wieder auf, Zweifel im Blick.

»Haben Hoheit Geige gesagt? Oder Feige?«

»Violine. Zum Streichen. Musik.«

»Ja, da bitt ich um Verzeihung. Wir haben nur unser Pianoforte da … soll ich dem Maxl befehlen, dass er weiterspielt?«

»Hoheit wünschen eine *Geige*«, mischte sich Prinz Boris ein und zündete eine neue Zigarre an. »Vielleicht weiß man, wo eine aufzutreiben ist?«

Da stemmte die Polin beide Hände in die Hüften: »Hoheiterl«, sagte sie streng, »wir sind hier keine Philharmonie. Bei uns tut man nicht geigen, sondern schön vögerln …«

»Ich tät aber lieber musizieren«, sagte der Erzherzog hoffnungsfroh, »mit dem Maxl am Klavier, wenn's nicht zu viel Umständ' macht.«

»Ja, dann …« Die Besitzerin wandte sich ab und klatschte in die Hände: »Franzl, Sepp. Antreten. Sofort.«

Und als die beiden Servierburschen vor ihr standen, zeigte sie auf den Kleineren: »Franzl, du wascht dir jetzt die Händ' und das Gesicht und gehst zum Herrn Oberlehrer Meier seinem Haus und klopfst recht laut – sagst: Allerhöchster Befehl, wir brauchen eine Geige.«

»Und wenn er schlafen tut?«, kam ein schüchterner Einwand.

»Macht nix … Du sagst, er braucht sich nicht zu fürchten, morgen kriegt er die Geige zurück. Sie ist in den besten Händen … Noten?« Sie wandte sich an den Erzherzog. »Möchten kaiserliche Hoheit Noten dazu?«

»Händel.« Pipsi nickte bestimmt.

»Und du bittest um die Noten von dem Hendl, und in zehn Minuten bist du wieder da.«

»Der weckt jetzt den Herrn *Oberlehrer* auf?«, flüsterte ich fassungslos.

Lizzi nickte. »Der ist das gewöhnt.«

Tatsächlich erschien der kleine Bursche in Rekordzeit mit einer Geige, der Pianist musste wieder her, Pipsi bekam einen Notenständer, die dummen Luder setzten sich im Halbkreis um den Flügel, und der halb nackte Erzherzog spielte eine ganze Sonate von Händel – und nicht einmal schlecht.

Nach jedem Satz kam großer Applaus, und angespornt vom Erfolg, schwang er sich gleich in ein zweites Stück.

»Lizzi, wenn das so weitergeht, kommen wir heute nicht mehr heim.«

»Fürcht ich auch, gnädiges Fräulein.«

»Was tun wir, wenn er bis acht Uhr weitergeigt?«

»Müssen wir uns was einfallen lassen.«

In dem Moment ließ der Erzherzog die Geige sinken, neigte

sich zu seinem Begleiter und flüsterte in sein Ohr, wobei er mit dem Bogen auf unsere Nische zeigte.

Der Mann im roten Frack stand auf. »Alle Anwesenden sind herzlich eingeladen«, rief er in unsere Richtung. »Bitte, *alle* Gäste herkommen zum Pianoforte, die kaiserliche Hoheit gibt ein Konzert.«

Ich sah Lizzi an und sie mich.

»Jetzt wird heiß«, flüsterte sie und ließ ihren schwarzen Schleier herab, »aber nur kein Angst. Beschütz ich Sie.«

»Bitte untertänigst *alle Gäste*, Manderl oder Weiberl, her zu uns.«

Hastig rückten wir ans Ende der Nische und drückten uns an die Wand. Atemlose Stille. Dann begann der Erzherzog wieder zu spielen. Aha, Gefahr gebannt.

In dem Moment teilte sich der rote Samtvorhang – und Gabor stand vor uns.

»Man bittet um Verzeihung«, sagte er in die Finsternis, »würde man die Liebenswürdigkeit besitzen und nach vorn kommen? Eine kaiserliche Bitte ist ein Befehl.«

»Nicht für mich«, zirpte Lizzi mit verstellter Stimme, »bin ich aus *Ausland* und hier ganz privat.«

Dann griff sie schnell nach der Laterne, aber Gabor hatte sie schon in der Hand und zündete die Kerze an. Es ging so rasant, ich hatte keine Zeit, meinen Kopf wegzudrehn. Starr vor Schreck saß ich auf der Bank, mit aufgerissenen Augen, sah ihm voll ins Gesicht – und er starrte zurück, sekundenlang.

»Sie gestatten?«, sagte er dann, fasste mich unters Kinn und hob meinen Kopf. Dann nahm er meine rechte Hand, sah den Ring …

»Minka!! Was machst denn du … ich meine, Fräulein Hübsch, was um Gottes willen … untertänigste Frage … wie kommen Sie in dieses *Loch*?«

»Genau wie gnädige Herr«, sagte Lizzi freundlich, »durch das Tür.«

»Lizzi!«, rief Gabor entgeistert, denn sie hatte wieder normal gesprochen. »*Dich* hätt ich *nie* erkannt. Das ist die perfekte Maskerade.« Und er sank neben mich auf die Bank.

»Tut man, was man kann«, sagte Lizzi bescheiden und klappte ihren roten Fächer auf.

»Aber bist du verrückt! Wieso hast du das gnädige Fräulein hergeschleppt?«

Lizzi schlug ihren Schleier zurück und hob die schwarz gefärbten Brauen. »Mutprobe«, sagte sie schlicht.

»Meinem Vater wär das gar nicht recht. So kurz vor der Reiterei … außerdem … euer guter Ruf …«

»Hoff ich sehr, werden ihm nix sagen, hohe General.«

»Natürlich nicht. Keine Angst.«

»Hab ich auch nicht, Angst. Weil, würd ich denken, ich hab nix gesehn Herrn von Borosy in verruchte Freudenhaus, untersagt für jede Offizier. Und gnädige Herr hat nix bemerkt schöne Spanierin mit kleine Ulane …«

Gabor neigte kurz den Kopf. »Die Sache bleibt entschieden unter uns. Und jetzt geh hinaus, Lizzi, sei so gut, lass uns allein. Ich muss mit dem Fräulein reden …«

»Zieh ich mich nur *kurz* zurück«, sagte Lizzi streng, »bin ich *gleich* wieder da.«

»Was ist euch denn eingefallen?«, fragte Gabor, kaum dass wir allein waren. »Gott sei Dank, dass du im Finstern sitzt. Man sieht auf den ersten Blick, dass was nicht stimmt.« Er hielt die Laterne näher an mein Gesicht, tupfte auf den blonden Schnurrbart, begann zu lachen und begutachtete dann ausgiebig mein Profil. »Ein richtiger Schmalzl. Kein Wunder, dass sich der Pipsi verschaut hat in dich. Wie hast denn dein schönes langes Haar unter die Perücke gebracht?«

»Mit viel Müh.«

»Und warum, zum Teufel – o Pardon –, bist du hergekommen?«

»Weil … du hast mich nicht eingeladen zum Geburtstag.«

»Was?« Gabor verschluckte sich. Kein Wunder bei dem vielen Schnaps. »Aber das ist doch … Minka! Wirklich. In einer Garnison feiert man *immer* mit den Kameraden. Wer Geburtstag hat, lädt alle ein. Weißt du das nicht?«

»Nein.« Schweigen breitete sich aus. Dann schüttelte Gabor den Kopf und sagte sinnend: »Sitzt sie tatsächlich im Bordell.

Dass du dich das traust … *donne moi un baiser, ma chérie,* und sei wieder gut.«

Ich rührte mich nicht.

»Minka … ein ganz kleines … nein? Immer noch bös?«

»Ja.«

»Warum?«

Ich schwieg und dachte an die Lorelei in ihrer weißen Schürze und ihren nackten, fetten … hinterwärts. Und den schweinischen Cancan. Und das rothaarige Luder mit dem vielen Holz vor der Hütte, kniend vor Gabor, und er hatte hingestarrt … Ich war nicht in Stimmung für einen Kuss. Diese dicke Uniform. Ich war ganz verschwitzt. Der Wollstoff war mir viel zu heiß, er juckte mich am ganzen Leib, ich hätt mich ununterbrochen kratzen können wie ein Affe …

»Du bist bös, weil ich hier bin«, beantwortete Gabor seine eigene Frage. »Aber nicht zum Vergnügen. Ehrenwort! Der Erzherzog hat's bestimmt und der Boris, und was Prinzen wünschen, ist Befehl.«

»Du bist nicht zum ersten Mal hier.«

»Gezwungenermaßen.«

»Wer hat dich gebissen am Sonntag?«

»Keine Ahnung. Hab sie heute nicht gesehn. Will gar nicht wissen, wie sie heißt. Du hast hoffentlich bemerkt, es ist kein Geheimnis, der Attila hat's laut verkündet, dass ich verliebt bin – nur in dich … aber … du bist *eifersüchtig*. So ein *Glück*. Das heißt, du liebst mich …« Er breitete die Arme aus. In dem Moment bewegte sich der Vorhang. Lizzi kam zurück.

»Bin ich wieder da«, meinte sie, »hab ich bezahlt, können wir gehn. Hab ich Chefin gefragt, lässt uns hinten hinaus durch finstere Gang. Hat schon für uns Haustür aufgesperrt … Gnädige Herr«, sie wandte sich an Gabor, »gratulieren wir nochmals herzlichst zu Geburtstag, war unvergesslich rauschende Fest.«

»Braucht ihr meine Hilfe zum Nachhausegehn?«

»Nein, nein, *merci*. Sind wir gekommen allein, finden wir allein wieder heim. Lenken nur bitte nackerte Erzherzog ab.«

In dem Moment hörte die Musik draußen auf.

»Gabor!«, vernahmen wir die Kinderstimme vom Klavier. »Man wartet!«

»Bin schon da.« Gabor stolzierte steif hinaus.

»Und der kleine Blonde?«, rief der Erzherzog enttäuscht.

»Stockbesoffen. Kann nicht mehr stehn.«

»Schade.«

»Nichts zu machen. Aber Boris, eine Frage. Attila, steh auf. Komm her …«

»So, jetzt schnell«, flüsterte Lizzi. Ich bückte mich nach meiner Kappe, die zu Boden gefallen war, und folgte ihr nach. Lautlos huschten wir aus der Nische, die paar Schritte hin zu der versteckten Tür. Schon waren wir durch den Vorhang, keiner hatte es bemerkt.

Als wir in der Basteigasse standen, dämmerte es schon. Der Hauptplatz war gähnend leer. Mein Gott. Fast vier Uhr! Noch nie im Leben war ich so lang aufgeblieben. Ich stellte fest, dass ich todmüde war. Der Lärm, die schlechte Luft, die Aufregung … unbemerkt gelangten wir zum Hotel, schlüpften durch die Hinterpforte, dann schnell vorbei an den Stallungen und leise, leise die hintere Treppe hoch. Kein Geräusch war zu hören, nur das zackige Schnarchen von unserem Kutscher Lix, und dann, endlich, waren wir in Lizzis Zimmer und in Sicherheit.

Selig sank ich auf das Bett, knöpfte die Uniform auf, weg mit der Perücke – ich schüttelte mein Haar aus, weg mit den Stiefeln. Weg mit dem Schnurrbart. Ich riss ihn von der Oberlippe, die ganz rot war und juckte vom Kleister. Abenteuer geglückt. Ich hatte überlebt.

Nur, was hatte ich davon? Kaum dachte ich an Gabor, sah ich sofort ein Bild aus dem Bordell. Und wie, bitte schön, soll das weitergehn? Ohne dass ich zerspringe vor Eifersucht? Enden alle Herrenabende in einer Kaschemme? Außerdem, in Linz gibt's ein Bordell *für Offiziere*! Wie oft war Gabor in Linz gewesen, in letzter Zeit??

»Müssen nicht soviel grübeln«, meinte Lizzi und brachte mir meinen rosa Domino. »Macht nix, dass uns die Gabor hat gesehn. Kenn ich hohe Herren. Pfeifen auf die Etikett. Gefällt ihnen alles, was ist verboten und extravagant. Ist die Gabor schwer beeindruckt jetzt von Ihre Mut. Ist jetzt so verliebt wie Kuckuck in Wald …«

»Lizzi … das ist streng geheim.«

»Was? Dass verliebt ist? Muss ich aber lachen, gnädige Fräulein. Weiß ich schon, seit Sie angekommen sind in Enns. Nehm ich an, wird *er* wichtige Frage stellen an Sie am Kaisergeburtstag, erinnern sich? Frage, die ganze Leben ändern kann – wie Karten von Marseille haben gesagt …« Sie griff nach einer Dose Kokosfett und schminkte mir die schwarzen Schatten weg. »Aber meine große Plan wird auch bald wahr«, sagte sie, als sie fertig war, »und jetzt zeig ich Ihnen was.«

Lizzi richtete sich auf, legte die Spitzenmantilla ab, den Schleier, die Perücke – und öffnete für mich ihr Haar.

»*Voilà*«, meinte sie stolz, während sich ein goldener Wasserfall über ihre Schultern ergoss, bis hinunter zu den Zehn, »bin ich *echte* Lorelei. Brauch ich keine falsche Peppi«, sie legte eine Locke in meine Hand, »bitte, können ganz fest ziehen. Wächst alles auf meine Kopf … treib ich jede Mann zu Raserei, wenn ich will …« Und sie drehte sich um sich selbst, dass sich das rote Kleid wie ein Segel blähte und die Haare flogen wie im Wind.

»Lizzi, du bist überirdisch schön.«

»Tut man, was man kann«, meinte sie erfreut, »und jetzt schnell, schnell in die Bett. Ist schon spät. Kann ich nicht viel schlafen, muss ich gleich wieder auf. Aber macht nix. Hab ich viel Kraft.«

»Lizzi, du schwörst. Du schweigst wie das Grab. Kein Wort von heut' Nacht zu irgendwem.«

»Hab ich versiegelte Lippen. Haben wir jetzt große Geheimnis, wir drei, gnädige Fräulein und ich und Borosy Gabor. Schmiedet uns zusammen, obwohl Sie sind von Stand und ich nur kleine Patissière …« Sie geleitete mich zur Tür. »Und jetzt gleich alles vergessen. Waren wir nie in Basteigasse. Haben Sie nie gesehn schwarze Spanierin und ich kein kleine Moritz. Gute Nacht.«

»Gute Nacht, Lizzi. Dank dir schön.«

Ungesehn kam ich hinunter in mein Zimmer, kroch sofort unter die Decke, machte die Augen zu.

Jetzt kannte ich die Männerwelt. Sie war unkeusch, grauslich, kindisch und blöd. Nie wieder will ich etwas hören davon.

Und jetzt sofort schlafen. Morgen muss ich gut trainieren. Morgen? Heute! In ein paar Stunden. Und um neun ist Sonntagsmesse. Hoffentlich fällt keinem auf, wie müde ich bin. Ob ich Gabor noch in die Augen sehn kann?

Hab ich genug Kraft zum Springen?

Ich muss gewinnen am 18. August!! Aber jetzt: Schluss mit der Grübelei. Man muss immer nur das tun, was wichtig ist. *Wichtig* ist, dass ich jetzt *schlafe*. Alles andere – so Gott will – regelt sich von selbst.

KAPITEL XVIII

Einem Lausbubenstreich verdanke ich, dass niemandem auffiel, wie blass ich war am Sonntag früh. In der Nacht hatten nämlich Witzbolde die Schilder der Ennser Geschäfte vertauscht, und dieses Ereignis lenkte alle Aufmerksamkeit auf sich.

Als wir zur Kirche gingen – Tante Juliana war nicht krank geworden, Gott sei Dank, stand »K.u.K. Tabakstrafik« über der Schnellendorferschen Bäckerei, »Bürstenbinder« über Lilli Ziermillers Modesalon, »Bürgerspital« über der Konditorei des Herrn Zuckerbäcker Pumb und »Hebamme Mitzi Pranger« über der Fleischhauerei von Konrad Kropf.

Und als die brave Mitzi Pranger (wie wir später erfuhren) in der Früh das Haus verließ, mit ihrer großen Tasche, entdeckte sie das Schild »Frische Selch- und Wurstwaren« über ihrer Tür. Darüber hatte sie nicht gelacht. Sie war zur Gendarmerie marschiert und hatte sich beim Oberinspektor Weber beschwert.

Dieser riet nicht lang herum. Schuld waren die jungen Spund aus der Kaserne. Gabors Freunde. Es passierte nämlich nicht zum ersten Mal. Schilder vertauschen war ein beliebter Spaß nach einem Mulatság. Doch weil man Gabor schonen musste – nur noch zehn Tage bis zum Kaiserfest, fiel die Strafe milde aus. Er wurde verdonnert, sich beim Bürgermeister zu entschuldigen, was er auch tat. Und als ihn dieser durch sein Monokel gemustert hatte, verlangte er eine Flasche Cognac für jeden Betroffenen.

Teures Vergnügen. Der General aber zahlte anstandslos. Kein Gebrüll, kein Streit. Ruhe und Harmonie vor dem Wettritt – das war oberstes Gebot.

Auch in der Reithalle fiel kein böses Wort, obwohl meine Leistung richtig peinlich war. Ich konnte Gabor nicht in die Augen sehn, die Bilder aus dem Bordell ließen mir keine Ruh, die nackten Weiber, der Cancan, außerdem: Um einen Mann dort zu beißen, wo Gabor gebissen worden war, musste man auf seinem *Schoß* sitzen! Und wen sah ich im Geist auf seinem

Schoß knien? Die kugelrunde Zora. Der Biss war nämlich genauso lang wie ihr Scheunentor von Mund mit den knallroten, wulstigen Lippen – gleich wurde mir ganz heiß vor Zorn. Weg war die Konzentration. Resultat: Ich landete im Sand.

Zwei Mal stürzte ich an diesem Nachmittag, ohne größeren Schaden, *Dieu merci*, doch die Herren machten sich zum ersten Mal Sorgen, genau wie Tante Juliana, nur die sorgte sich aus einem andern Grund.

Seit der Früh nämlich war ich heiser gewesen, und als es abends nach dem Reiten immer noch nicht besser war, schickte sie nach Doktor Kneifer, der mir gleich tief in den Rachen sah.

»Große Reizung der Atemwege«, stellte er fest, »und wär das Fräulein ein junger Herr, würd ich sagen, er hat zu viel geraucht.«

»Geraucht?«, rief meine Tante entgeistert. »Meine Minka weiß überhaupt nicht, was das ist.«

Doktor Kneifer näherte seine Nase meinem Haar: »Zigarren. Ja.«

»Zigarren? Die raucht man bei uns im Rauchsalon ... aber da war unser Kind in ihrem ganzen Leben noch nie.«

Doktor Kneifer schwieg. Verschrieb mir Hustensaft aus Fichtensirup mit Orangenschalenöl. Dazu Hals- und Brustmassage mit Eukalyptus-Essenz. Prompt war am Montag meine Stimme wieder klar.

Dafür gab's an diesem Montag eine Katastrophe anderer Art: Man fand mein rosa Strumpfband in Gabors Bett. Ein neues Stubenmädel namens Hildi hatte es entdeckt, und anstatt es der Zilli zu geben oder der Josepha, zeigte sie es heimlich gleich im ganzen Haus herum und brachte es dann frohlockend meiner Tante, mein Name war ja auch gut leserlich mit kleinen weißen Glasperlen draufgestickt.

Wie so oft bei Katastrophen – ich hatte keinen Schimmer. Ahnungslos saß ich beim zweiten Frühstück, das heißt, ich wartete darauf, diesmal sogar hungrig – wir hatten den ganzen Morgen trainiert –, als meine Tante erschien, in einem dottergelben Sommerkleid, weiße Margeriten im Haar, und sie ging so schnell, dass ihre Röcke *schwankten*.

Hinter ihr kam die Prinzessin Valerie, in rosenroter Seide, die roten Locken unter einem schwarzen Hut versteckt. Wortlos nahm man mir gegenüber auf zwei Stühlen Platz.

»Liebe Minka, reg dich nicht auf«, begann meine Tante und fixierte den Sechzehnender über meinem Haupt, »du brauchst deine ganze Kraft für den 18. August, nur, ich muss dich schonend etwas fragen … nein. Ich fall gleich mit der Tür ins Haus: Es kursieren die wildesten Gerüchte … der Gabor und du … ihr seid heimlich verlobt. In der Wäscherei heißt es schon, ihr zwei führt eine Ehe zur linken Hand. Passiert ist's im Eichberg, und Sie, liebe Prinzessin, hätten es protegiert. Und nachher hat ihr der Gabor einen Ring geschenkt, und du hast einen Nachschlüssel für dein Zimmer, Minka, und schleichst heimlich in der Nacht im Haus herum. Ich wiederhol nur, was man sagt. Ich glaub kein Wort, die Fantasie der Leut ist grenzenlos … aber trotzdem hätt ich gern gewusst«, sie zog mein rosa Strumpfband aus ihrem Ärmel hervor, »der Gabor. *Woher* hat er das?«

»Also, Minka, sprich«, brummte die Prinzessin. »Wir beschuldigen dich nicht, aber … hast du's ihm vielleicht geschenkt?«

»Nein, wirklich nicht. Er muss es sich genommen haben.«

»Gestohlen? Aus deiner Kommode?«, rief meine Tante alarmiert.

»Aufgehoben vom Parkett. Im Roten Salon. Beim ungarischen Souper«, und ich erzählte den Hergang, so gut es ging.

Die beiden Damen tauschten einen erleichterten Blick.

»Ich glaub's dir«, sagte die Valerie.

»Ich auch. Nur, wie bringen wir die Schose der Hermine bei?«

»Schonend. Wenn Sie wollen, opfere ich mich.«

»Und was sag ich meinen Leuten?«

»Die Wahrheit. Ungarisches Temperament, Csárdás, wie's die Minka erzählt hat. Auf den andern Schmarrn reagieren wir nicht. Dafür sind wir uns zu gut.«

»Gott sei gelobt, dass Sie so vernünftig sind«, rief meine Tante erfreut und gab mir das Strumpfband zurück. »Das sag ich nachher gleich dem Personal, und das Spekulieren hört sich auf.«

»Skandal wird's keinen geben«, meinte die Valerie. »Ich hab unten den General gesehn, der hat nur gelacht. Kinderei, hat er gemeint, er lässt sich entschuldigen für die Blödheit von seinem Sohn, und dann soll ich noch ausrichten: Es wird sich alles auflösen in Wohlgefallen.«

»Wohlgefallen?«, rief meine Tante atemlos. »Was meint er denn damit?«

»Ja, das ist die Frage«, lächelte die Valerie. »Dass er den Gabor und die Minka zusammengibt, kombinier ich.«

»Was?« Meine Tante riss die Augen auf.

»Meine liebe Juliana, Sie wissen es noch nicht: Der Besuch der Damen Fogossy ist abgesagt.«

»Nein!«

»Sturz vom Ross. Im Graben gelandet, bei einer Hetzjagd.«

»Und der General ist nicht enttäuscht?«

»Keine Spur. Macht ununterbrochen Anspielungen, dass es Zeit wird, dass die Minka zur Familie gehört.«

»Wir haben aber keine Kaution. Wir sind zwar jetzt dem Hübsch auf der Spur, aber das kann Jahre dauern.«

»Kaution braucht man nicht. Die Minka muss nur siegen, dann kommt genug herein. Unser Zoltan hat eine goldene Hand. Ich bin sicher, dass er euch den Gewinn zu Füßen legt.«

»Aber die Elviri und der Gabor, das war fix. Dass man die Güter zusammenlegt, eine einzige große Pferdezucht ... ich begreif das nicht. Woher kommt diese plötzliche Generosität?«

»Dreimal darf man raten«, lachte die Valerie. »Jetzt folgt die größte Überraschung: Unser Zoltan hat eine Braut.«

»Nein!« Meine Tante begann sich hastig zu fächeln, »seit wann, seit *wann*?«

»Seit er zurück ist aus Wels.«

»Eine Welserin?«

»Das hat er nicht gesagt. Nur, dass er verliebt ist wie ein junger Spund, dass keine Zeit ist für eine Verlobung, dass es ihm wahnsinnig pressiert, und er will heiraten, so schnell es geht.«

»Ich hab's gewusst«, triumphierte meine Tante. »Es gibt

eben *doch* ein Weibsbild bei uns in Oberösterreich, das Gnade findet vor dem Tartarenblick.«

»Die quillt, meinen Sie.«

»Mit Wespentaille.«

»Drunter und drüber gebläht wie ein Segel …«

»Sie ist sicher ein reizender Mensch.«

»Dummes anatomisches Wunder«, brummte die Valerie.

»Lassen wir uns doch überraschen …«

»Von einer Modepuppe mit Sanduhrfigur? Die überrascht uns nicht. Mit zwölf hat man sie schon geschnürt, und ihr Horizont ist so beschränkt wie ihre Mitte.«

»Aber ihr verdankt man die unverhoffte Gunst.«

»Ach so … Ja, ja … Natürlich heißt man sie willkommen, sie hat was Gutes bewirkt. Aber ob sie in die Familie passt …«

»Wer weiß«, rief meine Tante beglückt. »Also, Minka, jetzt bleibst du bei uns in Enns. Das ist das schönste Geschenk überhaupt. Ich hab's mir so gewünscht, ich könnt tanzen und singen und springen … Ich hätt's selbst nicht besser arrangieren können.« Und sie sprang auf und gab mir einen Kuss.

Die Prinzessin küsste mich ebenfalls. »Es ist aber noch nicht offiziell«, warnte sie. »Ich bitte, *nichts* herumzuerzählen. Ich hab kein Wort verraten, falls man euch fragt.«

»Ehrenwort«, stimmte meine Tante zu, »größte Diskretion. Weiß die Exzellenz schon, *wo* sie heiraten will? Hat er irgendwas gesagt?«

»Hat er nicht.«

»Hoffentlich bei uns, im *Schwarzen Adler*. Ich geb ein Riesenfest. Wir feiern Hochzeit und die Verlobung der Kinder mit Konzert und Ball und Souper und ein Feuerwerk vom Stadtturm, unvergesslich wird das sein, Minka, Herzerl, freust du dich? Aber vergiss nicht: großes Geheimnis! Du hältst den Mund. Und ich erst recht. Ich kann schweigen wie das Grab, wenn's sein muss.«

Am Nachmittag aber kam Hermine zurück, und sie wusste sofort Bescheid. Sie war schwer beladen mit Geschenken von ihrem Bruder Fritz, und auf den ersten Blick sah ich: Ihre Reise hatte sich gelohnt.

»Was sind denn das für Neuigkeiten?«, rief sie, kaum hatte ich ihr die Hand geküsst und sie mich fest umarmt. »Keine Fogossys und eine Verlobung zum Kaiserfest? Kaum fahr ich weg, wird's hier interessant. Wie ist es dir ergangen ohne mich, mein Schatz?«

»Schlecht. Sie haben mir so gefehlt.«

»Du mir auch. Schau, das hab ich dir mitgebracht.« Sie reichte mir einen schönen Folianten. Das war … das war doch …

»*Die Fledermaus!*«, rief ich begeistert. »Danke! So eine Freude«, und ich knickste tief.

»Das ist der Klavierauszug. Und hier, *chérie*, das Textbuch. Nach dem Kaiserfest fangen wir an zu proben. Du singst die Adele. Die Rosalinde singe ich. Dein Onkel wird der Doktor Falke, und für den Herrn von Eisenstein holen wir uns den Bürgermeister. Die Hosenrolle könnt die Zilli singen, die hat einen schönen, hohen Alt. Du, der Text von dem Genée, der *beste*, den ich je gelesen hab. Ganz natürlich. Überhaupt nicht geschraubt. Denk dir, Worte wie ›Wimmerl‹ und ›Mauserl‹ kommen vor. In einer *Operette*! Ich hab's zweimal durchgelesen und furchtbar gelacht. Und es ist *nicht* unmoralisch. *Scheint* nur so.«

Ich hatte Hermine auf ihr Zimmer begleitet. Der Knabe Karl hatte das Gepäck heraufgeschleppt.

»Ich hab dir eine Menge zu erzählen. Staunen wirst du. Du heiratest vielleicht den Gabor. Ich hab mich entschlossen: Wir spielen mit offenen Karten. Du bist erwachsen. Du sollst alles wissen, und mein Bruder meint das auch. Pass auf: Ich mach mich nur ein bisserl frisch. Draußen ist es wunderschön, wir gehn gemütlich in den Schlosspark und suchen uns ein ruhiges Platzerl, wo man ungeniert reden kann.«

»Zu Fuß?«, rief ich überrascht. »Ein Spaziergang?«

»Erraten.«

»Sind Sie nicht zu erschöpft nach der langen Fahrt?«

»Ich bin die ganze Zeit gesessen. Wir lassen uns ein Eis heraufbringen, aus der Küche. Veilchen und Limoni für mich. Und was willst du? Vanilli? Und dann marschieren wir los.«

Eine knappe Stunde später saßen wir im Park von Schloss Ennsegg, der angelegt war nach englischem Muster und nur einen Rivalen kannte auf der Welt: den berühmten Augarten in Wien. Es gab zwar keine Teiche, Brunnen und Quellen, weil auf dem Grund nicht genug Wasser war. Dafür aber die schönsten Bäume, Boskette und Alleen, Lusthäuser, einen kleinen Tempel, es gab Lauben, Rabatten und Hecken, und die Rosen dufteten und blühten wie im Rausch.

Der Park war auch ein Schmetterlings- und Vogelparadies. Und die Schlossherrn hielten ihn offen für die Bürger der Stadt, die das zu schätzen wussten. In all den Jahren wurde keine einzige Blume abgerissen, kein Zweig, kein Blatt. Man war aber auch in Enns. Hier wusste man sich zu benehmen. Und man war stolz darauf.

»Gut, dass ihr heute Vormittag schon geritten seid«, begann Hermine. Wir saßen im Schatten einer prächtigen Kastanie, meinem Lieblingsbaum. »Jetzt haben wir Zeit genug, und ich mach's nicht so spannend und fang gleich an. Ja, ganz wichtig: Wir unterhalten uns wie zwei *Erwachsene*. Du darfst mich fragen, auch … *Delikates*, falls du irgendetwas nicht verstehst. Ich werd's dir erklären, so gut es geht.«

Dass dieser Tag je kommen würde – nie hätte ich es gedacht. Delikate Fragen stellen an *Hermine*! Doch es gelang. Und zwei Stunden später wusste ich alles, die Antwort auf alle Rätsel, die mich seit meiner Kindheit gequält hatten.

Fünfzehn Jahre hatte meine kleine Gouvernante geschwiegen. Jetzt sprudelte sie über. Eine Sensation jagte die andere. Ich kam aus dem Staunen nicht mehr heraus.

Hermine war nicht meine Mutter.

Und Onkel Louis hatte sie nicht verführt.

Der Monsieur Hübsch in Wien war aber auch nicht mein Papa – da hatte ich richtig geraten. Und ich war wirklich verwandt mit der Kaiserin.

Aber dann wurde es kompliziert.

Meine blonde Mama hatte mich zwar zur Welt gebracht – das war noch simpel und klar. Dafür aber hatte ich *zwei Väter*. Den lieben, alten Grafen Sandor!!

Und Herzog Louis in Bayern, der älteste Bruder unserer Majestät. Das heißt, es kann nur einer mein Vater sein. Das Dilemma war nur – welcher von beiden, wusste man nicht.

»Das Letzte, was ich will, ist, dass du schlecht von deiner Mama denkst«, sagte Hermine, nachdem ich minutenlang sprachlos neben ihr gesessen hatte. »Sie kann nichts dafür, die Herren sind schuld. Und damit du das besser verstehst, erzähl ich dir jetzt, wie das war, mit dem Sandor und ihr. Wo, glaubst du, haben die zwei sich zum ersten Mal gesehn? Hier, mein Schatz. Nicht im Park, wo wir sitzen, aber gleich dort drüben im Schloss. Es gibt eine Verwandtschaft, wie du weißt, unser Sandor kommt jedes Jahr einmal hierher auf Besuch, und zwei Jahre vor deiner Geburt hat deine Mutter hier grad kochen gelernt.

Deine Tante war die schönste Frau von Enns, und die Nummer zwei war deine Mama. Wo die zusammen aufgetreten sind, da war was los. Wir waren damals eine furchtbar lustige Partie. Viele junge Leute, und deine Tante und deine Mutter waren überall mit dabei. Der Bürgermeister war der Älteste von uns. Der hat eine Lustbarkeitsgesellschaft gegründet. Da haben wir Ausflüge gemacht und Singspiele aufgeführt, zu denen sind alle gekommen, die feinsten Leut. Deine Mutter hat eine wunderschöne Stimme – die hast du von ihr geerbt –, und schon als Kind hat sie solo gesungen im Kirchenchor und bei der Liedertafel. Wenn man einen schönen, silbrigen Sopran gebraucht hat in Enns, hat man immer sie geholt.

Pass auf, wo waren wir … beim Sandor.

Zum ersten Mal hat er sie in der Küche gesehn, im Schloss. Da war sie nur eine von vielen, aber sie ist ihm schon aufgefallen, trotz der weißen Schürze und der weißen Haube. Sie sticht ja überall heraus mit ihrer stolzen Haltung und wie sie sich bewegt.

Aber wie er sie zum ersten Mal singen gehört hat, hat's ihn getroffen wie der Blitz. Man hat sie nämlich auch im Schloss öfter geholt, in den Salon zum Musizieren, und deine Mama hat alles auswendig können und überhaupt kein Lampenfieber gehabt. Sie ist dagestanden, ohne Noten, hat jubiliert von der

Leber weg, und zum Anschaun war sie ein Genuss: das dichte, blonde Haar und diese hübsche Figur. Der Sandor wollt sie sofort engagieren, nach Ungarn auf sein Schloss.

Jetzt war die Sache so: Deine Mutter wollte gar nicht so weit weg, nach Ungarn. Aber wie sie ausgelernt hat, da war was los. Alle haben sie heiraten wollen, in Enns, und der Reichste war der Konrad Kropf. Der wollt ein Gasthaus aufmachen, zu seiner Fleischhauerei dazu, und er hätt sie dringend als Köchin gebraucht. Nur, du kennst den Herrn Kropf. Der ist ein grober Kampel. Und du weißt, wie's zugeht bei ihm daheim. Er prügelt sie halb tot, seine arme Frau. Jedenfalls, deine Mutter wollt ihn nicht, sie hat sich gefürchtet vor ihm und Nein gesagt.

Aber ganz Enns war auf seiner Seite, und er hat sie so sekkiert, dass sie die Flucht ergriffen hat.

Ich hab für sie telegrafiert, nach Ungarn, dass sie kommt, und dann sind wir heimlich abgereist, ich mit ihr, denn wir sind gleich alt und haben uns befreundet, und der Sandor war glückselig … Irgendwelche Fragen, Minka?«

»Nein. Bitte, fahren Sie fort.«

»Wie deine Mutter nach Ungarn gekommen ist, war der Sanyi, ich meine der Graf Sandor, dreiundsiebzig Jahre alt. Er war verheiratet mit einer Cousine fünften Grades, eine typische verkuppelte Geschicht'. Die Ehe war nicht schlecht. Man hat halt nebeneinander hergelebt, ist viel gereist, damit man sich aus dem Weg geht. Kinder waren keine da, wie gesagt, Friede und Harmonie, nur, die Liebe hat sie nicht gequält.

Aber wie deine Mutter da hineingeschwirrt ist, in die Menage wie ein bunter Schmetterling, da war die Gräfin plötzlich eifersüchtig wie ein kranker Schnauzer. Vom ersten Moment an hat sie sie gehasst, denn der Sandor hat sich wahnsinnig verliebt und ihr den Hof gemacht und ihr geschmeichelt, deiner Mama. Ich hab sie gewarnt, aber es hat nichts genützt.

Du kennst den Grafen Sandor. Er wirkt viel jünger, als er ist, und er ist ein großer Herr. Und deine Mutter hat Heimweh gehabt, und keiner hat ihr mehr gefallen vom Personal – wer will schon den Kutscher, wenn man den Schlossherrn selber haben kann … und dann hat sie halt nachgegeben und hat sich von ihm trösten lassen und war dann seine Frau zur linken Hand.«

»In einem Elendsquartier.«

»Nein. Im Schloss. Im zweiten Stock. Sie hat ein paar hübsche Zimmer bewohnt ... Weißt du, Minka, die *meisten* landen im Elend, aber Ausnahmen gibt's auch. Ein Jahr später ist's dann passiert. Du hast dich angekündigt. Und jetzt, mein Kind, muss ich dich schockieren.«

Hermine machte eine kleine Pause, seufzte tief, wartete, ob ich noch etwas sagen wollte, doch ich ahnte schon, was kam, und schwieg.

»Du hast mich gefragt, warum kriegt man die Monatliche? Und ich hab gesagt: nur so. Aber die Wahrheit ist, man kriegt sie, damit man Kinder haben kann. Und die Kinder, bitte, schreck dich jetzt nicht, die wachsen im Leib von der Mama, nach der ehelichen Pflicht. Man meldet sie nicht an bei der Hebamme, das erzählt man nur so, damit ihr euch nicht fürchtet vor dem Heiraten und der Mutterschaft.

Aber wenn man *ohne* Heirat die eheliche Pflicht ... betreibt, dann wachsen die Kinder *auch*, und dann geht's drunter und drüber, und genau das ist passiert.

Du hast dich angekündigt, und die Furien waren los. Man hat's geheim halten müssen vor der Gräfin, und man hat dringend einen Ehemann für deine Mama gebraucht, und dann hat man den Hübsch vorgeschlagen. Das war der Neffe vom Schlossverwalter. Ja, er war nicht der Schönste und *nicht* das größte Geisteskind, aber er war unbescholten und ledig, und er hat eine kleine Fes-Fabrikation geerbt, die ging aber nicht besonders gut.

Der Hübsch war nicht das Ideal von deiner Mama. Aber er war ihr hundertmal lieber als der Kropf, jetzt hat sie mitgespielt. Und der Hübsch selbst, der war schon im Gespräch mit einer Schneiderstochter, die hätt ihn furchtbar gern gehabt. Aber deine Mutter war eine glänzende Partie. Er hat genau gewusst, so eine Chance kriegt er nie mehr.

Ende Juli hat man geheiratet. Und wie du dann zur Welt gekommen bist, haben wir allen gesagt, du bist ein Siebenmonatskind. Und der Hübsch hat auch anfangs keine Manderln gemacht. Lästig ist er erst geworden nach dem Albrecht. Jetzt noch was, Minka, was du nicht weißt. Wenn ein vornehmer Herr ... mit einer Frau zur linken Hand ... wenn er diese Frau liebt, dann ist ihm auch ihr Kind was wert. Und er will, dass es gut erzogen wird, in einer intakten Familie, von einer Gouvernante, die er bezahlt – deshalb hat der Sandor die Mama ausgestattet wie eine Prinzessin und dem Hübsch erlaubt, dass er das Geld investiert in die Fabrik, bis du erwachsen bist, wenn er dich aufzieht als eheliches Kind. Aber den Teil der Geschichte kennst du schon.«

»Wie hoch war denn die Mitgift?«

»Sehr hoch. Zweiundvierzigtausend Gulden.«

»Zweiundvierzig mal *tausend*?«

»In bar! Den Hübsch hat auch gleich ein riesiger Ehrgeiz gepackt, und in einem Jahr war die kleine Fabrikation schon eine Fabrik, doppelt so groß und erfolgreich. Aber ich hab gleich gesehn, dass du's nicht leicht haben wirst bei dem. Deine Mutter hat mir auch Leid getan, und der Sanyi, ich meine, Sandor hat eine Gouvernante gesucht für dich, und da hab ich mich entschlossen, ich geh mit nach Wien.

Ich hab vorher lang in England gelebt und in Paris, das hab ich nie erzählt, und ich hab grad nichts zu tun gehabt, heiraten wollt ich nicht, den Bürgermeister hab ich abgelehnt zum zehnten Mal. Der Sandor war Feuer und Flamme, und ich hab dich erzogen als höhere Tochter und mir gedacht, mit deiner lieben Art und deinem Talent und deiner Mitgift krieg ich dich schon wieder in die Familie hinein. Du schaust aus wie eine von uns, von der Mutterseite hast du nicht viel. Ich hab mich umgesehn in der Verwandtschaft nach einer guten Partie für dich. Der Gabor hat mir nicht schlecht gefallen, aber der war schon versprochen ... dass sich das jetzt so schnell geändert hat, kaum zu fassen. Ja, frag nur, mein Kind.«

»Warum war der General anfangs so böse auf mich? Wie wir hergekommen sind, nach Enns?«

Hermine lachte auf: »Was denkst du? Geld und Gut. Die Sache war so: Wenn der Sandor stirbt, geht sein ganzes Vermögen an den General. Und der war blau vor Wut, dass deine Mutter so reich versorgt worden ist. Die zwei haben nichts mehr miteinander geredet. Eine echte Familienfehde war das. Der General hat sich Anwälte genommen, hat geklagt, war aber umsonst.«

»Das tut mir Leid.«

»Nein, das ist zum Brüllen, denn jetzt verliebt er sich wie ein Rattler in den Grund der Feindschaft, nämlich *dich*, und will dich als Schwiegertochter, wirklich exzellent. Du warst für ihn immer nur das ›kostspielige Experiment‹, denn der Sandor hat behauptet, es zählt auch die Erziehung, nicht nur das Blut. Dass aus dir was werden kann, auch wenn deine Mutter keine hochwohlgeborene feine Dame ist. Und Recht hat er gehabt. Du hättest nicht braver werden können und nicht gescheiter und nicht herziger …«

»Hat der Graf Sandor meine Mutter wirklich geliebt?«

»Nicht nur geliebt. Er war verrückt nach ihr.«

»Aber geheiratet hätt er sie nie.«

»Doch. Nur, er war nicht mehr frei. Und wie seine Frau gestorben ist, an einer Wassersucht, war deine Mutter schon die Madame Hübsch. Schau, Minka, ich sag dir jetzt, wie's ist: Wenn ein Herr mit großem Namen zum ersten Mal heiratet, dann meist aus Pflicht, jemand Standesgemäßen, der in die Familie passt, mit guten Vorfahren und Verbindungen, damit es die Kinder einmal leicht haben in der großen Welt. Aber hat er das hinter sich, und die Erben sind da, und er heiratet mit dreiundsiebzig noch einmal aus Neigung, dann ist das keine Katastrophe mehr. Man sieht's nicht gern, und es heißt, jetzt schnappt er über, aber damit hat sich das, man lässt ihn in Ruh. Unter anderen Umständen hätt er deine Mutter sicher geheiratet. Ich bin überzeugt davon.«

Ich schwieg.

Haarscharf am Glück vorbei. Wäre die Gräfin früher dahingesiecht, wäre ich eine Komtess, aufgewachsen auf einem schönen Schloss in Ungarn, hätte mir den Hübsch erspart … Pech gehabt. Nur, ich wünsche niemandem den Tod, auch wenn er schon gestorben ist.

Hermine stand auf. »Ich muss mir die Füße vertreten. Wir spazieren ein bisserl herum, und dann erzähl ich dir von den Bayern.«

»Gern.« Ich griff nach meinem Sonnenschirm und erhob mich ebenfalls.

»Und Kompliment, *chérie*. Du schaust recht munter drein, nach allem, was ich dir erzählt hab. Du hast es aufgenommen wie ein Mann.«

Langsam, Arm in Arm, promenierten wir zum Ende der Kastaniengruppe, einen rosengesäumten Weg entlang in Richtung Schloss. Unter einer riesigen Linde stand wieder eine Bank, das heißt, sie war gezimmert um den ganzen Stamm herum. Eine Rundbank. Wir umkreisten sie, auf der Suche nach dem schönsten Blick. Als wir ihn gefunden hatten, setzten wir uns.

»Also, die Bayern«, begann Hermine und drehte sich so, dass sie mir ins Gesicht sehn konnte, »das wird jetzt kompliziert.

Aber damit du's besser verstehst: Die Bayern und die Borosys, das ist eine alte Faszination. Seit Generationen geht das hin und her, immer zur linken Hand, das ist eine Passion, umzubringen ist die nicht.

Jeder weiß: Unsere Kaiserin liebt die Madjaren, und die Ungarn gehn durchs Feuer für sie. Köpfen lassen sie sich, wenn's der Cousine in Wien was nützt. Sie hat ein paar glühende Verehrer in ihrer Jagdpartie – der Zoltan gehört dazu. Wie weit das geht, geht mich nix an. Jedenfalls, wir sind drunter und drüber zehn Mal untereinander verwandt, *inoffiziell*, das ist der Grund, warum die Margitta der Kaiserin ähnlich sieht.

Sie ist übrigens die junge Schwester vom Sandor, Halbschwester, genau gesagt, und sie ist auch nicht tot. Das erklär ich dir aber später noch genau.

Der Besitz von unserm Sandor ist ganz in der Nähe von Gödöllö, dem kaiserlichen Jagdschloss, wo sich immer alles trifft im Herbst, die ungarische Noblesse, die Majestäten, der Zoltan, *bien-sûr*. Und der Sandor macht seit Jahren mindestens ein großes Fest für alle, und seine Feste sind berühmt.

Der Herzog Louis, der älteste Bruder der Kaiserin, war

schon oft bei ihm. Manchmal kam er sogar zwischendurch, unter anderem im Mai vor deiner Geburt, wie er noch Junggeselle war. Und dass der Louis die Weiber liebt – die Spatzen pfeifen's vom Dach. Und er sieht deine Mutter und stellt ihr nach und weicht ihr nicht mehr von den Fersen und verdreht ihr den Kopf – ich geh jetzt gar nicht ins Detail, summa summarum, sie sind sich näher gekommen. Keiner im Schloss hat's bemerkt – außer mir, und ich hab mir den Mund wundgeredet, nur, es hat nichts genützt.

Wie gesagt, ich will nicht, dass du schlecht von deiner Mutter denkst. Zur Entschuldigung führ ich an, dass die Bayern nicht wie andre Menschen sind. Sie sind hoch gebildet, genial begabt. Und meistens sind sie auch noch schön. Die Herren sind groß, gut gebaut, die Frauen haben göttliches Haar. Haare wie eine bayrische Prinzessin, das ist ein Begriff.

Sie haben aber auch alle Temperament. Heißes Blut. Sie sind eine Familie von Künstlern. Sie musizieren und dichten und haben einen unfehlbaren Geschmack. Denk an den jetzigen König, den Ludwig den Zweiten. Was der baut, sag ich dir, das geht in die Geschichte ein. Dabei ist er noch so jung. Erst neunundzwanzig und schon elf Jahre auf dem Thron.

Ich erzähl das alles nur, damit du die Mama verstehst. Da kommt so ein schöner, lediger, schneidiger Kaiserinbruder und schwört, er will nur dich. Vielleicht hat er auch gelogen und gesagt, dass er sie heiraten wird. Jedenfalls, er ist so charmant, sie kann ihm nicht widerstehn.

Das war ein anstrengender Mai für mich, sag ich dir. Dieses Hin und Her im zweiten Stock, in der Nacht und am Nachmittag, und die Todesangst, dass der Sandor dahinterkommt, ich sag's dir, das vergess ich nie. Aber es ist mir gelungen. Kein Skandal. Dabei ist der Louis extra eine Woche länger geblieben, und manchmal hab ich mir gedacht, er legt's drauf an, dass der Sandor was entdeckt.«

»Warum?«

»Aus Übermut. Die Männer sind halt so.«

»Aber er hat nichts bemerkt.«

»Nein. Der Louis ist dann wieder abgereist. Und ich hab

ihm schwören müssen, in die Hand, deine Mutter übrigens auch, dass alles geheim bleibt, damit kein Schatten fällt auf ihn und die Kaiserin. Das haben wir getan, dabei war alles für die Katz.

Im selben Jahr hat er nämlich noch geheiratet – keine Fürstin oder Prinzessin mit sechzehn hoffähigen Ahnen, nein, eine kleine Schauspielerin. Das war ein Skandal. Aber er wär noch schlimmer gewesen, wenn man erfahren hätt, dass gleichzeitig in Ungarn die hübsche blonde Geliebte von unserm Sandor auch ein Kind kriegt von ihm.

Also, wie gesagt, ist der Louis dein Vater – oder nicht? Deine Mutter weiß es nicht. Der Sandor hat nie ein Kind gehabt, weder von seiner Frau noch von seinen Maitressen. Der Louis hat eine eheliche Tochter, und auch sonst rennt da noch allerhand herum, kleine talentierte Ableger, wie du einer bist. Aber in Wirklichkeit ist der Louis blond. Das schwarze Haar ist gefärbt. Und du hast dieselben Augen wie der Sandor, übrigens, der zweifelt nicht daran, dass du sein Kind bist, weil du der Margitta so ähnlich schaust … weißt du, was mich wundert? Dass du keine Fragen stellst.«

»Ich hab ein paar Sachen erraten.«

»Wunderbar. Wir haben nämlich geschworen, bei der Übergabe von der Mitgift, kein Sterbenswort, solang wir leben. Mit dem Geld ist die Sache erledigt, begraben, aus der Welt geschafft, aber wenn du was erraten hast, hab ich nur die Lücken gefüllt … keinen Eid gebrochen … Was willst du sagen? Frag.«

»Ist die Sache jetzt offiziell?«

»Um Gottes willen, nein! Du bist die Tochter von dem Fabrikanten, die eheliche … in alle Ewigkeit. Was ich dir gesagt hab, ist strikt *en famille*, das bleibt unter uns. Aber was den Hübsch betrifft, mein liebes Kind, es tut sich was. Es gibt tatsächlich einen, der baut ein Zinshaus in der Leopoldsstadt. Nur heißt er nicht Rüdiger, sondern Nikolaus. Jetzt wird investigiert, wie der Zusammenhang ist. Aber ganz diskret, damit man ihm nicht schadet, falls er unschuldig ist … Mein Gott, die Rosen riechen gut. Riechst du's auch?«

»Wunderbar.«

»Tief einatmen, Minka. Der Duft ist gesund.«

Eine Weile saßen wir stumm beisammen und genossen den herrlichen Park.

»Ich hab meine Uhr nicht mit. Weißt du vielleicht, wie spät es ist?«

»Sicher schon halb sechs.«

»Dann komm, wir gehn. Und heute Abend amüsieren wir uns. In der *Bierquelle* ist Theaterabend. ›Die verwirrte Braut.‹ Soll furchtbar lustig sein. Und morgen geb ich eine Einladung im Hotel, im großen Restaurant, ich hab's deiner Tante schon gesagt, eine Revanche für das ungarische Souper.«

»Fein. Da freu ich mich.«

»Dann kitzeln wir aus dem General heraus, wie das ist mit eurer Verlobung. Mein Gott, Minka, jetzt machst du vielleicht eine Liebesheirat. Weißt du, wie selten das ist? Und was ich dir heut erzählt hab – nicht schlecht drüber denken. Ende gut, alles gut, denn jetzt gibt's dich, und es gibt mich …« Sie zögerte kurz und lächelte mich an. »Ich bin nämlich auch ein Ableger. Auch von den Bayern. Aber das erzähl ich dir später dann.«

KAPITEL XIX

Hermines Geschichte erfuhr ich nach dem Theaterstück. Da waren wir munter und gut gelaunt, und hätte sie mir vorher nicht *meine* Geschichte erzählt, ich hätte die ihre nie geglaubt.

Jetzt begriff ich, warum sie so perfekt Englisch sprach. Sie war in England geboren. In Surrey.

Ich begriff auch, warum sie mich so streng erzogen hatte. Nicht nur wegen *meiner* Mutter, nein, auch wegen ihrer *eigenen*. Ihre Mama nämlich galt als große *beauté*, was ihr zum Verhängnis geworden war. Sie war eine Baronin Borosy, und der damalige König von Bayern ließ sie malen für seine berühmte Schönheitsgalerie in der Münchner Residenz.

Als er ihr zu oft, zu tief und viel zu lang in die feurigen, dunklen Augen geblickt hatte, reiste sie nach England, ehe sie ihre Röcke höher rücken musste – und weil sie nicht verkuppelt werden wollte mit einem freundlichen Witwer aus der Zips.

Sie ließ ihr Kind auf einem Kostplatz zurück, heiratete aus Neigung einen Frischenbach, und Hermine wurde später adoptiert. In England hatte Hermine eine Gouvernante gehabt. Wer das wohl war? Lady Margitta. So schließt sich der Kreis.

»Es war aber nicht so wie bei dir und bei mir«, wurde mir erklärt. Es war bereits kurz vor Mitternacht, und wir saßen in Hermines Zimmer auf ihrem gelben Sofa, kleine Gläser mit Kirschlikör in der Hand. »Wir haben uns nie geliebt. Die Margitta ist zu frivol. Sie ist hoch gebildet, blitzgescheit, die Herren fliegen auf sie, sie ist sehr charmant. Sie interessiert sich aber nur für eins: ihr Plaisir. Sie setzt sich was in den Kopf, und ohne Rücksicht auf Verluste führt sie's aus.

Ich war vierzehn Jahre alt, da hat sie sich verliebt. In einen englischen Lord, der wollte nach Indien, das hat sie gereizt. Weißt du, was sie tut? Sie schenkt mir ihre Miniatur, und von einem Tag zum andern schiebt sie mich ab, nach Paris ins Pensionat. Ich war empört. Nur, später hat's mir gut gefallen in

Paris, da wollt ich nicht mehr weg. Ich hab Freundinnen gehabt, lustig war's, und was passiert? Der Lord ist gestorben bei einer Tigerjagd, das heißt, der Tiger hat *ihn* erwischt, die Margitta kommt als Witwe zurück und reißt mich wieder weg von einem Tag zum andern, und wir reisen nach Enns.«

»Ich hab gedacht, Paris gefällt Ihnen nicht …«

»Damals war ich begeistert. Das war das zweite Empire unter Napoleon dem Dritten. Das war eine glanzvolle Zeit. Der Offenbach war in Paris, Opern, Konzerte, Bälle, Theater … er war zwar unser Erzfeind, der Napoleon der Dritte, immer hat er unsere Gegner unterstützt. Italien haben wir verloren wegen ihm, und den Tod vom Maximilian hat er auf dem Gewissen, dem Kaiserbruder, den man erschossen hat in Mexiko, aber das Leben in Paris war ein Genuss.«

Hermine leerte ihr Gläschen. »Magst du auch noch was? Nein?« Sie schenkte sich nach.

»Wenn ich was sage gegen die Franzosen, dann nur, weil mich die Valerie so reizt«, fuhr sie fort, »aber im Grund sind sie mir die liebste Nation. Sie sind ein altes Kulturvolk. Diese poetische Sprache. Wie Musik. Und sie haben eine Finesse und einen Humor und eine Freude am Schönen, das geht den andern Völkern ab. Schau, der Napoleon nimmt sich einen Baumeister, Haussmann hat der geheißen, und der baut ihm die berühmten Boulevards und rechts und links die schönsten Häuser der Welt. Da sind die Dächer nicht rot und spitz, sondern rund und silbergrau. Und die Fenster gehn alle bis zum Boden, damit du mehr Licht hast in den Pièცen, und vor den Fenstern, damit du nicht hinunterstürzt, sind halbhohe Gitter aus geschmiedetem Eisen. So was Kunstvolles gibt's bei uns überhaupt nicht …« Sie nippte an ihrem Glas.

»Übrigens, von diesen Boulevards hat unser Kaiser die Idee gekriegt für die Ringstraße in Wien. Deshalb hat er die Stadtmauern schleifen lassen, die großartigen Basteien, damit er dem Napoleon zeigt, er kann's genauso gut wie er … Jetzt komm ich aber vom Hundertsten ins Tausendste.«

»War die Lady Margitta … war sie nicht auch die Anstandsdame von der Prinzessin Valerie?«

»Ja. Auf ihrer Weltreise hat sie sie chaperoniert. Weißt du, kaum waren wir in Enns, wollt sie schon wieder fort. Und sie hat der Valerie ihre ganzen Flausen in den Kopf gesetzt. Dass sie gegen alles rebelliert, kommt von ihr. Aber ich wollt dir ganz was andres sagen. Vom bayrischen König, meinem Papa.«

»Haben Sie ihn oft gesehn?«

»Kaum. Für Kinder hat er sich nicht interessiert. Er war hoch talentiert, ein Sprachgenie, aber rasend ungalant. Entschuldige. Jetzt hab *ich* rasend gesagt. Er war taub am Schluss. Jedem hat er die ärgsten Grobheiten ins Gesicht geschrien. Er war berühmt dafür. Nicht nur bei uns, auch in Frankreich. In ganz Paris hat man seine Bonmots herumerzählt. Er war nämlich zur Weltausstellung dort, 1867, mit unserem Kaiser, aber das soll dir die Pauline Metternich erzählen, ihr Mann war damals Botschafter in Paris, die hat ihn noch erlebt, in Hochform. Ein Jahr später war er dann tot.«

»Darf ich wirklich etwas Delikates fragen?«

»Frag nur.« Hermine richtete die Rolle in ihrem Rücken und saß jetzt kerzengerade da.

»War da nicht ein furchtbarer Skandal?«

»Du meinst in München? Ja. Ich war grad sechs Jahre alt, da hat sich mein Vater in eine Tänzerin verschaut. Sie war Schottin, geschieden, hat sich aber überall als Spanierin präsentiert. Sie war ein erstklassiges Luder, hat alle Männer wahnsinnig gemacht, unzählige Duelle hat's gegeben um sie. Meinen Vater hat sie völlig beherrscht. Er hat geschmachtet zu ihren Füßen, und stell dir vor, er hat erlaubt, dass sie sich hineinmischt in die Politik. Das hat solche Skandale provoziert, er hat den Thron verloren wegen ihr.«

»Wie hat sie geheißen? Die Tänzerin?«

»Lola Montez. Er hat sie geadelt und eine Gräfin Landsfeld aus ihr gemacht. Aber den Titel hat man ihr später wieder aberkannt. Das erzähl ich dir aber nicht wegen *dir*, sondern wegen *mir*. Damit du verstehst, warum ich nie geheiratet hab. Ich weiß, wie's ausschaut *hinter* den Kulissen. Was man alles schlucken muss als Ehefrau. Und der freien Liebe hab ich erst recht nicht getraut, sogar Könige müssen abdanken wegen ihr … Aber du, bevor wir schlafen gehn, das passt dazu: Weißt du, wer die Braut ist von unserem General ?«

»Leider nein.«

»Deine Tante weiß es auch nicht, detto die Valerie. Aber ich hab einen Verdacht.«

»Wirklich? Wen denn?«

Hermine griff nach der Karaffe mit Kirschlikör. »Komm, wir trinken noch ein Glas. Also, pass auf. Vorhin im Theater in der Pause hab ich den Zoltan sekkiert, wann er uns endlich die glückliche Braut präsentiert, und er hat gelacht und gesagt: ›Am Kaisergeburtstag. Beim Kaiserball. Vorher nicht.‹ Und weil ich nicht aufgehört hab zu penzen, hat er noch mehr gelacht, und dann hat er mir ins Ohr geflüstert, dass es eine Riesenüberraschung ist, dass wir sie schon kennen, dass er sich schon auf unsere Gesichter freut, wenn er's uns sagt …«

»*Mon Dieu*, die Frau Holter.«

»Falsch. Ich hab das düstere Gefühl – er nimmt die Lizzi.«

»Die Lizzi??!«

»Ja. Du hörst gleich, warum. Erinnerst du dich an das ungarische Souper? Wie sie sich benommen hat? Gegurrt und geschnurrt hat sie vor ihm. Und das Brillantkreuz. Und heut im Theater hat sie ein *Brillantarmband* getragen. Genau so eines, wie's der Sandor deiner Mutter geschenkt hat, wie's Ernst geworden ist.«

»Sie hat aber nicht die Figur, die er wünscht.«

»Sie hat ganz schön zugenommen, seit wir hier sind in Enns. Aus dem Mieder quillt sie schon heraus. Die Taille ist zwar sicher viel zu dick. Aber was ist schon ganz perfekt auf dieser Welt? Also erstens, verdächtig war mir die Lizzi immer schon. Und zweitens, der Hauptgrund für meinen Verdacht: Vorige Woche hab ich einmal nicht schlafen können und hör was auf dem Gang und geh hinaus und schau übers Geländer und seh, wie die Lizzi herauskommt aus dem General seiner Suite.«

»Sind Sie sicher?«

»Fast. Sie hat zwar nur ein Nachtlicht in der Hand gehabt, und es war ziemlich finster, und ein gelbes Kleid hat sie getragen, das hab ich noch nie an ihr gesehn. Aber ich fürchte, der Zoltan schnappt über, und die Lizzi wird die vierte Baronin Borosy.«

»Und meine Schwiegermama.«

»Bizarre Situation.«

Ich griff nach meinem Glas und trank es aus.

Das war Lizzis großer Plan. *Deshalb* das Französischbuch, die Frage nach den Reitstunden. Und ich kannte das gelbe Kleid. Das hatte sie getragen an ihrem freien Abend, vor einem heimlichen Rendezvous mit einem Mann, der kein Badewasser trank. Ich erinnere mich genau. Es war der Tag von meinem ersten Sturz!

»Wozu lernt eine Patissière Lesen und Schreiben?«, fuhr Hermine fort. »Nur aus einem Grund. Sie will hoch hinaus … Oh, pardon«, sie unterdrückte ein Gähnen, »die lange Reise macht sich bemerkbar, jetzt werd ich langsam müd.«

Sie stand auf, nahm mir das leere Glas ab und zog ihre silberne Taschenuhr hervor. »Minka. Halb *zwei*! Marsch ins Bett. Du musst morgen trainieren. Du brauchst deinen Schlaf. Und sorg dich bitte nicht wegen der Lizzi. Höchstwahrscheinlich hab ich mich geirrt. Gute Nacht, *ma chérie*, gute Nacht.«

Nur noch acht Tage bis zum Kaiserfest.

Und die Welt war aufregend und neu. Die Majestät war meine Tante, Hermine war ein Königskind. Und die ungarischen Herren schwammen im Glück. Der russische Prinz hatte sich zur Frau Holter bekannt, alle Schmeichler machten es ihm nach, und über Nacht stieg die blonde Venus wie ein Komet zur Favoritin empor, was der General mit diebischer Freude zur Kenntnis nahm.

Es gelang ihm prompt, zweiundvierzigtausend Gulden auf mich zu setzen, und zweiundvierzigtausend standen gegen mich. Die Mitgift meiner Mama. Ich brauch nicht erst zu erwähnen, dass ich mein Bestes gab.

Ein Meter zwanzig schreckte mich nicht mehr. Die ganze letzte Woche sprangen wir täglich eins dreißig, »damit's am Kaisergeburtstag dann recht niedrig scheint«. Die Bilder aus der Basteigasse verbannte ich so gut es ging, ich konnte Gabor wieder in die Augen sehn.

Natürlich lief nicht alles glatt. Ich stürzte, kam aus dem Steigbügel, der Sattel rutschte ein Mal unter mir weg – doch ich war voll Zuversicht und die Herren auch.

Nur, langsam befiel sie auch mich, die Hektik, die die Stadt nicht mehr zum Atmen kommen ließ, denn die Vorbereitungen für den 18. August liefen seit langem. Jeder hatte alle Hände voll zu tun: die Köche, die Gastwirte, die Zuckerbäcker, die Vereine, die Theatergruppen, die Liedertafel, die Männerchöre, die Lehrer, die Schulkinder. Jeder wollte sich selbst übertreffen, der Tag sollte unvergesslich sein.

Doch es war nicht nur der 18. August allein. Für die ganze Geburtstagswoche waren Feste angesagt. Am Freitag war sogar der Fasttag aufgehoben, und am Samstag darauf, dem 21. August, dem Geburtstag des Kronprinzen Rudolf, baten die Dragoner in die Kaserne zum Tanz. Und gaben die Dragoner einen Ball, kamen Gott und die Welt. Dann wurde die Reithalle in einen Tanzsaal umgebaut, der gleichzeitig ein Palmengarten war, und der Sand bedeckt – das war der Clou – mit dem Eichenparkett der Hofoper in Wien. Nein, Kosten scheute man nicht. In riesigen Kisten reisten die Bretter per Schiff nach Enns, ein ungeheurer Aufwand. Doch das Parkett der großen Oper musste es sein, denn darauf tanzt sich der Walzer so fein.

Der *Schwarze Adler* war ausgebucht. Das Restaurant Tag und Nacht bummvoll, denn der Kaiser war in Oberösterreich, seiner zweiten Heimat, in Ischl, gar nicht weit von uns, und ein Teil seiner großen Verwandtschaft wohnte auf der Durchreise bei uns, samt Gefolge. Unter dem Dach war kein Dienerzimmer mehr frei, man sah die schönsten Livreen, es ging zu wie in einem Bienenstock.

UNSER HERZ DEM KAISER stand über unserem großen Tor. Und VIVAT FRANZ JOSEPH I über dem Eingang zum Rathaus. War Enns nicht durch kaiserliche Gunst zu Wohlstand und Ansehn gelangt? Leistete nicht jeder, der im Reich etwas galt, hier seinen Wehrdienst ab? Und verdankte der Kaiser sein Leben nicht seinem geliebten Oberösterreich? Sprich – den Ischler Solebädern, die der Hofarzt seinen Eltern verschrieben hatte gegen Unfruchtbarkeit? Jawohl! Franz Joseph war ein

Salzprinz. Und in Ischl feierte er Geburtstag, nicht in Wien, erholte sich vom Regieren, ging auf die Jagd, er war erst fünfundvierzig Jahre alt und schon siebenundzwanzig Jahre auf dem Thron, bereits Landesvater einer ganzen Generation.

Außerdem, unser Kaiser war bescheiden, gönnte sich keinen Prunk, aß sparsam, schlief auf einem Feldbett wie ein Soldat, und hatte er auch kein Glück im Krieg, sein Glück in der Wirtschaft war phänomenal. Sein Sohn Rudolf galt als die beste Partie auf dem Erdball. *Alle* heiratsfähigen Prinzessinnen auf der ganzen Welt verneigten sich beim Abendgebet in Richtung Wien, denn Wien war seit dem Sturz des Empire in Frankreich der erste Thron der Christenheit mit dem vorbildlichsten Hof der Welt, und *jede* wollte die nächste Kaiserin sein.

Was ich verstand. Hermine hatte mich erzogen zur Patriotin, und jetzt, da ich eine Tante besaß an diesem Hof, freute ich mich noch mehr am Glanz von Österreich-Ungarn.

Und dann brach er an, der große Tag. Mittwoch, der 18. August.

Wie immer war Kaiserwetter, einen verregneten 18. August hatte ich noch nie erlebt. Die Sonne schien, blauer Himmel wölbte sich über der Stadt, man sah keine Wolke bis hin zum Horizont. Punkt fünf Uhr früh weckten mich einundzwanzig dröhnende Kanonenschüsse, und als ich hinausblickte auf den Hauptplatz, hingen alle Fenster voll Blumen, Fahnen und dicken Girlanden aus Eichenlaub. Schon um halb sieben war das Gedränge unbeschreiblich, denn vor dem Stadtturm wurde eine Feldmesse zelebriert, und von überall her strömten Menschen in Sonntagstracht, von Ennsdorf und Asten, Enghagen und Kristein, um mitzufeiern und anschließend die Festparade zu sehn: die Dragoner, die Vereine, die Veteranen, die Kaiserschützen, den Schützenverein, die Sänger, die weißen Mädchen, den Jungfernbund, die Musik.

Jubelstimmung lag in der Luft. Ich hatte das noch nie erlebt. Ich wusste, in der ganzen Monarchie war arbeitsfrei. Offene Tafel für die Armen. Auf allen Schiffen der Kriegs- und Handelsflotte gab es rauschende Feste. Von Transsilvanien bis zum Bodensee, von Russland bis zur Adria wehten schwarz-gelbe

Fahnen, doch am schönsten war es in Enns – bis auf die Katastrophe, die mich nicht hatte schlafen lassen gestern Nacht –, Lilli Ziermiller war nicht fertig geworden mit meinem Reitkleid.

Alles andere wartete bereits seit Tagen in meinem Zimmer auf mich: die glänzenden schwarzen Stiefel, neue Wäsche, ein neuer schwarzer Pompadour, ein Fächer, gestrickte Gloves und in einer runden Schachtel aus Goldkarton ein eleganter grüner Reithut in Zylinderform – alles war da, nur das Wichtigste nicht!

Dabei war es gar nicht Frau Ziermillers Schuld. Grund war ein Transportproblem. Vor zehn Tagen hatte es einen Unfall gegeben auf der Südbahn. Ein Frachtzug war entgleist, ein Güterwagen stand vergessen auf einem Abstellgleis. Resultat: Die rote Futterseide war nicht eingelangt, und nirgends war dieser Farbton zu kriegen, nicht in Steyr, nicht in Wels, nicht in Linz. Als das Paket dann doch noch kam, gestern Abend mit der letzten Post, gingen wir im *Schwarzen Adler* schon die Wände hoch.

Lilli Ziermiller arbeitete die ganze Nacht. Doch die Feldmesse war schon aus, die großartige Parade ebenfalls. Kein Reitkleid. Und der Wettritt war um fünf.

Um mich abzulenken, machte ich mit Onkel Louis einen letzten Kontrollgang durch das Hotel.

Alles war perfekt.

Die Gläser funkelten, die Kaiserbilder waren mit grünen Girlanden bekränzt. Das Silber blitzte im Restaurant, kein Fleck entstellte die weißen Tischtücher und die Servietten aus Damast, und überall standen Vasen mit Blumen in den kaiserlichen Farben, schwarz-gelb: gelbe Rosen und schwarze Violen, eine extra für das Haus Habsburg gezüchtete, große dunkle Veilchenart.

Der Rundgang war zu Ende. Es war halb eins.

Kein Reitkleid.

»Ruhe! Fassung! Reitergeist«, dröhnte der General, »was glaubt Sie, was alles schief geht auf einem *Feldzug*? Sie wird sich doch nicht entmutigen lassen von einem *Kleid*? Es wird schon kommen. Die gute Lilli lässt uns nicht im Stich.«

Die ersten Gäste strömten durch das Tor, elegantest ausstaffiert, Champagnerkorken knallten, und nach allen Seiten grüßend, begaben wir uns mit dem General zu Tisch.

Wir speisten im kleinsten Kreis: der Herr Baron, Hermine und ich. Gabor saß mit Kameraden am Kavalleristentisch und nickte mir ab und zu aufmunternd zu. Ein elfgängiges Festmahl wurde serviert, mit Torten und Eis, ein Streichquartett spielte Haydn und Rossini, die Musiker zur Feier des Tages im roten Konzertfrack, ein Bild der Eleganz.

Aber ich zitterte um mein Kleid. Und die Unsummen, die auf meinen Sieg standen, und es schnürte mir die Kehle zu.

»Sie zwingt sich jetzt zu speisen«, befahl der General, »Sie braucht heute viel Kraft. Aber kein Kaffee nach Tisch, das macht zittrig. Erstes Gebot für heute Nachmittag: heitere Gelassenheit, sonst macht Sie die Adda verrückt. Und bei allem, was Sie tut: *Festina lente*. Eile mit Weile. Sonst gibt's einen Palawatsch.«

Ich zwang mich zu essen, und das Wunder geschah. Plötzlich hatte ich Appetit. Unser Küchenchef war aber auch über sich hinausgewachsen, es schmeckte köstlich. Noch dazu war ich nur leicht geschnürt, in einem lindgrünen Sommerkleid, das ich mitgebracht hatte aus Wien, und als wir uns erhoben von dem Tisch, kurz vor halb vier, war ich blendend gelaunt, und die Unruhe war weg.

Und draußen in der Halle – wer wartete auf uns? Frau Ziermillers Gesellin Fritzi, und ein langer, grauer, viel versprechender Kleidersack hing über ihrem rechten Arm.

»Bitte vielmals um Vergebung für die Verspätung«, sagte sie und knickste, sie sah müde aus, und ihre Augen waren rot, »aber ich kann die Herrschaften beruhigen. Was ich bringe, ist ein Meisterwerk.« Sie knickste noch einmal. Dann öffnete sie mit theatralischer Geste den grauen Leinensack.

Oh, là, là, das Warten hatte sich gelohnt. Ade, du altes, braunes Theaterkostüm, ade, du flacher, brauner Fladenhut, bessere Zeiten brachen an.

»Sehr hübsch.« Hermine nickte wohlwollend.

»*Bildschön*«, rief der General und steckte Fritzi ein Geldstück zu. Ich aber sah verliebt auf den herrlichen grünen Samt, die elegante Fasson, den fließenden Rock. Ein Hochgefühl würde es sein, in diesem Kleid zu reiten. Jetzt freute ich mich darauf.

»Fritzi, du kennst das Zimmer von der gnädigen Frau Tanzer«, sagte Hermine freundlich. »Sei so lieb und bring das Kleid hinauf.« Und zum General gewandt: »Man dankt für das herrliche Mahl. Um wie viel Uhr trifft man sich?«

»Punkt halb fünf. Ich erwarte Sie hier beim Portier.«

Meine Verwandlung zur Reiterprinzessin fand in Tante Julianas Zimmer statt. Zilli und Josepha hatten alles vorbereitet, und es war ein erhebender Moment, als ich vor den großen Spiegel trat, in blütenweißer Wäsche, eng geschnürt, und meine Tante hereinschwebte, leicht erschöpft, denn sie hatte heute schon hunderte von Gästen verabschiedet und begrüßt.

»Meine Minka. Endlich hab ich für dich Zeit. Seit Mittag freu ich mich darauf.« Sie nahm ihren Fächer vom Handgelenk und tupfte ein paar Schweißperlen von der Stirn. »Lang kann ich nicht bleiben, um vier ist schon wieder Konzertkaffee, heut geht's durch, rund um die Uhr, keine ruhige Minute bis morgen in der Früh. Also, wo ist das Kleid? Ah, *sehr* schön. Das hat sie *gut* gemacht, unsere Lilli. Komm, Schatzerl, ich helf dir. Jetzt wird's Ernst. Jetzt ziehn wir dich an.«

Zu dritt half man mir in das Kleid.

»Vorsicht mit den Ärmeln«, warnte Hermine. »Langsam, Juliana, damit das Futter nicht zerreißt.«

»Pass schon auf.« Meine Tante richtete die Schultern gerade, zupfte den Stehkragen zurecht – und dann wurde es gefährlich still im Zimmer, und alle standen starr vor Schreck.

Tante Juliana wollte vorn die Knöpfe schließen. Doch das Kleid ging nicht zu. Über dem Magen klaffte ein tiefer Spalt. Man konnte ziehen, wie man wollte, er verkleinerte sich nicht. Meine Tante zog ihr Riechfläschchen heraus.

»Sefi! Wie eng ist das Fräulein geschnürt?«

»So eng es ging.«

»Fünfundvierzig Zentimeter?«

»Jawohl, gnädige Frau.«

»Dann stimmt was nicht mit dem Kleid. Sei so gut und miss es nach.«

Josepha knickste und zückte das Maßband. Halb gelähmt vor Schreck sah ich zu.

»Dreiundvierzig Zentimeter«, sagte Josepha mit Grabesstimme, als sie fertig war.

»Was?? Das Kleid … die Lilli hat's zu *eng* genäht. Noch *nie* ist das passiert. Sefi! Miss schnell noch das Fräulein nach. Die kommt mir dicker vor als sonst.«

Sefi gehorchte stumm.

»Na?«, rief meine Tante ungeduldig. »Wieviel hat sie? Sag!«

»Fünfzig Zentimeter«, kam es atemlos.

»Unsinn!« Die dicke Zilli riss Josepha das Band aus der Hand. »Du kannst nicht einmal richtig … Maß … Heilige Maria! Stimmt. Fünfzig Zentimeter. Wie gibt's denn das?«

»Ich hab zu viel gegessen, im Restaurant«, sagte ich schwach.

»Ja, da hilft nur eins«, meine Tante zog ihre Uhr hervor, »enger schnüren, und zwar prompt.«

Ich schluckte. »Ich will nicht lästig sein … aber *viel* enger geht's nicht. Ich krieg jetzt schon sehr schwer Luft.«

»Aber Minka. Fünfundvierzig Zentimeter ist dein normales Maß, und zwei Zentimeter mehr oder weniger …«

»Fünfundvierzig *war* ihr Maß«, kam es schneidend von Hermine, »bevor sie der General gemästet hat wie eine Weihnachtsgans. Das ungarische Frühstück, der Speck und die Eier und das Knoblauchbrot und der Wein … sagt einem der Verstand, dass man nicht dünner wird davon.«

»Wo du Recht hast, hast du Recht …«

»Du hättest auch daran denken können, Juliana. Wann war denn die letzte Anprobe? Erinnerst du dich?«

»Bevor du zu deinem Bruder Fritz gefahren bist. Dann hat man das Kleid fertig gemacht auf der Puppe.« Meine Tante tupfte frische Schweißperlen von ihrer Stirn. »Minka, du musst jetzt tapfer sein. Sieben Zentimeter ist kein Haus …«

»Meine liebe Juliana, die Minka sagt doch grad, sie kriegt keine Luft. Willst du, dass sie erstickt? Auf dem Ross? Vor der ganzen Stadt?«

»Niemand will, dass sie erstickt. Du übertreibst wie ein Stabsoffizier, der sagt, dass er keine Schulden hat.«

»*Du* übertreibst. Enger schnüren ist Mord.«

»Stell mich nicht immer hin wie einen Folterknecht«, rief meine Tante empört, »am Mieder ist noch keine erstickt.«

»Aber gestorben! Hast du's nicht gelesen? Gestern? In der *Linzer Tagespost*? Das Korsett verkürzt das Leben einer Frau um zwanzig Jahre. Sagt ein berühmter Wiener Anatom.«

»Bitte, verschon mich mit dem Anatom in *Wien*, die Minka soll heute die Schönste sein in *Enns*.«

»Es geht aber nicht um die Schönheit. Es geht darum, dass sie herzeigt, was sie *kann*.«

»Es geht um *beides*.«

»*Nein!* Meine Minka ist nicht aus Gummi. Schnürt sie auf! Sie zieht das alte braune Reitkleid an.«

Entsetzt hob ich den Kopf. Das braune Reitkleid? Nur über meine Leiche. Ich grübelte eine Sekunde, dann hatte ich eine Idee.

»Bitte um Verzeihung. Ich geh nur schnell – darf ich mich zurückziehn? Ganz kurz?«

»Ja. Aber komm gleich wieder her. Es wird schon spät.«

Der stille Ort war frei. Und obwohl mir furchtbar grauste, machte ich den runden Deckel auf, hielt die Luft an und steckte den Zeigefinger in den Hals. Hermine hatte mir von den alten Römern erzählt, die schweinisch fraßen bei ihren Gastgelagen, und damit sie noch mehr fressen konnten, kitzelten sie sich mit einer Feder innen im Hals. Feder war keine zur Hand – der Finger tat's auch. Ich übergab mich vier, fünf Mal, dann war mein Magen leer.

Dafür schlotterten meine Knie, und mein Mund brannte wie Feuer von der Säure. Der Hals schien verätzt. Wasser!

Mit tränenden Augen schlich ich ins Zimmer zurück. Jetzt war mir klar: das Hindernis! Die Karten aus Marseille hatten das enge Kleid gemeint. Es hieß aber auch, dass ich es überwinden würde. Gefasst trat ich durch die Tür.

»Bitte ein Glas Wasser. Danke. Liebe Josepha, geht schon wieder. Schnür mich bitte noch einmal.«

Tatsächlich hatten wir Erfolg. Doch als Josepha fertig war, stach es mich am ganzen Leib. So eng geschnürt war ich nur beim ungarischen Souper gewesen. Wie in einem Schraubstock kam ich mir vor. Anstatt zu atmen, hechelte ich. Und die Knie gaben unter mir nach. Zilli stützte mich. Dankbar hielt ich mich bei ihr fest, sonst wär ich nämlich umgekippt. Josepha grunzte erfreut und legte das Maßband an.

»Dreiundvierzig Zentimeter!!« Ihre Wangen glühten vor Begeisterung. Meine Tante gab mir einen Kuss. »Bravo, Minka. Stolz bin ich auf dich.«

»Was hast du draußen auf dem … Örtchen gemacht?«, fragte Hermine leise.

»Ich hab mich – pardon – übergeben«, flüsterte ich.

»*Was?* Jetzt hast du *überhaupt nichts* mehr im *Magen*? Gute Nacht! Das wird ein Fiasko! Ich fahr nicht mit in die Reithalle. Ich bleib da.«

Ich hörte sie kaum. Meine Tante hatte mir wieder in das Kleid geholfen. Die Knöpfe gingen zu. Die Robe saß perfekt, ohne zu spannen, und machte eine zauberhafte Figur. Ich bewunderte mich im Spiegel. Dann wandte ich mich ab.

»Was hat denn die Frau Baumeister … für … ein … Kleid?«, fragte ich, nach Atem ringend. »So schön … wie … meins?«

»Keine Ahnung. Soll ganz exzentrisch sein. In St. Valentin hat man's genäht. Also, Minka, red nicht zu viel. Spar dir die Kraft, setz dich hierher auf den Diwan. Jetzt kommt der Hut. Ein Prachtstück. Hätt ich selber gern. Zilli, fest aufstecken, nicht dass er beim Springen herunterfällt. Sefi, zieh unserer Minka die Stiefel an. Handschuhe nicht vergessen. Schau her, Herzerl, der neue Pompadour kommt von mir. Ich hab dir ein Riechflascherl füllen lassen, genau wie meins. Das ist schon drin. Falls du Angst kriegst, dass du dich evanuierst, Stöpsel auf, tief einatmen – schon ist dir nicht mehr schlecht. Und für die Fahrt hinunter zur Kaserne kriegst du meinen Sonnenschirm und meinen roten Fächer. Der hat dieselbe Farbe wie das Futter von deinem Kleid. Und Minka, sag dir immer wieder: Der Ritt dauert nicht lang. Nur ein paar Minuten. Dann schnüren wir dich gleich wieder auf. Ausschaun tust du großartig. Wie die Fee im Märchenbuch. Ich prophezeih – die ganze Kaserne verliebt sich heut in dich.«

Auf dem Weg nach unten überkam mich Schwindel. Der Boden schien sich zu bewegen unter mir. Auf der Treppe stützte ich mich auf Zilli *und* Josepha. Doch unten in der Halle ging ich aufrecht und allein.

Der General wartete beim Portier, ohne Gabor, der war nirgends zu sehn. Kaum entdeckte er uns, schritt er uns entgegen, langsam, majestätisch, in seiner prächtigen, roten, goldverschnürten Gala-Uniform, musterte mich kurz von Kopf bis Fuß, und seine Augen leuchteten auf.

»Reizend, ganz reizend«, sagte er laut und bot mir seinen Arm. Dann schritten wir hinaus vor das Tor, hin zu dem grünen Landauer, der uns zur Kaserne bringen sollte. Der General hatte ihn vom Bürgermeister gemietet, vier bildschöne Schimmel waren vorgespannt. Ein Knall mit der Peitsche, es ging los.

Wir fuhren einen Umweg hinunter zur Reithalle, denn zur Wienerstraße konnten wir nicht. Vor dem Stadtturm gab die Musikkapelle der Feuerwehr ein Platzkonzert, es wimmelte von Fußgängern und Zuhörern, wir wären stecken geblieben im Gewühl. Ich saß neben dem General, kerzengerade, Besen verschluckt, und dachte nur: Nicht in Ohnmacht fallen, es ist gleich vorbei. Tante Juliana und Hermine saßen uns gegenüber.

Die Fahrt war ein Martyrium. Plötzlich wurde mir entsetzlich schlecht. Woher sollte ich die Kraft nehmen, die Adda zu führen? Das wusste der liebe Gott.

Da fiel mir das Riechfläschchen ein. Betont langsam holte ich es hervor, löste den gläsernen Stöpsel und zog den scharfen Kampfergeruch in die Nase. Das belebte tatsächlich! Nie hätt ich das gedacht.

»Lampenfieber?«, dröhnte der General und tätschelte meine Hand. »Dafür gibt's keinen Grund. Sie hat brav trainiert. *Fortes fortuna adiuvat*. Dem Tapferen hilft das Glück. Hermi-Nèni, schau nicht so finster. Heut ist ein großer Tag. Zuerst zeigen wir der Welt, was das Herzi gelernt hat, und dann« – er machte eine verheißungsvolle Pause – »fängt die Familie Borosy ein neues Leben an.«

KAPITEL XX

Unter den Klängen des »Original Parademarsch« von Johann Strauß rollten wir in den Kasernenhof.

Die berühmte Musikkapelle des Linzer Gardebataillons war zur Begrüßung aufgestellt und schmetterte drauflos mit Trompeten und Posaunen und trillerndem Piccolo. Die Instrumente blitzten in der Sonne – normalerweise hätte mich das entzückt. Doch ich bekam so wenig Luft trotz ständigen Fächelns, dass ich nicht einmal mit den andern »Bravo!« rief, als das Stück zu Ende war.

Dafür entdeckte ich gleich meine Rivalin, die blonde Frau Baumeister Holter mit ihrem Sohn. Man hatte Bänke aufgestellt, unter weißen Planen aus Segeltuch, dazu weiß gedeckte Tische, und sie saß gleich am ersten im Schatten, von Verehrern umringt, und hielt Hof, wie sich das für ein schönes Weib in Enns gehört.

Doch das Beste war: Sie trug ein aprikosenfarbenes Reitkleid mit teebraunem Besatz, *ohne* Krinoline, dafür aber *mit Bausch*!! Dazu ein kaffeebraunes Hütchen in Zylinderform, und sie wirkte gar nicht lächerlich, nein, sondern mollig-vergnügt und rosig-verspielt, als ginge es nicht um zigtausend Gulden, als wäre alles nur ein großer Spaß.

Sie war auch kaum geschnürt – mich fraß der Neid –, und hinter ihr stand Leutnant Kossanik. Aha. So sah er also aus. Klein, gedrungen, mit schwarzem Stichelhaar, doch er hatte etwas kindisch Freches im Gesicht, irgendwas, das sagte: Ja, ich weiß, ihr wollt mich nicht. Ich soll verschwinden. Aber das Plaisir, meine Herren, mach ich euch nicht.

Wir begrüßten einander betont freundlich. Dann nahmen wir Platz am Nebentisch, meine Tante, meine Gouvernante, der General und ich.

»Wo ist denn der Gabor?« Hermine sah sich um.

»Wo er hingehört: bei der Adda.« Der General stand auf. »Wenn Sie gestatten, Verehrteste, verlass ich Sie ebenfalls … kurz nachsehn, ob alles in Ordnung ist.«

Die Frau Holter verfolgte ihn mit Blicken. Dann nickte sie

mir zu. Sie war die letzten Tage schon in der Halle geritten, vor oder nach mir, damit sich ihr Ross an die neue Umgebung gewöhnen konnte. Gabor hatte mehrmals heimlich zugesehn und uns dann erstaunt erzählt: Vom Trampeltier war keine Rede mehr. Die Frau Baumeister hatte Fortschritte gemacht.

»Sie tut das Gegenteil von dem, was der Kossanik will«, erklärte er. »Sie ist sogar recht flott über die Hürden gehüpft. Sie muss noch einen zweiten Lehrer haben. Kann mir schon denken, wer das ist.«

Kaum saßen wir, wurden uns Getränke serviert. Limonade für mich, Champagner für die Damen. Weiter hinten, ebenfalls unter Planen aus frischem, weißem Tuch, errichtete man gerade ein riesiges Bufett. Der Regimentskommandant gab ein Kaiserfest für die Familien seiner Offiziere. Unser Wettritt war nur ein Teil davon.

Nach Tisch hatte es schon ein Preisschießen gegeben, im berühmten Ennser Schützenverein, und bis vor kurzem hatte man noch in der Halle Tribünen errichtet für Eltern, Geschwister, Verwandte und Bekannte, denn vor uns hatte ein Ponyrennen stattgefunden, wo der Nachwuchs brillierte, dann ein Springen der Kadettenschüler, endlich das Dressurreiten der Dragoner, und als amüsanter Abschluss kamen die Frau Baumeister und ich. Nächster Programmpunkt nach uns war dann das Bufett, denn ein Fest ohne Essen – in ganz Österreich-Ungarn gab's das nicht. Dann die Siegerehrung, ein Ball im Offizierscasino, um Mitternacht ein Feuerwerk und ein Souper, dann Tanz bis in den Morgen – ein verlockendes Programm.

Während ich mich weiterhin heftig fächelte und ständig für mich wiederholte: Ich falle nicht in Ohnmacht, es ist gleich vorbei, sah ich aus den Augenwinkeln, wie eine Köstlichkeit nach der andern zum Bufett getragen und aufgestellt wurde, unter der Leitung der zwei französischen Küchenchefs, die vor fünf Jahren, vor der Schreckensherrschaft der Pariser Kommune, nach Enns geflohen waren. Sie konnten immer noch nicht Deutsch, und ihre verzweifelten Kommandos: »*Non! Non! Non! Plus haut. Plus bas. Non. Non*« drangen bis zu uns.

Riesige Braten sah ich, Pasteten, Saucen, Salate, Schinken,

Majonnaisen, und erst die Patisserie: Torten und Kuchen, Rösser aus Marzipan, Kutschen aus Zuckerguss – ich wandte die Augen ab. Vom Anblick dieser Fülle bekam ich sofort Atemnot. Damit man dies nicht bemerkte, drehte ich den Kopf zur Seite und lächelte sanft in meinen Fächer.

Gabors Freunde waren nämlich plötzlich aufgetaucht, standen um uns herum, wünschten mir Glück. Attila, Tibor und Geza sowie sämtliche Offiziere, die täglich bei uns im *Schwarzen Adler* speisten.

Und am Nebentisch, rund um meine Rivalin, saßen Boris von Russland, Erzherzog Pipsi und etliche bekannte Gesichter aus der Basteigasse. Wenn die wüssten, was ich über sie weiß.

Wie ich das Warten überstand, ist mir heute noch rätselhaft. Die Frau Holter kam als Erste dran. »Hals- und Beinbruch. Toi, toi, toi!«, riefen wir ihr nach. Die Offiziere folgten ihr in die Halle, wir blieben allein zurück. Zehn Minuten später kam Gabor gelaufen, ich hatte ihn seit dem Essen nicht mehr gesehn.

»Exzellente Nachricht«, rief er uns zu, »die blonde Venus, meine, die Frau Baumeisterwitwe hat zwei Hürden nicht geschafft. Falsche Hilfen. Ross hat verweigert. Um die eine ist es herummarschiert, vor der andern hat es gebockt. Sie kriegt aber viel Applaus, nur, die Holter-Liga ist schwer ramponiert. Mein Onkel schnauft wie nach einem Sonnenstich, mein alter Herr und die unsrigen sind in Euphorie … wenn nicht alles schief geht, haben wir schon gesiegt.« Er hielt inne und starrte mich an. »Sie sehen *fantastisch* aus, liebste Minka, hat man Ihnen das schon gesagt?«

»Man hat«, sagte meine Tante erstaunlich trocken. »Bitte, nix verschrein, sofort klopfen aufs Holz «, und sie klopfte fest auf den Tisch. Doch da kam schon der Puka und brachte die Adda. Es ging los.

Das Pferdchen war aufgezäumt in rot-weiß-grün, auf ungarische Art. Jetzt sah man erst, wie schön sie war. Und trotz der Aufregung war sie noch erstaunlich ruhig, nur ihre großen Augen glänzten mehr als sonst.

Ich klopfte sie ab, küsste sie auf die Schnauze, drückte ihren lieben Kopf kurz an mich. Dann half mir Gabor in den Sattel.

»Perfekt«, meinte er und musterte mich stolz. »Ein Sitz wie die Kaiserin.« Dann richtete er die Falten von meinem Reitkleid, und schon ging's langsam im Schritt zur Halle.

Meine Tante und Hermine spazierten neben uns her. Ich schwieg. Ich atmete schwer, denn erstens konnte ich mich nicht mehr fächeln, zweitens hatte ich nur zwei Sätze im Kopf: *Nicht* in Ohnmacht fallen. Es ist *gleich* vorbei. Doch als wir zum Tor kamen, als ich das Gedränge sah, drinnen auf den Tribünen, überkam mich zum ersten Mal heiße Angst. Obwohl mein Magen leer war, begann er plötzlich zu rebellieren. Schnell. Riechfläschchen heraus ... Ahh, das half. Zoltan von Borosy kam uns entgegen, blieb abrupt vor uns stehn.

»Was ist los?«

»Mir ist schlecht.«

Ein Ruck ging durch den großen Mann. »Schlecht wird Ihr später. Jetzt wird *gesiegt.* Die ganze Stadt ist da drinnen und schaut Ihr zu. *Lächeln*! Und wenn es Sie *umbringt. Per aspera ad astra.* Auf rauen Wegen zu den Sternen. Merk Sie sich das.«

Die Adda begann zu tänzeln. Der General klopfte ihr beruhigend auf den Hals.

Noch zwei Minuten. Noch eine. *Jetzt!!*

»Toi, toi, toi!«

»Hals- und Beinbruch.«

Da gab ich das Zeichen, und wir ritten los.

Tosender Applaus begrüßte uns in der Halle. Ich hörte ihn kaum. Mein Herz dröhnte in meinen Ohren, ich dachte nur eins: Nicht ohnmächtig werden. Im Sattel bleiben. Seltsamerweise gelang mir das.

Bis zum Springen ging es sogar recht gut. Wir hatten so fleißig gearbeitet, es lief wie geschmiert. Die Adda preschte dahin, mit gespitzten Ohren, präzise wie ein Uhrwerk, wechselte in Gedankenschnelle von Trab zu Galopp, jede Gangart gelang, Applaus und Beifallsschreie von allen, die ihr Geld auf uns gesetzt hatten, störten sie nicht.

Doch dann kam das Springen. Und gleich am Anfang dachte ich: Jetzt ist alles aus. Ich hatte plötzlich die richtige Stelle zum Absprung vergessen. Ich gab das Zeichen zu spät. Noch nie war mir das passiert, aber was geschah? Anstatt die erste Hürde zu verweigern wie jedes andere Ross, schnellte die brave Stute hoch wie zu einer Levade. Und ehe ich begriff, was geschah, waren wir über den Stangen und sicher wieder unten auf der anderen Seite, auf festem Grund.

Von da an ließ ich sie gewähren. Das Goldstück hatte kapiert, dass von mir nicht viel zu erwarten war, und nahm sich selbst der Sache an. Sie segelte über die Hürden in absoluter Perfektion, das Programm lief fehlerlos, ja, wie man mir später sagte, lächelte ich sogar. Wir machten den Eindruck, als amüsierten wir uns königlich, man lobte staunend, dass man beim Springen keine einzige meiner Hilfen wahrgenommen hatte, dass alles leicht und fröhlich schien, in perfekter Harmonie, wie es sich gehört für ein echtes Reiterpaar.

In Wirklichkeit rang ich nach Luft, zählte die Sekunden, bis das Martyrium zu Ende war.

Die vielen Gäste auf den Tribünen, die andern, die sich so gut es ging in die Halle gedrängt hatten, Trauben von Menschen an den Fenstern – Gabor, Hermine, Tante Juliana, die Prinzessin, der General, Graf Sandor, der Bürgermeister, die Schlossherren, niemand durfte merken, wie schlecht es um mich stand.

Und als am Schluss wilder Applaus losbrach, begeisterte Schreie, die während der Ehrenrunde lauter wurden und lauter, konnte ich mich nur sekundenlang freuen und dachte sofort wieder: Luft. Luft. Luft.

Endlich ritt ich durch das Tor ins Freie, stürmisch begrüßt von allen meinen Lieben, die strahlten vor Stolz. Gabor half mir aus dem Sattel. Die Adda wurde geküsst und mit Zucker verwöhnt, ich wanderte von einer Umarmung in die andere, und als mich der General ans Herz drückte und ich dachte: Ich ersticke, versuchte ich einen übermenschlichen Atemzug – da plötzlich gab es in meinem Rücken einen dumpfen Knall …

Ich hatte das Mieder gesprengt!!!

Und dann … wusste ich nichts mehr.

Als ich die Augen wieder öffnete, lag ich auf einem harten Bett in einem hellen, kahlen, fremden Raum. Die Fenster waren ohne Vorhänge, die Wände weiß. Aha. Ich war tot. Tot und aufgebahrt. Tragbahren lehnten in einem Eck, zwei Waschtische aus Metall, weiß lackiert, neben einer weißen Tür … Nein, ich war nicht tot, ich konnte atmen. Ohh, ich begann laut zu stöhnen, füllte meine Brust mit guter, frischer Luft, dieses Glücksgefühl! Ich war lebendig. Und ich hatte gesiegt. Ich stützte mich auf und sah um mich.

Ich lag auf einem Feldbett. Einen Meter weiter, auf einem andern, lag meine Tante Juliana, meinen Zylinder auf dem Bauch. Zwischen uns auf einem weißen Stuhl saß Hermine, spielte mit meiner Reitgerte und sah recht zufrieden drein.

»Bitte, wo … was … hab ich was angestellt?«

»Du bist ohnmächtig gewesen«, sagte meine Tante.

»Und wo sind …«

»In der Sanität. Leg dich wieder hin, Herzerl«, und sie gähnte, als hätte sie selbst einen schweren Ritt hinter sich. »Großartig hast du das gemacht. *Nie* hätt ich gedacht, dass du das kannst. Du hast entzückend ausgesehn. Ich bin rasend stolz auf dich.«

»Bitte, Juliana, rasend ist ein Modewort.«

»In dem Fall trifft's aber zu.«

Es klopfte an die Tür.

»Herrrein!«, rief Hermine.

Da erschien die Valerie. »Minka«, rief sie beglückt, »du warst *superb*!! Du hast eine Haltung im Sattel wie meine Cousine in Wien. Der Gabor wird schon gefeiert als der beste Reitlehrer der Monarchie, und der General erstickt im Gold. Wie viel kriegen wir für die Armen, Hermine? Hat er dir das gesagt?«

»Zwei mal tausend Gulden.«

»Wird akzeptiert …« Sie setzte sich zu mir aufs Bett. »Du musst langsam aufstehn. Das Bufett ist eröffnet. Um sechs ist Siegerehrung, die Leute schreien schon nach dir.«

»Das Reitkleid zieh ich nicht mehr an«, sagte ich bestimmt.

»Aber natürlich ziehst du's an. Noch nie hast du so zuckrig ausgeschaut.«

»Ich kann aber nicht.«

»Ja, warum denn nicht?«

»Es ist zu eng«, und ich erzählte die Geschichte von dem falschen Maß und der Schnürerei und der Atemnot und der Tortur in der Halle.

»Davon hab ich nix bemerkt. Bravo! Das ist die gute Schule von unserm Zoltan. Wer durch seine Hände geht, hat fürs Leben Disziplin.«

Meine Tante setzte sich auf: »Ich hab schon ins Hotel geschickt. Die Zilli wird gleich kommen. Sie bringt das smaragdgrüne Kleid mit der Perlenstickerei. Einen neuen Schnürriemen bringt sie auch und deinen weißen Hut und die Lackschuhe mit den Spangen. Wir frisieren dich neu, weg mit dem Knoten, Haare hinauf, und dann lässt du dich feiern, das hast du dir verdient.«

»Auf welches Maß ist das Kleid genäht?«

»Fünfzig Zentimeter. Geht doch, oder nicht?«

»Wenn's sein muss.«

»Kannst ja nicht in der Unterwäsche hinaus unter die Leut'.«

Ich hab es noch nicht erwähnt, doch irgendwer hatte mir das Reitkleid ausgezogen und eine graue Decke über mich gebreitet. Am liebsten wäre ich so liegen geblieben, es war so *bequem.*

Wieder klopfte es. Es war Zilli, außer Atem, und hinter ihr kam die Josepha mit dem Frisierkorb in der Hand.

»Ich hab mitgehn müssen, weil ich dem gnädigen Fräulein gratulieren will«, rief Josepha glückselig. »Ich hab zweihundertfünfzig Gulden gewonnen. Und die Lizzi fünfhundert. Und die Zilli – wie viel hast du? Sag schnell?«

»Drei mal hundert.«

»Drei mal hundert«, wiederholte die Josepha und strahlte mich an. »Alle im Hotel wissen's schon. Wir haben alle gewettet auf Ihren Sieg. Bejubeln tut man Sie und trinken auf Ihre Gesundheit. Nur der gnädige Herr ist grantig. Der hat auf die Frau Baumeisterwitwe gesetzt.«

»Was??«, rief Tante Juliana verstört. »Warum hat er denn das getan? Das begreif ich nicht … na, werd's schon noch ergründen. Minka, kannst du aufstehn? Komm. Wir ziehn dich an.«

Nur mit Widerwillen ließ ich mich noch ein Mal schnüren. Aber das grüne Kleid passte mir gut. Es war auch leichter bei der Hitze als der dicke Samt. Seltsam – das war heute mein grüner Tag. Von der Früh bis jetzt hatte ich diese Farbe getragen.

Kaum saß ich auf dem weißen Stuhl und Josepha hatte mit dem Frisieren begonnen, klopfte es schon wieder. Gabor trat herein.

»Hinaus!«, kommandierte Hermine. »Die Minka ist noch nicht empfangsbereit.«

»Pardon«, sagte Gabor, und mir fiel auf, er wirkte ganz verstört. »Es handelt sich … um etwas ganz Wichtiges … eine Herzensangelegenheit.«

»Das hat doch noch bis nachher Zeit«, meinte Hermine gönnerhaft. »Mein lieber Gabor, nix überstürzen. Verschwind.«

»Leider nein, ich meine, kann ich nicht. Mein alter Herr wartet vor der Tür. Er lässt ausrichten, er legt Ihnen die vierzig mal tausend Gulden zu Füßen und bittet um Ihre Hand.«

Hermine wurde dunkelrot. »Er bittet um *meine Hand*?«

»Verzeihung. Von … von unserem Fräulein Minka. Das hab ich falsch gesagt.«

»Wie??« Hermine starrte auf Gabor, dann auf mich. »Es heißt doch, *du* und die Minka … jetzt will er … *Er* will meine Minka heiraten? Die passen doch überhaupt nicht zusammen, die zwei.«

»Wer sagt denn das?«, rief meine Tante und begann sich aufgeregt zu fächeln.

»Gabor, du irrst dich. *Nicht? Nein?* Dann ist er übergeschnappt.«

»Aber Hermine, so eine Auszeichnung.« Meine Tante kam zu mir. Sefi ließ die Brennschere sinken, alle starrten mich an. »Minka, Herzerl, denk jetzt scharf nach … also, was meinst du dazu?«

Sofort bekam ich wieder Atemnot. Der General und ich? Ich sollte Gabors *Stiefmutter* sein? Am liebsten würd ich wieder in Ohnmacht fallen, dachte ich. Und siehe da, es ging.

Es war die zweite und letzte Ohnmacht meines Lebens. Ich kam auch wieder bald zu mir. Ich hörte Stimmen, ließ aber die Augen zu.

»Macht sie Faxen?«, dröhnte der General – er klang ganz nah.

»Aber nein.« Das war die Valerie. »Trotzdem, wir bestehn darauf, dass man die Minka noch einmal fragt.«

»Natürlich fragt man sie«, rief der General blendend gelaunt, »glaubt man vielleicht, dass ich ein Unmensch bin? Nur, meine Damen, Hand aufs Herz, ein fünfzehnjähriges Putzi, wie soll denn die wissen, was gut ist für sie und was schlecht? Schlage vor, man hört sich an, was sie zu sagen hat, und dann überzeugt man sie vom Gegenteil.«

»Aber meine Minka ist dünn wie ein Strich«, rief Hermine.

»Um die Mitte ist sie höchste Perfektion!«

Da machte ich die Augen auf.

»Hurra«, rief meine Tante, »die Minka ist wieder lebendig. Gebt's ihr ein Glas Champagner. Schnell.«

Champagner? Ich sah um mich. Ich saß noch immer auf dem weißen Stuhl und trug das grüne Seidenkleid. Neben mir ein kleiner Tisch, der vorhin nicht da gewesen war. Darauf ein Silberkübel mit Flasche. Gläser rundherum. Gabor war weg. Links von mir, auf einem Feldbett, thronte der General. Rechts auf einem andern, Hermine, meine Tante und die Valerie. Wie hatte die Mama gesagt? »Immer das tun, was *wichtig* ist.« Was ist wichtig? Zeit gewinnen. Kein Skandal.

Zilli knickste vor mir und drückte mir ein volles Glas in die Hand. Ich nahm einen großen Schluck.

»Man gratuliert zum Sieg! *Félicitation!*«, dröhnte der General, sein Gesicht war über und über rot, sein hängender schwarzer Schnurrbart zitterte. »Josepha, Zilli, einschenken eure Gläser, ihr trinkt jetzt mit uns: auf das hochverehrte Fräulein! Bravo! *Magna cum laude.* Auf Ihr Glück.«

Als wir getrunken hatten, stand er auf. Wohlwollend blickten seine schrägen Augen auf mich herab.

»Jetzt werd ich eine Rede halten. Das Leben mit mir ist nicht leicht. Ich befehle, und man gehorcht, das bin ich gewöhnt. Und ich suche kein Weib, das beim ersten Gewitter Rotz und Wasser heult. Aber ... auch keinen indischen Buddha mit steinernem Gesicht. Für einen Ungarn ist das nichts. Da fehlt der Paprika. Ich will ein Prachtweib, mit Temperament, immer vergnügt, und ich hab mir unser herziges Putzi hier gut angeschaut. Durch die Hölle hab ich sie geschickt. Wie einen blöden Rekruten hab ich sie sekkiert. Bestie hab ich sie genannt – mit keiner Wimper hat sie gezuckt. Standgehalten hat sie brav, mit ihrer lieben Art. Mit einem Wort: Das Kind hat mein Format!«

Meine Tante nickte begeistert. Man prostete mir wieder zu.

»Meine liebe Minka«, fuhr der General fort. »Sie kennt mich jetzt von meiner guten Seite. Sie kennt mich von meiner schlechtesten. Aber von meiner allerbesten kennt Sie mich noch nicht, als Bräutigam und Beschützer.« Er wandte sich an Hermine: »Liebste Cousine, auch Sie sind mir herzlichst willkommen, ich will nicht, dass Sie sich trennen von Ihrem Schatz. Sie leben natürlich bei uns. Meine Damen, ich bin kein armer Mann. Ich habe Macht. Ich bin kein junger Mann, doch ich habe Kraft. Wer unter meinem Schutz steht, braucht nichts mehr zu fürchten. Für den wird gesorgt, das ganze Leben lang. Das, meine Verehrtesten, war der offizielle Teil.«

»Großartig haben Sie das gesagt«, rief meine Tante und tupfte eine Träne weg. »Zilli, einschenken. Gläser voll.«

»Auf das Wohl meiner neuen Baronin«, dröhnte Zoltan von Borosy und prostete in die Runde. »Auf das Leben. Auf die Freude. Wir geben Feste, reiten Jagden, reisen nach Wien zum Fasching, und zu Haus haben wir unser Schloss und den Weinkeller und die Zigeuner und die Puszta und unsere Rösser, und der Gabor heiratet die Elviri, und unsere Kinder wachsen gemeinsam auf.«

Keine Josephs-Ehe? Aha. Ich hatte bereits zwei Gläser Champagner getrunken auf nüchternen Magen. Wie das prickelte, wie das belebte! Ich fand nichts mehr tragisch, es war alles wie im Traum.

Zoltan von Borosy griff nach meiner Hand und küsste sie. Ich lächelte zu ihm auf.

»Meine Damen, das Wichtigste ist gesagt.«

»Wir bitten um Bedenkzeit.« Hermine wischte sich den Schweiß von der Stirn.

»Wie lang, Verehrteste?«

»Eine Woche.«

»Drei Tage sind gewährt. Vor dem Sonntag will ich Ihre Antwort … Und jetzt macht eine *beauté* aus dem Herzi. Und dann hopp unter die Leute und ab zur Siegerehrung. Handküsse allerseits. Ich erwarte Sie draußen. Ich empfehle mich. Adieu.«

»Und ich hab gedacht, er nimmt die Lizzi«, stammelte Hermine. »Wie blind kann man sein?«

Meine Tante begann fröhlich zu lachen. Hermine starrte sie an.

»*Du* hast das gewusst«, rief sie anklagend. »*Das* war dein Plan, von Anfang an. *Deshalb* die barbarische Schnürerei … mit den Händen umspannen wie die Kaiserin … *Mon Dieu.* Und die Kleider und die Frisur …«

»Alles von Erfolg gekrönt, meine Liebe. Kannst mir gratulieren. In der kurzen Zeit …«

»Aber der Gabor passt viel besser zu ihr.«

»Wer nimmt denn einen Apfel, wenn er den ganzen Baum haben kann«, sagte Tante Juliana verächtlich. »Man muss auch an die Zukunft denken. Zilli! Sefi! Wir trinken jetzt alle auf das Glück von unserm braven Fräulein, das bald schon Baronin sein kann, wenn es will.«

»Mein Glas ist leer«, protestierte ich.

»Aber nicht mehr lang, mein Schatz.«

»Das wievielte Glas ist denn das?«, fragte Hermine sofort.

»Nummer drei«, kicherte ich und prostete ihr zu.

»Aber, Minka! Du bist ja *beschwipst*«, rief Hermine entsetzt.

»Lass sie doch. Heut' ist ein großer Tag. Also, Minka, auf dein Glück. Bald bist du eine Magnatengattin. Dann brauchst du bei Tisch nicht mehr bei der dummen Jugend sitzen. Dann ist dein Platz oben, bei den feinen Herren, und alle küssen dir die Hand … Hermine, ich bitte dich! Was *hast* du denn? Wir sind hier bei keinem Begräbnis.«

»Schickt er glatt den Gabor als Brautwerber«, brummte die Valerie, »wo er genau weiß … also, elegant war das nicht.«

»Typisch General«, stimmte Hermine zu, »Rücksicht nehmen kennt er nicht.«

Die Prinzessin nickte: »Drum ist er schon zum dritten Mal Witwer. Bei dem halten die Weiber nicht lang.«

»Meine Cousine vierten Grades«, sinnierte Hermine, »die Katzi, die hat auch einen General geheiratet, auch viel älter. Und sie hat sich so vor ihm gefürchtet, dass sie nervenleidend geworden ist.«

»Meine Nichte, die Tinti«, setzte die Prinzessin fort, »sie war siebzehn, er neunundsechzig, ein entfernter Onkel … *gezittert* hat sie vor ihm. Sie hat ihm zwei Erben geboren, der eine ist taub, der andere ist mit fünf gestorben. Sie ist jetzt schwermütig …«

»Also, *das* braucht ihr der Minka nicht erzählen«, rief meine Tante außer sich, »da wird einem direkt *schlecht*. Josepha, tummel dich, die Frisur stimmt, setz ihr den Hut auf. Minka, schau ein bisserl freundlicher drein, draußen warten tausend Leut auf dich, und ein paar davon hast du heute reich gemacht.« Sie kam zu mir und küsste mich auf die Stirn. »Fröhlich sein. Lachen. Ich muss leider heim, ins Hotel, es wird mir knapp mit der Zeit.«

»Mir auch«, erinnerte sich Hermine, »ich muss nach Ennsegg, alles arrangieren für die Tombola. Um zehn ist Kaiserball, fünfhundert Gäste kommen. Was glaubst du, was sich da tut?«

»Und die Siegerin von heute darf nicht mit ins Schloss, obwohl sie dir zweitausend Gulden für die Armen bringt?«

»Nein. Das ist ein reiner Adelsball.«

»Und Sie, liebe Prinzessin? Und die Exzellenz? Und der Gabor? Und der Graf Sandor?«

»Wir sind auch dort, *naturellement*.«

Meine Tante neigte sich noch einmal zu mir. »Tröste dich, Minka, nächstes Jahr bist du Baronin und trägst das berühmte Diadem mit den Rubinen und wirst ebenfalls hochwillkommen sein im Schloss. Und heute Abend hilfst du mir bei *unserer* Tombola. Auf *unserm* Kaiserball. Du darfst aufbleiben, solange du willst. Und nach ein Uhr kommen sowieso alle zu uns von den andern Bällen, weil's bei uns am lustigsten ist. Josepha, Zilli, kommt. Wir gehn.«

»Ich bleib noch bei der Minka«, rief die Valerie. »Wenn sie sich erholt hat, gehn wir zusammen hinaus, den Gabor trösten.«

»Untersteht euch«, drohte meine Tante.

Die Prinzessin lachte. »Keine Angst, er entführt sie nicht. Der Gabor ist ein braver Sohn, der hat nicht den Schneid von meinem Edi ...«

»Aber Valerie!«, rief Hermine schockiert.

Die Prinzessin stand auf. »Nur ein Scherz, meine Liebe. Und jetzt, *bitte, geht*. Ich muss noch was besprechen vor der Siegerehrung mit unserm Kind.«

»Dass du sie mir später brav nach Hause bringst«, rief Hermine von der Tür. »Valerie, ich verlass mich auf dich.«

»Ja, ja. Keine Angst ... So!«, sagte sie dann, als wir alleine waren. »Bleib ganz ruhig sitzen. Ich wart noch ein bisserl, dann geh ich hinaus und hol dir den Gabor herein. Dann könnt ihr euch noch einmal aussprechen vor dem großen Abschied, der bald kommt. Viel wird er euch nicht mehr zusammenlassen, der General.« Sie hielt mir ihre Hand hin, und ich küsste sie. »Aber Vorsicht, Minka. Der Gabor spielt vielleicht den Helden, sagt, er entführt dich, aber merk dir gut: Von den Verwandten nimmt euch keiner auf – wohin entführt er dich dann?«

»Ins Elendsquartier«, rief ich beschwipst.

»Genau. Und dort gehörst du nicht hin. Ich wiederhol dir nur, was du schon weißt: Der Gabor ist völlig abhängig von seinem Papa. Er hat kein Vermögen. Er erbt auch keins. Er kann nicht für dich sorgen. Großjährig ist er auch noch nicht. Wenn er dich entführt, ist das eine kriminelle Tat. In den Arrest wird man ihn stecken dafür. Du kannst dann nicht mehr ins Pensionat. Mit seinem Traum vom Leutnant ist es auch vorbei. Und der Gabor *liebt* die Kavallerie. Er ist der geborene Offizier. *Todunglücklich* würd er sein, als Zivilist, ein Leben lang. Und schuld bist du.«

»Was soll ich tun?«

»Zeit gewinnen. Du lässt unserm Zoltan sagen, du fühlst dich geschmeichelt, du willst nur ihn, aber du bist noch zu jung zum Heiraten und willst noch ein paar Jahre warten. Und dem Gabor sagst du, er soll sich beruhigen, es geht schon alles irgendwie gut …« Sie lächelte mich plötzlich ganz liebevoll an. »Solche Zeiten gibt's im Leben. Da muss man tapfer durch. Außerdem bist du zu jung. Ich hab mit fünfundzwanzig geheiratet, und im Nachhinein weiß ich, das war auch noch zu früh. Du kannst zehn Minuten reden mit dem Gabor, und dann stürzen wir uns gemeinsam aufs Bufett. Armes Kind, nichts im Magen. Du musst schon ganz verhungert sein.« Und sie rauschte zur Tür und ließ mich allein.

Zwei Sekunden später kam Gabor in die Sanität. Er musste draußen gewartet haben. Er war blass vor Wut und hatte Mühe, ruhig zu bleiben. Mit schnellen Schritten kam er auf mich zu, sank vor mir auf die Knie, küsste meine Hand und legte dann stumm den Kopf in meinen Schoß.

»Ich erschieße ihn«, murmelte er nach einer Weile.

»Gabor!«

»Hätte größte Lust dazu. Ich *hasse* ihn. Ich will ihn nie mehr sehn. Er ist ein *Verräter.*«

»Er ist dein Vater.«

»Ein *Ungeheuer*!« Er sprang auf. »Schlage vor, wir verschwinden aus Enns.«

»Wohin?«

»Nach Ungarn. Ich hab ein kleines Gut, von meiner Mutter. In der Puszta. Ein Verwalter lebt dort. Ich sag's dir gleich, das Haus ist winzig und schäbig und ohne Komfort. Ein richtiges Elendsquartier. Aber dort können wir zusammen sein.«

»Wie lang?«

»Solang uns keiner findet.«

»Und dann?«

»Dann verschwinden wir woandershin.«

»Wohin?«

»Wird mir schon was einfallen, wenn's soweit ist. Vielleicht zu den Eltern vom Attila. Die Monarchie ist riesig, irgendwo finden wir ein Versteck.«

»Hast du dir schon einmal überlegt … ich … ah … möchte eine Josephs-Ehe führen. Ist dir das recht?«

Ich seufzte tief. Jetzt war es gesagt. Aber ohne den Champagner hätte ich es nicht so leicht über die Lippen gebracht.

»*Josephs-Ehe??*«, wiederholte Gabor, und unverhohlenes Entsetzen stand in seinem Blick. »Das ist nicht dein *Ernst.*«

»O ja. Freilich. Genau wie meine Tante, weißt du? Die macht das auch.« Ich trank meinen Champagner aus. »Bitte, schenk mir noch was ein – und bitte, nimm dir auch ein Glas. Das beruhigt.«

»Ich will keinen Champagner, ich will *dich*!« Gabor holte einen zweiten Stuhl und rückte ihn ganz dicht an meinen heran. »Stell das Glas weg, Minka, hör mir zu.« Er nahm meine beiden Hände. »Eine Josephs-Ehe … das willst du selber nicht. Deshalb heiratet man ja, damit man endlich allein zusammen sein kann. Ganz allein. Nur du und ich. Minka, du weißt nicht, was du verlangst. Es gibt kein ärgeres Martyrium. Ich glaub nicht, dass ich das ertragen kann.«

»Weißt du, wie man Kinder kriegt? Wie sie auf die Welt kommen, meine ich.«

»Natürlich … ja. So ungefähr. Man ist nie dabei als Mann. Typische Weibersache, streng geheim. Aber theoretisch weiß ich, wie das geht.«

»Ich auch. Deshalb fürcht ich mich.«

»Aber Minka!« Er hob mich hoch von meinem Stuhl und setzte mich auf seinen Schoß. »Leg die Arme um meinen Hals. Ja, so, Minka …« Er küsste mich auf den Mund. »Davor brauchst du dich doch nicht zu fürchten. Meistens geht's ja gut. Fast immer, würd ich sagen … Außerdem … ein Kind … das liegt in weiter Ferne. Aber du und ich … ganz allein, *eine ganze Nacht*, das ist das Schönste, was es gibt für einen Mann. Und dann liegst du neben mir, und ich darf dich nicht antupfen – wahnsinnig wird man dabei. Es gibt nichts Schlimmeres als das.«

»Du willst also nicht.«

»Nein. Und du auch nicht. Du weißt ja nicht, was du versäumst.«

»Keine Josephs-Ehe?«

»Auf keinen Fall! Pass auf. Ich besitz fünf mal tausend Gulden Wettgeld. Eben gewonnen, weil du so fabelhaft geritten bist. Damit kommen wir eine Zeitlang durch. Ich hab keine

Angst. Und wenn du mir vertraust, für morgen könnt ich alles arrangieren, wenn du willst. Du weihst die Lizzi ein, die hält den Mund. Wenn sie mir bis Mitternacht morgen Bescheid sagt, könnten wir losreiten, bevor's hell wird.«

»Ein Nachtritt.«

»Genau.«

»Welche Pferde?«

»Die Adda und der Zeus. Nimm das Armband, das du von meinem ... das du gekriegt hast beim ungarischen Souper – und was du sonst noch besitzt an Schmuck. Und traust du dich *nicht*, wenn ich bis morgen um Mitternacht nichts höre von dir, dann heiraten wir *beide* nicht und bleiben uns ein Leben lang treu.«

In dem Moment kam die Valerie zurück. »Schnell«, rief sie noch von der Tür, »auseinand! Gabor, dein alter Herr platzt vor Ungeduld, er ist unterwegs zu uns. Minka, komm, wir gehen ihm entgegen. Gabor, hinter die Bahre, dort im Eck ...«

»Ich will mich nicht verstecken.«

»Du folgst! *Sofort.* Ich will keinen Skandal.«

»*Ich bleib hier stehn!*«

Die Valerie änderte den Ton. »Mir zuliebe. Sei galant. Dafür versprech ich euch, Ihr dürft euch schreiben über mich. Ist das ein Trost?« Dann nahm sie mich bei der Hand. Und ehe der General einen Fuß über die Schwelle setzen konnte, waren wir schon durch die Tür, mitten im Fest.

»Auf ins Vergnügen«, dröhnte Zoltan von Borosy und bot mir seinen Arm. »Das haben wir uns verdient. Jetzt wird zuerst einmal gespeist, dann kommt das Herzi hier auf ein Podest ...«

Was er sonst noch sprach, hörte ich nicht.

Ich war in Gedanken bei Gabors Ultimatum: morgen um Mitternacht. Und vorher musste ich das größte aller Rätsel lösen und die Schleier lüften um das grässliche ES! Eine mitleidige Seele musste mir die Wahrheit sagen. Aber wer? *Mon Dieu.* Das war wieder eine Hürde. Höher als die höchste heute in der Halle. Und ich hatte nicht viel Zeit!

Ich klappte meinen Fächer auf. Voran wie ein Mann.

Es würde mir gelingen!

Und plötzlich wusste ich wie.

Am nächsten Abend gegen sechs schlich ich heimlich hinunter in die Patisserie. Ich war blass, unausgeschlafen und gähnte unentwegt, denn der Hausball hatte bis neun Uhr früh gedauert.

Und wer war der Mittelpunkt gewesen? Ich!

Zum zweiten Mal war ich die Heldin von Enns, wurde gefeiert, bejubelt und beklatscht. Alle Offiziere waren um mich herum. Ich tanzte Csárdás mit Gabor und dem General, aber auch mit Tibor, Geza, fünfmal mit Attila und sogar mit dem Grafen Sandor, meinem ersten Papa.

Tante Juliana schwirrte unterdessen selig durchs Hotel und erzählte jedem, der es hören wollte: »Meine Nichte, die künftige Baronin Borosy …«

Jedenfalls um halb zehn Uhr vormittags war ich erst ins Bett gegangen. Und um zwölf musste ich schon wieder auf, denn um eins war Festbankett mit den Würdenträgern der Stadt, mit dem General, aber ohne Gabor, und man hatte mich den Besitzern von Schloss Ennsegg präsentiert und dem Herrn mit den Gütern auf Ragusa, die sich verdoppelt hatten durch meinen Sieg.

Um halb fünf waren wir erst aufgestanden vom Tisch, zwölf Gänge hatte man serviert – und jetzt hielt ich offiziell meinen Nachmittagsschlaf – meine Tante und Hermine detto –, und zu meinem Glück war Lizzi noch im Dienst und glasierte gerade drei Punschtorten mit geübter Hand.

Ich hatte Lizzi seit dem Ausflug in die Basteigasse nicht mehr allein gesehn.

Und seltsame Dinge waren geschehn.

Zweimal war ich hinaufgestiegen zu ihrer Tür, hatte viermal geklopft – unser geheimes Signal –, doch sie hatte mir nicht aufgemacht.

Und auch jetzt, als sie mich sah, schien sie nicht erfreut. Sie nickte nur kurz mit dem Kopf und glasierte weiter, als wäre ich gar nicht da.

Alles war bereits gerichtet für das Diner: Torten auf hohen

Ständern, Kuchen und Gâteaux, Cremeschnitten und Florentiner, Mandelbögen und besoffene Kapuziner, schwarze Pariserspitze, bunte Petits fours, Kompotte und kandierte Früchte, und obwohl ich satt war bis zum Hals, genoss ich den Duft nach Zitrone, Punsch und Rum, der von Lizzi ausging – oder besser, von ihrer Schüssel mit rosa Glasur.

Lizzi stand an einem langen Tisch, in einer gestärkten, weißen Schürze, das Haar unter einer weißen Haube versteckt.

Auch sie wirkte müde und blass, doch aus einem andern Grund. Die ganze Woche hatte sie keine freie Stunde gehabt, wie der Rest des Personals war sie fast ununterbrochen engagiert – und ich wollte sie nicht stören. Doch es musste sein.

»Lizzi«, begann ich zögernd, »hast du eine Minute Zeit?«

»Wenn sein muss.« Sie sah mich nicht an.

»Lizzi, ich red nicht lang herum«, schnell stellte ich mich neben sie, »du *musst* mir helfen, ich *bitte* dich. Der General will mich heiraten, der Gabor will mich entführen, und ich weiß noch immer nicht: Was ist die eheliche Pflicht?«

»*Pardon?!*«, rief Lizzi, als hätte ich sie zu Tode gekränkt.

»Die eheliche Pflicht! Lizzi. Bitte, spiel kein Theater. Und ich sag's dir gleich. Ich geh nicht weg, bis ich's weiß. Und wenn ich dich sekkieren muss bis aufs Blut.«

»Warum fragen nicht Gouvernante?«

»Hab ich schon. Sie weiß es nicht.«

»Und Tante?«

»Die wechselt sofort das Thema.«

Lizzi strich hingebungsvoll die rosa Glasur auf den frischen Teig, und als die zweite Torte fertig war, sah sie kurz aus dem offenen Fenster und zeigte hinaus.

»Bitte schön. Braut und Bräutigam. Sehen Sie die zwei? Das ist eheliche Pflicht.«

Ich neigte mich vor, sah aber nur zwei Tauben.

»Schaun nur gut hin«, sagte Lizzi, »kommt gleich.«

Der Täuberich hatte blau glänzende Federn und war aufgeplustert zu doppelter Größe. Laut gurrend lief er um eine weiße Taube, die mit gezierten Schrittchen in Richtung Hauptplatz ging. Er hob kokett den Kopf, senkte ihn, drehte sich um sich selbst, schneller und schneller, und plötzlich hüpfte er auf den Rücken der Taube, und sie hielt still. Dann schlug er mehrmals aufgeregt mit den Flügeln und sprang wieder ab. Es hatte zwei Sekunden gedauert, nicht mehr. Die Taube schüttelte sich, fuhr mit dem Schnabel durch die Daunen auf ihrem Rücken, putzte kurz ihre Flügel. Dann verneigten sich die beiden voreinander und trippelten davon, jeder in eine andere Richtung, als wäre nichts geschehn.

»Genauso geht bei Mensch«, sagte Lizzi, »aber nicht auf Straße, in Hochzeitsbett.«

Ich starrte auf die rosa Torte. *Das* war das ES? Nie hätte ich das gedacht ... Und plötzlich sah ich Zoltan von Borosy in seiner roten Uniform, der sich wie ein Kreisel drehte, mit ausgebreiteten Armen, und sich gurrend vor mir verneigte und hüpfte wie ein Täuberich, und dann legte er den Kopf schief, begann verliebt zu schielen und setzte an zu einem gewaltigen Sprung auf meinen Rücken zu mir aufs Bett – weiter kam ich nicht. Es versiegte meine Vorstellungskraft.

»Haben noch Fragen?« Lizzi rührte in ihrer Glasur.

»Ich versteh noch immer nichts.«

»Nein?«

»Nein.«

Lizzi hörte auf zu rühren. »Also gut, klär ich Sie jetzt auf. Aber müssen versprechen, dürfen nicht böse sein auf mich nachher.«

»Ich versprech's.«

»Erinnern sich, wo ist Gelobte Land? Da unten gibt kleine versteckte Tür in Leib hinein ...«

»Die nicht funktioniert? Wenn die Kinder kommen?«

»Jawohl. Und solang man ist Jungfrau, ist ganz fest zu und zugewachsen mit dünne Haut. Und in Hochzeitsnacht, Mann hüpft auf Weib und muss Haut durchstoßen ...«

»Das ist die eheliche Pflicht?« Ich stand starr vor Schreck.

»Jawohl.«

»Und mit was durchstößt er die Haut? Mit einem Messer?«

Lizzi schüttelte den Kopf. »Haben schon gesehn, wie kleine Bub macht Pipi?«

Hatte ich. Zufällig, ohne Hermines Wissen, hatte ich einmal beim Wickeln meines Bruders zugesehn.

»Haben bemerkt liebe kleine Unterschied?«

Ich nickte. Hatte ich, ja.

»Wenn Bub wird erwachsen, kleine Ding wird schön groß. Und in Hochzeitsnacht wird lang wie Gurke und ganz hart.«

Was!! Mit diesem ... diesem ... stocherten die Herren in den Leibern der Damen herum? War Lizzi im Delirium?

»Bitte nicht dreinschaun wie abgestochenes Kalb. Kenn ich nur eine, die sich hat *umgebracht*. Aber ist immer Fiasko. Prinzessin Gisela ist zurück zu die Eltern in der Nacht, und Gräfin Marie-Pierre heraus aus die Bett und hinein in Park in tiefe Schnee und in Glashaus versteckt. Ist fast erfroren. Gärtner hat gefunden erst nächste Tag. War ganz verkühlt und verweint, eheliche Pflicht tut furchtbar weh erste Mal ...«

Lizzi wandte sich wieder dem Tisch zu. Griff nach der Schüssel mit der Glasur, goss sie schwungvoll über die letzte Torte, fing mit einem Spachtel die rosa Tropfen auf, verstrich sie blitzschnell an den Seiten – fertig war das Werk und glänzte wie lackiert.

»Lizzi, du *schwörst*, dass das stimmt.«

»Schwör ich bei mein Leben.«

Also, das war das ES. Ich stand da, wie vom Blitz gestreift. Kein Wunder, dass es das bestgehütete Geheimnis war auf der Welt. Hermine hatte Recht gehabt. »Bestialisch« war das richtige Wort dafür. Die armen Frauen! Wie ertrugen sie das nur? Die Valerie, die Lady Margitta, unsere Kaiserin, alle, die Kinder hatten – und meine Mutter hatte es getan mit drei verschiedenen Herren!!! Ich schluckte. Dafür sah sie eigentlich recht munter aus. Die Valerie trug's ebenfalls mit Bravur.

Vielleicht gewöhnt man sich daran? Wie man sich an die Mückenstiche gewöhnt im Lenz?

»Wird es wirklich so groß wie eine Gurke?«, fragte ich, als ich meine Stimme wiederfand.

»Kleine Gurke.«

»Essiggurkerl?«, rief ich hoffnungsvoll.

»*Viel* größer«, sagte Lizzi streng, »ist bei jede Mann anders. Aber groß genug, dass man sich schreckt.«

»Lizzi, woher weißt du das?«

»Meine Mutter hat mir gesagt.«

»Deine Mutter?« Ich war fassungslos. »Über so was redet man bei euch daheim mit der *Mutter*?«

»Ja.«

»Geniert sie sich nicht zu Tod?«

»Nein.«

»Aber, Lizzi, warum hat sie dir ... wieso ...«

»Weil«, sagte Lizzi mit Nachdruck, »ist man in Polen nicht so blöd wie hier.«

»Aha.«

»Wollte sie mir ersparen größte Schreck in Leben von jede Frau. Hat man sie noch hingeführt in Hochzeitsbett wie unschuldige Lamm auf Schlachtbank. Hat nix gewusst. Hätt sie fast der Schlag getroffen, so hat sich gegraust ...«

»Und die Haut wächst wieder zu?«, fragte ich nach einer Weile.

»Nein. Offen bleibt. Und bei zweites Mal tut weniger weh. Und bei drittes Mal noch weniger und bei vierte Mal wieder bisserl weniger, aber angenehm wird nie.«

Ich dachte nach. »Kannst du mir sagen, warum tun die Herren das eigentlich? Zwingt sie doch keiner dazu.«

Lizzi lachte.

»Bitte, Lizzi. Ich versteh das nicht.«

»Tun, weil *ihnen* tut nicht weh. Deshalb heißt Gelobte Land, weil da drin für die Mann ist rasend angenehm. Ist man verheiratet, will er dauernd hinein ...«

»*Dauernd?*«, rief ich entsetzt.

»In die Nacht in Bett, bei Tag auf Sofa, in Wald unter Baum, in Au in Gebüsch, in Rossstall in Stroh, in Stadel in Heu, geben keine Ruh mehr ... bis man in Hoffnung kommt ... Hat die General gesagt, dass er Kinder will?«

»Hat er.«

»Glaub nicht, dass Ihnen Ehestand gefällt.«

»Genau, genau, außerdem, ich fürcht mich vor ihm.«

»Vor General?« Lizzi kicherte. »Braucht man sich nicht fürchten. Ist sanft wie Täuberl, wenn man richtig nimmt.«

Lizzi sprach plötzlich in einem völlig andern Ton, es klang richtig kokett.

»Richtig nimmt?«, wiederholte ich perplex.

»Richtig behandelt.«

»Und du weißt, wie man das macht?«

»In Schlaf. Falls noch überlegen, wegen Heirat, Borosy Zoltan ist *keine* treue Mann.«

Lizzi schob die Torten zum Trocknen an die Wand, holte ein Brett, auf dem ein Stück Marzipan lag, schnitt kleine, regelmäßige Eckchen ab und formte sie zu Kugeln. Angestrengt sah ich dabei zu.

»Verstehn, was ich sagen will?«, fragte sie und blickte auf.

»Du bist seine Frau zur linken Hand.«

»Ja«, sagte Lizzi, ohne sich zu genieren, »weiß ich, sieht mich gern, gefall ich ihm …«

»Und was will er von dir?«

Lizzi zuckte die Schultern.

»Dumme Frage. Natürlich will er das ES.«

»Und … Lizzi … hast du's schon hinter dir? Ja? Wie war's?«

»Schnauft viel und drückt mich zu fest. Hab ich immer blaue Flecken, aber dauert nicht lang, ist gleich vorbei. Und spiel ich viel Theater, sag ich: Mehr, mehr! Noch, noch! Gibt Schlimmeres in Leben. Gewöhnt man sich daran.«

»Und jetzt kriegst du ein Kind?«

»Bin ich nicht verlassen von alle gute Geister. Nein. Krieg ich keins.«

»Warum?«

»Glück. Und hab ich kleine Schwamm mit Honig. Tu ich immer hinein vor Rendezvous. Ist trotzdem Risiko dabei. Aber bis jetzt hat mich beschützt.«

Lizzi wandte sich wieder ihren Marzipankugeln zu. Als sie fertig war, tränkte sie Rosinen in Rum, holte ein Glas mit kandierten Kirschen, eine Schüssel mit blanchierten Mandeln und suchte die schönsten heraus.

»Mach ich Verzierung für Punschtorte. General hat bestellt, plag ich mich gern für ihn.«

»Aber Lizzi. Du bist nicht verheiratet ... Warum ... tust du das? Bist du verliebt?«

»Bisserl schon. Ja, bin ich. Und ...«

»Und was?«

Lizzi seufzte und legte das kleine, scharfe Messer weg, mit dem sie die Kirschen halbierte. »Und ist man beschützt von starke Hand. Und lernt man alles über feine Welt. Plauscht gern in Bett, die General, ist furchtbar lustig, amüsier ich mich halb tot. Kenn ich ganze Hautevolee jetzt ganz intim ...«

»Ihr *redet* im Bett? Wie denn? Sagst du Exzellenz?«

Lizzi lachte laut auf. »Nein. Sag ich ganz was anders. Sag ich: Starke rote Husar, komm her. Wilde Puszta-Hengst! Feurige Hunne! Zeig kleine Lizzi, was du kannst.«

»Das *erlaubt* er dir?«

»Aber ja. Ist immer in feine Gesellschaft, wo aufpassen muss auf die Etikett, große Magnat, aber bei mir ist kleine Lausbub. Lacht und singt, manchmal, wenn bisserl trinkt, ist lästig und grob. Aber pass ich immer auf, dass ordentlich säuft, und wenn fangt an mit die Latein, ist Gefahr vorbei. Tut dann alles, was ich will, und gurrt und turtelt wie verliebte Täuberl, oder sag ich kleine Schweinerei, ordinäre Zeug, ist er gleich gut aufgelegt, und paar Tage später kommt mit schöne Geschenk. Oder find ich rote Seidenbörse mit Goldstück in meine Tasche, brauch ich nix sagen, denkt von selber dran.«

»Das Brillantkreuz ist auch von ihm?«

»Ja. Und letzte Woche hat mir Armband dazu geschenkt. Will ich noch sagen, gnädige Fräulein, gibt Ihre Welt und gibt meine Welt. Könnt ich mir nie kaufen von meine Gehalt rote Fächer. Oder Frisiergarnitur aus Silber oder echte Schmuck. Aber kennt man feine Herren und ihre Flausen und richtet sich danach, kann man schon zu was bringen. Auch in meine Welt.«

Ich verstand. Als Frau zur linken Hand landete man nicht im Elend – *reich* werden konnte man dabei.

»Du hast geglaubt, er heiratet dich.«

»Ja. War große Plan. Aber hat gesagt, kann mich nicht nehmen, weil ich nicht hochwohlgeborene Dame bin.«

»Ich auch nicht, Lizzi.«

»Aber fast. Haben Sie Bildung und Gouvernante. Muss ich arbeiten mit meine Hände, dass ich essen kann. Ist mein Vater keine Adelige wie bei Ihnen, ist er zweite Tafeldecker bei polnische Graf. Hab ich erst gedacht, lern ich Reiten und Französisch, aber bringt mir nix. Kann seine Söhne nicht standesgemäß vermählen, hat gesagt, wenn Stiefmama ist kleine Patissière. Aber will mich nicht verlieren, Fräulein Minka. Hat gesagt, soll ich mitgehn nach Ungarn auf seine Schloss nach die Hochzeit. Deshalb hat mir Armband geschenkt.«

»Was! Er will uns *beide*? Dich *und* mich?«

Lizzi nickte. Also das war die Höhe! Andererseits: Was sollte er denn tun? Die ideale Frau mit Sanduhr-Figur gibt es nicht. Deshalb teilt er sie auf auf *zwei*. Die eine quillt, die andere lässt sich mit den Händen umspannen – dass mir das nicht früher eingefallen war.

»Und was machst du, Lizzi? Gehst du mit?«

»Weiß nicht. Aber bin ich schon verlockt.«

»Hast du keine Angst vor der Hölle?«

»Hab ich nicht.« Sie begann die Mandeln in feine Streifen zu schneiden. »Steht nämlich in Bibel, dass viel mehr Freude gibt um bekehrte Sünder als um neunundneunzig Gerechte. Also sündige ich jetzt und bekehr mich später und mach Heiland Riesenfreude, kommen wir beide auf unsere Rechnung, Himmelvater und ich.«

»Und wenn du vorher stirbst?«

»Wird schon nicht zulassen, nicht? Wo sich so viel über Bekehrung freut.«

Plötzlich öffnete sich die Tür.

»Also *da* bist du ...«, rief meine Tante in höchster Aufregung. »Wir haben dich überall gesucht. Hermine, komm! Sie ist da herinnen. Was suchst du denn da überhaupt?«

»Gnädige Fräulein wollt kosten frische Marzipan. Hab ich ihr gegeben kleine Stück.«

»Ist schon recht, Lizzi. Hast die Torten fertig gemacht?«

»Müssen nur noch bisserl trocknen.«

Meine Tante inspizierte Lizzis Werk. »Schön geworden. Brav. Weißt du was? Du hast die ganze Woche keinen freien Nachmittag gehabt. Geh hinauf auf dein Zimmer ausruhen. Falls wir dich brauchen, holen wir dich.«

Lizzi knickste, legte ihre weiße Schürze ab und ging. Meine Tante kam zu mir. »Minka. Es hat sich was geändert. Der Bischof von Westprem ist eingetroffen. Bis Montag bleibt er da. Der General hat ihn gefragt, ob er euch am Sonntag trauen könnt. Er hat gleich zugestimmt und sich furchtbar gefreut und ihm gratuliert und gefragt, wer sie ist, die Braut, und die Exzellenz hat so schön von dir erzählt, wie lieb du bist und gebildet und wie fantastisch du musizierst – weißt du, was das heißt?«

»Nein, bitte sehr.«

»Das heißt, dass man ihn jetzt nicht mehr brüskieren kann!«

Ich sah Hilfe suchend auf Hermine. Sie senkte den Blick.

»Das heißt … ich muss ihn heiraten? Am Sonntag? Aber ich hab Angst.«

»Vor was denn Angst?«

»Vor der ehelichen Pflicht«, sagte ich gradheraus.

Meine Tante wandte sich unheilschwanger Hermine zu. »Woher kennt sie denn das Wort?«

»Von mir«, sagte Hermine kurz.

»Heilige Maria! Gleich trifft mich der Schlag. Es heiratet doch keine mehr, wenn man ihr vorher die ganze Wahrheit sagt.«

»Ich hab sie nicht aufgeklärt, nur gewarnt, dass es in jeder Ehe Dinge gibt, die einer anständigen Frau zutiefst zuwider sind. Mehr nicht.«

»Das hättest du dir sparen können. Jetzt stehn wir da.«

Sie nahm eine Marzipankugel und steckte sie in den Mund.

»Minka, hör mir jetzt gut zu. Die Sache hat noch *ewig* Zeit. Zerbrich dir nicht schon jetzt den Kopf. Ein kluges Weib arrangiert sich, wenn es soweit ist. Weißt du wie? Du schiebst es hinaus, so *lang's* nur geht. Und dann schaust du zu, dass es so *schnell* als möglich vorbei ist. Und dann genießt du die Schonzeit. Den Rat geb ich dir als verheiratete Frau. Aber warum wir dich gesucht haben: Der General hat uns eingeladen hinauf in seine Suite, jetzt gleich. Du sollst das Diadem probieren. Die Valerie schickt uns die Stani, die weiß, wie man's festmacht im Haar, die Zilli und die Sefi können's nicht. Da machen wir eine Probe für Sonntag und trinken Champagner dabei.«

»Wer kommt denn noch?«

»Zum General? Nur wir drei und die Stani. Wer soll denn noch kommen? Sprich?«

»Sie will wissen, ob der Gabor kommt«, brummte Hermine.

Meine Tante seufzte. »Der Gabor kommt nicht. Die Exzellenz hat ihn mit dem Privatzug nach Ungarn geschickt, die Damen Fogossy abholen. Die haben sich erholt.«

»Und er ist … einfach gefahren?« Ich fasste es nicht. Ohne ein Wort, ohne einen Brief, ohne Abschied, ohne Erklärung. Also keine Entführung … hätt ich sowieso nicht mehr gewollt.

»Der Gabor ist ein guter Sohn«, sagte Hermine sanft, »der wird nie was tun, was seinem Papa nicht gefällt.«

Ich senkte den Blick auf meine rechte Hand. Der Ring. Wohin damit? Zurückschicken? Niemals. Den behalt ich mir als Souvenir.

»Kinder, steht's nicht lang herum«, rief meine Tante ungeduldig, »wir werden erwartet. Minka, die Exzellenz hat deine Lieblingsschokolade kommen lassen aus Budapest. Und Marzipanobst. Und Kekserl. Und Zuckerl, der Salon schaut aus wie eine Konditorei. Er hat für dich ganz was Kostbares bestellt: Orchideen! Damit du in deinem Zimmer Blumen hast von ihm. Heute Früh sind sie angekommen. Ich hab sie gesehn. So was Schönes, das glaubst du nicht. Aber das Wunder hat sie erwischt und ganz zerpflückt, also, erwähn nix von irgendeinem Bukett. Du wirst schon wieder eins kriegen. Später einmal.«

»Ich hab kein Brautkleid.«

»Das altrosa mit den cremefarbenen Spitzen, das ich dir hab machen lassen. Das ist noch nicht getragen, keiner in Enns kennt's, und die Farbe ist perfekt. Was glaubst du, wie hübsch das wirkt mit den Rubinen? Ich muss prophetische Gaben haben. Hab ich nicht von Anfang an gesagt, das Diadem passt am besten zu einer schwarzhaarigen Braut? Minka, zieh das

Kleid gleich an, ich schicke dir die Zilli zum Schnüren, und wir treffen uns oben. Muss nur noch schnell einen Spucknapf auftreiben, für den persischen Minister in der Fürstensuite.«

»Was schwört man denn, wenn man heiratet?«, fragte ich Hermine, als wir allein waren.

»Du schwörst, dass du ihm gehorchst. Er schwört, dass er dir treu ist, und ihr beide schwört, dass ihr euch immer liebt, in guten und in schlechten Tagen, in Krankheit und Gesundheit und so fort.«

Aha! Der General ist bereit, Treue zu schwören, am Sonntag, am Altar vor dem Bischof von Westprem und der ganzen Stadt, und der Lizzi schenkt er ein Brillantarmband, dass sie mitgeht nach Ungarn auf sein Schloss – wo er das ES mit ihr treiben wird im zweiten Stock! Passt zu dem Bild über die Männer, das ich mir gemacht hatte, in der Basteigasse, am 7. August.

»Müssen wir hinauf in die Suite?«

»Führt kein Weg drum herum, *ma chérie.*«

»Gut. Ich geh mit. Aber heiraten werd ich ihn nicht.«

»Sondern?«

»Ich will nach Wien. In die Josephsstadt. Ins Pensionat.«

»Das wird er nicht akzeptieren, der General.«

»Sie kennen ihn doch so gut. Könnten Sie ihn nicht überzeugen?«

Hermine dachte lange nach. »Du bist entschlossen? Du heiratest nicht?«

»Völlig. Und ich geh hinauf, so wie ich bin, im Studierkleid. Nie wieder zieh ich ein Mieder an.«

»Sehr gut, *ma chérie* ... *überhaupt* nicht mehr?«

»Nein. Das freut Sie doch, nicht?«

Hermine schloss mich spontan in die Arme. »*Bien-sûr.* Nur, was die Trauung betrifft – wie wir uns da herauswursteln, ohne einen Rieseneklat, ist mir schleierhaft.«

»Dann muss *ich* mir etwas einfallen lassen«, sagte ich wild entschlossen. Und das tat ich auch.

In der Nacht schlich ich wieder zu Lizzi hinauf, klopfte an, und sofort tat sie mir auf. Sie trug schon ihr Nachtkorsett, doch sie war gleich bei der Sache und hörte mich an.

»Lizzi, ich hab mich entschieden. Entführen lassen kann ich mich nicht mehr. Und heiraten will ich nicht. Aber ich brauch einen guten Grund. Meine Tante darf nichts wissen. Meiner Gouvernante fällt nichts ein. Ich brauch was *Drastisches*, was *sofort* wirkt – gleich morgen *früh*! Und die Exzellenz darf nicht beleidigt sein.«

»Ja«, sagte Lizzi nach langer Pause, »da hilft nur eins.«

»Was, Lizzi? Was?«

»Ansteckende Krankheit.«

»Und wo kriegen wir die her? In der Eile?«

»Masern oder Blattern.«

»Aber Lizzi, wenn man sich ansteckt, das dauert tagelang, bis man was sieht im Gesicht. Kein Mensch hat jetzt Masern in Enns. Und die Blattern – bin ja nicht verrückt und ruinier mir mein Gesicht.«

»Nicht echte Blattern«, beruhigte mich Lizzi sofort, »falsche Blattern. Kunstprodukt.«

Erleichtert atmete ich auf. »Du malst mir rote Tupfen ins Gesicht?«

Lizzi schüttelte verächtlich ihr blondes Haupt. »Bin ich keine Dilettant. Wenn ich was tu, dann ordentlich.«

»Aber was tust du, Lizzi? Schnell, wir haben keine Zeit.«

»Ja, was tu ich ... weiß gar nicht, wie ich Ihnen sagen soll. Braucht man große Courage, aber garantier ich Bombenerfolg.«

»Was? Was? Was? Mir ist alles egal.«

»Mach ich Ihnen kleine Brandblasen.«

»Ins Gesicht?«, rief ich entsetzt.

»Winzig klein. Mach ich feine Nadel heiß unten in Ihre Zimmer über Kerze, und tupf ich ganz schnell auf die Haut ... mehr braucht nicht. Tut nicht weh, und haben wir gleich wunderschöne Blattern.«

»Und das Gesicht voller Narben.«

Lizzi zeigte auf ihren molligen, weißen Hals. »*Hier* können mich hineinstechen mit scharfe Messer, wenn nur kleinste Narbe bleibt. Bin ich keine Idiot. Hab ich mir selber schon gemacht. Sehn Sie Narbe irgendwo?«

Sie hielt mir ihre rechte Wange hin. Die Haut war makellos.

»Nein, nirgends. Aber wieso nicht?«

»Weil, tupf ich drauf echte Lavendelöl. Heilt Brandblase in paar Tage, und Haut ist wie neu.«

»Lizzi, woher weißt du das?«

»Zufall, gnädige Fräulein. Hab mir einmal in Backofen drei Finger verbrannt und echte Lavendelöl draufgetan, sofort hat nix mehr geschmerzt und picobello geheilt, und kein kleinste Narbe irgendwo.« Sie hielt mir ihre Hände hin. »Hab ich mir gemerkt. Und wenn mich jetzt verbrenne, ist kein Affär. Lavendel drauf, schon ist gut und heilt.«

Ich überlegte zwei Sekunden. Die Nichte einer Kaiserin hat keine Angst.

»Gut, Lizzi. Blattern! Aber wann?«

»Jetzt gleich. Gouvernante ist schon in Bett. Gehn bitte voraus. Komm ich gleich nach.«

Eine halbe Stunde später war alles vorbei. Ich hatte die Augen zugemacht, Lizzi hatte die Nadel erhitzt, mein Gesicht hatte gebrannt, als hätte ich es in einen Ameisenhaufen gesteckt, doch kaum war das Lavendelöl auf der Haut, verschwand wie durch Zauberhand jeder Schmerz.

Als ich am nächsten Morgen erwachte, hatte ich siebenundzwanzig rote Tupfen im Gesicht, wie Stecknadelköpfe so groß, und in der Mitte der Tupfen, etwas erhoben, war hellbrauner Schorf. Ich sah aus – zum Fürchten.

Zilli ließ das Frühstückstablett fallen, als sie mich sah, und lief schreiend aus dem Zimmer. Dann kam Doktor Kneifer, schenkte mir einen kurzen Blick und holte eine Lupe aus seiner Tasche.

»Bitte nicht«, sagte ich schwach.

»Ist gleich vorbei.« Er näherte das Glas meiner Wange, sah durch, nickte stumm und blickte mir forschend ins Gesicht.

»Brandblasen«, meinte er dann, »gnädiges Fräulein möchten nicht heiraten.«

In dem Moment kam meine Tante durch die Tür, entsetzlich aufgeregt. Sie presste beide Hände ans Herz.

»Was hat unser armes Schatzerl?«, rief sie atemlos. »Lieber Herr Doktor, ist es gefährlich?«

»Ah … kann man sagen … eigentlich sehr, gnädige Frau.«
Tante Juliana erbleichte und lehnte sich an die Wand.
»Eine seltene Art von Windpocken.«
»Pocken?«, schrie meine Tante auf. »Ist sie entstellt?«
»Ist sie nicht, gnädige Frau. Die Form ist rar, nicht ansteckend, ganz harmlos. Es bleiben auch keine Narben, wenn …« – er machte eine theatralische Pause – »wenn man sich in Ruhe auskuriert.«
»Wie lange dauert's?«
»Vierzehn Tage, drei Wochen.«
»So lang! Minka, du Arme! Herr Doktor, darf ich?«
»Freilich. Gehn Sie nur hin.«
Auf Zehenspitzen trippelte Tante Juliana näher – sah mir ins Gesicht und zuckte zurück: »Heilige Maria! Wie schaust denn *du* aus?« Sie zog ihr Riechfläschchen hervor und schnupperte ewig daran. »Dass du ja nicht in den Spiegel schaust, Minka, sonst trifft dich der Schlag. Zeig mir die Zunge.«
Ich streckte die Zunge heraus. Meine Tante musterte sie interessiert.
»Komisch«, wunderte sie sich dann, »gar nicht belegt.«
»Die Zunge ist in Ordnung«, sagte Doktor Kneifer zuvorkommend, »bei diesen Pocken hat man kein Fieber. Das ist auch der Grund, warum's nicht ansteckend ist.«
Tante Juliana griff nach meiner Hand.
»Gar nicht heiß«, meinte sie und streichelte meine Finger. »Also, haltet mich nicht für blöd, irgendwas stimmt nicht. Man geht nicht abends pumperlg'sund ins Bett und schaut in der Früh so aus, ohne Fieber mit rosa Zunge. Was hast du angestellt, Schatzerl? Gesteh!«
»Diese Krankheit kann man auch kriegen aus Angst.«
»Was heißt aus Angst?«
»Vielleicht ist das Fräulein Nichte zum Heiraten noch nicht bereit …«
»Ja, warum denn nicht?«
»Zu jung.«
»Zu jung? Für so eine exzellente Partie? Für die *kann* man nicht zu jung sein.«

»O doch, gnädige Frau. Ich würd meine Tochter nicht heiraten lassen vor fünfundzwanzig.«

Tante Juliana seufzte.

»Minka, schau mich an. Du willst keine Baronin werden?«

»Nein, gar nicht.«

»Du hast dir's gut überlegt?«

»Die ganze Nacht, liebste Tante.«

»Also dann ... Schlachtplan geändert, ich akzeptier's. Meine Minka, sorg dich um nichts, kurier dich aus, denk nicht an den Bischof und den General und was die Leute sagen. Ich erledige alles für dich.«

»Das ist elegant«, meinte Doktor Kneifer und sah ihr bewundernd in die Augen, »das haben Sie schön gesagt. Kompliment, Sie sind eine weise Frau.«

»Was bleibt mir übrig? Das Kind hat unsern Dickschädel geerbt.«

Dann warf sie mir eine Kusshand zu, begann sich heftig zu fächeln und trippelte mit dem Arzt zur Tür.

Wie es weiterging, liebes Annerl – in großen Zügen kennst du's ja. Aber hätt ich damals geheiratet oder mich entführen lassen, mit fünfzehn, wie viel Aufregendes und Schönes hätt ich versäumt.

Die Exzellenz haben wir beschwichtigt. Er ist abgereist in die Normandie. Ein Jahr hat er auf mich gewartet – umsonst. Und den Gabor hab ich ewig lang nicht mehr gesehn. Sein Papa hat nämlich verhindert, dass er in Enns seinen Dienst antritt! Und wer, glaubst du, ist jetzt seine Frau? Die Elviri. Der General hat übrigens ihre Halbschwester Sári zu seiner vierten Baronin gemacht. Wir sind jetzt alle gute Freunde – oder besser, liebe Verwandte. Wir sehn uns oft in Ungarn oder Wien. Aber ganz so leicht war der Abschied damals nicht. Die Fogossys sind doch nicht mehr nach Enns gekommen, und der Gabor war verschwunden, hat auch nie geschrieben, es war fast, als wär er tot.

Ich war zwar nicht mehr so verliebt nach der Nacht im Bordell, das Gefühl zu schweben an seiner Seite, das war weg. Trotzdem war's ein schwerer Schlag. Die Brandblasen sind schnell verheilt. Vierzehn Tage hab ich sie mit Lavendelöl behandelt, keine Narbe blieb zurück. Lizzi hatte Recht. Doch ich war einsam und verlassen, hab gleich eine Sommergrippe aufgefischt, nachher war ich blass und schwach, absolut *nichts* hat mich gefreut. Große Sorgen hat man sich um mich gemacht. Und wer, glaubst du, war die Rettung? Die Prinzessin Valerie.

»Das Kind kommt zu uns nach Bayern«, hat sie gesagt, »dort kriegen wir sie wieder hin.«

Wie du weißt, liebt die Prinzessin alles Neue. Mir war's recht. Und so reisten wir nach Wörishofen, Hermine und ich, und begaben uns in die Hände des Herrn Pfarrer Kneipp. Dieser hatte eine Wunderkur erfunden, eine gewagte Sache, und wir stürzten uns sofort hinein.

Zehn Tage hat man mich mit kaltem Wasser übergossen, aber stell dir vor, statt dass ich mich verkühle auf den Tod, bin ich von Stunde zu Stunde frischer geworden und vergnügter und stärker. Bald hat mir nichts mehr wehgetan, nicht einmal der rechte Knöchel, der mich nach einem Sturz von der Adda so geplagt hat.

Wie neugeboren kam ich wieder heim nach Enns. Und der Erfolg hielt an. Der Knöchel ist gut geblieben, mein Herz war geheilt, ich hab rosige Wangen gekriegt und hab wieder lachen können wie zuvor.

In Enns war man sprachlos, dass ich mich so gut erholt hab in der kurzen Zeit, insbesondere meine Tante. Stundenlang hat sie mich ausgefragt, jedes Detail hat sie wissen wollen.

»Weißt du was?«, hat sie am Schluss gesagt. »Die Kur mach ich auch. Sowie der Sommer um ist und der Wirbel vorbei, bin ich beim Pfarrer Kneipp.« Sie hat auch gleich ein Telegramm geschickt, hat sich angemeldet für den 30. September, und tatsächlich fuhr sie hin.

Das kalte Wasser hat mich wieder gesund gemacht, und das kalte Wasser und das Genie des Sebastian Kneipp ist der Grund, liebes Annerl, warum's dich gibt.

Du hast es längst erraten. Tante Juliana ist deine Mama. Und die Kur (und die Konkurrenz der Frau Baumeisterwitwe Holter) hat sie so entschlossen gemacht und so gesund und stark und vergnügt – sie hat keine Josephs-Ehe mehr geführt, hat sich heldenhaft überwunden und ist zurück ins Schlafzimmer von deinem Papa. Fünf Jahre später warst du dann auf der Welt.

Zeichen und Wunder sind geschehn.

Jedes Jahr hat deine Mutter eine Kur gemacht. Alles hat sie umgekrempelt, blind hat sie dem Kneipp vertraut. Sie hat sich das Mieder ausreden lassen!

Und wie sie in der Hoffnung war … Ganz Enns hat sie schockiert: Sie, die große Dame, ist *Taulaufen* gegangen, in der Au!!

Mit bloßen Füßen ist sie herumgesprungen, in der Früh, im nassen Gras, ist zu Fuß wieder zurück, hinauf in die Stadt, und sie ist normal gegangen, nicht im Schneckentempo, wie gehabt!

In der Küche hat sie dann *rohe* Milch verlangt und *rohes*

Obst! Nicht gekochte Milch und Kompott. Skandal! Du weißt, es heißt: Der Mensch verträgt nichts Rohes. Das unterscheidet ihn vom Tier. Offensichtlich war das falsch.

Deine Mutter ist nicht kränker geworden, sondern immer gesünder, nie war sie so stark wie damals, als sie schwanger war. Das letzte halbe Jahr hat sie auf Fleisch verzichtet, aß nur mehr ganz feine, leichte Kost.

Und wie du dich angekündigt hast, ist die Mitzi Pranger gekommen und der Doktor Kneifer und ein Professor aus dem homöopathischen Spital in Wien, in Gumpendorf, und in zweieinhalb Stunden warst du da – ein Rekord! Und hast gar nicht geweint, nur ein bisserl gequietscht in den höchsten Tönen.

»Das wird einmal eine Sängerin«, hat der Professor gesagt.

Nach sechs Tagen ist deine Mutter schon aufgestanden aus dem Kindbett, nicht nach sechs Wochen, und dabei war sie fast fünfzig Jahre alt. Und schau sie an: Sie ist jung geblieben mit dir.

Ich kam dann im Oktober nach Wien ins Pensionat. Vier Jahre war ich dort. Vier Jahre Studium, Bildung, Disziplin. Ich hab als Einzige kein Mieder getragen, was man lobend zur Kenntnis genommen hat. Und ich hab mehr Freiheiten gehabt als die andern, denn ein Mädchen, das von selbst auf eine modische Figur verzichtet, ist erhaben über jeden Verdacht.

Der Wahlspruch der Pensionatsmama war: *Jeder Tropfen Alkohol verändert das Gehirn.* Wir haben köstlich gespeist im Pensionat, aber nie ein Glas Champagner, Wein oder Likör!

Wir haben aber auch gelernt, uns zu überwinden. Während der Monatlichen nicht im Bett zu liegen, sondern unsere Pflicht zu tun. Und als ausgebildete Musikerinnen, sattelfest in Geschichte, Geografie, europäischer Kultur, deutscher, englischer, französischer Sprache und Literatur, verließen wir das k.u.k. Civil-Mädchenpensionat im Sommer 1879, um die Welt zu beglücken und zu erziehn.

Das war das Jahr vor deiner Geburt. Das Jahr des grandiosen Makart-Festzugs zur Feier der Silberhochzeit unseres Kaiserpaars. Ich hab ihn noch gesehn. Über den ganzen Ring sind sie gezogen, alle Zünfte in fantastischen Kostümen, auf geschmückten Wagen, Hans Makart auf einem prachtvollen Schimmel, der bedeckt war mit Gold. Er selbst hat seinen langen Bart getragen und ein Kostüm aus schwarzem Samt.

Für meine Tante hat er einen weißen Federhut entworfen. Schön hat er sie gemacht. Stolz war ich auf sie. Wie ein Gemälde hat sie ausgesehn.

Als ich zurückgekommen bin nach Enns, war die Lizzi nicht mehr da. Sie ist nach Ungarn mit dem General, hat ihn aber später verlassen. Er war ihr zu grob. Sie war immer tüchtig, die Lizzi, und jetzt besitzt sie eine große Kosmetik-Fabrikation in Budapest, eine wohlhabende Dame ist sie geworden, der es glänzend geht.

Du wolltest wissen, warum ich damals nicht in Enns geblieben bin. Der erste Grund: Es war kein Posten frei. Ich war zwei Jahre Singlehrerin, zu Haus bei der Prinzessin Valerie. Viel wurde musiziert, und langsam hab ich begonnen, öffentlich zu spielen. Wie damals bei der jungen Lebensretterin hab ich sofort Erfolg gehabt.

Und dann wollt ich was erleben. Wollte fremde Länder sehn, fremde Lieder hören, fremde Speisen kosten, fremde Menschen kennen lernen – ich wollte weg. Und ich hab was ganz Gewagtes getan: mich einem Damenorchester angeschlossen. Und mit diesem bin ich um die Welt gereist.

Ein Damenorchester ist auch heut noch eine Sensation. Aber damals – du, geprügelt hat man sich um Karten für unsere Soireen. Zehn Bücher könnt ich füllen mit unsern Abenteuern. Anstrengend war's, aber eine lustige Zeit.

Später dann bin ich allein gereist, als Solistin, Klaviervirtuosin, denn im Damenorchester hab ich Geige gespielt. Auch Trompete hab ich gelernt. Doch meine Leidenschaft war immer das Klavier. Als Solistin ist man frei. Tut, was man will.

Und ich hab gut verdient. In einem Jahr soviel wie als Lehrerin ein Leben lang.

Ich hab auch zweimal vor der Kaiserin gespielt, ohne dass sie gewusst hat, wer ich bin. Amüsant war's. Und mir hat das genügt. Weißt du, anfangs hab ich einen Kult getrieben um sie.

Hab mich wie sie frisiert. Ihre Bilder gesammelt und alle Artikel aus den Zeitungen. Die intimen Geschichten, die ich von der Valerie erfuhr, den Tratsch von Gödöllö, von Irland, England und vom Hof hab ich in einem Kaiserinnen-Tagebuch notiert, das ich extra angelegt hab zu diesem Zweck. Ich hab mir ausgemalt, wo wir uns treffen könnten, in Bayern oder Wien, ob ich die Valerie bitten soll, dass sie mich ihr präsentiert.

Doch nach der Tragödie von Mayerling, dem Tod des Kronprinzen Rudolf und der Rolle, die die Marie Larisch dabei gespielt hat, hab ich aufgehört damit. Ich hab gedacht, dass man genug haben wird von morganatischen Nichten. Und das war richtig so.

Ich bin auch nicht mehr geritten. Denn – was ist die Reiterei? Einem gutmütigen Ross seinen Willen aufzuzwingen, das ist gegen meine Natur. Ich hab auch keine Freude an der Jagd. Mir tun die Tiere viel zu Leid, ich hab sie lieber lebendig und freu mich dran, wie schön sie sind. Außerdem hab ich Angst, dass ich stürze, mir die Hände verletze und nicht mehr spielen kann.

Weißt du, Annerl, ich hab genug Erfolg. Ich brauch mich nicht an hohe Verwandte zu hängen. Was ich bin, bin ich geworden aus eigener Kraft. Das kann mir niemand nehmen, und darauf bin ich stolz.

Ja, der Prozess gegen den Monsieur Hübsch ist gewonnen. Natürlich hat er mich betrogen. Jahre hat's gedauert, doch man hat ihn überführt. Er hat sich selbstverständlich nicht erschossen. Ein Ehrenmann war er ja nie. Meine Mutter hat ihn verlassen. Sein Ruf ist ruiniert. Doch von dem Zinshaus kann sie gut leben. Jetzt ist sie frei, kann reisen … Du kennst sie, sie kommt oft nach Enns.

Du hast sicher gelacht über die Aufregung bei der Lilli Ziermiller, im Modesalon, als man mein Reitkleid ausgesucht hat. Jetzt tragen alle einen Bausch, die Valerie hat Recht gehabt. Die Krinoline ist verschwunden, und als Nächstes kommt das Mieder dran. Du und ich, wir erleben's noch.

Ich hab mich nie mehr geschnürt. Und was hab ich mir alles erspart: Wandernieren, Leberschrumpfung, Milzstau, geknickter Magen, Schwindel, Ohnmacht, Atemnot, Müdigkeit, eine Schnürfurche, eine ruinierte Brust. Ich kann essen, was ich will, alles vertrag ich, mir wird nicht mehr nach jedem zweiten Bissen schlecht. Ich kann tanzen die ganze Nacht, ich kann spazieren gehen, ich fang mir nicht jede Krankheit ein, kein einziges Konzert hab ich bisher abgesagt, leidend bin ich *nie*.

Ich bin nicht geschnürt, und trotzdem hab ich eine gute Figur. Als ich angefangen hab, mich zu entwickeln, hab ich mir Brusttaschen gemacht, aus Seidenstoff, mit zwei Trägern, die die Büste stützen. Ich hab auch für deine Mutter welche genäht, als sie mit dir in die Hoffnung gekommen ist. Die kann ich dir empfehlen, Annerl, wenn du sie brauchst. Vergiss das Mieder! Wirf's in den Kamin. Verbrenn's! Man muss sich nicht verkrüppeln, damit man den Herren gefällt. Außerdem bist du deshalb nicht unmodern. Stell dir vor, das Fräulein Reinhold, die bekannte Schauspielerin, hat vor zwei Jahren schon in Wien im Hofburgtheater ein Reformkostüm getragen. Auf der Bühne. Vor dem Kaiser. Ohne Mieder! Das ist ein Triumph!

Ja, die Zeit schreitet voran. Was glaubst du, werden die Frauen alles leisten, wenn man sie nicht mehr wie Pakete verschnürt. Keinen Unterschied wird's geben zwischen Mann und Weib, was ihre Tüchtigkeit betrifft. Außerdem, ich sag dir was: Hätt man die *Herren* so barbarisch geschnürt, durch Jahrhunderte hindurch – sie wären das schwächere Geschlecht!

Du hast mich auch gefragt, liebes Annerl, warum es den *Schwarzen Adler* nicht mehr gibt. Das ist eine traurige Geschichte, ich erzähl's dir aber trotzdem, pass nur auf.

Deine Mutter ist noch einmal in die Hoffnung gekommen, und aus lauter Freud auf einen Sohn hat dein Vater spekuliert und Holzplätze gekauft an der Enns. Und weil man überall gebaut hat wie wild, hat er mit Holz zu handeln begonnen in großem Stil. Man hat aber in den Bergen zu viel Wald geschlagen, und plötzlich hat's Hochwässer gegeben wie nie zuvor. Wie die Sintflut ist das Wasser dahergerauscht, und in einer Nacht war alles weg, die Holzplätze zerstört, die teuren Stämme weggeschwemmt. Deine Mutter hat das Kind verloren vor Schreck.

Dein Papa hat seine Verträge nicht einhalten können und Schulden gehabt. Drum hat er verkaufen müssen, vor fünf Jahren an die Spar-Casse, den neuen Geldverein. Seither führt er das Offizierscasino, das er gleich zum besten Restaurant von Enns gemacht hat, wie du weißt.

Großes Vermögen aber ist keins mehr da, darum will dich deine Mama verheiraten mit dieser »guten Partie«, die du nicht magst, vor der du dich fürchtest, mit Recht. Weißt du, ich hab deine Mutter immer lieb gehabt, doch sie hat diese Passion, sie *muss verkuppeln*. Damals, vor zwanzig Jahren, war ich dran, jetzt bist es du.

Aber Annerl, gelingen wird's ihr wieder nicht. Jetzt kommt nämlich die große Überraschung.

Ich hab ein Etui für dich hinterlegt, in der Spar-Casse, die im *Schwarzen Adler* Quartier bezogen hat. Drinnen ist der Diamantschmuck, den ich dir gezeigt hab, vom russischen Zaren in St. Petersburg.

Ich hab ihn schätzen lassen, in Wien, beim Köchert, dem Hofjuwelier. Wenn er gut verkauft wird, kann man neun mal tausend Gulden kriegen dafür. Und was immer er bringt, ich schenk es dir. Besprich dich mit Hermine von Frischenbach. Du weißt, sie führt jetzt die Tabakstrafik am Hauptplatz, weil sie das amüsiert. Sie weiß alles, jeden Tratsch, sie ist der Mittelpunkt von Enns. Und sie ist eingeweiht, wird dich beraten und dir zur Seite stehn.

Du hast gesagt, dass du gern singen würdest, Annerl, und wir haben miteinander musiziert. Du hast denselben hohen, silbrigen Sopran wie meine Mutter und ich. Aber du hast Glück, deine Stimme ist stärker. Du könntest in der Oper singen. Ja, mein Schatz, so werden Träume wahr.

Du kannst dich ausbilden lassen, von den besten Meistern. Dann steht sie dir offen, die Welt. Was glaubst du, wie schön das Leben ist als Künstlerin. *Alle* liegen dir zu Füßen. Und wenn du dich verliebst – je später, desto besser. Heiraten und Kinder kriegen kannst du nachher immer noch. Und je später du sie kriegst, desto länger bleibst du mit den Kindern jung.

Hätt ich mich damals mit fünfzehn vermählt, wär ich jetzt schon eine Großmama, würdig und gesetzt, wie die Emsi Kropf und die Galla Pumb, du kennst sie ja, sie sind so alt wie ich. Doch sie sehn aus wie meine Tanten, schnüren sich auch weiterhin, fallen in Ohnmacht, haben Falten und nichts Jugendliches mehr an sich.

Ja, mein Annerl, richtig lieben lernt man später.

Jetzt im Rückblick weiß ich, das mit Gabor war nur Schwärmerei. Meine erste richtige Passion war ganz ein anderer. Kannst du's erraten? Viel hab ich von ihm erzählt: dunkle Augen, kohlschwarzes, glattes Haar, römische Nase, klassisches Profil, eine Haltung wie ein Gott und ein Lachen – manchmal – wie ein hungriger Wolf. Jetzt weißt du's. Attila Nagy!

Er war's, der damals meinen Fuß berührt hat, unterm Tisch, beim ungarischen Souper, das hat er mir gestanden, in der Zwischenzeit. Und als ich Enns verließ – keine Frage, dass ich ihm näher kommen würde, nein, vor einem Jahr noch war das nicht der Fall.

Er hat nämlich geheiratet, 1875, die blonde Venus, die reiche Baumeisterwitwe Holter. Er ist viel jünger als sie, doch sie waren ein elegantes Paar. Führten ein gastfreundliches, großes Haus, anfangs ging auch alles gut. Dann aber ließ er sie zu oft allein, zu viele Manöver, weißt du. Wochenlang hat sie ihn nicht gesehn. Und als er einmal heimkam, unverhofft und viel zu früh, da lag der Sohn vom Zeichenlehrer Spitz in seinem Bett.

Ein Offizier darf sich das nicht bieten lassen. Es kam zur Scheidung, Attila verließ die Stadt – das ist der Grund, warum du ihn nicht kennst.

Ich hab dann nie mehr was von ihm gehört. Im Juni aber hab ich in Monaco gespielt. Und nach dem Konzert war meine Garderobe voller Rosen und Lilien und Nelken, und auf dem Spiegeltisch lag eine Karte: EIN GLÜHENDER VEREHRER AUS ALTER ZEIT WARTET VOR DER BÜHNENTÜR.

Da stand er dann, der Attila, gar nicht verlegen, immer noch schlank und elegant – *rassig* ist das rechte Wort. Und sofort hat er meine Hände geküsst und nicht mehr losgelassen, hat mich mit Komplimenten fast erstickt. Dann ist er einen Schritt zurückgetreten und hat mich angeschaut, nicht wie ein Mann von Welt eine gefeierte Künstlerin, nein, wie ein heißblütiger Ungar ein vergöttertes Weib.

Dann hat er die Arme ausgebreitet, Annerl, ohne ein Wort, und ich hab mich ganz fest an ihn geschmiegt. Er hat gezittert vor Aufregung. Noch nie hat das ein Mann getan. Ich hab mich sehr in ihn verliebt, und er liebt mich zur Raserei. Er hat sich beurlauben lassen und die Tournee mit mir gemacht. Auch ohne Heirat, das steht fest, bin ich sein Weib.

Die Eskapade damals im Bordell hab ich ihm längst verziehn. Die Herren tun viel Schlimmeres, es war nur eine Jugendtorheit, weiter nichts.

Ich hab mich bekannt zur freien Liebe. Todsünde, sagt man. Aber ehrlich, du, ich glaub es nicht. Liebe zwischen zwei Erwachsenen kann nicht so schlimm sein wie Mord und Raub, das sagt der Verstand. Ein fünfzehnjähriges Kind zum Heiraten zu zwingen, das ist eine Todsünde, wenn du mich fragst.

Ich könnt's natürlich auch so machen wie die Lizzi. Jetzt sündigen und später beichten und bereuen. Aber unsere Nächte in Frankreich, Annerl, die bereu ich nie. Die sind mir immer in Erinnerung als Sternstunden, nie hab ich was Schöneres erlebt.

Das ES, mein Schatz, ist schauderhaft mit einem ungeliebten Mann. Doch wenn man liebt, wird ganz was anderes daraus, ein wilder, göttlicher Rausch – doch jetzt hör ich auf, sonst heißt's gleich, ich verführe dich zur Sünde.

Mein Attila verlässt vielleicht die Kavallerie. Er hat noch immer eine gute Hand im Spiel, in jedem Casino hat er gewonnen.

Er träumt von einem großen Coup, der ihn reich macht, von einem Tag zum andern. Dann will er immer bei mir sein und mit mir reisen. Nun, wir werden sehn.

Jetzt hab ich dir genug von mir erzählt. Triff du deine Entscheidung. Denk gut nach. Und weißt du nicht, was tun, tu immer nur, was WICHTIG ist. Merk dir das, Annerl, dann kann dir im Leben nichts geschehn.

Adieu, ma chérie. Schreib mir bald. Sowie ich zurück nach Österreich-Ungarn reise, komm ich zu Besuch. Und fleißig üben. Singen *und* Klavier. *Per aspera ad astra.* Das gilt nicht nur für mich.

Kompositionen, Sonaten, Klavierschulen, Lieder – nichts von allem hat uns die Verfasserin der obigen 382 Seiten hinterlassen. Etwas anderes aber lebt weiter und ist uns allen ganz vertraut: ihre Erfindung, die Brusttaschen. Als Büstenhalter haben sie die Welt erobert. Schon zur Jahrhundertwende feierten sie Triumphe unter dem revolutionären Kleidungsstück, dem Kostüm!

Den Ruhm aber hat sich ein anderer geholt. 1912 meldete der französische Schneider Paul Poiret den BH als sein Patent an, obwohl man ihn schon längst in Österreich-Ungarn trug.

Doch das ist nicht wichtig. Wichtig aber wäre eins: Wenn wir uns hübsch machen, wir modernen Frauen, am Abend, um in die Oper zu schweben, ins Theater, ins Konzert, zu einem Rendezvous, wenn wir die Hand ausstrecken, ganz selbstverständlich, nach einem hauchzarten Gespinst, das uns atmen lässt, ohne Schnürfurche, ohne Qual, lasst uns ganz kurz innehalten nach dem Motto: *Schönheit kennt keine Hast*. Und an die tapfere Minka denken, damals, in der Belle Epoque, in der landesfürstlichen Stadt Enns in Oberösterreich.

Nur eine dankbare Sekunde lang.

Magna cum laude!

Sie hat es sich verdient.

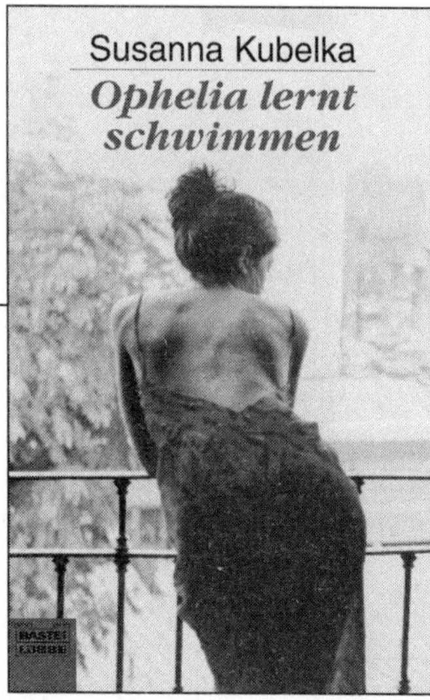

Eine Frau, Paris und die Liebe. Die schöne, vierzigjährige Ophelia kommt in die Stadt an der Seine, um das Geheimnis der französischen Liebeskunst zu erforschen. Mit jedem Abenteuer erlebt sie eine neue Spielart der Spezies Mann, einen arabischen Adonis, einen spanischen Kult-Dirigenten und einen schwarzen Jazzmusiker – nur an einen Franzosen gerät sie nicht! Trotzdem: Paris ist ein voller Erfolg. Denn Ophelia weiß immer, was oder wen sie will. Und am Ende sind nicht nur ein paar Pfunde weg, sie hat auch die Liebe und das Geheimnis der ewigen Schönheit entdeckt. –
Ophelias Selbstbewusstsein kommt augenzwinkernd und schelmisch daher.

›Susanna Kubelkas Romane sprudeln geradezu vor Erotik, Lebensfreude und Reife.‹

FRANKFURTER NEUE PRESSE

ISBN 3–404–16222–6

BASTEI LÜBBE